# De opkomst van de Bataven



H J Hermeler

**De opkomst van de Bataven**

Auteur: Hans Hermeler
Ontwerp omslag: Tristan van der Laan, Suikervrij design
Uitgever: Heppiebooks
Eerste druk, 2019
Druk: www.pumbo.nl

Historische roman
NUR: 342
ISBN: 978-90-818245-5-2

# De opkomst van de Bataven

H J Hermeler

Van dezelfde auteur:

Bonfire

Bonfire, onder de schaduw van Icarus

De man die niet van robots hield

De opkomst van de Bataven

*Voor Erik en Marjolein*

*“Van al die stammen munten de Bataven uit in moed. Zij bewonen een smalle strook op de linkeroever van de Rijn, maar vooral een eiland tussen Rijn en Waal.*

*Ooit behoorden zij tot de Chatten, maar na interne strijd zijn ze overgegaan naar een gebied waar ze deel zouden gaan uitmaken van het Romeinse rijk. Nog altijd nemen ze een bijzondere plaats in, teken van hun aloude verbondenheid met ons: zij krijgen geen vernederende heffingen opgelegd en worden niet door belastingpachters uitgezogen.*

*Vrijgesteld van lasten en bijdragen zijn zij uitsluitend bestemd voor gebruik in de strijd. Een soort reservearsenaal voor de oorlog.”*

Tacitus – Germania.
(Vertaling door Vincent Hunink)

# Proloog

*17 voor Christus*

## Harald

Harald was veertien jaar toen hij voor het eerst de Rijn over zou steken. Hij had de grote rivier al vaak gezien en er zelfs in gezwommen, maar hij was nog nooit op de andere oever geweest.

Sinds hij die ochtend was opgestaan, voelde Harald een bepaalde spanning. Een spanning die steeds verder toenam terwijl de kleine groep richting de rivier liep, die in het noorden langs hun gebied stroomde. Harald had het gevoel dat de andere oever bijna een andere wereld was. Een wildere wereld met vreemde dieren en andere volken. In de belevingswereld van Harald vormde het water een duidelijke grens tussen het vertrouwde land waarin hij was opgegroeid en de meer exotische wereld aan de overkant. Zijn vader Beren had de vorige avond nog tegen hem gezegd dat hij zich niet druk hoefde te maken. Beren was de rivier al vaak overgestoken en de laatste zomers had hij ook Bren, de oudere broer van Harald, steeds meegenomen op zijn tochten.

“De andere oever is precies hetzelfde als onze oever,” had zijn vader aan Harald verteld bij het vuur. “De mensen die daar wonen, spreken dezelfde taal en ze hebben dezelfde goden. Het eten smaakt er niet anders en het regent daar even vaak als hier. De goden hebben de grote rivier niet als een scheiding tussen onze volken gelegd, maar juist als een manier om met elkaar in contact te komen.”

De moeder van Harald was niet blij dat hij en zijn jongere broer Timmen mee gingen op jacht. Ze vond dat zij te jong waren, iets wat Timmen natuurlijk luidkeels had tegengesproken. Timmen zou aan het eind van de zomer dertien worden, maar hij vond dat hij net zoveel recht had om mee te gaan als Harald. Timmen had een onstuimig karakter en moest als jongste man van het gezin vaak voor zijn positie vechten door zich brutaler te gedragen dan zijn twee oudere broers of zich af te zetten tegen zijn jongere zus Banna. Harald had het idee dat zijn vader de branie van Timmen wel kon waarderen, ook al sloeg hij Timmen regelmatig als hij echt te ver ging. Op de een of andere manier lukte het Timmen altijd om in de problemen te komen met de andere kinderen van de boerderijen bij hen in de buurt.

Zelf was Harald rustiger dan zijn broers en zijn zus. Hij dacht vaak lang na voor hij iets zei en regelmatig kon hij dromerig voor zich uit staren zonder echt op te letten op wat er om hem heen gebeurde. Dan keken zijn lichte, grijze ogen in de verte en dwaalden zijn gedachten af naar de verhalen die 's avonds rond het vuur werden verteld. Harald vond het altijd leuk om met zijn broers of met zijn vrienden te spelen, maar hij hield er ook van om in zijn eentje door het bos te zwerven of in het gras te liggen, terwijl de maan en de sterren boven hem aan de hemel stonden. Harald had het gevoel dat hij dichter bij de goden kon zijn als hij alleen was. Dat hij dan meer open kon staan voor hun bedoelingen, dat hij hun gedachten kon horen in de wind die door de bomen waaide.

Zijn vader hield er niet zo van dat Harald zo'n dromerige jongen was. Beren liet het niet merken, maar Harald voelde dat hij liever had dat hij meer zoals Bren of Timmen was.

Ze waren al vroeg in de ochtend op pad gegaan. De zon kwam in deze tijd van het jaar vroeg aan de hemel. Het was een paar weken na het feest van de zonnewende, dat iedere zomer op de langste dag van het jaar werd gevierd. Na een eenvoudig ontbijt hadden ze afscheid genomen van Banna en Reine en hadden ze de boerderij verlaten. Beren had een van de twee paarden van de boerderij meegenomen als lastdier voor de proviand en de wapens van Bren en Beren. Het andere paard hadden ze achtergelaten bij de boerderij, net zoals de twee slaven Trig en Akko. Zij zouden op de boerderij letten tijdens de afwezigheid van de mannen.

Hoewel de sterke slaaf Akko normaal gesproken mee ging op een jacht, was deze jacht iets wat Beren altijd alleen wilde doen. Alleen zijn zoons mochten mee nu ze oud genoeg waren. Deze jacht was een speciaal ritueel dat Beren ieder jaar in de zomer uitvoerde voor de oogstperiode zou beginnen. Het was zijn eigen persoonlijke traditie om stil te staan bij de tocht die zijn volk jaren geleden had gemaakt vanuit het land van de Chatten naar hun nieuwe woongebied langs de Rijn. Harald wist niet precies wanneer of waarom de stam van zijn vader uit dat gebied was vertrokken, maar Beren moet zelf nog een jonge man zijn geweest. Hij praatte niet graag over die tijd.

Minstens één keer per jaar wilde Beren terug naar de andere oever om die tocht te herdenken. Oorspronkelijk kwam hij uit een andere streek dan het gebied waar ze nu heen gingen, maar dat maakte niet uit. Het belangrijkste was dat ze naar de andere kant van de rivier gingen. Beren vond dat zijn familie een keer per jaar voedsel moest eten dat hij op de andere oever had gevangen, zodat ze de band met hun voorouders niet zouden verliezen. En dit jaar mochten Harald en Timmen voor het eerst mee.

In de middag zouden ze de Rijn bereiken en die oversteken. Daarna zouden ze overnachten op de andere oever, waarbij Beren de goden van zijn familie aan zou roepen en hen zou vragen om hem niet te vergeten in zijn nieuwe land. De volgende dag zouden ze er samen op uit trekken om te jagen en als het een goede jacht was, zou Beren weten dat zijn goden hem en zijn familie weer een jaar zouden beschermen.

"Is dit de Rijn?" vroeg Timmen, toen ze kort na hun middagmaal bij een rivier kwamen. Bren keek zijn jongere broer met een grijns aan.
"De Rijn is veel breder dan deze rivier," zei hij. "Dit is maar een zijrivier van de Rijn. Als ik wil, zou ik een speer naar de overkant kunnen gooien."
"Je hebt de grote rivier toch wel eerder gezien, Timmen?" vroeg Harald. "We vieren het feest van de zonnewende elk jaar in de buurt van de Waal, vlak bij de plek waar de Rijn zich afsplitst en naar het noorden buigt. De Rijn loopt helemaal langs de noordgrens van ons land en wordt steeds breder, tot hij uiteindelijk in zee uitkomt."
"Het water staat niet hoog deze zomer," zei Beren, terwijl hij de rivier in stapte en het paard achter zich aan leidde. "De goden hebben ons dit jaar weinig regen gegeven. Kom, ik wil weleens zien wie van jullie als eerste aan de overkant is."
De drie jongens renden snel achter hun vader aan het water in. Ze wilden geen van allen als laatste aan de overkant komen. Alle drie wilden ze laten zien hoe sterk ze waren en hoe goed ze konden zwemmen.

De kinderen van hun volk leerden allemaal al op jonge leeftijd zwemmen. Dat moest ook wel als ze wilden overleven in het waterrijke gebied waarin ze opgroeiden. Hun vader had hen verteld dat ze tot het volk van de Bataven behoorden en dat alle Bataven moesten kunnen zwemmen en varen.

Het gebied van de Bataven werd aan alle kanten omgeven door brede rivieren, waarvan de Rijn in het noorden en oosten de grootste was. Alle leden van hun stam konden zwemmen. De krijgers van de stam stonden er zelfs om bekend dat ze met hun paarden en hun volledige wapenuitrusting rivieren over konden steken, zonder gebruik te maken van bruggen of boten. Voor Harald was het logisch dat ze dat konden, want hij had het bij de mannen van hun stam al vaak gezien. Het kwam nauwelijks bij hem op dat er ook volwassen mannen waren die niet eens konden zwemmen.

Het water was niet koud toen Harald er als eerste in sprong. Het voelde verfrissend om het zweet van de lange tocht van die ochtend van zich af te wassen. Hij zwom voorbij zijn vader, die naast het paard met de bepakking zwom. Beren hield zijn wapens in een hand boven zijn hoofd en bewoog zich met zijn andere hand langzaam vooruit. Niet lang daarna werd Harald ingehaald door Bren, wat hij wel had verwacht. Bren was twee jaar ouder dan Harald en veel sterker. Harald wist dat de strijd vooral tussen hem en zijn jongere broer Timmen ging. Harald wilde niet van hem verliezen. Als Harald langzamer was dan zijn broertje zou hij hem daar de rest van de tocht aan blijven herinneren. Zo hard hij kon stampte Harald met zijn voeten, maar hij voelde dat Timmen vlak achter hem zat. Vóór hem kwam Bren alweer uit het water.

Vanuit zijn ooghoeken zag Harald dat Timmen naast hem zwom. Timmen had hem bijna ingehaald, maar Harald voelde weer grond onder zijn voeten. Hij sprong overeind en rende door de koele modder naar de kant. Hij tikte als eerste zijn broer Bren aan, met Timmen vlak achter hem. Hijgend keek hij achterom, waar Beren ook uit de rivier kwam. Beren keek tevreden naar Harald, terwijl hij zijn hemd en zijn broek uittrok en droog wrong. Harald zag dat zijn vader hem respecteerde om zijn zwemkunst. De jongens volgden het voorbeeld van hun vader en daarna trokken ze in hun klamme kleren verder.

Tegen het eind van de middag kwam de groep bij de boerderij van Wardolf, die met zijn zoon Wilfrid en dochter Hilde vlak bij de Rijn woonde. De vrouw van Wardolf was enkele jaren geleden overleden en nu woonde hij alleen met zijn kinderen in de boerderij, die er nogal rommelig uitzag. Het model van de boerderij was hetzelfde als de grote woonboerderij van Beren. Hij was alleen minder goed onderhouden. Het gedeelte van de boerderij waar Beren zijn koeien had staan, stond bij Wardolf leeg en zelfs vanaf de buitenkant kon je zien dat het dak op sommige plaatsen lek was. Op het erf scharrelden een paar kippen rond. Harald vond kippen altijd grappig om te zien. Ze bewogen op een grappige manier, heel anders dan eenden of andere vogels. Er waren maar weinig Bataven die kippen bezaten. Wardolf had ze een paar jaar geleden via de Romeinen geruild en vorig jaar had hij een paar kuikens aan Beren geschonken.

Wardolf en zijn kinderen leefden vooral van de visvangst en de jacht op vogels op de grote rivier. Af en toe handelden ze voedsel met andere boerderijen en nederzettingen langs de Rijn, maar het meeste van hun levensonderhoud haalden ze rechtstreeks uit de rivier zelf. De vader van Harald was een belangrijke man binnen de stam en Wardolf deed zijn best om hem zo gastvrij mogelijk te ontvangen. Hij bood hen brood en bier aan en verontschuldigde zich dat hij geen vlees had om op tafel te zetten. Hij stelde voor om een van zijn kippen te slachten, maar dat was voor Beren niet nodig.

"We blijven niet lang," zei hij tegen Wardolf toen ze in zijn boerderij aan tafel zaten. "Ik wil vandaag nog de Rijn oversteken en aan de overkant de nacht doorbrengen. Als het kan, zou ik graag jouw kano willen gebruiken. We gaan morgen jagen en dan zullen we hem daarna terugbrengen als we klaar zijn."

"Natuurlijk," zei Wardolf. "Mijn kano ligt klaar bij de rivier. En hoe gaat het met je vrouw en je familie? Ik zie dat je zonen al sterke mannen worden."

Harald gloeide van trots bij die woorden, maar dat kon ook door het bier komen. Het bier van Wardolf was sterker dan de mede die hij gewend was om thuis te drinken. Beren en Wardolf waren goede vrienden van elkaar en Harald had Wardolf vaak gezien als hij bij hen langs kwam om Beren te bezoeken. Dit was de eerste keer dat Harald bij zijn hoeve was en hij vond het hier erg stil vergeleken met hun eigen boerderij. Er waren minder dieren en afgezien van de kinderen en Wardolf zelf, waren er geen andere mensen die hier woonden. Op de boerderij van Beren werkten in de oogstperiode soms wel vijftien mensen, die allemaal hun eigen slaapplek hadden.

Beren en zijn familie woonden in de grote woonstal, waarvan ze de helft deelden met hun vijf koeien en twee paarden. De slaven en de knechten die in de zomer mee kwamen helpen met de oogst hadden hun eigen onderkomens op het erf van Beren. Wardolf had op zijn erf alleen een kleine voorraadschuur en de grote boerderij, die maar voor de helft werd gebruikt. Harald vroeg zich af hoe het was om de winter door te moeten brengen in dit troosteloze huis.

Tijdens het eten wisselden Beren en Wardolf nieuws uit over de ontwikkelingen in de omgeving. Timmen, Wilfrid en Bren mengden zich ook in het gesprek, maar Harald luisterde vooral. Hij begreep niet veel van waar de twee mannen het over hadden. Hilde zei ook niet veel en keek vooral aandachtig naar Bren. Wardolf vroeg of Beren de nieuwe Romeinse gouverneur al had ontmoet.

"Hoe heet hij ook alweer?" vroeg hij zich hardop af. "Ene Lollius was het, of zoiets."
Beren knikte.
"Marcus Lollius," zei hij. "Nee, ik heb hem nog niet ontmoet. Tarik is wel bij hem geweest na zijn aankomst in onze provincie. Volgens hem was er weinig bijzonders aan deze gouverneur. De Romeinen besteden weinig aandacht aan ons zolang we ons aan onze afspraken houden."

Harald staarde naar de kleine zilveren munt die Beren aan een leren koord om zijn nek droeg. De munt was, na zijn wapens, een van de waardevolste bezittingen van Beren en hij droeg hem altijd met trots om zijn nek. Niemand anders dan hijzelf mocht eraan komen. Tarik, de leider van hun volk, had die munt een paar jaar geleden aan de vader van Harald geschonken voor zijn hulp bij een bepaalde strijd. Op de zilveren munt was het gezicht van een man zichtbaar met daarboven vreemde tekens die Harald niet kon lezen. Dwars door de munt liep een diepe snee, alsof iemand met een bijl of een beitel had geprobeerd om de munt in tweeën te splitsen.

"Is dat de leider van de Romeinen?" vroeg Wilfrid, terwijl hij naar de munt van Beren wees.
"Nee," zei Beren, die de munt in zijn hand nam en hem omhooghield. "Tarik vertelde mij dat hier M. V. AGRIPPA staat. Dat is de naam van de vorige Romeinse gouverneur. De leider van de Romeinen staat wel op de achterkant."
Beren draaide de munt om en daar was heel vaag een figuur van een man op een troon te zien. Een andere man boog voor

de man op de troon en bood hem iets aan, maar door slijtage van de munt was het niet meer te zien wat hij in zijn handen had.

"Dit is Agrippa weer," zei Beren, terwijl hij op de kleine figuur voor de troon wees. "Of dat vertelde Tarik in ieder geval. Ik weet niet of dat echt zo is of dat Tarik het gewoon heeft verzonnen om interessant over te komen. En deze voorstelling moet uitbeelden dat Agrippa Gallia als nieuwe provincie heeft geciviliseerd voor Caesar, die de Romeinen Augustus noemen. Agrippa heeft wegen aangelegd en steden gesticht in Gallia, waardoor hij beschaving naar onze provincie heeft gebracht. Het is minder barbaars dan tijdens de verovering van Gallia en de burgeroorlogen tussen de Romeinen. En Agrippa heeft de Ubiërs toestemming gegeven om zich op de linkeroever van de Rijn te vestigen in hun eigen stad. Caesar Augustus, de leider van de Romeinen, is de man die op de troon zit."

"Is deze Caesar echt de zoon van Julius Caesar?" vroeg Wilfrid. Harald zag dat het gezicht van zijn vader vertrok toen hij die vraag hoorde. Zijn hoofd werd bleek, terwijl hij strak voor zich uit staarde. Wardolf gaf zijn zoon een harde klap tegen zijn achterhoofd.

"Over die Caesar wordt hier niet gesproken," zei hij bits en nam een slok van zijn bier.

Even voelde Harald een duidelijke spanning in de kamer, terwijl Beren en Wardolf allebei zwegen. Harald kende al die namen niet. Augustus, Agrippa, Lollius, het zei hem allemaal niets. Maar de naam Caesar kende hij wel. Hij wist dat Julius Caesar vele jaren geleden Gallia had veroverd voor de Romeinen. Dat was nog ver voor de geboorte van Harald geweest. Caesar was de eerste Romein geweest die de Rijn was overgestoken. Bren had ooit aan Harald verteld dat deze Caesar zelfs een brug over de grote rivier had laten bouwen, maar daar geloofde Harald niks van. De Rijn was te breed en de stroming was te sterk om daar een brug overheen te bouwen.

"Kom je de Romeinen vaak tegen op de rivier, Wardolf?" vroeg Bren uiteindelijk om de spanning te breken.

"Niet zo vaak," zei Wardolf. "Af en toe komt er een patrouilleschip voorbij of ik kom een aantal bevoorradingsschepen tegen die op weg zijn naar de Hunerberg, maar verder blijven ze vaak in hun kamp zitten, vooral in de winter. En soms trekken ze er met een groep van duizenden mannen tegelijk op uit. Dan voeren ze verkenningen uit, of ze bouwen ergens in het binnenland aan de wegen die de Romeinen overal aanleggen."

"Laat je dolk zien, pap," zei de zoon van Wardolf, terwijl hij aan zijn ellenboog trok.

"Oh ja, dat is waar ook," zei Wardolf, die opstond en een kleine bundel uit een kist haalde. Hij sloeg de doeken van de bundel opzij en liet een dolk in een leren schede zien. "Afgelopen winter kwam ik een groepje Romeinse soldaten tegen, midden in de moerassen in het westen. Het waren allemaal nog echte broekies die Romeinen, nauwelijks ouder dan jullie nu zijn. Ze waren hopeloos verdwaald tussen de verschillende kreken en zijtakken van de rivier. Volgens mij had hun commandant ook weinig ervaring. Hun boot was veel te groot voor het ondiepe water waarin ze terecht waren gekomen."

"Domme Romeinen," zei Timmen. "Op het land kunnen ze goed vechten, maar zodra ze op het water komen, gedragen ze zich als een stel kinderen."

"Jij bent ook nog een kind, Timmen," zei Beren. "En zolang jij niet hebt gevaren of gevochten, kun je niks over de Romeinen zeggen. Je kunt sneller dan je denkt verdwaald raken op het water. Zelfs mensen die de rivier goed kennen."

"Dat klopt," zei Wardolf. "Je moet nooit vergeten dat de rivier een eigen wil heeft. Hij is altijd in beweging. Zelfs ik kom soms onbekende stukken tegen en ik vaar al jaren in dit gebied. Maar goed, die soldaten waren zo blij dat ik hen weer op weg kon helpen dat hun commandant zijn dolk wilde ruilen voor een paar ganzen die ik die ochtend had gevangen."

Beren haalde de dolk uit de schede en bekeek hem aandachtig.

"Dit is een mooi wapen," zei hij, terwijl hij de dolk omdraaide in zijn hand. Hij gaf het wapen door aan Bren. "Die soldaten moeten wel erg wanhopig zijn geweest."

"Of ze hadden gewoon veel zin in die ganzen," zei Wardolf.

Terwijl Bren de dolk teruggaf aan Wardolf, stak Timmen zijn hand uit om aan te geven dat hij het wapen ook vast wilde houden. Beren nam een laatste slok uit zijn beker en zette hem met een harde klap op tafel.

"We moeten verder gaan," zei hij tegen zijn zonen. "Ik wil voor het avondeten aan de overkant zijn."

Harald dronk zijn beker leeg, terwijl Wardolf het wapen zorgvuldig inpakte en weer opborg. Hij vertelde waar ze zijn kano konden vinden, waarna ze afscheid namen van hem en zijn kinderen. Beren beloofde dat ze op de terugweg weer langs zouden komen.

Niet veel later kwamen ze bij de rivier. De Rijn was inderdaad veel breder dan de rivier die ze die middag hadden overgestoken, maar ook hier stond het water lager dan gebruikelijk in deze tijd van het jaar. Beren vond de kano op de plek die Wardolf had beschreven. Het was een uitgeholde boomstam die ongeveer twee keer zo lang was als Harald zelf. Hij kon door een of twee personen worden gebruikt. Samen met Timmen controleerde Beren de kleine boot, terwijl Harald en Bren de bepakking van het paard los knoopten. Harald merkte dat het paard onrustig stond te trappelen.

Zou hij voelen dat hij zo meteen de Rijn over moet zwemmen? vroeg Harald zich af. Hij klopte het dier zachtjes op de hals.

Het oversteken van de rivier was een zware inspanning, maar Harald wist dat het dier goed kon zwemmen. Hij was vaker met Bren en Beren de Rijn overgestoken. Het paard werd nog onrustiger en snoof ongeduldig, terwijl hij met zijn hoofd heen en weer bewoog.

"Wat is er?" vroeg Harald, terwijl hij het paard in de ogen keek. Het leek alsof hij ergens van geschrokken was.

Op dat moment hoorde Harald een ander paard hinniken. Het kwam van ver, vanaf de overkant van de rivier. Harald draaide zich snel om en hoorde meer paarden hinniken, gevolgd door woeste kreten van mannen. Een groep eenden stoof weg vanuit het riet aan de overkant en vloog snaterend over hen heen. Beren en Timmen staarden gespannen naar de overkant van het water. Het klonk alsof er een grote groep ruiters door de bossen aan de overkant trok.

"Kijk daar," zei Timmen, terwijl hij naar rechts wees. Hij wees naar een andere plek dan de plek waar het geluid vandaan kwam. Aan de rechterkant ging de brede rivier een bocht om en daar zag Harald een groot aantal boten en vlotten uit de bocht tevoorschijn komen. Het waren tientallen kleine boten die volgepakt zaten met bewapende mannen. Tussen de boten door zag Harald nog meer mannen zwemmen.

Instinctief doken Beren en zijn zonen ineen bij het zien van zo'n grote groep die de rivier overstak. Harald leidde het paard richting de struiken voordat de mannen in de boten hen op zouden merken.

Het paard was net op tijd uit zicht. Recht tegenover hen verscheen een andere groep mannen aan de oever van het water. Het was een groep ruiters die allemaal bewapend waren met speren en schilden. Aan het hoofd van de groep reed een grote man die duidelijk de aanvoerder was. Hij had een versierde, ijzeren helm op zijn hoofd en zwaaide met een groot zwaard door de lucht. De aanvoerder spoorde zijn mannen aan om het water in te gaan en de hele troep stormde de rivier in.

Harald zag een eindeloze rij mannen het bos uit komen en het water in rijden. Op de plaatsen waar het water te diep werd om te rijden sprongen de ruiters van hun paard af, waarna mens en dier samen naar de overkant zwommen.
"Wie zijn dat?" fluisterde Timmen, terwijl er steeds meer mannen uit het bos tevoorschijn kwamen.
"Dit is niet een enkele stam," zei Bren. "Dit zijn meerdere stammen bij elkaar."
Harald had nog nooit zo veel krijgers gezien, zelfs niet als de verschillende families van de Bataven in de zomer allemaal bij elkaar kwamen voor het feest van de zonnewende. De groep tegenover hen bestond al uit meer dan honderd ruiters en de groep die verderop de rivier overstak leek nog groter te zijn.

"Kijk daar, nog meer," zei Timmen, die naar links wees. Ook aan de linkerkant van hen zag Harald een groot aantal boten de rivier oversteken. Over het water hoorden ze de ritmische kreten van de roeiers die allemaal hun best deden om als eerste de overkant te bereiken.

"Die ruiters dragen de kleuren en de uitrusting van de Sugambren," gromde Beren, terwijl hij naar de groep voor hen wees. De voorste zwemmers waren al halverwege de rivier. "Die andere twee groepen ken ik niet, maar dit is een zeer grote groep en het zijn geen Bataven."

"Wat moeten we doen?" vroeg Harald. "Straks zien ze ons."
Harald wilde weg van deze plek, hoewel hij ook niet aan zijn vader of zijn broers wilde laten merken dat hij bang was.
"Oh nee," fluisterde Beren geschrokken, toen hij een nieuwe ruiter uit het bos tevoorschijn zag komen. Harald zag meteen waar zijn vader van schrok. Deze ruiter zag eruit als de aanvoerder van een andere groep krijgers, die weer andere

kleuren droegen dan de groep die als eerste de rivier overstak.

In zijn rechterhand hield de man een lange speer en daar was een afgehakt hoofd op gespiesd. De ruiter zwaaide er voor zijn mannen triomfantelijk mee rond als een trofee. Aan de helm die nog steeds om het hoofd van de man gebonden zat, was duidelijk te zien dat dit hoofd van een Romeinse centurion was geweest. De rode pluim op de helm wapperde heen en weer, terwijl de hoofdman de trofee aan de andere groepen ruiters toonde.

"Dit is niet goed," fluisterde Beren. "Kom mee."

Hij kroop achteruit en leidde het paard met zich mee. De vier liepen zo stil mogelijk weg van het water, waar ze de woeste kreten en het spattende water van de groepen ruiters hoorden.

Toen ze een eindje van de rivier af waren en ze minder lawaai hoorden, haalde Beren snel zijn bepakking van het paard. De proviand verstopte hij onder een struik en hij slingerde zijn schild om zijn rug. Zijn speer hield hij in de hand.

"Bren, jij moet vooruit gaan," zei hij tegen zijn oudste zoon. Hij gaf hem de teugels van het paard. "Als we geluk hebben, trekt deze groep recht naar het zuiden en komen ze niet langs onze boerderij. Maar het is hier sowieso niet meer veilig. Rij eerst naar Wardolf en waarschuw hem. Zijn hoeve ligt recht in het pad van deze troep."

Bren klom snel op het paard, dat nu nog onrustiger was dan net.

Hij voelt onze angst, dacht Harald en hij probeerde om wat minder angst uit te stralen.

"Wacht niet op Wardolf, maar rij meteen door naar huis," zei Beren. "Als de goden het willen, ben je daar voor het donker. Laat Reine en Banna het vee meenemen naar het westen en stuur Trig en Akko mee om ze te beschermen. Rij daarna rechtstreeks door naar Tarik om hem te waarschuwen."

"Ik zal ze waarschuwen," zei Bren. "Maar u dan?"

Beren keek in de richting van de rivier, die verscholen lag achter een paar struiken.

"Ik kom zo snel mogelijk achter je aan," zei hij. "Met een beetje geluk hebben ze te veel haast om ons op te merken. Als zo'n grote groep krijgers de Rijn oversteekt, willen ze waarschijnlijk doortrekken richting het binnenland. Dit is

niet zomaar een kleine overval. Ga nu. En geef het nieuws door als je onderweg Romeinen tegenkomt."
Daarop sloeg Beren tegen het achterwerk van het paard. Bren spoorde het dier aan en even later was hij al verdwenen tussen de bomen.

"Kom mee," zei Beren tegen Harald en Timmen, waarna hij begon te rennen. Harald en Timmen renden zo snel ze konden achter hem aan. Harald was erg geschrokken van het plotselinge verschijnen van de grote groep krijgers die de Rijn overstak. Wie waren ze en waarom kwamen ze naar hun land?

Hij vroeg zich af wat de ruiters zouden doen als ze hen zouden vinden. Zou hun hoofdman zijn hoofd ook op een speer plaatsen en daarmee rond gaan rijden? Of zou hij het hoofd van zijn vader afhakken?

Harald voelde tranen in zijn ogen prikken bij die gedachte, maar hij veegde ze snel weg. Hij was al bijna een man. Hij zou niet huilen. In ieder geval niet waar Timmen en zijn vader bij waren.
"Dit is een fout," mompelde Beren tegen zichzelf, terwijl ze zo snel mogelijk verder liepen. "Een vreselijke fout. Die dwazen weten niet wat ze doen."
"Denk je dat Tarik ze gaat straffen?" vroeg Timmen. "Is het daarom een fout om de Rijn over te steken? Ik kan ook vechten als ze ons huis bedreigen."
Beren snoof.

"Het is niet Tarik waar ik me zorgen over zou maken als ik hen was," zei hij. "Je zag wat die ruiter op zijn speer had. Met deze inval zullen ze de woede van de Romeinen op hun hals halen en dat is ongelofelijk dom. Misschien winnen ze vandaag van de Romeinen, omdat die de aanval niet verwachten. Het zag eruit als een grote verzameling krijgers en er zijn op dit moment weinig soldaten in ons gebied." Beren bleef even stil staan om te luisteren en rende weer verder.

"Ze winnen misschien vandaag of ze weten de Romeinen een paar weken te weerstaan, maar de Romeinen zullen terugkomen. Ver weg in Rome zal Augustus van deze inval horen en hij zal zijn blik naar het noorden richten; naar het land aan de overkant van de Rijn. Hij zal deze aanval niet vergeten en niet vergeven."

Beren bleef weer even staan. Ze hoorden op deze plek geen geluid meer van de rivier. Daarvoor waren ze te ver weg.

"De reactie zal misschien op zich laten wachten, maar ik weet zeker dat hij zal komen. Misschien over een jaar, of over twee jaar. Maar hij zal komen. Deze mannen ontketenen vandaag zonder dat ze het door hebben een storm die zal beginnen in Rome en langzaam aan zal zwellen als hij naar het noorden trekt."

"Hoe weet u dat de Romeinen hen zullen straffen?" vroeg Timmen. "Misschien verslaan ze de Romeinen wel."

"Of misschien hoeven de Romeinen geen wraak te nemen," zei Harald. "Misschien worden ze niet gestraft als ze zich weer terugtrekken naar de overkant van de Rijn."

"De Romeinen nemen altijd wraak," zei Beren, terwijl hij verbeten doorstapte met zijn speer in zijn hand. "En die wraak zal verschrikkelijk zijn. Dat heeft Julius Caesar ons geleerd."

# Hoofdstuk 1

*16 voor Christus*

## Marcus

"Rekruut, ik zei toch dat je in de rij moest gaan staan."
De centurion gaf Marcus een felle klap op zijn rug met de vitis, de korte staf die hij doorgaans gebruikte om zijn mannen te straffen.

Marcus ging snel in de rij staan, terwijl hij de plotseling opkomende pijn in zijn rug probeerde te negeren. Hij keek de brede centurion die naast hem stond niet aan. Dit begint goed, dacht Marcus. Ik heb me niet eens aangemeld of ik word al geslagen.

Marcus stond al een uur te wachten op het veld en hij wilde dat het allemaal wat sneller ging. Hij begon ongeduldig te worden. Hij was niet speciaal naar Rome gekomen om hier de hele dag in de rij te staan. Marcus was vooral ongeduldig omdat hij gespannen was. Hij vroeg zich af of ze hem wel toe zouden laten en hij wilde weten waar hij aan toe was. Hij wist dat hij te jong was om in de legioenen te dienen. Marcus was zestien en je moest minstens zeventien zijn. Maar Marcus kon niet langer wachten. Het leger was zijn enige kans om te ontsnappen aan zijn huidige leven. De enige manier om zijn schande achter zich te laten. In het leger kon hij opnieuw beginnen.

De rij met potentiële rekruten bewoog zich uiterst langzaam naar voren. De officieren namen de tijd om iedereen goed te inspecteren voordat ze werden toegelaten. De inspectie was niet alleen fysiek, want van alle rekruten werd ook gecontroleerd of hun naam voorkwam op de lijsten met Romeinse staatsburgers, die vanuit verschillende steden in Italië werden bijgehouden door de censors. Alleen mannen met burgerrecht mochten dienen in de legioenen. Vrijgelatenen en mannen uit de provincies konden hooguit dienen in de hulptroepen, maar die kregen minder betaald dan de legioensoldaten en stonden ook lager in aanzien. Er waren veel jonge mannen op deze rekrutering afgekomen. Marcus hoorde dialecten uit heel Italië om zich heen, hoewel de meesten uit Rome zelf leken te komen.

Gisteren had Marcus de enorme stad voor de eerste keer in zijn leven gezien en hij was er nog steeds door overdonderd. Hij had al veel verhalen gehoord over de grootte en de pracht van de legendarische stad op de zeven heuvels, maar niets had hem op deze indruk kunnen voorbereiden.

De hele middag en avond had hij met open mond door de drukke stad gedwaald. Hij had op straat ernstige senatoren zien lopen, gehaaste slaven en luidruchtige handelaren. Het leek wel alsof alle talen van de wereld in Rome werden gesproken. De stank die als een smerige deken over de stad lag, was haast ondraaglijk. Toch merkte Marcus het nauwelijks op. Hij was te zeer onder de indruk van de enorme bouwwerken. Het ene gebouw was nog groter en schitterender dan het andere.

Vooral de tempels waren prachtig. Marcus kon zich haast niet voorstellen dat deze gebouwen door mensen waren gebouwd. Als de Romeinen in staat waren dit soort bouwwerken neer te zetten, dan was het terecht dat Rome de heerser over de wereld was. Geen enkel volk kon dit overtreffen.

Bij het vallen van de avond had Marcus zijn laatste bezittingen geofferd bij de tempel van Castor en Pollux. Hij had niet veel; een paar munten en een oud versierd mes dat zijn moeder hem had gegeven, maar dat had hij allemaal afgestaan. Hij wilde niets meer overhouden wat hem aan zijn vorige leven herinnerde. Hij wilde opnieuw beginnen. Bij zijn offer aan de twee goden had Marcus ook de belofte gedaan dat hij een deel van zijn eerste oorlogsbuit zou offeren als ze hem lang genoeg in leven konden houden.

Na het offer had hij de nacht op straat doorgebracht, aangezien hij zich geen kamer meer kon veroorloven. Na een korte slaap in een steeg had hij de volgende ochtend eerst nog over het forum gewandeld en was uiteindelijk met pijn in zijn hart de poort uitgelopen om naar het veld te gaan waar de rekrutering plaats zou vinden. Marcus had geen idee hoeveel jaar het zou duren voor hij weer terug zou zijn in Rome. Als soldaat zou hij de stad niet zomaar mogen betreden zonder toestemming. Bij een veld iets buiten de stad zag Marcus een grote menigte jonge mannen die zich allemaal aan wilden melden voor de legioenen.

Iedereen in de stad wist dat er iets groots stond te gebeuren. Er werd een belangrijke campagne voorbereid. De legioenen zouden er binnenkort op uit trekken om nieuwe gebieden te veroveren. En nieuwe veroveringen betekenden oorlogsbuit en de kans op roem. Alle jonge mannen, zowel van hoge als lage komaf, werden door dat vooruitzicht aangetrokken. Dit werd een campagne waar je bij moest zijn. De stad gonsde al lang van de geruchten over het doel van de campagne. En die geruchten waren alleen maar wilder geworden nu zelfs de Princeps uit Rome was vertrokken en naar Gallia was gegaan.

Het was alweer meer dan een jaar geleden dat het verschrikkelijke nieuws uit Gallia was doorgedrongen tot de inwoners van Rome. Er was een schok door de stad gegaan toen bekend werd dat Marcus Lollius in Gallia Belgica was verslagen door een verbond van verschillende Germaanse stammen die de Rijn over waren gestoken. Voordat ze de Rijn over trokken hadden de Germanen eerst een aantal Romeinse officieren gedood die zich ten noorden van de Rijn bevonden en daarna waren ze al plunderend door Gallia Belgica getrokken.

Per toeval stuitte de Germaanse horde daar op Marcus Lollius, die met een klein escorte onderweg was. Hij werd eenvoudig verslagen door de overmacht van de Germanen.

Wat het ergste was aan de nederlaag van Lollius was dat het Vijfde legioen zijn adelaar had verloren. De standaard met het beeld van de adelaar was het belangrijkste ereteken van een legioen. Het was een heilig symbool voor de legionairs en het werd beschouwd als een grote schande als de vijand erin slaagde om de adelaar te stelen.

Iedereen had verwacht dat Agrippa, de meest bekwame generaal en de rechterhand van Augustus, naar Gallia Belgica zou worden gestuurd om Lollius te vervangen, maar Agrippa was net vertrokken op een missie naar het Verre Oosten. En dus ging Caesar Augustus zelf naar Gallia om orde op zaken te stellen. Hij vertrok na de winter naar Lugdunum in Gallia en nam zijn familie en zijn twee stiefzonen, Tiberius en Drusus, met zich mee. Toen de Germanen hoorden dat Augustus plannen maakte om hoogstpersoonlijk naar Gallia te komen, hadden ze zich snel teruggetrokken achter de Rijn en om vrede gevraagd.

Maar Marcus wist dat Augustus het hier niet bij zou laten zitten. Niet nu de eer van het Vijfde legioen en die van Rome zelf waren geschonden. Augustus mocht niet zwak lijken in de jonge provincie, die pas een generatie geleden door Julius Caesar was veroverd. Rome moest laten zien dat het in staat was om heel Gallia te beschermen tegen dit soort rovende barbaren. En dus maakte Rome zich klaar voor oorlog.

Voor zich zag Marcus dat een van de rekruten werd afgewezen door de officieren die iedereen inspecteerden. De man was te klein voor de legioenen en hij werd ondanks zijn hevige protesten de rij uit gestuurd. Dat was in ieder geval iets waar Marcus zich geen zorgen om hoefde te maken. Hij was een stuk langer dan de meeste andere mannen in de rij.

Marcus schatte in dat hij minstens een kop groter was dan de man die net was weggestuurd. Hij had wel een wat tengere, slungelachtige bouw. Zijn armen en schouders waren vrij slap vergeleken met de anderen, omdat hij altijd binnenshuis had gewerkt. Gelukkig had de lange voettocht naar Rome ervoor gezorgd dat zijn kuiten iets steviger waren geworden. Het enige waar hij zich zorgen over maakte was zijn leeftijd. Hij wist niet hoe streng de officieren zouden zijn. Hij was vast niet de eerste jongen die loog over zijn leeftijd om in het leger te komen. Om wat ouder te lijken had hij de afgelopen dagen zijn baard laten staan, maar dat had nog niet veel opgeleverd. Hij zag er nog steeds erg jeugdig uit met zijn zwarte haar en zijn donkerblauwe ogen.

"Je naam?" vroeg de officier achter de tafel, toen Marcus eindelijk aan de beurt was.

"Marcus, meneer," zei hij.

Een slaaf was ondertussen bezig om met een touw de maten van Marcus op te meten. Hij maakte aantekeningen op een schrijfplankje van was. De slaafde mompelde goedkeurend bij het meten van zijn lengte, maar keek misprijzend naar de dunne armen van Marcus. Hij hield een van zijn armen in de lucht en keek met een spottende blik naar de officier. De officier gaf een teken dat hij het gezien had.

"Dat komt vanzelf goed," zei hij en hij richtte zich weer tot Marcus. "Van welke familie?"

"Vilenus," zei Marcus.

Hij liet het document zien dat hij een paar dagen daarvoor midden in de nacht had gestolen. Marcus kon het niet lezen, maar hij wist wat erop stond. Het was het bewijs dat Marcus Vilenus een burger was. Vanaf nu was dat zijn nieuwe naam.

"Hoe oud ben je, Marcus?"

"Ik ben zeventien meneer," zei Marcus met een strak gezicht. De slaaf naast hem maakte een proestend geluid. Marcus voelde dat hij rood werd, maar durfde de slaaf niet aan te kijken. Zijn grote droom hing van dit ene moment af. Al van jongs af aan wilde Marcus als legionair dienen. Dan zou iedereen hem eindelijk respecteren en niet als uitschot behandelen. Marcus had geen idee wat hij moest doen als de officier hem nu zou weigeren. De officier keek hem streng aan en Marcus voelde dat de slaaf ook naar hem staarde, alsof ze zijn gedachten konden lezen.
"Je hoorde de knaap, Pisto," zei de man ten slotte. "Schrijf zeventien op."

De man stelde nog een aantal vragen over zijn verleden, waar Marcus al wat antwoorden voor had verzonnen op zijn reis naar Rome. Daarna controleerde de slaaf Pisto zijn gebit, maar Marcus had het gevoel dat hij al bijna was toegelaten. Uiteindelijk keurde Pisto hem goed en drukte de keuringsofficier zijn stempel op het schrijfplankje.

"Marcus Vilenus, welkom bij het Eenentwintigste legioen," zei hij, terwijl hij de arm van Marcus vastpakte. "Meld je bij centurion Publius Barrus van het Zevende cohort, Derde centurie. Barrus weet wel raad met die iele armpjes van je."
De officier gaf Marcus het schrijfplankje.
"Nadat je je bij de centurion hebt gemeld, geef je dit aan de signifier, de drager van de standaard van de centurie. Zorg dat je dat deel niet vergeet, want hij houdt de administratie en de soldij bij voor jouw centurie. De soldij wordt drie keer per jaar uitgekeerd. En schiet nu een beetje op, we willen dat alle nieuwe rekruten vandaag nog hun eed afleggen."

Marcus moest verschillende keren vragen waar hij het Zevende cohort kon vinden. Er waren maar weinig soldaten die hem konden helpen. Iedereen die Marcus aansprak leek wel een nieuwe rekruut te zijn. Niemand wist waar het Zevende cohort zijn tenten had opgezet in het tijdelijke kamp naast de stad. De centurions en overige officieren die al jaren in de legioenen hadden gediend, hadden er niet aan gedacht dat niemand van de rekruten wist waar hij heen moest. Overal waar het legioen zijn kamp opsloeg werd het volgens hetzelfde strakke patroon opgezet. Het kwam niet meer bij de officieren op dat iemand dat patroon niet in zijn hoofd had zitten en het gevolg was dat honderden nieuwe soldaten die middag over het veld liepen te dwalen op zoek naar hun juiste plek. Het maakte het humeur van de centurions er niet beter op.

De basiseenheid van de legioenen waren de centuries, die uit tachtig soldaten bestonden en werden geleid door de centurion. Alle centurions waren ervaren soldaten die al jaren in de legioenen hadden gediend. Ze waren op het slagveld duidelijk te onderscheiden van de reguliere soldaten door hun versierde helmen met een rode kam. Iedere centurion koos zelf als rechterhand een optio uit, die hem ondersteunde in het commando en zijn taken over kon nemen als de centurion sneuvelde in de strijd. Naast de centurion en de optio vormden nog de wachtcommandant, de drager van de standaard en de hoornblazer samen het officierenkorps van een centurie. Zes centuries samen vormden een cohort, wat neerkwam op vierhonderdtachtig man. En het hele legioen bestond op zijn beurt weer uit tien cohorten, waarbij het meest prestigieuze Eerste cohort twee keer zo groot was als de andere cohorten. Alles bij elkaar telde het legioen op volle sterkte zo'n viereneenhalfduizend soldaten en officieren en daar kwamen dan nog de artsen, ingenieurs, slaven, smeden, de families van de hogere officieren en de begeleiders van de enorme bagagekaravaan bij.

Marcus was ingedeeld in het Zevende cohort en toen hij zijn cohort eindelijk gevonden had, zag hij dat een groot deel van de centurie al compleet was. De jonge mannen stonden gespannen te wachten in rijen van acht tot alle rekruten waren ingedeeld. Iedere rij had zijn eigen tent, waarbij de nieuwe rekruten zo werden verdeeld dat er in iedere tent wel minstens een of twee ervaren soldaten waren.

De centurion die voor de groep stond keek Marcus afkeurend aan, terwijl hij de schrijfplank in ontvangst nam. Het was een brede, gespierde man van ongeveer veertig jaar, schatte Marcus. Op de een of andere manier deed hij hem denken aan een stier, die met zijn gespierde nek en kleine donkere ogen op ieder moment klaar leek te staan om iemand aan te vallen. Waarschijnlijk had hij zijn twintig dienstjaren er al op zitten, maar toch was hij hier om weer een stel nieuwe rekruten op te leiden tot legionairs van Rome.

Hij was oud genoeg om zich met de andere veteranen te vestigen in een van de koloniën, maar hij bleef in dienst en was een van de oudere mannen van het legioen. Dit was een professionele vechtersbaas die zijn hele leven had gewijd aan oorlog voeren, vechten en moorden en dat straalde hij ook uit. Schuin over de bovenkant van zijn neus en wang, net naast zijn oog, liep prominent een litteken en zijn linkerarm, zijn zwaardarm, zat vol krassen en schrammen die hij over de jaren in verschillende gevechten had opgelopen. Zijn ogen straalden een doffe hardheid uit met weinig ruimte voor vrolijkheid.

"Moet je kijken wat ze ons nu weer gestuurd hebben, Quintus," zei Publius Barrus tegen zijn optio, terwijl hij misprijzend naar het slungelige lichaam van Marcus keek. "Zelfs Marius ging niet zo ver dat hij meisjes toeliet in de legioenen."

De mannen in de centurie lachten, waardoor Marcus zich opgelaten voelde. Hij deed alsof hij de opmerking niet had gehoord. De optio lachte mee, maar iets minder hard dan de anderen.

"Hoe heet je, rekruut?" vroeg de optio, terwijl de centurion de schrijfplank doorgaf aan de drager van de standaard.

"Marcus Vilenus, meneer," zei Marcus, die het saluut nadeed dat hij bij verschillende soldaten in het kamp had gezien. De mannen begonnen opnieuw te lachen, maar een blik van Barrus zorgde ervoor dat ze stil werden.

"Tiende tent, Vilenus," zei de centurion. "Ga in de tiende rij staan. Ik wil niet dat zo'n lange slungel als jij in mijn voorste linie staat. Straks krijg je nog een speer van de mannen achter je in je nek."

Marcus draaide zich om en liep naar de achterste rij van de centurie. Hij nam zijn plaats in tussen de mannen met wie hij de komende jaren zijn tent zou delen. De anderen groetten hem niet toen Marcus tussen hen in kwam staan. Alle mannen keken strak voor zich uit en zeiden niets, terwijl de overige rekruten van de centurie zich één voor één kwamen melden. Publius Barrus leek op bijna iedere rekruut wel iets aan te merken te hebben. De ene was te klein, de andere te oud of juist te jong; er was een enorme rekruut, Aulus Cottus, waarvan Barrus zich serieus afvroeg of hij niet te dik was voor de wapenuitrusting.

"Is dit een grap van die slaaf Pisto?" vroeg Barrus, terwijl hij naar de rekruut staarde die bijna een kop groter was dan hijzelf. "Ik zou zweren dat ze jou zouden indelen bij de ossen van de wagens."

Cottus werd bij Marcus in de tent ingedeeld en terwijl hij met een beschaamd gezicht naar zijn plek liep, smeekte de centurion Mars luid om vergiffenis dat hij met deze troosteloze groep ten strijde moest trekken. Marcus dacht dat Barrus een grap maakte en begon te lachen, maar dat werd snel door de centurion afgestraft met een paar ferme tikken met zijn staf.

"Niemand spot in deze centurie met de goden, Vilenus," schreeuwde Barrus vlak naast zijn gezicht. Marcus voelde druppels spuug in zijn oor. "En al helemaal niet met Mars, de god die al meer dan eens mijn leven heeft gered op het slagveld."

Met afgemeten stappen liep Barrus terug naar voren.

"Als jullie Mars waardig zijn, zal hij jullie in leven houden," zei hij tegen alle rekruten. "Maar als ik erachter kom dat jullie zwak zijn of laf, dan kan zelfs Mars jullie niet beschermen. Dan wurg ik jullie eigenhandig in jullie slaap."

Verschillende jonge rekruten keken ongemakkelijk naar Barrus, alsof ze verwachtten dat hij ze hier ter plekke zou aanvallen. De optio deed ondertussen zijn best om zijn glimlach te onderdrukken en net zo streng te kijken als de centurion.

De optio was een paar jaar jonger dan de centurion, maar Marcus had het idee dat hij toch ook al tegen het einde van zijn dienstperiode moest zitten. Hij heette Quintus Caelius en net zoals de andere officieren van de centurie had hij al jaren gediend onder het commando van Barrus. De twee waren echte wapenbroeders die samen talloze veldslagen hadden overleefd.

De helm van de optio was iets minder opzichtig dan de helm van de centurion. Hij had een enkele pluim in de vorm van een witte paardenstaart op zijn helm in plaats van de brede rode kam van Barrus. En zijn kleding was iets minder rijk versierd met de ronde onderscheidingstekens die Barrus deze dag op zijn borst droeg. Quintus was een wat rustiger persoon dan Barrus. Dat merkte Marcus al meteen op de eerste dag. Waar de centurion impulsief en opvliegend kon zijn en zich snel opwond als iets niet ging zoals hij wilde, was Quintus juist op geen enkele manier van zijn stuk te brengen.

Hij had na al die jaren in het leger nog steeds een redelijk ongeschonden gezicht, wat waarschijnlijk kwam doordat de optio altijd aan de achterkant van de slagorde van een centurie vocht. Quintus had alleen op zijn schildarm een litteken dat eruitzag alsof hij daar jaren geleden een grote brandwond had opgelopen. De huid op die arm zag er nog steeds rood en beschadigd uit.

Quintus en Publius leerden de rekruten die middag nog maar weinig. Ze waren vooral bezig om alle namen te leren en uit te vinden van welke rekruten ze problemen konden verwachten tijdens de opleiding. Marcus vroeg zich af hoe de volgende dagen zouden verlopen. Hij wist dat de legioenen een loodzware proeftijd hadden. En ook als hij die proeftijd zou doorstaan, zou het leven in het legioen zwaar zijn. Dat was juist de kracht van het Romeinse leger, wist hij. Een zwaard werd gesmeed door er met een hamer op te slaan tot het hard was; en hetzelfde gold voor de soldaten die deze zwaarden zouden gebruiken. Barrus was de hamer die deze groep rekruten om zou vormen tot een geharde groep soldaten. Marcus twijfelde er niet aan of hij de proeftijd door zou komen.

De indrukken van deze dag voelden aan de ene kant bedreigend, maar aan de andere kant voelde het ook als een bevrijding. Dit was een wereld waar plek voor hem was. Dit was een wereld waarin hij thuishoorde. Voor het eerst in zijn leven voelde Marcus dat er niet op hem werd neergekeken vanwege zijn afkomst. Hier was iedereen gelijk. In de ogen van de centurion waren alle rekruten even waardeloos.

## Hoofdstuk 2

## Banna

Op de ochtend van de bruiloft was Banna enorm gespannen. Vanaf het moment dat ze wakker werd, kon ze niet meer in slaap komen. Ze moest wel opstaan. Ze kon niet wachten tot de zon opkwam voor de dag waar ze zo lang naar had uitgekeken. Het voelde bijna alsof niet haar broer Bren, maar zijzelf vandaag zou gaan trouwen. Zo spannend vond ze het.

Ze kroop uit bed en schuifelde zo stil mogelijk vanaf haar kleine slaapkamer naar het woongedeelte van de donkere boerderij. Haar moeder Reine was al net zo zenuwachtig als zijzelf. Samen met de slaven Trig en Akko was ze bezig om het ontbijt voor de gasten voor te bereiden in de donkere keuken.

Banna vroeg of ze haar jurk al aan mocht, maar haar moeder zei dat ze nog tot de middag moest wachten.

"Anders is hij straks al smerig als het feest nog moet beginnen," zei ze, terwijl ze een kom met warme pap voor Banna op tafel zette.

"Wanneer komt Hilde?" vroeg Banna.

Ze was benieuwd of Hilde, die vandaag met haar broer zou gaan trouwen, net zo'n mooie jurk zou hebben als zijzelf.

Beren had de datum voor deze bruiloft uitgekozen toen hij een half jaar geleden akkoord was gegaan met de verbintenis tussen zijn zoon en de dochter van Wardolf. Bren en Hilde mochten trouwen bij de eerste volle maan na het oogstfeest, nog net voor het begin van de winter. Beren had liever een andere bruid voor zijn oudste zoon gekozen. Iemand van een familie die in hoger aanzien stond dan Wardolf, maar Bren en Hilde waren echt verliefd op elkaar en dat zorgde er uiteindelijk voor dat Beren overstag ging.

De vonk tussen Hilde en Bren was een jaar geleden overgeslagen tijdens de inval van de Germanen en dat kon Banna wel begrijpen. Ze zag nog voor zich hoe Bren en Hilde samen op het paard bij hun boerderij aan kwamen rijden om hen te waarschuwen. In tegenstelling tot wat Beren hem had opgedragen, had Bren de dochter van Wardolf meegenomen om haar te beschermen. Wie kon zo'n koene redder in nood nou weerstaan?

Stiekem hoopte Banna dat er op een dag ook een knappe ruiter voor haar op de boerderij zou verschijnen om haar te beschermen tegen gevaar. Misschien zelfs wel een Romeinse officier met een schitterende helm en mantel die haar mee zou nemen naar zijn villa.

Na haar ontbijt merkte Banna dat ze haar moeder voor de voeten liep, dus ging ze naar buiten. De ochtenden begonnen frisser te worden in deze tijd van het jaar en Banna zag een lichte nevel over de velden hangen. De lucht was echter strakblauw en dat was een goed voorteken. De goden waren blijkbaar tevreden over het huwelijk.

Ze wandelde rustig langs de tenten die de gasten de vorige dag rond hun boerderij hadden opgeslagen. Gisteren waren er al tien mannen met hun gevolg naar de boerderij van Beren gekomen voor de bruiloft en vandaag zouden er nog meer gasten komen. Beren stond in hoog aanzien en hij had zelfs Tarik, de leider van hun stam, uitgenodigd voor de bruiloft. Misschien hoopte Beren dat hij Banna of Harald tijdens deze bruiloft kon koppelen aan een van de neven of nichten van Tarik, dacht Banna.

Er was zo vroeg in de ochtend nog weinig activiteit rond de tenten. De gasten hadden gisteravond bijna allemaal iets te veel gedronken en waarschijnlijk zouden ze vanavond nog meer drinken. Banna vroeg zich af hoe haar broer Timmen zich nu zou voelen. Het laatste wat ze gisteren van haar veertienjarige broer had gezien was dat hij door Harald en Akko werd weggedragen nadat hij de hele tafel had onder gespuugd. Beren had nog het hardst gelachen van allemaal toen dat gebeurde. De bulderende lach van haar vader klonk overal bovenuit, terwijl hij hard met zijn drinkbeker op tafel sloeg.

Banna had zich gisteren niet prettig gevoeld tussen al die gasten die zoveel bier dronken. Zelf mocht ze van Reine een paar slokken uit haar beker proeven, maar ze vond de smaak niet lekker. Het was veel te bitter en nadat ze Timmen had zien spugen, had Banna zich voorgenomen om nooit bier te drinken. Ze begreep niet wat de andere gasten er zo lekker aan vonden.

Banna liep verder langs het veld waar ze een paar weken geleden met verschillende families uit de omgeving het graan af hadden gehaald. Enkele kraaien waren die ochtend neergestreken op het kale veld en zochten naar achtergebleven graankorrels.

Ze stak via platte stenen de stroom over die achter het veld langs liep en ging het kleine bos in aan de overkant. Terwijl de zon aan de hemel verscheen en de mist langzaam verdreef, plukte Banna bessen en groene bladeren uit de struiken, waarmee ze een krans voor in haar haar wilde vlechten. Ze keek naar de zon en wilde dat die wat sneller omhoog kwam. Ze kon haast niet wachten tot het feest die avond zou beginnen.

Na het middagmaal kwam Wardolf met zijn kinderen naar de boerderij van Beren. Wardolf glom van trots toen hij bij de boerderij aankwam. Zijn zoon Wilfrid leidde een grote, zwarte hengst mee die Wardolf aan Beren schonk als bruidsschat. Banna wist dat Wardolf zich dat geschenk eigenlijk niet kon veroorloven. Waarschijnlijk had hij hiervoor een deel van zijn oogst of zijn land af moeten staan aan een andere familie, maar een minder waardevol geschenk zou een belediging zijn voor Beren. Banna had aan het eind van de ochtend haar jurk van fijn linnen aangetrokken en ze zag dat Hilde ook een prachtige jurk aan had. De familie van Wardolf at een lichte maaltijd samen met de familie van Beren, terwijl buiten nieuwe gasten aankwamen bij de boerderij.

Na de maaltijd trokken alle gasten in een lange stoet richting een nabijgelegen bos waar Mani, de priester van hun stam, op hen wachtte. Wardolf liep voorop met Hilde. Daarachter kwamen Reine en haar zoon Bren en vervolgens de rest van de familie van Beren. Daarna volgden de andere gasten in volgorde van hun aanzien, wat vooral achteraan in de rij voor de nodige discussie over de volgorde zorgde; zeker omdat de meeste gasten in de middag alweer waren begonnen met drinken. Uiteindelijk schikten de gasten zich erin, want niemand wilde deze heilige ceremonie verstoren met boze woorden of vechtpartijen.

Tarik liep, als voornaamste man van de stam, samen met zijn vrouw direct achter de kinderen van Beren. Banna vond het altijd leuk als Tarik op bezoek kwam bij Beren. Het was een luidruchtige, grote man met felle donkere ogen en een woeste, zwarte baard. Hij was altijd opgewekt en zodra hij ergens binnenkwam leek hij alle aandacht van de aanwezigen op zich te vestigen. Beren was wat rustiger dan Tarik, maar Banna kon merken dat ze erg op elkaar gesteld waren en zodra Tarik er was, werd Beren zelf ook luidruchtiger, alsof ze elkaar versterkten. Ook nu hij achter haar liep hoorde Banna Tarik continu schunnige grappen maken over het bruidspaar en daar moest ze stiekem erg om lachen. Haar moeder liep schuin voor Banna en ze kon aan haar gezicht zien dat ze zich stoorde aan het gedrag van Tarik. Haar wangen werden rood en ze deed met een norse blik net of ze hem niet hoorde. Reine voelde zich nooit op haar gemak als Tarik in de buurt was. Ze tolereerde hem alleen, omdat hij zo'n goede vriend was van Beren.

Bij een open plek in het bos verzamelden de gasten zich in een grote kring. Een huwelijk was een heilige gebeurtenis en hun volk hield alle belangrijke bijeenkomsten in de buitenlucht, zodat de goden getuige konden zijn van de ceremonie. Het was laat in het jaar, waardoor de zon al vroeg begon te zakken. De priester heette iedereen welkom en hij verzocht de goden en de geesten van hun voorouders om aanwezig te zijn bij de ceremonie.

Banna had de priester een aantal keer gezien bij andere religieuze feesten, maar ze was altijd een beetje bang van hem. De oude man had een lange grijze baard en slordige grijze haren, met daaronder harde blauwe ogen die altijd boos leken te kijken. Hij had maar een paar tanden in zijn mond en er hing altijd een beetje een muffe lucht om hem heen. Volgens Bren kwam die geur doordat hij samen met een roedel wolven in een hol onder de grond leefde, maar dat geloofde Banna niet. Nadat de priester een teken had gegeven, kwam Bren naar voren met een stier die Harald en Timmen mee hadden genomen van de boerderij.

Banna zag haar oudere broer, die anders altijd vrolijk en open was, ernstig kijken. Bren vroeg Donar, de god van de donder, om bescherming voor zijn vrouw, het huis van zijn familie en voor de kinderen die uit hun huwelijk zouden volgen.

"Moge uw hamer mijn familie beschermen tegen onheil en boze geesten," zei Bren luid, terwijl hij met een mes de keel van de stier door sneed. Het dier, dat die ochtend door de priester verdoofd was met een speciale drank, zakte meteen door zijn hoeven. Het bloed stroomde uit zijn keel over de grond en over de handen van Bren. De priester knikte goedkeurend. Het was een goede dood geweest. Nadat de stier niet meer bewoog, haalde de priester een lang mes tevoorschijn. Behendig sneed hij de buik van het beest open en inspecteerde de ingewanden.

Banna vroeg zich af wat de goden hem konden vertellen uit de stinkende ingewanden, maar na een tijdje hief de priester zijn bebloede handen omhoog met de lever van de stier in zijn handen. Hij verkondigde dat Donar achter het huwelijk stond. De groep haalde opgelucht adem, ook al had iedereen dit eigenlijk wel verwacht. Volgens Beren kwam het bijna nooit voor dat de voortekenen niet gunstig waren. Hierna was het de beurt aan Wardolf, die een witte koe offerde en aan Freya vroeg om het huwelijk te zegenen met een groot aantal kinderen. Ook de voortekenen van de koe bleken gunstig te zijn en terwijl enkele slaven zich over de dieren ontfermden om hen klaar te maken voor het avondmaal, liep de groep met gasten richting een grote eik voor het laatste deel van de ceremonie. Bren en Hilde keken elkaar verliefd aan, terwijl ze voor alle aanwezigen beloofden om elkaar altijd trouw te blijven en voor elkaar te zorgen.

Voor Banna voelde de hele gebeurtenis aan als één van de verhalen die 's avonds bij het vuur werden verteld. Ze keek de verzamelde groep met gasten rond en vroeg zich af of een van de jongens in deze groep op een dag misschien net zo verliefd naar haar zou kijken als haar broer nu naar Hilde keek. Bren deed Hilde een ijzeren armband om, waarvan de uiteinden gevormd werden door twee paardenhoofden. Die armband had Bren speciaal voor het huwelijksfeest laten maken en hij symboliseerde dat Hilde nu onder zijn bescherming stond. Daarna mochten de bruid en de bruidegom elkaar eindelijk zoenen. Er barstte een luid gejoel los onder de aanwezige gasten toen Bren in de laatste zonnestralen van die dag zijn lippen op de mond van Hilde drukte. Bren en Hilde waren met elkaar getrouwd. Banna had eindelijk een grote zus.

Na de ceremonie zochten de gasten hun tafels op die op de open plek in het bos waren opgesteld en kon het feestmaal beginnen. Het feest begon met soep en zoete koeken en terwijl het langzaam donker werd en er grote vuren werden ontstoken, verspreidde de geur van gebraden vlees zich door het heilige bos.

Tarik mocht met zijn vrouw aan de hoofdtafel zitten bij Bren en Hilde en hun familie. Speciaal voor deze gelegenheid had de hoofdman van hun stam tien kruiken wijn meegenomen die hij met de Romeinen had geruild.

Normaal gesproken dronken ze alleen bier, melk of water, maar de laatste jaren kwam er ook steeds vaker wijn op tafel. Vooral bij de belangrijkste mannen van de stam was dit een populaire drank aan het worden, waarmee ze de Romeinen wilden imiteren. Banna mocht van Reine een paar slokken van haar beker met wijn proberen, maar ze kwam al snel tot de conclusie dat ze dit ook geen lekkere drank vond. Dit is juist weer te zuur, dacht Banna, terwijl ze de beker teruggaf aan haar moeder. Wat hadden al die volwassenen toch met bier en wijn? Ze vond melk veel lekkerder.
Tijdens het eten kwamen alle andere families één voor één langs de tafel van het bruidspaar om hen te feliciteren en geschenken aan te bieden. Na de maaltijd stonden verschillende gasten op om te gaan dansen. Er werden trommels en fluiten tevoorschijn gehaald en de vuren werden hoger opgestookt.

Banna zag dat Tarik haar vader aan zijn arm trok. “Kom mee,” hoorde Banna hun hoofdman, die tijdens de maaltijd al stevig had gedronken, tegen Beren zeggen. “We hebben belangrijke zaken te bespreken.”
De twee mannen stonden op en liepen ongemerkt weg van het feest, het bos in. Beren nam een brandende fakkel mee die aan de rand van de open plek in de grond stond.

Nu gaat het gebeuren, dacht Banna opgewonden, terwijl ze zag hoe Beren en Tarik in de duisternis verdwenen. Ze hebben belangrijke zaken te bespreken die niemand mag horen en dat kan maar één ding betekenen. Tarik gaat aan vader vragen of iemand uit zijn familie met mij mag trouwen. Of misschien heeft hij wel een bruid voor Harald in gedachten.
Banna wilde zelf horen wat Tarik en Beren met elkaar bespraken. Ze zei tegen Reine dat ze moest plassen en liep achter haar vader aan het bos in.

In het bos was het koel en donker en na de felle vuren op de open plek moesten haar ogen wennen aan de duisternis. Ze bewoog zich zo stil mogelijk tussen de bomen door in de richting waarin haar vader was verdwenen. Het geluid van de muziek en het bulderende lachen van de gasten achter haar werd zachter. Even wist Banna niet waar ze heen moest, maar toen zag ze iets verderop het licht van de fakkel door de bomen schijnen. Ze sloop verder, tot ze Tarik en Beren goed kon zien en kon horen wat ze zeiden.

Eerst begreep ze er weinig van. Dit ging helemaal niet over een verbintenis tussen hun families. Tarik had het over ene Augustus, die samen met ene Tiberius naar hun land was gekomen. Tiberius had de rol van gouverneur overgenomen van de vorige gouverneur Lollius, die vorig jaar was verslagen door de Germaanse stammen die de Rijn over waren getrokken. Tarik was ervan overtuigd dat die Tiberius binnenkort een belangrijke vraag aan hem ging stellen.
"Weet je zeker dat er oorlog komt?" vroeg Beren.
Banna schrok toen ze het woord oorlog hoorde.
Tarik knikte.

"Eigenlijk had ik het dit jaar al verwacht," zei hij. "Maar Augustus is verstandiger dan de meeste andere Romeinen. Hij weet dat hij eerst zijn positie in Gallia moet versterken voordat hij de Rijn over kan steken. Onze provincie is nog jong. Hij moet eerst zorgen dat de stammen in Gallia aan zijn kant staan, voordat hij samen met die stammen ten strijde kan trekken tegen de Germaanse stammen. Hij moet eerst zorgen dat onze stam aan zijn kant staat."

Banna merkte dat ze ongerust werd van de woorden van Tarik. Ze wilde niet dat er oorlog kwam. Ze herinnerde zich nog hoe bang ze was geweest toen ze vorig jaar moesten vluchten van hun boerderij. Al haar spullen had ze achter moeten laten toen ze van het ene op het andere moment met Bren, Hilde, haar moeder en de twee slaven moest vertrekken. Zelfs haar poppen en haar kleren had ze niet mee kunnen nemen, alleen de kleren die ze op dat moment aan had. Ze hadden dagen rondgelopen met de vrees dat haar vader en haar broers al dood waren, totdat ze hen eindelijk terug vonden bij de grote hoeve van Tarik. De overvallers zelf had ze gelukkig nooit gezien, maar de andere families die naar Tarik waren gevlucht vertelden verschrikkelijke verhalen. Banna wilde dat gevoel van angst en ongerustheid niet nog een keer meemaken. Ze wilde niet dat haar vader met Tarik weg zou gaan.

"Een oorlog biedt ook kansen," zei Tarik. "De Romeinen weten dat ze ons nodig hebben als ze de Rijn over willen steken. Wij controleren de grote rivieren. Als we het slim spelen, kunnen we de positie van ons volk versterken."
Beren schudde zijn hoofd.
"Een oorlog levert nooit wat op," zei hij, terwijl hij ergens in de verte staarde, in de richting van het feestgedruis. "Oorlog brengt alleen verdriet, pijn en dood. Aan beide zijden van het

slagveld. Bij de winnaars én de verliezers. Of ben je soms vergeten hoe het was? Ben je vergeten waarom we moesten verhuizen?"

De blik in de ogen van Tarik veranderde. Er kwam een hardheid in zijn ogen, terwijl hij zwijgend naar Beren staarde.

"Ik zal je niet steunen, Tarik," zei Beren. "Als deze vraag wordt voorgelegd aan de volksvergadering, zal ik tegen stemmen. En ik zal de andere mannen van onze stam aanraden om hetzelfde te doen."

"Dus jij zegt nee? Na alles wat ik voor jou heb gedaan? Jij was degene die de vorige keer mijn hulp nodig had. Jij was de oorzaak."

Beren keek Tarik aan.

"Dat weet ik nog," zei hij met een droeve stem. "Dat zal ik nooit vergeten. Maar ik zeg nu dat het een vergissing is om met de Romeinen ten strijde te trekken. We zijn hier juist komen wonen om de strijd te ontvluchten. Ons volk heeft de vorige keer zoveel geleden. Ik kan het niet over mijn hart verkrijgen om ze nog een keer zoiets aan te doen. Ik heb tegenwoordig een familie waar ik aan moet denken."

Plotseling pakte Tarik Beren vast bij zijn hemd en trok hem naar zich toe. Banna schrok hier zo van dat ze bijna gilde. Ze kon nog net haar hand voor haar mond houden.

"Is dit jouw dank voor alles wat ik voor je heb gedaan?" siste Tarik fel in het oor van haar vader. "Is dit de Beren die altijd aan mijn zijde heeft gestaan? Wat voor voorbeeld ben je nou voor je zoons? Wat voor man is een man die niet wil vechten?"

Banna had Tarik nog nooit op deze manier gezien. Opeens was hij niet meer de gezellige, hartelijke man die de sfeer had bepaald tijdens de bruiloft. Hij keek dronken en gevaarlijk uit zijn ogen, alsof hij haar vader wilde slaan.

"Blijf van me af," zei Beren, terwijl hij de hand van Tarik los trok. "Ik wil niet dat mijn zoons door jou worden meegesleept in een oorlog."

"Maar denk dan eens aan alle roem die je met deze oorlog kunt vergaren," ging Tarik verder. "Die je zonen kunnen vergaren."

Hij had een vreemde, haast bezeten blik in zijn ogen.

"Denk aan alle slaven en het vee dat we met de hulp van de Romeinen kunnen roven. Je kunt terugkeren als een rijk man."

Beren draaide zich om en begon weg te lopen van Tarik.

"Ik ben een rijk man," zei hij over zijn rug, terwijl hij terug liep richting het feest. "Ik heb ieder jaar voldoende te eten; ik heb een prachtige vrouw die van mij houdt; en ik heb een geschikte bruid gevonden voor mijn oudste zoon. Ik heb je mijn antwoord gegeven."

"Waag het niet om zomaar van mij weg te lopen, Beren," schreeuwde Tarik tegen zijn rug. Tarik schreeuwde zo hard dat Banna bang was dat de mensen op het feest hem zouden horen. Ze durfde zich niet te verroeren.
"Die oorlog komt er toch wel. En er is niets dat jij kunt doen om hem tegen te houden. Let maar op."
Tarik viel stil toen hij merkte dat Beren doorliep naar de open plek waar het feest werd gehouden. Banna hoorde nog hoe Tarik iets in zichzelf mompelde als "Dat zullen we nog wel eens zien," voordat hij zich omdraaide en luid hikkend verder het bos in liep. Langzaam strompelde Tarik door het bos tot Banna hem niet meer kon horen.

Ze begon over haar hele lichaam te trillen, terwijl ze weg sloop van de plek waar Tarik en haar vader ruzie hadden gemaakt. Ze was enorm geschrokken van wat ze net had gezien. Ze had Tarik nog nooit in deze bui gezien en ze kon zich ook niet voorstellen dat hij zo boos op haar vader kon zijn. Waarom wilde Tarik zo graag oorlog voeren? Banna voelde dat ze tranen in haar ogen kreeg, terwijl ze terugliep naar de plek waar iedereen nog feest vierde. Niemand had in de gaten wat er zojuist was gebeurd. Ze bleef aan de rand van de open plek staan en keek naar de feestende mensen. Ze keek naar Bren en Hilde, die elkaar onbezorgd stukjes fruit voerden. En ze keek naar de andere gasten, die dronken en aten en dansten. Iedereen leek vrolijk te zijn. Er werd veel gelachen. Niemand in het bos leek zich zorgen te maken over de toekomst, behalve dan zijzelf en haar vader, die stil aan tafel was gaan zitten en somber naar zijn drinkbeker staarde.

Terwijl ze om zich heen keek, vroeg Banna zich af of er misschien aan de andere kant van de Rijn ook families waren die deze avond een huwelijksfeest vierden. Zouden die mensen weten dat er een oorlog aan kwam? Zouden die families misschien de volgende zomer tegen haar vader moeten vechten? Of zouden ze voor haar vader moeten vluchten, zoals zijzelf vorig jaar ook had moeten vluchten?

Ze werd droevig bij die gedachte, maar er was niets wat ze ertegen kon doen. Ze was maar een meisje van twaalf jaar. Niemand luisterde naar haar. Haar vader niet, haar broers niet en Tarik al helemaal niet. En zelfs als haar vader wel naar haar zou luisteren, zou het niks uitmaken. Andere mannen namen de beslissingen over hun leven. Mannen die ver weg woonden in Rome of Lugdunum en die vreemde namen hadden zoals Augustus of Tiberius. Mannen zoals Tarik, die al deze mannen en jongens die Banna nu voor zich zag mee zouden slepen in een verwoestende oorlog. Alleen omdat Tarik hoopte dat hij er zelf rijk van zou worden.

## Hoofdstuk 3

## Marcus

"Hinderlaag! Maak je klaar voor de aanval," brulde de centurion Publius Barrus. De hoornblazer en de drager van de standaard gaven het signaal door aan de legionairs, die al de hele ochtend vermoeid over de weg sjokten en nu opeens in actie moesten komen. Instinctief keken ze om zich heen waar de aanval vandaan zou komen. Marcus kreunde in gedachten. Hij had ondertussen geleerd om dat niet meer hardop te doen.

Hij liet de stok waaraan hij zijn bepakking had gebonden van zijn pijnlijke schouder op de grond zakken, opgelucht dat hij er in ieder geval voor even van was verlost. Zo snel als hij kon maakte hij zijn schild en zijn speer los uit de bepakking, terwijl zijn ijzeren helm ondertussen onhandig over zijn ogen schoof. Zijn kuiten deden pijn toen hij knielde om zijn wapens op te pakken. Zijn rug deed pijn toen hij weer overeind kwam. Werkelijk alles aan zijn lichaam deed pijn na de eerste dagen in het legioen.
"Schiet op, stelletje varkens," schreeuwde Barrus, terwijl hij op zijn gemak tussen de soldaten van zijn centurie liep. "De vijand wacht niet op jullie."

Marcus schopte zijn bepakking aan de kant en rende met zijn speer en schild in de hand naar zijn vaste plek in de linie. In slechts een paar ogenblikken was de hele rij marcherende soldaten veranderd in een aaneengesloten front van schilden en werpsperen, die aan beide zijden van de weg waren opgesteld. De soldaten vormden met hun centurie een rechthoekig blok rondom een kern met de optio, de hoornblazer en de standaard. De centurion zelf bleef buiten het blok staan en keek naar de formatie. Gespannen wachtten de mannen de aanval af.

Terwijl ze wachtten, reed een groep van vijf ruiters langs de weg. Het waren verkenners die aan het legioen waren verbonden. Ze waren op weg naar de voorkant van de enorme kolonne van mannen en dieren die zich uitstrekte over de kaarsrechte Via Flaminia. De ruiters keken verbaasd op toen ze de centurie van Barrus met opgetrokken schilden langs de weg zagen staan. Ze keken om zich heen of er in de

omgeving iets te zien was, maar ze zagen niks en reden door zonder vaart te minderen.
“Ik wil dat het de volgende keer twee keer zo snel gaat,” riep Barrus nadat alle soldaten op hun plek stonden met hun speer in de aanslag. “Als dit een echte aanval was geweest, had minstens de helft van jullie nu een speer of een pijl in zijn kloten gehad.”

De centurion liep langs de rij en duwde op verschillende plekken de soldaten dichter tegen elkaar aan. “Hier zit een gat in de linie dat nog groter is dan mijn reet,” brulde hij tegen een jonge rekruut, die geschrokken naar de soldaat naast hem keek. “Hier zou een olifant doorheen kunnen banjeren, zo groot is de opening.”
De soldaten sloten snel tegen elkaar aan, zodat hun schilden elkaar raakten.

Marcus keek vanuit zijn ooghoeken opzij en zag dat hij al bijna tegen zijn tentmaat Gaius Ignatus aan stond. “Hou je schild iets hoger, Gaius,” fluisterde hij. “Tot je neus.” Gaius was net wat ouder dan Marcus en de afgelopen dagen waren ze al snel bevriend geraakt. Gaius was een opgewekte jongen die er altijd in slaagde om Marcus met een subtiele grap op te vrolijken als hij er even doorheen zat. Hij had altijd in Rome gewoond en scheen er zelfs trots op te zijn dat hij nog nooit een andere stad had gezien.

Na één dag marcheren dacht Gaius dat ze Gallia of Hispania al hadden bereikt, want hij had geen enkel benul van de afstanden in Italia of in de overige provincies van het rijk. Hij had bijna zijn hele leven in het stenen labyrint van Rome doorgebracht en keek zijn ogen uit nu hij voor het eerst op het platteland kwam. Marcus wees hem tijdens de lange marsen op verschillende soorten vogels en planten die Gaius nog nooit had gezien in de stad. En Gaius had hem geleerd hoe hij moest dobbelen, hoewel hij steeds in slaap viel tijdens zijn uitleg. Aan het einde van de dag was Marcus gewoon te moe om op te letten. Hij wilde dan alleen maar slapen en even vergeten voor welke nachtmerrie hij zich nog geen week geleden vrijwillig had aangemeld. En dus moest Gaius dezelfde regels steeds weer herhalen. Marcus merkte dat hij nu ook weer stond te knikkebollen in de slagorde, hoewel hij zich eigenlijk klaar moest houden voor een aanval.

Barrus keek streng langs de linie en besloot dat hij voor dit moment niks meer op de formatie had aan te merken.

“Marsformatie,” brulde hij langs de rij mannen, die onmiddellijk weer in beweging kwamen. Marcus zocht zijn bepakking op en borg zijn speer en schild weer op bij zijn andere uitrusting. Daarna hing hij de stok waar hij al zijn spullen aan had hangen over zijn schouder. Hij voelde meteen de pijn op de plek waar de stok op zijn schouder rustte.
Marcus keek omhoog naar de zon om in te schatten hoe laat het was. Dit was al de derde keer vandaag dat de centurion de hele groep in slagorde liet opstellen om even later weer verder te marcheren. De afgelopen dagen had hij deze oefening zo’n tien keer per dag gedaan, maar hij was nog steeds niet tevreden over het resultaat. De mannen moesten het sneller kunnen. Het moest vanzelf gaan, zonder erover na te denken. Iedereen moest weten waar zijn plek in de linie was en wat hij moest doen. Op een dag zouden de levens van de hele centurie daar misschien van afhangen.

Terwijl de groep zich in beweging zette en Barrus meteen een hoog tempo aangaf om aan te sluiten bij de Tweede centurie, vroeg Marcus zich voor de zoveelste keer af hoe lang hij dit nog vol zou houden.

De eerste dagen van zijn proeftijd waren als één lange pijnlijke droom voorbij gegaan. Nadat ze de eerste dag op een veld in de buurt van Rome vooral bezig waren geweest met het leren marcheren als groep, hadden ze de dagen daarna steeds grotere afstanden afgelegd. Aan het einde van de tweede dagmars waren de voeten van Marcus al veranderd in een bloederige verzameling blaren in zijn nieuwe leren soldatensandalen. Sindsdien waren die blaren niet meer verdwenen en ging iedere stap gepaard met pijn, vooral als ze een tijdje stil hadden gestaan. Soms gaf Barrus midden in hun mars opeens het bevel om te gaan rennen of zich op te stellen in slagorde. Verschillende jonge legionairs waren in die eerste dagen van hun stokje gegaan tijdens het marcheren, waarna hun tentmaten er maar voor moesten zorgen dat ze weer opstonden en aansloten bij de rest. Marcus was opgelucht dat hij tot nu toe nog niet was flauwgevallen, hoewel hij zich afvroeg hoe lang dat nog zou duren.

Het ergste van de hele dag vond Marcus nog wel het einde van iedere mars, als het legioen aankwam op de kampplaats die de ingenieurs en verkenners voor die dag hadden uitgezet. Marcus wilde na de uitputtende mars alleen maar eten en slapen, maar voordat dat kon gebeuren moest hij eerst meehelpen om de versterkingen van het legerkamp op te bouwen. Hoewel het legioen nog door Italia trok, gaf de legaat iedere dag de opdracht om een versterkt marskamp in te richten, alsof ze door vijandelijk gebied trokken. De legaat vond het een goede oefening voor de verse troepen. En dus moest Marcus aan het eind van iedere dag meehelpen met het graven van een greppel en het opbouwen van een aarden wal met daarbovenop een houten palissade rond het hele kamp.

Op de eerste dag waren de soldaten hier tot ver in de avond mee bezig geweest, maar iedere dag ging het iets sneller dan de dag daarvoor. Als de omheining gereed was, waren ondertussen ook de karren met bagage aangekomen in het kamp, zodat alle centuries hun tenten op konden zetten op de plaatsen die de ingenieurs daarvoor hadden uitgezet met vlaggen. Ieder cohort en iedere centurie had zijn vaste plek in het kamp. Waar Marcus aan het eind van de dag ook aankwam, zijn tent stond voor zijn gevoel altijd op dezelfde plek.

Marcus sliep met zeven anderen in een tent en met hen deelde hij ook al zijn maaltijden. Gaius en Marcus waren de twee jongsten van de tent, maar de anderen waren niet veel ouder dan zij. Sextus Quirinus was de enige soldaat in hun tent die ouder was. Hij was vijfentwintig en had al vijf jaar in een ander legioen gediend. Sextus was de decanus, wat betekende dat hij de leiding had over zijn tentmaten. Hij leek zich als een van de weinige decani in de centurie echt te bekommeren om de jongere mannen die hij onder zijn hoede had. Hij liet hen zien hoe ze hun bepakking handig vast konden maken, zodat de stok over hun schouder niet te veel slingerde en hij controleerde aan het einde van iedere dag de verwondingen aan hun voeten. Volgens Sextus zouden de blaren na de eerste dagen verdwijnen en hij liet het eelt op zijn eigen voeten zien als voorbeeld.

"Hoort allemaal bij de proeftijd," zei hij steeds als iemand uit zijn tent klaagde over vermoeidheid, het slechte eten of een kleine verwonding. "Niemand wordt als soldaat geboren; soldaten worden gesmeed door pijn en ontbering. Als je van zachte kussens houdt, moet je maar prostituee worden."

Marcus was blij dat hij bij Sextus in de tent was ingedeeld. Ze konden goed met elkaar opschieten en Marcus merkte dat hij veel van Sextus kon leren. Hij zat vol sterke verhalen over de verschillende campagnes waarin hij had gevochten of over de bordelen die hij in diverse provincies had bezocht. Alleen Egypte, Syria, Africa, Gallia en Ylliricum miste hij nog op zijn lijst met bordelen. Maar ondanks zijn seksuele uitspattingen als hij verlof had, was Sextus ook een zeer gelovig man die toegewijd was aan zijn twee kleine beeldjes van de godinnen Roma en Minerva. Hij had een aparte plek in de tent ingericht als altaar, waar hij iedere ochtend en avond bad tot de twee bronzen beeldjes. Soms bad Marcus met hem mee en hij was van plan om na zijn proeftijd ook een beeldje voor zichzelf te kopen. Volgens Sextus kon geen enkele soldaat overleven zonder de bescherming van de goden.

De eerste week van de proeftijd leek soms eindeloos lang te duren, maar op andere momenten juist weer voorbij te vliegen. Iedere dag marcheerde het legioen verder, tot ze op de zevende dag wel achttien mijlpalen passeerden. En Sextus Quirinus kreeg gelijk. Na een paar dagen voelde Marcus de pijn in zijn voeten bijna niet meer en ontstonden er geen nieuwe blaren. Marcus merkte dat hij sterker werd. Zijn benen werden meer gespierd, zijn conditie verbeterde en zijn armen werden breder door het vele graafwerk.

Het enige waar Marcus ook na een week nog niet aan kon wennen was het slaapgebrek, vooral niet als hij 's nachts ook nog op wacht stond. Regelmatig stond hij tijdens het ochtendappel te knikkebollen. Als Gaius hem niet af en toe aan zou stoten, zou hij vrijwel iedere dag een klap met de staf van Barrus krijgen.

Aan het eind van de eerste week voelde Marcus zich nog lang geen echte legionair. Hij had zijn werpspeer, de pilum, pas één keer gegooid en die was niet ver gekomen. En hij had nog niet eens een zwaard in zijn handen gehad, zelfs geen houten oefenzwaard. Volgens Sextus was dat omdat ze niet meteen al hun rekruten kwijt wilden raken aan domme verwondingen.

Toch wist Marcus één ding zeker na de eerste week in het leger. Dit was de juiste plek voor hem. Het was loodzwaar, maar hij had zijn eerste week overleefd en hij was vastbesloten om niet op te geven. Hij was op weg om een soldaat van Rome te worden.

Of, zoals Sextus iedere ochtend tegen de mannen in zijn tent zei: "Nog maar twintig jaar te gaan, jongens. Dan zijn jullie weer vrij."

## Hoofdstuk 4

## Harald

"Kom op, Harald," zei Bren tegen zijn jongere broer. "We willen dit jaar nog naar huis als het kan."
Harald sloeg een paar keer met een bijl op de boom, maar er zat geen enkele beweging in. Hijgend liet hij zijn armen zakken en gaf de bijl door aan Timmen.

"Ik kan niet meer," zei hij. "Sorry, mijn armen zijn gewoon niet sterk genoeg."
Het zweet brak hem uit door het hakken tegen de boomstam. Hij had het warm, ook al lag er overal om hen heen een dunne laag sneeuw op de grond.

Timmen mikte met de bijl en begon wild tegen de boom te slaan. Hij zwaaide de bijl alle kanten op en de houtsplinters vlogen door het stille bos.
"Anders doen we deze na het feest wel," zei Bren, terwijl hij naar de lucht keek. "Deze boom krijgen we vandaag niet meer om. Het is mooi geweest."
"Nog even," zei Timmen hijgend, terwijl hij sneller begon te slaan. Hij sloeg mis en viel voorover in de sneeuw.
De jongens lachten samen met de slaaf Akko om Timmen, die zijn bijl snel weer oppakte en verder begon te hakken alsof er niets was gebeurd.

Harald was opgelucht dat ze voor vandaag bijna klaar waren met werken. De zon zakte al achter de bomen en hij verheugde zich op het joelfeest dat ze die avond zouden vieren. Banna, Hilde en Reine waren op de boerderij bezig om de woonkamer te versieren. En aangezien de jongens toch alleen maar in de weg zouden lopen, waren ze eropuit gestuurd om hout te hakken.

Beren was ondertussen in zijn eentje in het bos gaan jagen. Reine had de vorige avond tegen Beren gezegd dat hij in ieder geval Akko mee moest nemen om te helpen, maar Beren vond dat hij die jacht alleen moest doen.

Het was een soort traditie voor hem geworden om op de laatste dag van het jaar in zijn eentje op eenden en ganzen te jagen, zodat zijn familie voldoende vlees had tijdens het joelfeest. En als Beren vond dat hij iets alleen moest doen, dan was er niemand die hem op andere gedachten kon brengen. Zelfs Reine niet.

Uiteindelijk gaf Timmen het ook op en hij gaf de bijl door aan Akko, de lange blonde man die al jaren bij Beren in huis woonde als slaaf. Akko zei nooit zoveel en eigenlijk kende Harald hem niet goed, voor iemand die al vijf jaar bij hen in huis woonde. Hij wist niet waar Akko was geboren, maar Harald wist wel dat hij geen Bataaf was. Akko kwam van een andere stam. Hij was zo sterk als een os en hij was zelfs nog een kop groter dan zijn vader Beren.
Als Akko deze boom niet om krijgt, moet het wel een betoverde boom zijn, dacht Harald. De slaaf begon beheerst te slaan met de bijl, waarbij hij bij iedere slag een groot stuk uit de stam sloeg.

"Sorry dat ik niet zo sterk ben," zei Harald tegen zijn broer. Hij wreef over zijn armen die nog tintelden van de korte inspanning. "Misschien kan ik na de winter al beter helpen. Mam zegt dat ik nog steeds groei."
"Het geeft niet," zei Bren. "Het wordt toch al laat. Laten we naar huis gaan."
Alsof de boom op die uitspraak had gewacht, klonk er plotseling een harde knak, waarna de boom bewoog en scheef bleef staan. Akko sloeg nog twee keer, waarna de hele boom met een krakend geluid neerviel op de grond. Sneeuw en bladeren stoven op en ergens in de verte hoorde Harald vogels verschrikt wegvliegen.

"Ik ga dat ding niet helemaal naar huis slepen," zei Timmen. "Laten we hem morgen ophalen. We hebben genoeg hout."
"Oké, pak de spullen maar in," zei Bren, terwijl hij in zijn handen blies tegen de kou. "Tijd om Hilde op te zoeken."
Na de bruiloft was Hilde bij de familie van Beren komen wonen en hadden Bren en Hilde hun eigen slaapkamer gekregen op de vliering van de boerderij. De kamers waren van elkaar gescheiden met wanden van gevlochten wilgentakken en klei, maar toch kon Harald altijd precies horen wanneer Bren en Hilde bezig waren om kinderen te maken. Harald was benieuwd hoe dat voelde, maar hij durfde er niet naar te vragen bij Bren.

De mannen bonden de houten stammen die ze die middag hadden omgehakt vast aan hun paard en tilden zelf ieder ook nog een aantal losse stammen. Akko nam de bijlen mee die ze voor het werk hadden gebruikt.
Het begon al te schemeren toen ze vertrokken en even later voelde Harald kleine sneeuwvlokken op zijn voorhoofd vallen.

Hij trok de kap van zijn mantel over zijn bruine haren en stapte zwijgend achter zijn broer door de sneeuw.

Harald verheugde zich al de hele dag op het joelfeest. Hij had geleerd dat het feest de kortste dag van het jaar markeerde. Vanaf morgen zouden de dagen weer langzaam langer worden. Het zou steeds iets langer licht blijven en met de langere dagen zou ook het leven in de natuur terugkeren. Tenminste, als de zonnegodin tevreden was met het offer dat Beren haar vanavond zou brengen. Als het geen goed offer was, zou de zon niet terugkeren en zou het voor altijd winter blijven, zoals heel lang geleden was gebeurd in het verhaal dat Beren ieder jaar tijdens het joelfeest vertelde.

Het joelfeest was voor Harald de leukste dag van het jaar. Niet alleen vanwege het lekkere eten, maar vooral vanwege de gezelligheid. De meeste families vierden het joelfeest in kleine kring, in tegenstelling tot het feest van de zonnewende of het oogstfeest, die altijd met de hele gemeenschap werden gevierd. De kou en de duisternis van de winter zorgden ervoor dat het moeilijk was om ver te reizen en Harald vond die huiselijkheid ook wel bij de wintermaanden passen. Hij hield meer van de feesten met de kleine groep van zijn familie dan van de feesten met grote groepen mensen bij elkaar. Hij vond het vooral leuk om naar de verhalen te luisteren die Beren ieder jaar vertelde. En hij verheugde zich op de joelkoeken die Reine deze middag zou bakken.

Het was al donker toen ze uiteindelijk bij het pad naar de boerderij kwamen. Er was deze avond geen licht van de maan of sterren. De hemel was bewolkt. Er vielen steeds meer en grotere sneeuwvlokken die op de bevroren grond bleven liggen.

Plotseling bleef Akko staan met het paard aan zijn hand. Het dier begon onrustig te snuiven.
Akko draaide zich om naar Bren en wees op de grond.
"Bloed," zei hij. "Hier is een gewond dier langs gekomen."
De jongens liepen naar Akko en keken naar de grond.
Harald schrok.

Er lag veel bloed op de grond. De donkerrode kleur stak zelfs in het verdwijnende licht scherp af tegen de witte sneeuw. Vanuit de richting van de stroom die langs de boerderij liep kwam een spoor van rode druppels over het pad. Het spoor verdween ergens in de duisternis waar de boerderij moest liggen.

"Dit is niet van een dier," zei Bren, terwijl hij zich voorover boog. "Dit zijn voetstappen van een mens."
Snel renden ze verder langs het spoor, tot Harald midden op het pad een lichaam zag liggen. Het was het lichaam van een grote man die met zijn gezicht in de sneeuw lag. Achter het lichaam was de sneeuw platgedrukt en besmeurd met rode vlekken, alsof de man was gevallen en met zijn laatste krachten had geprobeerd om richting de boerderij te kruipen.
Akko draaide het lichaam om en tot zijn schrik zag Harald dat het zijn vader was.

Zijn gezicht was bijna net zo bleek als de sneeuw en er zat opgedroogd bloed in zijn lange haren. Harald zag dat hij nog in leven was, maar hij zag er erg zwak uit.
"Vader," riep Bren, die naast Beren knielde en zijn hoofd omhoog hield. "Wat is er gebeurd?"
"Ik ga hulp halen," riep Timmen en hij rende snel naar de boerderij toe.

Harald stond verstijfd naar zijn vader te kijken. Hij voelde zijn hart kloppen en ademde snel in en uit. Hij wist niet wat hij moest doen.
Aan de zijkant van zijn buik had Beren een wond waaruit hij veel bloed had verloren. Blijkbaar had hij enige tijd geleden zijn hemd stukgetrokken en om zijn buik gebonden. Dat hemd was nu helemaal doorweekt van het bloed. Naast de wond in zijn buik had Beren ook een kleinere snee in zijn linkerhand, alsof hij daarmee had geprobeerd om een scherp voorwerp af te weren.

"Ik ben... aangevallen," fluisterde Beren, nauwelijks hoorbaar. "Twee mannen..."
"Waar bent u aangevallen?" vroeg Bren. "Kon u zien wie het was?"
Bren probeerde ondertussen het bloeden tegen te houden door zijn eigen mantel tegen de wond te drukken. Beren kermde van de pijn.

In de verte hoorde Harald de deur van de boerderij dichtslaan. Iemand met een brandende fakkel in de hand kwam hun kant op lopen.
"We moeten hem naar de boerderij dragen," zei Bren tegen de anderen. "Help me."
Hij sloeg zijn arm om de schouder van zijn vader, maar Akko schudde zijn hoofd.
"Bren," zei hij zacht, terwijl hij naar de wond en het bleke gezicht van Beren keek. "Je vader zal het niet overleven."

Harald voelde tranen in zijn ogen opkomen. Hij raakte in paniek.
Iemand moet iets doen, dacht hij.
Zijn vader kon niet sterven.

"Bren," mompelde Beren, die met zijn ogen het gezicht van zijn zoon zocht.
"Ik ben hier," zei Bren.
Hij pakte zijn hand vast.
"Bren, zorg dat je mij wreekt... Laffe aanval... We hadden toch moeten vechten."

"Tegen wie had u moeten vechten?" vroeg Bren met wanhoop in zijn stem. "Wie heeft dit gedaan? Vertel het mij en ik zal u wreken."
Harald kwam eindelijk in beweging. Hij liet zich op zijn knieën vallen naast het lichaam van zijn vader en legde zijn hand over de hand van zijn broer.
"Ik zweer het ook," zei hij met schorre stem. "Zolang ik leef, zal ik niet rusten voor ik uw dood heb gewroken."
"Ik ook," zei Timmen, die met de fakkel in zijn hand naast het lichaam van Beren stond. "We zullen uw moordenaar vinden. Dat beloof ik u."

"Wees voorzichtig," zei Beren met zijn laatste krachten. "Hij zal proberen om de macht te grijpen."
Bren vroeg nog een keer of Beren had gezien wie hem had aangevallen, maar Beren gaf geen antwoord meer. Harald keek naar zijn vader en zag dat zijn zilveren munt verdwenen was. De munt die Beren van Tarik had gekregen en die hij altijd om zijn nek droeg, was weg. Reine, Hilde en Banna kwamen door de sneeuw naar hen toe gerend, maar toen ze bij Beren aankwamen, was zijn geest al uit zijn lichaam vertrokken. De grote, sterke man waar Harald zijn hele leven naar had opgekeken was er niet meer. Reine schreeuwde het uit en sloeg haar armen om zijn nek.

Door een waas van tranen keek Harald om zich heen. Banna stond op een afstand naar het lichaam van haar vader te kijken. Ze huilde zacht, terwijl Hilde een arm om haar schokkende schouders sloeg. Timmen keek vooral boos, woedend dat iemand zijn vader had aangevallen. En Harald keek naar Bren, met wie hij nog steeds de hand van hun vader vast had. Bren keek ernstig naar Harald en Timmen. Hij slikte, maar liet zijn verdriet verder niet merken. Bren huilde niet. Bren wist dat hij sterk moest zijn. Vanaf nu was hij het hoofd van de familie.

# Hoofdstuk 5

## Marcus

Het regende al vier dagen achter elkaar. Soms was het een lichte motregen en op andere momenten kwam het met bakken tegelijk uit de hemel. Ook nu trok er weer een stevige regenbui over. Het hele legerkamp was veranderd in één grote modderpoel en iedereen leek er de pest in te hebben. Zelfs Publius Barrus, die tijdens de eerste twee dagen nog had volgehouden dat het 'schitterend' weer was om te oefenen, werd er humeurig van.

Tien man van zijn centurie lagen met koorts of een longontsteking in hun tent en bijna iedereen die in de stromende regen op de oefenplaats stond, was onophoudelijk aan het hoesten.

Als dit zo doorgaat, hebben we na de winter geen legioen meer over, dacht Marcus, die tegenover een rillende Sextus Quirinus stond. Ze hadden allebei een houten oefenzwaard in hun handen. Sextus had tegen Marcus gezegd dat hun echte zwaarden straks minder zwaar zouden zijn. De oefenzwaarden waren verzwaard met lood om hun grip te verbeteren en hun armen sterker te maken. Marcus hoopte maar dat Sextus gelijk had, want hij vond zijn eigen houten zwaard ondertussen behoorlijk zwaar worden. Na twee volle dagen oefenen met dit zwaard deed zijn arm al pijn als hij het alleen maar omhoog hield.

Hun optio Quintus Caelius leidde de oefening vandaag, terwijl Barrus een bespreking had met de legaat en de andere centurions van het legioen. Marcus had gehoord dat ze vandaag een nieuwe legaat zouden krijgen en de huidige legaat wilde weten wat de status was van de nieuwe rekruten.

Ze begonnen de ochtend door één op één met elkaar te oefenen, waarbij Marcus meteen merkte dat Sextus veel meer ervaring had dan hijzelf. Sextus bewoog zich snel en zelfverzekerd met zijn zwaard in zijn handen, terwijl Marcus zich nogal onbeholpen voelde. Sextus kon de wilde zwaaien van Marcus eenvoudig afweren of blokkeren met zijn schild. Toch was hij bereid om Marcus te helpen.

“Let op mijn gezicht, Marcus,” zei hij. “Niet op mijn zwaard. Mijn ogen verraden waar de volgende slag vandaan komt.”
Sextus vuurde een eindeloze stroom aanwijzingen op Marcus af, terwijl hij hem eenvoudig overal aantikte met zijn zwaard. “Zet je benen iets meer uit elkaar. Je schildbeen naar voren, daar heb je de meeste kracht voor nodig. Blijf op je plek staan, Marcus. Niet terugdeinzen. Je bent een legioensoldaat. Je blijft op je plek tot je dood bent of iemand zegt dat je je mag verplaatsen. Goed zo, nog een keer. Gebruik je zwaard als een steekwapen, Marcus, minder slaan, meer steken.”
Bij iedere tik sloeg Sextus iets harder door, wat vooral pijn deed op de plaatsen waar Marcus nog blauwe plekken had van de vorige dag.

Ondertussen waren de mannen van de centurie overal om hen heen met elkaar in gevecht, terwijl Quintus tussen de rijen door liep. Het geluid van doffe klappen op helm of schild werd afgewisseld met een enkele kreet of een lach. Met op de achtergrond het geluid van de regendruppels die al de hele dag op tientallen metalen helmen tikten.

Na de oefening tegen elkaar liet Quintus hen voor de eerste keer in een linie vechten.
“Je schild beschermt je hele lichaam,” schreeuwde Quintus over het oefenterrein, terwijl hij met zijn eigen schild voordeed hoe de mannen moesten gaan staan. “Van je enkels tot aan je gezicht. En vervolgens ga je tegen elkaar aan staan. Jullie schilden moeten elkaar raken en je steekt je zwaard eroverheen. Zorg ervoor dat je elkaars zwaardarm niet hindert.”

Quintus duwde de rij met mannen steeds dichter tegen elkaar aan, tot hij tevreden was. Daarna liet hij de hele centurie in twee lange rijen tegen elkaar vechten. Marcus vond het lastig om in formatie te blijven en tegelijkertijd te vechten in het gedrang van de mannen om hem heen. Hij werd regelmatig opzij gestoten door Aulus Cottus, de grootste man van de centurie die links naast hem stond. Cottus was fanatiek op zijn tegenstander aan het rammen en had niet in de gaten dat hij Marcus bij iedere klap bijna omver stootte. Marcus probeerde ondertussen zelf met zijn zwaard over zijn schild heen te steken, maar in plaats van zijn tegenstander raakte hij Gaius, die aan zijn rechterkant stond, een paar keer tegen zijn schouder.

“Ik hoor bij jou, Marcus,” siste Gaius in zijn oor, terwijl Sextus ondertussen hard met zijn schild tegen het schild van Marcus duwde. Als Marcus nu een echt zwaard in zijn handen had gehad, had hij waarschijnlijk meer schade aangericht bij zijn eigen maten dan bij de tegenstander.

Tegen de tijd dat Publius Barrus terug kwam, was het alweer tijd voor het middagmaal. Marcus bestudeerde zijn pijnlijke, verkleumde handen terwijl hij een stuk brood at. De binnenkant van zijn hand was rood en voelde ruw aan. Aan de buitenkant van zijn linkerhand zat een schaafwond waar Sextus die ochtend zijn hand had geraakt. De centurion was in een slecht humeur toen hij op de modderige oefenplaats aankwam bij de groep doorweekte mannen. De nieuwe legaat was nog niet gearriveerd, terwijl hij wel op deze dag werd verwacht. Publius verwachtte dat hij werd opgehouden door het slechte weer. De huidige legaat was ondertussen erg zenuwachtig over de komst van zijn opvolger en waarschijnlijk had hij dat tijdens de bespreking afgereageerd op zijn officieren.

Barrus gaf aan dat ieder onderdeel van hun uitrusting die dag in orde moest zijn en aangezien ze net de hele ochtend in de regen en de modder hadden geoefend, had hij op iedereen wat aan te merken. Marcus keek om zich heen naar de staat van het legerkamp en de soldaten. Als hij zelf een legaat zou zijn geweest over deze bende, zou hij waarschijnlijk meteen rechtsomkeert maken zodra hij door de poort kwam.

Met een schok besefte Marcus plotseling dat hij niet meer op de naam van de huidige legaat kon komen. Het was iemand uit een voorname familie, dat wist hij wel. En hij was nu al een jaar of twee de legaat voor het Eenentwintigste legioen. Een belangrijke post die je alleen kon bereiken als je de juiste connecties had en jarenlang goed had gepresteerd in het leger of in andere hoge functies. Dat betekende dat deze legaat wel heel goede connecties moest hebben, want Marcus vond niet dat hij goed presteerde.

Hij had de man pas twee keer gezien nadat hij op de eerste dag samen met de andere nieuwe rekruten zijn eed voor hem had afgelegd. De man maakte een uitgebluste en ongeïnteresseerde indruk op hem, alsof hij tot het besef was gekomen dat zijn politieke carrière hier was gestrand en dat hij zich er maar bij neer had gelegd. Hij had een afwezige blik in zijn ogen. Geen vurigheid, geen enthousiasme. Hij maakte geen oogcontact met de soldaten die voor hem moesten vechten, alsof hij al die mannen waar hij leiding aan moest geven maar lastig vond. Dit was niet iemand waarvoor Marcus bereid was te sterven. Hij was vooral afwezig en liet de dagelijkse aansturing van het legioen over aan zijn hoogste krijgstribuun en de kampprefect.

Die avond had Marcus de eerste wacht bij de poort aan de westzijde van het tijdelijke legerkamp, waar ze al een paar dagen verbleven. Het kamp lag in het noorden van Italia, in de buurt van de plek waar Augustus zelf nog zijn kamp had opgeslagen tijdens de oorlog om Mutina, ver voordat Marcus en de meeste andere legionairs waren geboren. Het legioen zou voor langere tijd op deze plek blijven en rond de poort was in de afgelopen weken een indrukwekkende houten constructie gebouwd om de poort te beschermen. Het was in deze provincie niet noodzakelijk om uitgebreide verdedigingswerken op te bouwen, maar de kampprefect vond dat ze zich maar nuttig moesten maken nu ze hier wat langer bleven.

De toegang bestond uit een grote poort met zware eikenhouten deuren in het midden en twee kleinere deuren aan de zijkanten. Daarboven was een houten platform gebouwd waarvandaan soldaten projectielen konden gooien, en aan de linkerkant was er boven dat platform nog een wachttoren geplaatst. Marcus stond zelf samen met Aulus Cottus voor de poort en boven hen stond Sextus Quirinus, die vannacht de leiding had over de tien mannen die bij deze poort op wacht stonden.

De motregen was aan het begin van de avond opgehouden en het koelde snel af nu de lucht opklaarde. Alles wees erop dat het een koude winternacht zou worden, misschien zelfs met vorst. De mannen hadden hun mantels om hun klamme kleding geslagen en een vuur aangestoken waar Marcus en Aulus naast stonden. Het enige waar Marcus aan kon denken was aan zijn warme bed in de tent. Hij vroeg zich af waarom het nodig was om vanavond met zoveel man op wacht te staan.

Er is niemand zo gek om midden in Italia een volledig legioen aan te vallen, dacht hij, ook al wist hij dat het geen zin had om daarover bij Sextus te klagen. De voorschriften waren in het leger vaak belangrijker dan gezond verstand, vooral als dat verstand van onderop moest

komen. De nieuwe legaat van het legioen was ondertussen nog steeds niet aangekomen. Niemand wist waar hij bleef.
"Als ik hem was, zou ik nog een avond bij een mooie vrouw in een herberg doorbrengen," had Sextus aan het begin van de wacht gezegd. "Als hij er nu nog niet is, zal hij pas morgen aankomen."

Zijn wacht liep al bijna op het einde toen Marcus in de verte twee ruiters aan hoorde komen over de stenen weg. Het klonk alsof ze veel haast hadden. Hij waarschuwde Sextus, die boven de poort stond, terwijl hij zelf midden op de weg ging staan met zijn speer in de aanslag. Het geluid kwam snel dichterbij. Marcus vroeg zich af wie er zo laat nog op pad was.
"Halt," riep hij op het moment dat hij de eerste ruiter voor zich zag verschijnen. "Wie gaat daar?"

De ruiter hield zijn paard in en draaide zich om. Marcus staarde verbaasd naar de ruiter, die naar de weg keek waar hij vandaan kwam, zonder ook maar enige aandacht te schenken aan de twee soldaten die voor de poort stonden. Het gezicht van de man was niet te zien doordat hij de kap van zijn mantel over zijn hoofd had getrokken. Even later dook een tweede ruiter op uit de duisternis. Het was een oudere man met kort grijs haar die eruitzag als een hoge officier. Hij hijgde van de inspanning en ook zijn paard stond te hijgen en te zweten toen hij vlak voor de andere ruiter inhield. Marcus vroeg zich af of deze officier misschien de nieuwe legaat was. Hij kon het gezicht van de andere ruiter nog steeds niet goed zien. Hij hoorde een jonge stem toen de ruiter sprak.
"Je wordt oud, Titus. Het was bijna te makkelijk om van je te winnen."

De oudere officier veegde het zweet van zijn voorhoofd en klopte zijn paard bemoedigend op de hals. Hij keek ongemakkelijk om zich heen.
"We hebben onze escorte te ver achter ons gelaten," zei hij. Marcus stoorde zich aan het feit dat de twee ruiters hem volledig negeerden. De jongere man, die waarschijnlijk een assistent of een protegé van de oudere man was, kon toch op zijn minst zijn mantel omlaag doen om zijn gezicht te laten zien?
"Wie zijn jullie?" vroeg Marcus bars. "Wat komen jullie midden in de nacht doen aan de poort van het Eenentwintigste legioen?"

De eerste ruiter draaide zich om naar Marcus. In het licht van de vuurkorf zag Marcus een ironische glimlach onder de mantel vandaan komen, ook al bleven de ogen van de ruiter verborgen. Marcus zag een jong gezicht. Misschien was hij iets ouder dan Marcus zelf, maar hij was jonger dan Sextus.

"Hoor je dat, Titus?" vroeg de jonge ruiter. "Ze willen weten wat ik hier kom doen."

"Misschien moet u het dan maar vertellen, heer," merkte de oudere man op. "Voordat die soldaat zijn speer gebruikt. Hij kijkt behoorlijk fel uit zijn ogen. En ik heb geen zin om aan uw vader te melden dat u meteen op de eerste dag al bent omgekomen."

Marcus schrok. De oude officier had de jongere ruiter 'heer' genoemd.

De ruiter reed met zijn paard op zijn gemak naar Marcus toe, alsof hij hem wilde intimideren. Marcus bleef op zijn plek staan. Hij klemde zijn speer iets steviger vast.

Op het laatste moment deed de ruiter zijn kap naar beneden. Pas nu zag Marcus dat hij onder zijn mantel een duur borstkuras droeg. Het was versierd met zilveren figuren die schitterden in het flikkerende licht van het vuur. De ruiter gaf Marcus een kort knikje en richtte zich vervolgens tot Sextus die boven de poort stond.

"Mijn naam is Nero Claudius Drusus," riep hij met luide stem tegen de aanwezige soldaten. "Stiefzoon van Imperator Caesar Augustus, die de zoon is van de vergoddelijkte Julius Caesar."

De jonge man had een zelfverzekerde en licht arrogante houding toen hij de soldaten toesprak. Alsof hij eraan gewend was dat iedereen ontzag voor hem had. Marcus ging ervan uit dat dat er nu eenmaal bij hoorde als je was opgegroeid als de kleinzoon van een god, ook al was hij alleen een kleinzoon van de vergoddelijkte Julius Caesar door adoptie.

"De ruiter naast mij is Titus Avus Laberus. De Princeps heeft mij opgedragen om het imperium van het Eenentwintigste legioen op mij te nemen," zei de jonge ruiter. "Waar is jullie bevelhebber?"

"Open de poort," riep Sextus naar beneden, terwijl hij zich haastte om van de wal naar beneden te komen. In de verte hoorde Marcus een grote groep ruiters dichterbij komen.

"Daar zul je ons escorte hebben," zei de oudere officier tegen Drusus.

"Ik was eigenlijk van plan om hier vandaag al aan te komen," zei Drusus tegen Sextus toen die beneden aankwam. "Maar de as van de reiswagen van mijn vrouw Antonia was gebroken. Als het goed is, komt de wagen van Antonia en mijn zoon Nero vlak achter ons aan."

Drusus keek om zich heen en leek niet echt tevreden te zijn met wat hij zag.

"Wees zo vriendelijk om jullie legaat wakker te maken," zei hij. "Ik wil graag van hem horen hoe het kan dat we niet zijn opgemerkt door zijn verkenners. Waarom was deze soldaat de eerste die ons staande hield toen we dit kamp naderden? Wordt deze weg niet gecontroleerd?"

In het licht van de fakkels zag Marcus dat Sextus schrok van deze vraag. Verwachtte deze legaat soms dat er midden in de nacht continu verkenningspatrouilles op uit zouden trekken?

"Ik zal de legaat waarschuwen, heer," zei Sextus, waarna hij salueerde en snel over de modderige weg richting de barakken bij het hoofdkwartier rende.

Terwijl de ruiters van het escorte vanuit de duisternis aan kwamen rijden, keek de jonge ruiter op zijn gemak om zich heen. Hij keek hoe het kamp erbij lag en staarde indringend naar het groepje soldaten dat deze avond de wacht hield bij de poort. Marcus kon in het donker niet aan zijn gezicht zien wat hij dacht. De oudere ruiter reed een stukje terug richting de ruiters van het escorte. Marcus telde ongeveer tien ruiters, die allemaal lang haar hadden dat onder hun ijzeren helmen vandaan kwam. Ze waren groter gebouwd dan de gemiddelde Romein en sommigen van hen hadden blond haar. Er was zelfs een ruiter bij met rood haar dat een oranje gloed kreeg in het licht van het vuur. Alle ruiters hadden een imposante snor die langs hun mondhoeken hing.

Galliërs, dacht Marcus, terwijl hij gefascineerd naar de groep ruiters keek. Hij had nog nooit iemand met rood haar gezien.

"Decurio," zei de oude officier streng tegen de leider van het escorte. "Waarom moesten we zo lang op jullie wachten?"

"Laat ze, Titus," zei Drusus. "Jij kon me ook niet bijhouden. En als we overvallen worden, kan ik altijd zelf nog vechten. Decurio, is de rest van het escorte bij de wagen van mijn vrouw en zoon gebleven?"

"Ja heer," zei de leider van het escorte.

"Goed," zei Drusus. "De veiligheid van Antonia en Nero is belangrijker dan mijn eigen veiligheid. Vergeet dat nooit." Titus reed terug naar Drusus zonder iets te zeggen. Marcus keek nieuwsgierig naar de bedrijvigheid die opeens midden in de nacht bij de poort was ontstaan. De tien ruiters stelden zich op achter hun decurio en wachtten zwijgend af. Hun paarden dampten in de koude winterlucht. Verderop in het kamp hoorde Marcus hoe officieren wakker werden gemaakt en hij zag verschillende mannen met olielampen rondlopen rond het principia, het hoofdkwartier van het kamp.

Gaius Tullius Mercius, de tribuun van het legioen, kwam haastig aanrijden op zijn paard en kondigde aan dat de legaat nog lag te slapen en niet in staat was om bij de poort te verschijnen.

"Je bedoelt dat hij dronken is," zei Drusus tegen Mercius, die zich zichtbaar niet op zijn gemak voelde.

"Laat hem maar slapen. Is jullie kampprefect ook dronken of kan hij wel naar de poort komen?"

Drusus wachtte niet op een antwoord van de tribuun en praatte verder, terwijl hij ondertussen om zich heen keek of de wagen met zijn gezin er al aankwam.

"De wand van de greppel is hier half weggespoeld door de regen," zei Drusus tegen Mercius. "Zorg ervoor dat dat gerepareerd wordt."

"Uiteraard heer," zei de tribuun. "Ik zal zorgen dat er een centurie aan het werk wordt gezet zodra het licht is."

Drusus draaide zich abrupt om met zijn paard en reed naar Mercius.

"Doe het nu," zei hij kortaf. "En laat trouwens de hele omwalling maar inspecteren en repareren voordat de zon op komt. Ik verwacht dat het overal hetzelfde is."

Vervolgens reed Drusus een stukje het kamp in. Hij keek om zich heen en draaide zich weer om naar Mercius.

"De afwatering van het kamp moet verbeterd worden," zei hij. "Er staan plassen op de wegen van het kamp en rond de tenten. En dat deel van de palissade aan de rechterkant van de poort staat scheef. Breek het af en leg het opnieuw aan."

Hoewel Drusus nauwelijks ouder was dan de jonge rekruten die bij de poort stonden, gaf hij op een vanzelfsprekende manier bevelen over allerlei onderwerpen die in zijn ogen per direct verbeterd moesten worden. Hij was nog maar net aangekomen in het kamp en hij wilde er meteen zijn stempel op drukken. De oude officier die met Drusus mee was gekomen keek goedkeurend naar de jonge

man die zijn bevelen aan de tribuun gaf. De tribuun reed weer weg om de bevelen van Drusus door te geven aan de kampprefect, die verantwoordelijk was voor de staat van het legerkamp.
Marcus ging ervan uit dat deze nacht veel soldaten uit hun slaap gehaald zouden worden om alle bevelen van hun nieuwe commandant uit te voeren. Hij was blij dat zijn eigen wacht er in ieder geval bijna op zat.

Toen de wagen van Antonia na een tijdje nog steeds niet in zicht was, werd Drusus ongeduldig. Hij spoorde zijn paard aan en reed zonder iets te zeggen weer weg in de duisternis, terug in de richting waar hij vandaan was gekomen.
Titus zuchtte.
"Daar gaan we weer," mompelde hij zachtjes in zichzelf. "Kan die jongen nou nooit eens stilzitten?"
Vervolgens riep hij "Volg ons," naar de andere ruiters en reed samen met hen weer weg van het kamp. De soldaten bij de poort bleven naar de weg kijken tot de geluiden van de troep ruiters waren weggestorven.
Marcus vroeg zich verbaasd af hoelang ze weg zouden blijven. Moesten ze de poort weer sluiten?

In het kamp hoorde hij hoornsignalen klinken en begonnen de eerste centurions hun mannen al wakker te schreeuwen. Het hele kamp leek wakker gemaakt te worden om aan het werk te gaan voor hun nieuwe legaat, die ook meteen weer was vertrokken om zijn gezin op te halen.

"Nou," fluisterde Gaius na een tijdje tegen Marcus, "deze Drusus heeft in ieder geval meer energie dan onze huidige legaat."
Marcus knikte.
Hij kon nog steeds niet op de naam van hun oude legaat komen. Hij verwachtte niet dat hij hem zou missen.

# Hoofdstuk 6

*15 voor Christus*

## Bren

Bren keek roerloos naar het lichaam van zijn vader. Beren zag er vredig uit, bijna alsof hij lag te slapen. Ze hadden hem zijn mooiste kleren aangetrokken. Zijn lange haren waren netjes gekamd en zijn wapens lagen naast hem op de brandstapel. Allemaal geschenken die Beren mee zou nemen naar zijn volgende leven bij zijn voorouders. Alleen de zilveren munt die Tarik hem ooit had geschonken ontbrak. De munt, die Beren altijd bij zich had, was verdwenen toen de broers hun stervende vader aantroffen.

In zijn rechterhand hield Bren de fakkel vast waarmee hij straks het vuur aan zou steken. Terwijl de priester Mani bij de brandstapel bescherming vroeg aan de goden voor de geest van Beren, hoorde Bren zijn zus Banna zacht huilen. Ze had het de afgelopen dagen erg moeilijk gehad met de dood van hun vader. Net als Harald, Timmen en Bren zelf, maar zij probeerden zich alle drie groot te houden voor de crematie.

Bren voelde niet alleen verdriet; hij voelde ook woede en wanhoop. Beren was vermoord. Iemand had hem op een laffe manier overvallen toen hij aan het jagen was voor het joelfeest. Hij vroeg zich af wie het geweest kon zijn. Was het een bekende van Beren? Iemand van de stam? Waarom had Beren met zijn laatste woorden gezegd dat ze hadden moeten vechten? Tegen wie dan? Wie zou nu proberen om de macht te grijpen?

Bren begreep het niet. Voor zover hij wist, had iedereen in de stam respect voor Beren. Zijn vader was een dappere man die goed was voor de families die zich aan hem hadden verbonden.

Bren keek naar de mensen die in een halve kring om de brandstapel heen stonden. Er waren minder mensen aanwezig dan bij zijn bruiloft, nu alweer twee maanden geleden. Het was winter, waardoor het moeilijker was om te reizen. En waarschijnlijk had het nieuws van de dood van Beren nog niet iedereen bereikt. Het was pas drie dagen geleden dat hij was overleden.

De priester vroeg of iemand iets wilde zeggen. Tarik stapte naar voren. Zijn ogen stonden dof en zijn gezicht zag er vermoeid uit. Hij was een schaduw van de man die Bren twee maanden daarvoor op zijn bruiloft had gezien. Met tranen in zijn ogen vertelde Tarik dat Beren altijd een goede vriend en een vermaard krijger was geweest. Al vanaf hun jeugd, toen ze uit hun land hadden moeten vertrekken, had Beren hem gesteund. Tarik sloot af met de opmerking dat hij hoopte dat Bren net zo'n goede vriend zou zijn voor zijn familie als Beren was geweest. Bren knikte naar Tarik bij die woorden. Hij was er trots op dat zijn vader zo goed bevriend was geweest met de leider van hun stam. Bren vroeg zich af of het hem zou lukken om in de voetsporen van zijn vader te treden.

Eerst zijn moordenaar opsporen, dacht hij en hij werd weer boos bij die gedachte. Hij dacht aan de vreemde droom die hij die nacht had gehad en wilde de priester vragen wat de droom kon betekenen, maar eerst moest hij de geest van zijn vader naar zijn voorouders begeleiden.

Na Tarik sprak Wardolf bij het lichaam van Beren. Hij bedankte de goden dat ze Beren bij hem langs hadden laten komen die dag in de zomer van vorig jaar. Als Beren en Bren er niet waren geweest, had Wardolf nooit op tijd een waarschuwing gekregen voor de aanval van de Germaanse stammen.

"Zonder Beren had ik die dag waarschijnlijk niet overleefd, maar dankzij hem sta ik hier om het na te vertellen en heb ik er bovendien een goede man voor mijn dochter bij gekregen."

Ook Wardolf keek naar Bren bij die laatste woorden en Bren knikte naar hem.

Bren merkte dat iedereen hem vandaag anders behandelde dan voor de dood van Beren. Hij was niet langer alleen maar de oudste zoon; hij was nu het hoofd van de familie. Bren bepaalde wat er met de leden van zijn familie gebeurde. Hij nam voortaan de beslissingen over alle belangrijke zaken, zelfs voor zijn moeder Reine. En Bren wist dat hij binnenkort ook zijn eigen gezin zou hebben, want Hilde was zwanger van hun eerste kind. Ze hadden dat nieuws aan iedereen willen vertellen tijdens het joelfeest, maar daar waren ze niet meer aan toegekomen toen ze Beren hadden gevonden. Naast het verdriet voelde hij ook vreugde en hoop voor de toekomst vanwege het kind dat ze het komende jaar zouden verwelkomen. Hij kneep zacht in de hand van Hilde naast hem.

Na Tarik en Wardolf nodigde de priester Bren uit om naar voren te komen. Bren sprak plechtig de woorden uit die hij de vorige avond voor deze ceremonie had bedacht. Hij eerde zijn vader en de belangrijke daden die hij in zijn leven had verricht, voor Bren en Harald waren geboren. Daarna stak hij de fakkel in de brandstapel en stapte achteruit. Het vuur verspreidde zich snel over de takken en even later sloeg het over naar de kleding van Beren. Terwijl Bren naar de brandstapel keek, vroeg hij zich af of de geest van Beren hem nu kon zien.

Er werd nauwelijks gesproken door de aanwezigen. Sommige vrouwen van de stam begonnen luid te huilen toen het lichaam van Beren in brand vloog. De mannen staarden grimmig zwijgend naar de vlammen, terwijl het lichaam van Beren langzaam werd verteerd door het vuur. Beren was naar zijn voorouders gegaan.

Na de ceremonie gingen alle gasten met Reine en Hilde naar de boerderij voor een eenvoudige maaltijd. Bren, Harald, Banna en Timmen liepen ondertussen met de priester mee. Ze liepen een stuk van de boerderij vandaan naar een grote beuk die aan de rand van de stroom stond. Bren had aan Mani, de priester, gevraagd of ze hem na de crematie konden spreken en het leek hem beter als niemand dit zou horen.

“Bren vertelde mij dat jullie vannacht alle vier een droom hebben gehad,” zei Mani. Hij was moeilijk te verstaan door de vele tanden die hij miste in zijn mond. Op de een of andere manier klonk hij hierdoor altijd alsof hij niet helemaal goed bij zijn hoofd was, terwijl Bren wist dat de priester een van de scherpste geesten van de stam had. Dat moest ook wel als hij de wil van de goden wilde doorgronden. Hij wist dat Tarik en Beren altijd luisterden naar wat Mani te zeggen had. Mani was al erg oud en met de jaren leek zijn wijsheid alleen maar toe te nemen.

De priester nodigde hen alle vier uit om op de grond te gaan zitten in de vochtige bladeren onder de boom. Mani zelf ging ook op de grond zitten met opgetrokken knieën en speelde met zijn blote voeten in de bladeren en de aarde.

De vier kinderen van Beren keken elkaar aan voordat ze hun verhaal begonnen. Ze wisten dat het een vreemd verhaal

was, maar ze moesten van de priester horen wat het kon betekenen.
Die ochtend bij het ontbijt had Harald verteld dat hij een ongewoon heldere droom had gehad. Hij had er niet veel van begrepen, maar hij had wel het gevoel dat er een belangrijke boodschap in de droom zat. En terwijl Harald over zijn droom vertelde, had Timmen aangegeven dat hij die nacht hetzelfde had meegemaakt. Zijn droom was anders geweest dan die van Harald, maar ook Timmen had het gevoel gehad dat het belangrijk was wat hij had gezien. Vervolgens had Banna aangegeven dat zij die nacht ook had gedroomd en Bren herinnerde zich plotseling dat hij midden in de nacht wakker was geschrokken uit een vreemde droom waarin hij zijn vader had gezien.

Volgens Harald kon het geen toeval zijn dat ze alle vier zo'n belangrijke droom hadden gehad in de nacht voor de crematie. Hij had er bij de anderen op aangedrongen om aan de priester te vragen wat het betekende.
Bren vertelde als eerste over zijn droom.
"Ik droomde dat ik mijn vader zag staan," zei hij. "Ik zag zijn gezicht niet. Hij stond met zijn rug naar me toe aan de rand van een brede rivier. En toch wist ik dat het Beren was."
Bren vertelde zoveel mogelijk details die hij zich kon herinneren.

"Terwijl ik naar Beren keek, hoorde ik een heldere stem in mijn hoofd die zei: de dood van je vader maakt de weg vrij voor de wolf met twaalf bijlen. Deze wolf zal zijn adelaars over de Rijn sturen en de moordenaar zal hier rijker en machtiger door worden. Drie adelaars zullen niet meer terugkeren. Weet, als dit gebeurt, dat je vader gewroken zal worden. Een jonge wolf zal twee adelaars terughalen en de zoon van de moordenaar zal hem daarbij helpen."
"Mijn droom ging over een andere wolf," zei Banna. "Ik zag hem voor me in mijn droom. Hij zag er heel vreemd uit. Aan zijn poten droeg hij leren laarzen als een mens en op zijn hoofd had hij een ijzeren kroon waar kleine bijlen op waren bevestigd."

Bren had geen idee waarom Banna hierover had gedroomd, maar er was duidelijk een verband met zijn eigen droom. De priester knikte kort en Banna ging verder.
"Ik zag hem onrustig heen en weer rennen aan de oever van een groot water en ondertussen hoorde ik het volgende: het nageslacht van Beren zal vechten tegen water. De man die god wordt genoemd, zal over water gaan. Weet, als dit

gebeurt, dat de erfgenaam van de moordenaar nabij is. Hij zal er ook bij zijn als de wolf sterft door het zwaard dat hem moet beschermen."

"De goden spreken in vreemde beelden," zei Mani. "Soms weten we pas achteraf wat hun boodschap betekent. Of de betekenis wordt nooit duidelijk. Het is moeilijk om te raden wat de droom betekent, maar je moet het vooral symbolisch zien. Ik kan me niet voorstellen dat er een mens komt die letterlijk over water zal lopen. Er moet een andere betekenis zijn."

Na Banna ging Harald verder en vertelde over zijn droom.

"Ik zag een oude wolf voor me," zei hij. "En ik droomde net als Banna over een ijzeren kroon met bijlen. De oude wolf kreeg die kroon op zijn hoofd gedrukt, hoewel hij dat eigenlijk niet wilde. Vervolgens hoorde ik ook die stem in mijn droom: de zwakke wolf zal krachtig heersen. Hij verovert nieuw land en de erfgenaam van de moordenaar zal hem daarbij helpen. Weet, als dit gebeurt, dat de erfgenaam van de moordenaar hierbij voor het leven getekend zal raken."

Harald keek de anderen twijfelend aan.

"Dat is het enige wat ik gedroomd heb," zei hij enigszins verontschuldigend tegen de priester.

Bren vroeg zich af waarom hun dromen steeds over die wolven gingen. Wat had dit allemaal met de moord op Beren te maken?

"In mijn droom werd het volgende verteld," zei Timmen. "De laatste wolf van een oud geslacht zal zelf zijn ondergang veroorzaken. Vader, moeder, broer, vrouw en kind sterven door zijn hand. Vier wolven zullen strijden om de macht. De erfgenaam van de moordenaar strijdt voor de ene na de andere wolf, maar dient altijd alleen zichzelf. Weet, als dit gebeurt, wie de moordenaar was. De erfgenaam van de moordenaar, met een gehavend gezicht, verdrijft alle wolven uit zijn land."

Het duurde lang voordat de priester reageerde. De vier kinderen van Beren keken gespannen naar elkaar. Na een lange stilte gaf de oude priester zijn interpretatie van de dromen.

"Hmmm, vier kinderen, vier dromen over wolven," zei Mani. "De wolven staan voor de Romeinen, dat is duidelijk. Er wordt gezegd dat de stichters van de stad Rome zouden zijn gevoed door wolven. En de leiders van de Romeinen worden

beschermd door een lijfwacht van lictoren die een fasces in hun hand houden, een bundel takken met een bijl. De wolven uit jullie dromen met die ijzeren kroon met bijlen moeten voor leiders van de Romeinen staan."
Bren had nog nooit van lictoren of een fasces gehoord en toch was dat symbool in hun dromen opgedoken.
"En als de wolven voor de Romeinen staan," zei de priester, "betekent jullie laatste droom dat er ooit een man zal komen die alle Romeinen uit ons land zal verjagen."
Bren keek de anderen geschrokken aan. Hij kon zich niet voorstellen dat iemand de Romeinen ooit zou kunnen verdrijven.

"De goden hebben jullie alle vier iets laten zien dat nog moet gebeuren. Iets dat vele jaren in de toekomst kan liggen. En al die gebeurtenissen zullen op de een of andere manier te maken hebben met de moord op jullie vader. Het begint allemaal bij hem, anders zouden de goden het niet aan jullie laten zien. En pas in de laatste droom, als de Romeinen zijn verdreven, zal bekend zijn wie de moordenaar van Beren was."
Bren voelde zich leeg worden bij die woorden. Het zou nog jaren duren voor hij zijn vader zou kunnen wreken. Hij zou het waarschijnlijk zelf niet eens meer mee maken. De dromen spraken steeds over de erfgenaam van de moordenaar.
"Ik zweer dat ik mijn vete door zal geven aan mijn kinderen," zei Bren met een verbeten blik in zijn ogen. Hij dacht aan het kind dat Hilde nu verwachtte. "En zij zullen het doorgeven aan hun kinderen, tot de dader is gestraft."
"Ik zweer het ook," zeiden Harald, Timmen en Banna op hetzelfde moment.

De priester keek ze alle vier een voor een in de ogen, alsof hij wilde controleren of ze het wel echt meenden.
"Zo zal het zijn," zei hij. "Maar denk eraan dat jullie vanaf nu voor altijd verbonden zullen zijn aan het lot dat jullie in jullie dromen hebben gezien. Praat hier met niemand buiten de familie over. Wat de goden jullie hebben laten zien, was alleen voor jullie bestemd."

"Hoe weten we zeker of het allemaal echt waar is?" vroeg Timmen. "Hoe weten we dat het geen list was van de goden?"
"Denk aan de aanwijzingen die jullie in de dromen hebben gezien," zei de priester. "Denk aan de drie adelaars die verloren gingen aan de overkant van de rivier. Als dit

gebeurt, weten jullie pas dat jullie vader zal worden gewroken. Dat werd in de droom van Bren gezegd. Dus als er op een dag zoiets gebeurt, dan pas zullen jullie weten dat het allemaal echt is.”

# Hoofdstuk 7

## Marcus

Aan het einde van de winter waren er twee andere legioenen naar het winterkwartier van het Eenentwintigste legioen gekomen. Titus Laberus was door Drusus aangesteld als legaat van het Eenentwintigste legioen, terwijl Drusus zelf het commando voerde over het hele leger van drie legioenen. Marcus had nog nooit zo veel militaire activiteit bij elkaar gezien nu de drie legioenen in één groot legerkamp bij elkaar stonden. Duizenden mannen, paarden, ossen en muilezels leefden bij elkaar op de enorme vlakte in de buurt van Mutina. De vicus, de kleine nederzetting met handelaren die in de winter naast hun kamp was ontstaan, trok vrijwel iedere dag nieuwe handelaren en werklieden aan. Volgens Sextus zouden er zich in de komende weken nog meer hulptroepen aansluiten bij het leger van Drusus. Iedereen in het kamp voelde de opwinding toenemen nu het weer langzaam beter begon te worden. De winter was voorbij en weldra zouden ze met hun jonge bevelhebber ten strijde trekken.

Marcus voelde de lente al in de lucht hangen, toen hij aan het eind van de middag samen met Sextus, Gaius en Aulus richting de vicus wandelde. Ze hadden de afgelopen nacht een zware nachtelijke mars gemaakt, maar Marcus had geen last van vermoeidheid. Hij voelde zich sterker en gelukkiger dan hij zich ooit had gevoeld. Die mars was de laatste test geweest en hij had zijn opleiding en de lange winter overleefd. Sinds deze dag mocht Marcus zich eindelijk een echte soldaat van Rome noemen. Hij was legionair. Zijn proeftijd was voorbij.

"Weet je zeker dat je niet mee gaat?" vroeg Gaius, die zijn geldbuidel met daarin zijn allereerste soldij liet rinkelen. "Ik betaal een pijpbeurt voor je."
Marcus schudde zijn hoofd.
"Nee, dank je," mompelde hij.

"Ga je echt niet mee?" vroeg Sextus, die de afgelopen winter al vrij regelmatig op bezoek was gegaan bij bepaalde ondernemers in de vicus en steeds terugkwam met de wildste verhalen. "Je hebt maanden achter elkaar met alleen

maar mannen in een barak geslapen. En ik weet dat Gaius best knap is, maar heb je geen zin om met een vrouw in bed te kruipen?"
Gaius moest lachen.
"Je bent geen eunuch, toch?" vroeg hij. "Dit is de eerste keer dat iemand een pijpbeurt van mij afslaat."
De drie mannen lachten hard en Marcus lachte mee, ook al voelde hij dat hij rood werd. Hij had geen zin om hierover te praten.

"Ik wil eerst nog wat anders doen," zei hij, wat ook waar was. "Ik zie jullie straks wel bij de Drie Rammen."
De Drie Rammen was de naam van de kroeg die de afgelopen winter min of meer de stamkroeg was geworden voor de mannen van het Zevende cohort. Hij heette zo, omdat er twee schedels van een ram boven de deur hingen. De derde schedel was tijdens het festival van de Saturnalia verdwenen en niemand wist waar die schedel was, hoewel iedereen vermoedde dat hij zich ergens in het legerkamp bevond.
Gaius drong niet verder aan.
"Oké, meer vrouwen voor ons," zei hij, terwijl hij zijn schouder ophaalde.

Marcus voelde op deze dag niet eens een behoefte om met de anderen mee te gaan, ook niet als de vrouwen geen prostituees zouden zijn. Hij was dankbaar dat hij de proeftijd had gehaald en wilde van zijn eerste soldij meteen een offer brengen aan de goden om hen te bedanken.
Bij de poort van het legioenskamp nam hij afscheid van de anderen, die weinig aandacht meer voor hem hadden nu hun bestemming zo dichtbij was. Ze liepen zo snel mogelijk richting het lage gebouw aan de rand van de kleine nederzetting waar Sextus al zo vaak was geweest.

Zelf had Marcus alle tijd. Hij liep op zijn gemak door de drukke modderige paden van de tijdelijke handelspost. Hij miste de rechte wegen en de orde van het legioenskamp. Er waren hier geen ingenieurs die het overzicht hielden en aan iedereen vertelden waar ze moesten bouwen. Iedereen zette zijn hut of verkoopkraam gewoon neer waar nog plek was en zo groeide de nederzetting langzaam in kronkelende linten naar buiten toe. Er waren nauwelijks bouwwerken van steen in de vicus en niemand nam de moeite om iets aan riolering te doen. Het had ook helemaal geen zin om stenen gebouwen neer te zetten. Zodra het leger in de lente zou vertrekken, zouden de handelaren ook weer verdwijnen. Een deel van hen zou achter het leger aan reizen als kampvolger.

En een ander deel van de handelaren zou op zoek gaan naar andere legerkampen.

In de nederzetting zag Marcus vooral veel mannen lopen. Ze zagen er bijna allemaal uit als militairen. Marcus liep langs verschillende koopmannen die wapens, keukengerei of kleine beeldjes van de goden hadden uitgestald. Aan de prachtige details van hun attributen kon Marcus meteen zien welke goden het waren. Hij zag dat Mars en Minerva natuurlijk populair waren bij de soldaten die de nederzetting bezochten, maar er waren ook kleine bronzen beeldjes van Romulus en Remus en de wolf die hen zoogde. En Marcus zag dat de koopman ook een houten beeld had van Isis, de moedergodin uit Egypte.

Smerige barbaren met hun buitenlandse religies, dacht hij, terwijl hij snel doorliep naar een andere handelaar. Voor je het weet verdringen die achterlijke honden- en vogelkoppen uit Egypte de echte Romeinse goden.

Terwijl Marcus bij een andere handelaar aan zakjes met zout en kruiden rook, merkte hij dat er iemand naast hem naar hem stond te kijken.

“Zo jongen, ben je ondertussen al zeventien?” vroeg de persoon die naast hem stond.

Marcus draaide zich om. Eerst wist hij niet wie de oude man was die hem had aangesproken, maar toen de man begon te lachen herkende hij hem. Het was Pisto, de slaaf die hem had gekeurd op de dag dat hij zich had aangemeld bij het legioen. De slaaf had een brutale grijns op zijn gezicht en Marcus vroeg zich even af of hij nou werd uitgelachen. De slaaf scheen het bijzonder grappig te vinden dat Marcus een soldatentuniek en de sandalen van een militair aan had. Alsof die kleren eigenlijk niet bij hem hoorden. Marcus staarde Pisto nors aan. Hij hield niet van slaven en had helemaal geen zin om met hem te praten. Hij herinnerde zich nog hoe de slaaf was geweest bij zijn keuring.

“Ik zie dat je Barrus hebt overleefd,” zei Pisto. “Dat had ik niet verwacht toen je je hier als jonge pup kwam melden. Blijkbaar begin ik wat seniel te worden als ik me zo kan vergissen.”

“Je herkent me nog?” vroeg Marcus. “Hoe weet je wie mijn centurion is?”

Deze slaaf moet tijdens de registratie honderden rekruten voorbij hebben zien komen. Hoe kon hij die na al die maanden van hun proeftijd nog uit elkaar houden?

"Natuurlijk herken ik je nog, Marcus Vilenus van het Zevende cohort. Ik onthoud altijd alles. Ik weet precies hoeveel mannen er op dit moment in staat zijn om te vechten in het legioen. Ik weet dat er twee mannen uit jouw centurie ziek op bed liggen en dat een soldaat straf heeft, omdat hij te laat is teruggekeerd van verlof. Dat weet ik van alle zestig centuries van het legioen. Ik weet hoeveel dagen we vooruit kunnen met ons graan en ik weet uit hoeveel wagens onze bagagekaravaan bestaat. Hoe zou ik anders de kampprefect en de legaat kunnen dienen als ik die informatie niet paraat heb in mijn hoofd?"

"Niemand kan zo veel informatie onthouden," zei Marcus. "Dat is onmogelijk."

"Voor een simpele voetsoldaat zoals jij misschien," zei de slaaf minzaam glimlachend. "En daarom heb ik ook een hogere positie in het leger dan jij."

"Je bent een slaaf," zei Marcus bot. Hij merkte dat hij geïrriteerd raakte. Deze man was zoveel minder waard dan hij en toch was hij hondsbrutaal. Als de slaven in het huis van zijn oude familie zich zo zouden gedragen, hadden ze meteen een afranseling gekregen.

"En ik ben een vrij man," ging Marcus verder. "Ik ben een Romeins staatsburger en een soldaat van het Eenentwintigste legioen. Hoe durf je te beweren dat jij een hogere positie hebt dan ik?"

Marcus sprak de woorden uit met een felheid die hij niet van zichzelf had verwacht. Alle emotie van de zware proeftijd die net was beëindigd kwam eruit. Hij had zich ontzettend trots gevoeld toen hij zich eindelijk een soldaat mocht noemen en hij was kwaad dat deze slaaf de spot met hem dreef. En hij reageerde zo fel omdat hij wist dat hij eigenlijk niet de waarheid sprak. Hij had zijn burgerschap gestolen.

De slaaf begon te lachen. Hij leek het alleen maar grappig te vinden dat Marcus zich zo opwond.

"Natuurlijk ben je een vrij man," zei Pisto. "Vrij om te gaan en staan waar je wil, zolang je maar precies doet wat Barrus je opdraagt."

Marcus voelde een behoefte opkomen om deze slaaf eens op zijn plaats te zetten, maar hij durfde hem niet te slaan. Pisto was het persoonlijke eigendom van hun kampprefect.

"Laat me je één tip geven als je het wilt redden in het leger, knul," zei de slaaf, nu op een serieuze toon. "Vergeet nooit dat je in het legioen een heel klein onderdeel bent van een groter geheel. Het legioen is groter dan wat jij met je beperkte hersencapaciteiten kunt overzien. Zie het legioen als een groot en hongerig beest, waarbij iedereen een specifieke taak heeft om dat beest in leven te houden. Van de legioensoldaat die aan het eind van een dagmars een latrine staat te scheppen tot de drijvers die de wagens met de artillerie achter ons aan slepen, iedereen levert een bijdrage aan het geheel.

Jij waagt je leven voor mij als ons kamp wordt aangevallen en ik zorg ervoor dat iedereen genoeg te eten heeft. En als het even kan, probeer ik er ook voor te zorgen dat onze bevelhebber geen stommiteiten uithaalt die mij mijn leven kunnen kosten. En dat laatste maakt mijn bijdrage net iets belangrijker dan die van jou."

"Nog even en je beweert zelfs dat jij belangrijker bent dan de bevelhebber, slaaf," zei Marcus, met de nadruk op het laatste woord.

"Oh, bij onze vorige legaat was dat zeker het geval," zei Pisto. "Ik was in ieder geval een stuk slimmer, maar dat was bij hem geen bijzondere prestatie."

Marcus' mond viel open van verbazing. Als hij zelf zoiets hardop zou zeggen over hun legaat, zou Barrus hem een maand lang latrinedienst geven.

"Maar deze nieuwe bevelhebber, die Nero Claudius Drusus, lijkt me een stuk scherper dan de vorige. De Princeps zal hem vast niet alleen maar hebben aangesteld als bevelhebber omdat hij toevallig zijn stiefzoon is. Misschien overleef ik het zelfs wel als we straks de Alpen in trekken."

"De Alpen?" fluisterde Marcus, terwijl hij om zich heen keek of iemand hen hoorde. "Gaan we oorlog voeren in de Alpen?"

Marcus en de andere soldaten in zijn centurie vroegen zich al weken af wat het doel van de komende campagne was. Iedere avond speculeerden ze erover in hun barak en de wildste geruchten gingen rond in het legioen, van Germania tot Parthia of zelfs het verre eiland Britannia. Gaius was er ondertussen stellig van overtuigd dat ze Spartacus gingen verslaan, maar Sextus had hem proestend van het lachen verteld dat Spartacus al voor de tijd van

Caesar aan een kruis was geslagen door Crassus, samen met de duizenden slaven in zijn leger.

"Zie je wel dat ik slimmer ben dan jij," zei Pisto. "Heb je er eigenlijk wel over nagedacht waarom Augustus op deze plek drie legioenen bij elkaar brengt?"
"De soldaten zeggen dat we Germania gaan veroveren," zei Marcus. "Ze zeggen dat we zijn gerekruteerd vanwege de inval in Gallia van twee jaar geleden."

Marcus had juist lang nagedacht over het doel van hun campagne. Hij had zelfs aan hun optio, Quintus Caelius, gevraagd of hij op een kaart aan kon wijzen waar hun kamp lag. Het legioen was de hele winter ingekwartierd in een kamp in het noorden van Italia, in de buurt van Mutina.

Nog geen week geleden had het hele legioen de oude slagvelden van Forum Gallorum en Mutina bezocht, waar Augustus zijn eerste veldslag tegen Marcus Antonius had gewonnen. Drusus eerde de overwinning van zijn stiefvader door op die locatie een grootschalige oefening te houden, waarbij Marcus voor het eerst alle manoeuvres uit zijn opleiding uitvoerde als onderdeel van het hele legioen. Het was een overdonderende ervaring geweest. Duizenden mannen en paarden die zich bijna sierlijk over de vlakte bewogen, strak in het gelid en onstuitbaar voor alles wat voor hen lag. Als een groot en hongerig beest, zoals Pisto het had omschreven. En met een enkel bevel of hoornsignaal veranderden hele cohorten in een ogenblik van richting. De zon schitterde die dag op de duizenden helmen en speerpunten. De hele vlakte dreunde onder het gestamp van ontelbare paardenhoeven en met ijzer beslagen sandalen.

Ondertussen reed Drusus zelf met zijn rode wapperende mantel kriskras door de marcherende legioenen om te controleren of zijn bevelen goed werden uitgevoerd. Marcus zag hem wel vier keer voorbij komen, terwijl Drusus langs de formaties reed. Hij durfde de generaal niet aan te kijken, omdat hij zich moest concentreren op zijn eigen plek in de linie. Toch voelde het voor Marcus alsof zijn generaal hem persoonlijk in de gaten hield, iedere keer als hij in de buurt was.

Dat Drusus met deze grootschalige oefening ook meteen de nederlaag van zijn schoonvader aan het vieren was, werd door niemand uitgesproken. Iedereen wist dat het beter was om niet te veel aandacht te besteden aan het feit dat Antonia, de vrouw van Drusus, de dochter van Marcus

Antonius was. Marcus Antonius was een onderwerp waar niet over werd gesproken in het bijzijn van de familie van de Princeps.
"Het zou best kunnen dat Germania het uiteindelijke doel is," zei Pisto. "Maar waarom zouden de legioenen dan aan deze kant van de Alpen bij elkaar komen? Zou het niet beter zijn om de legioenen in Gallia Comata te stationeren?"
"Misschien trekken we daar na de winter heen," zei Marcus. "Via Narbo kunnen we naar het noorden trekken richting Lugdunum."
Hij wilde aan de slaaf laten merken dat hij wel inzicht had in de positie van het leger, ook al vertelde hij alleen maar wat hij Quintus of Sextus had horen zeggen.
Pisto schudde zijn hoofd.

"Om Germania binnen te vallen, is eerst een stabiele grens in het noorden van Italia nodig. En er moeten veilige verbindingen mogelijk zijn tussen Lugdunum in Gallia en Rome. Augustus zal geen legioenen weg willen halen uit Italia als de stammen uit de bergen zoals de Raeti nog niet zijn overwonnen. Te vaak zijn die stammen al uit de bergen gekomen om Italia binnen te vallen. Pas als de Alpen gepacificeerd zijn, kan Augustus aan de veel riskantere oorlog in Germania beginnen. Daarom heeft hij Drusus naar ons gestuurd. Als we vanuit Lugdunum ten strijde zouden trekken, zou Drusus daar op ons wachten."

Marcus dacht na over wat de slaaf allemaal vertelde. Het klonk vrij logisch dat de legioenen zich hier verzamelden en met hun nieuwe bevelhebber oefenden om ook vanuit deze positie de campagne te beginnen.

Hij vroeg zich af hoe het was om in de bergen te moeten vechten. Hij had de Alpen nog nooit gezien, maar hij had gehoord dat ze veel hoger waren dan de Apennijnen, die ze op weg naar het noorden waren gepasseerd. Tot nu toe hadden ze alleen nog op het vlakke land of in lage heuvels geoefend.
"Maar goed," zei Pisto. "Ik ben maar een eenvoudige slaaf, dus wat weet ik er nou van?"

Pisto lachte weer bij zijn laatste opmerking. Marcus had het gevoel dat de slaaf het leven als een grote grap beschouwde waarvan alleen hij de humor inzag. Hij vond dat hij genoeg tijd aan Pisto had besteed.

"Ik moet gaan, slaaf," zei Marcus, ook al wilde hij eigenlijk nog wat zout kopen bij de handelaar waar ze elkaar tegen waren gekomen. “Ik ben op weg om een offer te brengen aan Mars.”

“Heel verstandig,” zei Pisto, die ook aanstalten maakte om verder te lopen. “Als we deze zomer de bergen intrekken zullen velen van jullie jonge knapen al snel sterven. Je zult de hulp van de goden nodig hebben als je het wilt overleven.”

Met die onheilspellende woorden draaide de oude slaaf zich om en liep vrolijk fluitend verder. Na een paar stappen draaide hij zich weer om naar Marcus.

“Oh, en zorg ervoor dat je naar de hoeren gaat,” riep hij door de drukke straat naar Marcus. “Je wilt niet als maagd sterven, toch?”

## Hoofdstuk 8

## Marcus

Uiteindelijk kreeg Pisto gelijk. Het legioen van Marcus zou oorlog voeren in de Alpen ten noorden van Italia. Twee weken na het einde van zijn proeftijd was het leger rond Mutina compleet.
De kern van het leger bestond nu uit de drie legioenen en die legioenen werden in de laatste weken van maart aangevuld met twaalf cohorten infanterie en vier alae cavalerie van de hulptroepen. Marcus rekende uit hoeveel soldaten dat waren en hij kwam uit op vijftienduizend legioensoldaten en ongeveer zevenduizend hulptroepen. En dat waren alleen nog de soldaten. Er trokken ook nog duizenden mensen met het leger mee die ervoor moesten zorgen dat al die soldaten in staat waren om te vechten.

Het duizelde Marcus als hij eraan dacht hoeveel mensen met elkaar ten strijde trokken. Hoe hield Drusus daar het overzicht over? Hoe zorgde hij ervoor dat er steeds genoeg te eten was voor die massa, dat iedereen op tijd werd betaald en dat er voor iedereen een plek was in het kamp? Het was precies zoals Pisto het had omschreven. Iedereen in het leger had een specifieke taak en moest die perfect uitvoeren. Dat was de enige manier om zo'n groot leger onder controle te houden. En Marcus was de hele winter gedrild door Publius Barrus om zijn eigen specifieke taak uit te voeren in de komende gevechten. Hij was er klaar voor, ook al voelde hij nog een bepaalde angst voor wat er ging komen. En naarmate het weer beter werd, nam die angst iedere dag iets toe.

Op de dag voordat de campagne zou beginnen, verzamelde het hele leger zich voor de officiële zegening. Drusus hield een toespraak op het podium voor het leger, waar Marcus weinig van kon verstaan, omdat hij zo ver weg stond. Hij zag alleen dat Drusus op zijn gemak over het podium liep in zijn schitterende wapenuitrusting, terwijl de legaten van de legioenen en de prefecten van de hulptroepen achter hem zaten. Marcus hoorde hoe de soldaten die vooraan stonden meerdere keren moesten lachen of begonnen te juichen bij de toespraak van Drusus. Na zijn toespraak werden de standaarden van iedere centurie en de adelaars van de legioenen voor het podium verzameld. Er verscheen een priester op het podium met zijn toga over zijn hoofd uit respect voor de goden. Voor het podium werden een stier en een ram geofferd, waarna de priester de veldtekens wijdde en zijn hand op het voorhoofd van Drusus legde om voor hem en zijn leger bescherming te vragen.

Hierna stond Drusus op. Hij trok zijn zwaard en riep met luide stem: "Rome zal overwinnen," waarna de legioenen als één man hun speren de lucht in staken en hun antwoord brulden. Marcus voelde kippenvel op zijn armen. Hij kon zich niet voorstellen dat er een vijand was die dit leger zou kunnen weerstaan. Iedereen op deze vlakte voor het podium popelde om te vechten. Hun jonge generaal was nog het meest ongedurig van allemaal. Hij had hier jaren naartoe gewerkt, met de steun van zijn broer en zijn stiefvader. Morgen zou zijn eerste oorlog beginnen. Zijn eerste stap op weg naar roem.

De volgende ochtend vertrok het leger uit het winterkwartier en marcheerde in een lange uitgestrekte kolonne naar het noorden. De oorlog was begonnen, maar niemand verwachtte nu al contact met vijandelijke stammen. Het leger marcheerde nog over Romeins grondgebied. En als er vijanden in de buurt waren, dan zouden de verkenners van de hulptroepen hen opmerken voordat de legioenen ze zelfs zouden zien. De ruiters van de verkenningstroepen zwermden in kleine groepen overal rond de enorme rij mannen die naar het noorden trok.

Marcus zag tijdens de mars een aantal keer een turmae, een ruitereenheid met dertig ruiters langskomen, op weg naar een nieuwe positie of op weg naar de officieren om verslag uit te brengen. Waarschijnlijk hadden de eerste verkenners samen met de ingenieurs voor het begin van de middag al een locatie uitgekozen voor hun volgende marskamp.

Op de tweede dag stak het leger de rivier de Padus over en trok verder naar het noordoosten. Drusus liet zijn leger een paar dagen naar het noordoosten marcheren en trok vanaf de plaats Altinum naar het noordwesten, richting de bergen. Iedere dag trok het leger verder en werden de bergen om hen heen hoger. Gaius had nog nooit echte bergen gezien en hij geloofde nauwelijks wat hij zag. Ook voor Marcus zagen de bergen er dreigend uit. Hij had het gevoel dat hun leger van alle kanten in de gaten werd gehouden, terwijl ze verder de Alpen in marcheerden.

Na een week kwamen de legioenen aan bij de kleine stad Tridentum, die in een brede vallei lag. Dit was de rand van het Romeinse gebied. Het legioen van Marcus marcheerde vooraan en begon in de vroege avond meteen met de aanleg van een kamp dat groot genoeg was voor de drie legioenen en de hulptroepen. Iedereen werkte haastig om de verdedigingswerken voor het donker in orde te brengen, want ze wisten dat ze zich vlak bij vijandelijk gebied bevonden.

Terwijl Marcus in de ondergaande zon aan het graven was voor de greppel aan de westzijde van het kamp, keek hij even naar het stadje Tridentum in de verte. Het was eigenlijk nauwelijks een stad te noemen. De vicus naast hun vorige kamp was op het drukste moment groter geweest dan deze nederzetting.

Marcus veegde met een zakdoek het zweet uit zijn nek en nam een slok water. De binnenkant van zijn helm was vochtig van het zweet, maar hij mocht tijdens het graven zijn helm niet af doen van de centurion en de optio.
Net op het moment dat hij weer aan het werk wilde gaan, zag hij in de verte iets dat zijn aandacht trok. Aan de rand van Tridentum reed een kleine groep ruiters weg van de stad. Ze reden met hoge snelheid richting het noorden.

"Sextus," riep Marcus naar zijn decanus en wees naar de ruiters in de verte. "Zijn die van ons?"
Sextus kwam naast Marcus staan en hield zijn hand boven zijn ogen. De zon ging bijna onder achter de hoge bergrug in het westen en de groep was moeilijk te onderscheiden in de schemering. Sextus schudde zijn hoofd.
"Ik denk het niet," zei hij. "Waarschijnlijk mannen uit Tridentum die hun buren gaan waarschuwen."
Sextus besteedde er verder niet al teveel aandacht aan. Hij draaide zich om en ging weer aan het werk.
"Moeten we dit niet melden bij Barrus?" vroeg Marcus. "Of bij onze bevelhebber?"
Marcus zag al helemaal voor zich hoe hij het nieuws over de ruiters aan Drusus zou overbrengen en daarmee het hele leger zou redden van de ondergang. Drusus zou hem daar vast voor belonen.

"Laat ze maar gaan," zei Sextus. "Drusus zal er rekening mee houden dat we vroeg of laat ontdekt worden.

Zo'n groot leger wordt vanzelf een keer opgemerkt. Dat is juist de bedoeling. En het is beter als de vijand naar ons komt dan dat wij al die bergen op moeten klauteren om achter ze aan te jagen. Ga vanavond op tijd slapen, jongens. Het zou best eens kunnen dat we morgen een groepje wilden op ons pad vinden."

De volgende dag trok het leger verder naar het noorden, zonder dat er stammen waren om tegenstand te bieden. De soldaten marcheerden de hele dag door de brede vallei, terwijl de bergruggen aan beide zijden steiler en hoger werden. De kolonne marcheerde nu dichter op elkaar dan de vorige dag en Marcus merkte dat de verkenners meer gespannen waren. Ze bleven in grotere groepen bij elkaar en er werd minder gesproken en gelachen als een groep ruiters voorbij kwam rijden. Aan het eind van de dag hoorde Marcus in het kamp dat de verkenners al op twee plaatsen met de vijand in contact waren gekomen. Het waren kleine schermutselingen geweest, waarvan de hoofdkolonne van het leger niet eens in de gaten had gehad dat ze hadden plaatsgevonden. Toch wist iedereen dat hiermee de oorlog echt was begonnen. Er had bloed gevloeid en aan beide zijden waren enkele doden gevallen.

's Avonds in zijn tent luisterde Marcus een lange tijd gespannen of hij ergens een alarm of het geluid van wapengekletter hoorde. Hij hield er rekening mee dat de vijand 's nachts hun kamp zou bestormen. Zouden de wachters hen wel op tijd opmerken voordat een of andere barbaar met een woeste baard in de tent van Marcus zou opduiken?

Het gerucht dat Gaius tijdens het avondmaal had verteld zorgde er ook niet echt voor dat Marcus met een gerust hart in slaap kon vallen. Gaius had via via gehoord dat twee lichamen van de verkenners zonder hun hoofd terug waren gebracht na een van de schermutselingen. Blijkbaar hadden de barbaren hun hoofden meegenomen als oorlogstrofeeën. Marcus gruwde bij die gedachte. Hij zag al helemaal voor zich hoe de barbaren trots met hun afgehakte hoofd door hun kamp liepen en er grappen over maakten. Kon dat ook het hoofd van Gaius of Marcus zijn als ze werden gedood? Kon de ziel van Marcus wel naar het hiernamaals als zijn hoofd was verdwenen?

Marcus kon zich niet voorstellen dat deze stammen zo dicht bij Rome woonden en toch zo barbaars waren. Hoe konden ze zich zo beestachtig gedragen?

Uiteindelijk viel Marcus in slaap, maar hij had een vreemde, angstaanjagende droom. Marcus droomde dat Barrus bij wijze van oefening het hoofd van Marcus van zijn lichaam had getrokken en door het kamp had geslingerd. De soldaten van zijn cohort trapten het hoofd lachend door het kamp, terwijl het hoofdloze lichaam van Marcus er wanhopig achteraan rende. Toen Marcus zijn hoofd uiteindelijk weer te pakken had en het op zijn nek probeerde te zetten, zag hij met een schok dat het niet zijn eigen hoofd was, maar het hoofd van Gaius.

Op dat moment schrok hij wakker en opende zijn ogen. Hij zag nog steeds het gezicht van Gaius voor zich. Gaius schudde Marcus door elkaar en sloeg hem een paar keer op zijn wang, terwijl Marcus langzaam besefte waar hij was.

"Kom op, slaapkop," fluisterde Gaius. Buiten de tent hoorde Marcus trompetsignalen en mannen die naar zijn idee veel te hard schreeuwden voor dit vroege tijdstip. "We moeten verzamelen. Pak je spullen."

Marcus at snel een waterige pap als ontbijt en keek naar de bedrijvigheid in het kamp. Het was nog donker en begon net lichter te worden aan de horizon, maar de eerste boodschappers reden al weer af en aan door het kamp om berichten door te geven aan de verschillende eenheden. Na zijn ontbijt hielp Marcus de anderen om hun tent af te breken en hier waren ze net aan begonnen toen Publius Barrus terug kwam van het ochtendoverleg met de andere officieren.

"Derde centurie, verzamelen," riep Barrus, waarna de soldaten alles wat ze deden uit hun handen lieten vallen. Ze liepen snel naar hun vaste plek in de centurie, terwijl ook de optio, de hoornblazer en de drager van de standaard hun plek innamen naast de centurion.

"We breken vandaag het kamp niet op," riep Barrus. Marcus zag om zich heen dat de andere centurions ondertussen ook hun mannen bij zich riepen. "Laat de tenten staan en laat jullie bepakking vandaag achter als we op mars gaan. Alleen jullie standaard uitrusting gaat mee en neem voldoende proviand en water mee voor twee dagen."

Met een schok besefte Marcus wat dit betekende. Ze zouden vandaag niet verder marcheren en daarna een nieuw kamp opbouwen. Ze zouden hier vanavond weer terugkomen. En dat kon maar één ding betekenen: Drusus verwachtte dat ze vandaag een veldslag zouden leveren. De vijand was in de buurt.

Terwijl alle soldaten die ochtend hun uitrusting in orde maakten, hing er een vreemde sfeer in het kamp. De jonge rekruten gedroegen zich schichtig, merkte Marcus. De meesten liepen rond met een bleek gezicht en ze controleerden keer op keer de riemen van hun uitrusting of de scherpte van hun zwaard. Sommigen waren stil en anderen, zoals Gaius, praatten juist opvallend veel. De oudere soldaten waren minder gespannen. Ze hadden dit al vaker meegemaakt en een paar ervaren rotten leken zelfs uit te kijken naar een stevige veldslag.

Sextus Quirinus liep rond tussen de mannen van zijn tent, bijna allemaal jonge rekruten. Hij hielp zijn soldaten waar hij kon en stelde hen gerust.
"Meestal komt het niet eens tot een gevecht," zei hij tegen Marcus, terwijl hij zijn maliënhemd iets losser trok rond zijn middel. "Dan staan wij allemaal netjes opgesteld op een veld met de vijand tegenover ons. En als we elkaar dan heel lang in de ogen hebben gekeken, besluit een van de twee bevelhebbers dat hij toch niet helemaal tevreden is over zijn positie. En dan vertrekt het ene leger gewoon, om het een dag later op een andere plek nog een keer te proberen. Dat kan soms dagen achter elkaar doorgaan."

Marcus bad samen met Sextus en Gaius een laatste keer tot de kleine beeldjes van Roma en Minerva, waarna Sextus de beeldjes kuste en voorzichtig opborg in een leren buidel die hij onder zijn tuniek over zijn rug hing. Duizenden mannen in het kamp deden op dat moment hetzelfde. Even verderop zag Marcus hoe Publius Barrus en Quintus Caelius geknield in het gras zaten voor een beeldje van de Griekse god Himeros.

Marcus deed zijn helm op, pakte zijn twee werpsperen en zijn schild en liep naar zijn plek. De rest van de centuries verzamelden zich ook tot het hele cohort compleet was. Marcus keek naar de mannen om hem heen die hij de afgelopen maanden zo goed had leren kennen. Hoeveel van die mannen zouden vanavond niet meer terugkeren naar het kamp?

Nadat alle cohorten stonden opgesteld langs de hoofdweg van het kamp, reed Drusus samen met de hogere officieren langs de rijen verzamelde mannen. Als de jonge generaal gespannen was over zijn eerste veldslag, dan liet hij dat in ieder geval niet merken. Drusus keek de mannen die voor hem juichten in de ogen en knikte naar enkele soldaten die hij herkende. Marcus wist niet of Drusus hem nog zou herkennen van die avond bij de poort, toen hij hem voor het eerst had ontmoet. Hij zag hoe Drusus langzaam naar de voorkant van de kolonne reed met zijn schitterende wapenuitrusting en zijn rode mantel. Marcus vroeg zich af of Alexander van Macedonië er ook zo had uitgezien toen hij voor de eerste keer ten strijde trok. Drusus was ongeveer van dezelfde leeftijd als Alexander de Grote destijds. Augustus, die tijdens zijn bezoek aan Egypte per ongeluk de neus van het gemummificeerde lichaam van Alexander had afgebroken, was zelfs nog jonger geweest dan Drusus en Alexander toen hij voor het eerst een leger had aangevoerd.

Even later werd het signaal voor vertrek gegeven en de hele kolonne, tweeëntwintigduizend speren en zwaarden, marcheerde per cohort door de poorten van het kamp.

# Hoofdstuk 9

## Marcus

Voor de middag kwamen de eerste verkenners terug met het nieuws dat ze de vijand hadden gevonden. Een paar mijl verderop, waar de vlakke vallei omhoog ging in heuvelachtig terrein, had een grote groep krijgers zich verzameld. De eerste inschattingen van de verkenners waren dat het er minstens vijfduizend waren; en er waren er ongetwijfeld nog meer die zich verborgen hielden in de bossen aan beide kanten van de vallei. Drusus gaf het bevel om de enorme kolonne, die zich die ochtend nog had verplaatst in een marsformatie, om te vormen tot een slagformatie. In een goed geoefende beweging verspreidden de cohorten van de verschillende legioenen zich over de hele breedte van de vallei, met de cavalerie ter ondersteuning op de flanken. Het zevende cohort van Marcus had zijn positie achter het tweede cohort, ongeveer rechts van het midden van de hele linie. Voor de legionairs stonden nog enkele lichtere hulptroepen opgesteld, waardoor Marcus een aantal rijen achter de voorste linie stond.

Zodra het hele leger stond opgesteld, werd het bevel gegeven om voorwaarts te marcheren. Marcus voelde de spanning toenemen toen hij zijn eerste stappen zette, op weg naar de vijand die ergens voor hen op hen wachtte.
Tijdens het marcheren concentreerde Marcus zich alleen nog op de standaard van zijn centurie en de helmpluim van Publius Barrus, die vier rijen voor hem marcheerde. Naast Marcus liep de optio Quintus Caelius, die goed om zich heen keek of iedereen van de centurie in formatie bleef. En aan de linkerkant van Marcus marcheerde Gaius met zijn speer en schild dicht tegen het schild van Marcus aan.

Tijdens het marcheren voelde Marcus koud zweet over zijn rug lopen. Hij had een droge mond, ook al had hij die ochtend voortdurend gedronken. De mars richting het slagveld leek een eeuwigheid te duren en het voelde alsof hij door een onzichtbare kracht naar voren werd geduwd. Hij kon niet meer ontsnappen. Hij zat vast in de mensenmassa die recht vooruit bleef lopen. Overal om hem heen hoorde Marcus de stampende voeten van de legionairs, de ruwe stemmen van de officieren en het rinkelen van metalen helmen en wapenuitrustingen. De ijzeren punten van de werpsperen en de standaarden van de verschillende eenheden staken langs de hele linie in de lucht. Drusus en de andere hogere officieren zag Marcus niet, maar hij ging ervan uit dat zij ergens achter hen reden.

Na een tijdlang marcheren hoorde Marcus een ander geluid boven het lawaai van het marcherende leger uitkomen. Eerst vaag, als een verre echo door het dal, maar langzaam werd het steeds duidelijker. Het geluid leek van overal om hem heen te komen. Het weerkaatste tegen de bergwanden aan weerszijden van de brede vallei. Hij hoorde in dat geluid woeste kreten, talloze hoorns en het geluid van speren die ritmisch tegen houten schilden werden geslagen.
"Zie je al iets?" vroeg Gaius aan Marcus. Gaius zag er gretiger uit dan Marcus zich op dat moment voelde. Hij had zin in zijn eerste gevecht. Gaius leek zich absoluut geen zorgen te maken over zijn eigen veiligheid.
"Ja, ik zie ze," zei Marcus en hij merkte dat zijn stem schor was.

In de verte, ver voor de marcherende soldaten, liep het terrein iets omhoog tot een lage heuvel. Op die heuvel zag Marcus een lange rij figuren staan. Hij zag niet hoeveel mannen er achter elkaar stonden, maar de rij die voor hem stond strekte zich over de hele horizon uit. Er was geen einde van de rij te zien.
Het leger marcheerde door.
"Ze zien er boos uit," merkte hij op. "Ik denk niet dat ze ons erdoor willen laten."

Ze naderden de krijgers en Marcus kon de vage figuren nu wat beter onderscheiden. Hij zag ze wild heen en weer springen en met hun wapens tegen hun schilden slaan. Er leek weinig structuur te zitten in het leger op de heuvel. De krijgers waren niet in duidelijke eenheden ingedeeld zoals de Romeinen. Het was meer een grote meute met een aantal aanvoerders die min of meer losse groepen om zich heen hadden staan. Het geluid van de barbaren werd luider.

Drusus liet het leger verder marcheren zonder in te houden. De cohorten kwamen bij een ondiepe stroom die in een kom dwars over het slagveld liep, maar ze minderden nauwelijks vaart bij het oversteken. Het water kwam maar tot hun enkels en de mannen marcheerden aan de andere kant van de stroom weer door in dezelfde aaneengesloten formatie. Ze kwamen steeds dichter bij de vijand.

Marcus zag dat een aantal mannen van het leger van de barbaren zich losmaakte van de hoofdmacht en naar voren rende vanaf de heuvel. Het waren boogschutters en slingeraars. Lichtbewapende troepen die hun projectielen richting de Romeinen begonnen te schieten.
In de voorste linie deden de lichtbewapende troepen van de Romeinen hetzelfde, terwijl de zwaarbewapende legionairs achter hen verder liepen met hun schilden dicht tegen elkaar.
Hoewel de meeste projectielen zonder al te veel schade afketsten op schilden of helmen, zag Marcus ook dat enkele mannen in de voorste linie geraakt werden en in elkaar zakten. Hij hoorde plotselinge kreten boven het geschreeuw van de barbaren uit. De Romeinen marcheerden door.

Ergens vooraan werd het bevel gegeven om de speren in de aanslag te houden en Marcus zag hoe iedereen in de voorste cohorten zich klaar maakte om zijn speer te gooien. Hij voelde zijn hart steeds harder tegen zijn maliënhemd kloppen, terwijl hij dichter bij de vijand kwam. De lichte infanterie van beide zijden trok zich terug en werd ingehaald door de zwaardere infanterie.

“Speren klaar,” schreeuwde Barrus vooraan en de optio herhaalde het bevel. Marcus pakte zijn zware speer bovenhands vast en hield hem in de lucht, terwijl hij zijn schild en zijn lichte speer met zijn linkerhand voor zich hield. Hij merkte nu waar het eindeloze drillen van zijn proeftijd goed voor was geweest. Hij hoefde niet meer na te denken over zijn handelingen. Alles ging automatisch. Iedereen in de centurie reageerde direct op de commando’s van Barrus. Marcus voelde de spanning verder toenemen. Hij merkte tot zijn eigen schaamte dat hij iets inhield toen hij de vijand voor zich zag, terwijl Gaius juist sneller ging lopen. Met een korte por van zijn staf spoorde de optio Marcus aan.
“Blijf in formatie,” zei Quintus, terwijl hij zijn ogen strak op de vijand gericht hield.

Plotseling stormden de barbaren op de heuvel recht op het Romeinse leger af. Wild schreeuwend renden ze met honderden tegelijk naar voren. Ergens vooraan schreeuwden de centurions iets wat Marcus niet kon verstaan, maar hij zag dat alle soldaten in de voorste cohorten hun speren naar de aanvallende krijgers gooiden. Het resultaat was vernietigend.

Voor de eerste keer zag Marcus waarom de oudere soldaten de pilum het belangrijkste wapen van het legioen noemden. Het leek bijna alsof Mars zelf een slag uitdeelde tegen het aanstormende leger. De werpsperen van de legionairs daalden neer op de barbaren en doorboorden alles op hun pad. Schilden, pantsers, lichaamsdelen; niets was bestand tegen de zware speren van de Romeinen. Bijna iedereen in de eerste paar rijen werd wel op de een of andere manier geraakt door de massale aanval. De krijgers struikelden en vielen bloedend neer op de grond, of ze probeerden tevergeefs de lange speren los te trekken uit hun schilden of hun ledematen.

De woeste aanval werd afgeremd, terwijl de volgende rijen barbaren zich door de eerste rijen naar voren worstelden. Nog voor de aanval weer in gang kon worden gezet, was over de hele linie het bevel gegeven om de tweede speer te gooien. Weer vlogen honderden speren door de lucht en kwamen neer op de barbaarse krijgers, die met tientallen tegelijk werden uitgeschakeld. Marcus zag speren die dwars door schedels gingen of in een borst of arm bleven steken, waarna de barbaren gillend over elkaar heen vielen.

Vooraan trokken de legionairs hun zwaard en marcheerden richting de vijand. De barbaren organiseerden zich ook weer en renden woedend richting de Romeinen. Marcus hoorde Barrus iets roepen, maar hij was te geschokt om nog te kunnen reageren door wat hij voor zich zag. Pas toen Quintus het bevel in zijn oor herhaalde, gooide Marcus zijn speer over de hoofden van het tweede cohort heen. Hij kon niet zien of zijn speer iets had geraakt, maar het effect was net zo verwoestend als de eerste twee salvo's. Weer een hele rij barbaren ging schreeuwend onderuit. Aan zijn linkerkant hoorde Marcus hoe Gaius uitzinnig joelde bij de aanblik van zo veel vijanden die in één keer werden weggevaagd. Barrus schreeuwde een bevel en de hele centurie gooide de lichte speer naar voren.

De barbaren waren even in wanorde uit elkaar gevallen door de verwoestende aanvallen met de werpsperen, maar al snel kwamen er van achteren meer versterkingen naar beneden rennen die nu helemaal buiten zinnen waren van woede. Ze wilden wraak nemen op de Romeinen voor de dood van hun stamgenoten. Marcus kon nog net zien hoe de voorste rij legionairs zich schrap zette voordat de twee legers op elkaar botsten. Meteen werd het geluid van het geschreeuw anders. Marcus hoorde langs de hele voorste rij het geluid van metaal op hout en metaal, vermengd met kreten van pijn en woede.

De cohorten achter de voorste linie kwamen allemaal tegelijk tot stilstand. Vooraan werd heftig gevochten en Marcus zag op verschillende plekken hoe legionairs neervielen. Ze verdwenen tussen de vechtende mannen. Maar de Romeinen weken niet terug naar achteren. Ze bleven staan op hun plek, terwijl de vijand op de rij mannen inbeukte. Het leger van de Romeinen vocht als één blok; hakkend, stompend en stekend. Een kille en gedisciplineerde rij zwaarden en schilden waar de vijand zich stuk op beet. De lichte infanterie stond tussen de cohorten in en bestookte de barbaren ondertussen voortdurend met pijlen en stenen.

Vanuit verschillende hoeken zag Marcus dat er stenen van de barbaren richting zijn centurie werden geslingerd. Hij voelde met een klap hoe zijn schild werd geraakt door een pijl die ergens van links kwam, maar Marcus keek niet opzij. Hij concentreerde zich alleen op de mannen die voor hem stonden.

De wereld van Marcus leek om hem heen te krimpen. Hij vergat de omgeving; de brede vallei die omringd was door berghellingen, hij vergat de andere legioenen die naast hen in hetzelfde gevecht waren verwikkeld, hij vergat zelfs de barbaren die nog boven op de heuvel stonden. Op dit moment was hij alleen nog maar gericht op de paar vrienden die om hem heen stonden en de vijanden die hij recht voor zich zag.

Quintus schreeuwde het bevel om hun zwaard te trekken en Marcus trok met klamme hand zijn korte zwaard uit de schede. Het was bijna zijn beurt om oog in oog te staan met deze wilde krijgers uit de bergen. In de voorste rijen van de Romeinen werd een aantal soldaten uitgeschakeld, maar zodra er een Romein verdween, werd zijn plek overgenomen door de volgende. De linie bleef intact. Ondertussen vielen er aan de kant van de barbaren veel meer slachtoffers dan bij de Romeinen. De Romeinen hadden betere bepantsering en vochten meer gedisciplineerd als eenheid.

Marcus hoorde vanuit het tweede cohort een aantal hoornsignalen en zag aan de standaarden dat de centurions het bevel hadden gegeven om voorwaarts te marcheren. De centuries kwamen weer in beweging, waarbij de voorste

legionairs de vijanden voor zich terugdreven met een muur van schilden en zwaarden.
Marcus liep verkrampt naar voren, terwijl hij zich voor probeerde te bereiden op zijn eerste echte gevecht.
"Kom op, stelletje klootzakken," schreeuwde Gaius enthousiast. "Rome is hier."

Het duurde niet lang voor Marcus de eerste doden op het slagveld zag liggen. Terwijl het leger gestaag voorwaarts ging, bereikte zijn centurie de plek waar de twee strijdmachten slaags waren geraakt met elkaar. Hij rook de geur van bloed van de aan stukken gehakte lichamen eerder dan dat hij ze zag. Er lag een hele rij lichamen over elkaar heen, precies op de plek waar de Romeinen stand hadden gehouden. Romeinen en barbaren lagen door elkaar heen, hun lichamen vertrapt in de bloederige modder door alle soldaten die hier al langs waren gekomen.

Marcus sidderde toen hij zijn eerste stap op de lichamen zette. Hij voelde armen en benen onder zijn sandalen, maar het was onmogelijk om niet op iemand te stappen. De lichamen waren nauwelijks nog herkenbaar als mensen, nadat er verschillende rijen met Romeinse legionairs overheen waren getrokken. De voorste rijen van het Romeinse leger hadden de krijgers uitgeschakeld en vervolgens waren ze verder getrokken, ook als hun slachtoffers alleen gewond waren geraakt. Alle rijen legionairs die achter hen aan kwamen hadden die lichamen vervolgens gestoken met hun zwaarden tot er niets meer van over was.

Ook Marcus en Gaius staken hun zwaarden in verschillende lichamen die op de grond lagen, hoewel het duidelijk was dat er niemand meer in leven was. Marcus proefde een zure smaak in zijn mond en moest bijna overgeven terwijl hij in het dode vlees stak, maar hij slikte het snel weer in. Hij schakelde zijn gedachten uit. Hij dacht niet meer na over wat hij deed. Hij bleef zijn zwaard in de lichamen steken en stapte op handen, hoofden en ruggen, zonder dat hij het echt zag. De stank van bloed, modder en stront was overweldigend.

Plotseling hoorde hij ergens een luid gejuich klinken. Hij keek verbaasd op. Hij merkte nu pas weer dat zijn centurie onderdeel was van een groter geheel. Het gejuich leek van rechts te komen. Hij keek langs de rij soldaten naar rechts en zag daar een grote groep barbaren zomaar naar achteren rennen.

“Ze slaan op de vlucht,” riep hij met overslaande stem. “Ze rennen weg.”

Hij kon nauwelijks geloven wat hij zag. Het gejuich van de Romeinen verspreidde zich langzaam over het hele leger. Steeds meer Romeinen en barbaren hadden door wat er aan de hand was en toen de barbaren hun stamgenoten weg zagen rennen, sloeg hun stemming snel om in paniek. De aanvoerders probeerden hun mannen nog tegen te houden, maar er was niets meer aan te doen. In slechts een paar ogenblikken rende de hele massa opeens de heuvel weer op en de Romeinen renden achter hen aan. Marcus schreeuwde uitgelaten mee met de anderen, terwijl hij zijn bloederige zwaard de lucht in stak. Zijn angst was verdwenen en hij vergat de lichamen die overal aan zijn voeten lagen. Barrus gaf het bevel om met versnelde pas voorwaarts te gaan en de mannen renden opgetogen achter hun standaard aan. Aan de rechterkant van het slagveld zag Marcus opeens Drusus verschijnen voor de Romeinse legionairs.

Samen met zijn Gallische escorte en de ruiters van de hulptroepen stormde hun generaal op de vluchtende vijanden af. De soldaten schreeuwden enthousiast aanmoedigingen naar Drusus die persoonlijk een aantal krijgers neersloeg met zijn zwaard. Zijn rode generaalsmantel wapperde om zijn schouders, terwijl hij over het slagveld stormde. Het was een schitterend gezicht. De mannen waren blij dat ze een echte vechter als bevelhebber hadden en niet een of andere bureaucratische senator die de legers vanaf de achterhoede aanstuurde. Drusus ging zijn leger voor in de strijd en alle soldaten van de drie legioenen renden achter hem aan de heuvel op.

De rest van die dag voelde voor Marcus onwerkelijk; bijna als een droom. Aan de Romeinse zijde waren honderden doden en gewonden te betreuren, maar Marcus had zijn eerste veldslag overleefd. De voorste cohorten en de cavalerie achtervolgden het vluchtende leger van de barbaren verder de heuvels in, tot er nog maar een paar kleine groepen over waren, die zich terugtrokken in de bossen.

De overige cohorten bleven ondertussen als reserve achter op het slagveld. Ze verzorgden hun gewonden, schakelden achtergebleven vijanden uit en verzamelden zoveel mogelijk wapens en buit van de gevallen strijders.

Marcus voelde zich op een vreemde manier leeg, terwijl hij buidels met geld en gouden of zilveren sieraden losrukte van de lichamen.

Quintus stond in de buurt en hield streng in de gaten dat alle buit echt werd ingeleverd voor de gemeenschappelijke verdeling na de slag. Marcus was teleurgesteld, maar tegelijkertijd ook opgelucht dat hij in deze eerste slag niet had hoeven vechten. Het gevecht was zo plotseling voorbij geweest.

Het ene moment hadden beide legers nog heftig met elkaar gevochten en het volgende moment had de vijand zich halsoverkop teruggetrokken. Marcus vroeg zich af hoe hij zelf zou hebben gereageerd als hij vooraan had gestaan. Zou hij zich staande kunnen houden in een gevecht met een of andere wilde barbaar? En wat zou hij doen als hij zijn eigen leger zou zien vluchten zoals de barbaren hadden gedaan? Marcus wilde graag geloven dat hij in dat geval dapper stand zou houden en zijn maten weer tot de orde zou roepen, maar hij twijfelde of hij dat echt kon als het erop aankwam. Hij wist na dit gevecht nog niet wat voor soldaat hij was. Hij had zich nog niet kunnen bewijzen, ook niet voor zichzelf.

Hij keek in de richting van de bergen, waar de zon langzaam achter verdween. Dit was slechts de eerste veldslag van de campagne. Hij wist dat er nog veel meer gevechten zouden volgen. Vroeg of laat zou hij de kans krijgen om voor zichzelf duidelijk te maken dat hij geen lafaard was.

Hij keek om zich heen en zag plotseling op de grond een opvallend wit voorwerp liggen, dat een dode barbaar nog in zijn hand had geklemd. Hij haalde het voorzichtig uit de levenloze hand en veegde de modder eraf. Het was een klein ivoren beeldje van een god, waar de strijder waarschijnlijk in zijn laatste momenten toe had gebeden.

Het heeft hem niet geholpen, dacht Marcus, terwijl hij naar het gezicht van de man keek. Het was een jonge man. Zijn kortgeknipte haar was bruin en hij had een gladgeschoren gezicht. Eigenlijk zag die man er helemaal niet zo anders uit dan de Romeinse bevolking die in de vlakte voor de Alpen woonde. Marcus zag dat hij ook de afgebeelde god herkende. Aan het beeldje was duidelijk te zien dat het een beeld van Mercurius was.

Blijkbaar verschillen deze volken toch niet zo veel van ons, dacht Marcus. Ze hebben dezelfde goden.

Hij keek of Quintus niet op hem lette en stak stiekem het kleine beeldje in zijn buidel. Dit was zijn persoonlijke oorlogsbuit. Mercurius was de beschermgod van zijn oude familie geweest. De familie die hij achter zich had gelaten. Marcus wist zeker dat het geen toeval was dat hij dit beeldje hier op zijn eerste slagveld had gevonden. Het was een teken. Mercurius had over hem gewaakt in deze slag en zou voortaan altijd over hem waken.

# Hoofdstuk 10

## Bren

Bren vond dat de discussie al te lang doorging. Het was weer hetzelfde als de vorige avond. Ze hadden het hier al zo vaak over gehad.
"De priester zei dat de moordenaar, of een van zijn nakomelingen uiteindelijk de Romeinen uit ons land zou verdrijven," zei Harald. "En het was iemand van de Bataven. Dat was ook helder."
"Wat maakt het uit wat de priester ervan vond," zei Timmen. "Het was maar een droom. Een droom is geen bewijs. Misschien betekenen die dromen wel helemaal niets."
"Het was een boodschap van de goden," zei Harald. "Hoe verklaar je anders dat we allemaal op hetzelfde moment zo'n droom hadden?"

Bren zuchtte. Hij stond op van de tafel om een extra blok hout op het vuur te gooien. De winter was voorbij, maar de nachten konden nog aardig koud worden. Vanaf de haard keek Bren naar de familie die aan de houten tafel in het midden van de boerderij zat. Harald, Reine, Timmen, Banna en Hilde. Zijn familie. Hij was verantwoordelijk voor deze mensen, maar hij had het gevoel dat hij faalde. Hij had aan zijn vader gezworen dat hij hem zou wreken, maar hij had geen enkele aanwijzing wie de dader kon zijn. De hele winter had dat sombere besef over het leven in de boerderij gehangen. Bren voelde zijn frustratie groter worden. Iedereen werd prikkelbaar door het gevoel van machteloosheid en het verdriet om het verlies van Beren. Hij staarde naar de buik van Hilde, die al begon te groeien. Nog een paar manen en dan zou hun kind worden geboren. Bren vroeg zich af in wat voor familie dat kind terecht zou komen.

Hij vond dat ze te veel in zichzelf gekeerd raakten. Ze waren alleen nog maar met de moord bezig. Alleen met hun verlies. Het was na deze winter tijd om weer naar de toekomst te kijken. Naar nieuw leven. En Bren moest zorgen dat de positie van zijn familie niet verzwakte nu Beren er niet meer was. De zorg voor zijn familie en zijn kind hadden nu prioriteit. Dat was belangrijker dan die moord die ze toch niet op konden lossen.

Zijn vader was een belangrijke man geweest binnen de stam, wist Bren. Veel mannen hadden hun familie aan de familie van Beren verbonden. Beren had voor bescherming voor hun families gezorgd, hij bemiddelde voor hen bij conflicten met andere families en hij behartigde hun belangen bij de volksvergaderingen. In ruil voor die bescherming hadden de vaders en zonen van die familie gezworen dat ze voor Beren zouden vechten als hij hen opriep voor de strijd. En Beren stond op zijn beurt weer onder de bescherming van Tarik. Al sinds hun jeugd waren die twee elkaars beste vrienden geweest.

Al die afspraken uit het verleden waren gebaseerd op het respect dat mensen hadden voor Beren. Bren vroeg zich af of deze afspraken nog steeds golden nu hij aan het hoofd van de familie stond. Zou Tarik nog hetzelfde aanzien hebben bij de volksvergadering nu de steun van Beren wegviel? Zou hij deze zomer weer als leider worden gekozen bij de vergadering van alle stammen? Of werd een van zijn rivalen gekozen als de families van Beren hem niet meer steunden?

Bren besloot dat hij dat niet mocht laten gebeuren. Hij wilde niet dat zijn familie zo snel na de dood van zijn vader zijn invloed zou verliezen. Hij wist dat Beren en zijn voorouders met hem meekeken. Hij mocht ze niet teleurstellen.

Bren bleef lang op die avond. Hij had te veel zorgen aan zijn hoofd om al te gaan slapen. Nadat alle anderen één voor één naar bed waren gegaan, bleef alleen Reine nog met Bren naast het vuur zitten. De relatie tussen Bren en Reine was na de dood van Beren onbewust anders geworden. Bren zag Reine niet meer alleen als zijn moeder. Hij was het hoofd van de familie geworden en daardoor waren ze op een gelijkwaardiger niveau gekomen. En Reine behandelde hem op haar beurt opeens als een volwassene en niet meer als haar kind. Ze hadden allebei steun bij elkaar gevonden in de maanden na de crematie.

Een lange tijd zeiden ze allebei niets, terwijl ze in de vlammen staarden. Uiteindelijk vroeg Reine: “Waar zat je aan te denken vanavond? Je hebt de hele avond nauwelijks iets gezegd.”

“Ik zat aan ons te denken,” zei Bren, terwijl hij met zijn hand naar de lege kamer gebaarde. Hij keek zijn moeder aan en opeens viel het hem op dat ze al een oude vrouw begon te worden. Ze was vijfenveertig jaar oud en haar lange

blonde haar had wat van zijn glans verloren. Op haar gezicht werden de eerste rimpels zichtbaar. Haar gezicht leek niet meer te stralen zoals hij gewend was. Kwam dat door de ouderdom of door haar verdriet?
"Ik vraag me af hoe ik voor de familie kan zorgen nu de winter voorbij is. We moeten onze invloed behouden nu vader er niet meer is."
Reine glimlachte zacht.

"Is dat echt waar je je zorgen om maakt? Over de invloed die je hebt tussen de andere mannen van de stam? Over je aanzien?"
Bren begreep niet waarom ze glimlachte. Natuurlijk maakte hij zich daar zorgen over.
"Ik wil vader niet teleurstellen," zei hij. "Hoe zal hij later over mij oordelen als ik alles verlies waar hij zo hard voor heeft gewerkt?"
Reine zuchtte.

"Wat is er de laatste jaren toch veel veranderd voor ons volk," zei ze, terwijl ze naar het vuur staarde. "Ik kan me nog herinneren hoe het was in mijn jeugd, toen ik Beren net ontmoette. Er was in die tijd nog maar weinig verschil tussen de mannen van onze stam. Alle families behandelden elkaar gelijkwaardig en alle mannen hadden evenveel invloed in de volksvergaderingen. Het enige verschil in aanzien tussen de mannen kwam voort uit dapperheid, lichamelijke kracht of de hoeveelheid zonen die ze hadden; niet uit hun bezittingen. Niemand hoefde te pronken met een groot huis of een indrukwekkende wapenuitrusting. Iedereen was gelijk in de ogen van de goden."
"Is dat veranderd toen het volk van vader en Tarik in dit gebied kwam wonen?" vroeg Bren.

"Oh, in de eerste jaren dat zij hier woonden was het ook nog zoals het in mijn jeugd altijd was geweest. Het veranderde eigenlijk pas echt in de laatste tien, vijftien jaar. En het gebeurde heel geleidelijk. Het was alsof we na verloop van tijd allemaal op een andere manier gingen denken, zonder dat het ooit werd uitgesproken. Pas de laatste jaren is het denken in macht en status bij ons volk echt gegroeid. Opeens moest de boerderij van Tarik groter zijn dan de andere boerderijen en toen hij een grotere boerderij had, wilden de andere mannen ook een grotere boerderij. Die verandering kwam min of meer gelijktijdig met de toenemende invloed van de Romeinen in ons gebied. Je weet hoezeer de Romeinen geobsedeerd kunnen zijn door status, door hun gevoel van virtus. In mijn jeugd hebben de Romeinen onderling verschrikkelijke oorlogen uitgevochten waarin ze uiteindelijk de hele wereld meesleepten, alleen maar om te bepalen wie de meeste macht en het meeste aanzien had. Eerst kwam Julius Caesar en na hem een hele reeks kleinere en grotere generaals; Marcus Antonius, Lepidus, Brutus en Cassius, Cleopatra; tot Augustus uiteindelijk als enige overbleef. De Romeinen streven altijd naar meer aanzien, naar meer macht. Daar hebben ze alles voor over."

Plotseling hield Reine op met spreken. Ze staarde afwezig naar het vuur alsof ze in gedachten naar een andere plek was gegaan.

"Wat is er?" vroeg Bren.

"Jij weet niet waar de Romeinen toe in staat zijn," fluisterde Reine. "Jullie hebben dat nooit meegemaakt."

Bren vroeg zich af waarom zijn moeder zo bang was voor de Romeinen. Beren had ook al zo geschrokken gereageerd toen de stammen twee jaar geleden de Rijn over waren getrokken. Ook Beren was toen bang voor de reactie van de Romeinen.

"Heb je het nu over Julius Caesar?" vroeg hij. "Wat weet je daar nog van?"

Zijn ouders hadden nooit over die tijd gesproken en bijna niemand van hun stam die ouder was dan veertig jaar wilde er iets over kwijt. Er waren sowieso bijna geen mensen van boven de veertig in hun volk, of ze moesten later met het volk van Beren mee zijn gekomen vanuit het land van de Chatten. Reine was een van de weinige oorspronkelijke bewoners van dit gebied. Een van de weinigen die het had overleefd.

"Ik was nog erg jong toen het gebeurde," zei Reine. "Ik moet toen zeven jaar zijn geweest en ik weet er niet veel meer van. Het enige wat ik nog heb zijn een paar flarden van herinneringen. Ik herinner me dat mijn ouders ruzie maakten met elkaar. Mijn vader had zijn wapens bij zich en hij had een bloedende wond boven zijn rechteroog. Ik herinner me vooral die donkerrode kleur van het opgedroogde bloed op zijn gezicht. Mijn moeder wilde dat hij weer ging vechten, maar mijn vader schreeuwde woedend tegen haar dat alles verloren was. Ze moesten meteen vluchten, want 'ze' waren onderweg. Ik had mijn vader nog nooit zo boos en tegelijk zo bang gezien."

Er spatte een vonk van het vuur op de vloer, waar hij langzaam uitdoofde. Bren verroerde zich niet.

"Ik herinner me nog de hand van mijn neef, die mijn hand vastpakte en hem daarna niet meer heeft losgelaten. Mijn neef was net een paar jaar ouder dan ik en samen zijn we gevlucht van de boerderij. Ik raakte mijn ouders kwijt in het gedrang van rennende en schreeuwende mensen om ons heen en ik heb ze na die dag nooit meer gezien. Mijn broer is tijdens die vlucht ook verdwenen. Mijn hele familie eigenlijk. Alleen mijn neef en ik bleven over, terwijl we het bos in renden."

Bren zag de schittering van het vuur weerkaatsen in de ogen van zijn moeder. Even werden haar ogen vochtig, maar ze knipperde haar traan snel weg.

"Het ergste aan die herinnering vind ik dat mijn ouders ruzie maakten toen ik ze voor het laatst zag. Ik zag de verslagenheid en de wanhoop in hun ogen. Dat moment staat me na al die jaren helderder voor de geest dan alle mooie momenten die ik met mijn ouders en mijn broertje heb gehad. En ik herinner me nog hoe we uiteindelijk bij de Rijn kwamen, waar mensen klaarstonden om ons met boten naar de overkant te brengen. Ik zie die situatie bij de rivier nog voor me. Er werd gevochten om de laatste plaatsen in de boten. Mensen probeerden in hun wanhoop naar de overkant te zwemmen en verdwenen in het koude water. Ik weet nog dat ik vanuit de boot omkeek en dat ik over de hele horizon zwarte rookwolken zag. Het hele land leek in brand te staan. Niet alleen de boerderijen, maar ook al onze gewassen en de bossen."

Bren wist niet wat hij tegen zijn moeder kon zeggen. Het was de eerste keer dat hij haar hierover had horen spreken. Hij probeerde zich voor te stellen hoe het moest zijn om de boerderij te verliezen. Hoe zou het zijn om met Hilde en hun pasgeboren kind te moeten vluchten voor Romeinse soldaten?

"Ons hele land werd verwoest en ons volk werd afgeslacht als vee," zei Reine bitter. "En alleen maar omdat Caesar de machtigste man van Rome wilde worden."

Het vuur knetterde zacht op de achtergrond in de stilte die volgde. Bren hoorde een balk boven hen kraken, maar het geluid drong niet tot hem door.

"Ik wil het goed doen," fluisterde Bren, meer tegen zichzelf dan tegen zijn moeder. "Ik wil dat Hilde en Harald, Timmen en Banna het goed hebben. Ik wil dat mijn kinderen het goed hebben. En ik denk dat ik daar het beste voor kan zorgen als ik een vooraanstaande positie heb binnen ons

volk, net zoals mijn vader. Moet ik me dan afzijdig houden van de politiek binnen onze stam? Is het beter om me terug te trekken op de boerderij en me te richten op ons vee en onze gronden?"
Reine legde haar hand op de schouder van Bren.
"Nee, natuurlijk niet," zei ze, terwijl ze met haar mouw haar ogen droog wreef. "De wereld is zoals hij is. Daar zullen we in mee moeten gaan. En het zit niet in je om je terug te trekken op onze boerderij en je lijdzaam te laten leiden door het lot dat de goden of de Romeinen voor onze familie hebben bepaald. Je hebt het bloed van Beren in je."

Reine kneep kort in de schouder van Bren. Ze stond op en schonk voor hen allebei nog een beker bier in.
"Dus vertel maar eens wat je plannen zijn," zei ze plotseling monter, terwijl ze weer bij Bren naast het vuur ging zitten. Haar verdriet over de gebeurtenissen uit haar jeugd waren uit haar stemming verdwenen. "Ik ken dit soort buien van Beren. Als je zo lang stil aan het nadenken bent, heb je eigenlijk al een oplossing in je hoofd zitten."
Bren nam een slok bier. Hij besefte dat zijn moeder gelijk had en glimlachte tegen haar.
"Zodra het weer beter is, zal ik langsgaan bij de families die aan Beren waren verbonden," zei hij. "Het heeft geen zin om de hele tijd op de boerderij te blijven. Ik moet zelf langsgaan en kijken of de families mijn hulp nodig hebben na het einde van de winter. Ze moeten mij zien."
Reine knikte instemmend. Het was een goed idee.
"En dan laat je Harald zorgen voor het planten van het graan?" vroeg ze. "Of verwacht je dat je weer op tijd terug bent?"
"Ik stuur Harald naar Tarik," zei Bren. "Ik laat hem daar een tijdje op zijn hoeve leven als Tarik hem accepteert, zodat hij Latijn kan leren."

"Latijn?" Hoorden Bren en Reine plotseling vanuit de deuropening richting de slaapkamers. Ze keken om en zagen het hoofd van Harald om de hoek komen. Waarschijnlijk had hij al een tijdje mee staan luisteren.
"Kom maar binnen, kleine raaf van Wodan," zei Bren lachend. "Het is goed als je dit hoort. Dit gaat jou ook aan."
Harald kwam snel bij het vuur zitten.
"Mag ik echt Latijn leren?" vroeg hij.
"Wat moet zo'n jongen nou met Latijn?" vroeg Reine. "Hoe vaak kom je hier nou een Romein tegen? Alleen rond hun

legioenskamp of op de Rijn zie je ze af en toe, maar waarom zou je hun taal willen leren?"

"Latijn is de taal van de toekomst, moeder. Ik heb er lang over nagedacht en ik weet zeker dat de Romeinse invloed in onze streek de komende jaren alleen maar gaat toenemen. Banna vertelde mij dat ze Beren en Tarik had horen ruziën tijdens mijn huwelijksfeest. Ze verwachtten allebei dat er een oorlog aan zit te komen tussen de Romeinen en de stammen aan de andere kant van de Rijn. Wij zitten daar precies tussenin en als de oorlog uitbreekt, zullen de Romeinen mensen nodig hebben die het gebied kennen en die als tolk kunnen fungeren tussen hen en de lokale stammen. Als Harald zo'n rol kan vervullen, stijgt onze familie zowel bij de Romeinen als bij onze stamgenoten in aanzien. En het is goed om in de komende tijd iemand van onze familie in de nabijheid van Tarik te hebben, om de vriendschap tussen onze families te versterken."

"Kan ik dan bij Tarik ook leren lezen?" vroeg Harald. "Heeft hij daar tutors voor in zijn huishouden?"

"Lezen?" vroeg Reine verbaasd. "Waar is dat nou weer goed voor?"

"Ik wil verhalen kunnen lezen. Ik heb gehoord dat de Romeinen hun verhalen op papier opschrijven. Zo kunnen ze jaren later nog teruggelezen worden, precies in dezelfde woorden die de eerste verteller heeft gebruikt."

"En je kunt brieven en berichten lezen," merkte Bren op. "Misschien kun je wel een koerier of verkenner worden in het leger van de Romeinen."

"Of Imperator?"

"Nee, ik word al de Imperator," zei Bren lachend. Hij was blij om de enthousiaste reactie van Harald. En het voelde goed om plannen te maken voor de toekomst en niet meer stil te staan bij het verleden.

"Wanneer kan ik beginnen?" vroeg Harald. "Misschien kan ik met het volgende feest van de zonnewende al een verhaal voor jullie voorlezen van papier."

"Je kunt toch ook gewoon een verhaal vertellen zonder papier?" vroeg Reine. "Je kent al onze verhalen het beste van iedereen. Ik begrijp echt niet wat er zo speciaal is aan leren lezen. Dat is meer iets voor slaven."

"We moeten eerst nog vragen of Tarik akkoord gaat," zei Bren. "Maar ik verwacht niet dat hij er bezwaar tegen heeft. Hij en Beren waren goede vrienden en waarschijnlijk zal hij je alleen al om die reden wel op willen nemen in zijn

huis. En als je daar bent, moet je mij wel beloven dat je ook oefent met vechten en paardrijden. Ik wil niet dat je alleen maar met je hoofd bezig bent. Je zult die andere vaardigheden net zo hard nodig hebben als de oorlog begint."
Harald leek te schrikken van die opmerking.
"Denk je dat er oorlog komt?" vroeg hij.
Bren knikte.
"Misschien zelfs de komende zomer al, of anders een van de zomers daarna. Wardolf vertelde mij dat hij de laatste tijd verschillende geruchten heeft gehoord op de boerderijen langs de rivier. Het schijnt dat Tiberius een aantal legioenen vanuit Hispania over heeft laten komen naar Gallia. Hij en Augustus verzamelen grote voorraden voedsel rond Lugdunum. Dat kan alleen maar betekenen dat ze een campagne voorbereiden."

"Denk je dat ze hierheen komen? Naar de Rijn?"
"Ik weet het niet," zei Bren. "Ik heb alleen de geruchten gehoord van Wardolf en als ik heel eerlijk ben, weet ik niet eens waar Lugdunum precies ligt. Het ligt in ieder geval ergens in het zuiden, niet aan de Rijn. Het kan ook dat Tiberius een campagne in een ander gebied voorbereidt. Ik denk dat Tarik beter kan inschatten wat de plannen van de Romeinen zijn. Hij heeft betere contacten met de Romeinen."

"Misschien mag ik Caesar Augustus zelf wel dienen als ik Latijn spreek en kan lezen," zei Harald enthousiast. "Dan kan ik aan hem vertellen welke stammen allemaal langs de Rijn leven en ik kan hem uitleg geven over onze goden."
"Zorg eerst maar eens dat je fatsoenlijk Latijn leert spreken," zei Bren lachend. "Dan kan Tarik je daarna altijd nog voorstellen aan Augustus. En nu naar bed, want we hebben morgen een hoop te bespreken met Banna, Timmen en Hilde."
Bren voelde zich door het gesprek met zijn broer en moeder een stuk beter dan aan het begin van de avond. Er kwam misschien een moeilijke tijd aan zonder Beren, maar ze hadden in ieder geval elkaar.

Misschien ben ik toch in staat om voor mijn familie te zorgen, dacht Bren, terwijl hij in het donker naast Hilde in bed kroop. Hij legde zijn hand op haar buik en viel tevreden in slaap.

# Hoofdstuk 11

## Marcus

"Waar blijft die artillerie, verdomme?"
Publius Barrus stelde de vraag aan niemand in het bijzonder. Zijn gezicht stond dreigend en hij klemde zijn kaken stevig op elkaar.
Marcus herkende deze stemming bij zijn centurion en wist dat het beter was om er niet op te reageren. Barrus was altijd al prikkelbaar voor aanvang van een gevecht en nu hij zo lang moest wachten op het bevel om aan te vallen werd zijn stemming er niet beter op. Iedereen van de centurie wilde aanvallen. Zelfs Marcus wilde dat. Hij voelde op dit moment eerder woede om wat hij zag dan angst. De spanning voor een gevecht was sowieso al steeds minder geworden in deze eerste weken van de campagne.

Hij had nog steeds geen direct gevecht van man tot man meegemaakt, maar zijn cohort had aan diverse gevechten deelgenomen en hij was mentaal steeds sterker geworden. Ieder gevecht dat de legioenen hadden geleverd, hadden ze gewonnen en iedere keer weer had dat een geweldige roes gegeven. Het voelde beter dan de beste wijn die Marcus ooit had geproefd en het maakte dan niet meer uit hoe zwaar de strijd was geweest. Zodra de vijand op de vlucht sloeg, verdween alle vermoeidheid en pijn.

Hij ging ervan uit dat ze dit gevecht uiteindelijk ook zouden winnen, ook al vroeg hij zich nu vooral af hoeveel moeite het zou kosten om met de ladders de heuvel op te lopen. Het was de eerste keer dat Marcus een bestorming van een heuvelfort zou meemaken, maar Sextus had hem die ochtend verteld dat er geen enkel fort bestond dat de Romeinen niet in konden nemen. En dit fort wilde Marcus graag innemen nu hij zag wat er op de muren gebeurde. Hij popelde net als de rest van zijn centurie en stond klaar om deze barbaren wat beschaving bij te brengen.

Ver voor de Romeinen stond een versterkte nederzetting bovenaan een heuvel te midden van steile bergkammen. De nederzetting bestond uit ongeveer tweehonderd houten huizen die werden omringd door een greppel en een aarden wal met daarbovenop een ruwe stenen muur. Boven op de muur stonden de barbaarse krijgers. Ze

riepen uitdagingen naar de wachtende Romeinen en stonden ondertussen met afgehakte hoofden te zwaaien die ze eerder die week bij een hinderlaag op een graantransport buit hadden gemaakt. De afgehakte hoofden moesten al aan het rotten zijn, maar dat weerhield de barbaren er niet van om er in het volle zicht van de legionairs de meest onzedelijke handelingen mee te verrichten. Barrus greep zijn zwaard zo stevig vast dat zijn knokkels wit werden.
“Bij Janus, waar blijft die klote-artillerie?” mompelde hij weer.

Gaius Tullius Mercius, de tribuun van het Eenentwintigste legioen, raakte al even gefrustreerd als zijn manschappen. Hij had het commando over deze belegering en wist dat de zes cohorten die hij voor de aanval had meegenomen op zijn beslissing zaten te wachten. Marcus zag de tribuun ergens links achter hem op zijn paard zitten. Hij was in een discussie verwikkeld met de hogere centurions van de cohorten en met Hostilius Rufus, de kampprefect van hun legioen. Rufus was als kampprefect verantwoordelijk voor de inrichting van het legioenskamp en voor de belegeringswerktuigen van het legioen.

Sommige centurions, waaronder de Eerste Speer van het Vijfde cohort, leken aan te dringen op een snelle bestorming van de nederzetting, maar Mercius durfde het niet aan. Hij wilde wachten op de komst van de ballista’s en de katapulten om eerst de muur aan stukken te schieten voordat hij de heuvel kon bestormen. Dat was doorgaans de methode die in alle handboeken werd aangeraden, maar nu stond het leger al twee uur te wachten en niemand leek te weten waar de wagens met de artillerie waren gebleven. De kampprefect stuurde nog maar eens tien ruiters op pad om uit te zoeken waar zijn wagens waren.

Marcus vroeg toestemming aan de optio om nog snel te plassen voor de aanval zou beginnen. Quintus keurde het goed, waarna Marcus op een drafje naar de achterkant van het cohort rende en snel een deel van zijn uitrusting losknoopte. Hij schoof de leren, met ijzer beslagen stroken voor zijn kruis opzij en leegde zijn blaas. Terwijl Marcus stond te plassen, keek hij om zich heen.
Best een mooie plek, dacht hij. Als mijn diensttijd erop zit, zou het mooi zijn als ik op een plek als deze een stuk grond krijg.

Voor zich had hij een machtig uitzicht over de vallei die ze een paar dagen geleden achter zich hadden gelaten.

Hoge bergen met besneeuwde toppen rezen om hem heen omhoog. De nederzetting zelf was gebouwd op een groene heuvel te midden van die toppen. In het gras van de glooiende hellingen voor de nederzetting lagen grote rotsblokken die ooit vanaf de rotswanden naar beneden waren gevallen.
Bijna jammer dat er straks niks meer van die nederzetting overeind staat, dacht Marcus.
Hij draaide zich om en keek naar de mannen die hij de afgelopen weken door en door had leren kennen en op wie hij kon vertrouwen.

Van de tachtig mannen die in de centurie van Barrus aan deze campagne waren begonnen, waren er nu nog maar zeventig over. Ze waren een achtste deel van hun mankracht kwijtgeraakt, maar slechts twee van die tien waren omgekomen tijdens gevechten. Die ochtend nog waren er drie mannen achtergebleven in het kamp, omdat ze niet in staat waren om te vechten. Twee van hen hadden hevige koortsen en de ander had zijn ribben gebroken toen een van de ossen van de bagagewagens wild was geworden en was losgebroken. Een paar nachten geleden waren twee mannen uit de tent naast de tent van Marcus gedeserteerd en dat was voor de hele centurie als een schok gekomen. Marcus kon zich niet voorstellen dat soldaten al zo snel na de start van een campagne zouden vluchten. Helemaal niet nu ze aan het winnen waren. Maar volgens Sextus kwam dit in het hele leger voor en gebeurde het tijdens alle campagnes, hoe zwaar ze de straffen op desertie ook maakten.

Toen Barrus er de volgende ochtend achter kwam dat twee van zijn mannen zomaar waren verdwenen, werd hij woedend. Hij verzamelde de hele centurie voor hun tenten en liet de vijf overgebleven soldaten die niks van het vertrek hadden gemerkt geselen door hun eigen decanus. Nadat de vijf mannen met een bloedende rug waren weggebracht, had Barrus de overgebleven mannen van zijn centurie toegesproken. Zijn boodschap was door de zweepslagen glashelder overgekomen. Vanaf nu was iedereen in de centurie verantwoordelijk voor de mannen die bij hen in de tent lagen. Als iemand iets overkwam of zomaar vertrok, dan werd de hele tent daarvoor gestraft. Er waren sindsdien geen deserteurs meer geweest in de centurie van Barrus.

Naast deze mannen waren er nog twee soldaten uit hun centurie simpelweg overleden door een val tijdens de beklimming van één van de steile paden door de bergen en een andere had een losgeschoten rotsblok op zijn hoofd gekregen.

Marcus ging naast Gaius weer op zijn plek staan en maakte voor de zekerheid de leren riem van zijn helm nog iets strakker vast. Dat was al bijna een vast ritueel geworden van Marcus aan het begin van ieder gevecht. Hoe strak zijn helm ook zat, hij voelde zich altijd pasklaar om te vechten als zijn ijzeren wangkleppen nog iets steviger tegen zijn wangen drukten.
Hij vroeg zich af hoelang ze nog zouden wachten. Ze waren die ochtend bij zonsopkomst aangekomen bij de nederzetting na een lange klim door de donkere nacht. De zes cohorten hadden de nederzetting aan drie kanten ingesloten, zodat niemand er meer in of uit kon. De vierde zijde van de nederzetting werd beschermd door een steile klif.

Marcus ging ervan uit dat de tribuun zich vroeg of laat wel gedwongen zou voelen om aan te vallen, met of zonder artillerie. De tribuun, die steeds luider discussieerde met de kampprefect en de eerste centurion van het Vijfde cohort, wilde niet laf en besluiteloos overkomen. Hij wilde snel deze nederzetting innemen, de roem opstrijken en zich dan weer bij de hoofdmacht van het leger voegen, die ondertussen verder naar het noorden trok. Deze belegering was slechts een bijzaak in het grotere geheel van de campagne en dat wist de tribuun. De krijgers in het fort waren niet gevaarlijk voor de Romeinen. Het was alleen een lastig groepje dat uitgeschakeld moest worden om de bevoorradingsroutes veilig te stellen.

Het grootste deel van de strijdmacht van de Raeti verbleef ergens in het noorden en trok zich verder terug. Ze trokken verder de Alpen in voor het oprukkende leger van Drusus uit. Na de eerste grote veldslag waren er alleen nog maar kleinere gevechten geweest. Overvallen en hinderlagen. Iedereen vroeg zich ondertussen af waarom de barbaren het gevecht uit de weg gingen en wat ze allemaal nog voor de legioenen in petto hadden. Naarmate ze verder trokken, kreeg Marcus het gevoel dat het leger langzaam werd opgeslokt door de machtige bergen om hen heen. De kou en de gevaarlijke bergpaden maakten al genoeg slachtoffers onder de legioenen en hun hulptroepen. De Raeti hoefden zich alleen maar terug te trekken en af te wachten.

“Heb ik nog iets gemist?” vroeg Marcus aan Gaius, die zoals gebruikelijk aan zijn linkerkant stond opgesteld.

"Ze zijn er nu mee aan het overgooien," merkte Gaius bitter op. "Achterlijke wilden zijn het."
Marcus keek tegen de zon in richting de heuveltop en zag inderdaad dat er kleine ronde voorwerpen door de lucht vlogen. Vanuit de verte hoorde hij de barbaren lachen.

Achter het leger hoorde hij een ruiter aankomen die rechtstreeks naar het groepje officieren rond de tribuun reed. Het was een van de verkenners die de kampprefect eropuit had gestuurd om zijn belegeringswapens te zoeken.

"De wagens zijn onderweg, meneer," zei de ruiter tegen de tribuun, terwijl hij salueerde. "Maar het zal nog uren duren voor ze hier zijn. Ze konden vannacht het pad niet volgen dat wij naar boven hebben genomen. Het pad was te steil voor de zwaardere wagens, dus ze zijn op zoek gegaan naar een andere route. Uiteindelijk zijn ze in die zoektocht naar een alternatief zo ver uitgeweken dat ze in het donker op een andere heuvel zijn uitgekomen. Ze ontdekten hun fout pas toen het licht werd en het heeft de hele ochtend geduurd om alle wagens om te draaien en de ossen opnieuw in te spannen. Ze komen nu pas weer van de andere heuvel naar beneden."
Mercius keek direct naar Rufus.
"Waarom hoor ik dit nu pas?" vroeg de tribuun aan de kampprefect. "Hoe kan het dat jij niet weet dat de wagens hebben moeten uitwijken van onze route?"

De kampprefect werd rood en keek boos, maar hij kon er weinig tegen inbrengen. De tribuun was misschien jonger en minder ervaren, maar dit was een enorme blunder van Rufus. Hij was met de hoofdmacht mee naar boven gekomen om de nederzetting zelf te inspecteren en plannen te maken voor de belegering. Daarbij had hij zijn artillerie uit het oog verloren en op de een of andere manier had niemand opgemerkt dat ze niet konden volgen.

"We gaan aanvallen," fluisterde Quintus tegen Gaius en Marcus. "Let maar op. Zo gaat het altijd. Als de top van het leger een fout maakt, mag het voetvolk het oplossen."
"Er is meer, tribuun," zei de verkenner. "Drusus is onderweg."
Mercius schrok.
"Komt Drusus hierheen? Ik dacht dat hij met de rest van het leger in het noorden was."
"Blijkbaar wil hij controleren hoe het er hier voor staat. Ik zag hem met zijn escorte onderaan de heuvel naar boven

rijden toen ik bijna boven was. Ik herkende zijn helm en zijn mantel. Ik verwacht dat hij over een uur hierboven kan zijn."

Dat bericht gaf uiteindelijk de doorslag. De tribuun had geen zin om straks aan Drusus uit te leggen waarom ze de nederzetting nog niet hadden veroverd, dus gaf hij snel het bevel aan alle cohorten om zich klaar te maken voor de aanval. De discussie over de tactiek werd afgekapt. Het maakte niet meer uit of de muren van het dorp overeind stonden. Ze zouden de nederzetting met brute kracht veroveren.

Barrus gaf het bevel aan zijn mannen om zich klaar te maken. Opeens verdween de apathie van die ochtend uit de centurie en was iedereen weer scherp. De legionairs controleerden voor de laatste keer hun uitrusting, pugio's en gladii. Ze strekten hun armen en namen een laatste slok water, waarna de soldaten in het gelid gingen staan en de lange houten ladders oppakten die ze die ochtend in elkaar hadden gezet. Op een handgebaar van Mercius werd aan drie kanten van het slagveld het hoornsignaal voor de aanval gegeven.

Barrus brulde zo hard als hij kon "Testudo" en de soldaten namen direct de schildpadformatie aan. De groep van zeventig man kroop dicht tegen elkaar aan, zodat er een massief blok ontstond van schilden die elkaar overlapten. Het was altijd een van de moeilijkste formaties om in te vechten. Helemaal nu de soldaten in hun rechterhand ook nog ladders met zich mee moesten dragen, terwijl ze met hun linkerhand hun schild boven hun hoofd hielden. Tijdens de proeftijd hadden de soldaten deze formatie regelmatig geoefend, dus iedereen wist wat hij moest doen en vertrouwde op de andere mannen voor de bescherming van de eenheid. De centurie begon als één man naar voren te lopen.

Marcus vond het steeds een claustrofobische ervaring om in de schildpadformatie op te trekken. Hij zag alleen de rug en de helm van de man voor hem, dus hij had geen idee waar ze heen liepen. Zijn helm stootte de hele tijd tegen het schild dat de optio boven zijn hoofd hield en terwijl ze marcheerden, moest hij ook nog proberen om zijn eigen schild tegen dat van Gaius en Quintus aan te houden. Als hij een opening liet ontstaan tussen de schilden, kon een van zijn vrienden gewond raken.

Het houten dak van de schilden weerkaatste het lawaai van de marcherende groep soldaten en de zware stem van Barrus die het marstempo aangaf. Het was moeilijk om mee te krijgen wat er buiten de formatie gebeurde. Links en rechts van hen hoorde Marcus dat er twee andere centuries met hen optrokken en hij hoorde ergens voor hem op de heuvel ruwe stemmen bevelen roepen in een vreemde taal. Barrus liet de mannen gestaag voorwaarts gaan en ondertussen keek de optio om zich heen om te zien of de aanval nog volgens plan verliep. Nadat Marcus voor zijn gevoel ongeveer halverwege het slagveld was, begonnen er projectielen neer te komen op de dichte formatie. De krijgers in de nederzetting slingerden stenen naar beneden, die weinig schade aanrichtten. Hij voelde een paar zware stenen op zijn eigen schild terecht komen, maar het lukte de verdedigers niet om door het dak van schilden heen te breken. Barrus voerde het marstempo op, terwijl de grond onder hun voeten steiler omhoog liep. De centurion was van plan om eerder dan de andere centuries bij de muur aan te komen, zodat een van zijn mannen als eerste boven op de muur zou staan. Misschien wilde Barrus die eer zelf wel. Hij was een van de weinige centurions in het legioen die al tweemaal persoonlijk de Corona Muralis had ontvangen, de onderscheiding voor de soldaat die als eerste de muren van een stad veroverde. Misschien was Barrus nu bezig om zijn derde Corona Muralis binnen te halen.

Terwijl de centurie verder marcheerde, werden de projectielen van de verdedigers groter. Af en toe raakten ze een doel met een grote steen en Marcus hoorde kreten van gewonde legionairs vanuit andere delen van het slagveld komen. Hij keek door een kleine opening in de massa om hem heen naar de centurie die naast hen marcheerde.
“Doorlopen,” brulde de optio Quintus Caelius tegen zijn eigen centurie en hij duwde de man voor hem in de rug. “Kijk voor je. Blijf in formatie.”
Marcus concentreerde zich snel weer op de mannen voor hem.

Opeens ging de grond onder de formatie iets naar beneden en kwam de hele groep tot stilstand. Marcus keek langs de anderen naar voren en zag tot zijn verbazing dat ze de greppel en de muur al hadden bereikt.
“Ladders naar voren,” werd er vooraan de centurie geschreeuwd en de soldaten gaven de ladders snel door naar voren. De centurie had vier ladders meegenomen en terwijl iedereen nog steeds zijn schild boven zijn hoofd hield, klommen de eerste soldaten al naar boven. De centurion

ging zijn mannen voor op de eerste ladder met zijn schild boven zijn gezicht. Marcus keek door een spleet tussen de schilden omhoog en zag dat de verdedigers verrassend dichtbij waren. Hij kon ze recht in de ogen kijken, terwijl ze druk bezig waren om stenen en speren naar hem te gooien. "Denk aan je opleiding," riep Quintus. "Ga niet als een idioot het dorp in rennen als je boven bent. Blijf bij elkaar en maak eerst de muur vrij van die honden."

Barrus werd op zijn helm geraakt door een steen, maar hij klom stug door naar boven. Hij had bijna de top van de muur bereikt. Een andere legionair op de ladder naast hem kreeg een speer in zijn zij en viel naar beneden. Zijn plek werd meteen overgenomen door de volgende. Terwijl Barrus nog een paar treden moest beklimmen, zag Marcus dat bij een andere centurie aan de linkerkant de eerste man al boven was. Hij zwaaide de standaard van de centurie heen en weer, terwijl de andere soldaten zich om hem heen verzamelden en een verdedigende ring vormden met hun schilden.

Barrus vloekte luid toen hij zag dat hij de muur niet als eerste had bereikt. Uit pure frustratie sloeg hij bij een verdediger alle tanden uit zijn mond met de ijzeren knop van zijn schild. De centurion sprong op de muur en trok zijn zwaard. De verdedigers vochten overal langs de muur stevig en ze verwondden een aantal soldaten op de ladders, maar Marcus zag dat ze ondertussen ook onrustig om zich heen keken naar andere plaatsen langs de muur. Ze voelden zich opeens niet meer zo goed beschermd nu ze zagen dat de Romeinen bijna op hun gemak naar hen toe waren gewandeld onder dekking van hun schilden.

Een voor een klommen de soldaten van de centurie naar boven en met iedere legionair die de muur beklom, werd hun positie sterker. Hoewel er een aantal soldaten werd uitgeschakeld bij de beklimming, stond er uiteindelijk toch zo'n twintig of dertig man boven op de muur toen Gaius en Marcus aan de beurt waren om naar boven te klimmen. De optio liet Sextus met twee man beneden achter om de gewonden te beschermen. De rest volgde Barrus de muur op.

Marcus klom naast Gaius de ladder op. Hij had dit regelmatig geoefend tijdens zijn opleiding, alleen nu voelde hij dat zijn hart veel sneller tekeer ging. Hij klom omhoog, waardoor hij meer van het slagveld kon zien. Op een aantal plaatsen langs de muur stonden de Romeinse ladders inmiddels en achter zich zag hij hoe kleine groepen met gewonden teruggingen naar hun eigen linie. Er waren maar een paar plekken waar de Romeinen de muur echt in handen hadden. Op andere plaatsen hielden de verdedigers hen nog tegen.

Hij klom verder en sprong over de muur heen, waar hij tussen de andere Romeinen terechtkwam. De mannen van Barrus vochten hard om hun kleine positie op de muur te behouden. Marcus trok zijn zwaard en nam samen met Gaius een plek in aan de rechterkant. Nog voordat hij echt doorhad wat er gebeurde, stond hij opeens vooraan en zag hij een woeste krijger met een rond schild en een lange speer voor zijn neus staan.

Marcus dook weg achter zijn schild en hield het zo voor zijn lichaam dat de krijger hem niet kon raken. Ze keken elkaar recht in de ogen en blijkbaar zag de man dat Marcus bang was, want hij lachte hem spottend uit. De krijger stootte zijn speer naar voren, maar Marcus sprong opzij, waardoor de man hem miste en half naar voren viel. Gaius, die naast hem stond, zwaaide ondertussen wild met zijn schild in zijn richting, waardoor de krijger werd afgeleid. Marcus deed een stap naar voren en stak zijn zwaard zo hard als hij kon vooruit, recht in de buik van zijn tegenstander. Het leren vest dat de man over zijn hemd droeg hield de gladius niet tegen. Marcus voelde hoe het scherpe staal door de kleding heen brak en warm werd van het bloed dat over zijn hand stroomde. De krijger keek hem verbaasd aan en dit keer was het Marcus die moest lachen. Hij had zijn eerste tegenstander verslagen en het voelde heerlijk. Gaius stak zijn eigen zwaard in de hals van de krijger, waarna ze hem op de grond lieten vallen en zich klaarmaakten voor de volgende tegenstander.

Iets voor hen zag Marcus dat Aulus in gevecht was met twee barbaarse jongens die nauwelijks ouder waren dan zijzelf. Hij rende naar voren en beschermde Aulus met zijn schild. Aulus keek even opzij en zag dat Marcus naast hem was komen staan. Hij knikte en richtte zich weer vol woede op zijn tegenstanders. Marcus sneed de jongen die voor hem stond in zijn bovenbeen, maar de snee was niet diep en de jongen bleef overeind. Hij had hem alleen maar kwaad gemaakt. De jongen wilde Marcus te lijf gaan met een zware knuppel, maar Gaius beukte met zijn volle gewicht tegen hem aan, waardoor hij over de rand van de muur naar beneden viel.

"Vorm een linie," riep Quintus achter hen, terwijl hij met zijn eigen tegenstander in gevecht was. "Schilden tegen elkaar."

Marcus probeerde zichzelf te kalmeren en ging tussen Gaius en Aulus in staan. De mannen van de centurie van Barrus organiseerden zichzelf, terwijl er vanuit andere plekken op de muur versterkingen aan kwamen rennen voor de barbaren. Het stuk verhoogde grond achter de muur was smal, zodat er maar zes man naast elkaar konden staan. De andere legionairs sloten daar vlak achter aan en beschermden de groep voor aanvallen van de zijkant of achterkant. Marcus zag vanuit zijn ooghoek dat Barrus en de drager van de standaard achter hen stonden.

"Voorwaarts," brulde Barrus in zijn oor.

"Naar de poort."

De centurie zette zich in beweging en trok verbeten vechtend over de muur. Marcus vocht de hele tijd in de voorste linie, waar hij zich na de eerste schok beter op zijn plek begon te voelen. De ene na de andere vijand die voor hem verscheen schakelde hij uit. Het waren niet alleen woeste volwassen krijgers, maar ook vrouwen of jongens die meevochten om hun dorp te verdedigen. Het maakte Marcus allemaal niet meer uit. Iedereen die in het bereik van zijn zwaard kwam, schakelde hij zonder gevoel uit. Nadat hij vijf tegenstanders had gedood, hield Marcus op met tellen. Hij had geen tijd om om zich heen te kijken, maar hij voelde dat de Romeinen aan de winnende hand waren.

De verdedigers werden wanhopiger en naarmate de groep van Barrus verder trok over de muur, veroverden ze meer plaatsen waar nieuwe Romeinen ongestoord naar boven konden klimmen. Gaius werd afgelost door Barrus en zo vocht Marcus een tijd lang zij aan zij met zijn centurion. Ze beschermden elkaar met hun schilden en schakelden samen verschillende tegenstanders uit. Marcus voelde zich trots dat hij aan Barrus kon laten zien hoe goed hij kon vechten en nam wat meer risico.

Een krijsende vrouw kwam op hen af rennen en wilde Barrus met haar blote handen te lijf gaan, maar Marcus sprong er snel tussen en stootte zijn zwaard in haar hals. De vrouw werd nog naar achteren getrokken door een oude man met lang grijs haar, maar even verderop zakte ze in elkaar. Marcus stak de man in zijn maag, terwijl hij onbewust een gemene grijns op zijn gezicht kreeg.

De soldaten van Barrus bereikten al vechtend de poort en daar zag Marcus dat die plek ondertussen al was veroverd door andere Romeinen. Ze trokken de zware poorten open en meteen stroomden de laatste centuries schreeuwend naar binnen. De overgebleven verdedigers sprongen ontzet van de muur en vluchtten het dorp in. De Romeinen hadden weer een slag gewonnen.

Marcus keek hijgend om zich heen nu er opeens geen vijanden meer waren. Hij merkte nu pas dat hij kletsnat was van het zweet en dat zijn zwaardarm trilde van vermoeidheid. Hij had zijn zwaard onafgebroken in het rond gezwaaid en in lichamen gestoken sinds hij op de muur was geklommen.

Hij keek naar Gaius en Aulus, die allebei tevreden grijnsden met hun bebloede gezichten. Het was een goed gevecht geweest en ze hadden alle drie een groot aantal tegenstanders gedood. In stilte dankte Marcus Mercurius dat hij hem had beschermd, terwijl hij zag hoe Drusus met de tribuun en zijn escorte over het slagveld richting de poort kwam rijden.

"Maak je klaar om het dorp in te trekken," schreeuwde Barrus, terwijl hij zijn zwaard schoon veegde aan de mantel van een lijk. "Verzamel de mannen en vrouwen voor de slavenhandelaren. Dood de kinderen en de ouderen."

Marcus wilde net aan Gaius vragen of hij had gezien hoe hij die gestoorde vrouw in haar nek had gestoken, toen er in het dorp onder hen een jongen van ongeveer twaalf jaar naar hen toe kwam rennen. Marcus zag hem op hen af komen, maar hij besefte te laat wat er gebeurde. De jongen zwaaide een slinger rond zijn hoofd en voordat de Romeinen met hun schilden een nieuwe linie konden vormen, slingerde hij een steen hun kant op. De steen raakte Gaius op de zijkant van zijn helm en de klap was zo hard, dat de steen in tweeën brak. Gaius wankelde even en knipperde een paar keer met zijn ogen.

"Ik ben oké," zei hij nog. "Het gaat wel."

Maar voordat Marcus iets kon zeggen, draaiden zijn ogen weg en viel hij op de grond. Marcus schreeuwde ontzet en rende achter de jongen aan. Hij luisterde niet meer naar Barrus, die schreeuwde dat hij terug moest komen. Marcus had niet door dat Gaius achter hem weer overeind kwam. Hij voelde alleen een diepe razernij, terwijl hij de jongen achtervolgde door het dorp. Hij merkte niks van de gevechten om hem heen. Hij hoorde het geschreeuw niet en rende verschillende barbaren voorbij zonder hen echt op te merken. Hij zag hoe de jongen een houten huis binnen ging en de deur angstig dicht probeerde te doen.

Marcus sprintte naar voren en beukte de deur open. Hij knipperde met zijn ogen tegen de plotselinge schaduw. In de deuropening bleef hij staan en keek hijgend om zich heen. De jongen keek hem met grote ogen aan. Hij stond te trillen op zijn benen, terwijl hij met een bleek gezicht naar de woeste soldaat keek die net de deur had ingebeukt. Hij zag er nog jonger uit nu hij zo bang was. Hij probeerde te schuilen achter de rug van zijn moeder, die Marcus fel aankeek met een dolk in haar hand. Marcus zette zich schrap. Hij wist wat hij moest doen.

## Hoofdstuk 12

## Banna

Banna keek naar de zon boven haar aan de hemel. Ze vroeg zich af of hij al over zijn hoogste punt heen was. Ze had honger en eigenlijk geen zin meer om te werken, maar ze wist dat ze nog de hele middag door moest gaan. En dan moest ze vanavond de koeien nog melken. Iemand moest het toch doen nu haar broer Timmen niets deed. Ze bukte zich weer voorover en liep door het veld, terwijl ze met een houten schoffel het onkruid weghaalde tussen de opkomende graanplanten. Ze besloot dat ze deze rij af zou maken en dan weer terug zou gaan naar de boerderij om met Trig, Hilde en Reine wat te eten.

Als Bren hier was, zou hij Timmen een enorm pak slaag geven en hem dan het land op schoppen, dacht ze, terwijl ze driftig schoffelde. Waarom moeten wij al het werk doen? We zijn met veel te weinig.

Het was nu twee weken na het feest van de zonnewende en dat was de laatste keer dat ze haar broers Harald en Bren had gezien. Harald was meegegaan met Tarik om Latijn te leren en Bren was er samen met Akko op uit getrokken om de andere boerderijen langs de Rijn en de Waal te bezoeken. Bren had gedacht dat de boerderij bij Timmen in goede handen zou zijn tot hij terug kwam, maar Timmen was totaal anders dan Bren of Harald. Hij was lui en vond het veel leuker om te lanterfanten.

En terwijl de vrouwen iedere dag hard werkten om voor het vee en de gewassen te zorgen, verdween hij vaak al vroeg in de ochtend en kwam hij 's avonds bij het eten pas weer terug. Banna had geen idee waar hij de hele dag uithing, maar ze ging ervan uit dat hij ergens met zijn vrienden aan het spelen was. Zelfs Reine had geen vat op Timmen en uiteindelijk gaf ze het maar op om elke avond ruzie met hem te maken als hij zijn werk niet had gedaan. Banna vroeg zich af wanneer Bren terug kwam.

Hij zal hier in ieder geval willen zijn voor het kind komt, dacht ze. Volgens Reine zou het nog wel minstens een maan duren voor Hilde zou bevallen, maar de goden konden zomaar beslissen om het kind eerder te laten komen. De buik van Hilde was zo groot geworden dat ze niet meer mee kon helpen met het werk en het grootste deel van de dag moest rusten.

Banna vond het erg spannend wat er allemaal met Hilde gebeurde en ze kon niet wachten tot haar kleine nichtje of neefje zou komen. Ze had al met Hilde afgesproken dat ze erop mocht passen als het kind oud genoeg was. Soms mocht ze voelen aan de buik van Hilde en dan voelde ze hoe het kind bewoog. Reine had aan Banna uitgelegd wat er zou gebeuren als het kind zou komen en ze had ook verteld dat Banna daarbij kon helpen. Eigenlijk durfde Banna dat niet zo goed, dus ze had gevraagd of Trig of Akko niet mee konden helpen, maar Reine vond dat het een taak voor vrouwen was.

Banna schoffelde verder en probeerde de pijn in haar vingers te negeren. Haar handen waren de afgelopen maanden steeds ruwer en dikker geworden. Iedere ochtend en avond hielp ze mee met het melken van de koeien en overdag werkte ze op hun akker. Na de dood van haar vader was ze opeens niet meer zo blij dat hun familie veel land en vee bij de boerderij had. Ze merkte nu pas hoeveel werk haar vader er eigenlijk aan had gehad om alles bij te houden en te zorgen dat hun familie iedere winter genoeg te eten had. En de knechten die iedere zomer op hun boerderij meehielpen zouden later pas komen als ze zouden hooien en oogsten.

Ze droomde weg tijdens het werken en dacht terug aan haar vader. De wereld had zo veilig geleken toen hij er nog was. Ze had het gevoel gehad dat hij haar altijd zou beschermen. Zelfs toen ze twee jaar geleden moesten vluchten voor de stammen die de Rijn over waren getrokken, wist Banna dat haar vader snel weer terug zou komen en dan zou alles goedkomen. Nu voelde hun boerderij op een bepaalde manier onbeschermd. Banna voelde zich niet meer zo veilig als vroeger, vooral 's nachts. Ze lag vaak lang wakker en luisterde of ze vreemde geluiden hoorde rond de boerderij. En ze had vreemde dromen waarin hun huis opeens midden in een donker bos stond en bedreigd werd door een zware storm of een bosbrand.

Ze herinnerde zich het bruiloftsfeest van Bren en Hilde. Toen was haar vader er nog en iedereen was die dag zo gelukkig geweest. Heel even had alles perfect geleken en de herinnering aan die ene mooie dag zou Banna nooit kwijtraken. Ze herinnerde zich ook dat haar vader die avond ruzie had gemaakt met Tarik. Beren wilde geen oorlog voeren

en Tarik wilde dat wel. Hij was zelfs boos geworden op Beren omdat hij hem tegensprak.
Banna had de harde toon in de stem van Tarik gehoord. Hij wilde oorlog en hij was bereid om alle obstakels die hem van die oorlog af zouden houden opzij te schuiven. Hij had er alles voor over om roem, rijkdom en aanzien bij de Romeinen te vergaren.

In de verte riep Reine dat het tijd was om te eten en Banna keek op. Haar moeder stond samen met Trig en Hilde te zwaaien aan het einde van de akker. Banna merkte hoeveel honger ze had en liep opgewekt terug naar haar moeder. De ochtend was voorbij. Nu hoefde ze alleen nog 's middags en 's avonds te werken en dan was ze weer een dag verder voor Bren thuis zou komen.

En terwijl ze terug liep, bedacht ze dat de zomer alweer over de helft was. De oorlog die Tarik wilde, was deze zomer in ieder geval nog niet gekomen.

# Hoofdstuk 13

## Marcus

Een zweetdruppel kroop langzaam langs de ijzeren wangklep over het gezicht van Marcus. Hij hield zijn armen strak langs zijn lichaam. Voor zijn gevoel stond hij al meer dan een uur op deze plek, vlak langs het bospad waar ze op de anderen stonden te wachten. Het hele Zevende cohort was er vandaag op uit getrokken als officiële delegatie om hun gasten naar het kamp van Drusus te begeleiden.

De sfeer onder de mannen was ontspannen. Iedereen wist dat de campagne richting het einde liep. Hun generaal had zijn legioenen in slechts een paar weken door de Alpen gejaagd en alle stammen verslagen die zich tegen de Romeinen hadden verzet. Een groot deel van de Raeti was vervolgens vanuit de Alpen Gallia binnengetrokken, maar daar werden ze juist opgewacht door Tiberius, de oudere broer van Drusus, die met zijn legioenen vanuit Lugdunum naar het oosten trok. Vandaag zouden de twee legers contact maken met elkaar om samen de laatste verzetshaarden van de Raeti op te ruimen.

De twee jonge broers hadden in één campagneseizoen bereikt wat andere generaals voor hen niet was gelukt: ze hadden het hele gebied van de Alpen ten noorden van Italia opengelegd voor de legioenen van Rome. Vanaf nu konden legers en boodschappers door de grote passen van de Alpen trekken zonder dat ze bang hoefden te zijn voor vijandelijke aanvallen.

Voor Marcus maakte het allemaal niet meer zoveel uit, merkte hij. Hij voelde zich leeg vanbinnen en had zijn enthousiasme voor de campagne allang verloren. Het leven in het legioen was niet meer hetzelfde sinds die aanval op dat onbeduidende dorp in de bergen. Hij zag steeds weer in zijn gedachten hoe hij in dat dorp tekeer was gegaan.

Op het bospad voor het cohort dat zich aan twee zijden van de weg had opgesteld stond de tribuun Gaius Tullius Mercius in vol ornaat ongeduldig naast zijn paard te wachten. Hij moest het leger van Tiberius officieel welkom heten namens Drusus, die nog druk bezig was in zijn legerkamp.

Marcus vroeg zich af of Tiberius op zijn broer zou lijken. Het leek wel of Drusus met iedereen in zijn leger, van de meest ervaren kampprefecten tot de jongste legionairs, makkelijk overweg kon. Hij vond altijd wel een manier om zijn mannen te motiveren om net wat extra inzet te tonen. Zou Tiberius ook zo zijn?

Volgens Barrus had Tiberius al een aantal campagnes op zijn naam staan die hij steeds tot een goed einde had weten te brengen. En Tiberius had een reputatie opgebouwd dat hij een strenge generaal was die de discipline met ijzeren hand afdwong, wat hem in de ogen van Barrus een betere bevelhebber maakte dan de iets te joviale Drusus. De slaaf Pisto was vandaag ook meegekomen met de delegatie die Tiberius op stond te wachten. Waarschijnlijk omdat Drusus zo snel mogelijk een overzicht wilde krijgen van Pisto over de sterkte van het leger van Tiberius. De slaaf stond naast Mercius op de weg en staarde verveeld in de verte.

Marcus had Pisto een aantal keren opgezocht in het legerkamp tijdens de afgelopen campagne en van zijn eerdere afkeer van de brutale slaaf was weinig meer over. De slaaf leek altijd uitstekend op de hoogte te zijn van de strategie van Drusus en daarmee was hij voor Marcus een waardevolle bron van informatie. Het was altijd handig om te weten wanneer de volgende veldslag uitgevochten zou worden of waar de vijand zich bevond. En soms leek Pisto zelfs al te weten wat de volgende zet van het leger zou worden voordat Drusus zelf een besluit had genomen.

Pisto rochelde luidruchtig en spuugde op de grond, vlak voor de voeten van Mercius, om zijn ongenoegen over de verlate aankomst van het andere leger te laten blijken.
“Dat krijg je ervan als je je legioenen te lang in Hispania legert,” zei hij. “Dan worden ze net zo lui en traag als de lokale bevolking. Zo staan we hier vanavond nog.”
Mercius deed zijn best om de slaaf te negeren. Hij veegde het zweet onder zijn helm weg met een doek en klom vervolgens maar weer op zijn paard.
“Daar zijn ze,” fluisterde Sextus in het oor van Marcus.
Marcus ging iets rechter staan.
Hij keek naar rechts en zag in de verte over het brede pad twee ruiters aankomen, gevolgd door een grote groep marcherende legionairs.

Vanuit de verte klonken hoornsignalen en de hoornblazers van het Zevende cohort bliezen enthousiast een signaal terug ter begroeting.
"Nou, hè hè, daar zul je meneer hebben hoor," zei Pisto, maar Mercius siste snel dat hij zijn mond moest houden.
De twee ruiters reden op hun gemak naar de delegatie die hen opwachtte en hielden vlak voor de tribuun halt. Het hele pad achter hen, zo ver Marcus kon zien, was gevuld met soldaten. Marcus keek naar de twee generaals die voor hem op het pad stonden. De jongste van de twee was duidelijk Tiberius, de broer van Drusus. Hij was een paar jaar ouder dan Drusus, ongeveer zesentwintig. Tiberius had dezelfde neus als Drusus en zelfs met de helm die hij droeg zag Marcus dat hij net zo'n brede gespierde nek had als zijn broer. Tiberius leek alleen niet de jeugdige vrolijkheid en de energie te hebben die zijn broer uitstraalde. Hij was niet in volle vaart aan komen stuiven, voor zijn troepen uit, zoals zijn broer waarschijnlijk zou hebben gedaan. Tiberius was stijf en beheerst aan komen rijden en keek nu hooghartig naar het groepje soldaten dat hem op stond te wachten.

Marcus herkende de andere generaal niet en hij had van de anderen in zijn cohort ook niet gehoord wie er nog meer meevocht met Tiberius. De andere generaal was iets ouder dan Tiberius, rond de dertig, maar het was duidelijk dat Tiberius de leiding had.
"Heil Tiberius Claudius Nero," zei Mercius met een opgeheven hand. "Zoon van de Princeps Imperator Caesar..."
"Waar is mijn broer?" onderbrak Tiberius de tribuun.
"Waarom is Drusus er niet om mij te ontvangen?"
Tiberius keek nors naar Mercius, die ongemakkelijk op zijn paard heen en weer schoof.
"Onze bevelhebber bevindt zich in het legerkamp hier niet ver vandaan," zei Mercius. "Uw broer heeft mij vanochtend opgedragen om u welkom te heten en u en uw troepen te begeleiden naar het hoofdkwartier."
"Hij stuurt een tribuun om mij te ontvangen?" vroeg Tiberius verontwaardigd. Zijn ogen stonden kil, terwijl hij naar het cohort keek dat naast het pad stond opgesteld. Marcus verwachtte bijna dat Tiberius zo beledigd zou zijn dat hij ter plekke met zijn hele leger om zou draaien en weer weg zou marcheren. Mercius wist niet hoe hij op deze onverwacht afstandelijke ontmoeting moest reageren, maar hij werd net op tijd gered.

“Tiberius!” riep iemand aan de linkerkant en Marcus zag dat Drusus over het pad aan kwam rijden vanuit de richting van het kamp. Waarschijnlijk had hij weer geen zin gehad om stil te zitten tot zijn broer er was en had hij op het laatste moment besloten om hem tegemoet te rijden. De Gallische ruiters van zijn escorte reden achter Drusus aan en deden hun best om hun bevelhebber bij te houden. Drusus reed Mercius voorbij en sloeg zijn oudere broer met een brede grijns hard op zijn schouder. Tiberius leek iets te ontdooien nu zijn broer erbij was.
“Wat goed van je om me te komen helpen, broertje,” zei Drusus opgewekt. “We gaan eindelijk samen vechten. Zij aan zij. Als Castor en Pollux.”

“Augustus stuurt je zijn felicitaties,” zei Tiberius formeel. “En moeder ook natuurlijk. Ze zijn trots op je.”
“Haha, dat mag ook wel. Wacht maar tot je mijn leger ziet. In slechts een paar weken heb ik de Alpen veroverd. En met de hulp van jouw legioenen zullen we snel ook de laatste verzetshaarden van die barbaren breken.”

Vervolgens richtte Drusus zich tot de andere generaal. “Varus!” riep hij. “Wat heb ik jou lang niet gezien.” Hij reed naar de andere generaal en pakte zijn arm vast. “Publius Quinctilius Varus,” zei hij. “Het is een eer om met jou ten strijde te trekken. Jouw vader en mijn grootvader vochten samen bij Philippi. Vecht nu samen met mij.”

“Dat is gedurfd,” fluisterde Quintus in het oor van Marcus. “Om Philippi hier te noemen.”
“Hoezo?” vroeg Marcus.
“Ze vochten bij Philippi aan de verkeerde kant. De vader van Varus en de vader van Livia vochten allebei in het leger van Cassius en Brutus. Ze vochten tegen Marcus Antonius en tegen Augustus.”

“Mijn vader en uw grootvader namen allebei hun eigen leven na de nederlaag bij Philippi, heer,” zei Varus. “Laten we hopen dat de goden ons gunstiger gestemd zijn en dat we met onze daden hun schande uit kunnen wissen.”
“Dat hoop ik ook,” zei Drusus. “Laten we er samen voor zorgen dat de naam Varus niet langer bekend zal staan om deze schande.”

“Je prestaties waren niet zo goed als je zelf denkt, Drusus,” zei Tiberius bot. De glimlach op het gezicht van Drusus verdween direct.

“Je hebt de Raeti laten ontsnappen. Hun dorpen en landen heb je misschien veroverd, maar hun krijgers

trokken van je weg en je hebt ze niet tegen kunnen houden. Als ik ze niet had gestopt met mijn legioenen, waren ze al plunderend door Gallia getrokken. Waarom denk je dat Augustus mij hierheen heeft gestuurd?"
Drusus schrok van de vraag. Hij keek Tiberius plotseling wantrouwend aan.

"Heeft Augustus je gestuurd om mijn commando over te nemen?" vroeg hij.

"Natuurlijk niet. Stel je voor hoe het zou zijn voor je reputatie als in Rome bekend wordt dat je grote broer het van je overneemt zodra je in de problemen komt. Augustus heeft plannen voor je en hij wil niet dat jouw naam beschadigd raakt, dus jij houdt het opperbevel. Maar persoonlijk zou ik het anders hebben aangepakt. En ik zou ook niet zo hoog van de toren hebben geblazen als ik een paar veldslagen had gewonnen."

Marcus keek met verbazing naar de twee jonge broers voor hem. Ze hadden allebei een totaal verschillend karakter en Tiberius had er geen enkele moeite mee om harde kritiek te uiten tegen Drusus in het bijzijn van zijn eigen troepen. Toch merkte Marcus ook dat die twee veel respect en genegenheid voor elkaar hadden. Drusus leek de kritiek van Tiberius serieuzer te nemen dan de adviezen die hij altijd van zijn eigen officieren kreeg. En aan de blik van Tiberius was te zien dat hij gesteld was op Drusus. Hij zei het misschien onhandig, maar Marcus ging ervan uit dat hij het goed bedoelde.
"Laten we naar het kamp rijden," zei Drusus. Hij gaf Mercius het bevel om voorop te gaan met het cohort van Marcus en hij reed daar zelf achter tussen Tiberius en Varus in. Marcus liep aan de achterkant van het cohort, dus hij kon het gesprek van Drusus, Tiberius en Varus tijdens de mars goed volgen.

"Ik kan je legioenen goed gebruiken, broertje," hoorde hij Drusus zeggen. "Vanochtend heb ik de plannen uitgewerkt met mijn generaals. Ik hoop dat je voldoende voorraden hebt meegenomen."
"Wat ben je van plan?" vroeg Tiberius. "Je weet dat we alweer halverwege de zomer zitten, toch? Het campagneseizoen is bijna voorbij."
"Ach, we hebben nog wel een paar maanden. En deze campagne was ook zo voorbij. Ik kom net van de laatste bespreking met mijn officieren en volgens hen is het met

jouw leger erbij mogelijk. Ik ben van plan om Noricum te annexeren."

Marcus moest zich inhouden om niet om te kijken. "Zei hij nou Noricum?" fluisterde hij tegen Quintus, die naast hem marcheerde. "Waar ligt dat?"

"In het oosten," zei Quintus. "Noricum is het gebied tussen de Donau en de Alpen."

"Noricum is een bevriende natie," zei Tiberius achter hen.

"Een rijke bevriende natie, ja," zei Drusus. "Vol goud en ijzererts. En als we Noricum veroveren, kunnen we in een campagneseizoen de grens van het rijk verleggen naar de Donau."

"Is dit niet een zaak voor de Princeps?" vroeg Varus. "Moet Augustus hier niet over beslissen?"

Maar de twee broers luisterden niet naar hem. Tiberius begon geïnteresseerd te raken.

"Hoe staan de goden tegenover een oorlog met Noricum?" vroeg hij. "Heb je de voortekenen bestudeerd?"

"Vanochtend heb ik de augur in ons kamp gevraagd om de voortekenen te lezen voordat wij aan onze bespreking begonnen. Hij heeft het voer voor de heilige kippen uitgestrooid en ze hebben er gulzig van gegeten. De goden staan achter ons."

"Het zou wel kunnen lukken," zei Tiberius. "En als we Noricum veroveren, is de kans ook kleiner dat de mensen in Rome zullen zeggen dat ik je met mijn legioenen moest komen redden. Het zou overkomen als een vooraf afgesproken plan."

"En met een campagne tegen de Norici krijgen jullie ook wat glorie na mijn overwinning op de Raeti."

Terwijl Tiberius en Drusus achter hem verder discussieerden en geleidelijk ook Varus aan hun kant kregen, marcheerde Marcus verder. Hij had verwacht dat zijn eerste campagne bijna ten einde liep, maar blijkbaar hadden de gebroeders Claudius andere plannen. Ze besloten hier ter plekke dat ze een nieuw gebied zouden veroveren, geheel in de geest van Julius Caesar zonder eerst toestemming te vragen aan de senaat of de Princeps. Officieel zouden ze Noricum uit naam van de senaat en het volk van Rome de oorlog verklaren en waarschijnlijk zouden ze het zelfs doen overkomen alsof de stammen van Noricum eerst hen hadden aangevallen, maar Marcus kreeg bij het horen van deze discussie sterk de indruk dat de senaat en het volk van Rome hier weinig mee te maken hadden. Deze oorlog draaide vooral om de eerzucht van de twee jonge broers, Drusus en Tiberius.

## Hoofdstuk 14

## Bren

De zomer ging al richting het einde toen Bren eindelijk de boerderij weer in zicht kreeg. Het viel hem nu pas op hoe mooi deze plek eigenlijk was. Hij had eigenlijk al eerder terug willen zijn, maar zijn reis langs het huis van Tarik en de andere families had langer geduurd dan hij had verwacht. Uiteindelijk was hij ver stroomopwaarts over de Rijn gegaan, helemaal tot aan Oppidum Ubiorum, de stad van de Ubiërs op een klein eiland in de Rijn, waar een verre neef van Beren woonde.

Het was een paar dagen varen over de rivier naar de stad van de Ubiërs. Ze woonden pas twintig jaar op die plek, nadat ze na een mislukte opstand door de Romeinse gouverneur Agrippa van de rechteroever van de Rijn naar de linkeroever waren overgeplaatst. Sindsdien waren de Ubiërs niet meer in opstand gekomen en hielpen ze mee om de grens van de Romeinse provincie te beschermen. Net zoals de Bataven, die ook ooit door de Romeinen in het gebied ten noorden van de Ubiërs waren gevestigd.

Het was een enerverende ervaring geweest voor Bren om zo ver over de Rijn te reizen en voor het eerst een echte stad te bezoeken. Maar hoe langer hij weg was, hoe meer hij aan Hilde moest denken. En aan hun kind dat ieder moment geboren kon worden.

Bren zag dat er iemand uit de boerderij naar buiten kwam. “Daar is Banna,” zei Akko, die naast hem reed. In de verte zag Bren een meisje richting de waterput lopen. Ze zag er erg gehaast uit, want ze ging meteen weer naar binnen. Ze had hen wel gezien, want ze zwaaide, maar ze bleef niet op hen wachten. Bij de boerderij stapte Bren van zijn paard af en liep snel naar binnen.

Daar zag hij Hilde liggen in een bed met Reine en Banna ernaast. Ze zag er bezweet en uitgeput uit en in haar armen hield ze een bundeltje met doeken waar twee hele kleine armpjes uit staken.

Brens gezicht begon te stralen toen hij zijn vrouw zag liggen. Het kind was geboren. Hij rende naar het bed en gaf Hilde een zoen. Hij pakte de hand van zijn vrouw vast en

keek naar het bundeltje in haar handen, waar hij een klein gezicht met dichtgeknepen ogen zag.
“We hebben een zoon,” zei Hilde.

Hij kon het haast niet geloven. De goden hadden hem een zoon geschonken. Hij keek Banna en Reine aan en kon alleen maar lachen. Hij had het gevoel dat alles goed ging in zijn leven. De reis langs de families in de omgeving was een succes geweest en hij had de band met Tarik versterkt. Zijn aanzien was vergroot, maar dat leek nu helemaal niets meer uit te maken. Hij dacht alleen maar aan zijn vrouw en aan het kleine wezentje dat bij haar op schoot lag.
“Wat is hij klein,” zei Bren, terwijl het kind zijn kleine handje om zijn wijsvinger sloot.
“Hij is vroeg gekomen,” zei Reine, terwijl ze haar handen schoonmaakte. Op haar gezicht had ze een ongeruste blik, die Bren in zijn blijdschap niet opmerkte.
“Goed,” zei hij. “Dat betekent dat hij gretig is.”

De rest van die middag bleef Bren de hele tijd naast het bed zitten. Hij vond het een wonder dat dit nieuwe mensje zomaar was ontstaan. Hij bleef het kind aaien, terwijl hij Hilde, Banna en Reine vertelde over zijn reis. Vooral Banna wilde alles weten over de tocht langs de Rijn en leek in de veronderstelling te zijn dat hij helemaal naar Rome zelf was gereisd. Bren hoorde ook dat Timmen helemaal niets op de boerderij had gedaan in zijn afwezigheid, maar daar kon hij zich op dit moment niet druk om maken. Hij zou Timmen later wel straffen als hij weer thuis was.

Nadat Hilde zich had opgefrist, mochten Trig en Akko binnenkomen om het kind te zien. De sfeer was goed tijdens het eten en Bren besloot om Timmen, die vlak voor het eten thuis was gekomen, nog even niet aan te spreken op zijn gedrag. Dat kon wachten tot een beter moment.

Alleen het kind, dat samen met Hilde in bed bleef liggen, moest tijdens het eten steeds vaker huilen. En na het eten ging het huilen over in hoestbuien. Het kind dronk weinig en hoewel het goed ingepakt was, kon het maar moeilijk warm blijven. De opgewekte stemming van Bren sloeg langzaam om in ongerustheid toen hij merkte dat de hoestbuien steeds iets zwakker klonken. Bren wist dat de eerste dagen het zwaarst waren voor een pasgeboren kind. De goden moesten hun oordeel over het kind nog vellen en de kans was altijd aanwezig dat het kind de eerste nacht niet

zou overleven. Daarom gaf hij zijn zoon nog geen naam. Pas als hij de eerste dagen had overleefd, zou Bren het kind een naam geven.
Het kind bleef de hele avond rochelende geluiden maken en de ademhaling klonk steeds zwakker. Bren zag dat de huid van het kind niet meer lichtroze was, maar met het uur bleker leek te worden. Iedereen in het huishouden maakte zich zorgen en de sfeer was terneergeslagen.
Toen de spanning hem uiteindelijk te veel werd, ging Bren naar buiten. Hij moest bidden tot de goden en die konden hem buiten beter horen.

Er was die avond een volle maan, die met een zilveren licht over de boerderij en de akkers scheen. Dat was in ieder geval een gunstig voorteken. Bren wandelde naar de stroom aan het uiteinde van het erf en ging daar naast de eik zitten waar ze de vorige winter met de preister hadden gesproken over hun dromen. De hele nacht bleef Bren daar zitten naast de stroom en hij vroeg aan de goden om zijn zoon te sparen. Bren beloofde dat hij zijn zoon zou opvoeden als een krachtige krijger die veel vijanden zou doden als hij oud genoeg was. Hij bad ook tot Beren en tot diens voorouders. Hij beloofde dat hij zijn wraak door zou geven aan zijn zoon als hij er zelf niet in zou slagen om de moordenaar van Beren te vinden.
Bren bleef de hele nacht buiten zitten. Hij zag hoe de hemel langzaam lichter begon te worden. De vermoeidheid, de honger en de kou hadden hem allemaal niet gedeerd. Zijn gedachten waren alleen maar bij het kind geweest dat worstelde om in leven te blijven.

Toen de zon boven de bomen uit kwam, kwam Akko naar de rivier om zich te wassen.

“De goden hebben je gebeden verhoord,” zei de grote slaaf, terwijl hij zich uitkleedde. “Het kind heeft de nacht overleefd. Hij ademt beter en slaapt nu samen met zijn moeder.”

Bren voelde een golf van opluchting door zijn lijf gaan. Hij merkte nu pas hoe stijf hij was van het lange zitten op de koude grond. Terwijl Akko het water in sprong en er vrijwel direct weer uit klom, voelde Bren hoe de eerste zonnestralen zijn lichaam verwarmden. De slaaf begon al redelijk oud te worden, maar Bren zag dat hij nog steeds een gespierd lichaam had. Hij was gewend aan het zware werk op de boerderij en daarnaast ging hij vaak op jacht om fit te

blijven. Als Bren hem niet zou kennen, zou hij niet zeggen dat Akko al boven de vijftig was.
"Heb jij eigenlijk kinderen, Akko?" vroeg Bren. Hij had er nog nooit naar gevraagd, ook al woonde Akko al vijf jaar bij hen op de boerderij. Bren had het bestaan van Akko en Trig altijd als iets vanzelfsprekends aangenomen. Iets waar hij niet echt over nadacht, maar deze ochtend was alles opeens anders voor Bren.

"Ik had een zoon en een dochter," zei Akko, terwijl hij zich op zijn gemak afdroogde. "Mijn zoon was ongeveer even oud als jij nu bent en mijn dochter was van dezelfde leeftijd als Banna."
"Waar zijn ze nu?"
Akko stopte met afdrogen en staarde naar de rivier.
"Mijn zoon is dood," zei hij.
Hij sprak op een vlakke toon, alsof hij er weinig emotie bij voelde.

"Hij kwam om bij de strijd waarin ik gevangen ben genomen. En ik weet niet waar mijn dochter nu is. Waarschijnlijk is ze ook als slaaf weggevoerd. Ik heb haar nooit meer gezien."
Bren voelde zich beschaamd dat hij hier nooit eerder naar had gevraagd. Zelfs niet in de afgelopen weken toen hij samen met Akko de lange reis over de Rijn had gemaakt.
"Sorry," zei hij. "Dat wist ik niet."
"Jij hoeft er geen sorry voor te zeggen. Jij hebt geen slaaf van mij gemaakt, en je vader ook niet. Dat waren de Friezen. En zij vielen alleen maar ons land binnen, omdat wij hun schepen aanvielen op zee. Mijn lot is lang geleden al bepaald door de goden en ik heb me er ondertussen bij neergelegd."

Akko genoot even van de zon op zijn rug en kleedde zich vervolgens aan.

"Je vader was een goede man, Bren," zei hij. "Hij heeft mij en Trig altijd goed behandeld. Veel beter dan mijn vorige meester, of de meester die ik daarvoor had."
"Je bent een Chauk, toch?" vroeg Bren.
De Chauken woonden in het noordelijke kustgebied.
Akko knikte. Er kwam iets van trots in zijn ogen.

"De beste zeevaarders ter wereld. En schrik van de oceaan van hier tot aan het eiland dat de Romeinen Brittannia noemen."

"En allemaal volslagen waardeloze ruiters," merkte Bren op.
Even was Akko stil, maar barstte vervolgens in lachen uit.

“Dat ook,” zei hij. “Maar wie heeft er nou een paard nodig als je de wind in de zeilen hebt? En we zijn misschien niet zulke goede ruiters, maar te voet zijn we geduchte krijgers, of we nu op zee vechten of op het land.”
“Kun je vechten met een zwaard?”
De slaaf schudde zijn hoofd.
“Ik heb nog nooit een zwaard vastgehouden. Maar met een bijl in mijn handen was ik onverslaanbaar. Of nou ja, misschien niet helemaal onverslaanbaar, anders was ik nu niet hier geweest. Maar ik was wel erg goed.”
“En een speer?”
“Daar heb ik ook veel vijanden mee gedood. Goed wapen voor een gevecht op land, maar als je op volle zee een schip entert, wil je juist behendig zijn. Dan is een kleiner wapen, zoals een bijl of een dolk, beter.”

Bren keek naar de slaaf. Misschien was Akko wel de man die hij nodig had.
“Ik wil dat je mij leert vechten,” zei hij. “Met een zwaard, met een speer, zelfs met mijn blote handen. Beren is er niet meer om het mij te leren, dus vraag ik het aan jou.”
Akko keek hem verbaasd aan.

“Ik heb al jaren niet meer gevochten. En je kunt toch geen slaaf vragen om je te leren vechten? Waarom neem je geen zwaardmeester in dienst, zoals Tarik?”
“Die zwaardmeesters zijn allemaal oude soldaten die in de legioenen hebben gediend,” zei Bren. “Ze zijn gewend om in een formatie te vechten, met een kort Romeins zwaard. Ik wil een echte krijger die mij leert vechten.”
Akko twijfelde nog even, maar uiteindelijk ging hij toch akkoord.
“En je gaat Timmen ook leren vechten,” zei Bren, terwijl hij opstond om weer naar zijn zoon te gaan na de lange nacht. “Die jongen heeft lang genoeg gelanterfant. Het wordt tijd dat hij zich als een man gaat gedragen.”

## Hoofdstuk 15

*14 voor Christus*

Harald

"Oké," zei de oude slaaf Pallas, terwijl hij de kleine papieren rol aan Harald gaf. "Laten we eens kijken of je dit al helemaal zelf kunt lezen."
Harald rolde het papier voor zijn gezicht uit en staarde ernaar. De letters waren dicht op elkaar geschreven in keurige kaarsrechte regels. Het was een officieel document van de Romeinen. Harald herkende sommige woorden, maar nog niet allemaal. Hij probeerde de zinnen compleet te maken met de woorden die hij al kende en vertaalde de Latijnse tekst.

"LS," begon hij. "Lectori Salutem. Bij deceert..."
"Decreet."
"Bij decreet van IMP, dat staat voor Imperator, Caesar Divi Filius, dat betekent Caesar, zoon van een god, Augustus, wordt de provincie Gallia georganiseerd..."
"Gereorganiseerd."
"Gereorganiseerd tot Tres Provinciae Galliae, de drie Gallische provincies."
Harald keek tevreden op.

"Goed zo," zei Pallas, de oude grijze slaaf die Harald de afgelopen maanden had onderwezen. Harald was blij dat het hem gelukt was. Hij had al zoveel geleerd van Pallas. Hij kon zich nauwelijks nog voorstellen dat hij een paar maanden geleden nog geen Latijn kon spreken. En nu kon hij het zelfs al lezen. Hij was enorm gesteld geraakt op Pallas sinds hij in het huishouden van Tarik was komen wonen. De slaaf wist ongelooflijk veel te vertellen over de Romeinen en over hun goden.

Pallas was opgegroeid in Narbo en had in zijn jeugd nog lesgegeven bij de familie van de Praetor in Macedonia. Harald kon zich niet voorstellen dat hij zelf ooit zoveel zou weten als Pallas en hij verheugde zich er nu al op dat hij straks zelf in staat was om de twee boeken te lezen die Tarik in zijn bezit had. Een van die boeken was een exemplaar met alle verslagen van Julius Caesar over de Gallische oorlog. Buiten het huis van Tarik werd er schande van gesproken dat hij een boek van Caesar in huis had, maar zowel Tarik als Harald konden geen genoeg krijgen van dat spannende verhaal. In de wintermaanden liet Tarik Pallas bijna iedere week wel een deel voorlezen, terwijl de hele zaal ademloos luisterde over de invasie van Britannia of over de oorlog met de Helveti.

"Probeer de volgende zin eens," zei Pallas.

Harald concentreerde zich op de woorden.

"Nero Claudius Drusus zal het imperium over de drie Gallische provincies voeren als Legatus Augusti pro praetore."

"Heel goed. En snap je ook wat het betekent?"

"Dit betekent dat Drusus de nieuwe gouverneur van de provincie is, toch? De speciaal door Augustus aangestelde legaat van Gallia?"

"Uitstekend," zei Pallas tevreden. "Drusus heeft zijn broer Tiberius opgevolgd als gouverneur en hij bestuurt onze provincie nu namens Augustus."

Harald las verder in de brief.

"Alle stammen in de drie Gallische provincies worden verzocht om vijf afgevaardigden naar Lugdunum te zenden om deel te nemen aan een... dat woord ken ik niet."

"Een congres. Dat is een vergadering van verschillende leiders. Zoals bijvoorbeeld onze vergadering tijdens het feest van de zonnewende, maar dan voor heel Gallia."

"Om deel te nemen aan een congres op de eerste van maart."

Harald keek op naar Pallas.

"Betekent dat dat Tarik naar Lugdunum gaat?" vroeg hij. "Denk je dat ik mee mag?"

"Natuurlijk mag je mee," zei een stem in ruw Latijn achter Harald. Harald keek om en daar stond Tarik in de deuropening. Hij had een dikke mantel om zijn lichaam gewikkeld en in zijn zwarte haren en baard zaten sneeuwvlokken. Er kwam een koude wind met Tarik mee naar binnen. Hij deed de deur snel dicht en liep naar het vuur in het midden van de grote hal, die afgezien van Harald en Pallas helemaal leeg was.

"Tenminste, als je Latijn goed is, knul," zei Tarik, terwijl hij zijn handen warmde aan het vuur. Zijn eigen Latijn was eenvoudig en hij sprak met een sterk accent. Harald moest even nadenken voor hij de juiste woorden kon vinden voor zijn antwoord.

"Mijn Latijns is goed," zei Harald langzaam.

"Ik word steeds goeder."

"Beter," verbeterde Pallas hem geduldig. "En het is Latijn, niet Latijns."
"Ik zal veel mijn best doen in de komende weken. Ik leer blij."
Tarik moest lachen en sloeg Harald tegen zijn schouder. "Dat zal best, jongen," zei hij in hun eigen taal. "Je pikt het een stuk sneller op dan ik. En ik hoorde van Pallas dat je nu ook al leert lezen."

"We waren bezig met deze brief," zei Harald, terwijl hij de papieren rol aan Tarik liet zien. "Is deze brief echt geschreven door Augustus?"
"Waarschijnlijk heeft hij de brief alleen gedicteerd," zei Tarik, terwijl hij de rol overnam en hem met dichtgeknepen ogen bekeek. "Hij heeft een slaaf verteld wat er in moest komen en die heeft het vervolgens opgeschreven."

"Ik begrijp echt niet hoe jullie dat doen," zei hij, terwijl hij de brief teruggaf aan Pallas. "Het enige wat ik zie zijn een paar lijnen en vlekken op een stuk papier."
"Ik kan het u wel leren, heer," zei Pallas.
"Nee, daar heb ik het geduld niet voor. En waarom zou ik ook? Ik heb jou toch om al mijn brieven te lezen?"
"Weet u al wie u namens de Bataven mee gaat nemen naar het congres?" vroeg Harald. Hij hoopte eigenlijk dat Bren een van de vijf gedelegeerden mocht zijn, maar hij durfde er niet rechtstreeks naar te vragen.
"Ik ben er nog over aan het nadenken," zei Tarik. "Ik zal in ieder geval Covis en zijn neef Haldrik mee moeten nemen, ook al wil ik die er eigenlijk niet bij hebben. Het wordt van mij verwacht en ik kan ze niet zomaar passeren."

Covis stond net als Tarik aan het hoofd van een van de meest vooraanstaande families van de Bataven. Harald wist dat Covis en zijn neef Haldrik belangrijke rivalen waren voor Tarik om het leiderschap over de stam. Covis had bijna net zoveel aanhangers onder de families van de Bataven als Tarik, waardoor de verkiezingen die ieder jaar op het feest van de zonnewende werden gehouden altijd weer spannend waren. Harald wist hoe belangrijk Tarik het vond om steeds opnieuw gekozen te worden als leider van de Bataven. De kans was groot dat hij dan ook als aanvoerder van de krijgers zou worden gekozen als de Bataven ten strijde trokken.

"Hoe komt het eigenlijk dat Covis zijn positie als leider heeft verloren?" vroeg Harald. "Vader vertelde mij dat hij vroeger lid was van de koninklijke familie van de Chatten.

Hoe kwam het dan dat Covis niet de leider van de Bataven werd toen ze zich afsplitsten van de Chatten?"

Harald had van zijn vader nooit gehoord waarom zijn stam weg was getrokken uit het gebied van de Chatten. Hij wist wel dat Covis destijds een belangrijke rol had gespeeld bij die tocht naar hun nieuwe gebied. Net zoals Tarik en Beren. Harald wist dat er toen iets gebeurd moest zijn dat nu nog steeds doorwerkte in de relaties tussen de belangrijkste families van de Bataven. Na al die jaren werd er nog altijd niet gesproken over die tocht, terwijl de Bataven toch graag verhalen aan elkaar vertelden over de roemruchte gebeurtenissen uit hun verleden. Er moest iets zijn gebeurd waar alle betrokkenen zich voor schaamden en wat nu nog steeds aan de basis lag van de rivaliteit tussen Tarik en Covis.

"Heeft je vader dat nooit aan jou verteld?" vroeg Tarik. "Het kwam vooral door hem dat de familie van Covis zijn positie onder de Bataafse elite verloor."

"Mijn vader wilde er nooit over praten," zei Harald, die nu nog nieuwsgieriger was naar wat er was gebeurd. "Hij vertelde alleen dat een deel van het volk van de Chatten weg moest trekken na een intern conflict."

"Een conflict," mompelde Tarik, terwijl hij naar het vuur in het midden van de hal staarde. "Zo zou je het ook kunnen noemen."

Harald zag dat Tarik droevig voor zich uit keek. Alsof hij aan iets triests dacht uit een ver verleden. De hoofdman knipperde met zijn ogen om de gedachte te verdrijven en stond bruusk op.

"Dat is geen verhaal voor de wintermaanden, als de nachten koud zijn en vol duistere gedachten," zei hij, terwijl hij door de hal begon te lopen. "Ik vertel er een andere keer wel over. Nu moet ik eerst mijn probleem zien op te lossen. Ik ga zelf natuurlijk mee en mijn neef Thorgal zal de vierde gedelegeerde zijn. Dan heb ik nog één plek over en ik heb minstens tien families die allemaal vinden dat zij er recht op hebben."

Tarik zuchtte en wreef in zijn gezicht.

"Misschien moet ik er gewoon om dobbelen en de goden laten bepalen wie er mee mag gaan."

"Zou u mijn vader meenemen als hij nog zou leven?" vroeg Harald. Hij ging ervan uit dat Tarik wel wist dat hij eigenlijk zijn broer bij de delegatie wilde hebben. Dat zou een hele eer zijn voor Bren, net wat hij nodig had als nieuw hoofd van de familie. Harald vroeg zich af of Tarik niet allang een besluit had genomen en gewoon met hem speelde. Wilde Tarik dat hij aan hem zou vragen om Bren mee te nemen als gedelegeerde?

"Ik zou hem wel vragen, maar je vader zou het waarschijnlijk weigeren," zei Tarik lachend. "Politiek was niks voor hem. En ik moet ook zeggen dat politiek tegenwoordig dodelijk saai is. Vroeger... oh hoor mij nou, ik begin een oude man te worden. Straks word ik net zo'n seniele oude zak als Pallas hier."

Pallas en Harald lachten allebei mee. Dit was de manier waarop Tarik met iedereen omging, hoewel Harald vermoedde dat hij in werkelijkheid juist veel respect had voor de oude slaaf.

"Ik zeg niet dat vroeger alles beter was. Wijn was in die tijd bijvoorbeeld nog maar nauwelijks te krijgen in deze landen, we dronken vooral bier. Maar het leven was vroeger wel eenvoudiger. Als we in mijn jeugd een probleem hadden met een andere stam, dan trokken we eropuit en na een potje roven en verkrachten was het weer opgelost. Tegenwoordig moeten we onze conflicten voorleggen aan de Romeinse gouverneur en die gaat dan in een boek zitten kijken wat een andere Romein daarover heeft opgeschreven om uiteindelijk een besluit te nemen."

"Is er eerder zo'n congres geweest voor alle stammen uit Gallia?" vroeg Harald.

"Niet dat ik me kan herinneren," zei Tarik. "Dit lijkt een idee te zijn van die nieuwe gouverneur. Hoe heet hij ook alweer, Pallas?"

"Drusus," zei de slaaf. "En het lijkt mij inderdaad een idee van hemzelf. Augustus en Tiberius zouden dit niet doen. Terwijl het toch een goede manier is voor een bestuurder om zijn provincie te leren kennen. Zo kan hij zien hoe de onderlinge verhoudingen liggen en hij hoort welke grieven er zijn onder de bevolking."

"En hij kan net doen alsof wij iets te vertellen hebben en alsof hij serieus naar ons luistert," zei Tarik. "Zodat hij later, als hij de belastingen gaat verhogen, minder weerstand oproept."

Harald besloot dat hij de gok moest wagen.

"Kunt u Bren meenemen als een van de gedelegeerden?" vroeg hij. "Mijn broer staat aan uw kant en het is goed om op het congres een meerderheid te hebben ten opzichte van Covis en Haldrik."

Tarik keek Harald geamuseerd aan.
"Bren?" vroeg hij, terwijl hij deed alsof hij daar helemaal niet aan had gedacht. "Bren is jong. Hij is nog nauwelijks een man."
"Bren is het hoofd van mijn familie. En hij is de zoon van Beren. U zei net zelf dat u Beren zou vragen als hij er nog was."
Harald voelde dat hij rood werd, terwijl Tarik hem aandachtig aankeek. Was dit te brutaal?
Harald vertrouwde Tarik niet echt. Hij kon ontzettend vriendelijk en charmant zijn als hij je mocht en hij wist hoe hij mensen voor zich kon winnen, maar hij had ook iets geniepigs. Tarik was minder recht voor zijn raap dan Beren altijd was geweest. Hij liet nooit merken wat hij van iemand vond. Ook nu weer voelde Harald zich alsof hij werd gemanipuleerd. Tarik wilde dat Harald zou vragen of zijn broer mee mocht met de delegatie. Waarom speelde hij dan zo'n spel met hem?
Harald wist dat Tarik altijd vooral aan zijn eigen belang dacht en dat hij hem niet zomaar kon vertrouwen.
"Oké dan," zei Tarik ten slotte. "Bren mag mee. Hij is de vijfde man."

Harald voelde zich opgelucht. Het was hem gelukt om een eervolle taak binnen te slepen voor zijn broer.
"Maar dan zul je wel iets voor me moeten doen," zei Tarik.
Zoiets had Harald al verwacht. Tarik was geen man die gunsten verleende zonder er iets voor terug te verwachten.
"Ik verwacht dat de Romeinen dit congres ook zullen gebruiken om hulptroepen te rekruteren om voor hen te vechten in de komende oorlog. Covis en Haldrik zijn tegen die oorlog. Ze zijn nog laffer dan een stel oude schapen. Ze willen dat ons volk zich afzijdig houdt. En ze zijn niet eens de enigen onder de families van de Bataven die er zo over denken. Jullie vader was ook tegen de oorlog."

Met die laatst zin klonk er een bepaalde scherpte door in zijn stem.
"Ik wil dat jij je broer overhaalt om mij te steunen in Lugdunum," zei Tarik. "Als de Romeinen straks ten strijde trekken, dan wil ik dat ons hele volk achter die strijd staat. Als jou dat lukt; als jij je broer kunt overhalen om mij te steunen, dan kunnen de Bataven misschien wel de belangrijkste stam in heel Gallia worden."

# Hoofdstuk 16

## Marcus

"Aan het eind van de dag wil ik dat deze hele stapel stenen weg is, stelletje varkens," schreeuwde Publius Barrus tegen de mannen van zijn centurie. Zijn stem galmde over de rivier helemaal naar de drukke kade aan de overkant, waar enkele handelaren verschrikt opkeken. "Alle stenen moeten veilig zijn opgeborgen voordat de delegaties hier aankomen, want die achterlijke Galliërs jatten alles wat los en vast zit." Marcus wachtte geduldig, terwijl een andere legionair stenen op een houten draagconstructie op zijn rug stapelde van de enorme stapel op de kade. Hij voelde hoe de druk op zijn rug met iedere steen iets toenam, tot hij het sein kreeg om aan de lange weg omhoog te beginnen. Hij begon rustig aan zijn klim richting de top van de lage heuvel. Hij wist dat hij zijn energie nodig zou hebben.

Het voelde goed om weer zware arbeid te verrichten. Marcus hield er niet van om niet bezig te zijn nu het campagneseizoen was afgelopen. Hij was er na zijn eerste jaren in het legioen gewend aan geraakt om af te zien en hij kon, net als de andere soldaten, slecht tegen de lusteloze dagen die ze in hun winterkwartier naast Lugdunum doorbrachten. Het kwam daarom als een welkome afleiding voor de soldaten dat Drusus meteen na zijn aantreden als gouverneur was begonnen met een groot bouwproject.

Boven op de heuvel naast de rivier de Arar, recht tegenover de stad Lugdunum, was Drusus begonnen met een enorm altaar voor de cultus van Roma en Augustus. Het project zou waarschijnlijk nog vele jaren in beslag nemen voor het altaar gereed zou zijn. Marcus ging ervan uit dat zijn legioen tegen die tijd alweer op andere plaatsen werd ingezet, maar als het altaar klaar was, zou daarmee de positie van Lugdunum als het religieuze en bestuurlijke centrum van de jonge provincie worden versterkt. Marcus voelde zich trots dat hij mee mocht werken aan dit grote project, ook al bestond zijn bijdrage tot nu toe alleen maar uit het naar boven slepen van de bouwmaterialen. Andere mannen van het legioen waren ondertussen bezig om de ondergrond voor het altaar vlak te maken.

Vlak voor het invallen van de winter was het legioen overgeplaatst naar Lugdunum, waar het een tijdelijk winterkamp had opgeslagen net buiten de stad. De andere legioenen die onder Drusus hadden gediend bleven achter in de Alpen om het gebied onder controle te houden, of ze werden alvast overgeplaatst naar de Rijn. En om ervoor te zorgen dat de Raeti en de Norici niet snel in opstand zouden komen, had Drusus hun overgebleven krijgers opgenomen in de hulptroepen van het Romeinse leger. Voortaan zouden ze niet meer tegen Rome vechten, maar voor Rome. En als ze hun diensttijd helemaal uit zouden zitten, wachtte hun zelfs het Romeinse burgerschap.

Vrijwel meteen nadat het legioen zich in Lugdunum had gevestigd, waren ook de eerste bordelen en handelaren naast het kamp neergestreken. De afgelopen winter had Marcus zich over laten halen door Sextus om eindelijk een keer mee te gaan naar een bordeel, maar hij had er weinig plezier aan beleefd. De vrouw die hij had bezocht had alles op een koele, zakelijke manier afgehandeld. Marcus miste gevoel als hij ervoor moest betalen. Dan werd het te veel een zakelijke transactie, een contract. En als Marcus er verder toch niks bij voelde, kon hij het net zo goed zelf doen, had hij tegen Sextus gezegd. Sextus had hem daarna niet meer uitgenodigd om mee te gaan.

Terwijl hij voorovergebogen verder omhoog liep, keek Marcus naar de stad aan de overkant van de rivier. De stad was gebouwd op een steile heuvel waar twee rivieren samenkwamen. Vanaf de plek waar Marcus nu liep zag hij alleen de hoge stadsmuur die op de rand van de heuvel was gebouwd, met daarachter de daken van een tempel en het grote theater van Lugdunum. Onwillekeurig ging de blik van Marcus naar de plek links van het theater. Daar lag het praetorium, het militaire hoofdkwartier van Drusus, met daarnaast de villa voor zijn familie. Het was die villa waar de blik van Marcus steeds naartoe werd getrokken. Hij kon zijn ogen er bijna niet van afwenden, terwijl hij naar boven liep. Augustus was daar.

Marcus had hem nog niet gezien, maar alleen al het idee dat de Princeps daar woonde met zijn gezin gaf de hele plek een magische uitstraling. Drusus woonde ook in die villa met zijn vrouw en hun jonge zoon Nero. Marcus stelde zich voor dat Drusus iedere avond samen met Augustus over kaarten gebogen zat en plannen maakte voor nieuwe veroveringen. Tiberius was voor zijn broer de gouverneur van Gallia geweest, maar na de korte oorlog tegen het koninkrijk Noricum was Tiberius terug gegaan naar Rome om zijn politieke loopbaan voort te zetten. Samen met Varus wilde Tiberius volgend jaar gekozen worden als consul en dus was het belangrijk dat de mensen in Rome hem regelmatig op het forum zagen.

Augustus had Drusus in plaats van zijn broer aangesteld als gouverneur. Marcus vroeg zich af wat dit zei over de intenties van Augustus. Was hij tevreden over de prestaties van Drusus in zijn eerste campagne? Hij had zijn stiefzoon benoemd tot een van de jongste gouverneurs van het rijk. Vorige maand had Drusus nog zijn vierentwintigste verjaardag gevierd door sportwedstrijden te organiseren onder zijn soldaten. Het gerucht ging dat Drusus zelf mee had willen doen aan de hardloopwedstrijd, maar dat Augustus dat had verboden.

Terwijl Marcus gestaag verder naar boven liep, zag hij verschillende nieuwe gezichten bij de mannen die terug liepen naar beneden. Na de campagnes van vorig jaar was het legioen aangevuld met nieuwe rekruten. Het voelde vreemd voor Marcus dat hij en zijn maten uit de centurie nu opeens tot de ervaren legionairs behoorden. Hij voelde zich nog steeds een groentje, ook al had hij ondertussen in meerdere veldslagen gevochten en had hij met zijn optreden in de bergen zelfs het respect van zijn centurion gewonnen. De jonge rekruten waren pas vlak voor de winter aan hun proeftijd begonnen en ze hadden al moeite om een paar stenen naar de bouwplaats te brengen vanaf de kade. Aan de gezichtsuitdrukkingen van de mannen op de terugweg kon Marcus precies zien wie nieuw was en wie er al een campagne in de Alpen op had zitten.

Een van de nieuwe rekruten was Lucius Nigidius, een jonge soldaat die zich hijgend en puffend omhoog worstelde, terwijl Marcus hem langzaam inhaalde. Lucius was bij Marcus en Sextus in de tent ingedeeld en hoewel Marcus hem eerst maar een slappe jongen vond, was hij de laatste weken toch wat meer aan hem gewend. Lucius was de jongste zoon van een boerenfamilie rond Brundisium. Ze waren thuis met acht kinderen geweest en Lucius was door zijn vader min of meer gedwongen om zich op zijn zeventiende aan te melden voor de legioenen, omdat de boerderij te weinig opleverde om iedereen te kunnen onderhouden. Lucius hoopte dat hij na zijn diensttijd een

eigen boerderij kon krijgen en hij leek er nu al over na te denken wat hij over twintig jaar als eerste zou gaan verbouwen.
"Loop een beetje door, Lucius," fluisterde Marcus toen hij naast hem liep. "Deze heuvel stelt nog niks voor. Je kunt wel zien dat je er niet bij was in de Alpen."
Lucius deed zijn best om Marcus bij te houden. Hij hield het misschien twintig stappen vol, maar moest Marcus toen toch voor laten gaan.
Hoe is die jongen ooit langs Pisto gekomen? dacht Marcus met een glimlach, terwijl hij het tintelende gevoel in zijn eigen kuiten probeerde te negeren.

In de laatste week van februari kwamen de eerste delegaties van de Gallische stammen aan. Ze sloegen langs de oevers van de rivier hun tenten op en de meer geciviliseerde stammen zochten een onderkomen ergens in de stad. Marcus zag verschillende delegaties aankomen via de rivier en het viel hem op hoe gevarieerd de gedelegeerden van de verschillende stammen waren. Sommige hoofdmannen waren nauwelijks te onderscheiden van Romeinse magistraten. Ze droegen witte toga's, waren gladgeschoren en ze hadden nette, korte kapsels. In alles wat ze deden, zelfs hun taalgebruik en hun gebaren, leken ze het voorbeeld van de Romeinen na te willen doen.

Andere delegaties droegen wel een toga, maar dan hadden ze die vaak zo slordig omgeknoopt dat het duidelijk te zien was dat ze er niet aan waren gewend om zoiets te dragen. En dan waren er ook nog de stammen die juist niks met de Romeinse cultuur te maken wilden hebben. Ze kwamen in de traditionele kleding van hun stam, compleet met helm, schild en wapens.

Marcus vond ze er maar als zwervers of barbaren uit zien, met hun stinkende lange haren en hun wilde baarden en snorren. En zijn centurion Publius Barrus was ook al niet te spreken over de gekleurde broeken die de mannen van de meer exotische stammen allemaal leken te dragen.
"Het kan me niet schelen hoe koud het in de winter wordt in het noorden," mompelde Barrus vol walging tegen Marcus, terwijl ze aan de overkant van de rivier een delegatie van de Treveri aan zagen komen. "Ik laat nog liever mijn ballen eraf vriezen dan dat ik zoiets aantrek."

Op de dag voordat het congres zou beginnen, kwam er een uitzonderlijk woeste groep aan rijden over de weg vanuit het noorden. Marcus moest die dag, samen met de mannen van zijn tent en hun centurion, de poort bewaken. Hij keek geïrriteerd toe hoe hun hoofdman hooghartig eiste dat Publius Barrus aan de kant ging, terwijl Barrus al even stellig volhield dat hij eerst wilde weten wie ze waren en wat ze hier kwamen doen.

Marcus kon zich nauwelijks voorstellen dat deze wilden inwoners waren van het rijk. Het waren stuk voor stuk allemaal uitzonderlijk lange mannen, met speren in hun hand en grote ronde schilden op hun rug. Hun hoofdman, die in een haast onverstaanbaar Latijn schreeuwde dat ze Bataven waren, zag er opvliegend uit met zijn zwarte baard en zijn heldere blauwe ogen. Hij keek fel naar het groepje Romeinen dat de weg voor hem versperde. Even was Marcus bang dat de hoofdman zijn grote zwaard, dat hij schuin over zijn rug droeg, zou trekken. Zowel de Bataafse hoofdman als Barrus stonden met een rood aangelopen gezicht naar elkaar te schreeuwen, terwijl verschillende mensen geschrokken kwamen kijken wat er aan de hand was.

Marcus stond al bijna op het punt om versterking op te roepen, toen plotseling een jonge man uit het gevolg naar voren reed. Hij was van dezelfde leeftijd als Marcus, ongeveer zeventien jaar, en hij torende vanaf zijn paard hoog boven de Romeinen uit. De jongen had een kalme blik in zijn lichtgrijze ogen en na een paar zachte woorden van hem in hun eigen taal, hield hun hoofdman op met schreeuwen. Hij keek nog steeds driegend naar de lastige Romeinse soldaten voor de poort, maar hij gaf met een grom toestemming aan de jongen om voor hem te spreken. De jongen draaide zijn paard om en begroette Barrus beleefd in het Latijn. Hoewel zijn Latijn niet vloeiend was, was hij in ieder geval beter te verstaan dan hun briesende hoofdman. Marcus hoefde niet meer te raden welke woorden hij uitsprak.
“Voorstellen aan u mag ik,” zei de jongen, terwijl hij naar zijn metgezellen wees. “Tarik, zoon van Tarik. Leider van de Bataven.”

De hoofdman spuugde een dikke rochel voor de voeten van Barrus bij het horen van zijn naam.
“Covis, zoon van Godaward en zijn neef Haldrik, zoon van Kreg.”

De twee mannen die naast hun hoofdman op hun paard zaten, keken nauwelijks op. Ze keken strak voor zich uit alsof ze de Romeinen voor hen niet eens zagen.
"Daarachter staat Thorgal, zoon van Thormund. En tot slot voorstel ik aan u Bren."
Blijkbaar waren de overige mannen in het gezelschap, waaronder de jongen zelf, het niet waard om voorgesteld te worden.
De jongen slikte even voor hij zijn zin afmaakte.
"De zoon van Beren."

## Hoofdstuk 17

## Harald

Harald reed naast Tarik door de brede, rechte straat van de stad. Hij had moeite om zijn mond dicht te houden en niet om te kijken naar zijn broer Bren, om hem op alle prachtige gebouwen te wijzen. Hij probeerde er net zo stoïcijns uit te zien als Tarik, maar het lukte niet echt.
De straten en de huizen in de stad waren allemaal van steen. Ze stonden dicht opeengepakt langs de hoofdstraat, wat Harald een benauwend gevoel gaf. Alsof ze door een nauwe vallei reden.

En boven alle gebouwen uit torende een bouwwerk van wit marmer dat Harald zelfs buiten de stad al had zien liggen. Het was een tempel voor een van de vele goden van de Romeinen. Hij vond het een vreemd idee dat een god een eigen huis kon hebben dat door mensen was gebouwd. De goden die hij kende, waren vaak verbonden aan een bepaalde plek in de natuur, zoals een rivier, moerassen of vennen of enkele zeer oude eikenbomen. Hij kon zich niet voorstellen dat Wodan of Donar de hele dag binnen wilde zitten, hoe mooi hun tempel ook mocht zijn.

Vlak voor twee grote halfronde gebouwen die Tarik ‘theaters' noemde, lag het praetorium, het hoofdkwartier van de gouverneur van de provincie.
Zodra Harald bij de stadspoort duidelijk had gemaakt dat zij de Bataafse delegatie waren, hadden de Romeinen een boodschapper op pad gestuurd. Die was even later teruggekomen met de mededeling dat ze zich direct bij de gouverneur moesten melden voor een officieel ontvangst.
De mannen stegen af en terwijl de anderen van hun gezelschap buiten bleven wachten, ging Harald samen met de vijf gedelegeerden naar binnen.

Harald merkte dat het koel was in het praetorium. Zijn ogen moesten even wennen aan de schaduw. Binnen was het een druk komen en gaan van slaven, boodschappers en officieren. Vanuit zijkamers naast de entree hoorde Harald dat berichten werden gedicteerd aan slaven, of dat nieuws uit Rome of de andere provincies werd voorgelezen. Iedereen in het gebouw bewoog zich met een vanzelfsprekende professionaliteit, alsof iedereen precies wist wat zijn taak was en wat hij van anderen kon verwachten.

Dit gebouw was duidelijk het kloppend hart van waaruit de hele provincie werd bestuurd. En met het congres dat de volgende dag zou beginnen, was het op dit moment nog drukker dan normaal.

Nadat ze even in het atrium van het hoofdkwartier hadden staan wachten, werden ze door een slaaf de werkkamer van de gouverneur in geleid. Harald voelde zich erg gespannen toen hij naar binnen liep. Hij was de jongste van het hele gezelschap. Hij was net zeventien geworden en sprak nog maar een half jaar Latijn. En toch zou hij zo meteen voor Tarik met de machtigste man van de provincie spreken. Hij liep als laatste van de delegatie het vertrek binnen en stelde zich iets aan de zijkant op, naast de vijf stamgenoten die de Bataafse delegatie vormden.

In de werkkamer stond een brede houten tafel vol papieren en kaarten. Een oude man met grijs haar die gekleed was als een Romeinse generaal stond over een kaart gebogen. Hij keek op toen de groep binnenkwam. In de hoek van het vertrek lag een jonge officier op de grond met een kind te spelen. Hij hield het kind boven zijn hoofd en wiegde het lachend heen en weer, terwijl het kind kraaide van plezier. Harald was even van zijn stuk gebracht door de jongeman die zo onceremonieel op de grond lag en kinderlijke geluiden maakte. Hij wisselde een korte blik met zijn broer en besloot maar om net te doen alsof die jongen er niet was.

"Heil Nero Claudius Drusus," zei Harald tegen de generaal die bij de tafel stond. Hij deed zijn best om zo gewichtig mogelijk te klinken, terwijl hij de tekst uitsprak die hij weken daarvoor met de hulp van Pallas had ingestudeerd.

"Voorstellen aan u mag ik."

De generaal schudde glimlachend zijn hoofd.

Nee wacht, dacht Harald. Ik zeg het verkeerd. Het moet zijn: mag ik aan u voorstellen.

"Mag ik aan u voorstellen," begon Harald opnieuw, maar de man schudde weer zijn hoofd. Harald kreeg het warm en begon te zweten. Het ging mis. Hij was de introductie van Tarik aan het verprutsen en hij begreep niet eens wat hij verkeerd deed. De generaal wees subtiel naar de jongen die op de grond lag en die Harald nu met een brede grijns aankeek met het kind nog boven zijn hoofd.

Plotseling begreep Harald het.

Is dat de gouverneur van Gallia? dacht hij. Is dat Drusus? Hij is nauwelijks ouder dan Bren.

"Heil Nero Claudius Drusus," zei Harald nog een keer, terwijl de jonge man opstond. Drusus zette het kind op de grond, waarna het kind direct naar Harald rende en zijn kleine armpjes om zijn been sloeg. Harald keek naar beneden en aaide de jongen even over zijn hoofd. Vervolgens deed hij zijn best om onverstoorbaar zijn aankondiging af te maken, terwijl de jongen aan de gekleurde stof van zijn wollen broek trok.

Drusus keek geamuseerd naar het kind dat zich vastklampte aan het been en hij knikte vriendelijk naar de mannen die Harald één voor één voorstelde. Harald had zich deze ontvangst van tevoren heel anders voorgesteld.

"Welkom Tarik, zoon van Tarik, van de dapperste stam van alle Gallische stammen," zei Drusus, terwijl hij naar Harald liep en hem verloste van het kind dat aan zijn been hing.

"Kom, Nero," zei hij. "Ga maar naar je moeder."

Hij liep met de jongen aan zijn hand naar een deur aan de zijkant van het vertrek, waar hij hem aan een soldaat van de Praetoriaanse garde meegaf.

Hierna liet Drusus wijn en eten brengen en hij toostte samen met de vijf gedelegeerden op de vriendschap die al jarenlang bestond tussen de Romeinen en de Bataven. Harald vond het woord vriendschap nogal overdreven voor de manier waarop de twee volken met elkaar samenleefden, maar hij vertaalde de woorden van Drusus zo goed als hij kon voor zijn stamgenoten. Na de toost bood Tarik een zilveren ruiterhelm aan die hij speciaal voor dit bezoek had laten maken. Het was het mooiste voorwerp dat Harald ooit in zijn leven had gezien en Tarik gaf het zomaar weg als een geschenk. De bovenkant van de helm was gemaakt van ijzer en versierd met rijk bewerkte stroken zilver. Maar het mooiste onderdeel van de helm was het zilveren masker dat de drager voor zijn gezicht kon trekken. Het masker was uiterst precies gesmeed in de vorm van het gezicht van een man. Waarschijnlijk had Tarik de helm in Oppidum Ubiorum laten maken, want er was geen enkele Bataafse smid die dit kon.

Harald ging ervan uit dat Tarik een groot deel van zijn vermogen in die helm had gestopt en dat betekende waarschijnlijk dat Tarik verwachtte dat het geschenk hem uiteindelijk weer meer op zou leveren dan het gekost had.

Tarik gaf nooit zomaar iets weg zonder er iets voor terug te verwachten. Drusus was bijzonder blij met de helm en hij paste hem zelfs even.

Nadat hij de helm weer had weggezet, ging Drusus snel over tot het zakelijke deel van de ontmoeting. Hij legde uit dat de Bataven een belangrijke rol zouden spelen in zijn plannen voor de provincie Gallia en een gebied waarvan Harald niet goed begreep wat Drusus ermee bedoelde, maar wat hij maar vertaalde als het 'wilde noorden.' Drusus kon de hulp van de Bataven goed gebruiken door hun strategische positie aan de benedenloop van de Rijn. En hij roemde hun bekwaamheid als ruiters, waar de Bataven in de hele provincie en ver daarbuiten om bekend stonden. Harald begon te begrijpen waarom zij meteen na hun aankomst in Lugdunum door Drusus zelf werden ontvangen en waarom de Romeinse gouverneur zo vleiend over jarenlange vriendschap had gesproken. Drusus had hen nodig.

Naarmate Harald meer zinnen vertaalde voor Drusus en Tarik, begon hij zich meer op zijn gemak te voelen. De enorme druk die hij aan het begin van de bespreking had gevoeld werd minder nu hij merkte dat de gouverneur gewoon een mens van vlees en bloed was en bovendien niet eens zo heel veel ouder dan hijzelf. Alleen toen Harald het voorstel van Drusus voor de Bataven hoorde, moest hij nog een keer navragen of hij het wel echt goed had verstaan.
"Drusus biedt aan dat ons volk volledig wordt vrijgesteld van belastingen," zei Harald tegen de anderen. "We hoeven geen vee, geen graan en geen geld af te staan aan Rome, en de soldaten die op ons grondgebied worden gevestigd zullen betalen voor hun levensonderhoud. Drusus belooft zelfs dat Romeinse belastingambtenaren niet eens in ons land mogen komen zonder onze toestemming."

Dit was een enorme eer voor de Bataven, wist Harald. Het betekende dat de Romeinen hen als gelijken zagen. Als bondgenoten en niet zomaar als een onderworpen stam, zoals de andere stammen in Gallia.
"En wat eisen ze daar voor terug?" vroeg Covis. Hij keek wantrouwend naar de twee Romeinen die voor hem stonden.
"We moeten ieder jaar een bepaald aantal manschappen leveren voor het Romeinse leger," zei Tarik, die de woorden van Drusus deels had verstaan. "Zoiets zei hij net, toch?"
Harald knikte.

"Om te beginnen willen ze vier cohorten met Bataafse hulptroepen oprichten," zei Harald. "Twee cohorten infanterie en twee cohorten met ruiters, geleid door onze eigen mensen. En vervolgens verwachten de Romeinen ieder jaar een aantal jonge mannen als aanvulling op die cohorten. De mannen die in deze cohorten zullen dienen, kunnen uiteindelijk na een dienst van twintig jaar het Romeinse burgerrecht ontvangen. En verder heeft de gouverneur aangegeven dat hij het bijzonder prettig zou vinden als de meest vooraanstaande families van ons volk bij elkaar komen wonen. Drusus zal hiervoor een nieuwe stad, Oppidum Batavorum, stichten aan de oevers van de rivier de Waal, naast het legioensfort."

Drusus voegde er nog enkele opmerkingen aan toe.

"En Drusus heeft schepen nodig," zei Harald. "Er zal een vloot worden gestationeerd op de Rijn, bemand door onze eigen roeiers en met een belangrijke haven bij Oppidum Batavorum. Na een dienst van vijfentwintig jaar in de Germaanse vloot zullen ook de roeiers het burgerschap ontvangen."

Harald keek naar de gezichten van de gedelegeerden van zijn stam. Tarik en zijn neef Thorgal leken allebei enthousiast te zijn over het voorstel, maar Covis en Haldrik keken alsof ze geen enkel woord van de Romeinen vertrouwden.

"Hoeveel schepen wil hij hebben?" vroeg Covis nors.

Harald vroeg het aan Drusus en die gaf een antwoord dat slechts uit een woord bestond.

"Allemaal," vertaalde Harald voor de anderen.

## Hoofdstuk 18

## Bren

Tarik was woedend toen hij met Bren en de anderen weer op straat stond voor het praetorium.
"Heb je enig idee hoe vernederend dat net was?" schreeuwde Tarik in het gezicht van Covis. "Wat moeten die Romeinen wel niet van ons denken? Zo'n aanbod krijgen we nooit meer."
Bren keek ongemakkelijk door de straat. De soldaten van de Praetoriaanse garde die voor het praetorium op wacht stonden keken vol afkeer naar het schreeuwende groepje barbaren dat net vloekend en tierend uit hun hoofdkwartier was gekomen.

Ook de andere Bataven uit hun gezelschap, die tijdens de bespreking buiten hadden gewacht, keken verbaasd.
"Wat is er gebeurd?" fluisterde Akko tegen Bren, maar Bren hief zijn hand op om hem te laten zwijgen.
"Het was niet aan jou om in je eentje akkoord te gaan met het voorstel, Tarik," zei Covis, die al even kwaad was als Tarik. "We zijn hier met vijf vertegenwoordigers van ons volk. En ik ga niet akkoord."

"Ik vond het een slecht voorstel," zei Haldrik. "Waarom zouden wij opeens allemaal in een Romeinse stad moeten gaan wonen? Waarom zou ik mijn boerderij moeten verlaten? Het klinkt als een plek om onze families gevangen te houden. En ik ben niet van plan om nederig te kruipen voor zo'n knulletje of voor welke Romein dan ook. Ik zeg: laten we onderhandelen over betere voorwaarden."
"We hoeven geen belasting te betalen," riep Tarik. Zijn ogen schoten wild heen en weer tussen de andere gedelegeerden die hem tijdens de bespreking met Drusus niet hadden gesteund. "Wat voor betere voorwaarden wil je afdwingen door te onderhandelen?"

Even was Bren bang dat Tarik de anderen te lijf zou gaan. Hij had hem nog nooit zo kwaad gezien.
"En jij," zei Tarik tegen Bren, terwijl hij met zijn vinger hard tegen zijn borst tikte. "Waarom ging jij net niet akkoord met het voorstel? Wat is jouw excuus?"
Bren wendde zijn blik af en zocht steun bij de anderen. Hij voelde zich onder druk gezet door Tarik, wiens vriendelijke

masker opeens was verdwenen. Toch bleef Bren bij zijn besluit.

“Ik vond het een goed voorstel, maar Covis heeft gelijk,” zei Bren. “We moeten dit eerst met elkaar bespreken. We moeten het hier alle vijf over eens zijn voor we akkoord kunnen gaan met de Romeinen. Dit gaat over de toekomst van ons volk.”

“Je hebt gelijk. Dit gaat zeker over de toekomst van ons volk,” zei Tarik, terwijl hij boos op zijn paard klom. “En voor de toekomst van jullie en jullie kinderen mag ik hopen dat de Romeinen hun aanbod niet intrekken.”

Daarop spoorde Tarik zijn paard aan en stormde weg door de drukke straat. Thorgal, die nog geen woord had gezegd tijdens de hele bijeenkomst en de ruzie die daarna uitbrak, klom ook op zijn paard en volgde zijn oom. De andere mannen uit het gevolg van Tarik reden achter hen aan en Covis en Haldrik reden met hun eigen mannen de andere kant op. Alleen Harald, Bren en Akko bleven achter voor het praetorium.

“Nou, dat had beter gekund,” zei Bren tegen Harald. Hij pakte de teugels van zijn paard over van Akko en liep met zijn paard aan de hand door de straat. Hij wilde weg van deze plek, waar de Romeinse soldaten met een mengeling van walging en leedvermaak naar hen staarden.

“Het had ook erger gekund,” zei Harald. “Tarik had Covis voor de neus van Drusus op zijn bek kunnen slaan, dus wees blij dat het alleen bij woorden is gebleven.”

“Ik heb hem nog nooit zo boos gezien,” zei Bren, terwijl hij in de richting keek waarin Tarik was verdwenen. “Jij wel?”

“Ach, hij draait wel weer bij,” zei Harald, die niet helemaal gerust leek. “Laat hem maar een dag uitrazen en dan voelt hij zich morgen weer beter.”

“Ik hoop het,” zei Bren.

Hij had sinds het begin van de reis naar Lugdunum al het gevoel alsof hij deelnemer was geworden in een spel waarvan hij de regels niet goed begreep. Hier speelde veel meer dan alleen onenigheid over het Romeinse voorstel. De hele reis naar het zuiden, eerst per schip over de Rijn en daarna over de lange Romeinse weg, had Bren de spanning in hun reisgezelschap gevoeld. Tarik en Thorgal konden Covis en Haldrik niet uitstaan en dat gevoel was geheel wederzijds. En Bren kon ook merken dat Covis een hekel had aan hem en aan Harald had, ook al begreep hij niet waar die vijandigheid vandaan kwam. Bren kende Covis nauwelijks en hij had hem voor deze reis pas een of twee keer ontmoet. En toch leek Covis een diepe haat tegen hem en zijn broer te koesteren, die hij met moeite verborgen hield. Misschien kwam die haat alleen maar voort uit het feit dat Bren en Harald door Tarik waren gevraagd. Bren vond het maar verwarrend. Waarom speelden al deze gevoelens en gedachten allemaal zo verborgen onder de oppervlakte? Waarom zei Covis niet gewoon dat hij Bren niet mocht? Waarom was Tarik boos op Covis? Voor de eerste keer deze reis vroeg Bren zich af of hij wel geschikt was om dit spel mee te spelen. Was hij eigenlijk niet gewoon te jong?

Naarmate ze dichter bij Lugdunum waren gekomen, waren de spanningen in hun groep groter geworden. Totdat het uiteindelijk in het praetorium tot deze uitbarsting kwam. Alleen het tactvolle optreden van zijn broer had ervoor gezorgd dat de Bataven het voorstel niet ter plekke afwezen en weer terug gingen naar het noorden. Harald had op eigen initiatief voorgesteld dat ze na het congres hun antwoord zouden geven en daarmee had hij de situatie voorlopig gered. Nu had Bren in ieder geval nog zeven dagen om ervoor te zorgen dat hij zijn stamgenoten op een lijn kreeg. Maar voordat hij met de anderen kon spreken, moest Bren ook voor zichzelf nog bepalen wat hij van het voorstel vond.

Hij dacht aan zijn eigen zoon Bard, terwijl hij zwijgend met Harald en Akko door de stad liep. Zijn kinderen konden het Romeinse burgerschap krijgen als Bren akkoord ging. Dat was een unieke kans. En als hij zelf het burgerrecht bemachtigde na zijn diensttijd, of als hij misschien een hoge positie kon krijgen in een van de nieuwe cohorten met Bataafse hulptroepen, dan zou Beren hem zeker met trots onthalen in het hiernamaals.

Alleen, het zou ook betekenen dat zijn zoon later naar verre landen kon worden gestuurd om daar te vechten in opdracht van Rome. Op de een of andere manier voelde dat niet goed voor Bren en hij begreep niet goed waar dat gevoel vandaan kwam. Hij was toch geen vrouw? Het zou hem juist met trots moeten vervullen als zijn zoon de kans kreeg om roem te vergaren op verre slagvelden. Misschien kon hij zelfs een eervolle dood sterven. Maar hij kon er niets aan doen. Het idee maakte hem onrustig. Naast trots voor zijn zoon voelde hij ook angst. Hij wilde Bard beschermen. En hoewel hij zich ervoor schaamde en het eigenlijk niet toe durfde te geven, vroeg Bren zich af of hij zijn zoon misschien kon behoeden voor gevaar door nu niet in te stemmen met het voorstel van Drusus.

“Zal ik vanavond langsgaan bij Tarik?” vroeg Harald. “Ik kan met hem praten en misschien is hij dan wat minder boos. Hij luistert naar mij. En als jij dan met Covis praat...”
“Absoluut niet,” onderbrak Bren hem. “Zo makkelijk kom je er niet onderuit, kleine broer.”
“Maar dit is nu toch veel belangrijker?”
Bren schudde lachend zijn hoofd.

“Sorry, maar ik heb het aan mama beloofd. We zouden hier niet vertrekken zonder een geschikte verloofde voor jou te vinden. En dus gaan wij vanavond wat drinken met de delegaties van de andere stammen en wie weet zit er nog wel ergens een leuke dochter waar je mee kunt praten. En dan ga je niet stil in een hoekje zitten, maar je gaat tegen ze zeggen dat hun ogen stralen als de zee bij maanlicht of zoiets. Vrouwen houden daarvan.”
Harald keek nogal ongelukkig bij dat voorstel en vanuit zijn ooghoeken zag Bren dat Akko moeite had om zijn lachen in te houden.

“En trouwens,” zei Bren, terwijl hij zijn arm om de schouder van zijn broer sloeg. “Als de Bataven aan het eind van deze week akkoord gaan met het voorstel van de Romeinen zul je wel moeten. Je bent zeventien jaar, Harald. De hoogste tijd om wat jonge mannen te produceren voor het Romeinse leger.”

## Hoofdstuk 19

## Banna

Met een schok werd Banna wakker. Ze greep naar haar keel, maar daar voelde ze gelukkig niks. Geen bloed. Ze voelde alleen het zweet op haar hals en voorhoofd. Het had zo echt gevoeld. Ze zag het metaal van het scherpe mes uit haar droom nog helder voor zich. Ze was wakker geschrokken met het gevoel dat iemand haar keel doorsneed. En daarvoor had ze haarscherp gezien hoe een man in donkere kleding haar broer Bren in zijn rug had gestoken met een dolk. Alsof ze wakker was en het recht voor haar ogen gebeurde. Banna luisterde naar de geluiden om haar heen in de duisternis. Ze hoorde het vee aan de andere kant van de boerderij rustig ademen. De houten balken kraakten zacht door de wind. Banna ademde langzaam uit. Ze lag gewoon in haar eigen bed in de boerderij.

Langzaam kwam ze meer tot rust nu ze haar vertrouwde omgeving herkende. En toch bleef het gevoel van ongerustheid hangen. Deze droom had net zo heftig gevoeld als de droom die ze na de dood van Beren had gehad. De droom die ze op dezelfde nacht had gehad als haar drie broers. Ze wist zeker dat dit iets betekende. Ze voelde dat Bren in gevaar was.

Banna dacht lang na over wat ze moest doen. Bren was ver weg. Hij was vorige week vertrokken om samen met Harald naar de vergadering in Lugdunum te gaan, waar dat ook mocht liggen. Ze had geen enkele mogelijkheid om hem te waarschuwen voor wat ze had gezien. En zou Bren haar wel geloven als ze het tegen hem vertelde?

Uiteindelijk kroop Banna zacht haar kamer uit. Ze moest aan iemand vertellen wat ze had gedroomd. Ze liep naar de kamer van haar moeder. Naast de grote woonkamer van de boerderij lagen verschillende kleine slaapkamers naast elkaar. De kamers werden van elkaar gescheiden door muren van wilgentakken en klei.

Beren en Reine hadden altijd de grootste slaapkamer gehad die direct naast de woonkamer lag, dicht bij het vuur. Nu sliep Reine daar alleen. Naast de kamer van Reine lag de kamer van Bren, Hilde en Bard. Daarnaast had Banna haar eigen kamer en helemaal aan het einde lag de kamer van

Harald en Timmen, waar Timmen alleen sliep nu Harald bij Tarik woonde.

Banna schoof de koeienhuid opzij waarmee de slaapkamer van haar moeder werd afgesloten.
"Ik heb gedroomd," zei ze. "Er was iets met Bren. Ik denk dat hij in gevaar is."
"Ach, kom maar hier, Banna," zei Reine en ze nam haar in haar armen in bed.
"Het was maar een droom. Je mist je broers gewoon," zei ze, terwijl ze Banna over haar rug wreef. "Ik mis ze ook. Maar Bren zal snel weer terugkomen."
Banna voelde zich wat veiliger nu ze in de armen van haar moeder in bed lag, maar ze bleef haar ongeruste gevoel houden.
"Het voelde zo echt," fluisterde ze. "Net zoals toen ik over die wolven had gedroomd. We moeten iets doen om hem te waarschuwen. Anders wordt hij neergestoken. Iemand gaat een dolk in zijn rug steken."
"Shhh," fluisterde Reine, terwijl ze haar dochter nog wat steviger vasthield. "Laten we samen tot de goden bidden. We kunnen Wodan vragen om over Bren te waken en hem te behoeden voor gevaar. En morgen zullen we twee kippen offeren en de goden vragen om een veilige terugkeer van je broers."

Daarmee voelde ze zich weer wat beter. De goden konden Bren misschien ook met een droom waarschuwen. Dan wist hij dat hij op moest passen.
Ze vroeg of ze bij haar moeder in bed mocht blijven liggen, ook al had ze dat al jaren niet meer gedaan. Het voelde veilig bij haar na die beangstigende droom.

Langzaam viel ze weer in slaap bij het rustgevende geluid van de ademhaling van haar moeder, toen de koeienhuid plotseling weer opzij werd geschoven en er iemand binnenkwam.
Reine vroeg wie het was en Banna hoorde haar broer Timmen antwoorden.
"Ik had een enge droom," zei Timmen. "We moeten Harald waarschuwen. Ik denk dat iemand hem wil vermoorden."

## Hoofdstuk 20

## Harald

De sfeer aan tafel was uiterst gespannen bij het feestmaal waarmee het congres officieel zou worden geopend. Harald was opgelucht dat wapens tijdens het hele congres verboden waren, want hij wist niet zeker of hij kon voorkomen dat de Bataafse delegatie onderling zou gaan vechten. Vooral niet als ze allemaal flink zouden drinken bij het feestmaal. Als het congres voor de Bataven zou uitlopen op een ordinaire knokpartij, zou dat helemaal een ramp zijn.

Harald was vastbesloten om zo'n blamage koste wat kost te voorkomen. Het was in ieder geval al een goed begin dat de vijf gedelegeerden weer bij elkaar aan één tafel zaten. En hoewel Tarik en Covis niet met elkaar wilden praten, werd iedereen voorlopig afgeleid door de pracht en praal van de ceremonie waarmee de gouverneur het congres opende.

Harald moest toegeven dat Drusus een bepaald talent had voor het organiseren van een spectaculaire ceremonie. Hij bewoog zich met een vanzelfsprekend gemak over het podium aan het uiteinde van het grasveld waar het feest werd gehouden. Hij heette alle stammen uit Gallia afzonderlijk welkom bij de bijeenkomst. De delegaties, die aan verschillende tafels zaten op een open veld in de schaduw van de stad, hoorden de woorden dankbaar aan. Vervolgens kwamen er zes priesters op het podium, zowel uit Lugdunum als uit andere delen van de provincie. Ze hadden de voortekenen voor deze bijeenkomst bestudeerd en ze verklaarden dat het een goed congres zou worden. Drusus droeg het congres op aan de godin Concordia, de godin van de eendracht, en hij riep alle aanwezigen op om in haar naam de komende dagen altijd eerlijk en oprecht te spreken en samen te werken in het belang van de Romeinse staat. Hierna liet Drusus een prachtige witte stier slachten en opende hij het feestmaal. Op een gebaar van zijn hand kwamen er overal bedienden vandaan die de meest exclusieve gerechten voor de gasten neerzetten. Er verschenen musici op het podium met instrumenten die Harald niet kende en overal op het grasveld werden slaven met toortsen opgesteld om de tafels bij te lichten.

Harald keek verrukt om zich heen. De avond leek iets magisch te hebben. Hij keek vooral naar het podium waar Drusus aan een lange tafel was gaan liggen en waar hij een ontspannen gesprek voerde met de man die de hele ceremonie nauwlettend in de gaten had gehouden vanaf zijn plek in het midden van de tafel met eregasten. Harald kon nog steeds niet geloven dat hij hier zomaar in zijn nabijheid was. Hij kon nog steeds niet geloven dat Caesar Augustus zomaar bij hem in de buurt aan een tafel lag te eten. Hij had eigenlijk verwacht dat Augustus al ouder zou zijn, omdat hij al zo lang regeerde. Maar de man die naast Drusus aan tafel lag, leek nauwelijks ouder dan zijn vader Beren was geweest. Harald schatte hem eind veertig, begin vijftig.

Aan het begin van de ceremonie had Augustus een prominente plaats op het podium gekregen, maar hij had zich verder niet met het verloop van de ceremonie bemoeid. Niet de Princeps zelf, maar zijn gouverneur had de stammen zojuist welkom geheten en die boodschap was helder. Drusus was tijdens dit congres de baas; zijn stiefvader was hier slechts als toeschouwer en adviseur. Augustus had tijdens de hele ceremonie niet gesproken, wat alleen maar had bijgedragen aan zijn mystieke aanwezigheid. En nu Harald hem zag eten en drinken en hem vrolijk zag praten met Drusus, voelde hij bijna een teleurstelling.

Deze man, waar hij legendarische verhalen over had gehoord en die zelfs onder de Bataven een haast goddelijke status had, gedroeg zich eigenlijk hetzelfde als alle andere mannen die Harald kende. Naast Augustus lag de enige vrouw die bij deze maaltijd aanwezig was. Harald vroeg aan Tarik wie dat was en hij vertelde dat dat Livia Drusilla was; de vrouw van Augustus en de moeder van Drusus en Tiberius.

"Er wordt gezegd dat ze de mooiste vrouw van Rome is," zei Tarik. "En ze schijnt meer invloed te hebben op staatszaken dan een vrouw zou mogen hebben. Maar maak je geen zorgen, ze zal morgen niet aanwezig zijn bij de officiële vergadering. En de Princeps zelf waarschijnlijk ook niet. Dit congres moet het feestje van Drusus zijn."

Tarik vertelde dat het huwelijk tussen Augustus en Livia destijds nogal een schandaal was geweest, omdat Livia op dat moment nog in verwachting was van Drusus. Er werd zelfs beweerd dat Augustus niet de stiefvader van Drusus was, maar zijn biologische vader, hoewel niemand dat natuurlijk hardop durfde te zeggen in het bijzijn van Augustus of Drusus.

En Tarik vertelde ook dat Livia lang geleden nog had moeten vluchten voor de soldaten van Augustus, omdat haar vorige man zich bij zijn tegenstanders had aangesloten. Het gehuil van de pasgeboren Tiberius had hen destijds bijna verraden, maar Livia kon veilig ontkomen aan haar moordenaars. Om uiteindelijk, jaren later, terug te keren in Rome en te trouwen met de man die de opdracht voor haar moord had gegeven.

Na iedere gang van het feestmaal liet Drusus nieuwe artiesten het podium op komen. Een dichter, dansers, een grappenmaker die zelfs Augustus en Livia aan het lachen kreeg en jongleurs die brandende toortsen en bijlen gevaarlijk over het podium lieten vliegen. Al snel werd de sfeer onder de gasten losbandiger. Naarmate er meer wijn werd gedronken, viel de formele sfeer van het begin van de avond langzaam van de gasten af. Zelfs de vijandigheid tussen Tarik en Covis leek iets te ontdooien, waardoor Harald zelf ook wat meer kon ontspannen. Of misschien voelde hij zich wel zo ontspannen, omdat hij zelf ook de hele avond stevig dronk.

Nadat Augustus en Livia zich aan het eind van de avond hadden teruggetrokken, pakte Bren Harald bij zijn arm en trok hem overeind.

"Kom mee," zei Bren. "Iedereen is dronken. Nu is het moment om jezelf te introduceren bij de Cananefaten."

Harald zuchtte.

"Ik heb geen zin om nu met de Cananefaten te praten," zei hij. "Ze reageren vast hetzelfde als de Ubiërs."

"Je moet gewoon wat minder bescheiden zijn. Vertel ze dat je gisteren met Drusus hebt onderhandeld. Dat maakt indruk."

Met tegenzin liep Harald mee over het veld tussen de rumoerige feestgangers door. Hij was liever aan tafel blijven zitten om de andere delegaties en de Romeinse gastheren te observeren.

Bren introduceerde Harald bij de leider van de Cananefaten en Harald deed extra zijn best om zich vriendelijk en gewichtig te gedragen, wat nog vrij lastig was door de hoeveelheid wijn die hij deze avond had gedronken. Samen met de mannen aan de tafel dronken Bren en Harald op de gezondheid van de stammen in het noorden van Gallia. De Cananefaten waren een kleinere stam dan de Bataven, maar ze leefden op goede voet met elkaar en er waren al veel onderlinge familiebanden tussen de beide volken.

De Cananefaten leefden in het gebied ten westen van de Bataven, waar ze de natte delta en de eilanden bewoonden waar de Rijn en de Maas in zee stroomden. De delegatie van de Cananefaten was erg onder de indruk van het feit dat hij Latijn kon spreken en trots vertelde Harald dat hij zelfs leerde lezen. Zijn broer besloot niet lang om de zaken heen te draaien en vroeg de gedelegeerden op de man af of er nog iemand een geschikte dochter had waar Harald mee kon trouwen.

De mannen reageerden meteen enthousiast en riepen Wolfrik, een van de mannen die in het gevolg van de gedelegeerden mee was gekomen, bij hen aan tafel. Wolfrik had een dochter die even oud was als Harald en die hij uit wilde huwelijken aan een goede partij. Wolfrik keek hem indringend aan en hij had veel vragen voor Bren, die het woord voerde voor Harald. Harald reageerde beleefd op een aantal vragen van Wolfrik, maar hij merkte dat hij moeite had om zijn hoofd erbij te houden. Zijn hoofd begon te draaien door de wijn, waardoor hij moeite had om het gesprek tussen Bren en Wolfrik te volgen. Het voelde voor Harald alsof hij niks meer in te brengen had. Alsof hij niets te zeggen had over zijn eigen toekomst. Alles werd bepaald door Bren. Zijn broer leek het al snel goed te kunnen vinden met Wolfrik, die wat vriendelijker naar Harald begon te kijken.

Harald voelde zijn ogen bijna dichtvallen en wilde zich net excuseren om naar bed te gaan, toen hij merkte dat Bren en Wolfrik een overeenstemming hadden bereikt. Wolfrik omhelsde Bren en even later Harald als zijn nieuwe familie en Bren sprak af dat ze de volgende dag verder zouden praten over de hoogte van de bruidsschat. En zo was Harald opeens verloofd. Het was bijna volledig langs hem heen gegaan. Hij had zijn toekomstige vrouw nog niet eens gezien en de volgende ochtend moest hij tot twee keer toe aan Bren vragen hoe zijn verloofde ook alweer heette.
Hij nam zich voor om voortaan niet meer zo veel te drinken.

## Hoofdstuk 21

### Bren

De dag na het feestmaal ging het congres echt van start en de volgende dagen verzamelden alle gedelegeerden zich in een grote vergaderzaal in het theater in het midden van de stad. Het was het enige gebouw dat groot genoeg was om zo veel gasten bij elkaar te huisvesten en na een paar dagen was iedereen wel gewend aan zijn vaste plek in de halve ronde cirkel waar de delegaties op elkaar gepakt zaten. Tarik had Bren van tevoren al gewaarschuwd, maar het congres was nog saaier dan hij zich had voorgesteld. De ene na de andere leider kwam het podium op en stak een langdradig verhaal af in een Latijn dat Harald slechts met moeite voor de andere Bataven kon vertalen. De helft van alle toespraken ging over belastingen en de sprekers gingen uitgebreid in op allerlei redenen waarom die belastingen in hun ogen lager zouden moeten zijn.

Drusus luisterde geduldig en reageerde op ieder verzoek van belastingverlaging met de mededeling dat hij zijn juristen ernaar zou laten kijken. Er waren vijf stammen die op het congres een verzoek indienden voor het recht om een markt te houden en Drusus beloofde aan twee steden dat hij dat recht toe zou kennen. En verder waren het vooral heel veel oeverloze verhalen of kruiperige toespraken waarin de stamleiders hoog van de toren bliezen over hun vriendschap met de Romeinen.

Bren keek met stijgende verbazing rond in de zaal vol applaudisserende mannen, nadat er weer een spreker had verklaard hoe goed ze het tegenwoordig wel niet hadden onder de bescherming van Drusus en Augustus. Was dit nu de elite van hun trotse provincie? Dit groepje nederige, gierige mannen die er schijnbaar alles voor over hadden om een paar procent minder belasting te betalen. De vaders en grootvaders van deze mannen hadden nog gevochten bij Alesia. En was dit wat er na één generatie onder de Romeinen over was van die trotse Gallische krijgers?

Bren vroeg zich af of dit ook het vooruitzicht voor de Bataven was als ze akkoord gingen met het voorstel van Drusus. Zou Tarik over twintig jaar ook in een toga rondlopen?

Het enige spannende moment tijdens het hele congres was op de derde dag, toen één van de gedelegeerden een andere stam beschuldigde van het stelen van vijftig paarden en beide delegaties vervolgens met elkaar op de vuist gingen. Drusus liet beide delegaties snel de zaal uit zetten door ongewapende legionairs en ontzegde hen voor het verdere verloop van het congres de toegang tot de stad.

Naarmate het congres vorderde, begon Bren zich steeds meer zorgen te maken over hun eigen delegatie. Ze hadden nog steeds geen overeenstemming bereikt en ze moesten Drusus aan het einde van het congres toch een antwoord geven waar ze allemaal achter stonden. Bren was er na lang nadenken en vele nachtelijke gesprekken met Harald voor zichzelf in ieder geval uit dat hij akkoord kon gaan met het voorstel. Het was een eervol voorstel en hun hele volk kon hier generaties lang profijt van hebben. Alleen Covis en Haldrik waren nog fel tegen en de onderlinge relaties daalden tot een dieptepunt.

Ondertussen was Bren ook nog druk met de gesprekken met de Cananefaten over het aanstaande huwelijk van Harald. Harald leek zich meer te willen verdiepen in de Romeinse bouwkunst dan in zijn toekomstige vrouw, dus voerde Bren de gesprekken met Wolfrik vooral zelf. Zodra Harald en Bren terug waren bij hun eigen boerderij, zouden ze een bezoek brengen aan de Cananefaten om de dochter van Wolfrik te ontmoeten. Vervolgens zouden Bren en Wolfrik samen een priester raadplegen en als ook de goden achter de verbintenis stonden, zou Harald in de zomer trouwen met Arianne.

Op de laatste dag van het congres deden Harald en Bren nog een ultieme poging om iedereen op een lijn te krijgen, maar Covis en Haldrik bleven tegen. En aangezien Bren vond dat er consensus moest zijn, kon ook hij niet akkoord gaan.

Met een laatste knallende ruzie, waarbij Tarik zelfs zijn drinkbeker naar het hoofd van Covis slingerde, ging de Bataafse delegatie uit elkaar. Covis was zo geschrokken van de uitbarsting van Tarik, dat hij zelfs een dolk trok om zichzelf te beschermen. Met een woedend gezicht en met de dolk gericht tegen Tarik, Bren, Harald en Thorgal, waren Covis en Haldrik zonder iets te zeggen de tent van Tarik uit gelopen.

"Dan zit er niks anders op," zei Tarik verbitterd na hun laatste gesprek. "Ik zal morgen aan Drusus moeten melden dat we zijn aanbod weigeren."

Voor Tarik was dit congres één grote deceptie geworden en Bren had het gevoel dat het deels zijn schuld was.

"Maar als ik een ding weet van de Romeinen, dan is het wel dat het altijd beter is om akkoord te gaan als zij iets aan je vragen," zei Tarik op de laatste avond van het congres. "Waarschijnlijk nemen ze uiteindelijk toch wel onze schepen en onze mannen, alleen krijgen we er dan niks voor terug."

Bren voelde zich ellendig na dit laatste gesprek en hij had opeens helemaal geen zin meer om zich met politiek bezig te houden. Er werd nog een afsluitend feestmaal gegeven op hetzelfde veld waar het congres ook was geopend, maar de hele gebeurtenis had voor Bren zijn glans verloren. Hij at weinig en Covis en Haldrik verschenen zelfs helemaal niet meer bij het feest. Niemand wist waar ze waren en eigenlijk vond Bren het wel prima om ze niet meer te zien. Hij vertrok al vroeg van het feestmaal, pakte onderweg een zak wijn af van een slaaf en wandelde langs de stadsmuur richting de rivier. Hij was zozeer in gedachten verzonken dat hij niet in de gaten had dat hij werd gevolgd.

Hij wandelde naar de kade, sloeg daar linksaf en liep stroomopwaarts verder richting de plek waar ze een week geleden hun tenten hadden opgezet. Een groep van vijf Romeinse soldaten stond op wacht voor een graanschuur aan de kade en Bren groette hen met een van de weinige Latijnse woorden die hij kende. De soldaten keken vijandig alsof ze half verwachtten dat hij in zijn eentje de graanschuur kwam plunderen, dus hij liep snel verder.

Na een tijdje kwam hij buiten de spaarzame bebouwing van voorraadschuren en houten hutten die langs de oevers van de rivier van de stad vandaan liep. Bij een bocht in de rivier ging hij zitten om naar het water te staren en de wijn op te drinken die hij had meegenomen van het feestterrein. De hemel was deze avond onbewolkt en er kwam weinig geluid van de traag stromende rivier. Aan zijn linkerhand zag hij de heuvel liggen waar de stad op lag en daarachter hoorde hij in de verte het geluid van trommels van het feestterrein komen. Tegenover hem lag de donkere heuvel waar de Romeinen overdag aan hun grote bouwproject werkten.

Deze avond mistte Bren zijn vrouw en zoon nog meer dan de afgelopen dagen. Hij wilde weer thuis zijn en in slaap vallen met de warmte van Hilde tegen zijn lichaam aan. Hij had geen zin meer om op een vreemde plek zo ver van huis meegesleept te worden in het politieke steekspel tussen Tarik, Covis en de Romeinen. Hij had er alles voor over om nu weer thuis te zijn. Heel even had hij zelfs het idee dat hij de stem van Timmen over het water hoorde komen.
Ik moet al in slaap zijn gevallen, dacht hij. Ik droom.
Plotseling schoten zijn ogen open. Hij hoorde het echt. Iemand riep in de verte zijn naam en het klonk alsof het Timmen was.

Bren sprong overeind en keek om zich heen. Er was niets te zien. Alleen in de verte langs de rivier en bij de stadspoort een paar fakkels en daarachter een vage oranje gloed van de lichten in de stad.
"Timmen," schreeuwde Bren in de richting waarvan hij dacht dat het geluid vandaan kwam.

"Bren," hoorde hij in de verte weer iemand roepen en hij wist nu zeker dat het zijn broer moest zijn. Maar hoe kon Timmen hier zijn? Hij was toch op de boerderij?

In de duisternis zag Bren een figuur zijn kant op komen en hij stak zijn hand op om hem te begroeten. Timmen riep zijn naam nog een keer, alleen dat geluid kwam niet van de man die naar hem toe liep. De stem van Timmen kwam van veel verder weg. Vertwijfeld liet Bren zijn hand zakken. De man die op hem af kwam lopen was Timmen niet. Bren zag iets glinsteren in het bleke licht van de nieuwe maan en wist net op tijd opzij te springen.
Zonder iets te zeggen sprong de man op hem af met een dolk in zijn hand.
"Wat doe je?" riep Bren.

Hij kon het gezicht van de man niet zien. Hij zag alleen zijn gestalte en het scherpe metaal dat hij in zijn hand had. De man haalde nog een keer uit en Bren sloeg hem met de zak wijn in zijn gezicht.

"Help," schreeuwde Bren zo hard als hij kon. De man was even verrast door de wijnzak, waarvan de inhoud midden in zijn gezicht was ontploft. Hij veegde de rode wijn uit zijn ogen en Bren zag kans om de arm met de dolk vast te grijpen. De man was veel sterker dan hij en rukte met alle macht aan zijn arm. Bren klampte zich wanhopig vast. Hij liet niet los. Hij struikelde en viel samen met de man op de grond, waar ze in het gras verstrikt raakten in een worsteling. Hij voelde hoe de man zijn andere arm om zijn keel sloot. De man spande met een ongelooflijke kracht zijn spieren aan, waardoor Bren geen adem meer kon halen. Hij merkte dat de man hem probeerde te wurgen. Hij worstelde uit alle macht en schopte wild om zich heen met zijn benen, maar de greep van de man werd steeds steviger. Het lukte Bren niet om los te komen. Hij voelde hoe hij slapper begon te worden naarmate hij langer zonder adem zat. In paniek sloeg hij met zijn armen naar achteren, zonder dat het iets uit leek te maken. Hij verloor al bijna het bewustzijn, toen hij plotseling een gorgelend geluid vlak achter zijn oren hoorde. Hij voelde een warme vloeistof over zijn gezicht stromen, waarna de kracht verdween uit de arm die de man om zijn nek had geklemd. De dolk viel uit zijn slappe hand in het gras.

Bren rukte zich los en draaide zich hijgend op zijn zij. De hele wereld leek te draaien voor zijn ogen en hij nam grote ademteugen, terwijl de duizeligheid langzaam wegtrok. Hij veegde het bloed van de man uit zijn gezicht en keek omhoog. Achter hem stond zijn jongere broer Timmen. Timmen stond met een bebloed mes in zijn handen voorovergebogen naar hem te kijken en trok hem overeind. Bren voelde zich weer even licht in zijn hoofd worden toen hij opstond, dus hij bleef met zijn hoofd tussen zijn knieën staan.

"Hoe kom je hier?" vroeg hij uiteindelijk hijgend. "Ik dacht dat je thuis was."

"Ik ben gekomen om je te waarschuwen," zei Timmen, terwijl hij met grote ogen naar de man bleef kijken die hij zojuist had gedood. "Ik heb de hele week gereisd per paard en per schip over de Rijn. Ik ben midden in de nacht van huis vertrokken en heb bijna aan een stuk door gereisd. En blijkbaar kwam ik precies op tijd."

"Hoe wist je dit?" vroeg Bren.

Hij keek naar de man aan zijn voeten die langzaam leegbloedde. Hij herkende de man niet. Het was een Gallische krijger met eenvoudige kleding aan, maar Bren wist niet tot welke stam de man kon behoren. Hij zag er niet uit als een van de edelen van de andere delegaties op het congres. En Bren had geen flauw idee waarom de man hem net had aangevallen. Timmen pakte hem plotseling stevig vast bij zijn arm en keek hem indringend aan.

"Waar is Harald?" vroeg hij. "Harald is ook in gevaar."

# Hoofdstuk 22

## Marcus

Marcus vloekte in gedachten toen hij de commotie verderop langs de rivier hoorde.
“Stelletje dronken barbaren,” mompelde Sextus naast hem. “Er kan ook geen avond voorbij gaan zonder dat die lui met elkaar op de vuist gaan of onze vrouwen lastig vallen.”
Marcus was blij dat het congres morgen voorbij zou zijn. Dan zouden alle delegaties weer terug gaan naar hun eigen streek.
“Wat zou er aan de hand zijn?” vroeg Lucius. Hij staarde gespannen in het duister, waar ze vaag in de verte een paar mannen hoorden schreeuwen.
“Gewoon een paar gedelegeerden die elkaar de hersens inslaan,” zei Sextus, die deze avond de leiding had over het kleine groepje dat op wacht stond bij de rivierkade. “Zolang er geen doden vallen, is het niet mijn probleem.”
“Het klinkt toch wel serieus,” zei Lucius.
Sextus bleef staan en luisterde ingespannen of hij iets kon horen.
“Oké dan,” zei hij ten slotte. “Marcus, neem die knul mee en ga kijken wat er aan de hand is.”

Marcus salueerde voor Sextus, pakte een fakkel en rende samen met Lucius in de richting van het lawaai. Zijn wapenuitrusting en de ijzeren spijkers onder zijn sandalen klonken hard door de stille nacht. De mannen in de verte waren ondertussen alweer opgehouden met schreeuwen. Marcus volgde de bocht van de rivier tot hij in de duisternis twee mannen zag staan naast het levenloze lichaam van een derde man. Een van de mannen had een bebloed mes in zijn handen.
“Blijf staan,” riep Marcus streng met de hand op zijn zwaard. “Wat is hier gebeurd?”

In het licht van zijn toorts zag Marcus dat het twee jonge mannen waren. Hun geschrokken gezichten zaten onder het bloed. De man met het mes liet het snel uit zijn handen vallen.

In een oogopslag kon Marcus raden wat er was gebeurd. Die twee hadden de man op de grond vermoord. En Marcus had ze betrapt voordat ze zich uit de voeten hadden weten te maken of het lichaam konden verbergen.

Marcus trok zijn zwaard en hoorde dat Lucius naast hem hetzelfde deed.
“Lucius,” zei Marcus, terwijl hij zijn ogen strak op de twee mannen gericht hield. “Ga Sextus halen. Vertel hem dat er een moord is gepleegd.”
Lucius draaide zich snel om en rende weg in het donker. Marcus bleef gespannen staan voor het tweetal. Hij maakte zich klaar om aan te vallen als één van hen een onverwachte beweging zou maken.
“Wat is hier gebeurd?” vroeg Marcus nogmaals met zijn zwaard dreigend voor zich uit gestoken.

De jongste van de twee begon opgewonden te praten, maar Marcus verstond er geen woord van. De jongen wees naar het lichaam op de grond en vervolgens in de richting van de stad. Het leek erop alsof hij weg wilde rennen, maar Marcus ging dreigend voor hem staan.
“Blijf staan,” zei Marcus. De jongen deed een paar stappen bij hem vandaan, terwijl hij naar de dode man en naar de stad bleef wijzen.
“Halt,” zei Marcus, nu wat harder.
“Helpen,” zei de andere man, die nog naast het levenloze lichaam stond. Met een paar Latijnse woorden en wilde armgebaren probeerde hij aan Marcus duidelijk te maken wat er aan de hand was.
“Deze viel... aan,” zei hij, terwijl hij naar de dode man wees. “Wij gevaar. Helpen. Jij. Onze broer gevaar.”

De man wees ook driftig in de richting van de stad en Marcus begon langzaam te begrijpen wat er was gebeurd. Ze wilden iemand helpen die volgens hen in gevaar was, ergens in de stad of op het feestterrein daarachter. Marcus had ook het idee dat hij de oudste van de twee al een keer eerder had gezien. Was hij er niet bij toen die groep Bataven een paar dagen geleden aan de poort was verschenen?
“Jij, Bataaf?” vroeg hij, terwijl hij zijn zwaard op hem richtte. De man knikte.
Dit is niet goed, dacht Marcus, terwijl hij naar het bloed en het dode lichaam keek.

Hij hoorde langs de rivier al een groep rennende soldaten aankomen. De man liet hem een dolk zien die naast de dode man op de grond lag. De jongere man werd nog onrustiger en wilde al wegrennen, maar de andere man zei iets, waardoor hij toch bleef staan.
“Wat is hier aan de hand, soldaat?” vroeg Sextus zodra hij bij Marcus aan kwam. De drie andere soldaten van hun wacht,

Gaius, Aulus en Lucius, liepen achter hem aan met meer toortsen in hun hand.

"Iemand heeft een van de Bataafse gedelegeerden aangevallen," zei Marcus, terwijl hij naar de dode man op de grond wees. "Waarschijnlijk heeft deze man die twee jonge mannen aangevallen en is hij door hen overmeesterd en gedood. De man had een dolk bij zich. En ik geloof dat op dit moment ook de andere leden van de Bataafse delegatie in gevaar zijn. Of dat lijken zij in ieder geval te denken."

Sextus vloekte.

"Ze willen dat we meegaan om de anderen te beschermen," zei Marcus. De jongen zei nog iets tegen Marcus wat hij niet kon verstaan en gebaarde dat hij mee moest komen.

Sextus keek naar de twee Bataven, vervolgens naar het lichaam op de grond en dacht na. Hij vloekte nog een keer.

"Marcus en Lucius, jullie gaan met hen mee," zei Sextus. "Maar hou ze in de gaten. Het kan een valstrik zijn."

Marcus stopte zijn zwaard terug in de schede en gebaarde naar de Bataven dat hij hen zou volgen. Ondertussen stuurde Sextus de andere twee terug.

"Ga naar het kamp, maak Barrus wakker en zorg dat ons cohort in paraatheid wordt gebracht," zei hij tegen Aulus en Gaius. "Het laatste wat we willen om het congres in stijl af te sluiten is een bloedvete tussen twee Gallische stammen."

Marcus en Lucius renden achter de Bataven aan die richting de stad gingen. De Bataven spraken opgewonden met elkaar in hun eigen taal. Marcus verstond niet wat ze zeiden, maar ze leken zich grote zorgen te maken om iemand die ze 'Harald' noemden. Hij vroeg zich af wat er aan de hand kon zijn. Waarom had iemand de Bataven aangevallen? Was dit een oude vete tussen twee stammen die in de afgelopen week weer was opgelaaid? Was één van de andere delegaties jaloers over de eervolle behandeling die de Bataafse delegatie van Drusus had ontvangen?

Marcus had geen idee van welke stam de aanvaller was geweest. Hij was anders gekleed dan de twee Bataven. Marcus hoopte maar dat Barrus zijn centurie naar het feestterrein kon brengen voordat de aanval bekend werd, anders kon het verschrikkelijk uit de hand lopen.

Marcus en Lucius begonnen achter te raken op de twee Bataven, die op volle snelheid langs de stadsmuur van

Lugdunum renden, richting de top van de heuvel. De twee jonge mannen konden sneller rennen dan de twee soldaten, die allebei hun volledige bepantsering om hadden. De Bataven staken af door een klein bos. Ze renden snel de heuvel op en gingen via de Romeinse weg verder richting de stad en het feestterrein. Ondertussen bleven ze de hele tijd 'Harald' roepen, maar ook vreemde namen zoals 'Tarik,' 'Covis' en 'Akko.'

Marcus en Lucius volgden hen over de weg. Ze renden langs de grafmonumenten die verschillende Romeinse families door de jaren heen langs die weg hadden laten plaatsen.

Plotseling hield Marcus in.

"Wat doe je?" vroeg Lucius, die bijna tegen hem aan botste. Marcus gebaarde dat hij stil moest zijn. Hij zag iets liggen tussen de graven. Tussen de schaduwen van de grafstenen en tombes zag hij een lichaam liggen. Even vreesde hij het ergste, maar toen hij dichterbij kwam, zag hij dat het een slapende jonge man was. Hij had dezelfde soort kleding aan als de andere twee Bataven.

Marcus sloeg de jongen een paar keer in zijn gezicht en schudde hem vervolgens hard door elkaar, tot hij wakker werd. De jongen mompelde slaperig iets in zijn eigen taal en gebaarde dat de twee soldaten hem met rust moesten laten.

"Wie ben je?" vroeg Marcus, terwijl hij zijn toorts bij de jonge man voor zijn gezicht hield. "Ben jij Harald?"

De jongen knipperde met zijn ogen en leek toen pas te beseffen waar hij was.

"Hoe weet je mijn naam?" vroeg hij in het Latijn.

"Harald, luister naar me. Je bent in gevaar," zei Marcus, terwijl hij om zich heen keek. De twee andere Bataven waren al verder gerend richting het feestterrein. Ze waren nergens meer te bekennen.

"Wat doe je hier?" vroeg hij.

De jongen keek naar de grafstenen om hem heen, alsof hij het zelf ook niet meer precies wist.

"Ik wilde de teksten op de graven lezen," zei hij. "De inscripties op de grafstenen. Ik vond het interessant en ik wilde ze allemaal lezen. Ik moet in slaap zijn gevallen. Ik was eigenlijk onderweg naar ons kampterrein."

"Marcus," zei Lucius achter hem indringend, terwijl hij zijn zwaard tevoorschijn haalde.

"Er is daar iemand."

## Hoofdstuk 23

## Harald

De twee Romeinen die hem wakker hadden gemaakt hielden allebei hun zwaard in de aanslag. Ze staarden gespannen in de duisternis. Harald wilde opstaan, maar de soldaat met de fakkel in zijn hand schopte hem tegen zijn lichaam.

"Blijf liggen," fluisterde hij.

"Het zijn er twee," zei de andere soldaat, die een stuk banger klonk dan de soldaat die hem gevonden had. Ze zagen er allebei nog erg jong uit, ongeveer even oud als Harald zelf. Harald hoorde iemand dichtbij door het gras tussen de grafstenen lopen, maar hij zag niks.

"Wie is daar?" riep de soldaat in de richting waar het geluid vandaan kwam. Harald keek langs de grafstenen en zag in het donker een dolk schitteren in het licht van de toorts. De soldaat deed een stap naar voren richting de figuur in de duisternis.

"Deze man is een gedelegeerde van het congres van de Gallische naties," zei hij. "Hij staat onder de bescherming van de godin Concordia en de gouverneur Nero Claudius Drusus. Leg je wapen neer of je zult worden gedood."

Even bleef de figuur staan. Hij had waarschijnlijk niet gerekend op de aanwezigheid van twee zwaarbewapende legionairs. Harald verwachtte half dat de twee mannen zouden vluchten.

Er heerste een gespannen stilte, die plotseling werd verbroken. Een steen vloog rakelings langs de helm van de soldaat en raakte een standbeeld naast hem. Het gezicht van het standbeeld barstte door de klap uit elkaar en Harald voelde kleine brokstukken op zijn armen en hoofd terechtkomen. De soldaat reageerde woedend op de aanval. Hij gooide de toorts in de richting waar de steen vandaan was gekomen en heel even was de ruimte tussen de graven verlicht door de brandende fakkel die door de lucht vloog. Harald telde drie mannen voor het licht weer verdween. Twee van hen hadden een mes of een dolk vast en de andere had een leren slinger in zijn handen.

Met een woeste kreet dook de soldaat op de drie mannen af, direct gevolgd door de tweede soldaat. Nadat de fakkel op de grond terecht was gekomen, zag Harald opnieuw niets in de duisternis, maar hij hoorde de geluiden van een worsteling. Metaal klonk op metaal en drie keer hoorde Harald iemand geschrokken schreeuwen voordat het gevecht plotseling weer was afgelopen.

Het was allemaal verbazingwekkend snel voorbij gegaan. Hij hoorde de twee soldaten kort met elkaar spreken. Ze vroegen zich af of er nog meer aanvallers waren, maar er leek niemand meer te zijn.

Harald zag opgelucht dat de soldaat even later terug kwam lopen met de toorts weer in zijn hand. Met zijn andere hand sleepte hij het lichaam van een dode man met zich mee, dat hij voor Harald op de grond liet vallen.

“Ken je hem?” vroeg de soldaat hijgend, terwijl hij met een doek zweet en bloed uit zijn gezicht veegde.

Harald keek met een bleek gezicht naar de dode man, wiens hele buik was opengehaald met het korte zwaard van de legionair. Hij had hem nog nooit eerder gezien en hij zag er ook niet uit als iemand van zijn stam.

“Ik ken hem niet,” zei hij tegen de soldaat. “Waarom wilden ze mij aanvallen?”

De andere soldaat, die na het gevecht de hele tijd had staan trillen, dook plotseling weg achter een tombe. Harald hoorde hoe de jonge soldaat moest overgeven en de andere soldaat keek Harald verontschuldigend aan.

“Het is zijn eerste keer,” zei hij.

Vervolgens ging de soldaat strak in de houding staan voor Harald en salueerde.

“Marcus Vilenus, Derde centurie, Zevende cohort van het Eenentwintigste legioen,” zei hij, terwijl de andere soldaat op de achtergrond nog steeds luide braakgeluiden maakte.

“Ik ben hier om je te beschermen. Twee mannen van de Bataafse delegatie zijn zojuist aangevallen bij de rivier en we denken dat iemand het op de hele delegatie heeft gemunt.”

In de verte hoorde Harald iemand zijn naam roepen. De soldaat riep terug en zwaaide met zijn fakkel en even later zag Harald dat zijn broers tussen de graven naar hem toe kwamen rennen. Het was niet alleen Bren, maar op de een of andere manier was ook Timmen hier in Lugdunum. Harald vroeg zich af of dit een droom was, maar toen Timmen hem vastpakte wist hij dat zijn jongste broer er echt was. Nadat hij allebei zijn broers had omhelsd, draaide hij zich om naar de soldaat en stak zijn hand uit.

“Marcus Vilenus,” zei hij plechtig. “Je hebt mijn leven gered. Vanaf dit moment tot mijn laatste dag zul je mijn vriend zijn. Je zult altijd welkom zijn in het huis van mijn familie.”

Drusus reageerde woedend toen hij hoorde van de aanval op de Bataafse delegatie. Alle gedelegeerden op het congres stonden onder zijn bescherming en iemand had die bescherming op de laatste dag geschonden. Hij liet de vier lichamen van de aanvallers kruisigen op een prominente plek voor de poorten van de stad en hij liet iedere delegatie langs de lichamen lopen om te zien of iemand de mannen herkende. Niemand van de gasten leek de aanvallers echter te kennen of te weten met welke delegatie ze mee waren gekomen. Of misschien durfde niemand iets te zeggen.

De nacht van de aanval had Harald samen met de andere leden van hun delegatie doorgebracht in het legioenskamp. Tarik en Thorgal waren daar vanaf het feestterrein heen gebracht door een Romeins escorte en de andere leden van hun gevolg waren opgehaald bij hun tenten. Alleen Covis en Haldrik waren nergens te bekennen, net zoals de mannen uit hun gevolg. Het leek erop alsof ze aan het begin van de avond halsoverkop uit Lugdunum waren vertrokken, wat Tarik meteen zeer verdacht vond.

Harald hoorde die nacht van Timmen hoe hij een week geleden zijn droom had gehad en hoe hij vervolgens halsoverkop naar Lugdunum was gereisd. Harald stond ervan te kijken dat Timmen die lange tocht helemaal alleen had gemaakt. Hij was onlangs pas vijftien geworden.

De volgende ochtend zag Harald de twee soldaten Marcus en Lucius weer toen ze samen met de Bataven werden ontboden in het hoofdkwartier van Drusus in Lugdunum. Drusus prees de twee soldaten en hij eerde Marcus zelfs met een krans van eikenbladeren, een van de hoogste onderscheidingen in het leger die normaal gesproken alleen werd uitgereikt als een soldaat het leven van een Romeinse burger had gered. Dat Drusus deze hoge onderscheiding aan Marcus toekende, gaf wel aan hoe belangrijk hij de Bataven vond, want geen van hen was een Romeinse burger.

In een opwelling besloot Drusus ook dat hij de hele centurie van Marcus zou eren. Hij verklaarde dat er deze nacht een bijzondere band was ontstaan tussen het Bataafse volk en de Derde centurie van Publius Barrus en om die band te versterken, zou de gehele centurie worden overgeplaatst naar het Eerste legioen 'Germania', dat in het gebied van de Bataven aan de Rijn was gelegerd. De relatie tussen de soldaten van deze centurie en de leiders van de Bataven was een politieke troef geworden, die Drusus optimaal wilde benutten.

Nadat Marcus en Lucius waren vertrokken, vervolgde Drusus zijn onderhandelingen met de Bataven. Hij wilde weten of de Bataven akkoord konden gaan met het voorstel dat hij hen de eerste dag had gedaan.

Tijdens het gesprek spookten nog veel twijfels en gedachten door het hoofd van Harald. Waarom had iemand hem en zijn broer proberen te vermoorden? Had dat iets te maken met de moord op hun vader? En waarom waren Covis en Haldrik gevlucht? Kwam dat door het conflict binnen de Bataafse delegatie? Was Covis gevlucht vanwege de ruzie met Tarik van gisteren? Harald was ervan overtuigd dat Covis en Haldrik alweer op weg waren naar huis, om daar hun versie van de gebeurtenissen te verspreiden voor Tarik terug zou zijn.

Hij probeerde al die gedachten die door zijn hoofd gingen buiten te sluiten en zich te concentreren op het gesprek met Drusus. Het gesprek verliep in een vriendschappelijker sfeer nu Covis en Haldrik er niet bij waren. De overgebleven gedelegeerden waren alle drie van mening dat Covis en Haldrik hun recht van spreken hadden verspeeld door van het congres weg te gaan voor het officiële einde. Al snel bereikten Tarik, Thorgal en Bren een overeenkomst met Drusus, die zichtbaar opgelucht was dat de Bataven nu wel akkoord konden gaan.
Drusus had alleen nog een aanvullende voorwaarde voor de overeenkomst en Harald was zo overdonderd toen hij het hoorde, dat hij nauwelijks uit zijn woorden kwam bij de vertaling. Zowel Tarik als Thorgal en Bren waren meteen enthousiast en ze stemden in. Blijkbaar had Harald er zelf niks over te zeggen, net zoals zijn huwelijk.

Drusus liet een slaaf komen om de overeenkomst op papier te zetten en schonk ondertussen zelf glazen wijn in om te toosten op de vriendschap tussen de Romeinen en de Bataven. Bren keek verbaasd naar het glas dat hem werd aangereikt. Hij had nog nooit een glas gezien en hij pakte het uiterst voorzichtig vast, alsof hij bang was dat de wijn er zo doorheen zou lopen. Harald voelde hoe zijn hart in zijn keel bonsde, terwijl de glazen wijn werden uitgedeeld. Hij keek naar Drusus en vroeg zich af hoe zijn toekomst eruit zou zien. Hij kon het haast niet geloven. Een jaar geleden had Harald nog niet eens Latijn gesproken. Hij had Drusus pas een week geleden voor het eerst ontmoet. En nu had de gouverneur van Gallië, de stiefzoon van Caesar Augustus, hem in dienst genomen als zijn persoonlijke tolk namens de Bataven.

# Hoofdstuk 24

## Banna

Banna gilde opgewonden toen ze het gezelschap aan zag komen rijden over het pad richting de boerderij. Het regende de hele dag al hard, maar dat maakte haar niet uit. Ze vloog naar buiten en rende door de plassen naar haar broers en Akko. Ze had ze al weken niet gezien. De broers sprongen van hun paard en lieten zich één voor één omhelzen door hun zus. Pas nu ze haar broers echt vast kon houden kwam er een einde aan de knagende onzekerheid van de afgelopen dagen.
"Laten we snel naar binnen gaan," zei Bren, die zijn arm om de schouders van Banna sloeg en richting de boerderij liep. "Ik ben koud tot op het bot. Waar is mama? Waar is Hilde?" Banna rende vooruit naar de boerderij en riep door de voordeur dat de jongens terug waren.

"Dat kan wel zijn," riep Reine, die samen met Hilde en Trig in het stalgedeelte van de boerderij bezig was. "Maar de koeien moeten eerst gemolken worden. Die wachten niet." Toch veegde Reine snel haar handen af aan haar schort en omhelsde haar zonen toen ze binnenkwamen. Hilde vloog Bren om de hals en zoende hem vol op de mond. Banna haalde ondertussen Bard uit zijn bedje op de kamer van Bren en Hilde en gaf hem aan Bren.

Hilde en Reine moesten nog drie koeien melken en terwijl ze dat karwei afmaakten, verzamelde de hele familie zich maar in de stal om bij te praten. Trig deelde wat brood en kaas uit en zo stonden de jongens nog in hun natte kleren te vertellen over al hun belevenissen. Bren en Harald raakten niet uitgepraat over de prachtige Romeinse stad die ze hadden gezien en ze vertelden bijna woord voor woord hoe hun onderhandelingen met de Romeinse gouverneur waren verlopen. Ze hadden zelfs nog gedineerd met Caesar Augustus en zijn vrouw.

Ondertussen stond Timmen te popelen om ook zijn verhaal te vertellen. Hij was er bijzonder trots op dat hij zijn eerste man had gedood en dat hij dat bovendien had gedaan voordat Harald of Bren een vijand hadden verslagen. Zoals Timmen het vertelde, leek het bijna alsof hij Bren en Harald in zijn eentje had gered van een grote overmacht aan vijanden.

Nadat Timmen zijn verhaal had gedaan, vertelde Bren ook over de overeenkomst die ze namens de Bataven met de Romeinen hadden gesloten. Bren zou in dienst gaan bij de Bataafse hulptroepen en daarin zou Bren zelf een groep ruiters aanvoeren onder Thorgal, de neef van Tarik. Reine keek een beetje bezorgd toen ze dat hoorde, maar ze zei ook dat ze blij was voor Bren.
"Beren zal met je meekijken," zei ze tegen haar oudste zoon. "Zorg dat je hem niet teleurstelt."
Banna was trots op haar grote broer en ze was al helemaal trots toen ze hoorde dat Harald voor de gouverneur zou gaan werken. En Harald zou binnenkort ook nog gaan trouwen. Het nieuws leek bij ieder bericht steeds beter te worden.
"Is ze knap?" vroeg ze.
Ze kon niet wachten tot de bruiloft.
"Geen idee," zei Harald. "Ik heb haar nog niet gezien."
Ze wilde alles weten over Arianne, maar ze kwam er al snel achter dat Harald zelf eigenlijk bijzonder weinig wist over zijn aanstaande vrouw. Bren en Harald zouden de volgende maand op bezoek gaan bij de Cananefaten en dan zou Harald haar pas voor de eerste keer ontmoeten.

Terwijl Bren met Bard op zijn arm nog vertelde over de onenigheid tussen Tarik en Covis, keek Banna tevreden de stal rond naar de familie. Iedereen leek op zijn gemak te zijn en er werd veel gelachen. Voor het eerst sinds de dood van haar vader had Banna het gevoel dat ze weer gelukkig waren. Alles ging goed met hun familie. Bren en Hilde waren gelukkig met elkaar en met Bard, die nu zeven maanden oud was. Binnenkort zou Harald ook trouwen en dan zou Arianne bij hen in de boerderij komen wonen. En Banna verwachtte dat het nu ook niet lang meer zou duren voor ze zelf zou trouwen en kinderen zou krijgen.
"Oh ja, nog een ding," zei Bren, terwijl hij Bard heen en weer wiegde in zijn armen. "Ik heb tijdens ons bezoek aan Lugdunum nog een besluit genomen."

Bren keek door de stal naar de koeien en naar het stro en de mest die her en der verspreid over de grond lag. In de hele boerderij hing altijd een weeïge lucht van melk en mest, die Banna vertrouwd vond ruiken. Het was de geur van thuis. Het voelde veilig en geborgen.
"Het wordt tijd dat we in een huis gaan wonen," zei Bren trots. "Een echt huis, niet meer in deze boerderij. Ik heb besloten dat we in de stad Oppidum Batavorum gaan wonen."

## Hoofdstuk 25

## Harald

Een week na zijn terugkomst van het congres in Lugdunum ontmoette Harald Arianne voor de eerste keer. Hij zocht haar samen met Bren, Reine en Banna op, bij de Cananefaten. Waarschijnlijk vond Banna die ontmoeting nog spannender dan hijzelf.

Harald zag haar voor het eerst in de boerderij van haar vader en dat viel helemaal niet tegen. Ze had warme bruine ogen en bruin haar, waar ze speciaal voor die gelegenheid gele bloemen in had gestoken. Het viel Harald op hoe klein en zacht haar handen waren toen hij ze vastpakte en hij rook een lichte bloemengeur op het moment dat hij dicht bij haar ging staan.

Alleen, hij voelde niet iets speciaals toen hij haar voor de eerste keer zag. Hij kon niet precies bedenken waar het aan lag. Ze was zeker niet lelijk, maar hij vond haar ook weer niet heel aantrekkelijk. Hij voelde geen behoefte om haar te zoenen of haar vast te pakken, zoals Bren en Hilde bijvoorbeeld wel hadden. De hele ontmoeting voelde Harald zich eigenlijk behoorlijk opgelaten. Terwijl allebei hun families verwachtingsvol om hen heen zaten, probeerde hij een beleefd gesprek te voeren met zijn verloofde. Hij had tijdens dat gesprek vooral over het congres verteld waar hij haar vader had ontmoet, maar het lukte hem niet om te vragen wat hij echt wilde weten. Wat voor persoon was ze? Waar hield ze van? Wat vond ze er zelf eigenlijk van dat ze met hem zou gaan trouwen?

Hij bleef een paar dagen bij de familie van Arianne en kreeg in die tijd wel de gelegenheid om meer tijd met haar alleen door te brengen, maar het gevoel dat hij voor haar had bleef hetzelfde. Zijn gevoelens bleven oppervlakkig. Ze was niet bijzonder. Hij miste het sprankelende gevoel van blijdschap dat hij vroeger wel had gevoeld als hij een meisje leuk vond. Eigenlijk was Harald daar zelfs enigszins teleurgesteld over. Zo hoorde het toch niet te gaan? Hij hoorde toch verliefd te zijn? En hij was bang dat Arianne dat merkte. Gedurende die paar dagen bleven ze allebei gereserveerd en net iets te beleefd naar elkaar. Zelfs als er geen anderen bij waren, bleef er spanning tussen hen. Harald had er eigenlijk op gehoopt dat hij net zo vurig van zijn verloofde zou houden als Bren van Hilde of Beren van Reine.

Hij vroeg zich af of hij misschien te hoge verwachtingen had. Als hij er objectief over nadacht, moest hij toegeven dat Arianne een goede partij voor hem was. Misschien moest zijn gevoel voor haar nog groeien als ze elkaar langer zouden kennen.

Na de kennismaking met Arianne reisde Harald terug naar de boerderij van zijn familie. Daar zou hij nog een paar dagen blijven en dan zou hij terug gaan naar Lugdunum om voor Drusus te gaan werken. Harald wist dat Drusus van plan was om binnenkort naar het noorden te komen, maar tot die tijd zou Harald bij zijn staf in Lugdunum blijven.

Harald vond het fijn om iedereen weer te zien en hij genoot van de vertrouwde rust die rond de boerderij heerste. Bard groeide al snel en begon voorzichtig over de vloer van de boerderij te kruipen. Harald nam Bard op schoot en speelde met hem. Hij vroeg zich af of hij misschien over een jaar ook een kind zou hebben. Dat vond hij nog een beangstigende gedachte, dus hij zette het uit zijn hoofd en nam zich voor om zich eerst maar op zijn bruiloft te concentreren.

Bren en Hilde hadden ondertussen goed nieuws, vertelde Hilde met een stralende glimlach. Hilde was weer in verwachting en ze zouden, als alles goed ging, aan het eind van de winter hun tweede kind krijgen.

Na het avondmaal wilde Harald even alleen zijn. Hij wandelde door het bos dat in de buurt van hun boerderij lag. Als kind had hij altijd veel gespeeld in dat bos en hij nam in gedachten afscheid van de plekken uit zijn jeugd. Het was een koele avond en de late avondzon scheen door de bomen, terwijl hij verder liep.

Hij had het gevoel dat zijn hele leven deze avond op een kruispunt stond. Aan de vooravond van een grote verandering, klaar voor een sprong in het diepe. Zijn jeugd zou definitief voorbij zijn als hij met Arianne zou trouwen. Dan kon hij niet meer onder zijn verantwoordelijkheden als man uitkomen. Waarschijnlijk zou hij niet lang na zijn bruiloft kinderen krijgen. En dan zou hij daarvoor moeten zorgen, samen met die vrouw die hij eigenlijk nog maar nauwelijks kende. Hij vroeg zich af of Arianne met hem mee moest gaan als hij na de bruiloft met Drusus op een andere plek zou gaan wonen. Daar had hij nog niet over nagedacht, bedacht hij nu. Hij beschouwde de boerderij van zijn vader nog steeds als zijn huis, maar hij was er zelf het afgelopen jaar nauwelijks geweest. Het grootste deel van de tijd had hij bij Tarik in huis gewoond.

Harald probeerde het gevoel van zijn jeugd vast te houden als de laatste warmte van de verdwijnende zonnestralen die door het bos zweefden, en wist ondertussen dat hij het volwassen worden niet tegen kon houden. Alle plekken in het bos waar hij vroeger had gespeeld zagen er deze avond al anders uit. Wat vroeger mysterieus was geweest, had zijn betovering verloren. Een boos gezicht in een oude boom waar hij vroeger bang voor was, bleek nu gewoon een verzameling knoesten te zijn. Harald was het afgelopen jaar al volwassen geworden, ook al had hij het zelf nog niet willen zien. Hij was verloofd met een vrouw van een andere stam. Hij sprak Latijn, kon een beetje lezen en hij werkte voor de machtigste man van de provincie.

En binnenkort zou de oorlog uitbreken en waarschijnlijk zouden Harald en Bren en misschien ook Timmen daarin meevechten. Nu hij Drusus had ontmoet en de onderhandelingen met de Bataven voor hem had gevoerd, merkte Harald pas hoe omvangrijk de oorlog van de Romeinen zou gaan worden. Drusus bereidde niet zomaar een plundertocht of een strafexpeditie voor. Dit zou een veroveringsoorlog worden die misschien wel jaren kon duren. Drusus en Augustus waren allebei uiterst ambitieus in hun plannen. De voorbereidingen waren groter dan Harald kon bevatten. Deze oorlog zou een oorlog worden die qua omvang alleen te vergelijken was met de Grote Oorlog van de god Julius Caesar. En Harald had een belangrijke rol in die oorlog.

## Hoofdstuk 26

## Marcus

Marcus kon deze ochtend bijna genieten van de lange mars met de zware bepakking op zijn rug. Hij wist dat hij aan het einde van de middag wel weer op de goden zou vloeken vanwege de hitte of de pijn aan zijn voeten, maar nu was het nog koel. Het voelde goed om weer op mars te zijn. En de omgeving was prachtig. Ze hadden gisteren de bovenloop van de Rijn bereikt en liepen deze ochtend over de linkeroever richting het noorden. Barrus had bij de start van de reis bepaald dat zijn centurie geen gebruik zou maken van schepen om de Rijn af te reizen. Ze zouden de hele tocht van Lugdunum naar het eiland van de Bataven te voet afleggen om de soldaten in vorm te houden. De nieuwelingen hadden daar de eerste nachten in hun tent over geklaagd, maar Marcus wist dat het nodig was. Hij was niet meer gewend aan de lange marsen die hij kende van de Raetische campagne. Zijn kuiten waren minder sterk dan een jaar geleden, ook al werd het legioen in Lugdunum druk bezig gehouden met de bouw van het altaar voor Roma en Augustus.

Drusus zou later deze zomer richting het noorden komen en hij had de centurie van Barrus alvast vooruit gestuurd om zich bij het Eerste legioen te voegen. Het was ongebruikelijk om in een keer een complete centurie te vervangen, maar Marcus was blij dat Drusus daarvoor had gekozen. Het leek hem een hele eer om te dienen aan de mystieke Rijngrens in het noorden van het rijk.

En dat kwam allemaal doordat hij en Lucius het leven hadden gered van die ene Bataaf, Harald. Die Bataaf die nu in de staf van Drusus diende en die Marcus en Lucius allebei zomaar een uitnodiging had gestuurd om aanwezig te zijn bij zijn bruiloft. Marcus was verbaasd geweest toen Barrus hen bij zich had geroepen en de uitnodiging had voorgelezen. Hij had Harald niet eens meer gezien na die ochtend dat hij van Drusus de onderscheiding had gekregen en voor hemzelf was het eigenlijk niet eens bijzonder geweest. Ze hadden alleen maar drie onervaren strijders uitgeschakeld, maar blijkbaar hadden ze daarmee toch indruk gemaakt op die jongen.

“Wat moet ik eigenlijk aan doen?” vroeg hij aan Quintus, die naast hem marcheerde. “Ik mag toch hopen dat ik niet in een broek op zo’n feest hoef te verschijnen.”
“Ik denk dat je soldatentuniek goed genoeg is,” zei Quintus. Hij boog zich opzij en rook even aan de kraag van Marcus. “Ik zou hem wel even wassen van tevoren.”

De centurie marcheerde een aantal dagen verder langs de Rijn. Ze passeerden kleine nederzettingen en een enkele kolonie waar veteranen zich na hun diensttijd hadden gevestigd. De veteranen ontvingen hun wapenbroeders die op weg waren naar het noorden steeds met respect en gastvrijheid. Barrus had de grootste moeite om zijn mannen tijdens de overnachtingen in hun tent te houden, want er waren altijd wel wat oude veteranen in de buurt die de mannen uitnodigden voor een beker wijn.

Tijdens een overnachting bij de stad van de Ubiërs haalde Gaius Marcus over om hun tent te verlaten en wat te gaan drinken in de stad. Het zou hun laatste kans zijn voor ze in hun nieuwe kamp aan zouden komen. De twee soldaten ontdekten al snel dat de benaming ‘stad’ van de Ubiërs wat overdreven was voor de verzameling houten hutten op het kleine eiland in de Rijn, maar er was in ieder geval wel een herberg waar regelmatig Romeinse veteranen kwamen. Ze dronken een paar bekers wijn en raakten aan de praat met een groepje oude grijze mannen, die nog onder Augustus hadden gevochten tegen Sextus Pompeius, de zoon van de Grote Pompeius. De mannen vertelden hoe het was om in zo’n uithoek aan de rand van het rijk te wonen, maar Marcus merkte al snel dat zij het zelf helemaal geen uithoek vonden. De senatoren en magistraten in Rome waren voor hen minder bekend dan de hoofdmannen van de stammen aan de overkant van de Rijn, waar ze blijkbaar goede contacten mee onderhielden. De veteranen bezochten de andere oever regelmatig en zowel Romeinse als Germaanse handelaren drongen via de zijrivieren van de Rijn diep door in de gebieden van de Germaanse stammen.

Marcus merkte dat het hen eigenlijk niks kon schelen wie volgend jaar de nieuwe consuls zouden worden in Rome. En dat terwijl hij en zijn maten in Lugdunum al het nieuws over de verkiezingscampagne van Tiberius en Varus op de voet volgden. Zij hoopten volgend jaar de nieuwe consuls te worden en spendeerden grote bedragen om hun bekendheid in Rome te vergroten, ook al was dat niet echt

nodig nu ze de steun van Augustus hadden. Misschien was Marcus er wel meer in geïnteresseerd dan hij normaal gesproken zou zijn, omdat hij vorig jaar met Tiberius en Varus op campagne was geweest in Noricum.
Gaius wilde van de veteranen weten of de Germanen goed konden vechten.

"Alles wijst erop dat we ons klaarmaken om Germania binnen te vallen," zei hij. "Tijdens onze tocht langs de Rijn hebben we gezien hoe de legioenen overal bezig waren om wegen te repareren en versterkingen aan te leggen."
"Jullie hebben maar geluk dat jullie nog zo jong zijn," zei een oude man met lang grijs haar. "Als ik half zo oud was als nu, had ik me weer aangemeld bij het legioen om mee te vechten."
"Ik niet," zei een andere man, die de hele avond nog maar weinig had gezegd. Voor zijn linkeroog had hij een doek gebonden en hij had zich al een aantal dagen niet geschoren. Met zijn rechteroog had de man de hele avond intens naar de twee jonge soldaten gestaard, waardoor Marcus zich na verloop van tijd ongemakkelijk begon te voelen.

"Er valt helemaal niks te halen in het noorden," zei hij. "Het hele gebied is een grote ondoordringbare massa van bossen, venen en moerassen. Er zijn geen wegen, geen steden en nauwelijks nederzettingen die je kunt veroveren. Er is geen goud te vinden. Hun ijzer wordt gewonnen uit veen en is van matige kwaliteit. En de bevolking is op geen enkele manier beschaving bij te brengen. Het zijn halve beesten die nog mensenoffers brengen aan hun vreemde goden. Vertrouw mij nou maar, Germania is een verloren zaak. Het is zinloos om te proberen om het te veroveren en jochies zoals jullie zullen dat hoogstwaarschijnlijk niet overleven."

Marcus merkte dat hij een hekel begon te krijgen aan deze oude veteraan. Hij kon er niet tegen dat de man hem een jochie noemde.
"Jij was er niet bij toen ons legioen door de Alpen trok," zei Marcus met een verbeten blik in zijn ogen. "Ik weet zeker dat we die Germaanse wilden ook wel aankunnen. Wij zijn soldaten van Rome."
"Je bent een jochie," zei de man met een dubbele tong en een wild armgebaar, alsof Marcus een storende vlieg was. "Je bent helemaal niks. Je bent net uit de wieg komen rollen en

nu kom jij aan ons vertellen dat je wel even Germania gaat veroveren?"
Marcus schoot woedend overeind.

Zijn kruk viel achterover en bijna had hij die oude man vastgegrepen als Gaius hem niet had tegengehouden. "Ik ben een Romein," riep Marcus kwaad. "En een soldaat. En ik accepteer niet dat je zo tegen mij spreekt." Verschillende mensen in de herberg keken geamuseerd om naar die opgewonden soldaat die zomaar begon te schreeuwen, maar dat kon Marcus niets schelen. De man had een gevoelige snaar geraakt toen hij zei dat Marcus niks was.

"Let maar niet op hem," zei de man met het lange haar, terwijl hij een hand op de schouder van Marcus legde. "Hij is gewoon een cynische oude zak, maar daar kan hij zelf ook niks aan doen. Hij vocht voor Lepidus op Sicilië en hij liep pas na de overwinning van Agrippa over naar ons legioen."
"Het maakt niet uit hoeveel legers Augustus dat gebied in stuurt," zei de oude man nog, terwijl hij met zijn ene goede oog ergens in de verte staarde. "Hele legioenen zullen worden opgeslokt door dat labyrint van wouden en moerassen. Al die soldaten zullen vol goede moed achter de adelaars aan de bossen in trekken. In naam van Rome zullen ze achter de lokale bevolking aan gaan, maar ze zullen geen van allen terugkeren."

Marcus ging met een fel gezicht weer zitten. De andere gasten in de herberg keken teleurgesteld. Ze hadden zich al verheugd op een mooie matpartij tussen die twee. De oude chagrijnige veteraan met zijn ene oog zei verder weinig meer en al snel ging het gesprek over vrolijker onderwerpen.
De mannen dronken met elkaar op de geboorte van Vipsania Agrippina, die een paar weken geleden in Athene was geboren. Het was het derde kind van Agrippa en de vijfentwintig jaar jongere Julia, de dochter van Augustus.

"Laten we hopen dat die ouwe Agrippa hem nog lang omhoog kan krijgen," zei een van de veteranen, terwijl hij zijn beker in de lucht hield. De anderen dronken lachend met hem mee.

Het huwelijk tussen Agrippa en de dochter van Augustus was de belangrijkste garantie die er was voor de stabiliteit van het rijk. Er zou geen nieuwe burgeroorlog komen zolang er een duidelijke opvolger was als de Princeps ooit zou sterven. En die opvolger voor Augustus leek er te zijn nu zijn beste vriend en vertrouweling al twee zonen had met zijn dochter. Die twee zonen, Gaius en Lucius, hadden het bloed van Augustus en waren een paar jaar geleden zelfs officieel door hem geadopteerd, ook al leefde hun biologische vader nog gewoon.

Het was een opmerkelijke stap van Augustus en Agrippa die een einde maakten aan alle twijfel. Voor iedereen was vanaf dat moment duidelijk dat Gaius en Lucius Augustus na zijn dood moesten opvolgen.

De veteranen dronken hun bekers nog een keer leeg op de gezondheid van Gaius en Lucius en dachten allemaal even terug aan die oorlog om Sicilië uit hun jongere jaren, waarbij Agrippa het bevel over hun vloot had gevoerd. Als Agrippa toen niet had gewonnen van Sextus Pompeius, was Augustus nu niet de Princeps geweest. En Augustus was ook geen Princeps geweest als Agrippa later bij Actium de vloot van Cleopatra en Marcus Antonius niet had verslagen.

Marcus kende alle verhalen over de oorlogen waarin Agrippa en Augustus in hun jeugd samen hadden gevochten, maar het was een bijzondere ervaring om deze soldaten te spreken die er echt bij waren geweest. Alsof Marcus hier, in de verre stad aan de rand van het rijk, pas het bewijs kreeg dat alles echt was gebeurd. Dat het niet allemaal een legende uit een ver verleden was.

Nadat Gaius en Marcus afscheid hadden genomen van de veteranen liepen ze terug naar hun tenten buiten de stad.

Gaius zong een paar schunnige soldatenliederen terwijl ze de stad uit liepen, maar Marcus had geen zin om mee te zingen. Hij was nog steeds chagrijnig door die oude man die hem had beledigd.

“Wat was er trouwens net aan de hand?” vroeg Gaius, die merkte dat Marcus niet in de stemming was om mee te zingen.

“Waarom reageerde je zo fel op die ouwe gek? Je weet toch dat hij ons gewoon zat te dollen?”

“Hij noemde ons jochies,” zei Marcus. “Hij zei dat ik helemaal niks was.”

“Nou en?” vroeg Gaius. “Wat maakt het jou nou uit wat zo iemand van je vindt?”

Marcus was zelf ook wel enigszins verbaasd van de felheid van zijn reactie in die herberg. Maar hij begreep wel

waar het vandaan kwam. Hij was bang dat iemand erachter kwam dat hij echt niks was. Dat was precies de reden dat hij soldaat had willen worden.
"Mijn vader was een slaaf," zei hij zacht.
Gaius bleef staan.
"Wat?"
"Hij was een slaaf," zei Marcus nog een keer. Hij keek om zich heen of er iemand in de buurt was, maar ze waren helemaal alleen. Niemand zou hen horen.
"Ik heb het nooit aan iemand verteld," zei hij. "Bijna was ik zelf ook een slaaf geweest. Het komt alleen door mijn moeder dat ik zelf geen slaaf ben, maar iedereen heeft mij wel altijd zo behandeld. Iedereen in de familie waar ik woonde dacht het. En ik weet zeker dat ze mij achter mijn rug ook zo noemden. Mijn naam is eigenlijk niet eens Vilenus."
"Hoe bedoel je?" vroeg Gaius ontzet. "Ben je een weggelopen slaaf?"

"Ik ben geen slaaf," zei Marcus fel. "Ik ben alleen altijd als een slaaf behandeld, behalve door mijn moeder. Ze was de dochter van Decimus Vilenus, een grootgrondbezitter uit de ridderstand. Hij was een belangrijke man in de streek waar ik ben opgegroeid. Mijn moeder werd verliefd op een van de slaven uit haar huishouden en later raakte ze zwanger van hem. Het was een groot schandaal voor de familie Vilenus. Ik ben een schandaal."
Gaius wist niet wat hij moest zeggen. Hij staarde alleen maar naar Marcus.

"Eigenlijk wilde Decimus dat ik na mijn geboorte direct aan de straat zou worden gelegd om te sterven, maar mijn moeder hield van me. Ze overtuigde haar vader om mij in leven te laten en ze zorgde ervoor dat mijn vader niet werd gestraft. En dus werd ik opgenomen in het huishouden als een soort halve slaaf, terwijl mijn vader werd verkocht aan een andere familie. Ik en mijn moeder hebben hem nooit meer gezien."
Marcus vertelde alles aan Gaius. Hij was niet bang dat zijn vriend hem zou verraden. Daarvoor hadden ze te veel samen meegemaakt.

"Niemand had respect voor mij in dat huishouden. De andere kinderen die bij de familie woonden wilden geen vriendschap met mij sluiten en zelfs de slaven negeerden mij. Ik hoorde nergens bij. De enige die onvoorwaardelijk van mij bleef houden was mijn moeder en toen zij een paar jaar geleden overleed voelde ik dat ik helemaal geen plek meer had in die familie. En dus ging ik weg. Ik stal het identiteitsbewijs van mijn neef, die ongeveer dezelfde leeftijd had als ik, en vertrok midden in de nacht om me aan te melden bij het legioen."

"Je bent niet eens een burger dus?" vroeg Gaius. Hij vond het maar moeilijk om het verhaal van Marcus te geloven.

"Nee," zei Marcus bitter. "En daarom werd ik net kwaad. Ik werd boos toen die man zei dat ik niks was, omdat... Omdat hij gelijk heeft. Ik ben niemand."

"Dat is niet waar," zei Gaius, terwijl hij hem indringend aankeek. "Jij bent Marcus Vilenus, legionair van Rome."

Marcus keek zijn vriend dankbaar aan. Even was hij bang geweest dat Gaius ook niks meer met hem te maken wilde hebben nu hij op de hoogte was van zijn afkomst.

Gaius draaide zich om, om verder te lopen richting hun tenten.

"En je bent de lelijkste man in de centurie van Publius Barrus."

## Hoofdstuk 27

## Harald

Harald glimlachte toen Mani zei dat hij zijn vrouw mocht kussen. De ceremonie was goed gegaan en de goden stonden achter de verbintenis. Harald en Arianne waren met elkaar getrouwd. Hij boog zich voorover en kuste haar voor de eerste keer. Hij proefde haar mond en voelde hoe hun tanden elkaar kort raakten, voordat Arianne verlegen wegdraaide. Hij opende zijn ogen en keek naar haar gezicht. De zachte bruine ogen van Arianne keken met genegenheid naar hem, maar net als zijn eigen ogen straalden ze niet. Al hun vrienden en familieleden stonden om hen heen en al snel kwamen de eerste gasten naar voren om hun geluk te wensen. Bren was de eerste die op Harald af stapte en hem een stevige omhelzing gaf.

Harald was opgelucht dat het huwelijk goed was verlopen. Heel even was hij bang geweest dat de goden het huwelijk niet goed zouden keuren. Dat er iets zou gebeuren waardoor de ceremonie werd verstoord. De goden moesten weten dat hij geen liefde voelde voor Arianne, ook al had hij dat met niemand besproken. Maar blijkbaar waren de goden toch tevreden. Nadat hij een stier had geofferd had de priester de ingewanden bestudeerd en verklaard dat de voortekenen gunstig waren.

Na de huwelijksceremonie gingen alle gasten aan hun tafels zitten en begon het feestmaal. Het feest werd in de open lucht gehouden op dezelfde plek waar Bren twee jaar geleden zijn huwelijk had gevierd. Deze keer waren er minder gasten bij de bruiloft dan bij het feest van Bren en Hilde. De tweede zoon was altijd minder belangrijk dan de oudste zoon en Beren was er nu ook niet meer. Tarik en Pallas waren wel gekomen en er waren vrij veel familieleden van de Canannefaten meegekomen met Arianne. En dan waren die twee Romeinse soldaten er natuurlijk nog, Lucius en Marcus. De twee Romeinen hadden tijdens de hele ceremonie wat ongemakkelijk om zich heen gekeken. Ze leken met niemand contact te hebben, omdat ze hen toch niet konden verstaan. Maar nu het eten en de drank op tafel kwamen, zag Harald dat ze zich wat meer op hun gemak voelden.

Tijdens het eten stond de vader van Arianne op en bracht een toost uit op het bruidspaar. Hij bedankte Bren en Harald dat ze zijn dochter opnamen in hun familie en hij verklaarde dat hun stammen hiermee voor altijd verbonden zouden zijn. Hij vertelde ook over de eerste keer dat hij Harald had ontmoet in Lugdunum, maar dat was een ontmoeting geweest waar Harald zich eerlijk gezegd niet zoveel meer van kon herinneren.

"Ik heb nog geprobeerd om hem te laten vermoorden," zei hij lachend. "Maar toen dat niet lukte, zat er niks anders op dan hem maar met mijn dochter te laten trouwen."

Alle gasten moesten hartelijk lachen om de grap. Het was algemeen bekend dat Harald en Bren tijdens het congres waren aangevallen, hoewel die misdaad nog steeds niet was opgehelderd. Het was net zo'n groot raadsel als de moord op Beren en dat verontrustte Harald.

Na de hoofdmaaltijd kwamen de gasten één voor één langs bij de tafel van Harald en Arianne om hen te feliciteren. Harald raakte al snel in de war van alle familieleden die zich voor kwamen stellen. Hij was daarom opgelucht dat hij na de zoveelste neef van Arianne de soldaat Marcus voor zijn tafel zag staan. Marcus en Lucius zagen er jonger uit nu Harald ze voor het eerst zonder hun helm en wapenuitrusting zag. Ze boden een dolk aan waar hun hele centurie aan had bijgedragen.

"Zo kun je jezelf voortaan beschermen als de mannen van het Eenentwintigste legioen Rapax niet in de buurt zijn," zei Marcus met een grijns.

"We zijn nu het Eerste legioen, Marcus," verbeterde de andere soldaat hem. "We zitten bij het legioen Germania."

Harald nodigde Marcus en Lucius uit om bij hen aan tafel een beker wijn te drinken en stelde hen voor aan zijn familie. Het gezicht van zijn moeder betrok toen ze de soldatentunieken van de Romeinen herkende, maar toen ze hoorde wat de twee soldaten hadden gedaan, behandelde ze hen zeer vriendelijk. Na een tijdje, toen Lucius voor de zoveelste keer aan Arianne vertelde over de verijdelde moordaanslag, raakte Harald in gesprek met Marcus. Lucius vertelde enthousiast het hele verhaal van hun ontmoeting en voelde zich daarbij totaal niet gehinderd door het feit dat de anderen geen Latijn spraken.

Ondertussen merkte Harald dat Marcus van alles wilde weten over dit gebied waar hij was opgegroeid. Marcus was pas een paar dagen geleden aangekomen in deze streek en hij was gefascineerd door alles wat hij onderweg had gezien. Hij vertelde dat hij zelf was opgegroeid in het noorden van Italia en hij had op zijn hele reis naar het noorden nog nergens een land gezien dat zo vlak en waterrijk was als het eiland van de Bataven. Alles leek hier anders te zijn dan in Italia en volgens Marcus gedroeg zelfs de zon zich vreemd nu de dagen hier in het noorden zo veel langer waren dan hij gewend was.

Harald vond het prettig om met Marcus te praten en hij merkte dat ze het goed met elkaar konden vinden. Marcus was door zijn leven als militair wel wat harder en rechtlijniger dan Harald. Harald voelde onbewust dat er een bepaalde dreiging in Marcus zat. Hij voelde dat Marcus mensen kon doden zonder er iets bij te voelen. Die hardheid zag Harald in zijn ogen en in zijn houding. Maar ze waren allebei oprecht geïnteresseerd in elkaar en ze hadden een fijn gesprek.

Tijdens het gesprek merkte Harald dat Banna meeluisterde met hen en de hele avond al aandachtig naar Marcus keek. Ze lachte mee als Marcus een grap maakte, ook al kon ze hem helemaal niet verstaan. Harald vroeg zich af of zijn zusje hem misschien leuk vond.
Hij is een soldaat, dacht hij. Een knappe, lange buitenlander met heldere blauwe ogen. Natuurlijk vindt ze hem leuk.
Terwijl het langzaam donker werd en de gasten onder de bladeren van het bos steeds luidruchtiger werden, bleef Harald de hele avond met Marcus praten. Het voelde alsof ze elkaar al jaren kenden, ook al was dit pas de derde keer dat ze met elkaar spraken.

Uiteindelijk schoof Bren bij hen aan en zei tegen Harald dat hij nu toch echt weer met zijn vrouw moest praten. Harald keek op en zag dat een aantal gasten al waren vertrokken. Hij was de tijd helemaal vergeten. Hij gaf Marcus een hand en gaf aan dat hij hem een keer op zou zoeken in het legioenskamp als Drusus naar zijn nieuwe hoofdkwartier aan de Rijn zou komen.

Hierna ging hij weer naar Arianne, die met Hilde en Reine zat te praten. Reine was gelukkig dat Arianne in hun familie was opgenomen en ze pakte de hele tijd de hand van haar schoondochter vast alsof ze al jaren goede vriendinnen waren.

Harald gaf Arianne een beetje plichtmatig een zoen in haar hals en ging naast haar zitten. Hij vroeg zich af of hij haar ooit zomaar een zoen zou kunnen geven zonder dat hij zich een bedrieger zou voelen. Hij keek naar de gasten, die het allemaal naar hun zin hadden. Alles voelde de hele dag al vreemd en ongemakkelijk. Samen met Arianne bevond hij zich de hele avond in het middelpunt van de belangstelling, maar hij bleef het gevoel houden alsof hij stiekem de plek van iemand anders had ingenomen. Dit feest was bedoeld voor de man die van Arianne hield en dat was hij niet.

Nadat het helemaal donker was geworden, gingen Reine en Banna uiteindelijk terug naar de boerderij en waren er nog maar weinig gasten over op het feest. Bren fluisterde in de oren van Harald dat het voor hem ook tijd was om zijn huwelijksbed op te zoeken. Speciaal voor dit feest was er een tent opgezet in het bos, een klein stukje lopen van het feestterrein vandaan, waar Harald en Arianne hun eerste nacht samen door konden brengen.

Hij pakte de hand van Arianne vast en leidde haar langs de overgebleven gasten, die hen allemaal aankeken alsof iedereen wist wat ze gingen doen. Met een fakkel in zijn hand liep Harald het bos in. Hij had nog nooit zo erg tegen iets op gezien waar hij al zo lang naar uitkeek.

# Hoofdstuk 28

## Harald

Harald stond naast Drusus aan het hoofd van een lange tafel, terwijl hij voor de gouverneur de woorden van de Bataafse verkenner vertaalde. Aan de andere zijden van de tafel stonden alle hoge Romeinse officieren uit de staf van Drusus en daarachter stonden de slaven die verantwoordelijk waren voor de hele administratie van het leger. Drusus en de verkenner stonden voorovergebogen over een grote leren koeienhuid waar een uitgebreide tekening van de Rijn en het omliggende gebied op was gemaakt. Tot in het kleinste detail waren de loop van de grote rivieren en het landschap langs de oevers weergegeven. Alleen Germania en de kuststreken in het noorden waren niet ingevuld. Dat gebied was nog niet verkend.

"Vanaf de splitsing van de Rijn hier," zei Harald, terwijl de verkenner de plek op de kaart aanwees, "zijn er twee grote takken die richting de Oceaan stromen. De Rhenus, de Rijn in het noorden en daaronder de Vhalis, de Waal. Ze zeggen dat de machtige rivier de Rijn eeuwen geleden is gegraven vanaf de bron in de Alpen door twee reuzen; twee broers. Op deze plek, waar de rivier zich splitst in de Rijn en de Waal, kregen de broers onenigheid met elkaar en zijn ze allebei hun eigen weg gegaan richting zee."

Drusus luisterde naar de vertaling van Harald, terwijl hij met zijn vinger de loop van de Rijn volgde. "Net zoals Romulus en Remus," mompelde Drusus. "De stichters van Rome. Romulus koos de Palatijn om zijn stad op te stichten en Remus de Aventijn. Uiteindelijk leidde dat meningsverschil tot zo'n groot conflict dat Romulus zijn broer doodde toen hij over zijn muur sprong."

Harald kende dat verhaal. Pallas had het een keer aan hem verteld, toen hij over de geschiedenis van de Romeinen had gesproken. Harald had het altijd een nogal overtrokken reactie van Romulus gevonden, maar het tekende wel de mentaliteit van de Romeinen. Op bepaalde punten konden ze ongelooflijk principieel zijn. Ook als het om hun eigen familie ging.

"Is het mogelijk om via de Rijn ook de rivier de Mosa, de Maas te bereiken?" vroeg Drusus.

"Hier verder naar het westen wel, waar de drie rivieren uitwaaieren en in de Oceaan stromen," zei de verkenner en Harald vertaalde de woorden. "Maar de waterstand is daar lager en de rivieren verleggen hun stroming vaak. Lichte schepen zouden wel via de delta door kunnen steken naar een andere rivier, maar voor grote schepen is het beter om via de Oceaan te gaan."

"Dit hele stuk op de Lupia lijkt me niet te doen met triremen," zei Titus Laberus, die aan de rechterkant van de tafel stond en met zijn hand de Lippe, een zijrivier van de Rijn, aanwees. "De rivier zal onvoldoende diepgang hebben voor triremen. We willen kleinere, meer wendbare schepen als we gebruik willen maken van de rivieren in Germania. Een trireem is te log en te zwaar."

Drusus was nu een maand in het noorden en hij was net teruggekeerd van een lange inspectietocht langs de Rijn. Hij had de hele staf van het Eerste legioen vervangen door zijn eigen mensen die samen met hem in de Alpen hadden gevochten. Het was een ongebruikelijke stap, die bij de soldaten van het Eerste legioen niet goed was gevallen, maar Drusus vertrouwde op deze mannen na hun eerste campagne en hij wilde ze ook nu weer bij zich hebben. Ze hadden de afgelopen dagen een verkenningstocht gemaakt met drie snelle schepen langs de Rijn helemaal tot aan de plek waar die de zee in stroomde. Zelfs Harald was nog nooit zo ver stroomafwaarts gegaan.

"Ja, kleiner is beter," zei Drusus tegen Laberus. "We weten niet precies wat we tegenkomen op de rivieren van Germania."

"Ik zou kiezen voor schepen van het type Actuaria of Lusoria," zei Titus Laberus. "Een snel en wendbaar schip met een lage diepgang. En verder zullen we alles wat vaart moeten vorderen van de Bataven en de Ubiërs."

"Hoeveel soldaten kunnen er op een Lusoria?" vroeg Drusus aan de commandant van de paar patrouilleschepen die het Eerste legioen op de Rijn had gestationeerd.

"Dertig roeiers," zei hij. "Twee rijen van vijftien en dan is er nog ruimte voor hun uitrusting en een handvol boogschutters of een stuk geschut. Met een lusoria kunnen we de hele Rijn afvaren. En deze zijrivieren in Germania waarschijnlijk ook."

"Oké, dertig soldaten," zei Drusus, die hardop nadacht. "En dan nemen we nog voorraden mee, dus laten we even zeggen drie schepen per centurie. Dat is drie keer zestig dus honderdtachtig schepen alleen al voor de infanterie van één legioen. Dan komt de cavalerie er nog bij en ik verwacht dat Laberus natuurlijk ook weer een eigen schip moet hebben, dus laten we even uitgaan van tweehonderd schepen voor een legioen. Klopt dat een beetje, Pisto?"

De oude slaaf die aan de rand van de kamer mee had staan schrijven deed een stap naar voren.
"Tweehonderd lijkt me een goede inschatting, heer," zei hij. "En voor de voorraden, de paarden en de ossen zouden we bredere transportschepen kunnen nemen."
"Ik wil over drie legioenen kunnen beschikken," ging Drusus verder. "En misschien zelfs vier, dus dat is dan achthonderd schepen. En dan komen onze hulptroepen er natuurlijk nog bij."

De generaal staarde lang naar de kaart die voor hem op tafel lag. Met zijn hand volgde hij de loop van de grote rivieren van Germania die allemaal eindigden in een deel van de kaart dat nog niet was ingevuld. Terra incognita. Het was onbekend wat de Romeinen daar aan zouden treffen.
"Zullen we het maar gewoon afronden op duizend schepen?" vroeg hij aan niemand in het bijzonder.
De enorme aantallen duizelden Harald. Hij had nog nooit zo veel schepen bij elkaar gezien. Volgens hem bestonden er niet eens zoveel schepen. Hij vertaalde fluisterend het verloop van het gesprek tussen de Romeinen voor de Bataafse verkenner en zag dat zijn ogen groot werden.

"Nou heren, dan weten jullie wat ons te doen staat," zei Drusus. "Tijd om wat van die heilige bomen om te hakken. Laberus, lukt dat voor de volgende zomer?"
De oude legaat dacht even na.
"Niet voor de start van het campagneseizoen," zei hij. "We zouden dan hooguit een vloot voor twee legioenen gereed kunnen hebben, zonder de hulptroepen. Ik verwacht dat we op zijn vroegst halverwege de zomer van volgend jaar alle schepen af kunnen hebben, alleen dan is het campagneseizoen al half voorbij. Het jaar daarna lukt wel."

Drusus keek niet tevreden, maar hij wist dat hij geduld moest hebben. Hij richtte zijn aandacht weer op de kaart.
"Ik wil een uitvalsbasis hebben bij deze twee zijrivieren," terwijl hij twee plaatsen op de kaart aanwees. "Hier bij de Lupia en nog een bij de rivier de Menus. Rufus, ik wil dat jij daarheen gaat en de locaties bepaalt. Zoek een gunstige plek

voor twee castra bij deze rivieren, die allebei geschikt zijn om bij volledige bezetting minstens twee legioenen en een deel van de vloot te kunnen huisvesten."
"Akkoord, heer," zei Hostilius Rufus, de kampprefect van het Eerste legioen. "Ik zal het Dertiende legioen aan het werk zetten om het fort bij de Lupia te bouwen en het Veertiende legioen zal het fort bij de Menus aanleggen. En zodra ze daar klaar zijn, kunnen we ze aan het werk zetten voor de vloot."

Harald keek enigszins bewonderend naar de efficiëntie waarmee de Romeinen hun bespreking hielden. Iedereen in deze ruimte wist wat zijn taak was. Iedereen had een eigen expertise en er werd alleen gesproken als mensen iets toe te voegen hadden aan het gesprek. De bespreking van Drusus verliep heel anders dan de volksvergaderingen die de Bataven ieder jaar hielden en die soms wel een hele dag konden duren. Ieder hoofd van iedere vooraanstaande familie wilde tijdens zo'n vergadering het woord voeren en soms leek het wel alsof het belangrijker was om zo lang mogelijk aan het woord te zijn. Niet om iets zinnigs aan de vergadering bij te dragen.

Dit gesprek van de Romeinen verliep op een constructieve manier, waarbij iedere inbreng werd gerespecteerd door Drusus, ook als hij werd tegengesproken door zijn officieren. Harald vergat bijna dat hier in deze kamer de plannen werden gesmeed voor een vernietigende oorlog. Hij slikte even toen het tot hem doordrong wat die duizend schepen met zich mee zouden brengen naar het land van de Germaanse stammen.

Drusus staarde naar de kaart die voor hem op tafel lag en zei lange tijd niets. Hij keek afkeurend naar de Rijn en de twee grote zijrivieren die vanaf de Rijn Germania in liepen.
"Bent u niet tevreden?" vroeg Titus Laberus voorzichtig. "Het is een goed plan. Via de rivieren kunnen we diep in Germania doordringen en het zal veiliger zijn dan te proberen om over land door Germania te trekken. Uw broer Tiberius had hetzelfde plan in gedachten voor de verovering van Germania en het plan heeft de goedkeuring van de Princeps."
"Hmm," zei Drusus. "Ik vind het allemaal wat te eenvoudig. Dit is wat mijn broer zou doen, het is te voorspelbaar. Dit is precies wat de Germanen van ons verwachten, helemaal als ze zien dat we op die plaatsen een vloot bouwen."

Drusus liep om de grote tafel heen naar de andere kant van de kaart.

"Ik wil de Germaanse stammen aanvallen op een plek waar ze mij niet verwachten," zei hij, terwijl hij met zijn hand naar de grote rivieren aan de noordkust van Germania wees. "Ik wil ze hier aanvallen, in hun rug. Denk je eens in wat die barbaren zullen denken als we opeens met een vloot van duizend schepen en twintig- of dertigduizend manschappen de Eems of de Weser op komen varen. Ze weten niet wat hun overkomt."

Alle mannen rond de tafel draaiden hun hoofd om vanuit het andere perspectief naar de kaart te kijken.
"Dat is niet mogelijk, heer," zei Titus Laberus en ook de andere officieren keken bedenkelijk. "Dan moeten we via de Oceaan naar het noorden varen. Dat risico is te groot met deze kleine schepen. En grotere schepen zijn weer te groot voor de rivieren."
De commandant van de patrouilleschepen van het Eerste legioen liep naar de andere kant van de kaart, waar Drusus stond.
"Dat klopt," zei hij, terwijl hij met zijn hand over de noordelijke kust ging. "Aan de noordelijke kusten is het tij zeer verraderlijk. Het land en de Oceaan lopen daar half in elkaar over. Het ene moment is dit hele gebied een zee met slechts een paar kleine eilanden erin, maar iedere dag valt deze hele zee droog. We zijn daar alleen al in het afgelopen jaar twee schepen kwijtgeraakt. En naast het tij zijn ook de Chaukische piraten in dit gebied een risico."
"Via het zuiden is echt beter," zei Laberus. "We kunnen zo ver mogelijk de rivieren opvaren en daarna kunnen we over land verder trekken."

"En als we nou eens deze aftakking gebruiken?" vroeg Drusus. Hij wees op een kleine stroom die vanaf de Rijn naar het noorden liep en uitmondde in een grote binnenzee.
"We kunnen via die aftakking binnendoor gaan en dan het meer Flevum oversteken tot we in het noorden komen. Dan hoeven we alleen dit korte stuk langs de kust te varen tot we bij de mondingen uitkomen van de Eems, de Weser en de Elbe."

Harald keek naar de kaart. De noordelijke kust en de binnenzee waren nog getekend, maar daarna hield de kaart op. Er stonden alleen nog drie vage lijnen op het lege vel, waarvan de maker van de kaart blijkbaar niet wist waar

ze precies eindigden. Bij de rivieren had de maker de Latijnse namen geschreven: de Amisia, de Visurgis en de grootste van de drie: de Albis.
"Deze stroom?" vroeg de Bataafse verkenner aan Harald en hij schudde zijn hoofd. "Die is te ondiep voor een grote vloot. Helemaal in de zomer."
"Die Bataaf heeft gelijk," zei de commandant van de patrouilleschepen. "Dit hele stuk is eigenlijk niet meer dan een dichtgeslibd stuk moeras met enkele kreken. Zelfs een Lusoria zou hier vastlopen. Alleen de Bataven en de Friezen maken er hier af en toe gebruik van met hun lichte schepen en dan alleen in de winter als het water hoog staat."

Drusus keek nog een keer naar de andere kant van de kaart, maar hij wilde zich er nog niet bij neerleggen. Harald wist ondertussen dat de jonge generaal behoorlijk koppig kon zijn als hij zich iets in zijn hoofd had gehaald. Plotseling klom Drusus boven op de tafel en hij wandelde over de kaart langs de Rijn richting het oosten.
Harald hoorde de slaaf Pisto achter hem afkeurend mompelen: "Niet met je laarzen op die kaart."
Drusus kwam aan bij de plek waar de Rijn en de Waal splitsten en draaide zich om.

"Dan zorgen we er toch gewoon voor dat onze schepen er wel langs kunnen?" zei hij. De officieren keken elkaar niet begrijpend aan.
"Rufus, als ik op deze plek een dam laat bouwen, bij de splitsing van de Rijn. Dan kunnen we er met die dam voor zorgen dat er meer water naar het noorden stroomt. Dan stijgt het waterpeil in de Rijn, toch?
De kampprefect keek naar de plek die Drusus aanwees.
"Als dat lukt, dan kunnen we inderdaad meer water naar de Rijn sturen," zei hij, terwijl hij nadacht. "Alleen ik weet niet of het mogelijk is om daar een dam te bouwen. Alles hangt af van de stroming en de bodem. Dat moet ik eerst met mijn ingenieurs bespreken. Maar met alleen een hoger waterpeil zijn we er nog niet."

"Nee, maar het is een begin," zei Drusus, die over de kaart weer terug liep richting het westen.
"En dan laat ik op deze plek een kanaal graven." Hij wees naar de plek waar de dunne stroom vanaf de Rijn naar het noorden aftakte.
"Of misschien meerdere kanalen achter elkaar. Op de stukken waar de bestaande rivier diep genoeg is kunnen we daar gebruik van maken."

Harald had moeite om de woorden van de Romeinen te vertalen en de andere Bataaf keek ook alsof hij niet helemaal begreep wat ze bedoelden. Wat was een kanaal? Bespraken de Romeinen nu serieus dat ze van plan waren om de rivier een andere kant op te sturen? Alsof ze de machtige Rijn in de richting konden dwingen die hen goed uitkwam? Drusus en Rufus spraken er even gemakkelijk over alsof ze gewoon even wat nieuwe lijnen tekenden op de kaart.

"Oh, dat zou misschien wel kunnen," zei de kampprefect, die nu ook enthousiast werd over het idee. "Dit is die doorwaadbare plaats in de Rijn die we tijdens onze inspectie gepasseerd zijn, toch?" vroeg Rufus aan de commandant van de schepen. "Dan zouden we iets daarvoor deze aftakking uit kunnen diepen."

Harald hield op met vertalen van wat er werd gezegd. Net zoals de Bataafse verkenner staarde hij met open mond naar de groep Romeinse officieren die rond de kaart stonden met Drusus nog steeds boven op de tafel. De jonge bevelhebber liep al enthousiast over de kaart naar het noorden en wees de anderen op de plek waar hij de Oceaan wilde bereiken. Harald was geschokt door wat hij hoorde.

Wat waren dit voor mensen? Hij wist dat de Romeinen in staat waren om machtige bruggen en enorme tempels te bouwen, maar dit was van een totaal andere orde. Hij voelde zich langzaam maar zeker ontzettend nietig worden in de aanwezigheid van Drusus, de gouverneur die ogenschijnlijk met gemak zelfs de aarde naar zijn hand kon zetten.

Dit is een volk van reuzen, dacht Harald. Vermomd als mensen. De Romeinen zijn reuzen; ze zijn halfgoden en dat weten ze van zichzelf. En zo zullen ze zich straks ook gedragen tegenover de stammen die ze tijdens hun tocht tegen zullen komen.

## Hoofdstuk 29

## Marcus

De voet van Marcus bleef vastzitten in de zuigende modder en hij viel bijna voorover. Hij kon zich nog net vastgrijpen aan de arm van Aulus Cottus, die hij daardoor ook aan het wankelen bracht.

"Vilenus, hou op met klooien," schreeuwde Quintus vanaf de kant. "Ik wil dit stuk afmaken voor het donker wordt."

"Jawel, optio," riep Marcus terug. "Excuus."

Hij voelde hoe het zweet over zijn rug liep, ook al hing er een frisse kou in de lucht. Het jaar liep alweer bijna op het einde en de bladeren aan de bomen begonnen geel en donkerbruin te worden. Dit zou weleens een van de laatste mooie dagen van het jaar kunnen zijn. Daarna zou hij voor het eerst de gevreesde Germaanse winter meemaken. Zodra de regens en de vorst zouden komen, zou het legioen niet meer aan het kanaal kunnen werken. Dan trokken ze zich terug in hun winterkwartieren waar de donkere maanden maar langzaam voorbij zouden gaan.

Marcus boog zich voorover en ging verder met het scheppen in de natte modder.

Hij had het idee dat ze geen steek opschoten. Met honderden mannen waren ze al de hele dag aan het graven, maar het enige wat hij deed was modder in een rieten mand scheppen die om de schouders van een andere legionair hing. Vervolgens werden die manden leeg gegooid aan de zijkanten van de brede greppel, maar tijdens het vullen stroomde de helft van de modder er alweer uit. Enkele ruiters en een aantal legionairs van de centuries die niet aan het werk waren stonden ondertussen in hun wapenuitrusting op wacht aan de randen van het kanaal.

Zo stonden alle soldaten van het Eerste legioen Germania op een lange rij achter elkaar. Iedere rij groef een voet dieper dan de vorige, tot er een brede, diep uitgegraven geul achterbleef in het moeras dat de ingenieurs van tevoren zo goed mogelijk hadden drooggelegd.

De mannen van het Eerste cohort werkten ondertussen voor de gravers uit en versterkten de wanden van de uit te graven geul met enorme eikenhouten palen. Marcus had gisteren een tijdje bij dat werk staan kijken en het bleef een indrukwekkend gezicht. Het legioen had speciaal voor het transport van de palen een verharde weg aangelegd, dwars door het moeras vanaf de dam in de Rijn waar het hout met schepen werd aangevoerd. Vanaf die dam werden de palen met ossenkarren naar het kanaal gebracht waar grote constructies van hout en katrollen de palen omhoog takelden en de zachte bodem in sloegen. Marcus wist zeker dat Harald die werkzaamheden ook zou willen zien, maar Harald was zelf weer terug gegaan naar Lugdunum met Drusus om ervoor te zorgen dat alle stammen in Gallia voldoende voedsel leverden voor als de oorlog zou beginnen.

Marcus en Harald waren steeds met elkaar opgetrokken als Harald in het legioenskamp bij Oppidum Batavorum was. Als staflid van Drusus mocht Harald vrij rondlopen in het kamp en hij zocht Marcus altijd op als hij vrij had.

Soms trokken ze er samen op uit als Marcus zijn centurion ervan kon overtuigen dat dat nodig was om de relaties met de Bataven goed te houden. Harald hield ervan om door de bossen te wandelen en trots zijn land te laten zien aan Marcus. En naarmate Marcus langer met de Bataaf omging, begon hij ook wat meer schoonheid in het land te zien. Hij ontdekte dat het eiland van de Bataven, wat ze zelf overigens niet als eiland zagen, meer was dan het troosteloze, zompige moerasgebied dat het in eerste instantie leek. Er waren bossen met heldere beken, vruchtbare weilanden waar runderen en schapen graasden en uitgestrekte meren en andere waterpartijen vol met eenden, ganzen en vissen. En bij iedere heuvel in het vrij vlakke landschap en ieder ven had Harald wel een verhaal te vertellen over de ontstaansgeschiedenis van die plek.

Marcus strekte zijn rug en keek om zich heen. Hij zag dat ze blijkbaar toch iets bereikten met het eindeloze scheppen, want achter de rijen met soldaten was duidelijk een diepe greppel ontstaan in het landschap. Hij schatte in dat de greppel inmiddels breed genoeg was voor twee schepen om elkaar te passeren.

Dit is werk voor slaven, dacht hij chagrijnig, terwijl hij zich snel weer bukte voordat de optio of de centurion er iets van konden zeggen. Waarom moeten wij hier staan ploeteren in de modder, terwijl Pisto in alle comfort meereist met de staf van Drusus?

Plotseling hoorde hij dat er consternatie ontstond bij de legionairs die aan de rechterzijde op wacht stonden. Ze schreeuwden naar de officieren en wezen in de verte. Een van de ruiters reed snel richting de voorkant van de kolonne. “Hou ze aan het werk,” zei Barrus tegen de optio, terwijl hij de greppel in klom en door de modder naar de overkant liep. Marcus merkte dat iedereen wat onrustig werd van het geschreeuw van de soldaten. Ze bevonden zich op dit moment op de noordelijke oever van de Rijn. Dat was vijandelijk gebied, ook al woonden er nauwelijks mensen in de buurt vanwege het onbewoonbare moeraslandschap.

Er zal toch niemand zo gek zijn om hier een volledig legioen aan te vallen? dacht hij. Maar hij wist dat het legioen zich op dit moment in een uiterst kwetsbare positie bevond. Ze stonden midden in een moeras, uitgestrekt over een lange rij en uitgeput door een dag lang zware fysieke arbeid. En de meeste mannen hadden hun wapenuitrusting op de kant liggen zodat ze makkelijker konden werken.
Het geschreeuw aan de rechterkant werd iets luider en Marcus zag dat ook de soldaten van de vierde centurie naar iets in de verte wezen.

“Vilenus, doorgraven,” schreeuwde de optio, terwijl hij zelf naar de centurion keek die met de soldaten aan de overkant stond te overleggen. “Als ik het nog een keer moet zeggen, heb je de hele week latrinedienst.”
Marcus wilde net weer verder graven toen Barrus een signaal gaf aan de hoornblazer.
“Soldaten,” riep Barrus, terwijl hij snel terug liep naar de andere kant. “Laat het werk zitten en verzamel je bij de standaard. Trek je wapenuitrusting aan. We gaan.”
Marcus hoorde dat de centurion op een gejaagde toon sprak, alsof hij hier zo snel mogelijk weg wilde gaan. Hij vroeg zich af wat er aan de hand kon zijn. Waardoor voelde de ervaren Publius Barrus zich zo slecht op zijn gemak? Marcus keek naar de zon. Die stond al laag aan de hemel, maar nog niet zo laag dat het snel donker zou worden. Waarschijnlijk zou het net beginnen te schemeren als ze weer bij hun kamp aan zouden komen.

“Wat is er aan de hand?” vroeg Gaius aan Marcus, terwijl ze met moeite door de zuigende modder naar de verharde weg aan de zijkant liepen. “Kun je iets zien?”
“Ik zie niks,” zei Marcus. Ze stonden net iets lager dan de soldaten die aan de andere kant op wacht stonden. “Denk je dat ze misschien ruiters hebben gezien?”

De andere centuries langs de greppel hadden ondertussen ook hun werk neergelegd. Er heerste een nerveuze sfeer onder de soldaten en even later kwamen er enkele ruiters aanrijden vanaf de positie van het Eerste cohort. Ze riepen alle centurions op om de werkzaamheden onmiddellijk te staken en de cohorten in marsformatie op te stellen voor de terugtocht. Aan hun gezichten kon Marcus zien dat de ruiters net zo geschrokken waren als Publius Barrus.

Hij trok zo snel mogelijk zijn wapenuitrusting weer aan toen hij bij Quintus aan kwam. Zijn ijzeren hemd drukte zijn bezweette tuniek tegen zijn rug aan, waardoor er een koude rilling door zijn lijf ging. Marcus kuste zijn ivoren beeldje van Mercurius vlug voor bescherming, liep naar zijn positie en maakte zijn helm vast. Daarna keek hij pas om naar de overkant, waar hij meteen zag waar de soldaten zo van waren geschrokken.

Mist.

Geen wonder dat iedereen zo gespannen was. Boven het moeras, langs de hele horizon, kwam langzaam een dichte mistbank opzetten. Een witte wolk lag over het land en kroop traag dichterbij. De mistbank was nu nog ver weg, maar niemand van de soldaten wilde daarin terecht komen. De soldaten die op wacht hadden gestaan, liepen snel terug door de greppel en klauterden aan de andere kant weer naar boven.

Net zoals de andere soldaten in zijn centurie had Marcus de afgelopen maanden een behoorlijk panische angst ontwikkeld voor de mistbanken in Germania, die hier in het noorden vaker voor leken te komen en dichter waren dan in Italia. Die angst kwam door een deel door de verhalen die Marcus in het legerkamp had gehoord van de oudere soldaten die hier al langer waren gelegerd.

Ze waren nu in Germania en daar was alles anders. Dit land voelde ouder en mysterieuzer aan dan de provincies die bij het rijk hoorden. Marcus geloofde echt dat de oude goden van de Germanen hier buitengewone krachten hadden. En sommige soldaten van het Eerste legioen fluisterden 's nachts rond het kampvuur dat de aanwezigheid van de Romeinen het land stoorde. Ze waren bezig om duizenden bomen om te hakken voor hun vloot en ze veranderden de loop van de rivier de Rijn. Dat zouden de Germaanse goden als een belediging op kunnen vatten. En nu kwam deze mistbank plotseling opzetten, net op het moment dat de soldaten bezig waren met het werk aan het kanaal.

In het legerkamp waren de oudere soldaten haast nergens zo bang voor als voor de Germaanse mist, die onverwachts op kwam zetten en je omringde voor je er erg in had. Ze zeiden dat er in de mist geestverschijningen rondzweefden die je krankzinnig konden maken of je mee konden lokken tot je ergens in het veen vast kwam te zitten en verdronk.

Vorige week nog hadden Marcus en Gaius gedobbeld met iemand uit het Achtste cohort die een huiveringwekkend verhaal vertelde. Het was een oude soldaat, die eigenlijk door niemand in het legioen nog serieus werd genomen en die zichzelf die avond al helemaal van de kaart had gedronken. Maar het verhaal dat hij aan hen vertelde werd er niet minder angstaanjagend om. Hij was een aantal jaar geleden met de mannen van zijn centurie tijdens een patrouille op de noordelijke oever van de Rijn overvallen door de mist. In slechts een paar ogenblikken was de mist overal om hen heen opgekomen en konden ze alleen de mannen naast zich nog zien. De centurie raakte verdwaald in de mist en kwam pas weer terug bij de Rijn toen het al donker was.

“En toen gebeurde het,” had de soldaat verteld, terwijl Marcus ademloos had zitten luisteren.
“We stonden aan de oever van de rivier en konden de plek niet meer vinden waar we onze boten en tenten hadden achtergelaten. We konden niets zien. Alleen die dichte witte mist; je kon misschien net één speerlengte vooruit kijken.”
Marcus had gemerkt dat hij kippenvel kreeg van het verhaal.
“We hebben daar een lange tijd langs het water gelopen, maar nergens konden we onze boten terugvinden. Het was alsof ze zomaar waren verdwenen. De mannen begonnen steeds rustelozer en wanhopiger te worden. Uiteindelijk moesten onze officieren een besluit nemen: we konden proberen om helemaal naar de overkant van de Rijn te zwemmen, maar het was zeker dat we daarmee een aantal maten zouden verliezen in het koude water. Of we moesten de nacht doorbrengen op de noordelijke oever.
In de mist.

En terwijl onze officieren zich bezighielden met die discussie, zagen we plotseling een licht in de verte. Het was geen droom. We zagen het allemaal. Het was een heldere, witte vlam die speels door de lucht danste.
Het licht zag er uitnodigend uit. Een veilig punt in de duisternis. En ik hoorde een geluid alsof er vaag in de verte een vrouwenstem tegen mij fluisterde. Het was heel zacht,

het geluid kwam nauwelijks boven het ritselen van de bladeren uit. Ik kon de woorden niet verstaan, maar de stem klonk vriendelijk en geruststellend. Als warme wijn of een knapperend haardvuur."

Marcus durfde de soldaat niet te onderbreken. Hij wist op dat moment al dat hij die nacht waarschijnlijk niet zou kunnen slapen door dit verhaal.

"Onze optio wilde achter het licht aan gaan," ging de soldaat verder. "Misschien is het iemand waar we kunnen overnachten, zei hij. Of het was iemand die ons de weg kon wijzen. Maar ik vertrouwde het licht niet. Het bewoog onnatuurlijk door de lucht. De vrouwenstem klonk te verleidelijk. Dus zonder een beslissing van onze officieren af te wachten, ben ik weggeslopen van de rest. Ik gooide mijn wapens weg en zonder om te kijken, ben ik samen met vijf maten de rivier in gerend."

"Je bent gevlucht?" had Gaius vol ongeloof gevraagd aan de dronken soldaat.

"Ik ben er niet trots op," zei de soldaat. "En als jullie dit ooit aan iemand anders vertellen, is dat het laatste wat er uit je strot komt. Maar ik ben inderdaad gevlucht, ja."

Er ging een huivering door het lichaam van de oude soldaat toen hij er weer aan terug dacht.

"Het water van de Rijn was koud en er stond een sterke stroming, maar toch leek dat veiliger dan nog een moment op die andere oever te blijven. De oversteek leek wel uren te duren en al mijn spieren raakten verkrampt. Mijn armen deden pijn en ik had het ongelooflijk koud, maar ik bleef maar doorzwemmen. Onderweg raakten we twee man kwijt en die heb ik nooit meer teruggezien. Maar uiteindelijk verdween de mist en lukte het mij om aan de andere kant weer uit het water te kruipen."

Marcus merkte dat hij zijn adem had ingehouden, terwijl de man over zijn oversteek vertelde. Hij haalde opgelucht adem, alsof hij zelf met de man had meegezwommen in zijn gedachten en nu samen met hem de overkant had bereikt.

"Hoe kan het dat jullie niet zijn gestraft?" vroeg hij aan de soldaat. "Jullie hebben je post verlaten. Zijn jullie later niet veroordeeld door de centurion?"

De soldaat was bleek geworden, terwijl hij met zijn donkere, rode ogen in de verte staarde.

"Er was niemand om ons te veroordelen," zei hij zacht. "De volgende ochtend trok het hele cohort erop uit om de vermiste centurie te zoeken. Wij zeiden dat we er door onze centurion op uit waren gestuurd om hulp te halen. En toen we onze centurion die ochtend vonden, wisten we dat we ons niet meer druk hoefden te maken over onze straf. We vonden de centurion uiteindelijk op dezelfde plek waar we hem de vorige nacht hadden achtergelaten, aan de oever van de Rijn. Hij had zelfmoord gepleegd door zijn zwaard in zijn borst te steken.

Onder zijn lichaam vonden we, begraven in het zand, de standaard van de centurie. Van de rest van de centurie die die nacht bij ons was, was geen enkel spoor meer te bekennen. Geen wapens, geen lichamen, geen sporen van een gevecht. De mannen waren simpelweg verdwenen en we hebben ze nooit meer terug gevonden."

Misschien is het beter om op dit moment niet terug te denken aan dat verhaal, dacht Marcus, terwijl hij achterom keek naar de naderende mist. Ook al is het waarschijnlijk niet eens echt gebeurd. Het is typisch zo'n verhaal dat al jaren rondgaat door verschillende legerkampen en bij iedere vertelling steeds iets angstaanjagender wordt gemaakt.
Toch voelde hij zich allerminst op zijn gemak, terwijl de eerste flarden mist door de rijen met marcherende soldaten zweefden. Eerst waren het een paar slierten nevel, maar even later kon hij de ruiter aan het hoofd van hun cohort al niet meer zien. Een voor een werden de centuries van het cohort opgeslokt in de witte waas, die het geluid van de marcherende rij soldaten leek te dempen.

De mist werkte erg desoriënterend. Marcus kreeg het gevoel dat hun centurie plotseling helemaal alleen door het landschap marcheerde. Aan hun linkerkant zag hij nog de diepe greppel door het moeras lopen. De mist stroomde langzaam over de rand de geul in, alsof de natuur opnieuw bezit wilde nemen van de verstoring die de Romeinen in het landschap hadden aangebracht. Aan de rechterkant van de centurie zag Marcus alleen een dichte witte muur.

Aan de gezichten van de soldaten om hem heen zag hij dat iedereen onrustig was. Zelfs de optio keek gespannen. Even kreeg hij zelfs het gevoel dat hij kinderstemmen hoorde in het rinkelende geluid van alle wapenuitrustingen. Het klonk heel ver weg, maar het was onmiskenbaar geluid dat van kinderen kwam. Kinderen die om hen heen lachten in de mist. Marcus durfde niet aan Gaius te vragen of hij het ook hoorde. Dat zou het echt maken. En Marcus probeerde uit alle macht vol te houden dat hij het zich alleen maar inbeeldde. Het was niet echt. Het kon niet echt zijn.

En plotseling marcheerde de hele kolonne weer uit de dichte mist. Marcus zag hoe de wolken even onverwachts weer weg trokken als ze waren opgekomen. Langzaam kon hij de rest van het leger weer zien. Alle centuries marcheerden nog gewoon voor hen. Er was niemand door geesten het moeras ingesleurd.

Hij ontspande zich en voelde zich plotseling volslagen idioot.

Hij had in de Alpen tegenover gevaarlijke krijgers van de Raeti gevochten. Hij had dorpen bestormd en vijanden verslagen. Alle mannen in zijn centurie waren geharde soldaten die jarenlang hadden gevochten voor Rome. Ze konden iedere vijand aan. Er was geen enkel gevaar waar ze voor terugdeinsden. En toch had niets hun zo veel angst aangejaagd als wat flarden mist in dit troosteloze landschap. Dat beloofde nog wat als de oorlog in Germania echt zou beginnen.

# Hoofdstuk 30

*13 voor Christus*

## Bren

Bren ontwaakte uit een prettige droom. Hij was meteen in een uitstekend humeur toen hij wakker werd. De kou en de flarden nevel die deze ochtend over hun kampplaats hingen, deerden hem niet. Vandaag zou hij eindelijk na vier maanden zijn familie weer zien. Hij vroeg zich af hoe groot Bard ondertussen al zou zijn. Toen hij hem voor het laatst had gezien, hadden ze net zijn tweede verjaardag gevierd. Op die dag had Bren een klein houten paardje aan zijn zoon gegeven. Hij moest glimlachen toen hij het beeld weer voor zich zag van zijn zoon die met het houten paardje op de vloer van de boerderij speelde. En hij vroeg zich af hoe het met zijn dochter Aster ging. Ze was tijdens zijn afwezigheid één jaar oud geworden. Zou ze al lopen?

Hij keek om zich heen naar de andere ruiters uit zijn turmae. Sommige ruiters waren al wakker, maar de meesten lagen nog in hun mantels gewikkeld te slapen. Bren sloeg zijn eigen mantel van zich af en stond op. Het was stil op het grasveld waar ze de vorige avond hun kamp hadden opgeslagen. De paarden hadden ze gisteren een stukje verderop vastgebonden.

Bijna zonder erover na te denken telde Bren alle mannen die om hem heen lagen. Het waren er achttien.

Plus twee ruiters die de paarden bewaken, dacht hij. Vijf ruiters die in het fort zijn gebleven en vier die al een dag eerder met verlof zijn gegaan. Iedereen is er.

De leider van hun ruitergroep was Thorgal, de neef van Tarik. Hij had net als Bren tegenwoordig de rang van decurion in de Romeinse hulptroepen. Thorgal was een van de ruiters die al een dag eerder met verlof was gegaan en daarom had Bren op dit moment de leiding over de turmae. De ruiters die met hem mee reisden, zouden net zoals hijzelf vandaag allemaal met verlof gaan. Iedereen kreeg de tijd om de laatste paar dagen van het jaar met zijn familie door te brengen en na het joelfeest zou iedereen zich in het nieuwe jaar weer melden bij Thorgal.

Bren verwachtte dat hij zijn mannen zou missen als ze na vandaag allemaal hun eigen weg gingen. Ze waren nu een jaar samen als ruitereenheid in de Bataafse hulptroepen, maar veel van hen kende hij al vanaf zijn jeugd. Hij was met hen opgegroeid en hoewel het in het begin vreemd voelde om hen bevelen te geven, was iedereen na een jaar wel aan die nieuwe rolverdeling gewend.

Bren had zelf aan Wilfrid, de jongere broer van Hilde, gevraagd of hij als zijn rechterhand in zijn eenheid wilde dienen. De jongen had zich meteen enthousiast ingezet en hij was het afgelopen jaar erg bedreven geworden als ruiter. Wilfrid was als zestienjarige de jongste ruiter in de turmae, maar dat maakte weinig uit. Bren was zelf pas twintig en de meeste mannen in hun eenheid waren rond zijn leeftijd. Thorgal was de enige man in hun turmae die de dertig al was gepasseerd.

Bren kon zich niet voorstellen dat er mannen waren die dapperder waren en meer voor elkaar over hadden dan de mannen met wie hij nu samen in het leger diende.
Hij gooide wat hout op het na smeulende kampvuur en blies in de resten tot het vuur weer oplaaide. Hierna liep hij naar de rivier om zich te wassen en een ketel met water te halen. De groep ruiters van Bren was gisteren aan het eind van de middag vertrokken uit het fort Fectio. Ze waren op weg naar de nieuwe nederzetting Oppidum Batavorum, waar steeds meer Bataafse families het afgelopen jaar naartoe waren verhuisd.
Waarschijnlijk waren ze sneller geweest als ze de reis per schip hadden afgelegd over de Rijn. Maar Bren had besloten om over land te gaan, dus trok zijn groep gisteren in de laatste uren van de dag langs een modderig karrenspoor vol kuilen, plassen en omwegen om moerassen en rivieren heen, waardoor ze nauwelijks opschoten. Bij het vallen van de duisternis had hij besloten om een kamp op te slaan en de volgende ochtend verder te gaan. De reis zou veel sneller gaan als de Romeinen op dit traject ook een weg aan zouden leggen, zoals ze nu deden op het stuk tussen Batavorum en de stad Atuatuca Tungrorum in het zuiden.

Hij kwam terug op de kampplaats en zag dat bijna alle mannen ondertussen wakker waren. Iedereen wilde snel vertrekken, want ze wilden graag terug naar hun familie.
"Ik rij vandaag niet helemaal mee naar Oppidum Batavorum," zei Bren tijdens het ontbijt tegen Wilfrid. "Ik ga eerst naar onze boerderij."

"Prima," zei Wilfrid. "Doe de groeten aan Hilde en de kinderen. Ik zal bij het Vijfde legioen doorgeven dat we zijn aangekomen en dan ga ik zelf ook naar de boerderij van mijn vader. Vier je het joelfeest op jullie boerderij?"
Bren schudde zijn hoofd.

"We gaan morgen verhuizen. Ik heb vorige maand bericht gekregen van Akko dat onze woning in de stad klaar is en vanaf deze winter gaan we daar wonen."
Bren keek er enorm naar uit. Meer nog dan het weerzien met zijn familie verheugde hij zich op hun gezichten als hij hen rond zou leiden in hun nieuwe huis. Voortaan zouden ze niet meer ergens in een afgelegen boerderij wonen, maar in de jonge nederzetting te midden van alle belangrijke families van de Bataven.

Na het ontbijt ruimden de mannen hun spullen op en gaf Bren het bevel om weer te vertrekken. De mannen reden de hele ochtend verder door het langzaam veranderende landschap, terwijl het zacht begon te regenen. De bossen maakten plaats voor groene weilanden en naarmate de groep dichter bij Oppidum Batavorum kwam, zagen ze meer boerderijen langs de weg liggen en liep er meer vee rond. Het was duidelijk te zien dat de Romeinse invloed in het gebied toenam en dat daardoor ook de levensstandaard omhoog ging.

Een paar mijl voor Oppidum Batavorum nam Bren afscheid van zijn mannen. Hij gaf ze allemaal afzonderlijk een hand en wenste iedereen een goed joelfeest, waarna hij zijn paard aanspoorde en van het pad af reed richting de boerderij. Zijn verlof was nu echt begonnen.

Hij werd enthousiast onthaald door de familie toen hij bij de boerderij aankwam. Het voelde fijn om iedereen weer in de armen te kunnen sluiten. Hij had Hilde het meest van allemaal gemist en hij zoende haar lang, terwijl Bard ondertussen jengelend aan zijn arm hing.

Die avond zat de familie nog lang bij het vuur om bij te praten over de afgelopen maanden. Bren hoorde van Hilde dat Aster haar eerste woordje had gezegd, maar nu hij er was, wilde ze niet meer praten. Alleen Timmen reageerde de hele avond wat koel op de terugkeer van Bren. Er leek hem iets dwars te zitten, maar Bren begreep niet wat het kon zijn. Hij vertelde trots over wat hij de afgelopen maanden had meegemaakt in de hulptroepen.

"Iedereen zegt dat de oorlog komend voorjaar gaat beginnen," zei hij enthousiast. "De vloot is zo goed als klaar en Drusus heeft de hele oever van de Rijn versterkt met nieuwe forten, havens en wegen. En van Marcus hoorde ik dat het Eerste legioen het afgelopen jaar een enorm bouwproject heeft uitgevoerd; een soort kunstmatige rivier richting de grote meren in het noorden. Waarschijnlijk begint de oorlog daar. In het gebied van de Friezen en de Chauken."
Bren keek naar Akko, terwijl hij daarover vertelde. Akko behoorde vroeger tot de Chauken. Bren vroeg zich af wat de slaaf dacht, maar kon het uit zijn blik niet opmaken.

De volgende ochtend maakte hij iedereen al vroeg wakker. Die dag zouden ze naar hun nieuwe huis vertrekken. Alle spullen werden in de ochtend opgehaald door twee wagens die Bren uit Oppidum Batavorum over had laten komen.
Timmen was die ochtend nog steeds erg stil en teruggetrokken, wat Bren vreemd vond. Normaal gesproken was Timmen altijd de drukste van de familie. Hij had verwacht dat Timmen net als hij opgewonden zou zijn over hun nieuwe woning, maar in plaats daarvan liep hij alleen maar met een norse blik een beetje doelloos rond in de boerderij. Hij liep de anderen voortdurend voor de voeten en leek zich bij de hele verhuizing alleen om zijn eigen spullen te bekommeren.

In de loop van de ochtend kwam Mani langs bij de boerderij en samen met Bren riep hij de geesten van de voorvaderen van Bren op om met de familie mee te reizen naar hun nieuwe huis en hen daar te blijven beschermen. Terwijl hij voorzichtig de houten beeldjes inpakte die de aanwezigheid van de geesten symboliseerden, stond Mani naast hem zacht te zingen met zijn handen omhoog en een afwezige blik in zijn ogen. Bren hoopte maar dat de geesten naar Mani zouden luisteren en dat ze dit niet voor niets deden.

Nadat Mani de ceremonie had voltooid, kon de familie vertrekken. Ze namen afscheid van Akko, die samen met een aantal knechten achter zou blijven om in hun afwezigheid voor het vee en de boerderij te zorgen.

Aan het eind van het pad draaide Bren zijn paard nog één keer om. Hij keek naar de boerderij waar hij zijn

hele leven had gewoond en naar de plek op het pad waar zijn vader was gestorven. Dat was alweer drie jaar geleden.
Als Beren mij nu ziet, is hij vast trots op me, dacht hij. Ik ben een decurion in dienst van het Romeinse leger, ik ga in de stad wonen en ik ben de vader van twee gezonde kinderen.
Hij draaide zich om en reed opgetogen achter de wagens aan. Hij voelde zich gelukkiger dan hij in jaren was geweest.

# Hoofdstuk 31

## Harald

"Ik ben op zoek naar Marcus Vilenus," zei Harald tegen Publius Barrus, de norse centurion van Marcus. "Ik kom hem ophalen voor het avondmaal bij onze familie."
De centurion keek hem met een wazige blik aan. Bijna alsof hij dronken was, hoewel de dag nog maar halverwege was.
"Dan moet je niet bij mij wezen, maar bij die gup daarzo," zei Barrus, terwijl hij naar Lucius wees. "Hij is vandaag de baas."
Harald keek verbaasd naar Lucius, die in plaats van zijn normale soldatenhelm vandaag een leren kap op zijn hoofd had. Lucius keek ook al behoorlijk beschonken uit zijn ogen. Harald keek om zich heen en zag dat bijna iedereen met een leren kap op zijn hoofd rondliep. En de officieren hadden dezelfde kleding aan als de gewone soldaten.

Hij zag dat de soldaten in het kamp druk bezig waren om lange tafels op te stellen voor het principia, het hoofdkwartier. Iedereen droeg dezelfde leren kap, de pileus, die normaal gesproken alleen gedragen werd door vrijgelaten slaven. En iedereen in het kamp hielp mee om de tafels klaar te zetten. Zelfs centurions en een enkele tribuun liepen zij aan zij met de gewone soldaten te sjouwen met tafels en houten banken.

Met een schok besefte Harald welke dag het vandaag was. Hij had er deze ochtend helemaal niet bij stil gestaan. Vandaag was het de eerste dag van het feest van de Saturnalia, een feest dat de Romeinen ieder jaar in december vierden ter ere van de god Saturnus. Het was een feest waarbij alle rangen en standen, die de Romeinse maatschappij normaal gesproken zo strikt verdeelden, voor een paar dagen verdwenen. Iedereen was gelijk. Senatoren zaten samen met hun slaven aan dezelfde tafel en vrijgelatenen vierden feest met ridders alsof er geen onderscheid was tussen hen.

Harald vond al dat er deze ochtend een vreemde, uitgelaten sfeer in het kamp had gehangen toen hij hier binnen kwam. De soldaten bij de poort hadden hem joviaal begroet, waarna ze hem gewoon door hadden gelaten zonder naar het wachtwoord te vragen.

Nou ja, die soldaten waren in ieder geval nog wel nuchter, dacht Harald. In tegenstelling tot dit zootje hier.
Hij vroeg aan Lucius waar Marcus was en die wees hem door naar de barakken van de derde centurie. Harald vond Marcus op zijn bed in de kleine kamer waar hij in de winter met de mannen van zijn tent sliep. Samen met Sextus was Marcus bezig om korte briefjes te schrijven. Dat betekende dat Sextus schreef en Marcus voor hem dicteerde, omdat hij zelf niet kon lezen of schrijven.

"Ga zitten," zei Marcus. "Ik moet alleen nog een gedicht maken voor onze optio en dan ben ik klaar."
Harald ging op zijn gemak op een kist zitten die naast een van de bedden stond. Verbaasd merkte hij op dat zijn eigen kamer die hij in Lugdunum huurde bijna even groot was als deze ruimte waar de acht soldaten samen moesten leven. Het rook er muf. Er hing een penetrante lucht van zweet en leer, met de scherpe geur van vochtig ijzer ertussen, afkomstig van de zijkamer waar de soldaten hun wapenuitrustingen en helmen hadden opgeborgen.

Op het bed van Marcus lag al een hele stapel met kleine beeldjes van klei of lekkernijen en andere geschenken, allemaal met een klein briefje erbij.

Marcus had moeite om zijn gedicht voor Quintus te bedenken en hij begon verschillende keren opnieuw, tot Sextus er genoeg van had en voorstelde om het gedicht maar gewoon met wat standaard regels af te maken.
"Denk je dat Quintus en Barrus voor iedereen in hun centurie een persoonlijk gedicht gaan zitten schrijven?" vroeg Sextus. "Die schrijven gewoon ieder jaar hetzelfde voor hun mannen, let maar op."

Marcus was nog steeds niet tevreden, maar hij wilde Harald niet laten wachten, dus raffelde hij het gedicht maar af met wat hulp van Sextus en Harald.
Samen met Sextus deelde Marcus zijn geschenken uit aan de mannen van hun centurie en van veel van hen kreeg hij ook weer iets kleins terug. Er zat veel eten en snoep tussen de geschenken en Marcus besloot om de lekkerste dingen mee te nemen voor Harald en zijn familie. Harald verzekerde hem dat dat niet hoefde, maar Marcus stond erop.
"Jij hebt duidelijk nog nooit een joelfeest meegemaakt," zei Harald lachend, terwijl hij met Marcus door het kamp richting de poort liep. "Mijn moeder bakt altijd een enorme berg joelkoeken en ik verwacht dat Timmen en Bren samen

op jacht zijn gegaan. We zullen vanavond hoe dan ook genoeg te eten en te drinken hebben."

Terwijl ze samen door het kamp liepen, Harald met zijn paard aan de hand en Marcus met een zak vol eten over zijn schouder, werden ze continu begroet door andere soldaten die met geschenken op weg waren naar hun vrienden.
"Io Saturnalia," riep iedereen naar elkaar en na verloop van tijd deed Harald enthousiast met Marcus mee en wenste iedereen een vrolijke Saturnalia. Plotseling zag Harald een bekend gezicht tussen de mensen die "Io Saturnalia" naar elkaar riepen.

"Dat meen je niet," zei Harald met een grijns. "Jullie hebben hém uitgekozen als de Princeps Saturnalia?"
"Ja, hij was het vorig jaar ook," zei Marcus. "En dat beviel goed. Dus we hebben er maar een traditie van gemaakt."
Harald keek met een glimlach naar Pisto, een van de slaven uit de staf van het legioen. Als enige in het hele kamp had Pisto niet de leren kap van een vrijgelatene op zijn hoofd, maar een ijzeren kroon. Terwijl alle andere mannen in het kamp druk bezig waren om het feestmaal voor die dag voor te bereiden, liep Pisto op zijn gemak rond en deelde absurde bevelen uit aan mannen die hij normaal gesproken niet eens zomaar aan mocht spreken. Zo liet hij twee krijgstribunen steeds heen en weer lopen met een houten bank en hij liet een centurion een helm vol wijn in een teug leegdrinken. Harald vond dat het Pisto opvallend goed af ging om bevelen uit te delen. Het was alsof deze nieuwe rol voor de slaaf de normaalste zaak van de wereld was. Hij scheen er vooral plezier in te hebben om de hogere officieren belachelijk te maken en die officieren speelden het spel vrolijk mee. De omkering van hun traditionele rolverdeling hoorde allemaal bij het spel van de Saturnalia.

Ze liepen van het legioenskamp de heuvel af richting de nieuwe nederzetting Oppidum Batavorum, die iets verder op een andere heuvel lag. De familie van Harald was een paar dagen geleden in Batavorum komen wonen en vanavond zouden ze daar samen het joelfeest vieren. De nieuwe 'stad' van de Bataven die Drusus aan de Waal had gesticht was nog nauwelijks een stad te noemen. De nederzetting bestond uit enkele tientallen boerderijen, die in een kleine cirkel rond de heuveltop waren gebouwd. Er waren geen grote stenen bouwwerken zoals de theaters en tempels van Lugdunum, maar Harald ging ervan uit dat de Romeinen die hier op een dag ook zouden bouwen. Het dorpje zag er vredig uit met de houten boerderijen waar rook uit kringelde. Tussen de woningen scharrelden varkens en kippen rond. Beneden hen glinsterde de Waal donkerblauw in het licht van de koude winterzon.

"Vind je het niet erg om het feestmaal te missen?" vroeg Harald toen ze de poort uit waren.

"Ach, de Saturnalia gaat de hele week nog door," zei Marcus. "Zeven dagen achter elkaar eten en drinken. Ik denk dat ik het de komende dagen wel weer in kan halen. En ik ben trouwens lang niet de enige die niet meedoet met het feest vanavond. Laberus heeft bepaald dat steeds de helft van alle cohorten nuchter moet blijven. Alcohol is vandaag ten strengste verboden voor alle even cohorten en morgen blijven de oneven cohorten nuchter."

Harald betwijfelde of de soldaten zich daar netjes aan zouden houden, maar de Romeinen kennende zouden er wel weer gruwelijke straffen staan op het negeren van deze voorschriften.

"Dit is de eerste keer dat de legaat die maatregel heeft voorgeschreven," zei Marcus. "Vorig jaar was dit niet zo. Weet jij of Drusus problemen verwacht?"

"Drusus is de laatste weken wel ongerust geworden," gaf Harald toe. Eigenlijk mocht hij niks vertellen over de besprekingen waar hij als tolk bij was, maar hij ging ervan uit dat de meeste informatie uit die overleggen vroeger of later toch wel uitlekte. Geruchten en roddels verspreidden zich doorgaans sneller door een legioen dan door een bordeel vol kibbelende hoeren.

"De edelen in Gallië zijn onrustig. Ze morren over de hoeveelheden voedsel en goederen die ze af moeten staan voor de komende campagne. En nu Augustus weer naar Rome is vertrokken en voedsel schaars wordt in de winter, zou die onrust best eens om kunnen slaan in een regelrechte opstand. En dan is er in Germania natuurlijk nog het probleem met Maelo, de leider van de Sugambren."

"Maelo," zei Marcus vol afkeer en hij spuugde op de grond. "Ik kan nog steeds niet geloven dat we hem in leven hebben gelaten na wat hij met het Vijfde legioen heeft gedaan."

"Augustus wist dat hij vier jaar geleden nog niet in staat was om een oorlog te beginnen tegen de stammen in Germania," zei Harald. Hij was zelf nog getuige geweest van die inval van

Maelo. Even dacht hij terug aan de woeste krijgers die hij over de Rijn had zien trekken toen hij nog een jongen was. Hij was nu een man, maar zo'n aanblik zou hem nog steeds met angst vervullen.

"Amnestie voor Maelo was een belangrijke voorwaarde van de vredesonderhandelingen nadat ze zich naar hun eigen land hadden teruggetrokken. En de afgelopen jaren hebben ze zich aan hun afspraken gehouden. Drusus vertrouwt Maelo echter voor geen as. Hij verwacht dat Maelo iets in zijn schild voert nu hij ziet dat de Romeinen zich voorbereiden op een oorlog. Drusus is bang dat Maelo een aanval op de Rijn uitvoert als hij met de vloot ergens ver weg in het noorden van Germania zit. Dus zolang Maelo zo dicht bij de grens zit, kan Drusus niet vertrekken. Maelo en Drusus weten allebei dat het binnenkort tot een confrontatie moet komen. De vraag is alleen wie de eerste klap zal uitdelen. En wanneer."

Harald keek naar de overkant van de rivier. Het land op de andere oever behoorde tot het gebied van de Bataven en dat land werd nu in hoog tempo onder handen genomen door de ingenieurs van het Romeinse leger. Er was een groot legioensfort met de naam Fectio gebouwd op de oever van de Rijn, vlak bij de plek waar Drusus zijn kanaal had laten graven. Harald zag drie patrouilleschepen over de Waal varen die net terug kwamen van een verkenningstocht langs de Rijn. En ergens achter de Rijn lag het gebied van de Sugambren.

Harald en Marcus liepen door de straten van Oppidum Batavorum richting de hoeve van Bren, terwijl er een koude wind opstak. De nederzetting voelde vreemd aan voor Harald, die gewend was aan de stad Lugdunum. Veel boerderijen waren nog niet bewoond door hun families of ze waren nog in aanbouw. Het leek bijna alsof de stad nog helemaal niet in gebruik was genomen door de nieuwe bewoners. Alsof hij alleen nog op papier enige betekenis had.

"Hier moet het ergens zijn, geloof ik," zei Harald toen ze een hoek om gingen. "Ik ben er zelf ook nog niet geweest."
"Harald," riep een meisjesstem achter hen en Harald draaide zich net op tijd om, om Banna op te vangen, die met uitgestrekte armen om zijn nek vloog.
"Waar bleef je nou? Heb je ons huis al gezien? We zaten al de hele ochtend op jullie te wachten. Heb je honger? Mama heeft joelkoeken gebakken, maar we mochten ze pas eten als

jullie er waren. Arianne mocht afgelopen nacht bij mij op de kamer slapen."

Zijn zusje bleef enthousiast doorpraten zonder Harald de tijd te geven om ergens op te reageren. Ze hadden elkaar al bijna een half jaar niet gezien en het viel Harald op dat haar stem anders klonk dan hij zich herinnerde. En ze was een stuk langer geworden, alsof ze in het afgelopen half jaar opeens ouder was geworden.

"Sorry, hij moest nog gedichten schrijven," zei Harald, nadat Banna hem eindelijk los had gelaten uit haar innige omhelzing. Ze gaf Marcus een zoen op zijn wang, waarna ze allebei moesten blozen.

"Dag Banna," zei Marcus. "Ik ben erg benieuwd naar jullie nieuwe hoeve. Wil je ons voorgaan?"

Harald vond dat Marcus zich opeens vreemd gedroeg. Hij was gespannen geworden toen Banna was verschenen en hij vergat bijna zijn zak met eten mee te nemen toen Banna hen naar de boerderij leidde.

De boerderij van Bren in Batavorum zag er hetzelfde uit als hun oude boerderij aan de overkant van de Waal. Het model was hetzelfde, alleen hij was een stuk groter en hij zag er erg nieuw uit. En er werd in deze boerderij geen vee gehouden. Het deel van de boerderij waar de koeien altijd stonden werd nu gebruikt voor de slaapkamers.

Bij de boerderij werden ze begroet door de hele familie. Harald kuste zijn moeder Reine en zijn vrouw Arianne; hij omhelsde zijn broers Bren en Timmen en aaide zijn neefje Bard over zijn hoofd, terwijl Hilde uit de slaapkamer aan kwam lopen met haar dochter Aster op de arm. Bard was al weer tweeëneenhalf jaar oud en rende enthousiast lachend door de boerderij. Ook Aster was een stuk groter dan een half jaar geleden, toen Harald iedereen voor het laatst had gezien.

De slaaf Akko, die sinds de verhuizing voor de oude boerderij zorgde, was deze ochtend naar de stad gekomen voor het joelfeest. Samen met Trig mocht hij het feest meevieren met de familie van Bren, hoewel de twee slaven wel aan hun eigen tafel zouden zitten. Bren en Harald gingen normaal gesproken op een vriendschappelijke manier met hun slaven om, maar een feest zoals de Romeinse Saturnalia, waarbij slaven en vrije mannen opeens gelijk waren, was voor hen ondenkbaar.

Harald had voor Bard een klein houten zwaard meegenomen uit Lugdunum. De jongen begon meteen

enthousiast tegen de gloednieuwe balken van de boerderij te rammen, waarna Bren het zwaard snel weer afpakte.
Nadat iedereen elkaar in de hal had begroet, liet Bren trots de hoeve zien aan Harald en Marcus. De hoeve was een stuk groter dan hun oude boerderij, hoewel het toch niet zo groot was als de Romeinse huizen die Harald uit Lugdunum kende. Hij bestond uit meerdere kamers die allemaal naast elkaar in de langgerekte woning lagen. De grootste ruimte was de woonkamer, die rechts van de hal lag. Midden in de woonkamer stond al een grote tafel klaar voor het feestmaal.

Banna keek begerig naar de broden en koeken die op tafel lagen, maar Bren stond erop om eerst de rondleiding af te maken. De grootste trots van Bren stond tegen de muur van de woonkamer, waar hij een levensgroot standbeeld had laten plaatsen. Het was een beeld van wit kalksteen van de Romeinse held Hercules die in gevecht was met een leeuw. Harald en Marcus waren allebei erg onder de indruk van het beeld. Het moest een vermogen hebben gekost voor Bren. Harald vroeg zich af of hij misschien geld van Tarik of Thorgal zou hebben geleend, want het was niet iets wat hij zich kon veroorloven van zijn soldij als decurion.

Naast de woonkamer lag een grote keuken. Boven een vuur aan de rand van de keuken werd een ketel met soep warm gehouden en daarnaast hing het karkas van een hert aan het spit. Harald voelde zijn maag rommelen toen hij de geur rook van het vet dat langzaam in het vuur droop. Naast de keuken lag een aparte, kleinere eetkamer voor de slaven en het overige personeel van het huishouden, ook al was Trig op dit moment de enige slaaf in huis. Bren vertelde dat hij erover zat te denken om over een paar jaar een tutor te nemen voor Bard.
“Ik zou het makkelijk kunnen betalen,” zei Bren tegen Harald. “En als jij straks ook zonen hebt, kunnen ze samen een opleiding krijgen als wij er niet zijn.”
Haralds adem stokte even, maar zijn broer had het niet door.

Hij was al anderhalf jaar getrouwd met Arianne en hoewel ze regelmatig seks hadden met elkaar, was het nog niet gelukt om zwanger te raken. De twijfel die Harald bij het begin van zijn huwelijk had gevoeld, was na anderhalf jaar nog niet weg gegaan. Het leek eerder erger te worden nu de tijd langzaam verstreek zonder kinderen. Hij sprak nooit over zijn gevoel met Arianne, maar hij wist dat zij zich ook zorgen begon te maken over het feit dat ze nog niet zwanger was geraakt.

"Alleen Trig heeft me aangeraden om te wachten met het aanschaffen van een tutor," ging Bren verder. "Hij verwacht dat de prijs van slaven een stuk lager zal worden als straks de oorlog in Germania begint en de eerste gevangenen naar de provincie worden gezonden. Dus ik wacht nog een jaar en dan kijk ik hoe de markt er na de zomer voor staat."
Bren liep verder en liet de verschillende slaapkamers zien, die aan de andere kant van de hoeve lagen. Harald keek zijn ogen uit door de ruimte en het comfort van de nieuwe boerderij. Het was een enorme vooruitgang ten opzichte van de boerderij waarin ze waren opgegroeid. Bij iedere kamer die Bren liet zien, werd Harald steeds enthousiaster. En hoewel Marcus niet echt onder de indruk was, reageerde hij toch beleefd en gaf de trotse Bren complimenten over de ruimte in de diverse kamers.

Alleen Timmen gedroeg zich vreemd tijdens de rondleiding, merkte Harald na een tijdje. Hij zei weinig en liep met een dreigende blik achter de anderen aan, alsof hij zich in stilte ergens over aan het opwinden was. Hij leek helemaal niet blij te zijn over het feit dat Bren, Harald en Arianne weer thuis waren en dat ze in zo'n mooie nieuwe boerderij woonden. En hij gedroeg zich ook opvallend afstandelijk tegenover Marcus, die juist zijn best deed om een goede indruk te maken op de familie. Harald vroeg zich af wat er aan de hand kon zijn.

## Hoofdstuk 32

## Banna

Tijdens de maaltijd had Banna helemaal niet in de gaten dat Timmen zich steeds meer afsloot voor de anderen. Ze had alleen maar oog voor Marcus, die druk in gesprek was met Bren en Harald over de komende campagne en over de dreiging van Maelo en de Sugambren. Marcus kon zich al redelijk verstaanbaar maken in de taal van de Bataven. Af en toe kwam hij niet op de juiste woorden en dan schakelden de drie weer over op Latijn. Marcus sprak in de harde taal van een soldaat over dood en slachtpartijen, maar zijn woorden drongen nauwelijks tot Banna door. Ze staarde dromerig in de diepe blauwe ogen waar ze een zachtheid in zag waar Marcus zich zelf waarschijnlijk niet eens bewust van was. Het voelde vreemd om opeens zo dicht bij hem aan tafel te zitten. Ze at weinig en had de hele avond het idee dat haar gezicht gloeide. Op een bepaalde manier leek de kamer warmer en lichter te zijn nu Marcus er was.

Banna kende Marcus al anderhalf jaar en hoewel ze hem bij de bruiloft van Harald al knap had gevonden, was ze hem daarna vrij snel weer vergeten. Het afgelopen jaar had ze eigenlijk nauwelijks meer aan hem gedacht. Alleen toen ze een paar dagen geleden hoorde dat hij het joelfeest bij hen zou vieren, voelde ze haar maag plotseling een sprong maken. De afgelopen dagen had ze steeds meer aan hem gedacht en toen ze hem die middag op straat zag staan, was haar gevoel nog sterker geworden. Ze vroeg zich af of Marcus doorhad wat ze voor hem voelde. Ze hadden deze middag nauwelijks met elkaar gesproken. En tijdens het eten zaten ze te ver uit elkaar om een gesprek te kunnen voeren.

"Moeten we het nu echt de hele avond over het leger hebben, jongens?" vroeg Reine uiteindelijk.
"We vieren vanavond het joelfeest. Er zijn vast andere zaken waar we over kunnen spreken dan die oorlog waar jullie zo mee bezig zijn. Harald, waarom vertel je het verhaal van de zon en de duisternis niet nog een keer? Dat hoort meer bij deze avond."

Harald twijfelde en schonk zichzelf nog een beker wijn in, terwijl de anderen aandrongen. Er werd de hele avond al stevig gedronken door alle aanwezigen. Uiteindelijk stond Harald op en begon op een plechtige manier te vertellen. Banna kende het verhaal al bijna net zo goed als hijzelf, want het werd ieder jaar verteld op deze avond. Eerst vertelde Beren het altijd en na zijn dood had Harald het van hem overgenomen.

Het was een spannend verhaal over een tijd heel lang geleden. Een tijd waarin duisternis over de aarde heerste en geesten en monsters vrij rondzwierven door het land. De zonnegodin Sunna, die met haar strijdwagen de zon door de hemel trok, was verdwenen, waardoor de nacht eeuwig duurde. Harald vertelde hoe de mensen zich in die tijd angstig terugtrokken in hun huizen, waar ze omkwamen van de honger en de kou. Gewassen verwelkten in de duisternis en rivieren en meren vroren dicht. Zelfs de machtige Rijn kwam helemaal tot stilstand en werd bedekt met een dikke laag ijs. Alle vogels trokken weg naar warmere streken en er verschenen woeste wolven en beren die de mensen zelfs in hun boerderijen aanvielen.

Maar na honderden jaren van duisternis keerde de hoop weer terug in het verhaal van Harald. Een jonge held besloot op een dag dat hij niet meer toe wilde geven aan de angst en wanhoop die iedereen in zijn greep hield. Hij verzette zich tegen de monsters die om zijn huis heen cirkelden en ontsnapte richting het zuiden om hulp te halen voor zijn familie. Dagen en weken achter elkaar trok de jonge held verder, helemaal alleen en achtervolgd door demonen en wolven door de donkere bossen.

Uiteindelijk bereikte hij het zuiden, waar hij Sunna overhaalde om weer terug te komen naar het noorden om de strijd aan te gaan met de nacht. Er volgde een verschrikkelijke veldslag tussen goden, mensen en demonen. Vele goden en ontelbare mensen sneuvelden in de strijd, maar uiteindelijk overwon de zon de krachten van de duisternis door de hulp van haar broer Mani, de god van de maan.
Het licht keerde terug in het land en er bloeiden nieuwe gewassen op. De dieren kwamen langzaam weer terug en de mensen hadden na de lange winter weer een overvloed aan voedsel.

De duisternis was echter niet definitief verslagen. De nacht was alleen tijdelijk verzwakt. Ieder jaar opnieuw groeide de macht van de duisternis en werd er opnieuw strijd geleverd door de zon. En ieder jaar keerden de duisternis en de kou weer even terug. Maar zolang de mensen weerstand bleven bieden tegen hun angsten, konden de demonen van de nacht geen vat op hen krijgen. Zolang ze hoop bleven houden op de terugkeer van de zon, zou Sunna hen nooit meer in de steek laten en ieder jaar opnieuw overwinnen.

Tijdens het verhaal van Harald keek Banna steeds naar Marcus, die dit verhaal voor het eerst hoorde. Ze vroeg zich af in wat voor familie Marcus eigenlijk was opgegroeid en waarom hij zich had aangemeld voor het Romeinse leger. Vertelde de vader van Marcus vroeger ook dit soort verhalen toen hij nog een kind was geweest? En hoe voelde het voor de Romeinse soldaat om zo ver van huis het nieuwe jaar te vieren met deze vreemde familie?

Aan de andere kant van de tafel, schuin tegenover Banna, zat Timmen ondertussen stil in zijn eigen gedachten verzonken. Hij luisterde maar half naar het verhaal van Harald en wierp duistere blikken naar Marcus en Bren, terwijl hij de ene na de andere beker bier leeg dronk.

De uitbarsting van Timmen kwam voor iedereen aan tafel als een volslagen verrassing. Niemand had tijdens het eten in de gaten gehad dat hij zich steeds meer had zitten verbijten om de hele situatie, totdat het te laat was.

Het was begonnen toen Bren aan Trig had gevraagd om nog een kruik wijn uit de voorraadkamer te halen. De gasten aan tafel hadden al verschillende kruiken leeg gedronken en iedereen verkeerde in een vrolijke, licht aangeschoten stemming. Zelfs Banna had tijdens het eten twee bekers wijn gedronken en ze had het voor het eerst niet smerig gevonden. Marcus, die zich nu op zijn gemak voelde bij de familie naarmate de avond was gevorderd, was snel opgesprongen voor Trig op kon staan.

“Nee nee, ik sta erop,” zei Marcus lachend met een enthousiaste, iets te luide stem. “In Rome wordt vandaag het feest van de Saturnalia gevierd. Geen enkele Romein zou op deze dag kunnen accepteren dat een slaaf voor hem inschenkt. Ik zal de wijn voor jullie inschenken.”

Met wankele passen liep hij richting de keuken en kwam even later terug met twee kruiken wijn en een grote kan bier in zijn handen. Hij begon met inschenken bij de twee slaven Trig en Akko, die aan een aparte tafel in de eetkamer zaten. Iedereen vond het een prachtig gebaar van Marcus en het leidde tot veel hilariteit. Na de slaven lieten ook Bren en Harald zich lachend inschenken door Marcus en Banna glimlachte verlegen toen Marcus haar beker vulde met melk. Ze had helemaal niet verwacht dat die ruwe soldaat zo galant kon zijn. Marcus ging de hele tafel af langs Reine, Hilde en Arianne en vroeg uiteindelijk op een terloopse manier: "Jij nog bier, Timmen?"

Hij had niet in de gaten dat het gezicht van Timmen rood was aangelopen terwijl hij voor iedereen had ingeschonken. Zonder op een antwoord te wachten, schonk Marcus de beker van Timmen vol en ging weer op zijn plek zitten.

Nog voordat hij zijn drinkbeker kon heffen om met iedereen te toosten, vloog de beker van Timmen met een scherpe klap tegen de muur. Druppels bier en kleine scherven klei spatten over Bren en Harald heen en er bleef een vochtige plek achter op de houten wand.

Met een schok viel de vrolijke stemming aan tafel stil. Iedereen staarde naar Timmen, die dreigend naar Bren keek.

"Timmen, wat doe je?" vroeg Bren. "Wat is er aan de hand?"

"Je weet best wat er aan de hand is," zei Timmen met opeengeklemde kaken. Hij keek uitdagend de tafel rond, maar zei verder niks.

"Nee, dat weet ik niet," zei Bren, die eerst verbaasd was en zijn jongere broer nu streng toesprak. "Ben je dronken? Bied je excuses aan voor je gedrag. Of anders ga je maar naar je kamer tot je weer nuchter bent. We hebben een gast in ons midden en je verpest de sfeer van het feest."

"Ik verpest de sfeer?" riep Timmen, die nog roder werd. "Hij verpest juist de sfeer."

Timmen wees met een trillende arm naar Marcus. Iedereen aan tafel keek Marcus verbaasd aan.

"Je hoorde hem toch? Hij is hier de Romein, dus hij schenkt vandaag het drinken voor ons in. Dat is dat Romeinse feest dat vandaag gevierd moet worden? Hij beschouwt ons als zijn slaven en daarom schenkt hij voor ons het drinken in. Wij stellen niks voor. En jij laat hem gewoon zijn gang gaan in je eigen huis? Aan jouw tafel?"

"Luister, het was niet mijn bedoeling om..." begon Marcus.

"Nee, jij hoeft je niet te verontschuldigen, Marcus," zei Bren, die met een dubbele tong sprak. "Hij is het die zich niet weet te gedragen."

Banna keek gespannen naar haar twee broers en naar de anderen aan tafel. Ze wilde niet dat Bren en Timmen boos op elkaar waren, maar ze wist niet wat ze moest zeggen. Ook Hilde staarde geschrokken naar Bren. De sfeer was

plotseling helemaal omgeslagen en niemand durfde zich ermee te bemoeien.
"Wat is er toch met je?" vroeg Bren. "Sinds de verhuizing al gedraag je je als een opstandig kind. Waarom gedraag je je niet als een man, zoals Harald en ik?"
De ogen van Timmen schoten vuur.

"Oh, en jij denkt dat je de man in huis bent?" vroeg Timmen kwaad. "Zie je jezelf echt nog steeds als een vrije man? Een trotse Bataaf, zoals onze vader ooit was? Je bent op slinkse wijze geketend door de Romeinen. Zo slinks dat jullie het zelf niet eens in de gaten hebben. Jij en Harald en Tarik en al die anderen die de Romeinen zo graag willen dienen. Jullie zijn slaven voor hen. En jullie doen precies wat zij willen. Hij weet het," zei Timmen, terwijl hij weer naar Marcus wees. "Maar jij bent te blind om het te zien."
"Timmen, hou je mond over zaken waar je geen verstand van hebt," zei Harald, die nu ook geïrriteerd begon te raken. "Ik heb al meer dan een jaar voor Drusus gewerkt en ik kan je verzekeren dat de Romeinen het hoogste respect hebben voor ons volk. Ze beschouwen onze krijgers als de dapperste en beste ruiters van heel Gallië. We zijn hun bondgenoten, niet hun onderdanen. Bren en ik waren er zelf bij toen we daar afspraken over hebben gemaakt in Lugdunum."
"Die bespreking in Lugdunum waar Tarik zijn twee tegenstanders heeft weggejaagd en waar hij heeft geprobeerd om jullie te laten vermoorden, zodat hij het alleen voor het zeggen had?"
"Timmen, je weet niet wat je zegt," zei Bren. "Denk je nou echt dat Tarik zelf die mannen op ons af heeft gestuurd? Je bent niet goed bij je hoofd."
"Ik had je moeten laten sterven."
"Timmen!" riep Reine geschokt. "Dat meen je niet. Neem je woorden terug."

Timmen keek de tafel rond, waar iedereen nu boos leek te zijn op hem. Zijn blik deed Banna denken aan een valse hond die in een hoek wordt gedreven.
"Kijk ons hier nou zitten in onze Romeinse stad, in onze gevangenis," zei Timmen, terwijl hij om zich heen wees. "Met onze bescherming en de exotische lekkernijen en onze comfortabele kleren. We worden zwak en vrouwelijk door al deze invloeden. We worden Romeins."
"Als je liever weer in een stinkend hol in de grond wilt wonen, dan vertrek je toch lekker naar de overkant van de Rijn," zei Marcus met een knipoog in een halfslachtige

poging om de spanning weg te nemen. Timmen was echter niet voor rede vatbaar en reageerde woest.
“En waarom drinken we tegenwoordig alleen nog maar wijn?” schreeuwde hij, terwijl hij op stond en een volle kruik wijn tegen het standbeeld van Hercules kapot smeet.

De rode wijn kletterde over de scherven van de drinkbeker en er bleef een flinke beschadiging achter in het gezicht van het standbeeld. De neus brak af en de wijn beet in het zachte, broze kalksteen.
“Mijn beeld,” riep Bren kwaad, toen hij de beschadiging zag. Hij sprong overeind om Timmen een draai om zijn oren te geven. Zijn stoel viel met een klap achterover op de grond en Banna hoorde hoe Aster in één van de slaapkamers van de boerderij begon te huilen.
“Jongens, ophouden nu,” zei Reine nog, maar Bren en Timmen luisterden allebei niet meer. Bren rende woedend om de tafel heen en gaf Timmen een harde klap op zijn hoofd.
“Stop,” gilde Banna.

Haar stem klonk schril en zwak en niemand hoorde het nog. Hilde riep ook dat Bren moest ophouden, maar Timmen reageerde direct en sloeg Bren in zijn gezicht. De twee broers raakten met elkaar in gevecht en vielen half over de tafel heen, waarbij aan alle kanten bekers en borden op de grond vielen. Banna wist niet wat er gebeurde. Ze had ze allebei nog nooit zo boos gezien. Bren en Timmen sloegen elkaar met volle kracht, tot Harald uiteindelijk tussenbeide kwam en Bren naar achteren trok.
“Laat hem,” zei Harald. “Jullie hebben allebei te veel gedronken.”

Even leek Bren iets te bedaren, terwijl hij met zijn hand aan zijn kaak voelde. Harald sprak sussend tegen hem om hem te kalmeren. Maar Timmen was nog steeds woest. Alle frustratie kwam er in een klap uit. Voor iemand er erg in had, griste hij een mes van tafel en vloog op zijn broer af. Bren zag het net op tijd. Hij probeerde het mes af te weren, waardoor hij in zijn hand geraakt werd met het kleine mes. Banna raakte helemaal in paniek toen ze bloed uit de hand van Bren zag stromen, terwijl hij worstelde met Timmen om het mes af te pakken. Bren schreeuwde het uit van pijn en woede. Akko en Marcus sprongen snel overeind en hoewel Akko zijn meesters normaal gesproken niet zomaar aan mocht raken, trok hij Timmen nu hardhandig bij zijn broer vandaan.

Bren en Timmen keken elkaar verbijsterd aan, terwijl Bren snel een doek om zijn bloedende hand wond. Ze konden allebei niet geloven wat Timmen zojuist had gedaan. Timmen leek zelf nog meer geschrokken te zijn van zijn actie dan Bren.
“Hoe durf je mij aan te vallen?” vroeg Bren met schorre stem. “Je eigen broer. Ik ben het hoofd van de familie.”
Verbeten keek hij naar Timmen.
“Ik wil dat je hier vanavond nog weggaat,” zei hij met zijn kaken strak op elkaar geklemd. “Er is geen plek meer voor jou in dit huis. Je hoort niet meer bij deze familie.”

Banna slaakte geschrokken een zachte kreet. Ze voelde dat warme tranen over haar wangen liepen. Ze wilde niet dat Timmen wegging. Hij was haar broer. Ze wilde dat iedereen weer rustig werd en geen ruzie meer maakte. Dat ze gewoon weer feest konden vieren, zoals ze even daarvoor nog hadden gedaan. Ze keek naar Reine en Hilde en zag dat zij ook geschrokken waren. Maar ze durfden allebei niet tegen het besluit van Bren in te gaan.
Timmen had ook tranen in zijn ogen, ook al probeerde hij zich groot te houden.

“Goed dan,” zei hij, terwijl hij zich losrukte uit de greep van Akko. “Ik wil hier toch niet meer blijven. Hou je Romeinse slavenverblijf maar. En geef mijn kamer maar gelijk aan Marcus als ik toch weg ben. Dat is toch de broer die jullie liever hebben?”
Hij pakte zijn mantel van de muur en liep richting de deur.
“Timmen, wacht,” zei Harald. “Waar ga je heen?”
Harald keek vragend richting Bren, alsof hij hoopte dat hij zich zou bedenken.
“Vanavond ga ik naar de boerderij,” zei Timmen. “En daarna zie ik wel wat ik doe. Ik red me wel. Ik heb jullie niet nodig. Het maakt jullie niet uit waar ik heen ga en of ik ergens sterf van de honger of niet. Jullie hebben nooit om mij gegeven.”
“Dat is niet waar, Timmen,” zei Harald zacht. “Je bent mijn broer en ik zal altijd om jou blijven geven. Vergeet dat niet.”
Bren zei niets. Hij bleef Timmen ijzig zwijgend aankijken tot hij wegging. In de plotselinge stilte na de ruzie dacht Banna even dat ze buiten in de verte iemand op een hoorn hoorde blazen.
Timmen keek een laatste keer naar zijn moeder, die verslagen aan tafel zat. Haar gezicht was een grauw masker waar geen enkele emotie op af te lezen was. Ze greep niet in.

Ze deed niets om haar zoon in huis te houden. Reine wist dat Bren de baas was.

Even leek het erop alsof Timmen nog iets tegen haar wilde zeggen. Toen draaide hij zich abrupt om en liep de deur uit naar de hal.

Hij smeet de voordeur van het huis met een klap dicht en liet de rest van de familie verbijsterd achter.

## Hoofdstuk 33

## Marcus

Marcus zat lange tijd zwijgend aan tafel. Hij hield zijn mond en luisterde gespannen naar de discussie tussen Bren, Harald, Hilde en Reine over wat er net was gebeurd. Banna was vlak na het vertrek van Timmen huilend naar haar kamer gestormd. De hele familie reageerde geëmotioneerd op de plotselinge ruzie en het vertrek van Timmen. Harald en Reine vonden dat Bren te streng was geweest door Timmen weg te sturen, maar Bren zelf vond, net als Hilde, dat hij in zijn recht had gestaan.
"Hij heeft me aangevallen," zei Bren, terwijl hij de wond aan zijn hand bekeek. Het was geen diepe snee en het was ondertussen gestopt met bloeden. "Vader zou hetzelfde hebben gedaan als Timmen hem met een mes had gestoken."
Marcus voelde zich opgelaten. Hij had het gevoel dat hij hier niet bij hoorde te zijn. Dit was een privé situatie voor de familie van Harald waar hij ongewild in verzeild was geraakt. En hij schaamde zich, doordat de ruzie was begonnen vanwege zijn goedbedoelde gebaar om de wijn in te schenken. Het had hem in zijn enthousiasme zo'n leuk idee geleken. Hij had er absoluut niet aan gedacht dat het beledigend kon zijn voor de Bataven.

Tijdens de discussie, die vooral tussen Bren en Harald ging, werd het gevoel dat Timmen had aangestipt niet meer besproken. De discussie ging vooral over wat Bren en Timmen net hadden gedaan. Het ging niet over de vraag of Timmen misschien gelijk had. Waren Bren en Harald niet te Romeins aan het worden? Waren de Bataven eigenlijk wel echt de gelijken van de Romeinen, zoals Drusus en de andere machthebbers zo vaak benadrukten? Of beschouwde iedereen, ook de Bataven zelf, hun volk en hun manier van leven eigenlijk toch ondergeschikt aan de Romeinse cultuur? Had Timmen misschien een diep weggestopte angst van Bren benoemd en had Bren daarom zo fel gereageerd?

Tijdens de ruzie was Marcus met een schok tot het besef gekomen dat Timmen wat hem betreft in ieder geval gelijk had. Marcus beschouwde de Bataven als een inferieur volk, hoezeer hij ook gesteld was op Harald en zijn familie. Als hij echt eerlijk was, moest hij toegeven dat hij zichzelf beter voelde dan hen. Hij vond de Bataven vaak stinken met hun lange haren die ze nooit leken te knippen of wassen. De Bataven waren een lui en ongedisciplineerd volk en bijna alle Bataven die Marcus kende waren bot, grofgebekt en impulsief. Ze misten die typisch Romeinse deugden als gematigdheid en gravitas.

Marcus kreeg het gevoel dat hij te lang bij de familie was gebleven. Hij stond op van tafel en schraapte zijn keel. “Het is tijd dat ik weer terug ga naar het kamp,” zei hij. “Ik dank jullie voor de hartelijke ontvangst en voor de maaltijd en het spijt me als ik jullie tot last ben geweest.”

Bren protesteerde nog en zei dat Marcus echt niet hoefde te gaan, maar Marcus zei dat hij voor de volgende wacht weer terug moest zijn.

“Het is vanavond misschien het feest van de Saturnalia,” zei hij. “Maar mijn centurion is niet iemand die dat een geldig excuus vindt. Ik heb alleen verlof gekregen tot het einde van de eerste wacht en Barrus is geen man die je tegen je wilt hebben.”

Moedeloos liep hij even later tussen de boerderijen van Oppidum Batavorum terug. Hij kon de ruzie en de woorden van Timmen niet uit zijn hoofd zetten. Hij was opgelucht dat hij de anderen achter zich kon laten en gewoon terug kon gaan naar zijn eigen barak.

Bij de rand van de nederzetting werd Marcus tegengehouden door enkele Bataven van de hulptroepen. Ze hadden een versperring opgeworpen op de weg en hielden die met verschillende strijders bezet. De Bataven keken gespannen naar de duisternis achter de versperring. Marcus had geen idee waarom er deze avond zo veel Bataven op wacht stonden, maar het kon hem ook niks schelen. Hij zei lichtelijk geïrriteerd in het Latijn dat hij erlangs wilde.

De Bataven verstonden geen Latijn en Marcus kon nauwelijks verstaan wat zij tegen hem zeiden. Ze spraken snel en opgewonden, waardoor hij moeite had om het te volgen. Vooral in deze aangeschoten toestand waarin hij nu verkeerde. De Bataven zeiden iets over ruiters, de rivier en iemand die de opdracht had gegeven om de nederzetting te bewaken.

Marcus begon zijn geduld te verliezen. Hij sloeg zijn mantel opzij om zijn soldatentuniek te laten zien en wees richting het legerkamp dat in de verte op de heuvel lag. De Bataven leken het nu eindelijk te begrijpen en lieten hem doorlopen.

Hij vroeg zich af waarom die Bataven zo zenuwachtig waren. Vast iets met dat primitieve bijgeloof van ze, dacht hij, terwijl hij vastberaden de duisternis buiten de kleine nederzetting in stapte. Vandaag is het de kortste dag van het jaar. Dat moet wel een onheilspellende betekenis hebben.

Hij liep in de richting van de kleine lichtjes die hij verderop op de heuvel kon zien. Het was gedurende de avond harder gaan waaien en hij trok zijn mantel dichter tegen zich aan. Buiten de stad voelde hij de bijtende kou van de wind die over de Waal richting het zuiden trok.

Terwijl hij verder de heuvel op liep met aan zijn linkerhand de rivier, voelde hij verschillende emoties door elkaar. Hij was geschrokken van de ruzie en hij schaamde zich, maar toch had hij aan deze avond ook een gelukzalig gevoel overgehouden, dat steeds weer naar boven kwam. Hoe erg Marcus het ook vond wat er aan het eind van de avond was gebeurd, hij bleef steeds terugdenken aan het begin van de avond. Aan Banna, die schuin tegenover hem had gezeten tijdens het eten. Iedere keer als hij aan haar dacht, voelde hij zich van binnenuit warm worden. Hij had zich nog nooit eerder zo gevoeld. En het leek wel alsof hij nog steeds de kus kon voelen die Banna hem die middag op zijn wang had gegeven. Het leek alsof de koude wind deze avond geen vat op hem kon krijgen. De sterren leken helderder te schijnen dan normaal nu hij Banna had gezien.

Terwijl hij in gedachten verzonken door de nacht liep, hoorde hij plotseling het geluid van paarden die snel op hem af kwamen rijden over de weg. Paarden die vanuit de richting van het legerkamp kwamen rijden. Hij ging aan de kant van de weg staan, zodat de ruiters hem niet omver zouden rijden in het donker. Het klonk alsof ze haast hadden.

Even later zag hij vijf ruiters over de weg voorbij stormen. Ze keken niet eens naar hem. Ze reden in volle vaart verder.

Bij een kruispunt iets verderop zag hij dat de groep zich opsplitste. Twee ruiters reden naar de nederzetting en de andere drie sloegen af richting het oosten. Op weg naar kamp Vetera, dat op ongeveer twee dagen rijden langs de Rijn lag.

Vast een oefening, dacht Marcus, terwijl hij zijn schouders ophaalde en verder liep. Drusus zal wel een vraag hebben waar hij direct een antwoord op wil weten, of het nou midden in de nacht is of niet.

Terwijl hij het legerkamp naderde, leek het erop alsof het feest van de Saturnalia nog in volle gang was. Er brandden verschillende grote vuren in het kamp en hij hoorde opgewonden geschreeuw van achter de muren zijn kant op komen.
Misschien kan ik nog wat van het feest meemaken, dacht hij.
Alleen toen hij dichter bij het kamp kwam, merkte hij dat er iets aan de hand was. Dit was geen dronken geschreeuw van een feestvierende menigte. Hij hoorde dat er bevelen werden geschreeuwd en de geluiden die vanuit de verte op muziek hadden geleken, bleken trompetstoten te zijn die de mannen opriepen om te verzamelen.

Marcus bleef even staan en luisterde van een afstand naar het lawaai. De dronken waas die als een warme deken over zijn hoofd hing, trok weg terwijl het besef tot hem doordrong wat er aan de hand was. Hij begon richting het kamp te rennen. Hij rende steeds harder, terwijl het geluid uit het kamp luider werd.

"Halt, wat is het wachtwoord?" riep een soldaat, toen Marcus voor de poort tot stilstand kwam. De soldaat hield zijn speer dreigend voor zich en in een flits zag Marcus dat er een aantal boogschutters boven de poort stonden. Blijkbaar was het kamp in opperste staat van paraatheid.
"Mijn naam is Marcus Vilenus," zei hij vlug. "Eerste legioen, Zesde cohort, Derde centurie, onder centurion Publius Barrus. Ik ben gelegerd in dit kamp."
"Wachtwoord?"
De soldaat zette zich schrap.
"Auctoritas."

Zodra Marcus het zei, stapte de soldaat opzij en ging de poort open. Door de poort zag Marcus dat verschillende centuries zich in het kamp klaarmaakten om ten strijde te trekken. Wapenuitrustingen werden haastig aangetrokken en de standaarden van de centuries werden tevoorschijn gehaald uit het hoofdkwartier. De tafels en de banken die gebruikt waren voor de feestmaaltijd waren haastig leeggeruimd en aan de kant gesmeten.

"Wat is er aan de hand?" vroeg hij aan de soldaten die de poort bewaakten.
"Ga naar binnen," siste de soldaat, die zijn ogen nu weer strak op de weg voor hem had gericht. "Ze zijn de Rijn overgestoken."

"Wie?" vroeg Marcus, die probeerde te bevatten wat er gebeurde. Hij had verwacht dat hij het kamp in een heel andere toestand aan zou treffen. Hij zag geen enkel spoor meer van dronkenschap bij de mannen die zich snel bij hun centurions kwamen melden.
"Wie is de Rijn overgestoken?"
"Heb je het nog niet gehoord?" vroeg de soldaat. "De Germanen natuurlijk. Maelo is de Rijn overgestoken."

## Hoofdstuk 34

### Bren

Reine zei niets tegen Bren, terwijl ze de wond aan zijn hand schoonmaakte. Hij wist dat zijn moeder eigenlijk boos op hem was. Koel en zwijgend veegde ze een doek met warm water over zijn hand om het bloed en het vuil weg te vegen. Ze keken elkaar niet aan. Reine vond vast dat hij Timmen niet weg had mogen sturen. Maar Bren was zelf ook boos. Timmen had dit allemaal aan zichzelf te danken. Als hij zich niet net op tijd had verdedigd, had Timmen hem misschien wel in zijn borst gestoken. Hij keek geïrriteerd op toen er hard op de deur werd gebonsd. Even dacht hij dat zijn jongere broer terug was gekeerd en hij werd weer kwaad toen hij aan hem dacht.

"Wie is het?" riep Bren bars naar Trig, die in de hal was gaan kijken. "Het is midden in de nacht."

Hij hoorde hoe Trig de voordeur opende en meteen kwam Wilfrid, de broer van Hilde, de kamer binnen, helemaal bewapend met zijn helm, schild en speer.

"Sorry dat ik u stoor, decurion," zei Wilfrid. "Helemaal op deze avond."

Wilfrid hijgde licht, alsof hij net had gerend. Even leek hij te schrikken van de wond aan de hand van Bren. Zijn ogen flitsten naar de hand en het bebloede mes dat op tafel lag, maar hij zei er niets van.

"Thorgal wil dat u zich direct bij hem meldt. En de rest van de turmae moet zo snel mogelijk worden opgeroepen. We verzamelen ons bij de Oostpoort. Voor zonsopkomst moet iedereen daar klaarstaan."

"En heeft Thorgal er ook bij gezegd waarom hij dat zo graag wil?" vroeg Bren. Hij wilde eigenlijk zijn bed opzoeken en voelde er weinig voor om er in deze koude nacht nog op uit te trekken. "Thorgal weet dat de mannen van onze turmae allemaal met verlof bij hun familie zijn, toch? De helft is terug gegaan naar hun boerderijen aan de overkant van de Waal. We hebben misschien maar tien man die vanavond in de stad zijn."

"De mannen in de stad worden op dit moment verzameld," zei Wilfrid, die formeel in de houding bleef staan terwijl hij tegen Bren sprak. "En we hebben boodschappers

op weg gestuurd om de rest van de mannen terug te halen van hun boerderijen in de omgeving."
"Wat is er aan de hand?" vroeg Harald.
"Maelo is de Rijn overgestoken. Hij is met een groep krijgers van de Sugambren in het noorden de Rijn over getrokken, ergens tussen Oppidum Batavorum en Fectio. De Romeinen verzamelen hun legioenen en Drusus heeft de hulptroepen opgeroepen om alvast vooruit te gaan. Hij wil dat de Bataven uitzoeken hoe groot de strijdmacht is die de rivier is overgestoken."
Bren vloekte luid.
Dat kan er ook nog wel bij, dacht hij.

Harald sprong op van de tafel.
"Ik ga naar Drusus toe," zei hij.
"Trig, zadel onze paarden," zei Bren. "Akko, breng mijn wapens en schild. Ik wil meteen naar Thorgal gaan."
Het drong slechts langzaam tot Bren door wat dit eigenlijk betekende. Dit was de eerste keer dat de hulptroepen in actie zouden komen. Misschien zou Bren zijn eerste gevecht meemaken. Zijn turmae werd erop uitgestuurd voor een verkenningstocht tegenover een vijand waarvan ze niet precies wisten waar hij was of hoeveel krijgers erbij waren. Hij herinnerde zich nog goed wat er de vorige keer met de Romeinen was gebeurd toen Maelo de Rijn over was getrokken.

Dit zou de eerste test worden voor Bren. Hij hoopte dat hij zijn mannen goed zou leiden en dat hij zich dapper zou gedragen als hij tegenover een groep vijanden stond. Onwillekeurig gingen zijn gedachten naar zijn vader.

"Weten we waar ze heen trekken?" vroeg Harald. "Gaan ze naar Fectio?"
"Weten we niet," zei Wilfrid. "Misschien is de vloot bij Fectio hun doel."
"Het kan ook een afleiding zijn," zei Bren. "Maelo valt in het noorden aan en zodra de Romeinen daar allemaal heen trekken, steken andere stammen in het zuiden de Rijn over."
Bren stond op en pakte een kan met koud water van de tafel. Hij gooide een handvol water in zijn gezicht en nek. Hij moest weer helder worden.

Hij had altijd verwacht dat hij zijn eerste oorlog ergens ver van huis zou voeren. Het voelde vreemd nu hij zijn eigen land moest verdedigen tegen invallers. Opeens was de oorlog vlakbij; veel te dicht bij Hilde en Bard en Aster.

Akko kwam terug met de wapens van Bren en legde ze op de tafel.

"De spatha moet geslepen worden," zei Akko, terwijl hij het lange zwaard van Bren uit zijn schede haalde en bekeek in het licht van de kaarsen. "Wat heb ik je nou geleerd over je wapens? Je hebt er niet goed voor gezorgd."

"Dat doe ik straks wel bij Thorgal," zei Bren, terwijl hij nog wat water in zijn gezicht gooide. "Wilfrid, ga maar vast terug en zeg tegen Thorgal dat ik onderweg ben. Ik neem nog even afscheid van mijn familie en dan kom ik naar het huis van Thorgal."

Hij liep de kamer uit, terwijl hij zag dat Harald Arianne en zijn moeder omhelsde. Bren liep eerst naar de kamer van Banna. Zij was meteen na het vertrek van Timmen naar haar kamer gerend en Bren had haar de rest van de avond niet meer gehoord. Waarschijnlijk had ze nog helemaal niet door wat er aan de hand was. Hij verwachtte dat Banna nog steeds boos op hem was. Hij klopte zacht op de deur van haar kamer.

Er kwam geen antwoord.

Hij klopte nog een keer en deed de deur op een kier. Misschien lag ze al te slapen. Hij keek verder de kamer in, waar hij meteen zag dat ze er helemaal niet was. Hij riep haar naam, terwijl hij zich ongemakkelijk begon te voelen. Het bed was leeg en hij zag dat er een aantal kledingstukken weg waren. Haar mantel hing niet meer over haar kledingkist, waar ze hem normaal gesproken altijd overheen gooide.

"Banna," riep Bren nog een keer, deze keer wat luider. Hij keek onder de dekens om er zeker van te zijn dat ze niet in bed lag. Daarna liep hij snel de andere kamers in het huis af, maar Banna was nergens te vinden. Hij wist eigenlijk al dat ze er niet meer was. Hij voelde het vanbinnen.

Ze heeft haar mantel meegenomen.

Toch bleef hij zoeken. Hij liep terug richting de keuken en riep steeds harder haar naam.

Dit is allemaal de schuld van Timmen, dacht Bren boos. Het is zijn schuld dat ze er niet is. Ze is vast achter hem aan gegaan. Hoe kan ze zo stom zijn? Alsof ik deze nacht nog niet genoeg aan mijn hoofd heb.

"Wat is er?" vroeg Harald, die op het geschreeuw van Bren af was gekomen.

Bren voelde zijn hoofd duizelen toen hij Harald aan keek. Hij slikte en zei wat hij nog niet wilde accepteren.
"Banna is weg."

## Hoofdstuk 35

## Banna

Banna struikelde. Ze viel voorover in een hoop natte bladeren, waarna ze snel weer overeind kroop. De onderkant van haar mantel was smerig en zat onder de modder. Tijdens haar tocht was het steeds harder gaan waaien. De wind gierde met een spookachtig geluid door de takken van de bomen, maar Banna liet zich er niet door tegenhouden. Ze moest en zou naar Timmen gaan. Ze kon hem niet zomaar laten gaan. Hij en Bren moesten met elkaar gaan praten om het weer goed te maken.

Het was vrij makkelijk geweest om de stad uit te komen. Alle soldaten in de nederzetting waren die avond te druk geweest om op haar te letten. Ze leken zich allemaal bij de hoofdwegen te verzamelen met een hoop geschreeuw, hoorngeschal en rennende voetstappen in het donker. Banna wist niet wat er aan de hand was en dat kon haar ook niks schelen. Ze moest haar broer zoeken.

Ze was ongezien richting het noorden gerend in de hoop dat ze Timmen nog in kon halen.

Vervolgens had ze lang staan twijfelen op de oever van de rivier de Waal.

Aan de andere kant van het water, ergens in het noorden, moet de boerderij liggen, dacht ze, terwijl ze over het zwarte glinsterende water staarde. Timmen had gezegd dat hij daar naartoe zou gaan. Vrij lang had ze besluiteloos langs de oever gelopen, tot ze ergens verscholen in het riet een kano had zien liggen. Dat had ze beschouwd als een teken. De goden wilden blijkbaar dat ze achter haar broer aan ging. Waarom zou daar anders een kano liggen?

Ze was in de kano gestapt en na een zware, beangstigende tocht over het donkere water, was ze uiteindelijk op de andere oever aangekomen. Ze had het koud en was uitgeput van de vermoeiende overtocht, maar ze was ook vastberaden om Timmen te vinden.

Na de oversteek had ze het pad gevolgd richting het noorden tot het punt waar ze een paar dagen geleden bij hun verhuizing dat pad hadden bereikt. Ze was op die plek van het pad afgegaan en in de richting van de boerderij gelopen. Ze liep dwars door weilanden en sprong over kleine sloten, tot ze in een bos uitkwam, dat ze eigenlijk helemaal niet herkende van hun reis naar de stad. Had ze het pad wel op de juiste plek verlaten?

Ze keek omhoog naar de lucht. Aan de hand van de sterren probeerde ze te zien waar het noorden lag, maar ze zag alleen donkere wolken boven haar langs trekken. Die wolken bedekten een steeds groter deel van de hemel. Ze wist niet waar het noorden was en ze was in het bos al zo vaak van richting veranderd dat ze niet meer wist waar ze nou vandaan kwam. Banna bereikte een brede sloot, waarvan ze in ieder geval zeker wist dat ze die niet was tegengekomen bij hun verhuizing. Ze werd wanhopiger, terwijl ze verder liep langs de sloot, op zoek naar een plek waar ze over kon steken.

Ik ben op de verkeerde plek, dacht ze, terwijl ze sneller begon te lopen. Dit is niet de weg naar de boerderij. Dit bos ken ik helemaal niet.

De twijfel sloeg toe. Moest ze terug gaan? Het was dom geweest om zomaar midden in de nacht weg te lopen van huis. Het was gevaarlijk om 's nachts alleen rond te lopen, helemaal voor een jonge vrouw.

Het begon harder te waaien en Banna voelde enkele druppels op haar hoofd, wat haar uiteindelijk deed besluiten om de zoektocht op te geven. Ze moest teruggaan. Morgen zou ze met Bren en Harald praten en misschien zou Bren het dan weer goedmaken met Timmen.

Ze draaide zich om en begon terneergeslagen terug te lopen in de richting van het pad. Terwijl ze uit het bos kwam en verder liep over het grasland, begon het harder te regenen. Ze was al snel doorweekt en haar haren hingen nat over haar gezicht, toen ze uiteindelijk weer op het pad kwam. Ze sloeg rechtsaf. Dat moest de richting zijn waar ze vandaan was gekomen.

Plotseling zag ze in de verte lichten verschijnen. Het waren fakkels, die over het pad op haar af kwamen. Het leek op een grote groep ruiters die over het pad reed vanuit de richting van de stad.

Dat is vast Bren, dacht ze, terwijl ze opgelucht naar de fakkels keek die langzaam dichterbij kwamen. Bren heeft gezien dat ik weg ben en nu komt hij mij zoeken met zijn soldaten. Misschien is Marcus er ook wel bij.

De gedachte aan Marcus deed haar de kou en de regen weer even vergeten. Ze bleef stilstaan op het pad met haar mantel dicht om zich heen getrokken en wachtte af. Ze hoorde het geluid van de paardenhoeven luider worden. De groep ruiters werd steeds duidelijker zichtbaar in de nacht. De groep bleek een stuk groter te zijn dan ze eerst had gedacht. Lang niet alle ruiters droegen een fakkel bij zich, waardoor ze in eerste instantie niet iedereen had opgemerkt. Het leken wel meer dan honderd ruiters te zijn, een eindeloze rij mannen en paarden die achter elkaar over het pad reden.

Terwijl Banna naar de ruiters keek, bekroop haar een ongemakkelijk gevoel. Was dit Bren wel? Dit was een veel te grote groep om alleen naar haar op zoek te zijn. Dit waren de Bataven helemaal niet.

Te laat besefte ze dat ze zich moest verstoppen. Een van de voorste ruiters had haar opgemerkt. Hij riep iets naar de anderen en direct reden vijf ruiters voor de groep uit. Ze zagen er woest uit en schreeuwden iets, terwijl ze met hun speren in hun hand recht op haar af kwamen. Banna raakte in paniek. Ze wilde wegrennen, maar op de een of andere manier lukte het haar niet om in beweging te komen. Verstijfd bleef ze staan, midden op het pad.

De vijf ruiters omsingelden haar en bleven dreigend om haar heen staan met hun briesende paarden. Banna probeerde de gezichten van de ruiters te onderscheiden in het donker. Ze hoopte dat ze iemand zou herkennen, maar ze zag alleen mannen die ze niet kende. De ruiters waren in ieder geval geen Romeinen, dat was wel duidelijk. Ze droegen geen Romeinse uniformen en ze hadden andere wapens bij zich. Ze leken op Bataafse ruiters, maar het konden ook zomaar andere Germanen zijn. Alleen als dit geen Bataven waren begreep Banna niet wat ze aan deze kant van de Rijn deden.

"Wat is dit?" riep een stem in het donker. Vanuit de grote groep ruiters kwam een aanvoerder naar voren rijden richting de vijf ruiters die Banna omsingelden. De man sprak in dezelfde taal als Banna, maar dan met een voor haar vreemd accent. In het licht van de fakkels zag Banna dat de man donkerrood haar en een rode baard had en hij had maar één oog. Op de plek waar zijn linkeroog had moeten zitten, zag Banna alleen een donker gat.

"Het is een vrouw," zei een van de ruiters die voor Banna stond en zijn speer op haar hield gericht. "Stond zomaar op het pad."

Terwijl het groepje om Banna heen stond, trok de rest van de ruitergroep verder. Banna zag dat er misschien wel honderd ruiters langstrokken en ze merkte op dat het niet alleen ruiters waren. Er werden ook een tiental mensen te voet meegevoerd, die aan elkaar vastgebonden zaten met lange touwen. De ruiters dreven de vastgebonden mensen ruw voor zich uit. Wat was dit voor groep die hier midden in de nacht door het land trok?

"Het is een geest," zei een ruiter links van Banna. "Of een heks. Wat doet ze anders hier alleen in de nacht?" Banna zag dat de vijf ruiters twijfelden en zelfs iets naar achteren gingen. Ze keken haar ongemakkelijk aan, alsof ze bang waren. De leider van de ruiters keek Banna indringend aan met zijn ene oog. Hoewel Banna eigenlijk stond te trillen op haar benen, probeerde ze er toch dreigend uit te zien.
"We hebben weinig tijd," zei de voorste ruiter tegen de leider, terwijl de groep achter hen verder trok.
"Laten we haar hier achterlaten," zei de ruiter die had gezegd dat Banna een geest was. "Het is niet natuurlijk. Straks vervloekt ze ons nog."

"Onzin," zei de leider van de ruiters. "Het is gewoon een jonge vrouw."
De aanvoerder draaide zich om en voegde zich weer bij de groep die verder reed.
"We nemen haar mee," riep hij. "Bindt haar vast bij de anderen. En schiet op, Maelo wil dat we voor zonsondergang vanavond weer aan de andere kant van de Rijn zijn."

## Hoofdstuk 36

## Harald

Er heerste grote consternatie in het legerkamp, toen Harald daar aankwam. Hij had Bren en de anderen achtergelaten in Batavorum en was zo snel mogelijk naar het legioenskamp gereden. Er vertrok net een eenheid van dertig ruiters toen hij daar aankwam en Harald wachtte tot die hele groep door de poort was voordat hij naar binnen reed. Hij verwachtte dat hij Drusus in zijn villa naast het legioenskamp zou vinden en de kortste weg daarheen was recht door het kamp. Binnen het kamp viel het Harald op hoe gestroomlijnd alles liep; zelfs in deze crisissituatie. De soldaten en officieren wisten allemaal precies wat ze moesten doen en er hing geen sfeer van paniek in het kamp. Het ging er een stuk ordelijker aan toe dan bij de Bataafse hulptroepen, die ondertussen wild schreeuwend door de stad renden, allemaal op zoek naar elkaar. Iedereen in het kamp wist inmiddels dat de vijand was binnengevallen. En iedereen wist ook dat zij die vijand uiteindelijk weer zouden verslaan.

Eigenlijk wilde Harald nu niet hier zijn, maar bij Bren en Akko. Bren had Akko met een handvol mannen naar hun boerderij gestuurd om Timmen en Banna te zoeken. En waarschijnlijk zou Bren zelf ook naar het noorden gaan zodra zijn eenheid zich verzameld had.

Het was slim van Maelo om op deze dag aan te vallen, dacht Harald, terwijl hij op zijn paard door het kamp reed. Het is midden in de winter. Niemand had een aanval in de winter verwacht. En dan ook nog op de dag dat zowel de Romeinen als de Germaanse stammen een belangrijk feest vieren. Maelo is sluwer dan Drusus dacht.

Aan zijn rechterhand zag Harald de centurie van Marcus klaar staan. Iedereen in volle wapenuitrusting en strak in het gelid. De mannen hadden een hongerige blik in hun ogen. Als een roedel wilde honden, klaar om losgelaten te worden op de vijand. Door alle identieke helmen zag Harald niet waar Marcus stond, dus hij knikte zijn hoofd maar globaal in hun richting bij het voorbijrijden. Als Marcus ertussen stond en hem al herkende, liet hij dat in ieder geval niet merken. Harald en Marcus wisten allebei dat

Publius Barrus geen vrolijk zwaaiende soldaten in zijn centurie tolereerde.

Bij de luxe villa naast het legioenskamp die door Drusus als hoofdkwartier werd gebruikt, meldde Harald zich bij de commandant van de lijfwacht. Vanaf het bordes voor de villa kon hij ver over het land aan de overkant van de Waal kijken en tot zijn ontsteltenis zag hij aan de horizon een oranje waas in de wolken hangen. Er woedden daar blijkbaar grote branden, op verschillende plaatsen in het noorden.

Harald had geen tijd om hier lang bij stil te staan, want hij werd door de commandant van de lijfwacht direct doorgestuurd naar Drusus.

Het was vol in de vergaderkamer waar Drusus met zijn officieren overlegde. De hoogste officieren van het Eerste en Vijfde legioen stonden om Drusus heen, die in zijn rijkversierde wapenuitrusting met zijn rode generaalsmantel voor een grote tafel stond. Bijna alle officieren hadden hun krijgstribunen en slaven meegenomen en terwijl Drusus met zijn legaten overlegde, kwamen er continu boodschappers de ruimte binnen lopen die berichten overhandigden of iets in de oren van hun officieren fluisterden. Harald zocht een plekje op bij de muur naast de slaaf Pisto, die om de een of andere reden nog steeds zijn Saturnalia-kroon op zijn hoofd had. Harald bleef tegen de muur staan en wachtte tot Drusus hem ergens voor nodig had.

Het viel Harald op dat er een ontspannen sfeer heerste in de vergaderruimte. Drusus leek zich weinig zorgen te maken om de inval. Harald kreeg zelfs de indruk dat de jonge generaal zich wel verheugde op deze mogelijkheid om eindelijk ten strijde te trekken. Drusus was net in een discussie met Titus Laberus verwikkeld op het moment dat Harald binnenkwam. Laberus vond het nu van het grootste belang om de vloot en de Romeinse forten bij Fectio en Oppidum Batavorum te beschermen, terwijl Drusus juist wilde aanvallen.

"We hebben een volledig cohort gestationeerd bij Fectio. Dat moet zichzelf voorlopig maar redden," zei Drusus. "Ze zijn met genoeg man om het deze nacht vol te houden en ik verwacht niet dat de barbaren het fort echt aan zullen vallen. Ze hebben geen tijd voor een belegering, want ze weten dat wij meteen onze legioenen uit Oppidum Batavorum naar ze zouden sturen."

"We hebben nog geen contact kunnen maken met Fectio," zei Rufus, de kampprefect van het Eerste legioen. "En we weten niet hoeveel barbaren vannacht zijn overgestoken. Misschien wordt Fectio op dit moment wel onder de voet gelopen."
"Onze verkenners melden dat ze verschillende boerderijen hebben zien branden in het land van de Bataven," zei Laberus. "We moeten ons nu concentreren op de verdediging van ons grondgebied. Pas als we de barbaren hier hebben verslagen of weer over de Rijn hebben gejaagd, kunnen we ons richten op de aanval."

Harald werd kwaad toen hij hoorde dat er Bataafse boerderijen in brand stonden. Zat hun eigen boerderij daar misschien ook bij? Waren Timmen en Banna veilig?
Drusus dacht even na en nam een besluit.
"We sturen de Bataafse hulptroepen naar hun eigen gebied," zei hij. "Laberus, jij neemt dat commando op je. Zoek de vijand, bescherm Fectio en de stad van de Bataven en snij de vluchtroute van de barbaren af als dat mogelijk is, maar trek niet verder dan de Rijn. Ik neem zelf het Eerste en Vijfde legioen mee en ik trek in het oosten de Rijn over om het gebied van de Sugambren aan te vallen. Ondertussen laat ik het Negentiende legioen uit de stad van de Ubiërs naar het noorden komen."

Drusus wees op de kaart naar de plaats langs de Rijn waar het Negentiende legioen gelegerd was.
"Weten we zeker dat het de Sugambren zijn?"
"Dat moet haast wel," zei een hoge officier die Harald niet kende. "Alleen Maelo zou het durven om zo'n brutale aanval uit te voeren. Ik durf er mijn soldij om te wedden dat we voor zonsopkomst een gevangene hebben waar we die bevestiging uit kunnen slaan."

"Als het echt Maelo is, dan moeten we hem nu toch eens leren wat de consequentie is als je Rome aanvalt," zei Drusus grimmig. "Misschien ontsnapt hij aan Laberus, maar dan zal hij er weinig vreugde aan beleven. Terwijl hij bezig is in het westen, zal ik zijn thuisland verwoesten. Ik verwacht dat het Vijfde legioen maar al te graag bereid is om hun eer van vier jaar geleden terug te winnen."

"Het Romeinse idee van eer kan soms wat vreemd overkomen op buitenstaanders," fluisterde Pisto in het oor van Harald. "Die barbaren hebben vier jaar geleden een gouden vogel van ons gejat. En daarom is het blijkbaar geoorloofd om nu hun vrouwen en kinderen aan te vallen, terwijl we jullie tegen hun krijgers laten vechten."

Harald negeerde de opmerking van de slaaf. Hij probeerde zich op de bespreking van Drusus te concentreren.
"De Bataven alleen zijn niet voldoende om onze forten en de stad te beschermen," zei Laberus. "We laten Oppidum Batavorum onbeschermd als u de Rijn over trekt en de Bataven de Waal. En kunnen we de Bataven wel vertrouwen? Wat als zij zich aansluiten bij Maelo? Wat als ze zich tegen ons keren?"

Harald voelde dat hij rood werd. Hij begon te zweten, maar dat kon ook door de warmte in de volle vergaderkamer komen. Hij negeerde de wantrouwende blikken van de Romeinse officieren die af en toe naar hem keken. Dachten de Romeinen echt dat de Bataven zich aan zouden sluiten bij de barbaren die hun boerderijen in brand staken en hun vee kwamen stelen?"

"Harald," riep een zware stem in de deuropening plotseling. "Zei die Romein nou net dat ik niet te vertrouwen ben?"
Harald schrok op en keek naar de grote, felle man met de zwarte baard die net de kamer in was gekomen. Hij zag eruit alsof hij op het punt stond om iemand in de kamer op zijn bek te rammen.

Harald deed een stap naar voren en schraapte zijn keel.
"Mag ik aan u voorstellen, Tarik, zoon van Tarik," zei hij in het Latijn tegen de verzamelde officieren, hoewel de meesten van hen de leider van de Bataven wel kenden.
"Tarik is de prefect van de Bataafse cohorten."
"Zeg hem dat de Bataven klaarstaan om achter de vijand aan te gaan," zei Tarik en Harald vertaalde de woorden voor de Romeinen. "We hebben nu ongeveer tweehonderd man van onze alae verzameld aan de oever van de Waal en er komen ieder uur meer mannen bij. De infanterie is ondertussen ook onderweg. Waarschijnlijk hebben we onze ruiters en ten minste één cohort infanterie compleet aan het einde van de dag."

Tarik sprak onverstoorbaar verder, terwijl Harald zijn best deed om hem bij te houden met zijn vertaling. Hij merkte dat Tarik kookte van woede om de inval in zijn land.
"En vertel die Romeinen ook maar dat ze compleet van de pot gerukt zijn als ze denken dat wij ons aansluiten bij die hoerenzonen die onze huizen in brand steken," zei Tarik. Harald vertaalde deze woorden wat diplomatieker dan ze werden uitgesproken.

"Tarik verzekert u dat de Bataven hun plicht zullen doen als trouwe bondgenoten van Rome."
"Je zei geen hoerenzonen," zei Tarik, die de Latijnse vertaling van Harald redelijk kon volgen.
Drusus hief zijn hand op om aan te geven dat hij genoeg had gehoord.

"Daar heb je je antwoord, Laberus," zei hij. "Ik zie geen reden om te twijfelen aan hun loyaliteit."
Drusus richtte zich tot alle officieren in de ruimte.
"Heren, ik heb mijn plan gemaakt. Ik zal het voorleggen aan de augur en als de voortekenen gunstig zijn, zullen we het als volgt uitvoeren. Harald en Laberus, jullie gaan met Tarik mee met de Bataafse cohorten. Achtervolg Maelo en drijf hem terug over de Rijn. Ik trek ondertussen met het Eerste en Vijfde legioen naar het gebied van de Sugambren."
Titus Laberus keek bedenkelijk, maar hij deed toch wat hem was opgedragen. Hij salueerde voor Drusus en maakte zich op om met Harald en Tarik de kamer uit te lopen. Aan de lichaamstaal van de twee mannen was duidelijk te merken dat zowel Tarik als Titus Laberus er weinig voor voelde om gezamenlijk op te trekken.

Dit zou nog weleens een lastige taak kunnen worden om deze twee mannen met elkaar samen te laten werken, dacht Harald. Tarik leek hem niet een man die bevelen aannam. Zeker niet van een Romeinse generaal.

"Oh, en Titus," zei Drusus terloops toen de legaat al in de deuropening stond, "als alles weer voorbij is en de Sugambren verslagen zijn, wil ik dat je alle edelen van de Bataven verzamelt en naar mij stuurt aan de overkant van de Rijn. Ik wil ze daar een les laten zien die ervoor zal zorgen dat ze ook in de toekomst trouw blijven."

## Hoofdstuk 37

*12 voor Christus*

### Bren

Tandenknarsend zat Bren op zijn paard. Hij kookte van woede. Zwijgend staarde hij naar het ingestorte dak en de smeulende zwartgeblakerde palen. Hij keek naar de dode varkens die her en der verspreid over het erf lagen. Ze hadden de varkens niet eens meegenomen. Ze hadden ze gewoon afgeslacht en daar laten liggen.
We zijn te laat, dacht hij. Het duurde te lang voor we compleet waren.

Hij keek naar de zon, die al begon te zakken. Over een uur zou het donker zijn. Ze hadden er de hele nacht en een groot deel van de dag over gedaan om alle mannen van de hulptroepen te verzamelen. Iedereen was verspreid geweest over de boerderijen van hun families, waarvan de meesten ook nog eens aan de andere kant van de Waal lagen. Pas na het middaguur waren Tarik en Laberus met de hulptroepen de rivier over getrokken om de achtervolging in te zetten. En terwijl ze onderweg waren naar het noorden, kwamen ze de hele dag steeds vluchtelingen tegen die richting de veiligheid van de stad trokken. De vluchtelingen vertelden de meest verschrikkelijke verhalen over de vijanden die nog steeds ergens door hun land trokken.

"Mogen de goden Maelo en zijn monsters neerslaan," mompelde Wilfrid, die naast Bren naar de smeulende resten van de boerderij keek. "Deze varkens hadden de familie door de winter moeten helpen. En ze hebben de voorraadschuur ook platgebrand. Ze hebben niet eens het voedsel gestolen. Ze hebben alles gewoon in brand gestoken."

"Dit is een boodschap van Maelo aan ons," zei Thorgal, die rechts van Bren op zijn paard zat. "Het is een straf voor ons verbond met de Romeinen. Maar we zullen hem snel inhalen. Dit vuur is nog maar net gedoofd. We komen dichterbij."

Thorgal leek soms op een jongere versie van Tarik, vond Bren. Hij had dezelfde felle ogen en de diepe zwarte kleur haren als zijn oom. Bren ging ervan uit dat Tarik er op zijn dertigste ook zo moet hebben uitgezien. Het enige waarin de twee mannen van elkaar verschilden was hun karakter.

Tarik was een man die altijd in het middelpunt van de belangstelling stond. Hij was luidruchtig en voerde steeds het hoogste woord in gesprekken, ook als het over iets ging waar hij helemaal geen verstand van had.

Thorgal was veel stiller dan Tarik en op een bepaalde manier ging er daardoor altijd iets dreigends van hem uit. Zijn gezicht en zijn ogen lieten nooit enige emotie zien. Hij sprak zelden en als hij al iets zei, dan kon je uit zijn toon nooit opmaken wat hij ondertussen dacht. Hij had iets berekenends in zich wat Bren, mede door het spitse gezicht van Thorgal, af en toe aan een vos deed denken. Een vos die in stilte op een prooi af sluipt en geduldig wacht tot hij toe kan slaan.

In de verte kwam een groep van vijf ruiters aanrijden. Verkenners die Thorgal vooruit had gestuurd. Toen de verkenners dichterbij kwamen, zag Bren dat ze een naakte man met hen mee lieten rennen. Hij zat onder het bloed en strompelde uitgeput tussen hen in, met zijn handen bij elkaar gebonden.

De verkenners kwamen voor Thorgal tot stilstand en meteen liet de naakte man zich heftig hijgend op de grond vallen. Bren zag in een oogopslag dat de man een gebroken neus had. Een mengeling van vers en opgedroogd bloed had zijn blonde baard rood gekleurd.

“We hebben een gevangene, decurion,” zei één van de verkenners. “Waar is de Romeinse generaal? We moeten hem meteen op de hoogte brengen.”

“Tarik en de legaat Laberus komen vlak achter ons aan, samen met het voetvolk,” zei Thorgal. “Waarom wil je hem spreken? Heb je de vijand gevonden?”

“Oh, we hebben ze gevonden hoor. Er rijdt een grote groep ruiters op nog geen vijf mijl hiervandaan. We telden wel tweehonderd ruiters voordat deze hond hier ons tegen het lijf liep.”

Bren ging rechtop zitten en keek in de richting waar de verkenners vandaan waren gekomen. Hij voelde een tinteling door zijn nek gaan. Tweehonderd ruiters. En zij waren op dit moment maar met twintig man; niet eens een volledige turmae.

“Ze voeren gevangenen met zich mee en grote aantallen vee,” zei de verkenner. “En ze branden alles plat wat ze tegen komen. We moeten direct terug naar de rest om ze te waarschuwen.”

Thorgal keek de gevangen man op de grond dreigend aan. Hij trok zijn lange zwaard en richtte het op de man. "Met hoeveel strijders zijn jullie?" vroeg hij, met de punt van zijn zwaard tegen de hals van de gevangene gedrukt. "Waar trekken jullie heen?"

Ondanks zijn gebroken neus en het schurende touw om zijn polsen, keek de gevangene Thorgal uitdagend aan. Hij glimlachte zelfs licht toen hij hem antwoordde.
"We zijn met honderden, tientallen honderden," zei hij met een grijns. "En er is niks wat jullie kunnen doen om ons nog tegen te houden. Voor de avond valt, zullen we bij de Rijn aankomen. Met jullie vee en met jullie kinderen."
Thorgal duwde zijn zwaard harder tegen de nek van de gevangene. Zijn arm begon te trillen. Even dacht Bren dat hij de gevangene ter plekke zou vermoorden. Thorgal kon soms net zo opvliegend reageren als zijn oom en wie wist wat hij zou doen nu hij al die afgebrande boerderijen zag?
"Decurion," fluisterde de verkenner zacht tegen Thorgal, "hij moet voor Tarik worden geleid. Deze man heeft belangrijke informatie die we direct door moeten geven aan de Romeinen."
De gevangene spuugde een bebloede tand uit, die voor Thorgal in het gras bleef liggen.

"Ik ben niet bang voor je zwaard, Bataaf," zei de gevangene. "Ik ben klaar om naar mijn voorouders te gaan."
De hele groep ruiters wachtte gespannen af wat er ging gebeuren. Niemand durfde iets te zeggen, terwijl Thorgal en de gevangene elkaar aan bleven kijken. Plotseling begon Thorgal hard te lachen en liet hij zijn zwaard zakken. De gevangene en de overige ruiters ontspanden zich.
"Je bent een dappere man," zei Thorgal. "Dat mag ik wel. Ik zal je naar mijn oom sturen en dan mag hij bepalen of hij je doodt of niet. Wat is je naam?"
"Mijn naam is Bor, zoon van Herward, vrije man van de Usipeten."
Er ging een zucht van verbazing door de groep ruiters.
"De Usipeten?" vroeg Thorgal. "Niet de Sugambren?"
"Dat is het nieuws dat we direct aan de Romeinen door moeten geven," zei de verkenner indringend. "Mogelijk is ons leger in groot gevaar."
Er verscheen weer een grijns in de bebloede baard van de gevangene.

"Wisten jullie dat nog niet?" vroeg hij. "Dachten jullie dat Maelo alleen stond? De machtige stam van de Usipeten

heeft zich bij hem aangesloten, net zoals onze bondgenoten de Tencteren."
Hoewel Bren schrok van deze mededeling, deed hij zijn best om het te verbergen. Nu was niet het moment om twijfel te laten zien. Hij moest het goede voorbeeld geven voor zijn mannen. Als Thorgal zich al zorgen maakte over het nieuws van de gevangene, dan hield hij dat nog beter verborgen dan Bren.

"Mooi," zei hij opgewekt. "Ik was al bang dat het een saaie strijd zou worden."
Thorgal liet de gevangene afvoeren naar de hoofdmacht van de hulptroepen. Twee ruiters reden op een draf richting het Zuiden met de naakte man tussen hen in. Thorgal draaide zich ondertussen om naar zijn mannen en zwaaide met zijn zwaard boven zijn hoofd.
"Zijn jullie klaar om onze families te wreken?" schreeuwde hij, waarop zijn krijgers hem met woeste kreten antwoordden.
"Zijn jullie klaar om te vechten? Zijn jullie klaar om te sterven?"

Enthousiast brulde Bren mee met de rest van de mannen, terwijl hij op iedere vraag zijn speer de lucht in stak. Als hij maar hard genoeg schreeuwde, zou zijn onzekerheid over het komende gevecht misschien verdwijnen.

Bren was de eerste die even later de achterhoede van de Usipeten opmerkte. Hij zag een groep van vijftig ruiters die als bescherming meereed met enkele mannen te voet die een kudde runderen voor zich uit dreven. De kudde kwam langzaam vooruit en de rest van het leger van de Usipeten was ondertussen nergens te bekennen.

Bren schreeuwde naar Thorgal om hem op de groep ruiters in de verte te wijzen. Thorgal gaf direct het signaal om aan te vallen, ook al was de andere groep ruim twee keer zo groot als het twintigtal ruiters dat door Thorgal en Bren werd aangevoerd. Wilfrid blies op een grote hoorn om het bevel aan de rest door te geven. Even voelde Bren een aarzeling. Was het niet beter om te wachten op Tarik met de rest van het leger? Maar toen Bren weer aan de afgebrande boerderijen dacht, werd ook hij gegrepen door zijn woede. Hij spoorde zijn paard aan, tot hij in volle galop naast Thorgal reed. Zijn paard draafde wild over het grasveld richting de vijandelijke strijders. Het reageerde onrustig op zijn aanwijzingen. Het dier voelde de spanning van het naderende gevecht.

Het duurde vrij lang tot de groep ruiters de aanvallers opmerkte. Bren zag dat er een discussie ontstond tussen de ruiters en de mannen te voet die het vee met zich meevoerden. Even leek het erop alsof de ruiters de andere mannen gewoon in de steek wilden laten, tot ze in de gaten kregen dat zij in de meerderheid waren. De aanvoerder van de ruiters gaf snel een aantal bevelen, waarna de groep zich in tweeën splitste.

Ongeveer twintig ruiters trokken naar de linkerkant van het veld om de groep van Thorgal in de flank aan te vallen. De andere ruiters vormden een defensieve rij om het vee te beschermen en ondertussen werd één ruiter snel richting het noorden gestuurd om het nieuws door te geven aan de rest van hun leger.

"Bren, jij pakt die groep daar links," schreeuwde Thorgal. "Ik trek er langs de rechterkant omheen."
Voordat Bren iets terug kon zeggen, draaide Thorgal zijn paard al van hem vandaan.

Bren hield de teugels van zijn paard samen met zijn schild vast in zijn linkerhand; de hand waaraan hij de vorige avond gewond was geraakt door het mes van Timmen. Met zijn rechterhand zwaaide hij met zijn speer naar links en stuurde zijn paard ondertussen in die richting. Zeven ruiters volgden hem; de anderen reden achter Thorgal aan.

Zo ontstonden er vier losse groepen ruiters die aan een dodelijke dans over het drassige weiland begonnen. In volle vaart reden de vier groepen om elkaar heen. Ze probeerden allemaal in de juiste positie te komen om toe te slaan. Al snel verloor Bren Thorgal en de andere ruiters uit het oog. Hij concentreerde zich alleen nog maar op de groep van twintig man die aan zijn rechterhand reed. Een tijd lang reden beide groepen evenwijdig aan elkaar richting de rand van het grote veld. Vervolgens veranderden de vijandelijke ruiters plotseling van richting en stormden ze met veel geschreeuw recht op Bren af. Bij de aanblik van de aanstormende ruiters verdween alle onzekerheid uit zijn hoofd. Hij voelde dat zijn vader bij hem was en hem kracht gaf. Zijn gedachten, die al de hele dag wild door zijn hoofd schoten, werden opeens verrassend scherp. Met zijn speer gaf Bren het signaal om een wigformatie te vormen en hij reed zelf voorop in de punt.

De twee groepen ruiters kwamen snel dichter bij elkaar. Bren kon nog net het gezicht van de voorste ruiter onderscheiden, voordat de twee groepen op elkaar botsten. Hij gooide zijn speer en zag dat hij een vijand in zijn arm raakte. Het volgende moment bevond hij zich midden in een grote kluwen van paarden en krijgers, waarbij hij er op de een of andere manier in slaagde om niet frontaal op een andere ruiter te botsen.

Hij voelde twee zware klappen op zijn schild, terwijl hij gespannen worstelde om zijn lange zwaard uit de schede op zijn rug te trekken. Achter hem werd geschreeuwd door mannen en Bren was zich er vaag van bewust dat ergens twee paarden hinnikend over de grond rolden. Hij kreeg eindelijk zijn zwaard te pakken en draaide zijn paard om. Overal om hem heen waren ruiters met elkaar aan het vechten.

Terwijl hij zich probeerde te oriënteren, werd hij vanaf zijn linkerkant aangevallen. Een ruiter met lange blonde haren, die bij elkaar werden gehouden met een hoofdband, zwaaide een bijl in zijn richting. Met zijn schild weerde Bren de slagen af, terwijl hij zijn benen stevig vastklemde om de buik van zijn paard. Hij probeerde met zijn zwaard om zijn schild heen te steken, zonder dat hij echt zag wat hij deed. Aan zijn rechterkant stormde ondertussen een andere ruiter voorbij en in een reflex sloeg Bren hem tegen zijn rug. Hij raakte hem maar half en de ruiter reed door. De man verdween uit zijn blikveld en hij zag één van zijn eigen mannen aan zijn rechterkant verschijnen. De man was te voet en rende achter de krijger aan die Bren net op zijn rug had geraakt.

Ondertussen werd de aandacht van Bren weer getrokken door de ruiter aan zijn linkerkant. De bijl van de ruiter barstte met een doffe klap door het schild van Bren en bleef vlak voor zijn gezicht steken. Bren trok de bijl met zijn schild uit de handen van de man en draaide zijn paard om. De man trok snel een dolk, terwijl Bren hem met een paar onhandige slagen met zijn zwaard probeerde te raken. Hun paarden botsten tegen elkaar aan, terwijl ze duwend door de modder trapten.

Om hen heen schreeuwden mannen en paarden en Bren was zich er half van bewust dat er door beide zijden fel werd gevochten. Hij raakte gefrustreerd dat deze ene krijger hem zo veel tijd kostte. Er waren al verschillende mensen gedood en hij had alleen nog maar lichte verwondingen toegebracht.

Met een woedende kreet sloeg hij zijn tegenstander op zijn schild. De slag ketste af op de ijzeren schildknop en raakte vervolgens het paard van de ruiter in zijn hals. Het zwaard van Bren boorde zich diep in het zachte vlees van de nek van het paard en met een kreet die door merg en been ging, rolde het beest op zijn zij. De ruiter viel met zijn paard mee op de grond. De man probeerde nog overeind te krabbelen, maar voordat hij zijn schild omhoog kon brengen, liet Bren zijn spatha met een geweldige slag op zijn schedel neerkomen. Hij voelde de klap van ijzer op bot in zijn arm. Met een grimmige voldoening zag hij hoe het zwaard verdween in een bloederig gat in het hoofd van de krijger. De man zakte in elkaar en zonder er verder nog over na te denken, rukte Bren zijn zwaard los uit het hoofd.
Hij pakte de teugels van zijn paard weer stevig vast en ging op zoek naar zijn volgende tegenstander. Hij voelde dat zijn linkerhand nat werd. Zijn wond was door het gevecht weer open gegaan en de doek die zijn moeder om zijn hand had gebonden kleurde donkerrood.

Even verderop zag hij een tegenstander gewond over de grond kruipen en besloot hem uit te schakelen. De man hield een hand op zijn bloedende dijbeen en trok zich met zijn andere hand vooruit door de modderige ondergrond. Zonder er iets bij te voelen reed Bren op de man af en stak zijn zwaard in zijn rug. De man had hem niet eens aan zien komen. Hij slaakte een gesmoorde kreet en bleef met zijn gezicht in de modder liggen. Bren reed verder. Hij probeerde te ontwaren wat er om hem heen gebeurde en waar zijn mannen eigenlijk waren. Een van zijn kameraden zag hij levenloos op de grond liggen met een speer die rechtop uit zijn borst stak. Twee anderen waren verderop in gevecht met vijanden en het zag ernaar uit dat ze zich wel konden redden. Bren keek in de verte waar de groep van Thorgal ergens moest zijn. Hij zag dat daar ook door een grote groep ruiters werd gevochten, maar het was onmogelijk om te bepalen hoe dat gevecht verliep.

Vlak voor zich zag hij plotseling dat Wilfrid van zijn paard af werd getrokken door twee vijandelijke krijgers. Bren spoorde zijn paard aan om Wilfrid te helpen, maar voordat hij bij hem aankwam, werd zijn weg versperd door een jonge krijger te voet met een speer in zijn handen. De jongen was enkele jaren jonger dan Bren zelf was. Hij staarde met grote ogen naar Bren, die op zijn paard boven hem uit stak. Hij zwaaide zijn speer met weinig overtuiging in zijn richting, terwijl Bren zijn paard vakkundig om hem heen liet draaien.

Bren begon te lachen en daagde de jonge krijger uit. Te midden van alle chaos begon hij zich langzaam op zijn plek te voelen in dit gevecht. Hij zag dat de jongen bang was en dat gaf hem extra kracht. Hij wilde net uithalen met zijn zwaard, toen de jongen opeens vanaf de zijkant omver werd gereden door vijf nieuwe ruiters. Bren zag hoe hij werd vertrappeld door de paarden en krijsend op de grond bleef liggen. Een van de vijf ruiters hield in, sprong van zijn paard af en stak de jongen een aantal keer in zijn buik en borst met een dolk.

Bren staarde verbaasd naar de groep ruiters. Wie waren dit? Hij herkende ze niet. Hij keek om zich heen en zag dat er nog meer ruiters aan kwamen rijden. Het leek een volledige turmae van dertig ruiters te zijn. Bataven, dat was wat Bren in ieder geval zo snel uit hun kleding en wapens kon opmaken.

De overgebleven vijanden kregen het ook door en hun aanvoerder blies op een hoorn om de ruiters terug te laten trekken. De losse gevechten tussen de ruiters werden abrupt afgebroken en een groep van hooguit tien overlevenden reed van het gevecht vandaan. Meteen zette Bren de achtervolging in, samen met de overgebleven mannen van zijn turmae en de ruiters die net waren aangekomen. Hoewel twee vijanden nog probeerden om te voet weg te rennen, werden ze al snel ingehaald door de ruiters van Bren. Ze bleven bloedend in het gras liggen, terwijl de ruiters verder stormden.

Iedereen leek nieuwe energie te krijgen nu de vijand op de vlucht sloeg. Bren zocht de decurion op van de turmae die hem te hulp was geschoten. Hij herkende hem van gezicht en hij herinnerde zich dat hij hem een paar keer bij een volksvergadering had zien spreken. De andere decurion herkende hem ook.

"Jij bent die jongen van Beren, toch?" zei hij toen Bren naast hem kwam rijden. "Gaat het? Dat zag eruit als een zwaar gevecht."

"We overleven het wel," zei Bren hijgend, terwijl hij met zijn mouw bloed en modder uit zijn gezicht probeerde te vegen. "Ik hoor bij Thorgal, de neef van Tarik."

Bren keek naar rechts, waar in de verte nog werd gevochten.

"We hebben jullie hulp nodig. Thorgal vecht daar tegen een grote overmacht."

De decurion hield zijn paard in en keek in de richting waar Bren heen wees. Hij keek van dat gevecht naar de vluchtende ruiters voor hen en leek af te wegen wat hij het beste kon doen. De ruiters die op de vlucht waren geslagen waren een aantrekkelijke prooi die hij niet wilde laten ontsnappen.

"Goed, we helpen jullie," zei hij uiteindelijk en hij gaf een signaal aan zijn hoornblazer. De ruiters braken hun achtervolging af en verzamelden zich rond hun aanvoerder. De ruiters van Bren kwamen ook naar hem toe. Bren schrok even toen hij doorkreeg dat er nog maar zes man over waren. Hij voelde een licht gevoel van paniek opkomen, maar zette die gedachte snel uit zijn hoofd. Hij moest zich concentreren op het gevecht dat voor hem lag, niet op het gevecht dat net achter de rug was.

"Twee doden," zei Wilfrid tegen Bren. "Born en Gerlof."

Wilfrid had een diepe snee op zijn wang. Er stroomde bloed over zijn gezicht dat eindigde in zijn baard.

Bren kreeg een somber gevoel. Twee mannen waren onder zijn bevel om het leven gekomen.

De decurion naast Bren maakte een handgebaar en de hele groep ruiters zette zich in beweging. De paarden reden op een draf richting het gevecht dat ergens voor hen lag.

Tijdens het rijden hoorde Bren aan zijn rechterhand het geluid van hoorns en hij zag dat daar in de verte een nog grotere groep aan kwam rijden. Het waren meer dan honderd ruiters en er renden nog veel meer krijgers te voet achter de ruiters aan. Aan het hoofd van de strijdmacht reed een man met het uniform van een Romeinse generaal.

"Ah, daar zul je Tarik hebben," merkte de decurion op. "Hij komt ook eens opdagen."

De vijandelijke ruiters die nog met Thorgal in gevecht waren zagen de groep van Bren en het leger van Tarik verschijnen. Ze braken hun gevecht af en vluchtten snel richting een bos in de verte. De mannen die het vee met zich meevoerden, werden aan hun lot overgelaten door hun beschermers. Bren begon te juichen en hij zwaaide zijn bebloede zwaard enthousiast boven zijn hoofd, terwijl hij verder reed richting Thorgal.

Langzaam drong het besef tot hem door, terwijl zijn paard over het veld draafde. Hij had zojuist zijn eerste gevecht overleefd. En hij had voor het eerst iemand gedood. Beren zou zeker trots op hem zijn.

## Hoofdstuk 38

## Banna

Banna voelde nog steeds een verlammende angst, toen ze in het licht van de eerste zonnestralen ruw in de boot werd geduwd. De zon kwam net boven de horizon uit en scheen met een bloedrode gloed over het water van de Rijn. De hele tocht van Banna van de vorige dag en de lange nacht was één grote nachtmerrie geweest. Uitgeput bleef ze in de boot liggen met haar handen over haar hoofd getrokken.

Ze lag samen met een volwassen man en een jongen van haar leeftijd op de vloer van de boot. Ze voelde hoe de boot van de kant werd geduwd en schommelend naar de overkant werd geroeid door vijandelijke krijgers. Overal om hen heen hoorde Banna mensen tegen elkaar schreeuwen, zoals er al de hele nacht werd geschreeuwd. Ze stak haar vingers in haar oren, maar dat hielp niet. Ze hoorde het schreeuwen nog steeds. En ze hoorde hoe de woedende kreten van boze mannen van tijd tot tijd werden afgewisseld met het snerpende geluid van de zweep, vaak gevolgd door kreten van pijn of zacht gejammer.

Banna had nog geluk dat ze zelf niet was geslagen met de zweep. Bijna alle andere gevangenen waren niet zo gelukkig geweest. Sommigen waren geslagen omdat ze zich hadden verzet tegen de vijandelijke strijders die hen gevangen hadden genomen. Anderen omdat ze probeerden te ontsnappen of omdat ze te langzaam liepen. En sommigen werden gewoon geslagen omdat hun bewakers er zin in hadden. De man die naast Banna in de boot lag, was geslagen toen hij zijn zoon probeerde te beschermen. Banna had de bloedende striemen gezien op de arm waarmee hij tevergeefs had geprobeerd om de zweep af te weren.

Banna dacht dat zij niet was geslagen, omdat de meeste mannen bang voor haar waren. Ze zag het aan de manier waarop ze naar haar keken. De vijandelijke krijgers konden zich niet voorstellen dat een jong meisje zomaar in haar eentje door de nacht zou dwalen. Ze moest wel een heks of een geestverschijning zijn. Het was de enige verklaring die ze kon bedenken voor het feit dat ze haar met rust hadden gelaten.

Een geest is niet bang, dacht ze, maar het lukte haar niet om er niet bang uit te zien.

Ze veegde haar tranen uit haar ogen en keek voorzichtig over de rand van de kleine boot. De groep ruiters die haar eergisteren gevangen had genomen, was deze ochtend in de schemering aangekomen bij de rivier, waar ze een andere groep ruiters hadden aangetroffen. Die was nog veel groter dan de groep die Banna gevangen had genomen. Ze zag dat er wel meer dan honderd gevangenen werden vastgehouden. Zodra de twee groepen samen kwamen, werden alle gevangenen ingeladen in boten om de rivier over te steken.

Er waren veel te weinig boten voor de hele groep en ze moesten een aantal keer heen en weer varen voordat Banna eindelijk aan de beurt was. Tijdens het wachten aan de waterkant merkte ze dat de ruiters allemaal enorm gespannen waren. Er werd veel op elkaar gescholden en naarmate ze langer aan de oever van de rivier stonden te wachten, werden de gevangenen slechter behandeld. Banna zag de aanvoerder van de ruiters, de grote man met het donkerrode haar en zijn ene oog, verschillende keren door het ondiepe water aan de oevers rijden om iedereen aan te sporen. Iedereen leek zich zorgen te maken over hun achtervolgers. Ze wilden allemaal zo snel mogelijk de andere oever van de Rijn bereiken.

Pas toen haar eigen houten roeiboot vertrok, zag Banna de opluchting in de ogen van haar bewakers. Ze wisten dat ze op de andere oever veilig zouden zijn. Tijdens de tocht voelde Banna waterdruppels in haar gezicht spatten die door de wind over de rand van de boot werden geblazen. Er stond een stevige wind en de mannen hadden moeite om de juiste koers aan te houden. Aan de overkant van het water zag ze een steile heuvel omhoog rijzen vlak naast de oever. Ze herkende deze plek niet. De heuvel leek op de heuvels aan de oever van de Waal waar de Romeinen hun fort hadden gebouwd. Hij was dichtbegroeid met bomen en leek zich langs de hele noordelijke oever van de Rijn uit te strekken richting het westen.

"Waarom zijn we eigenlijk naar het noordwesten getrokken?" vroeg een van de roeiers aan een andere krijger. Hij sprak met zo'n vreemd accent dat Banna hem bijna niet kon verstaan. "Waarom gaan we met zo'n enorme omweg naar huis? Straks komen we nog in het gebied van de Friezen."

"Bevel van Maelo," zei de andere, die op de boeg stond en gespannen de rivier af speurde. "De Romeinen verwachten dat we via de kortste weg teruggaan naar ons eigen gebied, via het oosten. Ze zullen ons daar proberen te onderscheppen. En als het even kan, wil ik liever niet de Romeinse vloot tegenkomen bij onze oversteek. Dus Maggor doet wat Maelo hem heeft opgedragen. We gaan naar het noorden, trekken via het binnenland terug naar onze eigen landen en we zorgen dat we uit de buurt van de Rijn en de Romeinse patrouilles blijven."

"Maelo kan mijn reet kussen. Ik ben liever thuis dan dat ik me in de bossen ga verstoppen voor de Romeinen. Langs deze weg zijn we minsten twee dagen langer onderweg."

Ik ben dus ergens in het noordwesten ten opzichte van Oppidum Batavorum, dacht Banna. Zouden we in de buurt zijn van dat andere Romeinse kamp? Hoe noemde Bren dat ook alweer? Vectio ofzo? Of zijn we daar al voorbij? Ze wilde dat ze wat beter wist waar alles lag. Dan wist ze ook hoe ze weer naar huis moest komen als het haar lukte om te ontsnappen.

De naam Maggor zei Banna niets, maar ze ging ervan uit dat dat de aanvoerder van de mannen was; de man met zijn ene oog. De naam Maelo kende ze in ieder geval wel. Ze had gehoord dat Marcus en Harald over hem hadden gesproken met Bren tijdens de feestmaaltijd. Was dat echt nog maar één dag geleden geweest?

De naam Maelo was tijdens hun gesprek meerdere malen gevallen, dus de mannen hielden er toen al rekening mee dat er iets stond te gebeuren. Heel even werd Banna weer warm vanbinnen bij de gedachte aan het gezicht van Marcus. Marcus zou zeker achter haar aan komen als hij wist dat ze gevangen genomen was. Hij zou die Romeinse generaal Drusus de opdracht geven om haar en alle andere gevangenen te komen redden. Daarom waren al deze krijgers zo zenuwachtig.

Roei maar, dacht ze, terwijl ze naar de ploeterende mannen keek die koortsachtig probeerden de overkant te halen. Het maakt niet uit hoe snel of hoe ver jullie vluchten. Marcus en mijn broers zullen mij komen halen.

De boot schuurde over de zanderige bodem en kwam met een schok tot stilstand. Banna en de twee andere gevangenen werden overeind getrokken en door het ondiepe water naar de kant geleid. Daar moesten ze een lange tijd wachten, terwijl de boten weer naar de overkant werden geroeid om de volgende lading op te halen. Naast de gevangenen werden er ook grote kuddes vee meegenomen en die voelden er niets voor om ingescheept te worden op de

lage, platte boten. Een jonge stier raakte tijdens de oversteek in paniek. Hij begon wild heen en weer te rennen door de houten boot en viel de roeiers aan, tot de hele boot uiteindelijk omsloeg. Banna kon een glimlach niet onderdrukken toen ze zag dat een van de roeiers niet meer boven water kwam.
De hele oversteek duurde enkele uren. De zon stond al hoog aan de hemel toen alle mensen en dieren uiteindelijk de overkant hadden bereikt.

Na de oversteek splitsten de twee groepen zich weer op. De groep van Banna trok langs de voet van de heuvel richting het noordoosten, terwijl de andere groep over de heuvel nog verder naar het noorden trok. De stemming onder de ruiters werd wat rustiger nu ze op de andere oever van de Rijn waren. De mannen wisten dat ze bijna veilig waren. Het was nu alleen nog een lange tocht naar huis, zonder al te grote gevaren.

Verschillende dagen trok de groep verder. Ze kwamen door een heuvelachtig gebied met dichte bossen en uitgestrekte heidevelden. Ze kwamen weinig andere mensen tegen en de mensen die ze zagen, renden snel weg of keken argwanend vanuit hun boerderijen hoe de stam langs trok. Na een aantal dagen verdween de angst van Banna langzaam. Ze kon weer helder denken en begon beter op haar omgeving te letten.

Als ik kan ontsnappen, moet ik weten hoe ik thuis kan komen, dacht ze, ook al zagen alle heuvels en bossen er na verloop van tijd hetzelfde uit. De eerste dagen probeerde ze aan de stand van de zon bij te houden waar ze heen gingen. Maar daarna verslechterde het weer en liet de zon zich niet meer zien.

Tijdens de nachten, als alle gevangenen bij elkaar werden vastgebonden en de meeste krijgers in slaap vielen, kon Banna eindelijk ook wat praten met de oude man en de jongen die bij haar in de boot hadden gelegen. De man vertelde dat ze samen op een boerderij van een andere familie woonden iets ten noorden van Batavorum. Hij had al zijn hele leven als knecht op de boerderij gewerkt en het afgelopen jaar had hij de leiding over de boerderij gekregen toen de familie waar hij voor werkte in Batavorum was gaan wonen. De man had net de goden bedankt op de laatste nacht van het jaar toen hij ruiters hoorde op het erf. Samen met zijn twee zoons had de oude man zijn wapens gepakt en was hij naar buiten gegaan om de ruiters te confronteren.

Iedere keer als hij probeerde te vertellen wat er daarna was gebeurd, barstte hij in huilen uit. Uit de opmerkingen die hij snikkend vertelde kon Banna in ieder geval opmaken dat de boerderij in brand was gestoken, dat hij niet wist waar zijn vrouw nu was en dat hij nog maar één zoon over had. De zoon zelf sprak bijna niet. Hij staarde alleen met een sluimerende woede in zijn ogen naar de krijgers die hen bewaakten.

Nu Banna minder bang werd, begon ze ook wat meer op haar bewakers te letten. De stoere krijgers keken haar nog steeds argwanend aan en wilden zo min mogelijk met haar te maken hebben. Ze leken nog steeds bang te zijn en Banna besloot dat ze daar gebruik van kon maken. Zolang de krijgers dachten dat ze een heks was, zouden ze haar met rust laten.

Ze besloot om de ongemakkelijke gevoelens die de krijgers sowieso al hadden nog wat te versterken. Als zij dachten dat ze een heks was, dan zou ze zich ook als een heks gaan gedragen. Tijdens de lange marsen door het bos kon Banna zomaar de slappe lach krijgen om niks. Dan klonk haar schaterende lach opeens door de neerslachtige kolonne van gevangenen. Haar bewakers keken haar dan vreemd aan en voordat iemand er iets van kon zeggen, hield ze abrupt weer op. Zonder op of om te kijken liep ze verder alsof er niets was gebeurd. Ze begon ook hardop in zichzelf te praten of ze deed alsof ze hele gesprekken voerde met onzichtbare personen. En op sommige momenten vond ze het leuk om heel lang met wijd opengesperde ogen naar één van de ruiters te staren. Die konden daar enorm zenuwachtig door worden en Banna vond het heerlijk om te zien hoe ze met hun angst worstelden.
Na een paar dagen gingen bijna alle krijgers ervan uit dat die jonge vrouw wel vervloekt of in ieder geval knettergek moest zijn, maar het werkte wel. Niemand durfde haar iets aan te doen.

Alleen toen Banna op een nacht twee mannen hoorde fluisteren dat het misschien beter was om haar te verbranden of in een moeras te dumpen, leek het haar beter om haar vreemde gedrag iets te beperken.

Op de ochtend van de zevende of achtste dag van haar gevangenschap staken ze opnieuw een grote rivier over en kwamen ze aan in het gebied van de Sugambren. Tijdens de oversteek hoorde Banna dat de krijgers de rivier de Lippe noemden en ze vroeg zich af of ze die naam ooit eerder had gehoord. Er werd veel gelachen en de mannen waren in een uitgelaten stemming toen ze op de andere oever aankwamen.

De stam had het gehaald en ze waren op de terugweg niet aangevallen door de Romeinen of hun hulptroepen. Ze verheugden zich op het weerzien met hun families en bespraken opgetogen hoeveel buit ze hadden meegenomen uit het land van de Bataven.

Alleen toen de ruiters verder het gebied in trokken sloeg de stemming langzaam om. Het land was op een bepaalde manier stiller dan ze gewend waren. Ze kwamen onderweg geen andere reizigers tegen. Hun vrouwen stonden hen niet op te wachten en er waren nergens kinderen te zien die normaal gesproken altijd achter hen aan kwamen rennen na een succesvolle plundertocht. Langzaam raakten de krijgers weer meer gespannen. Ze hielden hun wapens bij de hand en er werd weinig gesproken.

De krijgers waren nog niet ver het gebied in getrokken toen een groep verkenners terug kwam rijden. Banna hoorde de verkenners opgewonden schreeuwen tegen de voorste ruiters, maar het was te ver bij haar vandaan om het te verstaan. De leider van de groep reed met de verkenners mee vooruit en de rest volgde hen. Banna zag hoe haar bewakers verontruste blikken uitwisselden. De hele groep ging sneller rijden, tot ze op een open plek in het bos terecht kwamen. De ruiters kwamen plotseling tot stilstand en om haar heen hoorde Banna verschillende kreten van ontzetting.

Even begreep ze niet wat ze zag. Waren ze weer terug in het gebied van de Bataven? Pas langzaam drong het besef tot haar door en begreep ze waarom de ruiters zo geschrokken waren. Dit was niet het gebied van de Bataven, het land dat ze hadden overvallen. De krijgers om haar heen jammerden en schreeuwden van woede. Dit was hun thuis.

Midden op de open plek had een groepje van zes grote boerderijen gestaan, met een aantal voorraadschuren en kleinere hutten eromheen. Van die zes boerderijen was nu niets meer over. Alleen de grote houten geraamtes stonden nog overeind. Zwartgeblakerd staken de houten balken uit de rokende puinhopen.

Er waren geen lichamen van mensen gevonden, hoorde Banna de verkenners tegen de leider zeggen. Dat kon betekenen dat de bewoners op tijd het bos in waren gevlucht, of ze waren meegenomen door de mannen die dit hadden gedaan.

Naast de boerderijen lagen her en der verspreid over het erf kadavers van schapen en geiten. Ze waren aan stukken gehakt en achtergelaten waar ze waren gestorven. De bebloede karkassen krioelden van de maden en waren op verschillende plekken aangevreten door wilde honden of kraaien.

De mannen staarden vol ongeloof naar het tafereel. Het was overduidelijk wie dit op zijn geweten had. De schapen waren omgebracht met steek- en snijwonden van korte zwaarden. En voor de ingang van de grootste boerderij stond een afgehakte schapenkop op een speer gespietst. Iedereen herkende het type speer. Het was een pilum, een werpspeer die door de Romeinse legionairs werd gebruikt. Dit was door de Romeinen gedaan.

Terwijl de Sugambren bezig waren met hun omweg naar het noorden, waren de Romeinen de Rijn al overgestoken. Als wraak voor de plundertocht van Maelo waren ze in zijn afwezigheid zijn thuisland binnengevallen. In eerste instantie was Banna net zo geschokt als haar bewakers door de verwoesting. Het leek allemaal zo zinloos, zo destructief. Ze wist hoe belangrijk zo'n boerderij of de kudde schapen kon zijn voor een familie. Dit kon het verschil tussen leven en dood betekenen, helemaal midden in de winter. Maar nadat ze van haar eerste schok was bekomen, merkte Banna ook dat ze een bepaalde voldoening voelde.

Net goed, dacht ze. Dit is jullie eigen schuld. Jullie vielen ons land als eerste aan, dus jullie verdienen deze straf.

Ze dacht aan de vuren die ze in de verte had gezien in de nacht dat ze gevangen was genomen. Ze dacht aan de oude man die zijn zoon was kwijtgeraakt. Ze herinnerde zich iedere klap met de zweep die de bewakers aan de gevangenen hadden uitgedeeld. Banna haatte hen. Ze haatte alle ruiters die op de open vlakte om haar heen stonden. Maggor en Maelo haatte ze nog het meest. En ze vond het heerlijk om te zien dat hun huizen waren platgebrand.

Nadat ze de ingestorte boerderijen hadden doorzocht om er zeker van te zijn dat er geen overlevenden waren, trok de stam verder. Koortsachtig wilde iedereen zo snel mogelijk verder rijden om te zien of hun eigen boerderij nog overeind stond. De eerste schok sloeg langzaam om in wanhoop, want overal waar de stam langs trok, vonden ze verwoesting. Woningen en voorraadschuren waren in brand gestoken, vee was afgeslacht, waterputten en bronnen waren vergiftigd met karkassen; de Romeinen waren uiterst secuur geweest in hun vernietiging van het land van de Sugambren. Iedere nieuwe afgebrande boerderij die ze tegenkwamen was een nieuwe schok voor de krijgers. En iedere keer dat Banna een nieuwe rookpluim aan de horizon zag, voelde ze zich beter. Haar gevangenschap was draaglijker nu ze zag dat de stam er in ieder geval voor was gestraft. Hun lijden deed haar goed. Ze moest zich inhouden om de gefrustreerde krijgers niet in hun gezicht uit te lachen.

Bij een kleine nederzetting aan een rivier die de stam aan het einde van de ochtend bereikte kregen ze de grootste schok te verwerken. De dikke zwarte rookwolken waren al enige tijd aan de hemel te zien voordat de stam het dorp bereikte.

Het beeld was hier nog verschrikkelijker dan bij de boerderijen waar ze eerder die ochtend langs waren gekomen. Blijkbaar waren veel bewoners vanuit de omgeving naar deze nederzetting gevlucht in de hoop dat de omheining van hout enige bescherming kon bieden.
Het had niet geholpen.

Murw geslagen door alle tegenslag trokken de ruiters met hun gevangenen door de opengebroken poorten in de omheining. Binnen in de nederzetting was de verwoesting haast onbeschrijflijk. Overal lagen de lichamen van dode vrouwen, oude mannen en zelfs kinderen. Ze waren net zo lukraak afgeslacht door de Romeinen als het vee dat Banna die ochtend overal had gezien. Hun mannen waren er niet geweest om hen te beschermen. Op sommige plekken leken de vrouwen en jongens zich nog te hebben verzet, maar uiteindelijk waren zij net zo makkelijk gedood als de anderen.

En daar hadden de Romeinen het niet bij gelaten. In het dorp zag Banna overal kapotgeslagen of onthoofde beelden liggen van de goden die deze mensen hadden aanbeden.
De krijgers om haar heen raakten buiten zinnen van woede toen ze dit zagen en zelfs Banna vond dat de Romeinen hiermee te ver waren gegaan. Veel van de goden die ze kende van haar eigen familie, werden aan beide zijden van de Rijn aanbeden. De Sugambren hadden de Bataafse goden met rust gelaten tijdens hun overval. Zelfs tijdens een oorlog

tussen twee stammen bleef er altijd respect voor de goden. De Romeinen waren echter een grens over gegaan, die de Germanen nog niet eerder hadden ervaren. Banna schrok van de schijnbare achteloosheid waarmee de Romeinen beelden van Donar of Freya kapot hadden geslagen.

Terwijl ze naar de kapotgeslagen beelden stonden te kijken, ontstond er verderop in het dorp consternatie. Banna hoorde mannen opgewonden schreeuwen. De krijgers die haar vasthielden, gingen kijken wat er aan de hand was en trokken haar mee achter hen aan. In het midden van het dorp wachtte de Sugambren een nieuwe schok. Een voorbeeld van de Romeinse wreedheid die alles wat ze hiervoor hadden gezien deed verbleken.

Op een kleine open plek in het dorp, vlak voor de hal van de meest vooraanstaande man, hadden de Romeinen tien grote houten kruizen neergezet. Aan deze kruizen hadden ze tien lichamen vastgemaakt; vier vrouwen en zes mannen, helemaal naakt en met enorme ijzeren spijkers dwars door hun polsen en voeten geslagen. Banna had nog nooit zoiets verschrikkelijks gezien. Ze wist van Bren dat de Romeinen soms misdadigers aan een houten kruis sloegen, maar ze had er nooit bij stil gestaan wat het betekende. Het zag eruit als een zeer pijnlijke dood. Uit hun wonden liep bloed over de lichamen naar beneden, waar het bloed zich mengde met hun ontlasting en de grond donkerrood kleurde. De gezichten van de mensen aan de kruizen hingen slap naar beneden. Het leek erop dat ze nog lang waren blijven leven nadat de spijkers door hun lichamen waren geslagen. Sporen van gedroogd kwijl en tranen liepen over hun gezichten.

Wat voor mens kan een ander mens zoiets aandoen? dacht Banna.

Ze staarde met een bleek gezicht naar een vrouw die ergens op de achterste rij hing. Ze voelde dat ze misselijk werd, maar ze kon haar ogen niet van haar gezicht afhouden. Op een bepaalde manier deed de vrouw haar aan haar moeder denken.

Plotseling opende de vrouw haar ogen en bewoog haar hoofd. Banna deinsde gillend achteruit en ook de stoerste krijgers achter haar slaakten geschrokken een kreet.

“Ze leeft nog,” fluisterde één van de ruiters.

De vrouw kreunde zacht en keek met rollende ogen om zich heen. Banna wist niet of de vrouw door had dat zij daar stonden. Ze leek erg ver heen te zijn. Zacht rochelend kwam de adem uit haar keel. Ze moest al urenlang in een verschrikkelijke doodsstrijd verkeren.

De leider van de ruiters stond roerloos voor de anderen naar de lichamen aan de kruizen te kijken. Banna zag alleen zijn rug en kon niet aan hem zien wat er door hem heen ging. Hij was als enige niet geschrokken teruggedeinsd toen de vrouw haar ogen opende. Onbewogen zat hij op zijn paard en staarde naar de kreunende vrouw aan het kruis.
“We moeten haar naar beneden halen,” zei één van de ruiters, die van zijn paard sprong en naar het kruis liep. “Help me, snel.”

De leider van de ruiters reed met zijn paard naar voren. Even dacht Banna dat hij mee zou helpen om de vrouw los te maken, tot hij onverwachts zijn speer recht in de borst van de vrouw stootte. Banna slaakte opnieuw een gil. De ogen van de vrouw werden groot, waarna haar blik veranderde van geschokt naar een vermoeide opluchting. De leider fluisterde nog iets tegen de vrouw en gaf haar een kus op haar voorhoofd, waarna hij haar ogen sloot.

Bij de aanblik van die stoere krijger die de naakte vrouw aan het kruis liefdevol kuste, brak Banna. Ze barstte in huilen uit en voelde zich meer alleen dan ooit. Ze wilde weg van deze plek, waar ze werd omringd door zo veel dood en verdriet. Ze wilde terug naar huis, waar haar moeder was en waar haar broers haar konden beschermen. Ze voelde allang geen voldoening meer bij het lijden van de Sugambren. Geen enkele stam zou zo mogen lijden, wat ze de Romeinen of de Bataven ook hadden aangedaan.

En boven haar eigen snikken uit hoorde Banna heel in de verte een lange schrille toon uit een bronzen trompet. De mannen hoorden het ook en ze keken direct alert om zich heen. Banna herkende dat geluid. Het klonk hetzelfde als de trompetten die in het fort bij Oppidum Batavorum werden gebruikt. Andere trompetten beantwoordden vanaf een andere plek buiten het dorp het signaal van de eerste trompet. Er klonken steeds meer trompetten, tot het leek alsof er in een halve cirkel om het dorp overal op trompetten werd geblazen.
Iedereen wist wat dat betekende.
De Romeinen waren teruggekomen.

## Hoofdstuk 39

## Marcus

Er ging een bekende opwinding door het lichaam van Marcus toen hij het signaal voor de aanval hoorde. De centurie van Publius Barrus zette zich net als alle andere centuries in beweging, waarbij Marcus op zijn gebruikelijke positie marcheerde. Hij liep op de achterste rij tussen Gaius en Quintus in. Naast Gaius marcheerde Lucius.
De krijgers van de Sugambren waren teruggekeerd naar hun dorp. Dit zou tenminste een echt gevecht worden, in tegenstelling tot de aanval die ze die ochtend op ditzelfde dorp hadden uitgevoerd. Er zou bijna eer aan behaald kunnen worden, als de Germanen niet zo sterk in de minderheid zouden zijn.

De tribuun Mercius voerde de aanval aan. Hij had twee cohorten van het Eerste legioen bij zich en twee ruitereenheden die verbonden waren aan het Vijfde legioen. Het waren deze ruiters geweest die er bij de tribuun op hadden aangedrongen om alle religieuze symbolen van de barbaren te vernielen. Sommige van deze ruiters waren er vier jaar geleden nog bij geweest toen de Sugambren de adelaar van hun legioen hadden gestolen. Hun haat voor de Sugambren zat nog diep en kwam vandaag naar boven. Deze ruiters van het Vijfde legioen waren begonnen met het aan stukken slaan van alle afgodsbeelden. Zij waren ermee begonnen, maar uiteindelijk had iedereen, ook Marcus, eraan mee gedaan.

Overal in het gebied tussen de Lippe, de Ruur en de Rijn hadden verschillende onderdelen van de twee legioenen hetzelfde gedaan, wist Marcus. Drusus was er bij het vertrek uit Batavorum glashelder over geweest. De vechtlust van de Germanen moest worden gebroken. Dus verdeelde hij zijn twee legioenen in verschillende losse onderdelen van enkele cohorten en liet hij hen los op het gebied van de Tencteren, de Usipeten en de Sugambren.

Er was nauwelijks tegenstand geweest toen Marcus door het land van de Sugambren trok. De dapperste krijgers waren allemaal met Maelo mee gegaan op zijn strooptocht in het gebied van de Bataven. Drusus had al toegeslagen voor ze terug waren. En een groot deel van de bevolking die was achtergebleven, was meteen na de eerste signalen van de

Romeinse aanval de bossen in gevlucht. De boerderijen die de Romeinen in brand staken, waren allemaal verlaten. De bewoners waren nergens te bekennen, wat weer voor extra frustratie bij de Romeinse soldaten zorgde. Ze waren erop uit om de Sugambren te straffen en het voelde hierdoor alsof ze de dans ontsprongen.

Pas aan het begin van deze ochtend, toen de soldaten bij de kleine nederzetting aankwamen, zagen ze voor het eerst de bewoners van het gebied. Verschillende families uit de omgeving hadden gedacht dat ze veiliger waren als ze bij elkaar waren en ze hadden zich achter hun eenvoudige omheining teruggetrokken.

Terwijl Marcus voor de tweede keer die dag richting de nederzetting marcheerde, probeerde hij zich te herinneren hoeveel mensen hij bij de eerste aanval had gedood. Vier, misschien vijf. Het waren er niet veel geweest. Voor zover hij zich nog voor de geest kon halen, had niemand van hen echt teruggevochten. Het was vreemd hoe de herinneringen aan een gevecht op de een of andere manier altijd vervaagden. Tijdens een gevecht trok er een waas over het bewustzijn van Marcus en na afloop kon hij nooit meer precies reconstrueren wat er was gebeurd. Sommige dingen die Marcus had gedaan, herinnerde hij zich later helemaal niet meer. En andere, schijnbaar onbeduidende details stonden hem juist nog haarscherp voor de geest.

Het gevecht van die ochtend was in ieder geval snel voorbij geweest. Aan Romeinse zijde waren er slechts tien doden gevallen tegenover enkele honderden barbaren. Na de slachting liet de tribuun tien gevangen genomen Germanen kruisigen als vergelding voor de tien Romeinse levens die bij de bestorming van het dorp verloren waren gegaan.
De rest van die dag had Marcus samen met Lucius en Sextus huizen doorzocht op voedsel en kostbaarheden, terwijl het geschreeuw van de slachtoffers aan de kruizen steeds zwakker werd. Nadat de Romeinen alle buit hadden verzameld en de overgebleven Germanen bij elkaar hadden gedreven, gaf Mercius het bevel om de nederzetting volledig plat te branden.

De vlammen sloegen nog uit de brandende huizen toen de Romeinen zich in de bossen terugtrokken. Niet lang daarna hoorde de tribuun van de verkenners dat er een groep ruiters onderweg was en dat ze gevangenen met zich mee voerden. De Romeinen hielden zich schuil achter een nabijgelegen heuvel en wachtten tot alle ruiters de nederzetting binnen waren gegaan. Vervolgens liet de tribuun de val dicht klappen.

Terwijl Marcus achter de standaard van zijn centurie richting de nederzetting marcheerde, zag hij dat de Germanen het gevecht niet uit de weg gingen. Blijkbaar hadden de tien gekruisigde gevangenen het gewenste effect. De ruiters kwamen uit de verwoeste nederzetting tevoorschijn. Op volle snelheid reden twee groepen in tegengestelde richting van het dorp vandaan, blijkbaar in een wanhopige poging om de Romeinse legionairs in de flanken aan te vallen. Marcus marcheerde aan de rechterkant van de uitgestrekte linie en hij zag hoe de grootste van de twee groepen recht op zijn centurie af stormde. Marcus schatte de groep in op ongeveer honderd ruiters. Geen grote bedreiging voor de Romeinen, maar het bleef toch een angstaanjagend gezicht. Tientallen krijgers, compleet doorgedraaid van woede om de verwoesting van hun dorp, reden op hun grote paarden recht op hem af. Barrus gaf het bevel om halt te houden en alle mannen zetten zich verbeten schrap. Vanuit zijn ooghoeken zag Marcus dat Lucius stond te trillen op zijn benen. Dit zou zijn eerste echte gevecht worden.

“Blijf kalm, Lucius,” fluisterde Gaius tegen Lucius. “De goden waken over ons. En die barbaren moeten eerst nog langs Barrus voor ze ons bereiken.”

In de voorste rij van de centurie riep de centurion dat de soldaten hun speer gereed moesten houden en naast Marcus herhaalde de optio zijn bevel. Marcus hief zijn werpspeer boven zijn hoofd. Hij voelde aan de grond onder zijn voeten dat de aanstormende groep ruiters dichterbij kwam. Honderden paardenhoeven zorgden voor een langzaam aanzwellend geluid en Marcus voelde hoe hij zijn kaken onbewust strak op elkaar klemde toen de Germanen een woeste strijdkreet aanhieven. Hij concentreerde zich op de stem van Publius Barrus die op het allerlaatste moment brulde om de speren te gooien.

Het gevecht was alweer voorbij voordat het echt was begonnen. Zodra de Romeinen hun werpsperen hadden gegooid, was de woeste charge van de ruiters abrupt tot stilstand gekomen. Ruiters en paarden stortten schreeuwend naar de grond en de ruiters die daar achteraan kwamen, struikelden over hun lichamen. Meteen na het eerste salvo gaf Barrus het bevel om aan te vallen. De Romeinen trokken met een muur van schilden en zwaarden richting de ruiters en na een korte schermutseling waren er nog maar een paar Germanen in leven.

In paniek vluchtten de ruiters terug naar het dorp, met de Romeinen er direct achteraan. Marcus hoefde in het korte gevecht niet eens iets te doen. Hij had aan het begin van de aanval zijn speer gegooid en hij had een gewond paard met een paar snelle steken van zijn gladius uit zijn lijden verlost.

Aan de andere kant van het slagveld hadden de Romeinen iets meer moeite met de aanval van de Germaanse ruiters, maar ook daar duurde het niet lang voor ze op de vlucht sloegen.

Even probeerden de Germanen vanaf hun houten pallisade nog om de aanval van de Romeinen te vertragen met speren en pijlen, maar voor Marcus er eigenlijk erg in had, bevond hij zich alweer in het dorp. De laatste Germanen probeerden zich in veiligheid te brengen en lieten hun gevangenen achter.

Terwijl de ruiters van de Romeinen achter de Germanen aangingen en hen één voor één neersloegen in de velden rond de nederzetting, trok de centurie van Barrus door het dorp om de gevangenen te bevrijden.

Met zijn dolk sneed hij de touwen door waarmee een oude man was vastgebonden, waarna die man hem snikkend om de hals vloog. De man stonk enorm, maar Marcus liet hem zijn gang maar gaan. Hij klopte hem zachtjes op de rug, voorzichtig tussen de bloedende striemen die Marcus door de gescheurde kleren van de oude man zag. Zo stond hij, met het verse bloed van het gevecht nog op zijn gezicht en kleren, met die huilende man in zijn armen. Hij staarde met een lege blik in de verte; naar de lichamen aan de houten kruizen die de Romeinen daar die ochtend hadden neergezet en naar het groepje angstige Bataafse gevangenen die ze zojuist hadden bevrijd.

En plotseling staarde Marcus recht in een paar ogen dat hij herkende. Er ging een schok door zijn lichaam. Hij had die ogen een week geleden voor het laatst gezien. Die ogen hadden op de avond van de inval de hele avond tegenover hem gezeten. Hij herkende haar meteen, ook al was de blik in haar ogen harder geworden dan hij zich herinnerde.

"Banna," schreeuwde hij en het meisje keek verschrikt op. Even was Marcus bang dat ze zou vluchten, maar toen zag hij dat ze hem herkende. Ze zag er vuil uit en haar haren hingen slordig over haar gezicht, maar ze was het echt. Hij begreep niet wat ze hier deed. Hoe was ze hier terecht gekomen? Hij had haar voor het laatst gezien in het huis van Bren. Hadden de Sugambren de Bataafse nederzetting geplunderd in afwezigheid van Drusus? Was dat de reden dat hun krijgers nu pas weer terug waren?

Het maakte niet uit. Ze was nu hier en dat was het enige dat telde. Hij moest naar haar toe gaan. Marcus liet de oude man zomaar op de grond vallen en rende op haar af. Banna begon ook te rennen en hij zag dat er tranen in haar ogen sprongen. Ze konden het allebei niet geloven. Marcus vergat alles om hem heen. Hij vergat dat hij een Romeinse legionair was. Hij vergat Barrus en Quintus en Sextus en al die anderen die naar hem stonden te kijken. Hij vergat het bloed op zijn gezicht. Hij dacht alleen nog maar aan Banna.

Hij pakte haar op van de grond, terwijl ze haar armen om hem heen sloeg. Haar mond was plotseling heel dichtbij. Voorzichtig streek Marcus haar haren uit haar gezicht.

En te midden van de verwoesting van de uitgebrande nederzetting kusten Marcus en Banna elkaar.

## Hoofdstuk 40

## Harald

Er werd weinig gesproken, terwijl de groep ruiters langzaam verder trok. De lucht was grauw en er waaide een gure wind over het land. Af en toe rook Harald hoe die wind de geur van rook of een rottend lijk meevoerde. Hij keek opzij naar Bren en vroeg zich af wat zijn broer dacht nu hij dit zag.

De groep trok nu al twee dagen door het gebied aan de overkant van de Rijn en tot nu toe waren ze alleen maar verwoesting tegen gekomen. De Romeinen waren zeer grondig te werk gegaan. Alle nederzettingen en alle boerderijen waar de groep van Harald langs kwam waren platgebrand. Drusus bracht op een weinig subtiele manier zijn boodschap over aan de Bataafse leiders door hun dit te laten zien. De boodschap was helder: Als je in opstand komt tegen Rome is dit het resultaat. Harald had Drusus zelf tegen zijn officieren horen zeggen wat ze moesten doen toen hij een week geleden vanuit Batavorum was vertrokken, maar het was iets anders om het in de praktijk te zien.

Niet dat Tarik de boodschap echt nodig had. Hij was een overtuigd bondgenoot van de Romeinen. Tarik wist dat Rome de toekomst was en samen met de Romeinen konden ook de Bataven grootse dingen bereiken. Bren en Harald dachten daar hetzelfde over als Tarik.

Alleen Harald wist dat er mannen waren binnen de vooraanstaande families van de Bataven die er anders over dachten. Dat had de ruzie met Timmen duidelijk gemaakt. Die afkeer van de Romeinen heeft Timmen niet op zichzelf ontwikkeld, dacht hij. Er zijn andere mensen die hem hebben beïnvloed.

Harald dacht aan Covis en Haldrik, die achter hen aan reden door het verwoeste landschap. Zouden zij dit soort gedachten verspreiden onder de bevolking?

Na het vertrek van Covis en Haldrik bij de conferentie in Lugdunum was hun ruzie met Tarik niet meer bijgelegd. Beide mannen en hun families leefden nog steeds op gespannen voet met elkaar samen. Covis beschuldigde Tarik ervan dat hij met geweld zijn zin had doorgedrukt tijdens het congres en Tarik was er op zijn beurt weer van

overtuigd dat Covis de moordenaars op Bren en Harald af had gestuurd.
Covis was al vanaf het begin tegen samenwerking met de Romeinen geweest. Hij noemde het zelf steevast een onderwerping. Harald vroeg zich af of Covis en Haldrik in het geheim bezig waren om jonge mannen zoals Timmen op te hitsen. Hij keek achterom naar Haldrik, die naast zijn oom mee reed met de Bataafse leiders en er vandaag opvallend bleek uitzag.
Hij is zich waarschijnlijk rot geschrokken door wat hij hier heeft gezien, dacht Harald.

Vooraan in de kleine kolonne reden Tarik en Titus Laberus naast elkaar. Het contrast tussen die twee mannen kon haast niet groter zijn. Tarik was een grote, gespierde Bataaf met een wilde zwarte baard en lange zwarte haren tot over zijn schouders. Hij droeg een donkergroene mantel tegen de kou en over zijn rug hing een lang zwaard met verweerd leer om het gevest. Laberus, die naast Tarik reed, was een stuk kleiner dan de leider van de Bataven.

Tarik zag er vaak ruig en ongewassen uit, terwijl de Romeinse generaal juist altijd een onberispelijke uitstraling had. Zijn haren waren kort geknipt en zelfs tijdens deze korte veldtocht zorgde Titus Laberus ervoor dat hij iedere dag gladgeschoren was. Harald verbaasde zich er nog steeds over dat Laberus er tot nu toe in was geslaagd om zijn rode generaalsmantel helemaal schoon te houden, terwijl de kleding van de rest onder de modder zat.

Ook qua karakter verschilden Tarik en Laberus van elkaar. Tarik was met iedereen amicaal, ongeacht de status van iemand en hij was altijd aanwezig, vooral als hij 's avonds veel gedronken had. Laberus was juist een gedecideerd en koel persoon. Terwijl Tarik graag dronk met de gewone soldaten, zat Laberus 's avonds in zijn tent om rapporten te schrijven voor Drusus of de plannen voor de volgende dag uit te werken. Beide mannen hadden al vanaf het begin van de veldtocht een natuurlijke afkeer van elkaar en dat gevoel leek alleen maar sterker te worden naarmate ze langer met elkaar optrokken.

En al die tijd was Harald de persoon die de communicatie tussen hen moest verzorgen. Het vergde alles van zijn tact om de sluimerende weerstand tussen deze twee mannen niet te laten ontaarden in een regelrechte ruzie.
Achter Tarik en Laberus reden Harald, Bren en Thorgal, de neef van Tarik. Thorgal droeg de standaard met zich mee die

Drusus bijna een jaar geleden persoonlijk aan de Bataven had overhandigd toen hij de Bataafse cohorten had opgenomen in de hulptroepen van de Romeinen. Tarik had de gewoonte om altijd laatdunkend over 'de stok' te spreken als hij het over deze standaard had, maar toch wist Harald dat hij eigenlijk veel belang hechtte aan dit symbool. Hij liet alleen mensen van zijn eigen familie de stok dragen en hij stond erop dat de standaard iedere nacht bij hem in de tent werd opgeborgen.

Achter Harald reden een aantal andere leden uit de belangrijkste families van de Bataven. Ze waren het afgelopen jaar bijna allemaal officier geworden in de pas opgerichte ruiterafdelingen van de Bataven. Achter hen reed de persoonlijke lijfwacht van Tarik; een groep van tien jonge mannen die door Tarik zelf waren uitgekozen om hun moed en hun kracht. Helemaal achteraan in de kleine kolonne reden Covis en Haldrik, met hun eigen volgelingen.

Covis was vorig jaar door de Romeinen benoemd tot prefect van de Bataafse infanterie, terwijl Tarik de prefect van de cavalerie was geworden. Harald wist dat Covis eigenlijk niet voor de Romeinen wilde vechten, maar hij kon het zich niet veroorloven om achter te blijven bij Tarik. Om zijn invloed en status te behouden, moest Covis wel deelnemen aan de komende oorlogen van de Romeinen. Het was de enige manier om roem te vergaren.

Terwijl de groep langzaam verder trok door het land van de Sugambren, vroeg Harald zich af hoe het met Timmen en Banna was. Waren ze gevangen genomen door de Germaanse stammen? Of was hun lot nog erger?

Drie dagen geleden hadden Harald en Bren Akko voor het laatst gesproken. Akko vertelde dat hij nergens een spoor van Timmen of Banna had gevonden. De slaaf was naar de boerderij gegaan en tot hun opluchting kon hij hen vertellen dat hun boerderij in ieder geval niet was platgebrand door de Germanen.

Terwijl Harald en Bren met de andere Bataven de Rijn overstaken, zou Akko zijn zoektocht voortzetten. Misschien heeft hij Banna ondertussen al gevonden, dacht Harald. Toch bleef hij zich zorgen maken. Als Banna veilig was na de aanval, zou ze meteen weer naar huis zijn gekomen.

Titus Laberus leidde de Bataven verder door het gebied, tot ze uiteindelijk bij het legerkamp van Drusus aankwamen. Alle cohorten van het Eerste legioen waren bij elkaar gekomen bij de plek waar een paar dagen geleden nog een belangrijke nederzetting voor de Sugambren had gestaan.

Het dorp, dat even groot was geweest als Batavorum, was volledig met de grond gelijk gemaakt. Direct naast de ruïnes van het dorp hadden de Romeinen hun eigen legerkamp opgebouwd en het zag ernaar uit alsof ze hiermee de barbaren nog eens extra wilden imponeren. De versterkingen van het kamp zagen er even stevig uit als de muren van het permanente kamp naast Batavorum. Terwijl Harald door het enorme houten poortgebouw reed, stond hij weer versteld van de organisatiegraad van de Romeinen. Waar eerst niets was geweest, lag nu een versterkte nederzetting die groter was dan het verwoeste dorp van de Germanen. Het was nog steeds moeilijk te bevatten hoe het legioen in slechts een paar dagen tijd zo'n stevig fort uit de grond kon stampen. Tussen het fort en de resten van de nederzetting zag Harald een klein tentenkamp liggen, dat streng werd bewaakt door verschillende Romeinse soldaten.

De Bataven reden door de hoofdweg van het fort richting het hoofdkwartier van Drusus. Ook binnen in het kamp heersten orde en discipline. De legioensoldaten hadden zich verzameld voor het principia, netjes opgesteld in hun cohorten en centuries. De soldaten zagen er stuk voor stuk fris en alert uit. Het leek erop alsof alle cohorten nog aardig intact waren. Dit was een eenvoudige campagne geweest voor de Romeinen.

Voor het hoofdkwartier hadden de soldaten een verhoging gebouwd waar Drusus op stond in zijn schitterende wapenuitrusting. Voor de verhoging zaten vijf Germanen op hun paard, omringd door tientallen Romeinse soldaten. De Germanen zagen er verslagen uit. Harald reed iets voor de groep uit om te kijken of hij iets voor Drusus moest vertalen, maar blijkbaar sprak een van de Germanen, een grote man met rood haar die een oog miste, een ruwe vorm van Latijn. De man vroeg aan Drusus vergiffenis voor hun daden. Het was een vergissing geweest om zich mee te laten slepen door de woorden van Maelo, vertelde hij. Harald kon duidelijk merken dat de Germaan moeite had om deze woorden uit te spreken. Zijn stem klonk dof en terneergeslagen, als de stem van iemand die veel had verloren. Toch had hij ook nog iets uitdagends in zijn ogen.

Drusus luisterde onbewogen naar de woorden van de Germaan. Er leek een bepaalde kilte in zijn blik te zitten die Harald nog niet eerder had gezien bij de jonge gouverneur. Drusus knikte kort naar Titus Laberus, die de Bataafse leiders aan de rechterkant van het podium halt liet houden.

Nadat de Germaanse leider zijn wapens voor het podium had neergelegd, reageerde Drusus op zijn woorden. Hij sprak met luide stem, meer tegen de Bataven en zijn eigen soldaten gericht dan tegen de vijf Germanen die voor hem stonden.

In een woedende tirade sprak hij over het vertrouwen dat de Germanen hadden geschonden door de bondgenoten van de Romeinen aan te vallen. Het was nog maar vier jaar geleden dat de Sugambren vrede hadden gesloten na hun eerdere aanval, maar blijkbaar waren ze hun beloften nu alweer vergeten. Bij iedere zin die de Romeinse bevelhebber vanaf zijn podium uitsprak, leken de Germanen kleiner te worden. De stem van Drusus sneed door de koude lucht. De Drusus die nu op het podium tekeer ging was een heel andere Drusus dan de jonge man die Harald kende.

Uiteindelijk werd de Romeinse generaal weer wat rustiger toen hij was uitgeraasd. Er werden afspraken gemaakt over herstelbetalingen die de Germaanse stammen zouden doen en de vijf woordvoerders stonden toe dat hun oudste zonen naar Rome zouden worden gezonden om daar een Romeinse opvoeding te krijgen. Zolang hun zonen daar waren, als gasten of als gijzelaars, zouden de stammen niet nogmaals in opstand komen, verwachtte Harald. Met een koele handdruk tussen Drusus en de leider van de Sugambren werd de vrede gesloten.

Direct daarna stapte Drusus van het podium af en liet hij Laberus, Tarik en Harald samen met de andere leden van zijn staf bij hem komen in zijn tent. Ondanks de donderende toespraak die Drusus net voor de Germanen had gehouden, wist Harald dat Drusus eigenlijk heel tevreden was over de situatie. Maelo had als eerste toegeslagen en Drusus had hem met gemak verslagen. De dreiging aan de Rijngrens was voorlopig weggenomen. Drusus had zijn handen vrij om zich op de rest van Germania te richten.

## Hoofdstuk 41

## Banna

Banna keek opgetogen op toen ze de stem van Marcus buiten de tent hoorde. Ze voelde een warme gloed op haar gezicht, terwijl haar hart sneller sloeg. Ze hoorde dat Marcus een discussie voerde met de soldaat die de kleine tent bewaakte waar Banna samen met vijf andere Bataafse vrouwen in sliep. De Romeinse soldaat voor de tent wilde hem niet binnenlaten en blijkbaar reageerde Marcus daar weer boos op. Banna verstond geen Latijn, maar ze hoorde de soldaat iets zeggen over een 'liefje' en blijkbaar had iemand gezegd dat niemand de vrouwen lastig mocht vallen. Marcus begon harder te praten en uiteindelijk duwde hij de bewaker maar gewoon opzij.

"Banna," riep hij opgewonden en toen ze hem daar in de opening van de tent zag staan, maakte haar hart opnieuw een sprong. Ze rende op hem af en kuste hem op zijn wang. Ze durfde hem hier niet op zijn mond te zoenen. Na die eerste zoen hadden ze elkaar niet nog een keer gezoend. Ze hadden elkaar ook nog nauwelijks gesproken sinds de Romeinen Banna hadden bevrijd, maar ze had sinds die dag aan één stuk door aan Marcus gedacht. Ze voelde zich veilig nu hij bij haar in de buurt was. De nachtmerries over haar gevangenschap werden verdreven door dromen over zijn glimlach en zijn diepblauwe ogen. "Je moet met me meekomen," zei hij, terwijl hij haar hand vastpakte. "Je broers zijn in het kamp."

Ze volgde Marcus de tent uit en liep met hem mee richting het legioenskamp dat iets verderop was opgeslagen. Ze bleef zijn hand vasthouden, terwijl ze langs de tenten van de Bataafse gevangenen liepen. De Romeinen hadden alle gevangenen ondergebracht in een tentenkamp dat ze direct naast hun eigen legerkamp hadden ingericht. Drusus had voedsel en reservetenten uit zijn voorraden ter beschikking gesteld zodat de gevangenen hier op krachten konden komen voordat het legioen ze weer mee zou nemen naar de Rijn.

De soldaten die de gevangenen moesten bewaken, keken argwanend naar Marcus. Waar nam die soldaat die jonge vrouw mee naartoe? Drusus stond erop dat de bevrijdde gevangenen, die voor het grootste deel uit vrouwen en kinderen bestonden, niet lastig werden gevallen door de soldaten uit zijn leger. Er werden zware straffen opgelegd aan soldaten die toch probeerden om 's nachts het tentenkamp in te komen. En toch waren er ook enkele officieren die tegen de juiste betaling wel werden doorgelaten, wist Banna uit de verhalen die ze van anderen hoorde. Gelukkig was dit bij hun tent nog niet voorgekomen.

"Het is beter als we niks tegen ze zeggen," zei Marcus, terwijl ze richting de hoofdpoort van het kamp liepen. "Bren zal dit niet accepteren."

Hij hoefde niet te vertellen waar hij het over had. Banna wist dat hij de zoen bedoelde. In de buurt van het kamp liet Marcus haar hand los en meteen voelde Banna het gemis van zijn aanraking. Ze miste zijn warmte in haar hand.

"Ja, dat snap ik," zei ze, terwijl ze gehaast verder liepen. Banna durfde nog niet toe te geven dat de zoen misschien wel helemaal nooit een vervolg zou krijgen. Er schoten allerlei gedachten door haar hoofd. Haar stemming schoot heen en weer tussen hoop en vrees en ze wist niet wat ze moest zeggen. Ze wist dat haar liefde hopeloos was. Marcus was een Romein en een soldaat. Hij mocht niet trouwen, zelfs als Bren er toestemming voor zou geven en Banna wist dat hij dat niet zou doen. Maar ze kon haar gevoelens niet stopzetten. Ze keek naar Marcus en probeerde te doorgronden wat hij dacht. Worstelde Marcus met dezelfde gevoelens als zijzelf? Ze hadden toch met elkaar gezoend? Dat was echt gebeurd. Dat betekende toch dat ze allebei iets moesten voelen? Wat als het voor hem allemaal niks betekende? Had ze zich vergist?

Plotseling bleef Banna staan.

Marcus draaide zich om en keek haar vragend aan.

"Ik hou van je," zei ze.

Ze voelde tranen in haar ogen opkomen. Ze was bang voor zijn reactie, maar ze moest het kwijt. Ze kon niet terug naar haar broers, naar haar gewone leven, zonder het te zeggen. Marcus keek haar aan met een gepijnigde blik in zijn ogen. Toen liep hij snel naar haar toe en pakte haar handen vast. Ze zag dat hij ook tranen in zijn ogen had. Het betekende dus wel iets voor hem.

"Ik hou ook van jou," zei hij met een schorre stem. "Ik weet dat het niet mag. Dat het niet kan. Maar ik hou van je."

Hij boog zijn gezicht naar voren en voor de tweede keer kusten ze elkaar. Banna pakte hem stevig vast bij zijn gespierde schouders en drukte haar lichaam tegen hem aan.

Alles om hen heen leek te verdwijnen. Niks drong nog tot Banna door. Ze voelde alleen zijn tong in haar mond en de warmte van zijn adem. Ze voelde het hart van Marcus kloppen tegen haar eigen borst. Zijn hartslag was zo dicht bij de hare. En toch bleven hun harten van elkaar gescheiden door de ijzeren ringen van de maliënkolder die Marcus droeg. Zijn uniform belemmerde hen om echt samen te zijn, zowel fysiek als geestelijk.

Pas toen één van de soldaten bij de poort naar hen floot trok Marcus zijn hoofd terug. De soldaat riep iets naar hen en het was maar goed dat Banna geen Latijn verstond, want Marcus wierp hem met een rood hoofd een vernietigende blik toe.

"Kom, we moeten gaan," zei hij.

Het moment was weer verdwenen.

Banna voelde zich nog licht in haar hoofd. Haar gedachten waren nog steeds bij de kus van Marcus, toen ze opeens Bren voor zich zag staan. Hij had een helm op zijn hoofd en hij had zijn lange zwaard over zijn schouder hangen, waardoor hij er op een bepaalde manier ouder uitzag dan ze gewend was. Met zijn wapens deed hij haar aan haar vader denken, merkte ze. Ze omhelsden elkaar en Banna beloofde Bren huilend dat ze nooit meer zomaar van huis weg zou lopen. Bren verzekerde haar op zijn beurt dat hij niet boos was. Hij was vooral blij dat ze veilig was.

"We zullen thuis vier schapen offeren," zei hij. "Vier schapen, voor de bescherming van de vier kinderen van Beren."

Banna was opgelucht dat haar broer vier schapen zei en niet drie.

Hij is Timmen nog niet vergeten, dacht ze.

Bren vertelde haar dat Timmen nog niet was gevonden na die bewuste avond van hun ruzie. Akko was hem nog steeds aan het zoeken. Ze wist dat Bren zijn jongere broer nog niet zou vergeven voor de aanval met het mes, maar dit was in ieder geval een begin.

Marcus liet Banna achter bij Bren en de andere Bataven om zich weer bij zijn eenheid te melden. Ze lieten allebei niets merken toen Marcus en Banna afscheid van elkaar namen. Ze voelde weer tranen opkomen toen hij wegliep en keek snel naar de grond om het te verbergen.

Die middag bleef ze de hele middag bij Bren in de buurt. Ze vertelden aan elkaar wat ze hadden meegemaakt sinds ze van huis was weggelopen en Banna luisterde vol bewondering naar het verhaal van Bren over zijn eerste gevecht. Het was een vreemd idee dat haar broer, die ze al zo lang kende, mannen had aangevoerd in de strijd, en andere mannen had gedood. Ze vertelde zelf hoe ze tijdens haar gevangenschap net had gedaan of ze een heks was, waardoor alle krijgers bang voor haar waren geworden. Dat leek Bren bijzonder grappig te vinden. Hij zei dat hij graag de gezichten van die mannen had gezien die zo bang waren voor zijn jonge zusje.

's Avonds werd er in het kamp een bescheiden feest gegeven om de overwinning te vieren. Harald, die zich na zijn bespreking met Drusus bij Bren en Banna had gevoegd, vertelde dat de Romeinen de volgende ochtend aan de terugtocht zouden beginnen. Drusus had bereikt wat hij wilde bereiken en het winterseizoen was niet geschikt om nu nog verder te trekken. De meeste voorraden, die bij het begin van de korte campagne in alle haast bij elkaar waren geraapt, zouden er vanavond doorheen gejaagd worden. Banna was een van de weinige vrouwen die die avond bij de feestmaaltijd aanwezig mocht zijn. Ze zag een of twee vrouwelijke slaven die wijn inschonken in deze wereld die verder volledig uit mannen leek te bestaan. Veel mannen keken op een vreemde manier naar haar en Banna verlangde er bijna naar om weer in het tentenkamp bij de andere vrouwen te zijn.

Harald hield haar gezelschap aan een aparte tafel, terwijl Bren en de andere Bataafse leiders bij de Romeinse officieren zaten.
Dit was de eerste keer dat Banna die Romeinse generaal Drusus zag, waar ze al zo veel verhalen over had gehoord van haar broers. Ze had verwacht dat Drusus veel ouder zou zijn, maar hij was eigenlijk nog maar een jonge man. Hij was nauwelijks ouder dan Bren en Harald zelf. Ze was verbaasd toen ze van Harald hoorde dat hij volgende week pas zesentwintig zou worden. Hoe kon zo'n jonge man al de verantwoordelijkheid dragen voor dit hele leger?

Ze zag hoe Drusus ontspannen met Tarik praatte, terwijl Thorgal, de neef van Tarik, voor zich uit staarde met een afwezige blik in zijn ogen. Hij had totaal geen contact met die andere Romeinse generaal, Titus Laberus, die naast hem zat. Banna kreeg altijd de kriebels als ze naar Thorgal keek. Hij had misschien een knap gezicht en binnen de stam had hij bijna net zoveel aanzien als zijn oom Tarik, maar iets in zijn manier van doen riep weerstand bij haar op. Ze zag hem eigenlijk nooit lachen, of het moest een geniepige grijns zijn als er iemand in zijn omgeving werd vernederd. Hij verschilde daarin compleet van Tarik, bij wie je zijn emotie altijd kon aflezen aan zijn gezicht. Bij Thorgal zat er altijd een bepaalde dreiging of argwaan in de manier waarop hij naar mensen keek.

En als Banna de verhalen van Bren over hun eerste oorlog moest geloven, vond Thorgal het heerlijk om zijn vijanden te doden. Volgens Bren leek dat soms wel het enige te zijn waar hij echt plezier aan beleefde. Thorgal voelde dat Banna naar hem staarde. Hij keek haar aan en ze wendde snel haar ogen af.

"Moet je niet voor hem vertalen vanavond?" vroeg ze aan Harald.

Hij haalde zijn schouders op.

"Als ze genoeg wijn hebben gedronken, denken al die Bataven dat ze Latijn kunnen spreken," zei hij. "En meestal kan ik er in dat stadium toch geen touw meer aan vastknopen, dus ik laat ze maar. En iemand moet jou natuurlijk in de gaten houden. Straks loop je weer weg." Hij lachte naar haar en het was goed om weer eens een ontspannen lach te horen. Het voelde bijna alsof ze weer thuis was en niet in een of ander legerkamp ver weg in een vreemd land.

Banna at veel tijdens het feest, tot ze helemaal vol zat en buikpijn kreeg van het eten. De maaltijd was vrij eenvoudig, maar toch smaakte het beter dan alles wat ze in lange tijd had gegeten. De soldaten in het kamp aten ondertussen allemaal hun eigen stoofpot bij hun tenten. Marcus was nergens te zien en Banna ging ervan uit dat hij nu bij zijn medesoldaten zat. Zou hij nog aan haar en aan hun kus denken?

Uiteindelijk was de feestmaaltijd voorbij en ging Drusus, net zoals de andere Romeinen, terug naar zijn eigen tent. Alleen Tarik, Bren en Thorgal bleven achter, terwijl ze met elkaar in gesprek waren. Blijkbaar was het een belangrijk onderwerp, want ze fluisterden zacht met elkaar en keken regelmatig om zich heen of ze niet werden afgeluisterd.

Banna merkte dat ze plotseling erg moe werd. Het eten en de overweldigende indrukken van die dag hadden haar uitgeput. Ze vroeg aan Harald of het goed was als ze weer naar het tentenkamp met de andere vrouwen ging.

“Ja hoor, dat is prima,” zei Harald. “Die plek is waarschijnlijk zelfs veiliger voor je dan hier in het kamp. Ik breng je er wel heen.”

Ze stonden op en Harald liep naar de tafel van Bren om te vertellen dat ze weg gingen. Banna wachtte even tot Harald terug kwam, maar toen zag ze dat Bren haar naar zijn tafel wenkte. Ze liep naar de tafel van Bren en groette Tarik en Thorgal. Thorgal zei niets terug, maar keek haar lang en indringend aan, bijna alsof hij haar inspecteerde. Ze voelde zich erg ongemakkelijk onder zijn blik. Ze wilde hier niet lang blijven. Ze wilde alleen even gedag zeggen en daarna meteen weer weggaan.

“Ik heb belangrijk nieuws voor je,” zei Bren opgetogen. Hij keek een beetje wazig uit zijn ogen. Ze kon meteen merken dat hij weer veel had gedronken.

“Ik heb vanavond lang met Thorgal en Tarik gesproken en ik heb hen een voorstel gedaan.”

Tarik knikte enthousiast bij die woorden en hij keek Banna glunderend aan. Zijn blik was zo mogelijk nog waziger dan die van haar broer. Thorgal staarde ondertussen nog steeds naar haar zonder iets te zeggen. Hij had iets van een roofdier dat langzaam zijn prooi besluipt.

“En tot mijn grote vreugde kan ik je vertellen dat zowel Tarik als Thorgal er zojuist mee hebben ingestemd.”

Bren pakte een beker wijn van de tafel en hief hem omhoog voor zijn zus.

“Banna,” zei hij, terwijl de beker wijn in zijn hand gevaarlijk heen en weer schommelde, “ik heb een man voor je gevonden.”

Met een schok drong het tot Banna door wat haar broer zojuist had gezegd. Het voelde als een stomp in haar maag. Haar ogen werden groot en ze moest zich inhouden om niet uit alle macht ‘nee’ te schreeuwen. Snel probeerde ze de schrik op haar gezicht te verbergen.

Dit kan niet waar zijn, dacht ze in paniek. Nee, niet hij. Dit kan Bren niet doen.

Ze durfde Thorgal niet aan te kijken. Ze wist dat ze blij moest zijn, maar het lukte haar niet.

“Ik heb Thorgal gevraagd of hij met je wil trouwen,” zei Bren opgewonden. “En hij heeft ja gezegd.”

Bren had het echt gezegd. Daarmee was de klap definitief. Ze wilde wegrennen, ook al wist ze dat dat niets uit zou maken.

“Oh,” stamelde ze. “Wat een geweldig nieuws.”

Terwijl ze het zei, merkte Banna dat haar stem veel te vlak klonk. Ze keek alleen maar naar Bren en glimlachte gespannen. Ze durfde Thorgal nog steeds niet aan te kijken.
"Je hoeft niet te schrikken, hoor," zei Bren, die zich blijkbaar een andere reactie had voorgesteld van zijn zus. "Je gaat niet nu al trouwen. Thorgal en ik hebben afgesproken dat de bruiloft pas over een jaar zal zijn, als je zeventien bent."
Banna slikte. Ze kon nog niet bevatten dat dit echt gebeurde. Ze wilde helemaal niet met Thorgal trouwen. Vanavond niet, niet over een jaar, ze wilde het helemaal nooit. Ze hield van Marcus.

Banna slikte en keek Thorgal eindelijk aan.
Hij ziet het, dacht ze, toen ze de koude blik in zijn ogen zag. Hij weet dat ik niet met hem wil trouwen.
"Ik ben erg blij dat mijn broer ons samen heeft gebracht," zei Banna en het lukte haar zelfs om enigszins enthousiast te klinken. Haar hart ging bonzend tekeer. "Ik weet zeker dat we samen erg gelukkig zullen worden."

In de duisternis van haar tent was Banna eindelijk vrij om haar tranen de vrije loop te laten. Ze was zonder iets te zeggen langs de soldaten gelopen die voor de verschillende tenten op wacht stonden. Op de tast zocht ze haar slaapplek en viel even later, overmand door emotie, zacht huilend in slaap.

Midden in de nacht schrok ze weer wakker. Ze hoorde vlak bij haar tent twee mannen met elkaar fluisteren in het Latijn. Even wist ze niet waar ze was, maar toen kwam alles met een schok weer terug. Haar gevangenschap en de bevrijding door de Romeinen, het tentenkamp, de zoen van Marcus. En ook het verschrikkelijke nieuws van de verloving met Thorgal. Het was geen nare droom geweest. Het was allemaal echt gebeurd.

In stilte luisterde ze naar de twee mannen buiten haar tent. Aan de ademhaling van de andere vrouwen in de tent kon ze horen dat zij nog in een diepe slaap waren verzonken.
Ze kon de twee mannen niet verstaan, maar het klonk alsof ze in een discussie verwikkeld waren. Banna hoorde het gerinkel van enkele munten en daardoor leek een van de twee uiteindelijk toe te geven aan de ander. De munten werden bij iemand in de handen gedrukt en even later hoorde ze hoe er iemand aan de voorkant van de tent begon te rommelen.

Oh nee, dacht ze. Dat is vast één van die Romeinse officieren. Hij heeft de bewaker omgekocht en die heeft hem doorgelaten.
Ze bleef zo stil mogelijk liggen, terwijl ze hoorde hoe de flap open werd gemaakt en iemand naar binnen kroop. Ze deed net of ze sliep.

"Banna," fluisterde de figuur die net naar binnen was gekomen. "Banna, ben je wakker?"
Banna herkende de stem. Ze deed haar ogen open en ging snel overeind zitten.
"Hier," zei ze zacht.
Ze kon bijna niet geloven dat hij er was. Het was Marcus. Als in een droom was Marcus haar tent in gekropen. Hij kwam haar redden.

Hij kroop snel naar Banna toe en zoende haar. Aan zijn adem kon Banna ruiken dat hij wijn had gedronken.
"Ik moest je zien," zei hij, terwijl hij haar stevig tegen zich aan drukte. "Harald heeft het me verteld."
"Ik wil het niet," fluisterde ze. "Ik wil niet met Thorgal trouwen. Ik hou van jou."
"Ik weet het," fluisterde Marcus in haar oor.
Banna trok hem nog steviger tegen zich aan.
"Ik weet het," zei Marcus nog een keer en ze zoenden elkaar intens. Banna kon merken dat Marcus net zo wanhopig was als zij. Het was allemaal zo oneerlijk. Ze hielden van elkaar, maar ze mochten niet samen zijn.

Ze begon hem uit te kleden. En terwijl de anderen in hun tent nietsvermoedend verder sliepen, kroop Marcus bij Banna onder de dekens.

## Hoofdstuk 42

### Harald

Harald staarde somber over het grijze water van de Waal. Hij was net kwaad naar de oever gelopen vanaf de hoeve van zijn familie in de nederzetting. Hij kwam hier wel vaker als hij alleen wilde zijn. Het was een rustige plek, net voorbij de drukke rivierkade waar de schepen werden gelost. Hier kon Harald rustig nadenken. Voor zich zag hij twee eenden door het water zwemmen met enkele kuikens erachteraan. De kuikens deden piepend hun best om hun ouders bij te houden en Harald zag de vrouwtjeseend een paar keer wachten tot haar kroost weer compleet was. Het werd weer lente.

Normaal gesproken zou hij vertederd naar dit tafereel hebben gekeken, maar nu raakte hij er alleen maar nog meer geïrriteerd door.

Zelfs de eenden krijgen kinderen, dacht hij. Een hele familie, alsof het allemaal vanzelf gaat. Maar ons lukt het niet.

Harald had die ochtend een felle ruzie gehad met Arianne. Het was de eerste keer dat Harald ruzie had en hij was er nog steeds door van slag. Hij werd nooit boos op iemand. Arianne had vreselijke verwensingen naar zijn hoofd gesmeten en hij had zelf ook dingen geroepen die hij nooit voor mogelijk had gehouden. Het kwam allemaal doordat ze nog geen kinderen hadden. Harald was daar al een tijdje ongerust over en hij wist dat Arianne er ook last van had. Over een paar maanden zouden ze alweer twee jaar met elkaar zijn getrouwd, maar al die tijd was Arianne niet zwanger geraakt. Harald had geen idee waar het aan kon liggen. Ze hadden regelmatig seks met elkaar en hij wist dat ze daar allebei van genoten.

Het feit dat ze nog geen kinderen hadden, gaf hen het gevoel dat ze faalden. Dat ze iets niet goed deden. Het zette hun huwelijk, dat eigenlijk vanaf het begin al stroef was geweest, verder onder druk.

Die ochtend was de opgekropte spanning tot een uitbarsting gekomen, toen Harald onbekommerd over de voorbereidingen voor de komende campagne had gesproken. Hij had niet in de gaten dat Arianne naast hem in bed niet

meer naar hem luisterde en steeds minder op zijn vragen reageerde.
"Waarom probeer je het niet met Marcus, als je zo graag bij hem bent," had Arianne plotseling venijnig opgemerkt. "Misschien kun je met hem wel kinderen krijgen."
Harald was verbijsterd door de onverwachte felheid van Arianne. Waar kwam dit opeens vandaan? Harald en Marcus waren gewoon vrienden van elkaar.

Op zijn beurt was Harald boos geworden op Arianne en al snel ontaardde die ene opmerking in een heftige ruzie. Op het eind hadden ze allebei tegen elkaar staan schreeuwen. Het laatste wat Harald tegen zijn vrouw had geroepen voor hij de boerderij uit stormde was dat hij haar terug zou brengen naar haar vader om haar in te wisselen voor één van haar zussen. Dat had hij nooit mogen zeggen. Hij schaamde zich enorm voor wat hij had gedaan. Hij begreep niet waar die woede bij hemzelf opeens vandaan kwam. Was dit allemaal frustratie omdat hij geen kinderen had en zijn broer wel?
Nu hij aan de waterkant zat, kon Harald zich nauwelijks voorstellen dat hij het echt allemaal had gezegd. Hij nam zich voor om het goed te maken als hij straks weer naar huis ging.

"Ik weet niet of het veel uitmaakt," hoorde hij opeens een vrouwenstem achter zich zeggen. "Maar Arianne voelt zich er ook rot over."
Geschrokken keek hij om en daar zag hij zijn moeder staan. Ze glimlachte vriendelijk naar hem. Ze oordeelde niet.
"Heb je ons gehoord?" vroeg Harald.
Hij had er nog helemaal niet bij stil gestaan dat hun ruzie ook buiten de slaapkamer te horen was geweest.
"De hele boerderij kon jullie horen," zei Reine. "En waarschijnlijk de buren ook."
Ze liep naar Harald toe en ging naast hem op de boomstam zitten.
"Maar je hoeft je er niet voor te schamen," zei ze, terwijl ze een hand op zijn schouder legde. "Stellen maken soms ruzie. Alle stellen doen dat. Het hoort bij een huwelijk. Je vader en ik hebben ook regelmatig ruzie gehad, vooral in onze eerste jaren samen."

Harald voelde zich nog niet echt beter door die woorden.
"Ik weet niet wat er in me opkwam," zei hij. "Ik had het niet moeten zeggen."

"En Arianne denkt waarschijnlijk hetzelfde. Hilde is nu bij haar. Jullie moesten gewoon de spanning kwijt. Als jullie straks maar met elkaar gaan praten. Als je blijft praten, komt het vanzelf weer goed."
Harald zuchtte.
"Ik hou niet van Arianne," zei hij mat.
Het was de eerste keer dat hij dit tegen iemand durfde te vertellen. De eerste keer zelfs dat hij het hardop zei.
"Dat weet ik," zei Reine.
Hij keek zijn moeder verbaasd aan.
"Ik ken je al langer, Harald."

Ook nu hield ze een vriendelijke blik in haar ogen. Ook nu veroordeelde ze hem niet.
"Ik zie hoe je je gedraagt als je bij haar bent. Je voelt geen liefde voor haar en daar schaam je je voor. Je denkt dat je iets verkeerd doet."
Harald keek naar het water dat traag voorbij stroomde. Ze zeiden allebei een tijd lang niets. Het duurde even voor Harald meer durfde te delen van de gedachten die al zo lang door zijn hoofd spookten.
"Het is zo anders dan ik me vroeger altijd had voorgesteld," zei hij. "Ik dacht altijd dat ik op een dag een meisje tegen zou komen waar ik meteen verliefd op werd. En met dat meisje zou ik gaan trouwen. Het zou meteen goed voelen vanaf het eerste moment dat ik haar zou zien. Maar bij Arianne twijfel ik de hele tijd. Ik vraag me vanaf onze eerste kennismaking al af of ze de juiste vrouw is. Heb ik wel de juiste beslissing genomen?"

"Van wat ik heb gehoord was het niet eens jouw beslissing," zei Reine, terwijl ze een platte kei uit de modder pakte en hem over het water keilde.
"Ik hoorde van Bren dat jij te dronken was om er iets tegenin te brengen."
Harald lachte.
Toch bleef hij een somber gevoel houden.
"Soms denk ik weleens dat de goden weten dat we niet van elkaar houden," zei hij. "Misschien straffen ze ons daarvoor. Misschien kunnen we daarom geen kinderen krijgen."
"Er zijn zoveel mensen die niet van elkaar houden als ze trouwen," zei Reine. "Denk je dat het bij iedereen zo gaat als bij Bren en Hilde? Dat de vonk meteen bij de eerste ontmoeting overslaat? Denk je dat Banna iets voelt voor Thorgal? Hij is bijna twee keer zo oud als zij."

"Ik denk dat Banna ook niet gelukkig is met de keuze van Bren," zei Harald.

Hij had gemerkt dat zijn zus erg teruggetrokken was geweest tijdens de hele reis terug naar de Rijn. Ze lachte niet meer en ook toen ze uiteindelijk terug was op de boerderij, was ze erg stil voor haar doen. Ze bleef soms een hele middag alleen in haar eigen slaapkamer zitten en wilde dan met niemand praten.

"Jullie hebben gewoon een verkeerd beeld van wat liefde is," zei Reine. "Dat komt door al die verhalen waar jullie mee opgroeien. Verhalen waarin de held trouwt met de liefde van zijn leven. Echte liefde ontstaat niet zomaar bij een eerste blik. Het moet groeien door jaren bij elkaar te zijn. Liefde groeit pas als je er allebei moeite voor doet. Pas als je bereid bent om over alle vervelende eigenschappen van de ander heen te stappen, ontstaat er ruimte voor andere gevoelens."

Het voelde goed voor Harald om met hier met zijn moeder over te praten. En hij was blij dat ze zo nuchter reageerde. Soms maakte hij in zijn gedachten alles moeilijker dan het was.

"Wat was het geheim tussen jou en vader?" Vroeg hij. "Hoe zorgden jullie ervoor dat jullie zo gelukkig waren?"

"Oh, dat was simpel," zei Reine. "Na jaren van ruzies en irritaties vonden we uiteindelijk een compromis waar we allebei mee konden leven."

Ze haalde nog een steen uit de modder en gooide hem met een krachtige armbeweging weg.

"Ik begreep dat ik je vader toch niet kon veranderen. Beren was zoals hij was en ik was zowel met zijn goede als zijn slechte eigenschappen getrouwd. Ik accepteerde dat je vader nooit naar mij zou luisteren en toen ik dat eenmaal had gedaan werden we allebei een stuk gelukkiger."

"En Beren? Welke moeite deed hij om jullie huwelijk beter te maken?"

"Hij accepteerde ook dat hij niet naar mij hoefde te luisteren."

# Hoofdstuk 43

## Marcus

Het is begonnen, dacht Marcus opgewekt, terwijl hij de koele wind van de rivier in zijn gezicht voelde. De wind werd sterker toen het schip een bocht om ging. De roeiers achter hem moesten meer kracht zetten om tegen de lage golven in te gaan. Ze kwamen nu op een stuk waar de Rijn breder werd en waar het harder waaide. Marcus genoot van het uitzicht voor hem. De donkergrijze watermassa met aan weerszijden de dichte bossen op de oevers; het landschap lag er ongeschonden bij. Niets wees op de storm die vanuit het oosten over de rivier zou trekken.

De oorlog was eindelijk van start gegaan na jaren van voorbereiding. En het schip van Marcus voer vandaag helemaal vooraan. Hun cohort was aangewezen om deze dag in de voorhoede te varen, samen met een cohort van Bataven, die rechts van hen roeiden. Die ochtend was het cohort van Marcus ingescheept in twintig snelle schepen waar ze de komende campagne hun operaties mee zouden uitvoeren. De soldaten achter hem die de roeispanen bemanden waren al de hele ochtend in een vriendschappelijke strijd met de Bataafse roeiers gewikkeld om te kijken wie het snelst kon roeien. De Bataven waren groter en krachtiger dan de Romeinen, waardoor zij in eerste instantie makkelijk voor waren gebleven. Maar de Bataven werden snel moe, waardoor ze langzaam maar zeker in werden gehaald door de Romeinse legionairs, die gewend waren aan de langdurige inspanning. Marcus keek opzij en zag dat zijn schip nu duidelijk voor lag op het voorste schip van de Bataven.

De centurie van Publius Barrus gaat voorop in de strijd, dacht hij trots.

En dit waren nog maar de eerste schepen van de enorme vloot die hen volgde. Honderden schepen vol zwaarbewapende mannen, paarden, belegeringswerktuigen, materieel en voorraden. Ze waren een aantal uur onderweg en Marcus vermoedde dat er nog steeds schepen moesten vertrekken vanaf hun vertrekpunt bij het eiland van de Bataven. Hij keek achterom, naar de eindeloze rij schepen die achter hen aan kwam. Hij zag de adelaar van het Eerste legioen, die op het dek van het commandoschip van Drusus stond opgesteld, schitteren in de zon.

Het schip van Drusus was het grootste schip uit de vloot. Een echte bireem met twee rijen roeiers boven elkaar, veel groter dan de kleinere rivierschepen waar de rest van de troepen zich mee verplaatste. Marcus zag de generaal zelf op een verhoging op het dek staan, samen met een man die waarschijnlijk Titus Laberus was. Beide mannen droegen een rode mantel die wapperde in de wind. Zij waren de generaals die hun mannen naar Germania zouden leiden.

Het was een schitterend gezicht om al die schepen bij elkaar te zien. Marcus stelde zich voor dat Drusus haast net zo enthousiast moest zijn als hijzelf bij de aanblik van dit leger. Hij vroeg zich af of de generaal hem op zou merken. Weet hij wie ik ben? dacht hij. Kent hij mij nog van die eerste ontmoeting bij de poort van het legerkamp? Herinnert hij zich nog dat hij mij heeft onderscheiden? Weet Drusus wie al die mannen zijn die bereid zijn om voor hem te vechten en te sterven?

"Vilenus, kijk voor je, idioot," schreeuwde de centurion van achteren naar Marcus. Marcus schrok wakker uit zijn overpeinzingen en draaide zich snel weer om. Hij pakte de manuballista, die op een standaard op de voorsteven was gemonteerd, met beide handen vast en tuurde over het wapen naar de oever. Ze waren nog lang niet in vijandelijk gebied en de hele ochtend waren ze alleen een handvol vissers tegengekomen op de rivier. Toch richtte hij zijn wapen op de dichtbegroeide oevers alsof er ieder moment een horde barbaren uit de bossen tevoorschijn kon komen.

De manuballista was een wapen waar Marcus het afgelopen jaar veel mee had geoefend. Het was een indrukwekkend houten apparaat dat ongeveer zo groot was als zijn torso, waarmee een soldaat met een ongelooflijke kracht kleine houten pijlen kon afschieten. De manuballista kon vanuit de hand worden afgevuurd, of hij kon op een standaard worden geplaatst zoals nu. Bijna alle schepen in de vloot hadden wel een of twee van deze dodelijke wapens op hun dekken. En dan waren er in de vloot ook nog speciaal uitgeruste schepen die grotere wapens bij zich hadden; scorpio's en hele katapulten waren bij sommige schepen op de dekken gemonteerd en het grote schip van Drusus had zelfs vier scorpio's aan boord.

De schepen voeren de hele dag door, tot Drusus aan het eind van de middag de opdracht gaf om de vloot af te meren en een versterkt kamp op te bouwen op de zuidelijke oever van de Rijn. Verkenners en ingenieurs waren 's ochtends al te paard vooruit gereden om de beste plek te vinden om de enorme vloot te laten overnachten.
Ze waren de eerste dag al flink opgeschoten, hoewel ze nog niet langs Fectio waren gekomen.

Het aanmeren en lossen van de schepen gebeurde vrij chaotisch. Alle dieren moesten van de schepen aan land worden gebracht en de mannen wilden ondertussen allemaal als eerste aan land gaan, terwijl de landingsplaats veel te klein was om alle schepen tegelijk aan te laten meren. Centurions en kampprefecten schreeuwden tegengestelde bevelen naar elkaar en ondertussen luisterden de Bataven nergens naar, maar deden ze gewoon waar ze zelf zin in hadden. Sommige Bataven sprongen zelfs midden op de rivier uit hun schepen en zwommen tussen de roeispanen van de Romeinen door, alleen maar om te laten zien hoe goed ze konden zwemmen.

Door al die zwemmende mannen in het water konden de Romeinse roeiers maar moeilijk manoeuvreren, wat de chaos nog groter maakte. De zon begon al te zakken toen de laatste schepen van het Vijfde legioen uiteindelijk op de oever werden getrokken. De hele operatie van het uitschepen was uitgelopen op een blamage voor de Romeinen, die allemaal waren opgegroeid met de verhalen over de Gallische oorlog van Caesar. Daarin had het allemaal zo makkelijk geleken. In slechts een paar regels had Caesar terloops gemeld dat hij duizenden mannen en paarden had ingescheept voor de invasie van Britannia. Wie had bij het lezen van die verslagen gedacht dat het inschepen en uitschepen van het leger het moeilijkste onderdeel van de campagne zou worden?

De volgende ochtend werden de eerste schepen voor zonsopkomst alweer ingeladen. De centurie van Marcus werd voor deze dag ergens halverwege de vloot ingedeeld als bewaking voor een twintigtal brede transportschepen met ossen en voedsel. De drie schepen die door Publius Barrus werden aangevoerd, waren vrij snel ingeladen en nadat ze met een vlag het signaal hadden ontvangen, namen ze hun plek in achter de transportschepen. Zowel de ossen als de Gallische wagenmenners die hen begeleidden voelden er weinig voor om weer de hele dag op de krappe schepen te blijven, zag Marcus.

De ossen waren onrustig. Ze loeiden luid en trokken wild aan de touwen waarmee ze aan de reling waren vastgebonden, terwijl hun wagenmenners ze met wat extra hooi of een stevige klap met een stok rustig probeerden te houden. Er was geen ruimte voor roeiers aan de zijkanten van deze schepen, waardoor de transportschepen slechts met twee lange roeispanen aan de achtersteven vooruit werden gedreven.

Vandaag was Marcus een van de roeiers op zijn schip, maar omdat de transportschepen maar langzaam vooruit kwamen, kostte het weinig kracht. Hij had genoeg tijd over om ondertussen te genieten van het vlakke, moerasachtige landschap dat voorbij schoof.

Rond het middaguur kwamen de schepen aan bij de gracht van Drusus; het kanaal dat een jaar geleden door de soldaten van het Eerste legioen was gegraven ter voorbereiding op de campagne. Het smalle kanaal zorgde voor een kleine opstopping, omdat er slechts twee schepen naast elkaar doorheen konden varen. Terwijl zijn schip erdoorheen voer, keek Marcus tevreden naar de houten balken die de wanden van het kanaal vormden. Blijkbaar was al die zware arbeid niet voor niets geweest. Het kanaal liep als een strakke, kaarsrechte lijn door het landschap heen. Drusus zelf zat bij het begin van het kanaal op zijn paard te kijken naar de hele operatie. Trots keek hij hoe zijn vloot door zijn kanaal trok, terwijl de soldaten op de schepen juichten voor hun generaal.

Drusus had twee jaar geleden in zijn gedachten een weg naar het noorden gezien en nu was die weg werkelijkheid geworden.

Na het kanaal van Drusus bleef de rivier smaller dan de brede Rijn, zodat de hele vloot in een uitgerekt lint achter elkaar moest varen. Op de voorste schepen voeren verschillende vissers mee van de Bataven en de Cananefaten. Zij kenden het gebied goed, zodat de Romeinen feilloos tussen de zandbanken en andere ondiepe plaatsen werden geloodst.

Op de derde dag van de campagne trok de vloot verder richting het noorden. Ze volgden de kronkelende zijrivier van de Rijn, die vanaf Fectio en het kanaal van Drusus naar het noorden liep. Vanaf deze dag liet Drusus steeds een aantal turmae met ruiters voor de vloot uit rijden langs beide oevers, want ze kwamen nu dichter bij vijandelijk gebied. De mannen in de schepen werden iets minder ontspannen en hielden hun manuballista's en werpsperen binnen handbereik.

Op de ochtend van de vierde dag kwam de vloot uiteindelijk aan bij een grote binnenzee, het meer Flevum. Marcus, die deze ochtend weer op de boeg stond als uitkijk, had nog nooit zo'n grote waterpartij gezien. Het meer was zo groot dat hij niet eens de overkant kon zien. Het water liep helemaal door tot aan de horizon, waar het in een vage streep eindigde, omgeven door ochtendnevel. Hij kuste het beeldje van Mercurius dat om zijn nek hing en hoopte maar dat ze niet recht naar die verre horizon hoefden te varen. Net als Marcus voelden de meeste Romeinen zich ongemakkelijk bij het zien van zo'n grote hoeveelheid water. De golven waren hoger op het meer, de wind waaide er harder en hun kleine schepen leken opeens een stuk kwetsbaarder. Alleen de Bataven en Cananefaten leken op te leven nu ze de binnenzee bereikten.

Drusus gaf het bevel om in de buurt van de kust te blijven en op die manier verder te varen richting het noorden. Ondertussen verzamelde hij de legaten van het Eerste, Vijfde en Achttiende legioen op zijn bireem voor een tactisch overleg. De verkenners hadden gemeld dat er vijandelijke stammen in de buurt waren die bezig waren om hun krijgers te verzamelen. De Romeinen waren nu in het gebied van de Friezen gekomen en de Friezen waren op de hoogte van hun komst.

# Hoofdstuk 44

## Harald

De twee legers stonden dreigend tegenover elkaar. Harald vond het lastig om in te schatten hoeveel vijanden er tegenover hen stonden, omdat ze zich deels verborgen hielden in de bosrand. Het leken er in ieder geval veel minder te zijn dan de twintigduizend man die Drusus had opgesteld. Of was dit misschien een valstrik en hielden de Friezen het grootste deel van hun krijgers verborgen in het bos?

Harald zat achter Drusus op zijn paard. Hij staarde naar de rug van de generaal en vroeg zich af wat er nu door zijn hoofd ging. De druk op de jonge gouverneur moest enorm zijn. Een verkeerde beslissing zou tot de dood van duizenden jonge mannen kunnen leiden. En Drusus mocht niet falen. Zeker niet nu. Drusus was de stiefzoon van Augustus. En na het verschrikkelijke nieuws dat bij de start van de campagne uit Rome was gekomen, wist iedereen hoe belangrijk Drusus was voor zijn stiefvader.

Vlak voordat de schepen een paar dagen geleden uit Batavorum waren vertrokken, was het bericht binnengekomen dat Agrippa was overleden. Harald was erbij geweest toen het bericht aan Drusus en zijn officieren werd voorgelezen en er was een schok door de kamer gegaan. Agrippa was al zo lang de tweede man in het rijk geweest dat niemand zich voor kon stellen dat hij er niet meer was. Agrippa was al de rechterhand en de beste vriend van Augustus toen hij na de moord op Julius Caesar voor het eerst met een leger naar Rome optrok. Het voelde bijna alsof de Princeps zelf was overleden. In het bericht werd ook melding gemaakt van een vuurbal die na de dood van Agrippa aan de hemel was verschenen en in Rome hadden vogels brandende stukken vlees uit de lucht laten vallen.

Met het wegvallen van Agrippa was er plotseling een reëel risico op een nieuwe burgeroorlog ontstaan, wist Harald, ook al durfde niemand dat woord hardop uit te spreken. Op de avond voor hun vertrek had Harald samen met Marcus met de slaaf Pisto gesproken. Pisto had haarfijn uitgelegd hoe gecompliceerd de verhoudingen in de familie van Augustus lagen en wat voor gevaarlijke situatie er zou ontstaan als de Princeps nu ook zou komen te overlijden.

"In dat geval zal er vrijwel zeker een strijd ontstaan over de opvolging van Augustus," had Pisto die avond fluisterend aan Harald en Marcus verteld. "Helemaal omdat de macht van de Princeps nergens formeel is vastgelegd. Het is al jaren het grote dilemma van Augustus. Hij wil zijn speciale positie in het bestuur van Rome veilig stellen voor zijn opvolger, maar ondertussen proberen hij en de senaat krampachtig te doen alsof Augustus helemaal geen speciale positie heeft. Het is maar de vraag of de senaat bereid is om door te gaan met dat toneelstuk als Augustus er niet meer is. En die onzekerheid kan leiden tot een strijd die nog verwoestender zal zijn dan de oorlogen na de dood van Caesar."

Harald vroeg zich af hoe de slaaf dat allemaal kon weten. Soms leek hij nog beter op de hoogte te zijn van wat er achter de schermen allemaal in Rome gebeurde dan Harald zelf, die toch al meer dan een jaar in de directe omgeving van Drusus werkte.

"Aan de ene kant heb je Gaius en Lucius Caesar," zei Pisto. "De twee zonen van Agrippa en Julia, de dochter van Augustus. Zij zijn via Julia directe nakomelingen van Augustus en de Princeps heeft ze vijf jaar geleden zelfs al impliciet aangewezen als zijn erfgenamen toen hij hen adopteerde als zijn eigen zonen. Het probleem is alleen dat deze twee erfgenamen nog maar jongens zijn. Gaius is acht en Lucius is vijf en dat is zelfs voor de kleinkinderen van Augustus te jong om te regeren."

"Dan stellen ze toch gewoon een regent aan om te regeren voor die jongens," had Marcus gezegd. "En als ze oud genoeg zijn, nemen ze de macht over. Hoe moeilijk kan het zijn?"

"Ah, maar wie wordt dan de regent?" vroeg Pisto met een grijns. "De senaat zal zeker proberen om iemand uit hun eigen gelederen aan te wijzen. Een oude naam, een Lepidus of een Piso bijvoorbeeld, niet te verwarren met het roemrijke geslacht Pisto. Het moet iemand zijn die goed ligt bij het volk en vooral iemand die ze onder controle kunnen houden. En tijdens dat regentschap zal de senaat proberen om de macht van Gaius en Lucius zoveel mogelijk uit te kleden. Tegen de tijd dat ze volwassen zijn, zal er niks meer over zijn van de macht die Augustus momenteel heeft."

"En zonder Agrippa als sterke man om hun belangen veilig te stellen," zei Harald, die het begon te begrijpen. "Is het niet zeker of Gaius en Lucius hun positie wel kunnen behouden."

"Zeer waarschijnlijk overleven ze het niet eens," zei Pisto droog. "Als Augustus nu sterft, verwacht ik dat Gaius en Lucius binnen een jaar dood zijn."

"Maar het zijn nog maar kinderen," zei Harald ontzet.

"Vergis je niet over de ware aard van de Romeinen," zei Pisto. "We noemen onszelf misschien beschaafd, maar we kunnen gewetenloze moordenaars worden als het om macht gaat. Augustus zelf heeft dat keer op keer laten zien. Caesarion, de zoon van Julius Caesar en Cleopatra, was ook nog maar een kind van zeventien en toch heeft Augustus hem laten vermoorden omdat hij een te grote bedreiging vormde."

"Niet alle Romeinen zijn zo," zei Harald. "Drusus zou zoiets nooit doen."

Harald kon zich niet voorstellen dat de jonge generaal, die zelf zo veel van zijn eigen kinderen Nero en Livilla hield, in staat was om de kleinkinderen van Augustus iets aan te doen.

"Harald toch," had de slaaf tegen hem gezegd, terwijl hij hem bij de schouder pakte en hem indringend aankeek. "Je kunt het je niet veroorloven om zo naïef te zijn. Het zijn juist Drusus en Tiberius die de belangrijkste tegenkandidaten zullen zijn voor Gaius en Lucius als Augustus sterft. Die twee broers staan aan het hoofd van de twee grootste strijdkrachten van het rijk; Drusus in Germania en Tiberius in Pannonia. Denk je dat zij hun legioenen zomaar overdragen aan die jongen Gaius of aan iemand die door de senaat wordt aangewezen om het bestuur over hun provincies over te nemen? Het zijn waarschijnlijk de gebroeders Claudius zelf die de opdracht zullen geven om die jongens uit de weg te ruimen."

Dat gesprek met Pisto was nu alweer een paar dagen geleden, maar het spookte nog steeds door het hoofd van Harald, terwijl hij naar de generaal voor hem keek. Hij had er nooit over nagedacht hoe gevaarlijk de Romeinse politiek kon zijn. Of hoe fragiel de stabiliteit in het rijk eigenlijk was. Het kon toch niet zo zijn dat er maar één man was, Augustus, die alles in het rijk bij elkaar hield? Dat de familieleden van de Princeps elkaar zouden verscheuren als een stel hongerige wolven zodra hij er niet meer was?

Misschien was Harald inderdaad naïef. Misschien wilde hij gewoon niet geloven dat mannen tot zoiets in staat waren om macht te vergaren. Zelf zou hij zoiets nooit kunnen doen. En hij wilde graag geloven dat dat ook voor Drusus gold.

Aan het uiterlijk van Drusus was niet te zien of dit soort gedachten ook allemaal door zijn hoofd gingen nadat het nieuws over de dood van Agrippa bekend was geworden. Als hij er al over nadacht, dan liet hij dat niet merken. Hij concentreerde zich op zijn campagne en op het leger van de Friezen dat nu voor hem stond.

"Zal ik het signaal voor de aanval geven, heer?" vroeg Titus Laberus. De twee legers stonden al meer dan een uur naar elkaar te staren en tot nu toe had nog niemand iets ondernomen. Het was doodstil. Zelfs de vogels in de natuur leken zich stil te houden in afwachting van wat onvermijdelijk ging komen. Drusus keek lang naar de rij krijgers die aan de andere kant van het veld stonden.

Hij zal toch niet twijfelen of we dit gevecht wel kunnen winnen? dacht Harald. We zijn met veel meer.

"Nee, wacht," zei Drusus. "Ik denk dat ze nu wel bang genoeg zijn. Laten we met ze gaan praten."

Een dag later trok de vloot weer verder naar het noorden. Het eerste volk was onderworpen. Harald had zelf de onderhandelingen tussen Drusus en de leider van de Friezen vertaald. Namens Drusus had hij dreigementen geuit tegenover de Friezen en hij hoopte maar dat hij net zo koel en zelfverzekerd was overgekomen als Drusus zelf. De Friezen moesten zich onderwerpen aan het gezag van Rome, had Harald voor Drusus vertaald. Ze moesten ieder jaar een aantal koeienhuiden leveren aan de Romeinse legioenen en de leiders van iedere stam moesten hun oudste zonen naar Rome sturen als gijzelaars.

"En als ze niet akkoord gaan, zal ik iedere man die ik tegenkom afslachten en ik zal al hun vrouwen en kinderen als slaaf naar Rome sturen," zei Drusus op een bijna onverschillige toon. "En zeg dat ze een beetje opschieten. Ik heb haast."

Drusus gedroeg zich duidelijk als een veroveraar die al had gewonnen, ook al was er nog geen druppel bloed gevloeid.

De Friese stamhoofden trokken zich terug om met elkaar te overleggen. Ze waren zichtbaar geschrokken van het enorme leger dat zomaar op hun kusten was verschenen. Harald verwachtte dat ze al snel tot de conclusie zouden komen dat het zinloos was om zich hiertegen te verzetten.

De stamhoofden kwamen inderdaad snel terug. Hun beslissing kwam echter toch nog als een verrassing voor Harald en de Romeinen, die halverwege het veld op hun antwoord stonden te wachten.

“Ik geloof dat ze met ons mee willen doen,” zei Harald, die zich afvroeg of hij de Friese leider wel goed had begrepen. “Ze vragen toestemming om zich aan te sluiten bij ons leger.”

En zo trokken er de volgende dag nog meer schepen naar het noorden. De voorhoede van de vloot werd nu aangevoerd door enkele Friese schepen, die het gebied rond het meer Flevum goed kenden. Hun schepen waren langer dan de Romeinse Lusoria’s. Ze waren gebouwd om ook de oceaan aan hun Westkust te trotseren.

De Friezen leverden tien schepen aan de vloot, gevuld met hun dapperste krijgers die vooral bedreven waren in snelle overvallen vanaf zee. En terwijl de vloot langzaam verder trok over het meer, volgde over het land het voetvolk van de Friezen. Ongeveer vier cohorten hadden zich aangesloten bij het leger. De Friese krijgers waren enthousiast over de beslissing van hun stamhoofden. Ze keken er allemaal naar uit om samen met de Romeinse legioenen hun buurvolkeren aan te vallen.

# Hoofdstuk 45

## Banna

Geschrokken keek Banna naar haar buik. Het zweet brak haar uit, terwijl ze met haar hand voorzichtig over haar maag wreef. Het was nu niet meer te ontkennen. Het was echt waar. Ze voelde duidelijk hoe haar buik iets was opgezwollen. En het was zelfs te zien. Ze was zwanger. Er groeide een kindje in haar buik.

Snel deed ze haar hemd weer omlaag, bang dat iemand de slaapkamer in zou komen en het zou zien.
Ze kon het haast niet geloven. Verschillende emoties raasden door haar heen. Ze voelde zich verward, ze was bang om wat er nu moest gebeuren, maar ze voelde ook een overweldigende blijdschap. Diep van binnen kreeg ze een ongelooflijk gelukkig gevoel als ze eraan dacht. Ze zou een kind krijgen. En zodra dat tot haar doordrong raakte ze weer compleet in paniek. Wat zouden mensen ervan zeggen als ze erachter kwamen? Hoe zou haar moeder reageren? Kon ze nog wel met Thorgal trouwen?

Het moest wel van Marcus zijn. Hij was de enige met wie ze seks had gehad en ze wist dat kinderen op die manier werden gemaakt. Marcus had haar zwanger gemaakt toen hij die nacht bij haar in de tent was gekomen. Het gevoel dat haar kind van Marcus was, maakte haar nog gelukkiger. Maar het zorgde er ook voor dat ze zich nog meer zorgen maakte. Marcus was vertrokken met het leger en ze wist niet wanneer en of hij weer terug zou komen. Het zou een gevaarlijke campagne worden die zeker een aantal maanden kon duren. Niemand wist wat voor gevaren ze aan de noordelijke kusten tegen zouden komen.

En zelfs als Marcus aan het eind van de zomer weer terug zou keren, zou dat nog niks veranderen. Marcus was een soldaat in de legioenen. Hij zou nooit met haar mogen trouwen. Pas als zijn diensttijd erop zat zou hij mogen trouwen, maar dat duurde nog een eeuwigheid. Er waren wel soldaten die stiekem een vrouw buiten het legerkamp hadden, maar Banna wist dat Bren dat voor haar nooit goed zou vinden.

Een nieuwe golf van angst ging door haar heen bij de gedachte aan Bren. Haar broer zou waarschijnlijk boos worden als hij het hoorde. Misschien zou hij haar zelfs uit de

familie verstoten, omdat ze de eer van de familie had geschaad.
Ziek van angst klom ze uiteindelijk toch maar uit bed. Ze deed een extra dikke jurk aan met een schort ervoor, zodat niemand haar buik kon zien.

Ze at bijna niets die ochtend, terwijl ze met Hilde en Arianne aan tafel zat. Hilde was Aster geduldig aan het voeren en probeerde zelf ondertussen wat happen brood naar binnen te werken.

Het is zo oneerlijk, dacht Banna, terwijl ze zag hoeveel plezier Hilde en Aster met elkaar hadden. 'Waarom kunnen Marcus en ik niet samen zijn en voor ons kind zorgen?'
Opeens merkte ze dat ze zomaar zat te huilen. Ze voelde tranen in haar ogen. Ze probeerde het te verbergen, maar kon er niets tegen doen.

"Wat is er, Banna?" vroeg Arianne. Ze keek haar vragend aan. "Waarom huil je?"
Banna keek geschrokken van Arianne naar Hilde, terwijl ze voelde dat ze het warm kreeg. Er schoten allerlei smoezen door haar hoofd. Ze moest iets verzinnen, want ze kon niet vertellen wat haar echt dwars zat. Niemand mocht het weten. Maar terwijl Banna koortsachtig nadacht, begon ze steeds harder te huilen.

"Ik ben zwanger," zei ze uiteindelijk, terwijl de tranen over haar wangen stroomden. Hilde en Arianne waren allebei met stomheid geslagen. Ze wisten niet hoe ze moesten reageren. Arianne sloeg een arm om Banna heen en Aster trok ondertussen aan de haren van Hilde omdat de stroom voedsel plotseling was opgehouden.

Banna had het verteld. Er was nu geen weg meer terug. Ze had eigenlijk verwacht dat het op zou luchten om het aan iemand te vertellen, maar ze voelde zich nog slechter dan daarvoor. Ze voelde zich misselijk worden.
"Ik weet niet wat ik moet doen," snikte ze, terwijl ze haar gezicht in haar handen begroef.
"Ik krijg een kind van Marcus en ik weet niet wat ik nu moet doen."

## Hoofdstuk 46

## Bren

"Voorzichtig," fluisterde Bren tegen zijn mannen. "Laat hem niet schrikken."
Behoedzaam liepen de mannen uit zijn eenheid in een halve cirkel over het natte zand. De kleine zandbank waar ze hun roeiboot hadden aangemeerd viel steeds verder droog. Bren moest net als de anderen nog wennen aan de grote verschillen tussen eb en vloed in dit gebied. Het ene moment was het een zee en een paar uur later kon je over de bodem van de oceaan lopen. De Romeinen waren al verschillende schepen kwijtgeraakt die ze niet op tijd los konden krijgen uit de modder toen het water weer steeg.

Bren gebaarde naar Wilfrid dat hij verder naar rechts moest lopen. Wilfrid hield een groot net in zijn handen en stond klaar om het te gooien zodra het beest ervandoor zou gaan. Het grijze dier waar de groep mannen voorzichtig op af liep, keek verbaasd in hun richting. Het dier leek helemaal niet bang te zijn. Hij vroeg zich waarschijnlijk af wat dat voor vreemde wezens waren die zomaar uit de zee waren verschenen om hem te storen nu hij net lekker in de zon lag.

Bren had nog nooit zo'n vreemd dier gezien. Het deed hem denken aan een soort kruising tussen een vis en een schaap, maar dan met een gladde grijsbruine vacht in plaats van wol. De Friezen noemden dit beest een zeehond en zodra Drusus ze op de zandbanken voor de kust had zien liggen, wilde hij er per se een hebben. Het was dan wel geen gevaarlijk monster zoals een leeuw of een beer; eigenlijk maakten ze vooral een komische indruk als ze wat onbeholpen over het strand hobbelden, maar toch wilde Drusus een exemplaar vangen om na afloop van de campagne in Rome te laten zien aan de Princeps. En dus was Bren al de hele dag bezig met deze speciale missie voor de gouverneur van Gallia. Samen met Thorgal en hun mannen was hij er al vroeg in de ochtend op uitgetrokken met twee snelle schepen op zoek naar deze exotische beesten. Het was moeilijker geweest om de dieren te vangen dan Bren van tevoren had gedacht. Ze zagen er misschien wat loom uit en ze konden zich met hun logge lijven niet snel verplaatsen over het zand, maar zodra ze in het water kwamen, waren ze verdwenen.

Het dier snoof in de lucht en draaide zijn kop onrustig heen en weer, terwijl de mannen stil bleven staan. De zeehond leek zich af te vragen of de mannen misschien een bedreiging voor hem vormden.
Bren wilde niet langer wachten. Hij gaf een teken met zijn hand en rende zo hard mogelijk op het dier af. Hij maakte zoveel mogelijk lawaai, zodat het dier verschrikt wegvluchtte van Bren, recht op het net van Wilfrid af. Wilfrid gooide zijn net en meteen daarna sprongen twee andere Bataven boven op de zeehond.

Weer een glorieuze overwinning voor het Bataafse volk, dacht Bren, terwijl hij toekeek hoe het beest krijsend en piepend richting een houten kooi werd gesleept. Het dier worstelde in paniek met het net en probeerde erin te bijten, maar dat zorgde er alleen maar voor dat hij nog verder verstrikt raakte.

Misschien moet ik dit verhaal iets spannender maken als ik het later aan Hilde en Bard vertel, dacht Bren. Deze jacht op een van de monsters uit de noordelijke zee is zo'n beetje het meest opwindende wat er deze campagne is gebeurd.

Drusus was zeer gelukkig toen hij later die middag de vangst van Bren in ontvangst nam. Hij gaf hem een zak met dertig bronzen munten om te verdelen onder zijn mannen en verklaarde dat hij het dier voor de rest van de campagne op zijn vlaggenschip zou houden als mascotte. Hij doopte het beest 'Sextus Pompeius', naar de piraat die zich na de slag bij Philippi nog jarenlang tegen Augustus had verzet.

Ondertussen voer de vloot verder richting het noordoosten. De schepen konden hun zeilen gebruiken en de vloot kwam snel vooruit. Met de hulp van de Friezen probeerden de Romeinen een zo veilig mogelijke koers aan te houden tussen de onstuimige oceaan en de grillige kustlijn.

Toch was het alweer eind mei toen de vloot uiteindelijk in het gebied van de Chauken kwam en voor anker ging rond de monding van de rivier de Eems. Hier ondervond Drusus de eerste echte tegenstand, maar na een korte schermutseling met de Chauken gaven ze zich opmerkelijk snel gewonnen. Voortaan zouden ook de

Chauken belastingen afdragen aan Rome en ze zouden geen schepen van Romeinse handelaren meer aanvallen.

Nadat de Chauken zich aan Drusus hadden overgegeven voerde Bren verschillende verkenningstochten uit door hun gebied. De Romeinen wilden weten hoeveel mensen er in het land van de Chauken woonden, hoeveel nederzettingen er waren en hoeveel vee de stammen bezaten.

Drusus stuurde twee vrijgelatenen uit zijn staf mee met de verschillende verkenningseenheden van de Bataven, zodat hij een nauwkeurige inschatting kon krijgen. Na zoveel weken op het water vond Bren het heerlijk om weer eens een lange tocht te paard te maken, maar hij had al snel door dat hier voor de Romeinen weinig te halen viel.

De Chauken waren over het algemeen zeer lang, met stevige benen, gespierde armen en brede schouders, net zoals de Chaukische slaaf Akko die bij Bren in huis woonde. Hun bouw zorgde ervoor dat ze zeer geschikt waren om als slaven zware fysieke arbeid te verrichten of te vechten tijdens de spelen. Alleen Bren was verbijsterd door het gebrek aan ontwikkeling dat hij bij dit volk zag. De Chauken leidden een armzalig bestaan in dit onherbergzame gebied. Hun manier van leven was nauwelijks meer dan overleven in een strijd met de elementen. Het land raakte regelmatig overstroomd door de zee, wat er toe had geleid dat dit volk zich vooral vestigde op lage heuvels in het landschap die ze door de jaren heen zelf hadden opgehoogd. Ze hielden vee op de drassige velden rond deze heuvels en leken totaal niet aan landbouw te doen. Ze leken vooral te overleven op vis, schelpdieren en regenwater en heel af en toe slachtten ze een mager schaap of een koe.

Geen wonder dat de Chauken piraten zijn geworden die de kusten onveilig maken, dacht Bren. Ze hebben hier niks anders.

Terwijl hij en de andere Bataven over land trokken om het gebied van de Chauken in kaart te brengen, stuurde Drusus zijn legaat Titus Laberus met een deel van de vloot verder naar het oosten. Zelf bleef Drusus met de hoofdmacht aan de monding van de Eems liggen om vers water en nieuwe voorraden in te slaan. Bren hoorde later van Harald dat Laberus helemaal voorbij de monding van de Elbe was gevaren en daar een nieuw land had ontdekt. Vanaf de monding van de Elbe liep het land verder naar het noorden met een heuvelachtige kustlijn. De schepen van de Romeinen waren een aantal dagen achter elkaar recht naar het noorden gevaren, maar moesten uiteindelijk omkeren vanwege het slechte weer. Niemand wist hoe groot dit nieuwe land was of hoe ver naar het noorden het doorging.

Na de verkenningstochten richting het noorden en in het gebied van de Chauken trok de vloot van Drusus verder. Een deel van het Achttiende legioen bleef achter op de kust met het grootste deel van de voorraden, en ondertussen trokken het Eerste en Vijfde legioen samen met de Friese en Bataafse hulptroepen de rivier de Eems op. De sfeer in het leger werd wat gespannener nu ze dieper in Germania kwamen. Het landschap langs de rivier werd minder vlak en de soldaten keken argwanend naar de dichte bossen op de oevers.

Ze kwamen nu in het gebied van de Bructeren, de volgende stam die Drusus aan het gezag van Rome wilde onderwerpen.

Drusus ging behoedzamer te werk dan hij in het begin van de campagne had gedaan. Hij liet Bren en Thorgal en de andere Bataven vaker de omgeving verkennen voor hij de rest van de vloot erachteraan stuurde, waardoor het tempo van het leger steeds lager werd.

Ondertussen was er nergens enig teken van leven te vinden van de Bructeren. De ene na de andere nederzetting of boerderij die Bren tegenkwam was verlaten. Blijkbaar was het nieuws van hun komst al voor het leger uit gesneld. Iemand had laten weten dat de Romeinen de rivier op trokken. En hoewel ze nooit iemand zagen, voelde Bren dat ze vanaf de oevers in de gaten werden gehouden.

Nadat de vloot twee dagen door het gebied van de Bructeren was getrokken zonder iemand te zien, gaf Drusus de opdracht om alle boerderijen dan maar plat te branden. Hij hoopte dat dat uiteindelijk een confrontatie uit zou lokken. Maar zelfs nu bleven de bossen oorverdovend stil, terwijl de Romeinse schepen verder voeren. De soldaten op de schepen wisten dat ze er hier helemaal alleen voor stonden. Ze waren diep doorgedrongen in de binnenlanden van Germania. Er was hier geen veilige plek om op terug te vallen. De noordelijke kust lag een aantal dagen varen achter hen. De vertrouwde grens van de Rijn was nog veel verder weg. En ondertussen wist niemand wat er voor hen lag.

Op een ochtend trok de vloot verder langs een smal stuk in de rivier met steile, dichtbegroeide hellingen aan beide zijden. De Bataven en Friezen gingen voorop. Het had de vorige avond hard geregend en er hing een lichte nevel over het water.

"Als ik een hinderlaag zou leggen voor de Romeinen, zou ik het hier doen," mompelde Thorgal, die naast Bren op de voorsteven van het voorste schip stond. Het was een eervolle positie om als eerste schip de vloot aan te voeren, maar Bren voelde zich ook wel erg kwetsbaar tussen de dreigende oevers. Hij hield de bossen nauwlettend in de gaten, net zoals Thorgal en de mannen die achter hen zaten te roeien.

Bren keek achterom. De rest van de vloot kwam in een lange sliert achter hen aan. Het schip van Tarik was duidelijk te herkennen aan de standaard die hij trots op zijn boeg had opgesteld.
"Denk je dat we de rest moeten laten wachten?" vroeg Bren. "Ik kan waarschijnlijk wel met een paar man die oever beklimmen."

Thorgal keek lang naar de linkeroever, terwijl het schip onherroepelijk verder voer. Ergens verwachtte Bren dat er ieder moment een steen of een pijl uit de bossen tevoorschijn kon komen, gevolgd door een horde Bructeren wiens huizen Bren de afgelopen dagen had platgebrand. Hij duwde zijn helm iets steviger op zijn hoofd en spande zijn vingers om de handgreep van zijn ronde schild.
"Nee, laten we nog iets verder gaan," zei Thorgal. Voor het eerst hoorde Bren enige twijfel in de stem van zijn meerdere. "Drusus wil dat we meer tempo maken. Hij raakt ongedurig doordat de vloot zo langzaam optrekt en ik hoorde van Tarik dat hij gefrustreerd is dat hij nog geen grote veldslag heeft kunnen leveren. We kunnen niet steeds voor ieder bos of iedere heuvel de hele vloot stil leggen. Laten we doorvaren tot een plek waar we de paarden aan land kunnen brengen."

De Bataven roeiden zwijgend verder, tot ze een flauwe bocht naar rechts bereikten. De hellingen werden weer wat lager en minder dicht begroeid. Bren merkte dat de spanning af nam op de schepen die voorbij het steilste stuk waren. Hij haalde opgelucht adem en keek Thorgal tevreden aan.
"Zie je wel," zei Thorgal nadat hij had gezien dat alle schepen van de Bataven de bocht hadden bereikt. "Niks aan de hand. We kunnen gewoon doorvaren."

Thorgal had zijn zin nog niet afgemaakt toen er plotseling vanaf de linkeroever een brandende pijl hoog de lucht in werd geschoten. Terwijl de pijl door de lucht vloog, barstte er een enorm kabaal los op beide oevers achter hen. Vanuit het niets werd er op hoorns geblazen, er werd op schilden geslagen en honderden mannen brulden woeste kreten vanuit de beschutting onder de bladeren. Voor Bren door had wat er gebeurde, zag hij twee enorme eiken aan beide zijden van de rivier in beweging komen en uiterst traag naar beneden storten. De twee bomen vielen in de rivier, precies achter de laatste schepen van de Friese hulptroepen. 'We zijn afgesneden,' schoot er door het hoofd van Bren, terwijl hij over het water het geschreeuw kon horen van de Romeinse soldaten die onder die reusachtige bomen terecht waren gekomen. De twee bomen blokkeerden de rivier, zodat er geen enkel schip meer langs kon varen.

Bren wilde net zijn schip om laten draaien, toen Thorgal hem bij zijn arm greep. Met zijn speer wees hij naar de nevel voor hen, waar Bren nu tot zijn schrik de silhouetten van schepen zag verschijnen. Tientallen schepen lagen voor hen te wachten op de rivier. Grote schepen gevuld met zwaarbewapende krijgers, maar ook kleinere schepen en kano's. Al die schepen kwamen op hoge snelheid recht op hen af varen.

Thorgal begon hard te lachen.

Verbaasd keek Bren opzij. Had Thorgal zijn verstand verloren? Thorgal keek verrukt om zich heen, naar de aanvallers die plotseling voor hen waren verschenen en naar de chaos op de rivier achter hen. Hij leek zich bijna te verheugen op het gevecht.

"Die Bructeren zijn dus toch niet zo stom als ik dacht," zei Thorgal, terwijl hij controleerde of hij zijn twee dolken in zijn riem had zitten. "Ik zei toch dat dit een perfecte plek is voor een hinderlaag?"

## Hoofdstuk 47

## Marcus

"Alleen rechts roeien, links stil houden," brulde Publius Barrus, die tussen de roeiers in het midden van het uiterst kwetsbare schip stond. "Breng me naar de kant, verdomme."

Tergend langzaam draaide het schip, terwijl een regen van speren en stenen vanaf de oevers op hen neerdaalde. In slechts een paar tellen was de kalme vaartocht veranderd in een nachtmerrie. De roeispanen van het schip van Marcus raakten verstrikt in de roeispanen van het schip naast hen en de centurion schreeuwde kwaad naar zijn optio dat hij meer afstand moest houden. Een van de roeiers werd in zijn schouder geraakt door een speer, waarna hij naar zijn arm greep. Zijn roeispaan bleef slap in het water hangen. De centurion trok de man snel weg en nam zelf zijn plek over.

"Roeien, stelletje honden," brulde hij. "Roei zo hard als je kan. Vilenus, schiet dan ergens op, man."

"Ik zie niks," zei Marcus. "Waar moet ik op schieten?"

Marcus zat gehurkt met de manuballista in zijn handen op de voorsteven. Hij keek gespannen naar de oever, terwijl Lucius zijn schild voor hen beiden hield om hen te beschermen. Vanuit de bossen kwam een onophoudelijke stroom projectielen neer op de kwetsbare schepen, maar Marcus kon niet zien wie de projectielen hun kant op slingerden. Hij zag alleen donkere schaduwen bewegen door de bladeren en hij hoorde een woest gebrul overal om hem heen, alsof honderden mannen zomaar uit de grond tevoorschijn waren gesprongen.

Op goed geluk schoot hij maar een pijl af richting de oever, ook al had hij geen idee of hij iets raakte. Met trillende handen pakte hij een volgende pijl uit de emmer die naast hem stond en spande zijn wapen opnieuw.

Ondertussen zag hij dat er ergens ver achter hen nog een grote boom van de helling naar beneden rolde en schuin in het water bleef steken. De aanval leek verspreid over de hele oever even heftig plaats te vinden. Marcus was zich er vaag van bewust dat er met Romeinse trompetten nog signalen werden doorgegeven langs de vloot, maar er werd nauwelijks op gereageerd door de centurions. Vanaf het moment dat de aanval was begonnen was het ieder schip voor zich. Iedereen probeerde zo snel mogelijk weg te komen van het midden van de rivier.

Net toen hij een nieuwe pijl had geladen en het zware wapen oprichtte om op de oever te schieten, hoorde hij de optio op het schip naast hem iets roepen.
“Kijk uit, idioot,” schreeuwde Quintus en Marcus keek nog net op tijd naar rechts om zich schrap te zetten. Een schip met jonge rekruten uit de Zesde centurie van hun cohort probeerde op volle snelheid terug te roeien in de richting waar ze vandaan waren gekomen. Er leken geen officieren te zijn om de jonge soldaten tot de orde te roepen en zonder op of om te kijken roeiden ze uit alle macht door. Verschillende roeiers hingen al kermend over hun roeispanen gebogen en de anderen roeiden in blinde paniek terug over de rivier. Voordat Quintus iets kon doen, botste het schip tegen zijn schip aan, waarna alle drie de schepen in een wirwar van roeispanen en houtsplinters verstrikt raakten. Marcus kon zich nog net vastgrijpen aan de schouder van Lucius om niet overboord te vallen.

Barrus vloekte luid en hij sprong al overeind om iemand van die rekruten in elkaar te rammen, maar Quintus hield zijn hoofd koel.
“Roeispanen intrekken,” schreeuwde hij tegen de mannen op zijn eigen schip, terwijl de drie in elkaar gehaakte schepen langzaam om hun as begonnen te draaien. “Trek de schepen tegen elkaar aan.”

De optio gooide een ijzeren haak naar het schip dat hen net had geramd, gevolgd door andere ijzeren haken die de soldaten normaal gesproken gebruikten om vijandelijke vaartuigen te enteren. Met touwen werden de twee schepen naar elkaar toe getrokken en Barrus liet zijn mannen hetzelfde doen.

“Schilden en speren gereed maken,” brulde de centurion, terwijl zijn optio zijn best deed om de drie schepen stevig tegen elkaar te verankeren en het hele vaartuig stuurbaar te houden. “Vorm een linie aan de zijkant en bescherm de roeiers.”

Marcus vuurde nog een pijl af richting de bossen. Hij voelde de schok van het wapen in zijn armen en ergens voor zich zag hij een figuur in elkaar zakken. De optio sprong bij de jonge rekruten in het schip en zorgde ervoor dat ze zich weer als soldaten gingen gedragen. Hij deelde een paar welgemikte tikken uit met zijn staf aan de allerjongste soldaten en gaf zelf het goede voorbeeld door rechtop over het dek te lopen, terwijl de pijlen om zijn hoofd vlogen. Het lukte de optio om de drie schepen recht te krijgen en hij zorgde ervoor dat ze langzaam weer naar de oever werden geroeid. Ondertussen probeerde Publius Barrus contact te krijgen met het derde schip uit zijn centurie, die een heel stuk verderop stil lag op het water. De soldaten in die boot hielden hun schilden hoog opgetrokken en deden geen enkele poging om van hun plek af te komen. Als een soort schildpadformatie zaten de soldaten weggedoken in hun schip en wachtten tot de dodelijke storm van projectielen voorbij was.

Barrus bleef naar zijn mannen schreeuwen zonder dat ze reageerden. Ondertussen kwam iets verderop een groep krijgers uit de bossen gestormd. Ze droegen kano's van holle boomstammen bij zich. Marcus zag hoe de krijgers behendig in de kano's sprongen en razendsnel koers zetten naar de Romeinse schepen. Snel laadde Marcus zijn wapen opnieuw en schoot richting de krijgers in de voorste kano. De pijl die uit zijn wapen schoot, raakte een van de roeiers in zijn arm en schoot er dwars doorheen.

"Uitstekend schot, Marcus," zei de centurion die zag hoe de roeier zijn peddel uit zijn handen liet vallen en gillend zijn arm vast pakte. "Blijf schieten."

De voorste krijger in de kano's was ongetwijfeld een belangrijke aanvoerder bij de Bructeren. Hij stond rechtop in de kano met een bijl te zwaaien, vastberaden om als eerste een van de Romeinse schepen te bestormen. Marcus moest toegeven dat hij de moed van de man bewonderde, ook al was zijn actie ongelooflijk dom. De aanvoerder was misschien dapper, maar hij leek niet in de gaten te hebben dat hij met zijn kano recht op een Romeins schip af voer met een geladen scorpio op het dek. Waarschijnlijk had hij zo'n wapen nog nooit gezien en hij kreeg pas te laat in de gaten wat dat vreemde houten apparaat was dat recht voor hem stond. De scorpio was een uiterst precies wapen dat volgens hetzelfde principe als de manuballista werkte, maar dan in het groot.

Het apparaat was zo groot als een man en door middel van twee gedraaide pezen van paarden kon het met een ongelooflijke kracht ijzeren pijlen afschieten die zo groot waren als een Romeinse gladius. Marcus vroeg zich af wat er door het hoofd van die aanvoerder moest gaan op het moment dat hij die pijl op zich af zag komen. Waarschijnlijk had hij niet eens tijd om nog ergens aan te denken voor de pijl zich met zo'n geweldige klap in zijn rechteroog boorde dat de man achterover het water in viel.

De roeiers in de kano roeiden onverschrokken door en bereikten het schip, maar daar werden ze vrij eenvoudig weer vanaf gedreven door de legionairs met hun werpsperen. Het water in de rivier kleurde rood, terwijl er wat meer structuur in de veldslag leek te komen. De Romeinse schepen trokken dichter naar elkaar toe en namen posities in waarin ze elkaar konden beschermen. Verschillende centurions maakten zich klaar om een tegenaanval uit te voeren op de oevers, terwijl andere schepen juist de grootste moeite hadden om de vijanden, die overal tussendoor schoten met kano's en kleine roeiboten, van hun schepen af te houden. De drie aan elkaar gebonden schepen van Publius Barrus werden tergend langzaam richting de oever geroeid.

Een aantal passen voor de oever liepen de schepen met een schok vast op de bodem. Meteen sprongen tientallen krijgers uit de bossen tevoorschijn die door het ondiepe water naar de schepen kwamen rennen. Marcus legde zijn wapen neer en zocht zijn schild en speer op.
"Speren klaarmaken, gooien," schreeuwde Barrus bijna in één zin en tientallen werpsperen vlogen vanaf de schepen richting de oever. De legionairs sprongen vanuit de schepen het water in, waar ze bijna werden overrompeld door de vijandelijke krijgers.

Er ontstond een chaotisch gevecht van man tegen man in het water, waarbij de Romeinen alles gebruikten om zichzelf te verdedigen. Zwaarden, dolken, stenen, zelfs roeispanen werden ingezet door de soldaten om de vijanden van zich af te houden. Zonder aan zijn eigen veiligheid te denken, sprong Marcus achter de anderen aan, midden in de massa vechtende mannen. Hij trok zijn dolk uit zijn riem en begon wild om zich heen te steken naar iedereen die er niet Romeins uit zag. Het was pure chaos. Mannen rolden vechtend over elkaar heen door het water, dat al snel donkerrood kleurde.

Naast zich zag Marcus de centurion op zijn knieën in het water zitten, terwijl hij uit alle macht probeerde om het hoofd van een grote krijger onder water te houden. De krijger greep de kraag van de centurion vast, totdat Barrus hem enkele stevige kopstoten gaf met zijn helm. De handen van de krijger lieten de tuniek van de centurion los en vielen slap in het water. Voor de zekerheid trok Barrus alsnog zijn zwaard en stak zijn tegenstander verschillende keren in zijn borst, voordat hij hijgend overeind kroop en de volgende barbaar aanvloog. Marcus stak een vijandelijke krijger met zijn dolk in de hals, maar zijn dolk bleef steken achter het sleutelbeen en werd uit zijn handen getrokken toen de man achterover het water in viel.

Hij voelde zich plotseling kwetsbaar zonder zijn dolk. Wanhopig deed hij een poging om zijn zwaard te trekken, terwijl hij met zijn schild probeerde om de vijanden van zich af te houden. Hij had geen idee hoe de slag verliep. Achter zich op de rivier hoorde hij het geluid van Romeinse trompetten en het ritmische geschreeuw van roeiers, terwijl hij zag dat er voor hem meer Germaanse krijgers uit de bossen kwamen rennen. Verschillende mannen uit zijn centurie lagen dood of gewond in het ondiepe water.

Terwijl Marcus overzicht probeerde te krijgen over het gevecht, zag hij dat de optio in de problemen was. Quintus was in gevecht met twee krijgers die hem hadden afgesneden van de rest van de Romeinen. En net toen Quintus een van hen had neergestoken met zijn zwaard, werd hij van achteren in zijn kuit gestoken met een speer. De optio schreeuwde van de pijn, terwijl het bloed uit zijn been stroomde. Toch lukte het hem nog om overeind te blijven. Hij draaide weg van zijn twee aanvallers en hield zijn schild voor zich, terwijl een van hen met een grote houten knots op zijn schild stond te rammen.

Zowel Marcus als de centurion naast hem brulden van woede toen ze zagen dat Quintus werd aangevallen. Als een wilde stier stormde Barrus op zijn optio af. Hij besteedde geen enkele aandacht meer aan de andere vijanden of aan de rest van zijn centurie. Publius Barrus wilde alleen nog zijn vriend te hulp schieten. Marcus rende achter hem aan met zijn zwaard in de aanslag. Hij zag hoe de optio op een knie zakte en wanhopig probeerde om de slagen van de barbaar af te weren. Bij iedere klap leek er kracht uit zijn armen te verdwijnen. De andere barbaren zagen dat hij in de problemen was en sprongen op hem af als roofvogels op een prooi. Iedere Germaanse krijger wilde graag een officier doden. Publius Barrus vocht zich als een dolle een weg naar Quintus. Marcus had hem nog nooit zo buiten zinnen gezien, terwijl hij toch heel wat gewend was van eerdere veldslagen met zijn centurion. Ondertussen kwamen er meer schepen van de Romeinen aan en begonnen ze langzaam terrein te winnen op de modderige oever. Marcus en Barrus waren nog maar een paar passen van Quintus verwijderd, maar Marcus zag dat ze te laat kwamen.

Uitgeput van de strijd, de pijn en het bloedverlies liet Quintus zijn schild steeds verder zakken. Verschillende stukken braken van het houten schild af, tot Quintus nog maar een half schild vast had.

De vijandelijke krijger hief zijn knots hoog in de lucht om de genadeslag uit te delen.

Nee, dacht Marcus woedend en in een laatste poging om de man te stoppen, gooide hij zijn zwaard.

De zware gladius draaide in de lucht om zijn as en boorde zich met een harde klap in de schouder van de krijger. De krijger wankelde en wilde zich naar Marcus omdraaien toen hij omver werd gelopen door de centurion, die als een bezetene op hem in begon te steken. Marcus ging voor Quintus staan en beschermde hem met zijn schild, terwijl Quintus met zijn hand op zijn bloedende kuit achteruit kroop. Andere mannen van hun centurie kwamen naast Marcus staan, terwijl hij een speer van de Bructeren opraapte van de grond. Marcus had geen idee wie van zijn eenheid nog in leven was. Hij herkende in ieder geval Sextus, Lucius en Aulus tussen de mannen die om hem heen stonden. Lucius had een bloedneus en Aulus had een pijl uit zijn bovenarm steken, maar toch vochten ze vastberaden door. De Romeinen dreven de vijand langzaam terug richting de oever.

Publius Barrus kwam weer wat bij zinnen nu hij zag dat Quintus in veiligheid was. Hij schreeuwde naar zijn soldaten dat ze een linie van drie rijen moesten vormen rond de landingsplek van hun schepen.

Er kwamen nieuwe schepen aan bij hun positie, waar direct extra legionairs uit sprongen om de centurie van Barrus te versterken. De vijand zag het ook. Marcus zag dat de Bructeren voor hem plotseling naar het water wezen. Ze waren ergens enorm opgewonden over, maar hij durfde niet om te kijken om te zien wat er aan de hand was. Vastberaden keek hij voor zich, met zijn schild en een vreemde speer in zijn hand, terwijl hij de vertrouwde stem van Publius Barrus achter zich hoorde die het bevel gaf om voorwaarts te gaan.

Terwijl Marcus stap voor stap naar voren liep en de helling op begon te klimmen, merkte hij dat de vijanden hen niet meer aanvielen, maar juist wegtrokken van hun centurie. Iedereen van de Bructeren leek op weg te zijn naar een plek ergens aan hun linkerkant.

Marcus werd nu toch wel nieuwsgierig en hij keek over zijn schouder naar links. Achter hen zag hij een groot Romeins schip liggen met een dubbele rij roeiers boven elkaar. Het schip lag stil in het midden van de rivier en verschillende kleinere roeiboten waren daarvandaan op weg richting de oever. De roeiboten zaten vol zwaarbewapende Gallische krijgers, die allemaal zo snel mogelijk bij de oever probeerden te komen. En helemaal vooraan lag een roeiboot aan de oever waar direct een aantal mannen uit sprongen.

Marcus begon te lachen toen hij doorkreeg wat er aan de hand was. Nu begreep hij waarom de vijanden allemaal die kant op trokken. Marcus kon bijna niet geloven wat hij zag, maar hij herkende de man duidelijk aan zijn uitrusting en zijn rode mantel. Helemaal alleen, met slechts een handvol krijgers uit zijn persoonlijke lijfwacht bij zich, waadde Nero Claudius Drusus door het water richting de vijand.

# Hoofdstuk 48

## Harald

“Bij Jupiter, wat doet hij nu weer?” vroeg Titus Laberus ontzet, terwijl hij de reling van de bireem vastgreep. “Is die jongen nu helemaal gek geworden?”
Harald zag hoe Drusus uit zijn boot sprong en recht op de vijand af liep.
Als ik dit aan Arianne vertel, gelooft ze me nooit, dacht hij.

Met slechts enkele soldaten achter hem aan, rende de stiefzoon van Augustus onverschrokken richting een grote overmacht aan barbaarse krijgers.
“Dat krijg je ervan als je de jeugd laat opgroeien met de boeken van Caesar,” mompelde de slaaf Pisto, die naast Harald en Titus Laberus op het dek stond. “Dan denken ze allemaal dat ze Titus Pullo of Lucius Vorenus zijn.”
Harald zag hoe Drusus in de verte in gevecht raakte met zijn eerste vijanden. De soldaten van zijn lijfwacht gingen om hem heen staan, terwijl achter hen andere roeiboten vol soldaten vastliepen op de oevers.
“Hij lijkt er wel zin in te hebben,” merkte Harald op.

Bijna sierlijk bewoog Drusus zich over het slagveld, waar hij zijn eerste vijand uitschakelde. Harald kon het moeilijk zien vanaf deze afstand, maar even leek het erop alsof hij de barbaren uitdaagde en alleen met hun sterkste krijgers wilde vechten.
“Het boeit me niet of hij het naar zijn zin heeft,” zei Laberus, terwijl hij naar de voorsteven liep. “Ik probeer hem in leven te houden.”

Laberus ging op de reling staan en schreeuwde naar de schepen die met de bireem mee waren gevaren: “Eerste cohort, naar de oever. Bescherm jullie generaal.”
“Laberus,” riep Rufus, die op het achterdek stond naast een doorweekte Bataaf die net aan boord was geklommen. “De voorhoede is afgesneden van de rest van de vloot. De Bataven worden aangevallen door tientallen schepen van de Bructeren.”

Harald keek verschrikt stroomopwaarts over de rivier. Op het water was het nog steeds een grote chaos met verschillende schepen die stuurloos ronddreven. Sommige schepen stonden in brand, waardoor er dikke zwarte rookwolken over de rivier hingen. Op beide oevers werd gevochten en tussen alle schepen door dreven de lichamen van mannen en paarden in het water. Door alle rook en een bocht in de rivier kon Harald de schepen van de Bataven niet zien. Hij vroeg zich af hoe het met Bren was. Had hij misschien hulp nodig? Was hij nog in leven?

Laberus vloekte luid. Hij keek naar de oever, waar Drusus de mannen uit zijn lijfwacht aanspoorde om hem te volgen de heuvel op. Ondertussen leek hij niet in de gaten te hebben dat zijn opvallende kleding zo'n beetje alle vijandelijke krijgers op de oever naar hem toe lokte. Of misschien had hij het wel door, maar kon het hem gewoon niks schelen.

De Romeinse soldaten vonden het in ieder geval prachtig om te zien. Ze vonden nieuwe moed door het voorbeeld van Drusus en begonnen aan hun opmars om de vijanden van de oevers te verdrijven.

"Stuur het Vijfde legioen de rivier op," zei Titus Laberus tegen een officier. De man salueerde en gaf met vlaggen het signaal door aan de legaat van het Vijfde legioen, die iets achter het schip van Laberus voer. "Het Vijfde moet de Bataven maar gaan redden. Het Eerste legioen blijft hier om de vijand van de oevers te verdrijven."

Het voelde frustrerend voor Harald dat hij niks kon doen. Het liefst was hij met de schepen van het Vijfde legioen mee gegaan om zijn broer te helpen, maar hij wist van zichzelf dat hij geen krijger was. En bovendien moest hij op zijn post blijven bij Laberus en de andere officieren.

De rest van die middag moest Harald vanaf het dek van het schip toekijken hoe de veldslag uiterst langzaam werd uitgevochten. De gevechten kwamen steeds verder van de rivier af te liggen, tot er alleen nog een vaag geschreeuw in de bossen in de verte overbleef. Er kwam een vreemde rust over de rivier te liggen die slechts werd doorbroken door het geschreeuw van gewonden of de bevelen van centurions die met hun versterkingen de heuvels in trokken. Harald had zich nog nooit zo nutteloos gevoeld. Terwijl duizenden mannen voor hen vochten en stierven, bleven zij roerloos in het midden van de rivier liggen. Titus Laberus leek geen last te hebben van dit gevoel dat Harald had. Koel en beheerst bestudeerde de legaat het verloop van de chaotische veldslag en stuurde met vlag- en trompetsignalen zijn mannen steeds naar de plekken waar ze het hardst nodig waren. De grootste zorg van Laberus was de veiligheid van Drusus, die er juist op gebrand leek om zijn troepen bijna persoonlijk aan de overwinning te helpen.

"Volgens mij kan de Princeps er nog wel begrip voor opbrengen als zijn stiefzoon in de strijd sterft," hoorde Harald de legaat tegen Rufus zeggen toen het gevecht even wat rustiger werd. "Ik ben alleen bang voor de reactie van Livia."

Aan het eind van de middag was de veldslag plotseling voorbij, zonder dat Harald er iets van merkte. De vijand was steeds verder de heuvels in gedreven en er was al een tijd lang geen enkel projectiel meer afgevuurd richting de schepen.

"De barbaren slaan op de vlucht," zei een vrij jonge centurion die vanaf de oever het verlossende woord was komen brengen. Hij zag er bezweet en totaal uitgeput uit. "Het Tweede en Derde cohort hebben de achtervolging ingezet. De rest keert terug naar onze landingsplaatsen op de oever, samen met onze generaal Drusus. En we hebben het bericht ontvangen dat de Bataven de aanval op de voorhoede hebben afgeslagen. Ze hebben zich een weg door de blokkade heen gehakt en sluiten zich aan bij de schepen van het Vijfde legioen."

Harald haalde voor het eerst die middag opgelucht adem toen hij dat nieuws hoorde. De Bataven hadden de aanval afgeslagen. Hij wist ook vrijwel zeker dat zijn broer de aanval zou hebben overleefd. Dat moest wel. Hij voelde het diep in zijn hart.

Zodra Titus Laberus had gehoord dat de vijand zich terugtrok, gaf hij opdracht om een stuk stroomafwaarts een marskamp te bouwen voor de komende nacht. Alle gewonden moesten daarheen worden gebracht. De overige soldaten zouden zich eerst hergroeperen op de oevers en daarna met de gevangenen ook die kant op gaan.

Drusus werd als een held onthaald door zijn troepen, toen hij weer aan de waterkant verscheen. Veel soldaten waren getuige geweest van zijn moedige actie en Harald wist zeker dat er nog jaren gesproken zou worden over deze veldslag.

Alleen de slaaf Pisto had slecht nieuws voor Drusus toen hij even later weer aan boord klom van zijn bireem. De slaaf had direct na de slag de eerste rapporten verzameld van de verschillende cohorten en gaf een somber overzicht aan de bevelhebber. De Romeinen hadden een groot aantal schepen verloren en Pisto had nu al bijna duizend doden en gewonden op zijn lijst met slachtoffers staan.

"En dat aantal zal waarschijnlijk nog stijgen voor de zon straks ondergaat," zei de slaaf, nadat hij met een monotone stem de aantallen per cohort had voorgelezen. Drusus nam de lijst van Pisto over en keek om zich heen. De rivier lag vol wrakhout, maar er kwam nu meer structuur in. Schepen met gewonden of gevangenen werden stroomafwaarts geroeid naar de plek waar het leger zou overnachten.

Ondertussen rustten de soldaten uit na het zware gevecht of ze waren bezig om dode lichamen en voorraden uit de rivier te vissen. Harald zag hoe de schepen van de Bataven tevoorschijn kwamen uit de bocht van de rivier. Hij wilde bijna het water in springen toen hij Bren op een van de schepen herkende. Zijn broer had het gevecht in ieder geval overleefd. En ook Tarik, Thorgal en Covis hadden de gevechten blijkbaar overleefd, zag hij. Ze stonden trots op de voorstevens van hun schepen en lieten zich enthousiast begroeten door de Romeinse soldaten op de oevers.

"Ik wil dat het Negende cohort van het Vijfde legioen morgen alle gevangenen en gewonden terugbrengt naar de kust," zei Drusus, terwijl hij naar de schepen van de Bataven staarde. "De rest van het leger blijft morgen in het kamp om de vloot enigszins te herstellen. En de dag daarna gaan we verder." Harald merkte dat de Romeinse officieren verbaasd waren.

"Verder?" vroeg Titus Laberus voorzichtig. "Gaan we niet terug, heer?"

"Nee, we gaan niet terug" zei Drusus. Hij keek naar de lucht om in te schatten hoe laat het was. "Ik ben pas net begonnen. We hebben nog genoeg tijd deze zomer om verder te gaan. En trouwens, wat voor indruk zouden we achterlaten bij de Bructeren als we ons na één veldslag alweer halsoverkop terugtrekken? We moeten ze nog onderwerpen. En als we dat hebben gedaan, gaan we verder naar de volgende stam."

Even leek het alsof Titus Laberus nog iets wilde zeggen, maar hij hield zijn mond. Harald zag dat Pisto naar zijn lijsten met de voorraden keek. Voor het eerst zag de slaaf er bezorgd uit.

"Laat de auguren vanavond naar mijn tent komen," zei Drusus, terwijl hij zijn helm af deed en koud water uit een bronzen schaal in zijn gezicht gooide. "Ik wil mijn plannen voorleggen aan de goden."

# Hoofdstuk 49

## Marcus

Twee dagen na de veldslag trok de vloot weer langs de plek waar ze in de hinderlaag waren gelopen. Marcus staarde somber naar de oever, terwijl hij rustig verder roeide. Er lagen verschillende scheepswrakken in het water, waardoor het lastig was voor de Romeinen om te manoeuvreren. De stank was haast onvoorstelbaar. Marcus ging bijna over zijn nek toen ze langs de plek kwamen waar zijn centurie zich twee dagen geleden een weg aan land had gevochten. De lichamen van honderden vijanden en omgekomen dieren lagen al twee dagen te rotten in de volle zomerzon. De oevers waren bezaaid met kraaien, zwijnen en wilde honden die vochten om de overblijfselen van de veldslag.

Marcus voelde zich opgelucht dat de Romeinen in staat waren geweest om hun eigen doden te verzamelen. Dit lot bleef hen in ieder geval bespaard. De lichamen waren gisteren gecremeerd op enorme brandstapels.

De Bructeren lieten zich deze ochtend niet meer zien. Drusus had voor vertrek de omgeving laten doorzoeken, maar het leger van de Germanen was nergens te bekennen. Misschien zijn ze allemaal gevlucht na de eerste slag, dacht Marcus, terwijl hij wat afwezig keek naar twee honden die op de oever aan een halve arm trokken. Of ze wachten ergens stroomopwaarts op ons voor een nieuwe hinderlaag.

De centurie van Publius Barrus was flink uitgedund na de veldslag. Zeven man waren omgekomen en nog eens twaalf waren gewond geraakt, zodat Barrus nu nog maar vijfenvijftig man in zijn centurie had. Quintus en Aulus waren allebei samen met de andere gewonden naar het Achttiende legioen gebracht, dat nog steeds aan de monding van de rivier was gestationeerd. Uiteindelijk bleken de verwondingen van Quintus en Aulus mee te vallen en de chirurgijns verwachtten dat ze aan het eind van het jaar weer helemaal hersteld zouden zijn. Sextus was in de tussentijd door de centurion aangewezen om als optio te fungeren en Marcus merkte na verloop van tijd dat de mannen in zijn tent hem steeds meer als hun decanus gingen zien. Hij was lang niet de oudste of meest ervaren soldaat in zijn tent, maar toch beschouwden de anderen hem als hun leider.

De schepen voeren zonder enige tegenstand langs de plek van de veldslag en trokken gestaag verder. Via de rivier drongen ze verder door tot in het hart van Germania. Iedere dag kwam de kust verder weg te liggen. Iedere dag roeiden de mannen net wat minder enthousiast. Langzaam maar zeker begon bij de soldaten de onzekerheid de overhand te krijgen. Het was al hoogzomer geweest en nog steeds wilde hun generaal verder gaan. Niemand wist hoe ver Drusus de rivier wilde volgen of wat zijn doel was. Harald vertelde aan Marcus dat er steeds verhittere discussies werden gevoerd tussen Drusus en zijn officieren in de commandotent. Laberus drong er meerdere malen op aan om terug te keren naar de Rijn, maar Drusus wilde koppig verder gaan. Volgens Harald was hij niet tevreden met het behaalde resultaat.

“Ik denk dat hij stiekem op meer tegenstand had gehoopt,” vertelde hij op een avond bij een kampvuur van Marcus met zijn tentmaten. “Hij wilde iets spectaculairs bereiken, een grote veldslag winnen, zoals zijn broer Tiberius. Hij wilde meer dan deze kleine, onbeduidende schermutselingen in de bossen van Germania. En hij had waarschijnlijk ook gehoopt dat er meer goud of amber te vinden was in Germania.”

Marcus moest hierdoor weer aan die veteraan denken die hij twee jaar geleden had ontmoet in de stad van de Ubiërs.
“Er valt niets te halen in Germania,” had de veteraan gezegd. “En jullie zullen bij bosjes sterven.”
Zou die man toch gelijk krijgen?

De volgende ochtend kwam eindelijk het nieuws dat de vloot terug zou gaan. Drusus liet op de oever nog snel even een ruwe gedenksteen in elkaar flansen om in ieder geval nog iets achter te laten en gaf het bevel om aan de terugtocht te beginnen. De campagne was voorbij.

Iedereen was opgelucht dat ze aan de terugreis waren begonnen, ook al wisten ze allemaal dat ook de terugtocht gevaarlijk zou worden. Ze zouden weken onderweg zijn voor ze weer in het land van de Friezen zouden komen. Daarvoor zouden ze eerst nog een keer langs het gebied van de Bructeren moeten varen en niemand wist waar hun krijgers nu waren. Marcus schatte in dat het ongeveer september zou zijn als de vloot weer bij het kamp van het Achttiende legioen zou komen. En dat betekende dat ze in het najaar de oceaan zouden moeten oversteken.

## Hoofdstuk 50

## Bren

Thorgal was de hele dag al in een slecht humeur. Zijn blik was bijna even donker als de wolken waar hij naar staarde, dus Bren zei voorlopig niks tegen hem. Het was beter om Thorgal met rust te laten als hij in zo'n bui was.

Hij keek van Thorgal naar de naderende wolken en vroeg zich af of ze niet om moesten keren. De donkere wolken kwamen dreigend hun kant op en de Romeinse vloot voer er recht op af.

Hij wist wat Thorgal op dit moment dwars zat. Het was Tarik. De aanleiding voor de slechte stemming van Thorgal waren de aanhoudende opmerkingen van Tarik geweest over de hinderlaag van de Bructeren. Thorgal had bij die hinderlaag voorop gevaren en hij had niets opgemerkt. Hij had niets op de oevers gezien en daarom had hij de vloot door laten varen. Daarom vond Tarik dat Thorgal ervoor verantwoordelijk was dat ze de hinderlaag in waren gevaren. Het feit dat Tarik in zijn eigen schip ook niks had opgemerkt en alle andere Bataven ook niet, leek voor hem niet mee te tellen. Thorgal was in zijn ogen de zondebok en vanaf die dag had hij hem daar continu aan herinnerd.

Eerst was het voor Tarik vooral als grap bedoeld, maar na verloop van tijd werden zijn opmerkingen steeds venijniger. Tarik bleef er maar over doorgaan. Bren vermoedde dat die houding van Tarik deels kwam doordat hij bang was dat de Romeinen anders hem verantwoordelijk zouden houden voor de hinderlaag. Het was beter als hij iemand anders de schuld kon geven. Ook als het zijn neef was.

Thorgal zei ondertussen niets terug.

In het begin had hij nog mee gelachen met Tarik, maar na een tijdje reageerde hij niet meer. Hij liet alle opmerkingen gelaten over zich heen komen, maar Bren wist dat hij zich diep gekrenkt voelde in zijn trots. Thorgal had net zo hard gevochten als de anderen om weer uit de hinderlaag te komen, maar daar leek Tarik geen oog voor te hebben.

De vorige avond bij het kampvuur was Tarik weer bezig geweest en het leek wel of hij vastbesloten was om iedereen van zijn stam tegen zich in het harnas te jagen. In een dronken bui noemde hij Thorgal een idioot en hij zei dat Covis en Haldrik maar lafaards waren, omdat ze tijdens de hinderlaag vooral bezig waren geweest om de blokkade op de rivier weg te halen, terwijl de andere leiders van de Bataven tegen de Bructeren vochten. Gelukkig waren Covis en Haldrik hier niet bij aanwezig geweest, maar ze zouden zeker te horen krijgen wat Tarik had gezegd. Tarik noemde Bren ook nog een zwakke schaduw van een echte man zoals Beren was geweest en Bren had zich in moeten houden om op dat moment niet zijn drinkbeker naar de leider van de Bataven te gooien.

Uiteindelijk was Tarik zomaar opgestaan en naar zijn tent gewankeld, terwijl hij de rest van zijn stam woedend achterliet. De volgende ochtend, toen de vloot zich klaar maakte om de noordelijke oceaan over te steken, leek Tarik zich van het hele voorval niets meer te herinneren.

Maar Bren en Thorgal voelden die ochtend de pijn van zijn woorden nog even scherp als de vorige avond. De spanning aan boord van hun schip was al de hele ochtend te snijden. De mannen voelden de sluimerende woede van Thorgal.

"Decurion," riep Wilfrid, die achter op het schip aan het roer stond. "Is het niet beter om om te keren? Die lucht ziet er behoorlijk dreigend uit."

Thorgal zei niets en bleef onbewogen voor zich uit staren. Zijn gedachten waren op een heel andere plek. Bren keek om. De hele Romeinse vloot volgde hen. De honderden schepen die nog over waren na de veldslag met de Bructeren kwamen allemaal achter de Bataven en de Friezen aan. De soldaten van het Eerste, Vijfde en Achttiende legioen, de hulptroepen, de gevangenen, de kampvolgers; alle schepen deden hun best om hen bij te houden. De roeiers probeerden hun schepen dicht bij de kust te houden, maar door de stevige westenwind kwamen ze nauwelijks vooruit. Bren vroeg zich af of hij degene moest zijn die als eerste het signaal zou geven, waardoor uiteindelijk de hele vloot om zou keren. Zijn gevoel zei hem dat dat verstandiger was. De wolken aan de horizon werden donkerder. Er kwam een storm opzetten en de lichte schepen van de Romeinen waren daar niet op gebouwd.

Aan de andere kant wilde Bren ook niet nog meer hoon van Tarik over zich heen krijgen. Hij zag al helemaal voor zich hoe Tarik hem 's avonds bij het kampvuur belachelijk zou maken. Een Bataaf die bang is voor de zee. Iedereen zou hem uitlachen en duizenden mannen zouden hem haten als hij de reden was dat ze nog niet naar huis konden. Dat ze weer een extra dag op de miserabele kust in het gebied van de Chauken zouden moeten bivakkeren, terwijl de voorraden steeds schaarser werden.

Bren keek naar Thorgal, hopende dat hij een beslissing zou nemen.

En Thorgal zei niets.

Hij staarde alleen naar de duisternis aan de horizon.

## Hoofdstuk 51

## Harald

We hadden naar de kippen moeten luisteren, dacht Harald, terwijl hij zag hoe een schip met paarden overspoeld werd door een hoge golf en water begon te maken. We hadden niet moeten vertrekken.

De paarden aan boord van het schip raakten in paniek, terwijl het transportschip onder hen naar de zeebodem verdween. De wind gierde om hen heen en de golven waren hoger dan Harald ooit had gezien. De Romeinse vloot was absoluut niet gebouwd op deze ruwe zee. Diverse schepen waren al omgeslagen of gezonken voordat Drusus uiteindelijk het bevel gaf om alle schepen zo snel mogelijk terug naar de kust te roeien. De kampprefect Rufus had nog bij Drusus geprotesteerd. Hij zei dat het tij niet geschikt was om aan land te gaan, maar Drusus weigerde om helemaal terug te gaan naar de plek waar ze die ochtend waren vertrokken. Ze hadden daar al dagen zitten wachten op een mogelijkheid om de oversteek te wagen en zelfs nu de storm was losgebarsten en al verschillende schepen had verzwolgen, wilde Drusus niet opgeven.

De kippen hadden dit al voorspeld, dacht Harald. Maar Drusus ging toch.

Die ochtend, de ochtend dat Drusus eindelijk terug wilde varen, waren de auguren met slecht nieuws bij zijn tent verschenen. De heilige kippen, zo verklaarde de hoofdaugur, waren al de hele ochtend van slag. Ze weigerden te eten.

Harald begreep later van Pisto dat dit volgens de Romeinen een slecht voorteken was. Ze geloofden dat ze de wil van de goden konden afleiden uit het gedrag van deze dieren en tot nu toe had Drusus hier altijd rekening mee gehouden in zijn beslissingen. Iedereen in het leger kende het verhaal van Publius Claudius Pulcher, de verre voorvader van Drusus, die meer dan tweehonderd jaar geleden een vloot had aangevoerd tijdens de eerste oorlog tegen Carthago. Vlak voor een belangrijke slag had hij ook gehoord van de augur dat de heilige kippen niet wilden eten.

"Als ze niet willen eten, laat ze dan maar drinken," scheen hij toen woedend te hebben geroepen, waarna hij de heilige kippen overboord liet gooien. Direct daarna was de slag begonnen en was zijn hele vloot vernietigd.

Drusus had gelukkig niet zo'n drastische stap genomen als zijn voorouder, maar hij had het voorteken toch in de wind geslagen. Hij kon het zich niet veroorloven om langer te wachten. Iedere dag verslechterde de bevoorradingssituatie en de mannen begonnen onrustig te worden van de lange campagne. Uiteindelijk had Drusus de gok gewaagd en hij kwam er te laat achter dat het een verkeerde gok was.

Harald keek om zich heen over het woeste water, waar wind en regen over de golven dansten. In het zuiden was vaag de kuststrook zichtbaar. Harald zag dat steeds meer schepen de draai maakten om koers te zetten naar het land.

Langzaam draaide ook de grote bireem van Drusus, terwijl de golven tegen de roeispanen beukten en de wind aan de touwen rukte.

Drusus stond naast Harald naar zijn worstelende vloot te kijken. Hij had zijn mantel dicht om zijn lichaam heen getrokken tegen de koude regen. Harald vroeg zich af wat er nu door het hoofd van Drusus heen ging. Wat een glorieuze campagne naar het hart van Germania had moeten worden, dreigde hier uit te lopen op een ramp.

De tocht richting de veiligheid van de kust duurde lang. De roeiers hadden moeite om tegen de stroming in te roeien. Vanaf de reling van het grote schip zag Harald hoe diverse kleinere schepen in de golven verdwenen. Het water tussen de schepen lag vol zwemmende mannen en weggespoelde uitrusting.

Uiteindelijk liep de bireem van Drusus met een schurend geluid vast op een zandbank, op ongeveer een mijl van de kust.

"Ik zei het toch," riep de kampprefect kwaad naar de rest van de officieren. "Het tij is verkeerd. Het wordt eb, de stroming staat van de kust af. Waarschijnlijk staat dit stuk over een paar uur helemaal droog."

"We kunnen hier niet blijven liggen tot het weer vloed wordt," zei Titus Laberus, die gespannen om zich heen keek. "Onze positie is te kwetsbaar. De vloot is verspreid over een groot gebied. We kunnen hier niet een halve dag op onze schepen blijven zitten om te wachten tot het tij keert."

"Goed, dan gaan we aan land," zei Drusus, die zich zichtbaar ergerde aan deze nieuwe tegenslag. "Rufus, laat hier aan de kust een kamp bouwen. Het maakt niet uit of de locatie geschikt is of niet. Zoek gewoon een droge plek waar we kunnen overnachten."

"Heer," riep een andere officier plotseling geschrokken. "Er zijn krijgers op de kust."

Harald keek richting de kustlijn. Daar zag hij inderdaad een grote groep krijgers staan die hen op stonden te wachten. De krijgers wezen opgewonden naar de schepen. Ze hadden in de gaten dat de vloot in moeilijkheden verkeerde.

Titus Laberus vloekte luid.

"Wie zijn dat?" vroeg hij, terwijl hij zijn ogen dicht kneep. "Zijn het Chauken? Friezen? Of is dit het restant van het leger van de Bructeren?"

Drusus leek door dit bericht eindelijk uit zijn lethargische houding te ontwaken. Hij kreeg nieuwe energie, juist nu de situatie hopeloos was. Harald zag hem zelfs even glimlachen, toen hij aan een slaaf vroeg om zijn helm te halen.

"We kunnen hier niet wegkomen. We zitten vast," zei Hostilius Rufus, terwijl hij over de reling keek naar het zakkende water. "Als de zee straks droogvalt, kunnen ze zo ons schip bestormen."

"Dan moeten we maar uit onze schepen komen," zei Drusus. Hij keek om zich heen om in te schatten hoeveel schepen hij in de buurt had.

"Daar verderop loopt een geul," zei hij, terwijl hij naar een donkere plek in het water wees. "Die houden we aan als verdedigingslinie. Laberus, verzamel alle mannen die we hier in de buurt hebben. Het maakt me niet uit van welk cohort ze zijn. Ik wil iedereen die een schild vast kan houden, daar op die zandbank voor de geul."

Drusus draaide zich om en keek naar de verzamelde officieren die bij hem op het dek stonden. Hij leek zich geen zorgen te maken over de uitkomst van deze nieuwe confrontatie met een barbaars leger, ook al verkeerde zijn vloot op dit moment in grote problemen.

"Harald," zei Drusus. "Kun jij zien waar de schepen van de Bataven zijn?"

Harald liep met Drusus mee naar de zijkant van het schip. Ze staarden allebei over het water richting het westen, waar de storm het heftigst leek te zijn.

"Nee, ik zie ze niet," zei Harald. De hele zee was gevuld met schepen, die nu allemaal richting de kust werden geroeid.

Alleen de schepen uit de voorhoede waren nergens te zien door de regen.
“Ze moeten nog ergens voor ons uit varen. Maar de Bataven zijn goede zeelieden. Ik weet zeker dat ze wel raad weten met deze storm.”
“Goed,” zei Drusus. “Want ik heb een opdracht voor je.”

De roeiboot vocht zich met moeite een weg langs de kust, waarbij het beeld overal hetzelfde was. Stukken wrakhout en lichamen dobberden tussen de schepen die op weg waren naar de veilige zandbanken voor de kust. Het was duidelijk te zien dat het water zakte. Steeds meer stukken land kwamen droog te liggen.

Harald voelde de verantwoordelijkheid op zijn schouders drukken, terwijl de roeiers hem zo snel mogelijk naar het zwaartepunt van de storm brachten. Drusus rekende op hem. Hij moest zijn broer vinden.

Uiteindelijk zag Harald ergens voor zich een schip dat Bataafse schilden aan de zijkant leek te hebben, net op het moment dat de roeispanen van zijn boot over de bodem begonnen te schrapen.
“We kunnen niet verder,” riep een van de roeiers naar Harald. “Het water is te laag.”

Harald ging staan en schreeuwde naar het Bataafse schip. Hij zag iemand op het dek staan die op Covis leek, maar niemand van de Bataven leek hem op te merken. Ze waren allemaal druk bezig om hun schip, dat roerloos rond dobberde, in veiligheid te brengen. De mast was afgebroken door de storm en hing over de zijkant van het schip in het water.

“Kom, volg mij,” riep Harald en hij sprong over de rand van de boot. Hij kon Drusus niet in de steek laten. Ieder moment kon het barbaarse leger de aanval inzetten op zijn vloot. Harald moest het bericht van Drusus doorgeven aan de Bataven, zodat ze hem konden redden.

Het water was al een stuk lager dan Harald had verwacht. Het kwam maar tot zijn kruis, waardoor hij makkelijk kon staan. En ondertussen leek het erop alsof de hele zee leeg stroomde. Harald wist dat Drusus nog maar weinig tijd had.

“Hoe moet ik in deze situatie een aanval uitvoeren?” schreeuwde Covis woedend tegen Harald toen hij het bericht van Drusus had gehoord. Achter hem waren zijn mannen

druk bezig om de bagage uit het vastgelopen schip te halen. Covis veegde zijn natte haren uit zijn gezicht, terwijl hij dicht bij Harald ging staan. Hij was een stuk groter dan Harald en even oud als zijn vader was geweest. Harald voelde zich plotseling weer heel klein worden, alsof Beren voor hem stond nadat hij iets verkeerds had gedaan.
"Het is gekkenwerk om nu aan te vallen, jochie," brieste Covis. "Ik heb geen idee waar de helft van mijn mannen uithangt. Hun schepen zitten nog ergens achter ons. We hebben het zelf ternauwernood overleefd."

Harald voelde dat hij kwaad begon te worden. De Romeinen waren in gevaar en ze hadden hulp nodig. Iedere tel die hij hier besteedde aan de discussie met Covis was er één te veel.
Toch hoorde hij hoe zwak zijn eigen stem klonk toen hij zei: "Je generaal heeft je een opdracht gegeven, Covis. Verzamel je mannen en val de barbaren aan via de flank."
Het leek totaal geen indruk te maken. Even leek het erop alsof Covis hem zomaar opzij zou duwen. Harald zag een kille woede in zijn ogen die hij niet goed begreep. Het was meer dan alleen de woede om de boodschap die hij kwam brengen. Covis leek Harald echt te haten, ook al begreep Harald niet waarom.
"Ik spreek voor Drusus," probeerde hij nog een keer, terwijl hij iets steviger ging staan.
"Ik weet dat je voor Drusus spreekt," snauwde Covis fel. "Denk je dat ik dat was vergeten? Jij en Tarik en Thorgal en die broer van je, jullie zijn allemaal zo goed bevriend met die Romeinse generaal. Jullie spreken allemaal de woorden die Drusus in jullie mond legt. Jullie volgen de Romeinen blindelings naar het einde van de wereld. En kijk nu eens om je heen wat dat ons heeft gebracht."

Alsof de goden zijn woorden kracht bij wilden zetten, sloeg iets verderop een schip met Bataven om. Het schip barstte krakend in tweeën en de mannen worstelden om niet door de sterke onderstroom meegesleurd te worden richting de open zee. Covis vloekte luid toen hij het zag gebeuren. Het waren zijn mannen die in de problemen waren.
"Ga maar, knul. Ga Tarik maar zoeken," schreeuwde Covis. Een van de Romeinse soldaten pakte Harald bij zijn schouder en fluisterde dat hij mee moest komen. Maar voordat Harald weg liep, draaide Covis zich nog een keer om. "Ik vervloek jou, en alle kinderen van Beren," beet hij Harald toe, terwijl hij wegliep door het water. "Jullie hebben deze

rampspoed over ons afgeroepen door akkoord te gaan met de Romeinen. Jij en Bren. Ik had je vader moeten vermoorden toen ik er de kans voor had."
Voordat Harald kon reageren, draaide Covis zich om en liep hij weg door het water.

De woorden van Covis bleven door zijn hoofd spoken, terwijl Harald verder liep. Het water kwam nu nog maar tot zijn knieën en hij hoopte dat Drusus ondertussen genoeg soldaten om zich heen had verzameld om het nog even vol te houden. Het water was ondiep genoeg om een aanval uit te voeren. Verschillende groepen Bataven hadden ondertussen hun schepen op het droge getrokken en waren bezig om hun spullen te redden. Het duurde even voordat Harald tussen alle Bataven zijn broer had gevonden. Bren en Thorgal hadden hun schip al verlaten en waren met hun wapens op weg naar de kust. Harald zag dat alle mannen uit de eenheid van zijn broer het hadden overleefd. Ze zagen er uitgeput en doorweekt uit.

Harald vertelde niet wat hij net met Covis had meegemaakt. Hij vroeg waar Tarik was en Bren vertelde hem dat Tarik iets verderop was vastgelopen met zijn schip. Bren ging met hem mee om hem naar Tarik te brengen, terwijl Thorgal met hun mannen richting de kust liep. Thorgal keek nog een paar keer om naar Harald en Bren, terwijl ze verder liepen. Harald vroeg zich af of Thorgal zich misschien zorgen maakte over het lot van zijn oom, maar dat leek hem eigenlijk helemaal niets voor Thorgal.

Tarik was nog steeds bij zijn eigen schip toen Bren en Harald daar aankwamen. Harald zag dat het paard van Tarik net via een smalle loopplank uit het schip werd gehaald. Het dier was onrustig en voelde er weinig voor om via de gammele plank het koude water in te lopen. Ondertussen was Tarik druk bezig om zijn mannen te commanderen om de spullen uit het schip in veiligheid te brengen. Verbaasd zag Harald dat het Tarik blijkbaar was gelukt om tijdens de campagne verschillende gouden voorwerpen en sieraden te verzamelen, want er werden handenvol munten, kettingen, armbanden en mantelspelden van boord gehaald en in stevige kisten geladen. Harald vroeg zich af hoe Tarik daar aan was gekomen en vooral hoe hij het voor de Romeinen verborgen had weten te houden.

"Tarik," riep Harald, terwijl hij net deed alsof hij de oorlogsbuit niet zag. "Drusus heeft je nodig. De Romeinen

worden aangevallen en hij wil dat de Bataven een aanval uitvoeren op de flank. Verzamel je mannen."
Tarik schreeuwde naar iemand aan boord van het schip dat hij 'de stok' tevoorschijn moest halen. Vervolgens zette hij zijn helm op zijn natte hoofd en nam zijn zwaard, schild en speer over van een van zijn bedienden.

Net toen de mannen van Tarik zich hadden verzameld voor de tegenaanval, kwam er een Romeinse ruiter aanrijden door het water. Het water stond nu erg laag, maar toch reed de ruiter voorzichtig om niet in een kuil of geul te vallen. De ruiter riep enthousiast naar Tarik dat de aanval niet meer nodig was.
"De krijgers op de kust zijn Friezen," riep hij. "Ze hebben ons geholpen om de kust te bereiken en ze hebben tenten en voedsel voor ons."

De mannen van Tarik juichten toen Harald de woorden van de ruiter had vertaald. Ze wisten dat ze veilig waren.
"Verzamel jullie voorraden," zei de ruiter, terwijl hij zijn paard omdraaide. "Neem mee wat er nog te redden valt van de vloot en kom dan naar de kust. We slaan hier ons kamp op om te overnachten."
"Mooi," zei Tarik, die zijn wapens weer teruggaf aan zijn bediende. "Hou dit even vast. Ik heb nog een vat wijn aan boord en dat ga ik hier niet achterlaten."
Tarik klom terug aan boord van zijn schip en verdween achter de reling. Harald en Bren keken elkaar opgelucht aan. Ze hadden weer een gevaar overleefd en weer hadden ze elkaar teruggevonden. De goden van hun voorvaderen beschermden hen nog steeds.

Harald keek terug langs de weg waar hij vandaan was gekomen, terwijl hij uit stond te hijgen. Bijna het hele gebied, dat een uur geleden nog volledig uit water had bestaan, was drooggevallen. Er was een vlakte van zand en modder ontstaan zover het oog reikte. Overal zag Harald scheepswrakken en verkleumde groepjes soldaten die allemaal op weg waren naar de kust.

Terwijl hij met zijn broer naar dit tafereel stond te kijken, hoorden ze opeens een kreet uit het schip achter hen. Verbaasd keek hij naar Bren.
"Dat klonk als Tarik," zei hij.
"Misschien heeft hij net ontdekt dat iemand zijn wijn heeft opgezopen," zei Bren half als grap, hoewel hij toch geschrokken keek.

Even bleven Harald en Bren staan luisteren, maar er was niets te horen. Ze hoorden alleen het fluiten van de wind en het ruisende geluid van de regen op de zeilen en het dek. Ze liepen terug naar het schip en klommen behoedzaam aan boord.

"Tarik?" vroeg Bren, terwijl hij zijn hoofd boven de reling uit stak. "Is alles... Oh nee."

Bren klom snel aan boord en Harald ging er direct achteraan. Het eerste wat Harald zag toen hij boven kwam was de man die op de achtersteven van het schip stond. De man had zijn gezicht bedekt met een wollen sjaal, maar aan zijn ogen kon Harald zien dat het een jonge man was. Heel even keken ze elkaar aan en toen sprong de man van de achtersteven af. Voordat Harald iets kon roepen om de andere mannen te waarschuwen, rende de man richting het paard van Tarik en klom er met een soepele beweging op.

"Hou hem tegen," riep Bren nog, maar de man spoorde het paard aan en reed al weg over het natte zand. De overige paarden van de Bataven zaten in een ander schip en Harald zag meteen dat ze de jonge man niet meer in zouden halen. Zonder op de kuilen te letten reed hij op volle snelheid richting de kust. Voor de anderen hun eigen paarden hadden verzameld, zou hij al zijn verdwenen.

Harald trok zichzelf aan boord van het schip en bleef naast zijn broer staan. Met open mond staarde hij naar het dek. Ze wisten allebei niet wat ze moesten doen of wat ze moesten zeggen. Harald zag iets wat hij moeilijk kon bevatten.

Voor hem lag Tarik, de machtigste krijger en leider van de Bataven, levenloos op het dek.

Bloed sijpelde uit de vele steekwonden in zijn borst en nek. Zijn zwarte baard glinsterde van het bloed dat Tarik in zijn doodsstrijd had uitgespuugd. En recht uit zijn borst stak de dolk waarmee Tarik om het leven was gebracht.

## Hoofdstuk 52

## Harald

Twee dagen later werd Tarik gecremeerd, aan de oever van het meer Flevum in het gebied van de Friezen. Het leger van Drusus bleef daar een paar dagen om op krachten te komen en de overgebleven schepen te repareren. Daarna vertrok Drusus voor het laatste deel van de reis terug naar Batavorum. Van de machtige vloot van duizend schepen die in het voorjaar naar het noorden was vertrokken, was nog maar een derde over.

Er ontstond grote opwinding in de nederzetting toen het leger eindelijk weer bij Oppidum Batavorum aankwam. Veel Bataven uit de hulptroepen hadden familieleden in Batavorum, die hen op stonden te wachten op de kades. Tijdens de tocht richting de kade keek Harald of hij Arianne of Reine al ergens kon zien, maar hij zag ze niet staan tussen de andere familieleden.

Drusus bleef slechts één nacht in zijn hoofdkwartier. Daarna zou hij meteen doorreizen naar zijn familie in Rome, om daar de winter door te brengen. Hij liet zijn officieren ondertussen achter bij de Rijn om nieuwe rekruten op te leiden en de vloot te herstellen. Drusus vertelde aan zijn officieren dat hij volgend jaar opnieuw ten strijde wilde trekken. De Germanen waren nog niet van hem af.

Harald en Bren brachten samen met Thorgal de as van Tarik naar zijn familie. Het schild en de speer van Tarik waren samen met zijn lichaam verbrand. Zijn zwaard hadden ze bewaard om door te geven aan zijn zoon Chariovalda, die net drie was geworden. De vrouw van Tarik bedankte hen en bood hen wat te drinken aan, maar Harald en Bren wilden meteen weer verder. Samen liepen ze naar de hoeve van Bren, die iets verderop lag. Harald vond het vreemd dat hun familie hen nog steeds niet had opgezocht. Overal in de nederzetting sloten familieleden elkaar na lange tijd weer in de armen. Er heerste een uitgelaten stemming in Batavorum. Zelfs in de boerderijen waar men het verlies van een dierbare moest verwerken, werd er toch met trots gedronken op zijn herinnering.

Waarom was Banna hen niet op komen zoeken? Of de anderen? Het nieuws over de terugkeer van het leger kon onmogelijk langs hen heen zijn gegaan.

Uiteindelijk kwamen Harald en Bren aan bij de hoeve van Bren. Trig deed de deur open en Harald lachte vriendelijk toen hij de oude slaaf zag staan. Trig zag er een stuk ouder uit dan hij zich herinnerde, maar toch riep het bekende gezicht herinneringen op aan een vertrouwde wereld. Harald was weer thuis.

Trig deinsde verbouwereerd achteruit toen hij Bren en Harald zag staan. Hij had hen niet verwacht en Harald vond dat hij er nogal gespannen uit zag. Hij besteedde verder weinig aandacht aan Trig, die van Bren meteen zijn wapens in de handen gedrukt kreeg om schoon te maken.

Harald en Bren liepen de woonkamer in, waar al hun familieleden bij elkaar zaten. Hilde, Arianne, Banna, Reine en de twee kleine kinderen Bard en Aster, die op de grond zaten te spelen. Bren begon al te lachen toen hij hen zag zitten, maar ergens midden in zijn lach bleef hij met open mond in de deuropening staan. Harald, die achter hem aan liep, botste bijna tegen hem aan. Nu begreep Harald waarom ze hen niet hadden opgewacht. Hij had dit totaal niet verwacht en even wisten hij en Bren allebei geen woord uit te brengen.

Reine en Arianne hielden allebei een pasgeboren kind in hun armen. Twee kinderen die allebei hooguit een paar weken oud waren.

"Wat is dit?" vroeg Harald uiteindelijk verbaasd.

Hij staarde met grote ogen naar Arianne, die langzaam op stond en met het kind in haar armen naar hem toe liep.

"Harald, we hebben een tweeling gekregen," zei Arianne. Ze glimlachte zenuwachtig toen ze het zei. "Je bent vader geworden."

Arianne gaf het kind aan Harald, die het voorzichtig overnam zonder echt te beseffen wat er gebeurde.

"Vader?"

Harald was met stomheid geslagen. Zijn hoofd had tijdens de wandeling naar het huis vol gezeten met alle verhalen die hij zou vertellen. Verhalen over de enorme vloot van de Romeinen, de vreemde landen waar ze waren geweest, de veldslagen, de dood van Tarik. Al die verhalen waren in één klap uit zijn gedachten verdwenen. Het hele

avontuur leek opeens niets meer te betekenen. Hij staarde naar de kleine jongen die hij in zijn armen hield. Het kind hield zijn ogen dicht en greep met zijn kleine vingertjes een vinger van Harald vast.
“Hoe dan?” vroeg hij, terwijl hij direct door had hoe dom zijn vraag was.
“Ik was zwanger toen je vertrok met het leger,” zei Arianne. “Ik kwam er een paar weken na je vertrek achter.”
“Ze moeten nog namen krijgen,” zei Reine, die de andere jongen in haar armen wiegde. “We wilden wachten tot je terug was. De vader moet degene zijn die zijn kinderen hun naam geeft.”

Harald had geen idee hoe hij zijn kinderen moest noemen. Hij kon niet eens één naam bedenken, laat staan twee. Plotseling begon hij hard te lachen. Het drong nu pas tot hem door. Hij was vader. De goden hadden hem en Arianne twee zonen gegeven, nadat het zo lang niet was gelukt. Bren sloeg zijn broer op zijn schouder. Iedereen begon met Harald mee te lachen. Er leek een golf van opluchting door de familie te gaan. Iedereen leek te delen in de vreugde van Harald.

Alleen Banna lachte met een bepaalde droefheid in haar ogen, zag hij. Na Bren en Harald was zij de volgende in de familie die nog geen kinderen had.
Maak je maar niet druk, Banna, dacht hij, terwijl hij verwonderd het kleine ventje in zijn armen heen en weer wiegde. Jij gaat volgend jaar trouwen. Jouw tijd komt nog wel.

De volgende dagen kon Harald veel tijd met zijn familie doorbrengen. Drusus was direct na de campagne doorgereisd naar Lugdunum en vanaf daar zou hij naar Rome gaan om zijn familie en Augustus en Tiberius op te zoeken.

Harald genoot van de tijd die hij in het huis door kon brengen. Het was een welkome afwisseling met het ruwe bestaan binnen het leger tijdens de lange campagne. Het was heerlijk om gewoon in zijn eigen bed in slaap te vallen. Veel beter dan de klamme tent die hij met drie andere stafleden van Drusus had moeten delen. Hij voelde het lichaam van Arianne naast zich en luisterde tevreden naar de ademhaling van hun twee zonen.

Na een paar dagen in huis te hebben doorgebracht stond Harald op een ochtend vroeg op. Het was nog donker toen hij zijn paard zadelde en op pad ging. Het begon weer langzaam winter te worden en Harald zag dat het die nacht gevroren had. Er hing een dunne laag rijp over het gras en de bomen.

Hij nam een boot naar de overkant van de Waal, waar hij vervolgens het pad richting het noordwesten volgde. Hij was op weg naar de oude priester Mani. Hij had die nacht twee namen bedacht voor zijn zonen en hij wilde van de priester weten of het goede namen waren.

Harald had geen idee hoe hij op die namen was gekomen. Hij was gewoon midden in de nacht wakker geworden met die namen in zijn hoofd. Dat moest wel een goed teken zijn.

Mani woonde nog steeds in zijn oude hut midden in het bos, in de buurt van de open plek waar Bren en Hilde waren getrouwd. De priester woonde niet in een hol onder de grond, zoals Bren zijn broers vroeger had wijsgemaakt, maar het scheelde niet veel. De kleine hut zag eruit alsof hij bij de eerstvolgende storm zou instorten.

Harald kreeg op een bepaalde manier een droevig gevoel toen hij Mani uit zijn hut tevoorschijn zag komen. Hij wist dat Mani nooit naar Batavorum zou verhuizen. Het was daar veel te druk voor hem. Hij kon de goden daar niet horen, had hij Mani ooit horen zeggen. Voor Harald was de priester bijna een geest uit het verleden. Een laatste herinnering aan een wereld die langzaam aan het verdwijnen was. Een wereld die Harald kende uit zijn jeugd, waarin alles zo veilig en onbezorgd had geleken. Het idee dat ook Manier op een dag niet meer zou zijn, gaf Harald een droevig gevoel.

Mani omhelsde Harald en nodigde hem uit in zijn hut. Harald sprak lang met Mani, waarbij hij eerst vooral enthousiast vertelde over de campagne en de veldslagen die hij had meegemaakt. Later vertelde hij over de moord op Tarik en Mani gaf aan dat hij daar erg verontrust over was. "Eerst Beren vermoord, dan worden jullie aangevallen in Lugdunum en nu is ook Tarik, de beste vriend van Beren, dood," zei Mani. "En jullie hebben die vreemde dromen gehad. Adelaars die de rivier over zijn gestoken, maar drie komen niet meer terug. Drie adelaars. De vogel die op de standaard van de Romeinse legioenen staat. Drie legioenen. Kan het zijn dat de droom over de vloot van Drusus ging?"

De oude priester leek vooral tegen zichzelf te praten en niet eens zozeer tegen Harald.

"Wat het allemaal ook betekent, het is wel duidelijk dat jullie familie hier een rol in speelt. Jij en Bren waren erbij toen Tarik werd vermoord. Het is geen toeval dat jullie de eersten waren die hem zagen liggen. De goden willen iets van de kinderen van Beren. Ik weet alleen niet wat het is. Is dit allemaal slechts een waarschuwing voor wat er nog gaat komen?"

"Een waarschuwing?" vroeg Harald. Hij begreep maar weinig van de gedachten van de oude priester. "Hoe bedoelt u, een waarschuwing voor wat nog gaat komen?"

"Ik weet het niet," zei Mani vertwijfeld. Hij keek Harald aan en Harald zag aan zijn ogen dat hij ergens bang voor was. "Het voelt net zoals de vorige keer," fluisterde Mani zacht. "Een onbekende dreiging kruipt langzaam dichterbij. Het hangt in de lucht. Net als toen."

"Net als toen?" vroeg Harald. "Waar heeft u het over?"

De bedompte lucht in de donkere hut van Mani voelde plotseling benauwd. Harald wilde opstaan en naar buiten gaan, terug naar het zonlicht en de frisse oktoberlucht. Maar hij durfde zich niet te verroeren. Wat voelde de priester dat hem zo bang maakte?

"Het voelt weer als zoveel jaar geleden," zei Mani. "Vlak voor de donkere tijd die ertoe leidde dat ons volk uit ons land moest vertrekken. Veel mensen zijn in die tijd gestorven. En het voelt nu weer zo. Er hangt een confrontatie in de lucht."

"Was u erbij?" vroeg Harald. "Die tijd dat mijn vader en Tarik met hun volgelingen wegtrokken uit het gebied van de Chatten? Vlak voor ze in dit gebied kwamen wonen? Wat is er toen gebeurd?"

"Veel mensen zijn toen gestorven," zei Mani weer. Hij staarde somber voor zich uit. "Een verschrikkelijke tijd. En het begon allemaal met Beren."

"Wat?" vroeg Harald.

Hij had altijd geweten dat er iets ergs was gebeurd in die periode en dat zijn vader en Tarik er iets mee te maken hadden. Maar niemand wilde ooit vertellen wat er precies was gebeurd. Zijn ouders niet en Tarik ook niet. Dus Harald was er altijd van uit gegaan dat het dan wel heel erg moest zijn geweest.

"Ik was nog jong in die tijd, net zoals je vader," zei Mani. "We waren nog nauwelijks mannen en ik had zelfs al mijn tanden nog."

De oude priester glimlachte en aan de gaten in zijn gebit kon Harald zien dat dat inderdaad lang geleden moest zijn.

"Beren was in die tijd hopeloos verliefd op Ewa, het mooiste meisje van de hele stam. En daar is het allemaal mee begonnen. Met Ewa."

Er ging een schok door Harald toen hij dat hoorde.

'Die naam.'

Harald had zijn vader nog nooit over een Ewa horen spreken, maar hij wist nu waarom hij midden in de nacht wakker was geworden.

"En Ewa was ook verliefd op Beren. Ik heb nooit in mijn hele leven twee mensen gezien die zo gelukkig waren met elkaar."

Harald luisterde verbaasd naar Mani. Hij kon zich moeilijk voorstellen dat zijn vader van iemand anders had gehouden dan van zijn moeder. Hij kon zich zijn vader sowieso niet als een jonge man voorstellen.

"Wat gebeurde er toen?" vroeg hij. "Is mijn vader met haar getrouwd geweest? Ik ken haar helemaal niet."

Mani schudde droevig zijn hoofd.

"Het was misschien voor iedereen beter geweest als ze wel met elkaar mochten trouwen," zei hij. "Maar de goden hadden een ander lot voor hen in gedachten. En haar vader ook. Hij huwelijkte haar uit aan de tweede zoon van Godaward, die destijds de koning van alle Chatten was. Haar vader vond dat een veel betere verbinding dan een huwelijk met Beren. Het maakte niet uit wat Ewa er zelf van vond. Liefde had niks met dit huwelijk te maken. Dit huwelijk ging om het aanzien van de familie van haar vader."

Harald moest aan Banna denken. Hij wist dat Banna niet met Thorgal wilde trouwen. Hij wist ook dat ze eigenlijk verliefd was op Marcus, ook al probeerden ze dat allebei angstvallig verborgen te houden. Hij vroeg zich af of Bren het juiste deed door haar uit te huwelijken. Ging dat huwelijk eigenlijk ook niet meer om het aanzien van Bren dan om het geluk van zijn zus?

"Beren kon zich niet bij die beslissing neerleggen," ging Mani verder.

Dat klonk Harald vrij herkenbaar in de oren. Zijn vader was niet iemand die zijn lot zomaar zou accepteren.

"En dus maakte Beren een plan, samen met Tarik en enkele andere mannen uit de families die ze onder hun hoede hadden. Beren wilde koste wat kost voorkomen dat zijn Ewa zou trouwen met Covis, de tweede zoon van de koning."
"Covis?" vroeg Harald verbaasd. "Bedoel je onze Covis? Was hij de zoon van de koning?"
Heel even was Harald in gedachten weer terug bij de storm op de noordelijke zee. Hij voelde de gierende wind weer in zijn gezicht. En hij zag het woedende gezicht van Covis voor zich die hem toebeet: 'Ik had je vader moeten vermoorden toen ik er de kans voor had.'

"Dezelfde ja. En hij was toen al een arrogante zak. Beren kon het niet verkroppen dat zo'n persoon met zijn Ewa zou trouwen. Dus vatte hij het plan op om haar te ontvoeren van het feest aan de vooravond van haar bruiloft, als alle gasten van de koninklijke familie dronken zouden zijn. Samen met Tarik en de anderen zouden ze het feest binnenvallen en in het tumult zou Beren Ewa meenemen."
"Was dat een idee van mijn vader?" vroeg Harald. Het klonk niet als iets voor Beren. Het was te bruut en te roekeloos. "Zouden ze zomaar dat feest overvallen? Daar konden toch doden bij vallen?"

"Dat wist Beren heel goed. Hij en Tarik gingen er allebei van uit dat de overval tot bloedvergieten zou leiden. En toch wilde jouw vader het door zetten. Hij was wanhopig."
"Hij deed het uit liefde," zei Harald, vooral om zichzelf te overtuigen. "Dat moet haast wel. Hij deed het voor Ewa."
"Oh, liefde zal zeker een rol hebben gespeeld," zei Mani. "Maar het was niet de enige reden. In ieder geval niet voor Tarik. Ik weet nog dat ze samen hun plan bespraken. Ik was erbij. Tarik zou gebruik maken van alle chaos om tijdens de overval de koning te doden, samen met zijn oudste zoon."
"Wat?" vroeg Harald. "Maar dat is moord. Hoe kon Beren daarmee akkoord gaan? Waarom hield mijn vader Tarik niet tegen?"
"Harald," zei de oude priester indringend. "Het was in eerste instantie niet Tarik die de koning wilde vermoorden. Het was je vader die hem vroeg om de moord te plegen."
"Wat?" vroeg Harald nog een keer. Hij wist niks anders te zeggen.

Dit kon niet kloppen. De oude priester was gewoon in de war. Harald wist zeker dat zijn vader dat nooit zou vragen.

“Hoe goed denk je eigenlijk dat je je vader kende, Harald?” vroeg Mani zacht.

Harald dacht na. Het was alweer vier jaar geleden dat Beren was vermoord. Harald was toen vijftien geweest. Hoeveel wist hij nog van zijn vader en wat was er echt van de herinneringen die Harald aan zijn jeugd had? Wat wilde hij zich graag herinneren van zijn vader?

“Wat gebeurde er toen?” vroeg hij, hoewel hij zich afvroeg of hij dit allemaal wel wilde weten. Waarom wilde zijn vader de koning dood hebben?

“Is het gelukt?”

Mani schudde triest zijn hoofd.

“De overval draaide uit op een complete mislukking,” zei hij. “Zoals te verwachten was, verzetten de bewakers van de koninklijke familie zich hevig toen gewapende mannen het feest binnenvielen. Aan beide zijden kwamen goede mannen om, waaronder de oudste zoon van de koning en zijn zwangere vrouw. De koning zelf ontkwam in het strijdgewoel en tot overmaat van ramp werd Ewa geraakt door een verdwaalde pijl tijdens haar vlucht met Beren. Ze stierf in zijn armen.”

Harald probeerde zich voor te stellen hoe dat moet zijn geweest. Hoe voelde zijn vader zich, toen de vrouw van wie hij hield om het leven was gekomen, juist door zijn poging om haar te redden?

“En die nacht was nog maar het begin,” zei Mani. “Nadat de koning erachter was gekomen wie het feest had overvallen, werd hij woedend. Hij verklaarde Tarik en Beren en alle mannen die zich bij hen hadden aangesloten vogelvrij. En Covis zwoer dat hij wraak zou nemen voor de dood van zijn broer en zijn verloofde. In naam van de koning ging Covis met zijn eigen mannen achter Beren en Tarik aan, die zich ondertussen met hun families terug hadden getrokken in de heuvels.

Er volgde een felle strijd tussen de twee fracties, waarbij over en weer verschrikkelijke misdaden werden gepleegd. Covis ontvoerde Andolf, de broer van Beren en toen Beren zich niet overgaf, liet hij hem onthoofden. En Tarik brandde verschillende boerderijen plat van families die loyaal bleven aan de koning. Het geweld ging van kwaad tot erger.

Harald was geschokt door het verhaal van de oude priester. Geen wonder dat niemand over deze periode wilde praten.

“Uiteindelijk eindigde het allemaal nadat Tarik opnieuw een overval op de woonplaats van de koning had uitgevoerd en daarbij de dochter van de koning in haar eigen slaapkamer had verkracht. Beren walgde van die daad toen hij hoorde wat er was gebeurd. Hij besloot dat het genoeg was. Hij wilde een einde maken aan het geweld. Helemaal alleen ging Beren naar de koning om zich over te geven, ook al wist hij vrijwel zeker dat dat zijn dood zou worden. Hij wilde niet dat er nog meer levens werden verwoest in een strijd die door hem was begonnen."

Dat klonk in ieder geval weer als de nobele vader zoals Harald hem herinnerde. Of zoals hij zijn vader graag zou willen herinneren.

"Ze zeggen dat het doodstil was toen Beren op die dag de hal van Godaward binnenkwam," zei Mani. "Iedereen was verbijsterd dat hij daar liep. Hij was ongewapend en helemaal alleen. Zelfs Tarik was niet met hem meegekomen. Zodra Beren binnen kwam en iedereen hem herkende, stond Covis op. Met zijn zwaard in zijn hand liep hij naar Beren en vroeg toestemming van de koning om hem meteen te doden. Covis stond al klaar om uit te halen, maar de koning hield hem tegen. Beren had het recht om te spreken en zich te verantwoorden voor zijn daden, zei de koning."

Harald zag zijn vader al bijna voor zich. Helemaal alleen in een grote zaal vol mensen die hem vijandig gezind waren.

"Beren vroeg vergiffenis aan de koning voor zijn daden. Het was nooit zijn bedoeling geweest dat er zo veel doden zouden vallen en het was een vergissing geweest om het bruiloftsfeest aan te vallen. Beren verklaarde dat er slechts twee man in die ruimte waren die verantwoordelijk waren voor het bloedvergieten, maar dat Godaward geen enkele blaam trof. Dat begreep de koning niet en hij vroeg aan Beren wat hij bedoelde. Beren gaf aan dat hij dat alleen onder vier ogen met de koning kon bespreken."

Mani vertelde het verhaal alsof hij er zelf bij was geweest.

"Covis waarschuwde de koning. Hij hield zijn zwaard nog steeds op Beren gericht en zei dat het een list was. Zodra hij alleen was met de koning zou hij hem aanvallen met een verborgen wapen."

"En wat deed de koning?" vroeg Harald. "Luisterde hij naar Covis? Nam hij mijn vader gevangen?"

"Godaward luisterde niet naar Covis. Hij was geraakt door de moed die Beren had laten zien door in zijn eentje voor hem te verschijnen. En hij was net zoals Beren moe en gebroken door de strijd. Hij wist dat het geweld niet zou ophouden als hij Beren zou doden. Tarik zou de strijd voortzetten. Daarom stemde hij ermee in om Beren onder vier ogen te spreken en hij stuurde iedereen, ook Covis, de zaal uit.

Niemand weet wat die twee mannen met elkaar bespraken. Ze waren een lange tijd met elkaar in gesprek. De wachters van de koning werden al onrustig en wilden net naar binnen gaan om te kijken wat er aan de hand was, toen de deur van de grote zaal opeens openging. Godaward en Beren kwamen samen naar buiten en de koning verklaarde voor de aanwezige mannen wat zijn besluit was.

Hij zei dat Beren, Tarik en alle families die aan hen verbonden waren werden verbannen uit het land van de Chatten. Ze moesten binnen een maand vertrekken en mochten er nooit meer terugkeren. Daartegenover stond dat de mannen van de koning hen niet meer aan zouden vallen. En tot ieders verbazing verklaarde de koning vervolgens dat ook Covis, zijn tweede zoon en erfgenaam nu zijn oudste zoon bij het bruiloftsfeest was omgekomen, samen met alle families die onder zijn bescherming stonden, werden verbannen.

Ze zeggen dat Covis woedend werd toen Godaward zijn besluit bekendmaakte. Hij riep opnieuw naar de koning dat Beren een leugenaar was, maar de koning negeerde hem volledig. Hij deed net of hij niet meer bestond. Niemand begreep waarom de koning zijn eigen zoon verbande.

Dus zo geschiede. Aan het begin van de winter, vlak na de oogst, trokken Beren, Tarik en Covis, samen met hun gevolg en al hun familieleden weg. Het was een grote groep. We waren in totaal wel met enkele duizenden; van grote sterke krijgers zoals Beren en Tarik tot ouderen en zelfs kinderen van nog geen jaar oud. Iedereen moest vertrekken. Ik was erbij. Ik herinner me nog steeds de kou en de honger van die winter."

De oude priester rilde alsof hij het inderdaad weer koud had nu hij eraan terugdacht.

"Het was een lange, zware tocht, waarbij we schijnbaar zonder doel steeds verder langs de Rijn trokken. Nergens waren we welkom. Geen enkele stam wilde ons opnemen in hun gebied, want iedereen wist wat wij hadden gedaan. En ondertussen bestond er natuurlijk weinig vriendschap tussen de mannen van Beren en Tarik en de mannen van Covis. Een paar weken daarvoor hadden we nog een bittere strijd uitgevochten. Wij vertrouwden hen niet en

zij vertrouwden ons niet, maar je vader wist dat we uiteindelijk wel samen moesten werken. We waren tot elkaar veroordeeld. We hadden elkaar nodig om die lange winter te overleven. Veel mensen kwamen onderweg om het leven, maar uiteindelijk sleepten Beren, Tarik en Covis ons er samen doorheen. En zo kwamen onze families aan het eind van de winter hier aan."
Met zijn arm wees Mani naar zijn hut en de omgeving.

"Op deze drassige plek waar de Rijn en de Waal uit elkaar gaan en waar de Romeinen onder Julius Caesar net de zomer daarvoor bijna de hele bevolking hadden uitgemoord. Dat was de plek waar onze nieuwe stam zich zou vestigen."

Harald was stil van het verhaal van Mani. Hij had nooit enig idee gehad van wat er in die tijd met hun volk was gebeurd. Beren had er nooit over gesproken. Blijkbaar had zijn vader de herinneringen aan die tijd diep weggestopt. Harald was zozeer onder de indruk van het verhaal dat hij bijna was vergeten waarom hij Mani die ochtend had opgezocht.

Hij had al afscheid genomen en zat weer op zijn paard toen het hem te binnen schoot. Hij vertelde aan Mani dat hij twee namen had bedacht voor zijn zonen en dat hij wilde weten of het goede namen waren.

"De ene zoon zal ik Andolf noemen," zei Harald. "Naar de broer van Beren. De oom die ik nooit heb leren kennen. Denk je dat de goden het een goede naam vinden?"
De oude priester haalde zijn schouders op.

"De goden zijn onverschillig over de namen die mannen aan hun kinderen geven," zei hij. "Kwam je daarvoor naar mij? Om mij om raad te vragen over een paar namen?"

Mani begon te lachen en Harald merkte dat hij zich licht schaamde. Hoorde dit niet zo? Hij had gewoon gedaan wat hem het juiste leek.

"Je hoeft aan mij geen goedkeuring te vragen, jongen. Je bent hun vader. Jij bent degene die ze een naam moet geven, maar Andolf lijkt me inderdaad een goed naam. De broer van Beren was een sterke man die zijn dood moedig accepteerde. En hoe ga je je andere zoon noemen?"

Dat wist Harald ook al. Hij had de twee namen midden in de nacht in zijn hoofd gehoord en het verhaal van de priester bevestigde dat het een boodschap van de goden was geweest. Harald zou Ewa eren, de grote liefde waar zijn vader nooit over had gesproken.

"Ewoud," zei Harald. "Mijn tweede zoon zal Ewoud heten."

## Hoofdstuk 53

### 11 voor Christus

### Marcus

"Hé Marcus, let eens op man," riep Sextus, vlak voordat hij Marcus een harde klap tegen zijn helm gaf. Even zag Marcus sterren en een zwarte waas voor zijn ogen. Hij was net op tijd weer bij zinnen om de volgende slag te ontwijken. Het houten oefenzwaard van Sextus raakte zijn schouder in plaats van zijn helm, wat nog steeds behoorlijk pijn deed.

"Hou je hoofd er eens bij man," zei Sextus. "Wat moeten die nieuwelingen wel niet van ons denken?"

Vanuit zijn ooghoeken keek Marcus de rij langs om te zien of iemand op hen lette. Ondertussen hield hij het zwaard van Sextus goed in de gaten.

Publius Barrus en Quintus Caelius hadden het in ieder geval niet gezien. Zij waren allebei druk bezig met het in de oren schreeuwen van een of andere rekruut die zijn schild niet goed vast had. Marcus zag hoe de centurion met zijn schouder tegen het schild van een bijzonder jonge rekruut aan beukte, die daardoor zijn evenwicht verloor en achterover viel in de modder. Verschillende mannen moesten lachen, terwijl de jongen overeind kroop en vastberaden weer op zijn plek ging staan.

"Lach niet, Lucius," zei Sextus tegen de soldaat die naast Marcus stond. "Jij en Marcus waren net zo erg toen jullie net begonnen."

"Wij waren niet zo hopeloos," zei Lucius, die behendig met zijn zwaard tegen het schild en lichaam van Gaius sloeg. "En we zagen er ook niet zo jong uit. Moet je dat iele ventje daar zien. Wie heeft hem toegelaten tot ons prachtige legioen?"

Lucius wees naar een rekruut die al net zo knullig met zijn oefenzwaard stond te zwaaien als zijn tegenstander. Marcus kon zich niet voorstellen dat hij er ook zo had uitgezien op zijn eerste dag in het legioen. Hij kon zich sowieso nog maar moeilijk voor de geest halen hoe hij vroeger was geweest, voordat hij in dienst was gegaan. Was het echt nog maar vier jaar geleden?

Inmiddels was hij al een ervaren soldaat die aan zijn vijfde dienstjaar begon en al twee grote campagnes op zijn naam had staan. En alles wees erop dat zijn derde campagne weldra zou beginnen. Barrus en Caelius waren al weken druk bezig om de nieuwe rekruten in het legioen harder te maken.

Tot nu toe leken hun inspanningen nauwelijks effect te hebben en dat maakte het humeur van de centurion er niet beter op. Barrus wist dat hij niet veel tijd had. Drusus was een paar dagen geleden teruggekeerd uit Rome en via Harald wist Marcus dat hij weer grootse plannen had voor het komende voorjaar. Deze keer zou Drusus met verschillende legioenen uit Vetera vertrekken en langs de rivier de Lippe Germania in trekken. Niemand leek te weten wat het uiteindelijke doel van Drusus was.

Het maakte voor Marcus niets uit. Hij had twee oorlogen meegemaakt met Drusus en hij was bereid om hem te volgen waar de generaal hem ook heen zou leiden. Marcus was niet meer de onervaren jonge man die hij was geweest toen hij net in het leger zat. Hij was harder geworden en had ondertussen al meer mannen gedood dan hij zich kon herinneren.

En drie jaar geleden had hij *haar* ontmoet. Als hij zich destijds niet had aangemeld voor het leger, was dat nooit gebeurd. Het was alsof de goden het zo hadden gewild. Alsof het zo had moeten zijn. Alle gebeurtenissen van de afgelopen jaren hadden tot die ene kus met Banna geleid, nu alweer een jaar geleden. Marcus was een jaar geleden met haar naar bed geweest en op dat ene moment had alles perfect geleken. Hij had er alles voor over om voor even weer terug te gaan naar dat moment. Die ene nacht in die donkere tent. Marcus vroeg zich af waar ze nu was. Haar naam bleef maar door zijn hoofd zweven.

Banna. Banna. Banna.

Alsof ze dichter bij hem was als hij aan haar dacht, herhaalde Marcus haar naam. Even zag hij haar gezicht voor zich. Haar mooie ogen en haar prachtige glimlach. Marcus voelde vlinders in zijn buik. En direct daarna een pijnlijke steek. Hij klapte dubbel en proestte het uit van de plotselinge pijn.

"Daar. Dat krijg je ervan, Marcus," zei Sextus, die hem zojuist met zijn zwaard in zijn maag had gestoken. "Je let totaal niet op. Waar zit je met je hoofd?"

"Sorry," stamelde Marcus, terwijl hij over zijn buik wreef. "Ik dacht aan haar. Vandaag is de dag dat ze gaat trouwen."

Marcus voelde zich weer wanhopig worden nu hij het zei. Er was niks wat hij kon doen. Dit ging vandaag gebeuren.

Sextus liet zijn zwaard zakken. Marcus zag oprecht medelijden in zijn ogen, ook al kon Sextus een glimlach niet helemaal onderdrukken.

"Oké, nu is het genoeg geweest," zei Sextus. "Je loopt al weken rond met een gezicht alsof je continu moet poepen en je kunt alleen nog maar over Banna praten. Het wordt tijd dat je over haar heen raakt. Vanavond ga je met ons mee de stad in en dan zorgen we dat je eens goed dronken wordt."

"Ik ga mee," zei Gaius opgewekt, terwijl hij het schild van Lucius bijna in tweeën ramde. "Ik heb mijn wacht kunnen ruilen met Aulus."

"Zie je, we zijn al met zijn drieën," zei Sextus. "Het wordt gezellig. En ik zal je voorstellen aan een aantal vrouwen waardoor je Banna direct zult vergeten."

Marcus voelde er weinig voor om met Gaius en Sextus mee te gaan. Hij wilde Banna helemaal niet vergeten. En het laatste waar Marcus nu behoefte aan had, was wel een bezoek aan een bordeel. Hij wist dat Gaius vooral meeging, omdat hij zijn vaste prostituee Gisa weer wilde opzoeken. De afgelopen maanden had Gaius haar het grootste deel van zijn soldij geschonken in verschillende nachtelijke bezoekjes en het zou Marcus niks verbazen als hij haar binnenkort ook een kind zou schenken. Op de een of andere manier had Gaius een band met haar gekregen die Marcus nooit voelde als hij naar een bordeel ging. Sinds hij in dienst was, had hij dat drie keer gedaan, maar iedere keer had hij er een slecht gevoel aan overgehouden. Zodra hij klaarkwam, schaamde hij zich direct en wilde hij altijd zo snel mogelijk weer weg.

Aan de andere kant had Marcus ook weinig zin om deze avond weer in zijn barak door te brengen; alleen met zijn gedachten, die voortdurend rond Banna bleven hangen. Misschien was het inderdaad beter om dronken te worden.

"Oké dan, ik ga mee," zei hij, terwijl Publius Barrus het bevel gaf om de houten zwaarden weer in te leveren en de werpsperen tevoorschijn te halen. "Ik weet alleen nog niet of ik ook naar de hoeren wil."

Sextus wist al dat Marcus dat later die avond wel zou willen. En Marcus wist al dat hij daar de volgende dag weer spijt van zou hebben.

Ze vertrokken direct na de avondmaaltijd uit het kamp, nadat de wachtofficier had gecontroleerd of ze wel met verlof mochten. Sextus gaf de officier twee munten en toen ging de controle opeens opmerkelijk soepel. Ze mochten het kamp verlaten, zolang ze maar voor het begin van de laatste wacht terug zouden zijn.

Even later liep Marcus, nog een beetje terneergeslagen door de gedachten aan Banna, samen met Gaius en Sextus richting Oppidum Batavorum. Ze begonnen de avond in een herberg vlak bij de Waalkade onderaan de heuvels van Batavorum, waar veel handelaren van de rivierschepen kwamen. Marcus deed mee met een drankspelletje waar Sextus en Gaius allebei beter in waren, waardoor hij de meeste rondes verloor. Hij moest verschillende bekers met wijn en bier leegdrinken en Marcus voelde zich al behoorlijk aangeschoten toen ze weer de heuvel opliepen richting het centrum van de kleine nederzetting.

In een volgende kroeg kreeg hij verschillende bekers met donker Bataafs bier toegeschoven door zijn maten, die hij steeds aardiger begon te vinden. Hij begon zijn hart uit te storten bij Gaius en al snel waren ze alle drie weer vergeten dat ze op tijd terug moesten zijn in het kamp. Luid zingend vertrokken de drie soldaten uit de kroeg en even later leegde Marcus voor de eerste keer die avond zijn maag. Het zou niet de laatste keer zijn.

In de derde kroeg begon Marcus te vloeken en te schelden over de oneerlijkheid van zijn leven. Hij werd behoorlijk luidruchtig en moest uiteindelijk voor zijn eigen veiligheid naar buiten worden gesleurd door zijn vrienden, omdat hij op een tafel was gesprongen en door de kroeg vol met Bataven had geschreeuwd dat hij 'schijt had aan Thorgal en alle andere Bataven'.

Uiteindelijk was het Marcus zelf die voorstelde om naar de hoeren te gaan en zo kwamen ze halverwege de nacht aan bij de herberg die door de Romeinse soldaten ook wel het 'forum van Batavorum' werd genoemd, vanwege de vele zakelijke transacties die daar werden gesloten door de Romeinen.

Marcus stond te tollen op zijn benen, terwijl Sextus voor hem een afspraak regelde. Gaius was meteen bij binnenkomst al in een kamertje verdwenen met Gisa, die ook blij was om hem weer te zien. Tegen de tijd dat Marcus door Sextus de trap op werd geleid en naar een deur werd gedirigeerd, was hij Banna totaal vergeten. Hij begreep niet meer waarom hij die middag zo terughoudend was geweest over het voorstel van Sextus. Dat voorstel was het beste idee ooit geweest. Deze avond was precies wat Marcus nodig had. Sextus deed een deur open, duwde Marcus naar binnen en sloot de deur weer achter hem.

In de kamer, die sfeervol was verlicht met kaarsen, zag Marcus een jonge blonde vrouw op een bed zitten. Sextus heeft goede smaak, dacht hij nog, terwijl hij en de vrouw elkaar zwijgend aankeken. De vrouw glimlachte vriendelijk naar hem en keek hem verwachtingsvol aan. Ze leek helemaal niet van haar stuk gebracht door het feit dat er zojuist een dronken Romeinse soldaat haar kamer in was geduwd.

"Hoi, ik Jelleke," zei de blonde vrouw opgewekt, terwijl ze opstond en haar hand uitstak. "En hoe jij heet vandaag?"
Ze had een scherpe tongval die anders klonk dan het Bataafse accent. Ze sprak zeer gebrekkig Latijn, dus Marcus schakelde maar over op de taal die de Bataven spraken.
"Marcus," zei hij. "Mijn naam is Marcus."
"Hoi Marcus," zei Jelleke. Ze klonk alsof ze ontzettend blij was dat hij er was. Alsof ze al de hele avond speciaal op hem had zitten wachten. Haar ontwapenende glimlach deed Marcus helemaal vergeten dat ze werd betaald om vriendelijk te zijn. En misschien was het niet eens gespeeld. Misschien was ze wel echt blij dat hij vanavond haar klant was.
"Wil je naast me komen zitten, Marcus?"

Hij liep voorzichtig naar het bed. Zonder iets te zeggen ging hij zitten. Jelleke kuste hem in zijn hals en begon hem langzaam uit te kleden. Marcus liet haar haar gang gaan. Hij voelde hoe haar tengere vingers zijn lichaam raakten, terwijl ze zijn riem los knoopte en zijn tuniek uit deed. Alles voelde heel natuurlijk. Het was anders dan de vorige keren dat Marcus met een prostituee naar bed was gegaan. Deze keer voelde hij echt wat. Jelleke trok haar jurk over haar hoofd uit en gooide hem achteloos op de grond. Marcus streelde voorzichtig over haar borsten en kuste haar. Hij sloot zijn ogen en genoot van het gevoel. Dit was precies

wat Marcus nodig had. Jelleke zorgde er voor dat hij Banna zou vergeten.
Banna. Banna. Banna.

Haar naam zweefde nog door zijn hoofd, terwijl Marcus op Jelleke ging liggen en haar heviger begon te kussen. Hij zag het gezicht van Banna voor zich, terwijl hij met Jelleke zoende. Hij stelde zich voor dat het Banna was die hij kuste.
En plotseling merkte Marcus dat hij aan het huilen was. Hij opende zijn ogen en voelde dat er tranen in stonden. Geschrokken zette Marcus de gedachte aan Banna opzij en probeerde Jelleke steviger vast te pakken. Het werkte niet. De tranen bleven komen. Hij begon luid te snikken, ook al begreep hij niet waar dit opeens vandaan kwam. Hoe harder hij probeerde om zijn gevoel te stoppen, hoe heftiger het werd. Hij kon er niets aan doen.

"Wat is er?" vroeg Jelleke verbaasd. "Doe ik iets niet goed?"
Marcus draaide van Jelleke weg. Hij ging overeind zitten op de rand van het bed en begroef zijn gezicht in zijn handen. Hij probeerde er niet meer tegen te vechten, maar liet zijn tranen de vrije loop.
"Het ligt niet aan jou," snikte hij. "Het is Banna."
"Ah, ik begrijp het," zei Jelleke zacht, ook al had ze geen idee wie Banna was. Ze leek het helemaal niet vreemd te vinden dat Marcus zojuist in haar armen in huilen was uitgebarsten. Ze sloeg haar arm om zijn schouder en aaide hem teder over zijn hoofd. En voordat Marcus besefte wat er gebeurde, vertelde hij alles aan Jelleke. De eerste ontmoeting met Banna, de kus op het slagveld, hun enige nacht samen, de bruiloft, alles vertelde hij. Hij besprak zijn diepste gevoelens met deze jonge vrouw, deze prostituee, die hij pas net had ontmoet. Hij vertelde dingen die hij zelfs nog nooit met Harald of met Gaius had gedeeld. Jelleke reageerde overal begripvol en meelevend op, alsof ze echt met hem te doen had.

Uiteindelijk hadden Marcus en Jelleke die avond geen seks met elkaar. Ze lagen gewoon de hele nacht naakt in elkaars armen in bed en praatten. Jelleke vertelde dat ze een dochter was van een Friese krijger die afgelopen jaar met het Romeinse leger mee was gegaan. Ze had haar hele leven op dezelfde boerderij in het drassige kustgebied gewoond en Jelleke was enorm onder de indruk toen het Romeinse leger van Drusus opeens bij hun in de buurt zijn kamp had

opgeslagen. Ze was vooral onder de indruk geweest van een jonge Romeinse ruiter die op een dag bij hun boerderij langs was gekomen om voedsel voor zijn eenheid te zoeken. De Romeinse ruiter leek haar ook leuk te vinden en ze waren met elkaar naar bed geweest.
Maar zodra het leger verder trok, was de Romein haar weer vergeten.

Voor Jelleke was de hele ontmoeting, die zo mooi was begonnen, een groot probleem geworden. Al snel wist iedereen in de omgeving wat er was gebeurd. Ze werd genegeerd en uitgescholden door de mensen die op hun boerderij werkten, alsof ze iets vreselijks had gedaan door met die Romein aan te pappen. En toen haar vader aan het eind van de campagne weer terug kwam en hoorde wat ze had gedaan, werd hij woedend. Hij schopte haar het huis uit en er was niemand van haar familie of van de rest van de stam die haar nog op wilde nemen in hun huishouden. Het was alsof Jelleke een enge ziekte had opgelopen, hoewel ze zelf het gevoel had dat ze niets fout had gedaan. Ze was alleen maar verliefd geworden op iemand met wie ze niet mocht trouwen van haar vader. Ze had helemaal niemand meer die zich om haar bekommerde en ze kon nergens terecht, waardoor ze zich uiteindelijk maar gedwongen zag om achter het leger aan te gaan naar Batavorum. En zo kwam Jelleke uiteindelijk terecht in dit bordeel. Het was de enige mogelijkheid die ze zag om te overleven. En hoewel ze liet merken dat ze dit werk liever niet wilde doen, merkte ze ook op dat ze geen honger meer had gekend sinds ze hier werkte.

"Ik kan wel gaan lopen klagen over mijn lot," zei Jelleke ten slotte nadat ze haar hele verhaal had verteld. "Maar daarmee verandert er niks. En bovendien betalen mannen een stuk minder voor klagende vrouwen. Die hebben ze vaak thuis al."

Marcus voelde zich schuldig. Net zoals de andere soldaten in zijn kamp maakte hij altijd makkelijk gebruik van de vrouwen in de plaatselijke bordelen. Hij had er nooit bij stil gestaan wat het voor die vrouwen betekende. Hij had er nooit over nagedacht hoe die vrouwen, die hij en zijn maten zo denigrerend hoeren noemden, in die wereld terecht waren gekomen. En hij voelde zich schuldig, omdat het verhaal van Jelleke hem zo bekend voorkwam. Als iemand erachter was gekomen wat hij en Banna vorig jaar hadden gedaan, had dit ook met haar kunnen gebeuren.

Hij vertelde over zijn leven in het leger en hij praatte de hele nacht met Jelleke over Banna, tot Sextus uiteindelijk op de deur klopte en zacht informeerde of Marcus al klaar was.

De horizon werd al weer licht toen Marcus, Gaius en Sextus aan het eind van de nacht terug liepen naar het legerkamp.

Marcus voelde zich gelukkiger dan hij zich in lange tijd had gevoeld.

## Hoofdstuk 54

## Banna

Met een gespeelde glimlach op haar gezicht keek Banna naar haar man, terwijl hij voorbij reed. Samen met Bren reed Thorgal aan het hoofd van een lange rij ruiters door de poort van het legioenskamp. De standaard van het cohort Bataafse ruiters, die Thorgal net zoals zijn oom 'de stok' noemde, werd gedragen door de ruiter die achter Thorgal reed. Banna voelde de jaloerse blikken van andere vrouwen. Ze was nu opeens een van de belangrijkste vrouwen van de Bataven geworden. Ze was getrouwd met de prefect van de Bataafse hulptroepen en de leider van hun stam. Ze had met alle liefde willen ruilen met die vrouwen die nu zo jaloers naar haar keken. Zij wisten niet hoe Thorgal echt was.

Ze voelde zich opgelucht nu ze haar man zag vertrekken. Waarschijnlijk zou het weer maanden duren voor hij terug zou keren van de oorlog in Germania. Maanden waarin ze weer even vrij zou zijn.

Sinds de bruiloft was ze diep ongelukkig, hoewel ze dat aan niemand liet merken. De bruiloft zelf, de dag waar ze al haar hele leven naar had uitgekeken, was volledig aan haar voorbij gegaan. Alsof het iemand anders was die die dag in het middelpunt van de belangstelling stond. Banna speelde tijdens de ceremonie beleefd haar rol als gelukkige bruid, terwijl haar gedachten steeds weer teruggingen naar Marcus. Ze hoopte half dat hij opeens tevoorschijn zou komen om de bruiloft te stoppen. Ze zag hem al bijna voor zich met een bebloed gezicht en zijn zwaard in zijn hand, precies zoals hij in dat dorp was verschenen waar ze gevangen werd gehouden.

Maar Marcus had de bruiloft niet gestopt en er was niets wat Banna tegen haar lot kon doen. Ze deed haar uiterste best om te glimlachen toen ze ja zei, ook al schreeuwde ze in haar hoofd uit alle macht nee. En voor ze het door had, was het voorbij. Ze was de vrouw van Thorgal.

Die dag was nu een paar weken geleden en vanaf dat moment had Banna zich steeds iets minder vrolijk gevoeld, alsof iemand langzaam alle kaarsen doofde in haar hoofd. Thorgal was een nog akeliger man dan Banna zich van tevoren had voorgesteld. Hij zei nooit iets aardigs tegen haar of liet op enige manier merken dat hij blij was met haar als vrouw.

Soms kreeg ze het gevoel dat hij haar nog slechter behandelde dan zijn slaven. Op barse toon gaf Thorgal haar steeds opdrachten om eten of drinken voor hem te halen en nooit leek ze iets goed te kunnen doen. Hij had altijd wel iets op haar aan te merken, waardoor Banna steeds onzekerder werd. Ze begon aan zichzelf te twijfelen en merkte dat ze steeds meer het gevoel kreeg dat ze inderdaad niets goed deed.

En ze merkte ook dat Thorgal een jaloerse man was. Het liefst wilde hij Banna de hele dag binnen houden en hij vond het niet prettig als ze met een andere man praatte als hij er niet bij was. Iedere andere man in zijn omgeving wantrouwde Thorgal als het om zijn vrouw ging, zelfs zijn beste vrienden of de jonge mannen die in zijn lijfwacht dienden. En ook zijn slaven vertrouwde hij nauwelijks. Een paar dagen geleden had hij een oudere slaaf met zijn riem geslagen, omdat hij Banna had horen lachen om iets wat de slaaf had gezegd.

In het begin was ze vooral bang geweest voor de nachten met Thorgal, maar ze had gemerkt dat het meestal alweer snel voorbij was als Thorgal haar opzocht in bed. Vooral als hij veel gedronken had. Daarna verloor hij meteen zijn interesse in haar en viel hij snurkend in slaap. Banna bleef dan vaak nog lang wakker liggen en dacht aan die ene nacht die ze met Marcus had beleefd. Ze droomde iedere nacht weer van het enige gelukkige moment in haar leven. En ze putte kracht uit de gedachte aan haar kinderen: Ewoud en Andolf, die nu door Harald en Arianne werden opgevoed. Ze dacht in de stille nachtelijke uren steeds weer aan haar zonen. De zonen die Marcus bij haar had verwekt.

Terwijl de ruiters verder reden door de poort, keek Banna opzij naar Hilde en Arianne die allebei een van haar zonen vast hadden. Hilde had Ewoud in haar armen en Arianne Andolf. De vrouwen waren alle drie naar de poort gekomen om hun mannen uit te zwaaien. Niemand had de leugen opgemerkt die de vrouwen vorig jaar hadden verteld toen het leger terug kwam. Harald en Bren hadden het verhaal meteen geloofd. En ook Thorgal had niet in de gaten dat die twee kinderen van Harald eigenlijk de kinderen van Banna waren. Waarschijnlijk was hij tijdens hun huwelijksnacht al te dronken geweest om iets ongebruikelijks aan haar lichaam te merken.

Banna voelde zich op een bepaalde manier schuldig tegenover Harald, die zo veel van de zonen hield, terwijl het eigenlijk niet zijn zonen waren. Maar volgens Hilde was dit de enige oplossing geweest. Ze kon wel raden hoe Bren zou reageren als hij erachter kwam wat Banna met Marcus had gedaan. Waarschijnlijk zou hij haar verstoten uit de familie, net zoals hij met Timmen had gedaan. Ze hadden allemaal gezien hoe fel Bren kon zijn. Haar geluk zou niks voor hem betekenen als de eer van zijn familie op het spel stond. En dus hadden Hilde en Arianne voorgesteld om net te doen alsof het kind, waarvan ze toen nog niet wisten dat het een tweeling was, een kind van Harald en Arianne zou zijn.

De laatste maanden van de zwangerschap waren Banna en Arianne allebei binnen gebleven, zodat niemand in hun omgeving iets kon merken. En uiteindelijk lukte het om het tot de bevalling verborgen te houden. Alleen Hilde, Reine, Arianne, Akko, Trig en Banna zelf wisten de waarheid. Banna miste haar kinderen enorm. Sinds ze bij Thorgal in huis woonde, zag ze haar eigen familie bijna niet meer. Alleen Bren kwam af en toe op bezoek bij Thorgal, maar Hilde en Arianne niet. Banna hoopte dat ze hen wat vaker zou zien nu Thorgal weg ging.

Nadat alle ruiters van de Bataven door de poort waren getrokken, kwamen de cohorten met voetsoldaten langs. Banna zag Covis en Haldrik trots aan het hoofd van de colonne rijden. Al die jonge mannen gingen vandaag weer weg van hun families om in naam van Rome te doden en te roven en plat te branden.

Vreemd eigenlijk, dacht ze. Ze vechten allemaal voor een stad die ze nog nooit hebben gezien, tegen mannen die die stad ook nog nooit hebben gezien.

Ze vroeg zich af hoeveel van die gezichten na de zomer niet meer terug zouden keren. Ze had geen idee waar de soldaten deze keer heen gingen. Van Thorgal had ze gehoord dat ze naar het legioenskamp Vetera zouden marcheren en daar weer in zouden schepen. Vervolgens zouden ze via de rivieren Germania binnen trekken. Banna wist niet waar Vetera lag en eigenlijk kon het haar ook weinig schelen. Ze hoopte alleen maar dat Thorgal lang weg zou blijven. En heel stiekem hoopte ze zelfs dat hij helemaal niet terug zou keren.

# Hoofdstuk 55

## Bren

“Waar is Segimer?”
Thorgal vroeg het op een vlakke, bijna terloopse toon, terwijl hij op zijn gemak zijn dolk ronddraaide in de vlammen. De Germaanse jongen die vastgebonden voor hem zat, staarde angstig naar het vuur.
“Ik weet het niet,” fluisterde hij. “Ik weet niet waar Segimer is. Ik weet niet waar iedereen heen is. Ik ben ze zelf ook kwijt geraakt.”
Thorgal deed net of hij hem niet hoorde.
“Waar zijn al jullie krijgers?” vroeg hij. “Waar is het verzamelpunt?”
Thorgal keek de jongen niet aan. Hij keek alleen naar de punt van zijn dolk, die langzaam heet werd.

Bren stond achter de jongen en hield een speer op hem gericht voor het geval dat hij iets zou proberen. Bren voelde zich al bijna misselijk worden nu hij de blik in de ogen van Thorgal zag. Hij had dit de afgelopen weken al vaker meegemaakt. Hij wist hoe het zou eindigen.

“We marcheren nu al weken door het gebied van de Cherusken,” zei Thorgal zacht. “En voor zover wij weten, is Segimer nog steeds de leider van de Cherusken, toch? Maar overal waar we komen zijn de huizen verlaten. Er zijn geen mensen, geen vee, geen voedsel en nog belangrijker: er is nergens goud en er zijn geen andere kostbaarheden te vinden. Alles is weg.”

Thorgal bleef zijn dolk rustig ronddraaien in het vuur. Bren zag aan de rug van de jongen dat hij begon te trillen.
“Iemand moet al die mensen hebben gewaarschuwd dat de Romeinen eraan kwamen. Iemand moet de opdracht hebben gegeven om alles mee te nemen. En dus is er vast ook iemand die heeft afgesproken op welke plek de krijgers zich zouden verzamelen. En wij willen graag weten waar dat is.”
“Ik weet niet waar ze zijn,” zei de jongen. Aan zijn stem kon Bren horen dat hij bijna moest huilen. “Ik ben zelf nog niet eens een krijger. Ik zou mijn schild volgende zomer pas krijgen.”
‘Hij weet het niet,’ wilde Bren tegen Thorgal zeggen. ‘Laten we terug gaan naar het kamp.’

Het was zinloos om te proberen om nog meer informatie uit de jonge Germaan te krijgen. Dat kon iedereen zien. Maar Bren zei niets.

Hij vroeg zich af hoe lang de campagne nog zou duren. Net zoals vorig jaar was de zomer alweer bijna voorbij en bevond het enorme leger van Drusus zich nog ergens in het hart van Germania. Ze waren al weken op zoek naar Germaanse stammen die de confrontatie juist uit de weg gingen en als geesten verdwenen in de donkere bossen en moerassen.

Vol goede moed was de campagne in het voorjaar begonnen. Deze keer had Drusus een nog groter leger meegenomen dan het jaar daarvoor. Vijf legioenen hadden zich ingescheept bij fort Vetera, bijna twintigduizend zwaarbewapende legionairs. Daar kwamen nog bijna evenveel krijgers van de hulptroepen bij. De soldaten van dit enorme leger leken van over de hele wereld te komen, van Hispania tot Gallia en de net veroverde alpenlanden. Er was zelfs een kleine groep Friese strijders bij. Zij hadden na de campagne van vorig jaar de smaak te pakken gekregen en hadden zich vrijwillig bij Drusus gemeld. En dan waren er natuurlijk nog de Bataafse cohorten onder leiding van de prefecten Thorgal en Covis.

Vanaf Vetera volgde Drusus met zijn vloot de rivier de Lippe Germania in. De ruiters volgden de vloot over land, omdat er niet genoeg schepen waren om alle mannen en voorraden te verplaatsen. In de eerste weken van de campagne, toen ze door het gebied van de Sugambren trokken, ondervonden de soldaten geen enkele tegenstand. Bren en Thorgal konden met hun eenheid verkenners overal de sporen nog zien van de strafexpeditie die Drusus vorig jaar in dit gebied had gehouden. De weinige boerderijen die ze tegenkwamen zagen eruit alsof ze pas gebouwd waren, terwijl op andere plaatsen nog steeds alleen de zwartgeblakerde resten van boerderijen te zien waren.

De Romeinen trokken door het land van de Sugambren en lieten de boerderijen deze keer ongemoeid. Het doel van Drusus lag verder in Germania. Pas later kwamen ze erachter waarom er geen krijgers van de Sugambren waren om het leger tegen te houden. De stam was in het voorjaar zelf op oorlogspad gegaan en ze hadden hun boerderijen onbeschermd achtergelaten.

Maelo, de aanvoerder van de Sugambren, had namelijk nog een appeltje te schillen met de Chatten. Zij hadden zes jaar geleden geweigerd om mee te doen met de Sugambren en de andere stammen toen ze de Rijn waren overgestoken en dat nam Maelo de Chatten nog steeds kwalijk. En dus had hij ze in het voorjaar aangevallen, niet wetende dat de Romeinen op het punt stonden om zijn thuisland weer binnen te vallen. Bren kon het haast niet geloven toen hij van een gevangene hoorde dat Maelo een oorlog met een andere stam was begonnen.

"Je zou verwachten dat de Sugambren na vorig jaar wel wat anders aan hun hoofd hebben," had Bren tegen Harald gezegd toen hij hem het nieuws van de gevangene vertelde. "Maar blijkbaar kunnen die barbaren geen zomer zonder oorlog."

Nadat de rivier te ondiep werd voor de vloot, liet Drusus een brug en een fort bouwen en trok hij over land verder. Een deel van de vloot keerde terug naar de Rijn om nieuwe voorraden op te halen en die naar dit fort te brengen.

Vanaf het fort aan de Lippe, dat de naam Aliso kreeg, trokken de Romeinen verder naar het oosten. Ze trokken richting het gebied van de Cherusken, een van de grootste en meest oorlogszuchtige stammen van heel Germania. De Cherusken waren de volgende stam die Drusus wilde onderwerpen.

Het leger kwam moeizaam vooruit door het onherbergzame terrein. Er waren nauwelijks paden in de uitgestrekte bossen en heuvels, waardoor het leger van Drusus elke dag minder mijlen af kon leggen dan hij van tevoren had gehoopt. En net zoals de Sugambren waren de Cherusken nergens te vinden. Af en toe vonden de Romeinen enkele achterblijvers of waren er schermutselingen met kleine groepen ruiters, maar het grootste deel van de bevolking was spoorloos verdwenen.

De campagne was al een aantal maanden bezig zonder dat er een grote slag was geleverd en dat frustreerde Drusus net zo erg als zijn soldaten.

Naarmate de zomer vorderde en het leger door de voorraden raakte, werden de mannen onrustiger. Bij de start van de campagne had Drusus hen een beeld voorgeschoteld van harde gevechten met de wilde Germanen, maar ook van grote aantallen slaven, vee en edelmetalen als oorlogsbuit. Nu was de zomer alweer bijna voorbij zonder enig zicht op een beslissende slag en vrijwel iedere nacht verdwenen er enkele soldaten uit het kamp die op eigen houtje op zoek gingen naar slaven of edelmetalen. Vooral de laatste twee weken leek het hard te gaan met iedere ochtend nieuwe namen die ontbraken op het appel.

Tot nu toe had Bren alle mannen van zijn eenheid nog bij elkaar kunnen houden, hoewel hij voelde dat er ook binnen zijn groep onvrede moest bestaan over het verloop van de campagne. Hij vermoedde dat er nog niemand uit zijn eenheid was gedeserteerd uit angst voor wat Thorgal zou doen als hij een deserteur te pakken kreeg. Thorgal had zich vanaf het begin van de campagne al buitengewoon gewelddadig gedragen, zelfs naar de maatstaven van de Romeinen. En naarmate de eindeloze zoektocht door de bossen van Germania vorderde, leek zijn gedrag steeds extremer te worden. Hij had al verschillende gevangenen van de Cherusken om het leven gebracht, ongeacht of het nu krijgers waren of niet. Zelfs enkele slaven en vrouwen had hij eigenhandig doodgestoken of gruwelijk verminkt. En hij leek ervan te genieten om mensen te martelen. Hij nam er rustig de tijd voor, zoals hij nu ook deed met die Germaanse jongen die ze hadden gevangen. Bren kreeg soms het gevoel dat Thorgal eerder geïnteresseerd was in de pijn en de angst van zijn slachtoffers dan in de informatie die hij eventueel los wist te trekken.

Soms vroeg Bren zich af of zijn prefect geestelijk wel helemaal in orde was. Was het wel juist geweest om deze man met zijn zus te laten trouwen?

Aan de andere kant had de oorlog hen allemaal veranderd. Alle Bataven in hun eenheid waren harder geworden. Wreder en gevoellozer. Bren had zelf ook dingen gedaan in deze campagne die hij zich twee jaar geleden niet voor had kunnen stellen. Hij had boerderijen in brand gestoken en vee geroofd van families die daardoor vrijwel zeker de volgende winter niet zouden overleven. En hij had de mannen en vrouwen die dat probeerden te voorkomen zonder mededogen gedood. En dat had hij allemaal gedaan voor Thorgal en Drusus. Hij had al hun bevelen zonder aarzeling uitgevoerd. Hij had het moeten doen omdat het oorlog was.

En hoewel Bren er nooit van had genoten zoals Thorgal, vond hij dat de Cherusken dit vooral aan zichzelf te danken hadden.

'Dit is allemaal de schuld van Segimer,' hield hij zichzelf voor als hij weer een fakkel in weer een rieten dak van een boerderij stak. Als Segimer zich niet verborgen zou houden, konden ze eindelijk het gevecht aangaan met zijn krijgers. En zodra Drusus de Cherusken had verslagen, kon hij ze een belasting opleggen en was er geen reden meer voor de Romeinen om hun land te verwoesten. Sterker nog, als de Cherusken zich zouden overgeven, zouden de Romeinen er voortaan alles aan doen om hun land te beschermen. Dan kon het martelen en het willekeurige moorden stoppen.

"Waar is Segimer?" vroeg Thorgal nogmaals.
"Ik weet het echt niet," zei de Germaanse jongen wanhopig. Met een smekende blik keek hij om zich heen naar de andere Bataven die er bij stonden. Niemand deed iets om hem te helpen.
"Ik heb alles verteld wat ik kan vertellen. Ik weet niet waar de krijgers van onze stam heen zijn. En als je dat niet gelooft, zul je me maar moeten doden."
"Oh, ik ga je ook doden," zei Thorgal, terwijl hij zijn dolk uit de vlammen haalde. "Maar nu nog niet."

Het gillen van de jonge Germaan galmde nog na in de oren van Bren toen hij aan het eind van de middag het legioenskamp binnenreed. Hij voelde zich slap en moedeloos. Weer een leven beëindigd. Een jong leven van iemand die nog niet eens zijn schild had verdiend. Iemand die nooit zou trouwen of kinderen zou krijgen. En waarvoor?
Dit is allemaal de schuld van Segimer, dacht Bren opnieuw. Hij laat ons dit doen.

Hij was nog zozeer met zijn gedachten bij wat hij die middag had gezien, dat hij in eerste instantie niet doorhad dat er iets aan de hand was in het kamp. Pas toen één van zijn mannen hem erop wees, merkte Bren het op. Een grote groep soldaten had zich in het midden van het enorme legerkamp verzameld, vlak bij het hoofdkwartier. Ze staarden allemaal gespannen naar de tent van de kampprefect.

## Hoofdstuk 56

## Harald

Harald liep achter Drusus en Titus Laberus aan, benieuwd naar wat er zo urgent kon zijn.
"Hier is het," zei de centurion die hen uit de bespreking had gehaald. Hij leidde de mannen naar het midden van een grote groep soldaten.
"We merkten het even geleden op en het worden er steeds meer."

Harald merkte aan de stem van de centurion dat er iets niet in orde was. Er heerste een vreemde stilte onder de soldaten. Blijkbaar waren ze ergens van geschrokken.
In de verte zag hij dat Bren terug was gekomen met zijn verkenners, maar hij zocht hem niet op. Bren kon wel wachten. Harald wilde eerst weten wat er aan de hand was. De soldaten stonden in een halve cirkel om de tent van de kampprefect. Drusus, Laberus en Harald stapten de cirkel in en toen zag Harald waardoor de Romeinen zo ontdaan waren.

Hij zag een enorme zwerm bijen, honderden of misschien wel duizenden die allemaal over een van de touwen krioelden waarmee de tent van Hostilius Rufus was vastgezet. Nog meer bijen zwermden eromheen door de lucht en niemand leek te weten waar ze vandaan kwamen of waarom ze zich concentreerden rond deze ene tent. Het gezoem was zelfs van een afstand duidelijk te horen.

Drusus en Titus Laberus leken al net zo te schrikken als de rest van de soldaten door dit ongebruikelijke gedrag van de bijen. Dit moest wel een voorteken zijn. Er was geen andere verklaring voor.

"Haal de augur," zei Drusus en de centurion spoedde zich terug richting de commandotent.
Terwijl hij wachtte, bleef Drusus zwijgend naar de krioelende insecten kijken. De zwerm was niet agressief. Er was niemand gestoken. De bijen vertoonden alleen gedrag dat niet normaal was en dat moest iets betekenen.

Harald vroeg zich af wat dit zou betekenen voor de campagne. Hij was net nog bij een bespreking geweest tussen Drusus, Laberus en een Germaanse verkenner die zich bij de Romeinen had aangesloten. Drusus wilde verder trekken richting de rivier de Weser en hij wilde van de verkenner weten hoe ver hij daarna nog verwijderd zou zijn van de rivier de Elbe. Harald had het gevoel dat Drusus nog niet terug wilde gaan naar de Rijn voor hij iets indrukwekkends had bereikt. Hij was al weken op zoek naar de Cherusken om een grote veldslag te leveren. Steeds meer officieren wezen Drusus op het slechte moreel onder de soldaten en op de teruglopende voorraden, maar Drusus wilde doorgaan. Harald vroeg zich af wat dit voorteken betekende voor zijn plannen. Het feit dat de Romeinse soldaten hier allemaal zo stil van werden, kon weinig goeds betekenen.

De hoofdaugur van het leger kwam aanlopen en bestudeerde in stilte het gedrag van de bijen. Drusus en de overige soldaten wachtten gespannen af, terwijl de oude man de zwerm eerst van dichtbij bekeek en vervolgens enkele stappen naar achteren zette om het overzicht te krijgen.

Harald had geen idee hoe de augur tot een oordeel kon komen door naar de zwerm te kijken, maar net zoals de Romeinen had hij veel respect voor de man. De goden stuurden regelmatig boodschappen naar de mensen en de auguren konden die boodschappen verklaren. Harald wist dat Drusus altijd serieus luisterde als zijn auguren vertelden dat ze een bepaald teken hadden gezien. Ze waren bijna de enige mensen in het leger die hun generaal op andere gedachten konden brengen als hij zich iets in zijn hoofd had gehaald.

“Wiens tent is dit?” vroeg de augur aan Drusus.

“Van Hostilius Rufus, de kampprefect,” zei hij.

De augur keek nog eens en zwaaide met zijn gekromde staf door de lucht. Vervolgens draaide hij zich om en hief zijn armen omhoog.

“De bijen komen van de goden,” zei hij stellig, alsof hij plotseling tot een oordeel was gekomen. Hij sprak luid, zodat alle soldaten hem konden horen. “Dit is een waarschuwing aan u, heer. Dit touw van de tent van de kampprefect stelt ons leger voor. Dit is ons kamp. Onze soldaten. Onze wagens met de bagage. Het touw staat voor al die zaken. En deze bijen...”

De augur trok aan het touw en liet het schieten, waardoor honderden bijen luid zoemend de lucht in vlogen.

“Zij zijn Germania. De bijen zijn even talrijk als de Germaanse krijgers. En net zoals deze zwerm zullen hun krijgers om ons leger samenkomen. Ze zullen ons steken

waar we zwak zijn en ze zullen onze band met elkaar op de proef stellen. Ze zullen proberen om ons uit elkaar te drijven."
De augur keek Drusus indringend aan.
"Als dat lukt, zal ons leger net als dit touw uiteenvallen in losse rafelende draden," zei hij. "Wees voorzichtig in Germania."

Na die woorden liep de augur zomaar weg, zonder op antwoord te wachten of verder nog iets te zeggen. Hij besteedde geen aandacht meer aan de bijen en liep rechtstreeks terug naar zijn tent.

Iedereen keek naar Drusus en vroeg zich af wat hij nu ging doen. De waarschuwing van de augur bleef hangen in de lucht.
"Wees voorzichtig in Germania."

"Laberus, Rufus, Harald, volg mij naar mijn tent," zei Drusus kortaf, terwijl hij zich omdraaide. Net zoals de augur liet hij de mannen achter zonder verder nog iets te zeggen. Zodra hun bevelhebber buiten gehoorsafstand was, hoorde Harald een ongemakkelijk gemurmel ontstaan onder de soldaten. Hij verwachtte dat er de komende nacht weer meer deserteurs zouden zijn.

Zodra de officieren zich in de commandotent verzameld hadden, nam Drusus het woord. Hij zag er vermoeid uit, vond Harald. Hij kon zien dat Drusus een grote teleurstelling moest verwerken.

"Morgenochtend breken we het kamp op," zei Drusus. "We gaan terug naar fort Aliso bij de rivier de Lippe en van daar varen we over de rivier terug naar de Rijn. Ik wil dat het hele leger tijdens de mars in dichte formatie bij elkaar blijft."
De verzamelde officieren knikten instemmend. Dat was de enige juiste beslissing na dit voorteken. Drusus keek naar een kaart die aan de zijkant van de tent op een tafel lag. Harald kende die kaart goed, want de afgelopen weken had hij verschillende keren met Germaanse verkenners gesproken om de kaart verder uit te werken en fouten eruit te halen. Harald wist dat ze nog minstens twee weken moesten marcheren om de Lippe weer te bereiken.

"Ik wil het Achttiende en Negentiende legioen in de voorhoede," zei Drusus, terwijl hij met zijn vinger over de kaart de route volgde die zijn leger op de heenreis had afgelegd. "Daarachter de officieren en staf en vervolgens het

Eerste en Vijfde legioen. Dan komen de wagens van de bagage en het Zeventiende legioen vormt de achterhoede. Voor de legioenen uit komen de lichte hulptroepen en de Bataven als verkenners."

"En wat doen we met de kampvolgers, heer?" vroeg Titus Laberus.

Net zoals bij andere campagnes waren er een paar honderd kampvolgers met het leger mee gereisd. Prostituees, handelaren, slaven, criminelen en zelfs enkele minnaressen van de soldaten en hun kinderen. Waar de legioenen ook heen gingen, ze werden altijd wel gevolgd door een grote groep die niet bij het leger hoorde. Het grootste deel van de kampvolgers was achtergebleven bij Aliso, de bevoorradingspost die Drusus aan de Lippe had gesticht, maar er waren er toch nog meer dan honderd verder getrokken met het leger door de bossen van Germania. Zij hadden naast het legioenskamp hun eigen versterkte kampement ingericht. Het was een gevaarlijk bestaan voor de kampvolgers, dat wist iedereen die mee reisde.

Maar het was ook een mogelijkheid om behoorlijk te verdienen. Vooral als je de enige was die nog iets kon leveren waar de soldaten op campagne behoefte aan hadden. Een vat wijn of een jonge vrouw kon op campagne zomaar vier keer zoveel waard zijn als in de provincie.

"De kampvolgers blijven achter onze achterhoede," zei Drusus. "Ik wil niet dat mijn wagens door hen worden opgehouden. Ze moeten zelf maar voor hun eigen veiligheid zorgen. Ik heb ze niet gevraagd om mijn leger te volgen, dus ik ben er ook niet verantwoordelijk voor."
Titus Laberus knikte.
"Ik zal zorgen dat het bericht wordt doorgegeven aan de mannen," zei hij.

Harald was niet eens geschokt door het gemak waarmee Drusus besloot om deze mensen aan hun lot over te laten. Hij was er na twee campagnes al aan gewend hoe makkelijk de Romeinen met mensenlevens omgingen, vooral als het geen Romeinse burgers betrof. En Drusus had gelijk. Hij had deze mensen nooit gevraagd om met hem mee te gaan. Hun veiligheid was hun eigen verantwoordelijkheid.

Drusus besprak nog enkele details met zijn officieren om de terugtocht voor te bereiden. Daarna stuurde hij iedereen licht geïrriteerd weg. Hij vroeg alleen aan Harald of hij nog even wilde blijven, terwijl hij een brief aan zijn broer Tiberius ging schrijven.

Drusus wilde van Harald weten wat hij vond van het voorteken. Hij vroeg of dit bij de Bataven ook een slecht voorteken zou zijn. Harald gaf aan dat hij daar zelf geen verstand van had. Hij vertelde over hun eigen priester Mani en op de een of andere manier zorgde dat ervoor dat Harald plotseling naar huis verlangde. Hij voelde het gemis van zijn gezin nu hij herinneringen ophaalde aan de oude priester. Hij wilde weg uit dit wilde land; weg uit dit legerkamp. Hij wilde bij zijn kinderen zijn.
Harald wist niet wat Mani over de bijen zou zeggen, vertelde hij. Maar het verhaal van de augur had hem vrij aannemelijk geleken.

Drusus waste zijn gezicht en deed zijn generaalsmantel af, waarna hij op de vloer van de tent ging zitten met zijn rug tegen een kist. Hij pakte een los vel papier en een schrijfplankje en begon op zijn gemak een brief te schrijven.

"Mijn broer lacht zich kapot als hij straks in Rome leest dat ik op de vlucht ben geslagen voor een stel bijen," zei Drusus, die zelf ook wel moest glimlachen bij de gedachte. "Als hij hier was, zou hij waarschijnlijk zeggen dat een echte Claudius dat touw meteen doormidden had gehakt of de hele tent in de fik had gestoken om vervolgens verder te trekken. Toch is het verstandig om deze tekens niet licht op te vatten. Al is het alleen maar omdat de mannen er onrustig door worden."

Harald vertelde aan Drusus dat hij jaren geleden ook een teken van de goden had ontvangen. Hij herinnerde zich dat hij die droom had gehad, vlak na de dood van Beren. Die dromen waren zo opvallend geweest, dat moesten wel boodschappen van de goden zijn. Alleen hij was er na al die jaren nog steeds niet achter wat het kon betekenen. Hij wist nog steeds niet wie zijn vader had vermoord.

Harald vertelde alles over de gebeurtenissen en de dromen rond de dood van zijn vader. Drusus luisterde aandachtig naar zijn verhaal. Toen Harald alles had verteld, schonk Drusus voor hem een beker wijn in en bood hem een stoel aan, terwijl hij zelf op de kist ging zitten.
"Ik wist niet dat je vader was vermoord, Harald," zei hij op zachte toon. "Dat moet erg voor je zijn geweest."
Harald voelde dat hij het warm kreeg.
"Dank je," stamelde hij, waarna hij snel een slok wijn nam.

Hij had nog nooit een persoonlijk gesprek gevoerd met Drusus, hoewel ze elkaar al drie jaar kenden. Waarom zouden ze ook een persoonlijk gesprek voeren? Drusus was de stiefzoon van Augustus. Hij was de gouverneur van een enorme provincie en de bevelhebber over een leger van tienduizenden mannen. Waarom zou hij interesse hebben in het persoonlijke leven van zijn tolk? Toch kreeg Harald het gevoel dat Drusus op dit moment oprecht met hem meeleefde.

"Ik heb mijn vader ook op jonge leeftijd verloren," zei hij. "Ik was nog maar vijf jaar oud toen hij stierf. Eigenlijk heb ik nauwelijks herinneringen aan hem. En na zijn dood zijn Tiberius en ik bij onze moeder gaan wonen, die vlak voor mijn geboorte met Augustus was getrouwd."

Harald vroeg zich af hoe dat moet zijn geweest. Om al zo jong op te groeien in het huishouden van Augustus, de man die voorbestemd was om de alleenheerser te worden over het Romeinse rijk. Dat moest een enorme druk met zich meebrengen. Een druk die vooral op de schouders van Tiberius en Drusus terecht kwam, aangezien Augustus zelf geen zonen had. Het was een druk die zijn kleinzonen Gaius en Lucius nu waarschijnlijk ook voelden. Iedereen in het Rijk wist dat zij Augustus ooit op zouden volgen. Drusus staarde naar zijn beker, die hij zacht ronddraaide in zijn hand.

"Vertel me eens, Harald," zei Drusus tenslotte. "Wat wil je eigenlijk?"

Harald begreep de vraag niet goed.

"Wat ik wil?" vroeg hij. "Wat bedoelt u? Of ik wil dat het leger terug gaat naar de Rijn?"

"Wat wil je met je leven, bedoel ik. Wat wil je bereiken in het leven? Bij de meeste mensen kan ik vrij goed inschatten wat ze willen. Ik weet dat Tarik het liefst koning van de Bataven wilde worden, dat was duidelijk. En ik vermoed dat Thorgal die ambitie nu van hem heeft overgenomen. Ik weet dat jouw broer aanzien en roem wil vergaren als krijger. Ik weet dat de diepste wens van Augustus is dat hij een waardige opvolger kan vinden voor hij sterft. Maar bij jou kan ik het heel moeilijk inschatten. Ik heb geen idee wat je wilt."

Harald voelde zich overvallen door de vraag.

"Ik heb er eigenlijk nooit over nagedacht," zei hij.

"Wil je altijd tolk blijven? Waarom heb je nooit gevraagd of je toe mag treden tot de Bataafse cohorten? Waarom wil je geen krijger worden, zoals je broer?"

"Ik heb het gevoel dat ik u zo beter kan dienen," zei Harald. Hij voelde dat hij het weer warm kreeg. Hij was niet gewend zichzelf dit soort vragen te stellen en wist niet goed wat hij moest antwoorden. Wat verwachtte Drusus eigenlijk voor antwoord?

"Ik probeer mijn leven gewoon altijd zo goed mogelijk te leven," zei hij. "Ik wil een goede man zijn voor mijn vrouw en een goede vader voor onze kinderen. En verder zie ik wel wat de goden op mijn pad brengen. Ik ben denk ik niet iemand die bewust op een bepaald doel stuurt."

"Lijkt me lastig," zei Drusus, terwijl hij opstond om nog een keer naar de kaart te kijken. "Ik zou dat niet kunnen."

Zijn vinger bewoog de andere kant op, naar de plek waar de kaart ophield en eindigde in een leeg vlak. Ergens in dat lege vlak lag de rivier de Weser verborgen. En daar weer achter de Elbe. Het leek er even op alsof Drusus overwoog om toch door te gaan, ondanks de waarschuwing van de augur.

"Mag ik ook vragen wat u eigenlijk wilt?" vroeg Harald. "Wat is uw doel in het leven?"

Harald vroeg zich af of hij nu niet te ver ging. Mocht hij zoiets wel vragen aan Drusus? En wilde hij het antwoord eigenlijk wel weten?

"Dat vraag ik mezelf ook weleens af," zei Drusus met een hartelijke grijns, terwijl hij om zich heen keek door de tent. "Vooral als ik maanden achter elkaar met vijf legioenen doelloos door de bossen van Germania dwaal. Wat doe ik hier, bij Jupiter?"

Harald en Drusus lachten allebei. Drusus schonk voor hen allebei nog een glas wijn in.

"Uiteindelijk doe ik dit allemaal voor de glorie van Rome. Ik wil voor Rome nieuwe landen veroveren, net zoals Caesar en Augustus voor mij. Ik wil een triomftocht houden in de stad. En wat ik het liefste wil bereiken is dat ik eigenhandig een barbaarse koning versla, zodat ik zijn wapens kan bemachtigen, de spolia opima. Wist je dat er in de hele geschiedenis van Rome maar drie generaals zijn geweest die dat hebben gepresteerd? Ik wil de vierde generaal worden die dat bereikt. Nee, ik zal de vierde generaal worden."

"Maar waarom dan?" vroeg Harald.

Hij begreep niet hoe het doden van een barbaarse koning een doel op zich kon zijn. Helemaal niet als het niet eens uit leek te maken wie die koning was.

Drusus viel stil door de vraag van Harald. Harald zag dat hij er lang over na moest denken voor hij antwoord gaf.

“Ik denk dat het mij vooral om aanzien gaat,” zei hij op een meer ingetogen toon dan even daarvoor. “Ik wil aanzien en respect. Dat is de reden dat ik grootse dingen wil bereiken. Dat heb ik altijd al gehad. Daarom wil ik een leger aanvoeren en eigenhandig mijn vijanden verslaan. Daarom wil ik een triomftocht houden. En dan heb ik het niet eens over mijn aanzien bij de Romeinse bevolking of het respect van mijn soldaten. Er is maar één persoon wiens mening er echt toe doet. Ik denk dat ik dit allemaal wil bereiken om vooral zijn respect te verdienen.”
Harald dacht dat hij wel wist wie Drusus bedoelde.
“Augustus?” vroeg hij, maar Drusus schudde zijn hoofd.
“Tiberius,” zei hij.

## Hoofdstuk 57

### Marcus

Marcus droomde langzaam weg bij het rustgevende geluid van een os die ergens achter hem zijn blaas leegde. Het klaterende geluid ging opmerkelijk lang door.
Hij nam een slok water en ging op zijn tenen staan om te kijken of de centuries voor hem al in beweging kwamen. Maar zover hij kon kijken, stonden alle soldaten stil. Iedereen leek rustig af te wachten tot er iets gebeurde.
"Wat zou er aan de hand zijn?" vroeg Lucius naast Marcus. "Zou het weer een aanval zijn?"
"Nee, het is geen aanval," zei Marcus. "Dan zouden de mannen niet zo rustig zijn."

De centurie van Marcus bevond zich ergens in het midden van de enorme kolonne die zich over een aantal mijl uitstrekte. Het Eerste legioen marcheerde aan de linkerkant van de wagens met voorraden, achter Drusus met de ruiters van zijn escorte. Ergens voor zich zag Marcus de adelaar van hun legioen schitteren in de zon, maar ook de standaard kwam nog niet in beweging. Het hele legioen stond al een tijdje te wachten. Marcus voelde zijn spieren nu ze plotseling stilstonden. Ze waren al een groot deel van de dag onderweg en hij verwachtte dat ze over twee of drie uur de locatie voor hun volgende kamp zouden bereiken.

Misschien zijn de eerste cohorten van het Negentiende al begonnen met de bouw, dacht hij hoopvol. De afgelopen dagen had het leger zich met horten en stoten teruggetrokken uit Germania. Het terrein was moeilijk begaanbaar en meerdere keren per dag kwam de hele kolonne tot stilstand. Dan was er een opstopping voor een rivier of een heuvel of een van de wagens kwam ergens vast te zitten. En dan waren er in de laatste dagen ook nog verschillende aanvallen geweest van de Germanen, die opeens wel tevoorschijn waren gekomen nu het leger aan de terugtocht was begonnen. Tot nu toe waren het geen grote aanvallen geweest, maar toch waren ze schadelijk genoeg om het leger te vertragen en de mannen nerveus te maken. Op momenten dat het leger kwetsbaar was, bijvoorbeeld als ze door een dichtbegroeid bos of langs een steile heuvel trokken, werden ze steevast aangevallen door kleine groepen Germaanse ruiters.

Het waren korte, felle aanvallen op de flanken, waarna de ruiters weer verdwenen voordat de Romeinen in de tegenaanval konden gaan. Vaak was het zelfs al weer voorbij voordat het bericht over een aanval bij Drusus was aangekomen.

Marcus had zelf pas twee van die plotselinge aanvallen meegemaakt, maar hij wist dat ze voortdurend langs het hele leger voorkwamen. De Germanen probeerden de Romeinse soldaten af te matten en zochten steeds naar de zwakke plekken. Bijna ongemerkt liepen de verliezen onder de legioenen en hun hulptroepen iedere dag verder op. En iedereen dacht aan de zwerm met bijen die om de tent had gekrioeld.

"Waarschijnlijk zorgen die heuvels daar voor het oponthoud," mompelde de optio Quintus Caelius, terwijl hij in de verte keek. "Ik vermoed dat we daar tussendoor gaan. Tussen die twee heuvels daar. En het ziet er vrij smal uit, dus ik denk dat we er per legioen achter elkaar doorheen moeten."

Marcus vloekte zacht.

Het kon wel een half uur duren voordat de legioenen in de juiste volgorde stonden opgesteld om verder te trekken. Het zou nog wel even duren voor ze bij hun kamp kwamen. Naast de centurie van Marcus zette de lange rij met wagens zich eindelijk in beweging. Zij mochten er als eersten door, waarna het legioen van Marcus zou volgen. Geduldig wachtten de soldaten van het Eerste legioen terwijl de lange stoet voorbij trok.

Na de wagens was het Eerste legioen aan de beurt. Als een naderende regenbui verspreidde het geluid van marcherende soldatenvoeten zich over de kolonne en even later schreeuwde ook Publius Barrus het bevel om verder te marcheren. Terwijl de centuries van het legioen een voor een in beweging kwamen, zag Marcus hun commandant Titus Laberus voorbij rijden. Covis, een van de twee leiders van de Bataafse hulptroepen, reed naast Laberus. Hij sprak een versimpelde vorm van Latijn en Marcus ving een paar zinnen op, terwijl hij langs hen reed.

Het nieuws van Covis klonk niet goed. Het leek erop dat de verkenners van zijn cohort ergens een groot kamp van de Germanen hadden ontdekt in de buurt van een nederzetting met de naam Arbalo. Het kamp en de nederzetting waren compleet verlaten, maar het was duidelijk dat er even daarvoor een groot aantal krijgers moest zijn samengekomen. Dat kamp was op nog geen dag marcheren hiervandaan gevonden. En Covis gaf aan dat hij zich zorgen maakten over de andere groepen verkenners die hij de omgeving in had gestuurd. Zodra de verkenners de heuvels in trokken waar het leger nu heen marcheerde, werd er niks meer van hen vernomen.

Laberus gaf Covis de opdracht om het bericht door te geven aan Drusus, die ergens voor hen moest rijden. Hij keek bezorgd naar de smalle vallei waar de marcherende kolonne recht op af ging. Hij gaf opdracht aan de centurions om dichter op elkaar te marcheren. De mannen voelden dat de spanning toenam, terwijl de heuvels langzaam dichterbij kwamen. Iedereen wilde hier zo snel mogelijk doorheen zijn.

Zodra de centurie van Marcus de smalle vallei binnenging, werden de soldaten onrustig. Er was weinig ruimte om te marcheren en Marcus voelde hoe hij werd ingeklemd tussen Gaius en Quintus. Ze liepen met hun schouders tegen elkaar aan en de bepakkingen die ze aan een stok over hun schouder droegen botsten steeds tegen elkaar. Aan de linkerzijde van het legioen lag een steile, dichtbegroeide helling waar de vallei in een flauwe bocht omheen ging. Rechts van Marcus liep een ondiepe stroom, die gevoed werd door verschillende kleinere stromen die vanaf de heuvel naar beneden kwamen.

Tussen de soldaten van het Eerste legioen liepen ook groepen hulptroepen uit Hispania. Deze lichte infanterie marcheerde niet in strakke blokken zoals de legionairs, maar liep in kleine groepjes dwars door alle andere onderdelen heen.

Op verschillende plaatsen moesten de soldaten hun formatie loslaten om enkele wagens te passeren die vast waren komen te zitten. Gezien de situatie waarin het leger van Drusus zich op dat moment bevond, kwam het voor Marcus dus nauwelijks als een verrassing dat de Germanen op deze plek hun hinderlaag hadden gelegd. In feite was de hinderlaag zelfs al enige tijd bezig zonder dat Marcus of de andere soldaten in het Eerste legioen het doorhadden.

Pas toen er verschillende ruiters op hoge snelheid van de voorkant van de kolonne langs kwamen rijden, merkte Marcus dat er iets aan de hand was.

De ruiters meldden dat de voorkant van de vallei was afgesloten door een grote groep Cheruskische strijders. Er werd hevig gevochten door het Achttiende en Negentiende legioen, die ook nog eens vanuit de heuvels werden bestookt.

De ruiters gaven de opdracht om alle wagens met de bagage direct aan de kant te zetten en ze stuurden de soldaten van het Eerste legioen naar voren om het Achttiende legioen te versterken. Zodra de ruiters het bevel door hadden gegeven aan het cohort van Marcus, reden ze verder naar achteren waar Titus Laberus moest rijden.

Dit is het, dacht Marcus, die zijn bepakking al op de grond liet vallen voordat Barrus daar het bevel voor gaf. De hele zomer zitten we achter die Germanen aan en nu hebben zij ons gevonden.

De soldaten haalden hun schilden tevoorschijn en dronken nog snel wat water, terwijl de wagenmenners schreeuwend bezig waren om hun wagens aan de kant te zetten. Marcus voelde dat de nervositeit onder mannen en dieren toenam. Trompetsignalen en geschreeuwde bevelen vulden de nauwe vallei, maar hij hoorde nog nergens de geluiden van een gevecht. De vijand leek nog ver weg te zijn.

Nadat alle soldaten gereed waren gaf Barrus het bevel om in versnelde pas naar de voorhoede te marcheren. Marcus schatte in dat het nog wel even kon duren voor ze de gevechten zouden bereiken. Hij dacht dat hij nu vaag in de verte woest geschreeuw kon horen, maar het kon ook zijn dat zich dat inbeeldde. Het lawaai van de marcherende soldaten leek door de akoestiek van de vallei overal vandaan te komen.

Terwijl hij in hoog tempo naar voren marcheerde, reden er continu ruiters af en aan om berichten door te geven tussen de voor- en achterkant van de kolonne. Het viel Marcus op dat de gezichten van de ruiters die uit de voorhoede kwamen er steeds zorgelijker uitzagen. Wat er vooraan in de kolonne ook aan de hand was, het zag er niet goed uit.

Hij haalde net zijn kleine beeldje van Mercurius tevoorschijn om om bescherming te vragen, toen hij achter zich een enorm kabaal hoorde losbarsten. Vanuit de bossen achter hen klonken rauwe hoorns en voordat iemand doorhad wat er gebeurde, schoot er een regen van projectielen vanaf de helling naar beneden. Marcus zag hoe dieren, wagenmenners en soldaten werden geraakt door speren en stenen. In een ogenblik veranderde de kolonne in één grote chaos van mannen en dieren die overvallen werden door het plotselinge geweld. Barrus gaf direct het bevel om halt te houden en de formatie een kwartslag te draaien.

Terwijl Marcus zijn schild hoog voor zijn lichaam hield, staarde hij gespannen naar de helling voor zich. De bossen aan die zijde waren nu nog rustig, terwijl achter hen de slachtpartij doorging. Marcus verwachtte dat op ieder moment ook op hun positie de vijanden tevoorschijn konden komen.

Meteen na het eerste salvo met projectielen brak er paniek uit onder de mannen die de bagage begeleidden. Gewonden probeerden zo snel mogelijk weg te komen, soms nog met een speer of pijl in een van hun ledematen. De ossen raakten door het dolle heen en vertrapten mannen in hun poging om weg te komen van de aanval. En ondertussen probeerden de soldaten daar tussenin zo goed en zo kwaad als het ging een slaglinie te vormen.

Ontzet zag Marcus hoe er een enorme meute barbaren uit het bos tevoorschijn sprong en zich wild op de karavaan stortte. De ongeorganiseerde soldaten werden snel onder de voet gelopen door de Germaanse krijgers, die wild om zich heen sloegen met zwaarden en knuppels. Marcus voelde bijna de behoefte om te vluchten. De overmacht was te groot. Er was geen houden aan. Maar dat gevoel verdween direct toen hij de stem van zijn centurion hoorde, die het bevel gaf om nog een kwartslag te draaien. Marcus draaide zich om en zette zich schrap. Dit zou een zwaar gevecht worden. Toch voelde hij geen enkele twijfel toen Publius Barrus met zijn centurie recht op de vechtende massa af stormde.

## Hoofdstuk 58

## Bren

"Waar is Thorgal?" schreeuwde Wilfrid, terwijl hij met zijn schild zowel zichzelf als Bren probeerde te beschermen.
"Geen idee," schreeuwde Bren terug. "Hij moet ergens voor ons zitten."

Bren keek de heuvel op, maar kon weinig zien door de dichte begroeiing. Uit het lawaai kon hij ook al niks opmaken. Het leek alsof er overal in het bos werd gevochten. Links, rechts, voor en achter hen. Mannen schreeuwden en wapens kletterden op elkaar en ondertussen klonken de echo's van talloze hoorns door het dal. En boven dat alles klonk het beangstigende gejoel van de Germaanse vrouwen, die naar het slagveld waren gekomen om hun mannen aan te moedigen.
"We moeten terug naar de paarden," riep één van de verkenners van Bren.

Bren keek naar het kleine groepje mannen dat zich om hem heen had verzameld. Hij zag de angst in hun ogen. Hij wist dat ze erop rekenden dat hij hen hier uit zou leiden. Ze waren nog maar met tien man. Nee, niet eens tien. Bij de laatste aanval waren ze weer twee man kwijtgeraakt. Een volgende grote aanval zouden ze waarschijnlijk niet overleven.
"Vergeet de paarden," zei Bren, terwijl hij zag hoe een groep Germanen aan zijn linkerkant een andere groep Bataven aanviel. "Die positie is al verloren."

Nog niet eens zo heel lang geleden was er nog niets aan de hand geweest. Bren en Thorgal hadden hun paarden aan de voet van de heuvels achtergelaten en waren te voet verder gegaan. Niets in het bos wees erop dat de vijand in de buurt was. Twee cohorten van de Bataven waren, verspreid in kleine groepen, de heuvels ingetrokken om te controleren of er geen vijanden verscholen zaten. Net toen Bren dacht dat het hele gebied veilig was, waren de voorste verkenners plotseling aangevallen door een geweldige overmacht. In de eerste schermutselingen was hij afgesneden van Thorgal en daarna was hij met zijn verkenners steeds verder naar achteren gedreven. De ene na de andere man van zijn eenheid was gevallen in de felle aanvallen van de Germanen.

“We moeten terug naar de rest van het leger,” schreeuwde Wilfrid in het oor van Bren. Enkele slingeraars van de Germanen kwamen vlak bij hen uit de struiken tevoorschijn. Ze zagen de kleine groep Bataven en begonnen hen direct te bestoken met stenen. De mannen rond Bren hielden hun schilden dicht tegen elkaar aan en doken bij iedere klap van een steen iets ineen.

Nu komt het erop aan, dacht Bren, terwijl hij de spanning en de angst door zijn eigen lijf voelde gieren. Deze mannen staan op het punt om te breken. En als één van ons vlucht en zijn schild laat zakken, komen we allemaal in gevaar.

Bren voelde zelf ook de neiging om zomaar om te draaien en weg te rennen, maar hij vermande zich.
‘Ik moet deze mannen leiden. Ik ben hun decurion.’
“We gaan niet weg voordat we Thorgal hebben gevonden,” riep hij boven het lawaai van de veldslag uit. Hij zag de ontzette blik van de anderen.
“Thorgal is mijn zwager. En hij is de broeder van ons allemaal. Hij zit daar voor ons ergens op de heuvel en ik zal hem en zijn mannen niet in de steek laten. Volg mij.”
Hij had geen idee of zijn mannen hem nog zouden gehoorzamen, maar hij sprong toch in zijn eentje vooruit met zijn ronde, houten schild voor zich. De slingeraars draaiden zich direct om en renden weg het bos in; laf zoals gebruikelijk was bij slingeraars.

Bren schreeuwde iets onsamenhangends, terwijl hij over de steile heuvel naar boven klom, terwijl pijlen langs hem naar beneden scheerden. Hij trok zich omhoog aan een richel. Aan zijn rechterhand hoorde hij een grootschalig gevecht.
Dat moeten de mannen van Thorgal zijn, dacht hij. Het is niet ver meer.

“Volg mij,” riep hij nogmaals en opnieuw ging hij zijn mannen voor in de strijd. Opnieuw kwamen al zijn mannen achter hem aan. Niemand wist wat ze even verderop aan zouden treffen, maar ze volgden hem.
Met zijn schild duwde hij een aantal takken opzij en zag in één oogopslag wat er aan de hand was. Thorgal was in de problemen.

In een kleine kom in de heuvels vocht Thorgal voor zijn leven. De man die de standaard van het Bataafse ruitercohort droeg, stond naast Thorgal en daarnaast hadden ze nog zo’n twintig Bataven om zich heen weten te

verzamelen. Bijna de helft leek wel op de een of andere manier gewond te zijn, maar toch werd er door iedereen nog stevig gevochten. De groep van Thorgal was omsingeld door een overmacht van minstens vijftig Germaanse krijgers. De Germanen aan de buitenkant van de kring joelden en gooiden bijna spottend werpsperen richting de kleine groep Bataven. De Germanen wilden allemaal het veldteken van de Bataven bemachtigen om later aan hun stam te laten zien hoe dapper ze waren. En waarschijnlijk waren ze ook uit op het hoofd van Thorgal.
Bren aarzelde niet.

Hij rende met zijn mannen recht op het gevecht af en viel de Cherusken in de rug aan. Met zijn zwaard sloeg hij tegen de schouder van een Germaan nog voordat die de komst van Bren had opgemerkt. Zijn zwaard kwam niet door het dikke leren vest dat de krijger droeg, maar aan de klap voelde Bren dat hij zijn sleutelbeen had gebroken. Hij hief zijn zwaard nog een keer in de lucht en liet het met een harde klap neerkomen op de hals van de Germaan. Het warme bloed spoot omhoog, terwijl de Germaan slap op de grond viel. Hij liet het lichaam langs zich heen glijden en duwde een tweede Germaan opzij met zijn schild.

Een voor een kregen de Germaanse krijgers in de gaten dat de Bataven versterking hadden gekregen. De krijgers in de buitenste ring draaiden zich om en er ontstond een chaotische worsteling tussen de Bataven en de Cherusken. Van beide kanten werd uit alle macht gevochten. Bren had nauwelijks door wat er om hem heen gebeurde. Hij was alleen maar aan het hakken en steken naar vijanden en probeerde ondertussen dichter bij Thorgal te komen.

De Bataven van Thorgal zagen dat er hulp was gekomen en ze probeerden aan die kant uit te breken. Heel even kruisten de blikken van Thorgal en Bren elkaar en knikte Thorgal kort naar hem. In zijn ogen zag Bren dankbaarheid en ook een lichte paniek, twee emoties die hij niet kende van zijn zwager.

Net op het moment dat Bren een stap naar Thorgal wilde zetten, struikelde hij over een gewonde Germaan. Met zijn gezicht viel Bren in een smerige plas van bloed en modder, terwijl hij de gewonde man onder zich voelde spartelen. Hij ramde de rand van zijn schild in het gezicht van de man en zocht ondertussen met zijn andere hand tussen de lijken en de modder naar zijn zwaard. Zijn vingers vonden het natte leer van zijn gevest. Hij greep zijn zwaard en met een harde klap sloeg hij de gewonde Germaan tegen zijn hoofd. Het staal boorde zich vlak boven de neus in zijn schedel en de man hield op met spartelen.

Bren voelde hoe iemand hem van achteren omhoog trok en zag het gezicht van Thorgal voor zich verschijnen. Thorgal zag er al net zo smerig uit als hijzelf. Zijn lange zwarte haren waren nat van het bloed en het zweet. Zijn helm was ergens in de strijd verdwenen. Thorgal zei niets tegen Bren, maar staarde met lege ogen recht voor zich uit. Hij zag er uitgeput uit.

"Wat moeten we doen, prefect?" schreeuwde Bren in het gezicht van Thorgal, terwijl de strijd om hen heen onverminderd door ging. "Thorgal, wat is uw bevel?"

Bij het horen van zijn naam leek Thorgal weer iets bij zinnen te komen. Hij keek om zich heen, alsof hij nu pas doorhad dat hij omsingeld werd.

"We moeten terug naar het leger," riep Wilfrid, terwijl hij aan de arm van Bren trok. "Als we hier blijven, gaan we er allemaal aan."

"Wat doen we met de gewonden?" vroeg Bren aan Thorgal. "We kunnen ze hier niet achterlaten."

Thorgal keek naar zijn mannen. Een aantal van hen was zo zwaar gewond dat ze nauwelijks op hun benen konden staan. Met hun laatste krachten probeerden ze zichzelf en hun kameraden te beschermen tegen nieuwe aanvallen. Thorgal leek tot een besluit te komen. De lege blik in zijn ogen verdween.

"Terugtrekken," brulde hij met schorre stem. De man die de standaard vast had, blies op een hoorn om het bevel door te geven.

"Laat de gewonden hier achter," riep Thorgal. "Iedereen die niet in staat is om zelf te lopen, blijft hier."

"Wat?" riep Bren ontzet. "Prefect, we kunnen ze niet..."

"Terugtrekken," riep Thorgal nogmaals en hij begon behoedzaam achteruit te lopen. "Volg mij. In gesloten formatie terug naar het leger."

Bren twijfelde wat hij moest doen. De gewonde Bataven hadden door wat er gebeurde en smeekten hun vrienden om hen niet in de steek te laten. Bren voelde een hand om zijn enkel en zag dat een van zijn eigen mannen gewond op de grond lag.

"Alstublieft, decurion, neem me mee," stamelde de man, terwijl hij tevergeefs probeerde om overeind te komen. Bren zag een pijl uit zijn bovenbeen steken.

De Cherusken kregen nieuwe moed nu ze zagen dat de Bataven zich terugtrokken. Er kwamen nieuwe krijgers op het gevecht af en ze werden steeds brutaler in hun aanvallen op de overgebleven Bataven. Een paar Bataven bleven zich nog verzetten om de gewonden de kans te geven om weg te komen, maar Bren zag dat het zinloos was. Als hij de gewonden zou blijven beschermen, zouden ze hier allemaal sterven. De overmacht was te groot.

"Terug naar het legioen," riep hij naar de overgebleven mannen. Hij wilde net als Thorgal achteruit lopen, maar de man op de grond bleef zijn been vasthouden. "Wacht, ga niet weg," schreeuwde de man in paniek. "Bren, help me."

Zijn vingers beten zich vast in zijn enkel. Wanhopig probeerde hij zichzelf vast te klampen aan zijn laatste hoop op redding. Bren viel bijna achterover en voelde dat de tijd begon te dringen. De Cherusken cirkelden om hem heen en hakten al in op de eerste gewonden. Bren begon achter te raken bij de rest van zijn eenheid. Hij trok zijn andere been op en trapte de gewonde man hard in zijn gezicht.

De Bataven vochten zich verbeten een weg terug door het bos. Adrenaline, angst en woede stroomden door hun lichamen. Bren en Thorgal hadden hun emoties weer enigszins onder controle. In twee losse groepen van ongeveer tien man trokken ze zich beheerst terug, waarbij de twee groepen elkaar steeds afwisselden. De groep van Bren klom over de helling naar beneden en vormde halverwege een verdedigingslinie met hun schilden. Vervolgens trok de groep van Thorgal daar langs en vormde even verderop een tweede linie, terwijl de mannen van Bren de vijand op afstand hielden. Zo vochten ze zich langzaam maar zeker een weg richting de vallei, waar het leger van de Romeinen nog steeds in gevecht was.

Onderweg door het bos pikten ze verschillende Bataven op die uit andere eenheden afkomstig waren. Losse Bataven en ook enkele Spanjaarden sloten zich bij hen aan, zodat hun eenheid langzaam groeide tot ze ongeveer vijftig man bij zich hadden. De Cherusken die hen achtervolgden, werden steeds minder enthousiast, tot ze uiteindelijk helemaal niet meer achter hen aan kwamen. De Bataven hadden de aanval doorstaan.

Uitgeput zochten Bren en Thorgal elkaar op bij een beschutte plek in de heuvels, terwijl hun mannen water dronken en hun lichte verwondingen verzorgden.

"Goed gevochten," bromde Thorgal, terwijl hij met een smerige doek het vuil en het bloed van zijn zwaard veegde. Hij bedankte Bren niet voor het feit dat hij hem was komen redden. Hij zei alleen dat hij goed gevochten had.

Bren luisterde of hij aan het geluid iets kon horen over het verloop van de strijd. De hele vallei was nog steeds gevuld met geschreeuw en wapengekletter met daarboven het hoge joelen van de Germaanse vrouwen. De geluiden leken nu wat verder weg te zijn. Op de plek waar zij even halt hielden was het op dit moment nog rustig.

"Als we over die richel gaan, kunnen we het leger waarschijnlijk zien," zei Bren, terwijl hij met zijn gebutste zwaard naar een rij bomen in de verte wees. "Hoe zou het met de Romeinen gaan? Het klinkt alsof er hard wordt gevochten."

Er klonken Romeinse trompetsignalen door de vallei, gevolgd door woest gebrul van honderden mannen.

"Ze hebben ons aangevallen op het moment dat we op ons zwakst waren," zei Thorgal kwaad. "Ik pis op Segimer en op al zijn zonen. Ze hebben geen enkele eer. Ze durven ons niet aan te vallen in een reguliere veldslag. Als wij hun boerderijen aanvallen vluchten ze als een stel wijven het bos in. En pas als wij ons terugtrekken, vallen ze ons aan op deze achterbakse manier."

"Het lijkt anders een goede tactiek te zijn," merkte Bren bitter op. "Hun aanval is behoorlijk succesvol."

Hij keek naar hun mannen en probeerde in te schatten of ze alweer in staat waren om verder te vechten. Hij miste veel bekende gezichten. Hoeveel man had hij eigenlijk verloren sinds de gevechten waren begonnen?

Plotseling zag hij het gezicht van de gewonde man weer voor zich. Hij zag de geschokte blik in zijn ogen, nadat hij hem in zijn gezicht had getrapt, maar hij zette dat beeld uit zijn hoofd. Dat gevecht was voorbij. Er lag nu een belangrijker gevecht voor hem. Ergens in de vallei vochten Harald en Marcus waarschijnlijk voor hun leven. Zij hadden Bren nodig. Drusus had hem nodig.

"We moeten verder, prefect," zei Bren. "De strijd is nog niet voorbij."

Thorgal spuugde een dikke klodder bloed op de grond en bekeek zijn zwaard. Het was ernstig beschadigd, maar nog steeds dodelijk. Hij gaf het bevel om verder te gaan en direct maakten hun mannen zich klaar om weer in de aanval te gaan. Ze waren moe, maar vastberaden. Bren ging de mannen voor richting de richel, terwijl het lawaai toenam. Hij bereikte de rand van de richel en keek de vallei in.

Niets had hem voor kunnen bereiden op wat Bren daar zag. Samen met de andere Bataven stond hij een tijd lang roerloos te kijken naar het tafereel beneden. De hele vallei leek wel één grote ongecontroleerde slachtpartij te zijn. Overal waar Bren keek zag hij chaos en verwoesting. Er was geen duidelijke structuur te ontdekken. Overal vochten groepen mannen met elkaar. Germaanse krijgers vochten tegen Romeinse legionairs, de ruiters en hulptroepen krioelden overal tussendoor en verspreid over de hele vallei stonden zware wagens met ossen, waarvan veel wagenmenners ondertussen waren gedood of gevlucht. Er was niemand om de angstige beesten in bedwang te houden, wat de chaos nog erger maakte. Op verschillende plaatsen stonden wagens en voorraden in brand. Bren zag Germaanse krijgers die de wagens ongestoord konden plunderen.

De legioenen probeerden zo goed en zo kwaad als het ging hun structuur te behouden. Centurions en tribunen verzamelden de overlevenden van hun eenheden om hun veldtekens heen en probeerden ondertussen op te trekken richting het uiteinde van de vallei. Aan de rechterkant zag Bren de adelaars van het Eerste en Vijfde legioen dichterbij komen, maar ze werden bestookt door een grote overmacht aan Germanen. Iedereen probeerde aan de hinderlaag te ontkomen door de uitgang van de vallei te bereiken. Hij zag dat vooraan in de kolonne stevig werd gevochten door de legionairs van het Achttiende en Negentiende legioen. Ze probeerden door te breken, maar er waren gewoon te veel Germanen.

De Romeinen zaten gevangen in de vallei en kwamen er niet doorheen.

Bren wist dat Harald daar ergens moest zijn, in de buurt van de voorhoede van het leger. Hij vroeg zich af of zijn broer nog in leven was, maar nu hij zag hoe het leger bijna werd overlopen, voelde hij hoe zijn hoop verdween.

En te midden van het strijdgewoel viel één figuur Bren plotseling op. Ver onder hem vocht, samen met zijn soldaten in de voorste gelederen, een jonge man met een schitterende wapenuitrusting.

## Hoofdstuk 59

## Harald

Harald voelde dat zijn hand klam was van het zweet. Hij moest er volslagen idioot uit zien met zijn bij elkaar geraapte wapens, maar dat maakte hem niet uit. Het was belangrijker om in leven te blijven. In zijn linkerhand droeg Harald een klein rond schild dat hij van een gedode Germaanse ruiter had afgepakt. In zijn rechterhand hield hij een Romeinse pilum vast. En op zijn hoofd had hij een Romeinse helm die gevaarlijk los op zijn hoofd hing, omdat een van de wangkleppen was afgebroken.

Hij bleef in de buurt van de man die de adelaar van het Negentiende legioen droeg. Naast hem stond de slaaf Pisto met een bebloede dolk in zijn hand. Harald ging ervan uit dat dit ongeveer de veiligste plek in het legioen moest zijn, ook al waren de vijanden zojuist zelfs tot deze positie doorgedrongen. De verschrikking van de aanval ging al meer dan een uur onverminderd door, hoewel het voor Harald allemaal veel korter leek.

Het was begonnen met de plotselinge aanval op de voorhoede van het Achttiende legioen, net op het moment dat ze het uiteinde van de vallei zouden bereiken. Harald had de oorlogskreet van de Germaanse strijders door de heuvels horen schallen. En hij had in de verte gezien hoe ruiters uit de bossen tevoorschijn kwamen en de Romeinen te lijf gingen.

Terwijl de soldaten van het Achttiende en Negentiende zich naar voren haastten om zich in de strijd te storten, was het deel van de kolonne waar Harald en Drusus zich bevonden in de zijkant aangevallen. En nadat Drusus het bevel had gegeven aan het Eerste en Vijfde legioen om naar voren te komen, was even later het bericht gekomen dat ook de achterhoede werd aangevallen. Dit was een enorme hinderlaag, perfect uitgevoerd door een verzameling van verschillende Germaanse stammen bij elkaar.

Onverstoorbaar was Drusus de strijd aangegaan. Hij leek zich geen zorgen te maken over de afloop, terwijl hij kalm zijn bevelen gaf. Hij probeerde zo snel mogelijk een verdediging op te zetten in het enorme, logge leger dat over de hele loop van de vallei was uitgestrekt. Drusus wist dat hij op zijn soldaten kon vertrouwen. Hij had duizenden legionairs en hulptroepen in zijn leger die meer discipline hadden dan deze barbaarse horde. De centurions zouden hun mannen snel in een slagformatie opstellen en zodra ze van de eerste schok waren hersteld, zouden de Romeinen hun posities eenvoudig kunnen behouden.

Toch was na verloop van tijd de strijd steeds dichter bij Harald in de buurt gekomen. De Romeinen verloren langzaam terrein onder de aanhoudende aanvallen van nieuwe groepen Germanen. Drusus zette al zijn reserves in om aan de voorzijde een doorbraak te forceren. Het leger moest ontsnappen uit deze vallei als ze de aanval wilden overleven.

Terwijl Drusus zichzelf uiteindelijk ook in de strijd mengde, was Harald achtergebleven met de andere ongewapende leden van zijn staf. Harald voelde zich zwak en nutteloos, terwijl de vijand steeds dichterbij kwam. Uiteindelijk had Harald een werpspeer opgepakt, toen de Germaanse aanvallers tot in de kern van het leger waren doorgedrongen. Hij weigerde om angstig af te wachten tussen de slaven die bij de staf hoorden.

Ik ben een zoon van Beren, dacht hij, terwijl hij zichzelf moed probeerde in te praten. Achter hen verscheen een groep Cheruskische ruiters, die schreeuwend de adelaar probeerden te bereiken.

Samen met Pisto, die met de dolk in zijn hand aan zijn zijde stond, verdedigde Harald zich tegen de ruiters.

Er werd nu overal gevochten. Harald stak met zijn werpspeer een paard in het zachte vlees van zijn kont, waarna het paard gilde en de ruiter zijn dier woedend omdraaide. Harald was nog nooit zo bang geweest als op dat moment, toen hij die woeste ruiter op hem af zag komen. De Germaan stak enkele keren naar hem met een lange speer, die Harald met moeite kon ontwijken. Hij strompelde achteruit met de ruiter achter hem aan, tot Pisto naar voren sprong en het paard diep in zijn buik stak met zijn dolk. Het dier liet zich kermend op de grond vallen en terwijl de ruiter worstelde om overeind te komen, rende Harald met zijn werpspeer naar voren. Met zijn ogen dicht stak hij de speer voor zich uit. Hij voelde hoe de ijzeren punt van zijn pilum zich door de kleding en de huid van de krijger boorde. Hij moest de ruiter recht in zijn hart hebben geraakt, want hij zag hoe het leven uit zijn gezicht wegtrok nog voordat Harald echt besefte wat hij had gedaan. Het was de eerste man die Harald had gedood.

Samen met Pisto liep Harald achteruit en zag hoe de ruiters weer terug werden gedreven door Romeinse soldaten. Verschillende slaven uit de staf van Drusus lagen dood op de grond. Ze hadden alleen hun schrijfpennen gehad om zichzelf te verdedigen.

Harald keek naar Drusus, die verderop fanatiek aan het vechten was. Hij voelde hoe zijn bewondering voor de generaal verder toenam. Als er iemand was die het leger uit deze hinderlaag kon redden, dan was het Drusus wel.

Hij zag hoe Drusus iets riep naar een Germaanse aanvoerder die tegenover hem stond. De twee leiders leken elkaar uit te dagen. Uit de gebaren van Drusus leek Harald op te maken dat hij een gevecht van man tegen man aan wilde gaan. Alleen zij twee, zonder de bescherming van hun lijfwachten. De Germaanse aanvoerder leek wel wat te zien in het voorstel van die arrogante Romeinse generaal en zo ontstond er midden in de veldslag een merkwaardige situatie. De Romeinse en Germaanse strijders hielden ineens op met vechten en gingen in een grote kring om hun twee aanvoerders staan, die elkaar met hun zwaard en schild te lijf gingen. Op andere plaatsen ging het vechten onverminderd door, maar op de plek rond Drusus leek iedereen alleen nog maar oog te hebben voor het gevecht tussen de twee mannen.

Terwijl Drusus in gevecht was met de Germaan, kwam Titus Laberus aanrijden vanaf de achterhoede van het leger. Hij had een bebloed zwaard in zijn handen en zijn haren waren nat van het zweet, hoewel hij er op de een of andere manier nog steeds verzorgd uit zag. Zijn borstkuras was, op wat opgedroogde bloedspetters na, blinkend schoon.
“Het Eerste legioen is hier,” zei Titus Laberus tegen de overgebleven leden van de staf die zich rond de standaard hadden verzameld. “Het heeft zware verliezen geleden, maar de mannen zijn klaar om het Achttiende te helpen. Waar is Drusus?”

Harald wees met zijn speer naar het front, waar Drusus en de Germaan onder luide aanmoediging van hun troepen om elkaar heen draaiden.
“Dat meen je niet,” zei Laberus vol ongeloof.
Even leek hij zich af te vragen wat hij nu weer met deze situatie aan moest.

Uiteindelijk kwam de oude legaat tot de conclusie dat hij er toch niks aan kon veranderen. Als Drusus zo nodig de held moest uithangen, moesten zijn ondergeschikten zijn leger maar redden. Laberus wendde zich tot een van de krijgstribunen van het Negentiende.

"We hebben de eerste aanval op de achterhoede afgeslagen," zei hij. "Maar we houden in dit terrein niet lang stand. Het Zeventiende legioen beschermt op dit moment de achterhoede en ik heb alle andere troepen naar voren gestuurd."

Achter Titus Laberus zag Harald de soldaten van het Eerste legioen voorbij marcheren. Hij was geschokt door de aanblik van dit ooit zo trotse legioen. De mannen zagen er al bijna verslagen uit. Ze marcheerden opvallend gehaast en wanordelijk, alsof ze op het punt stonden om in paniek op de vlucht te slaan. Veel centuries waren hun centurions of andere officieren kwijtgeraakt. Ze werden nu geleid door optio's of een ervaren decanus. Gespannen telde Harald de centuries, tot hij de centurie van Marcus voorbij zag marcheren. Publius Barrus was nog in leven en even later zag Harald opgelucht dat ook Marcus met de rest mee liep, hoewel hij wel iets leek te hinken. De centurie van Barrus marcheerde trotser dan de rest. Hun wil om te vechten was nog niet gebroken.

Achter de soldaten van het Eerste legioen kwam ook nog een grote stroom gewonde legionairs. Sommige van hen steunden op hun maten of werden gedragen. Maar hoeveel pijn de soldaten ook hadden of hoe zwak ze ook waren, ze deden allemaal hun best om het legioen bij te houden. Niemand wilde hier achterblijven.

De soldaten leken vooral bezig te zijn met hun eigen overlevingskansen, tot ze doorkregen wat Drusus op dat moment deed. Ze zagen dat hun generaal verwikkeld was in een gevecht van man tegen man en dat leek hen nieuwe kracht te geven. Ze riepen aanmoedigingen die Drusus waarschijnlijk toch niet kon horen en staken juichend hun zwaarden in de lucht. Stuk voor stuk gingen de mannen weer wat trotser marcheren, terwijl ze zich klaar maakten om zich naast de mannen van het Negentiende legioen in de strijd te storten.

Harald en Pisto keken ondertussen gespannen naar het gevecht van Drusus. Het leek er even op dat Drusus in de problemen kwam. Hij verloor zijn balans en moest een aantal stappen achteruit zetten, terwijl de Germaanse aanvoerder op zijn schild sloeg. De Romeinse soldaten hielden hun adem in. Harald wist dat het met één klap voorbij kon zijn. Dan was hun generaal, de stiefzoon van de Princeps, er niet meer. Het zou een enorme klap zijn voor het leger. Dan zouden de mannen hun laatste beetje hoop verliezen en zou het leger uit elkaar vallen.

Terwijl Harald dit dacht, zag hij dat Drusus plotseling opzij dook en zijn zwaard in de zij van zijn tegenstander stak. Er ging een schok door de verzamelde Germanen. Ze zagen hoe hun aanvoerder het zwaard vastgreep, maar niet kon voorkomen dat Drusus het steeds dieper in zijn lichaam stak. De Germaan zakte op zijn knieën. Hij riep nog iets met zijn handen naar de hemel, waarna Drusus zijn zwaard los trok en het bij de Germaan in zijn hals boorde.

Even hing er een totale stilte over het gevecht, tot de Romeinse soldaten beseften dat het voorbij was en in een oorverdovend gejuich uitbarstten. Hun generaal had de tweestrijd gewonnen. Harald zag in de verte hoe Drusus zich snel bukte en gehaast de wapenuitrusting van de verslagen aanvoerder begon los te knopen. Hij begreep waarom Drusus dat deed. Hier was hij vanaf zijn eerste oorlogen al op uit geweest en nu was het eindelijk gelukt. Drusus had eigenhandig een vijandelijke aanvoerder verslagen en nu zou hij zijn wapens meenemen van het slagveld. Hij had zijn spolia opima.

Alleen om de glorie en de dankbaarheid van het Romeinse volk in ontvangst te kunnen nemen, moest Drusus het er nog wel levend vanaf brengen. De Germanen, die nauwelijks bekomen waren van de schok, zagen verbaasd hoe die Romeinse generaal oneerbiedig begon te sjorren aan het lichaam van hun leider. Ze reageerden woedend toen ze zagen dat Drusus de wapens en kleding van hun aanvoerder afpakte en alles naar zijn eigen troepen wilde brengen. Die wapens hoorden bij het lichaam te blijven. Ze hoorden samen met het lichaam op de brandstapel te worden gelegd, zodat de krijger het hiernamaals met zijn wapens kon betreden.

De Germanen renden naar voren om Drusus tegen te houden. De Romeinse soldaten zagen het en reageerden direct. De twee groepen botsten op elkaar en de strijd om de wapens van de Germaanse leider werd hervat. Er werd nu nog feller gevochten dan voor de tweekamp van Drusus. De Germanen waren furieus. Het lukte Drusus ternauwernood om de wapens bij een van zijn soldaten in de handen te drukken, die ze vervolgens achter de linies in veiligheid bracht. Vlak daarna werd Drusus afgesneden van de rest van zijn troepen. Hij had alleen nog een handvol soldaten uit zijn persoonlijke lijfwacht bij zich. De Romeinse soldaten probeerden hun generaal te bereiken, maar de woede van de Germanen was te groot. Ze hadden allemaal gezien hoe Drusus het lichaam van hun leider onteerde en nu wilden ze wraak nemen voor die schande.

Titus Laberus trok zijn zwaard en reed richting het strijdgewoel. Hij gaf de helft van de cohorten van het Eerste legioen opdracht om verder te marcheren en een doorbraak te forceren uit de vallei. De andere helft nam hij mee om hun generaal te ontzetten.

Harald zag hoe meer groepen Germaanse strijders zich een weg baanden richting Drusus. Hun razernij was zo groot dat er in de achterste gelederen van de Germanen een chaotische situatie ontstond. Verschillende groepen strijders leken daar te duwen en te trekken om zich allemaal op de Romeinse bevelhebber te storten. Harald kon het moeilijk zien, maar het leek er even op dat er achterin hun gelederen zelfs een vechtpartij ontstond tussen verschillende groepen Germanen, die allemaal Drusus probeerden te bereiken.

Terwijl hij stond te kijken hoe Drusus vermoeid vocht voor zijn leven, stormde er vanaf de overkant van de kleine stroom een nieuwe groep barbaren naar voren. Ze renden recht op de groep van Harald af en er waren nu nog maar weinig Romeinse soldaten in de buurt om hem te beschermen.

Hij zette zich schrap en hield zijn schild en speer voor zich. Hij verwachtte half dat dit zijn einde zou zijn, maar hij vocht wanhopig door. Hij stak zijn speer in het been van een Germaanse krijger en voelde twee zware klappen op zijn schild, dat hij bijna uit zijn handen liet vallen.

Hij raakte in paniek en liep snel achteruit, richting de soldaat van het Negentiende legioen die de standaard met de adelaar vast had. De soldaat schreeuwde naar zijn maten dat ze hem moesten komen helpen. De vijand had hen bijna overrompeld.

Harald struikelde en viel achterover, terwijl de Germanen vlakbij waren. Met zijn handen klauwend door het zand probeerde hij weg te kruipen. Hij trok zijn schild voor zijn gezicht en wachtte de genadeklap af, maar merkte tot zijn verbazing dat die maar niet kwam. Hij deed zijn ogen open en keek langs zijn schild, waar hij twee sterke benen zag staan van een Romeinse soldaat.

Harald keek omhoog en zag dat het Marcus was. Marcus was hem komen redden en hield de Germaanse strijders met een bebloed zwaard op afstand. De Germanen hielden in en keken verbaasd naar deze soldaat die de ongewapende stafleden plotseling te hulp was geschoten.

"Harald, leef je nog?" riep Marcus, terwijl hij zijn ogen strak op de vijand gericht hield. Een krijger sprong naar voren, maar Marcus duwde hem opzij met zijn schild en stak hem ondertussen met een pijlsnelle beweging in zijn buik. Hij stond alweer overeind met zijn zwaard in de aanslag voor de krijger bloedend aan zijn voeten viel.

"Met mij gaat het prima," riep Pisto naast Harald. "Bedankt dat je het vraagt."

"Ik leef nog," riep Harald met een hese stem.

Hij krabbelde overeind en liep achteruit, terwijl er meer soldaten naast Marcus kwamen staan. Harald herkende Gaius en Aulus en nog meer soldaten die bij Marcus in de centurie zaten. Ze vormden snel een rij met hun schilden tegen elkaar aan en liepen stap voor stap achteruit, richting de rest van het leger.

"Vilenus," riep iemand achter Harald en hij zag dat het Publius Barrus was, de centurion van Marcus. "Wat doe je? Waarom heb je de formatie verlaten?"

"Excuus centurion," riep Marcus. "De adelaar was in gevaar. Ik probeerde de adelaar te redden."

Barrus keek opzij, naar de soldaat met de standaard. De soldaat schreeuwde nog steeds om hulp en er kwamen nu meer legionairs naar zijn positie rennen. Niemand wilde dat de adelaar in handen van de vijand zou vallen. De schande zou ondraaglijk zijn voor de soldaten, vooral voor de legionairs van het Negentiende legioen. Het was beter om zelf te sterven als daarmee de adelaar maar gered kon worden.

"Derde centurie," riep Barrus naar de rest van zijn mannen. "Vorm een linie bij Vilenus. Bescherm de adelaar."

Barrus keek nog naar zijn mannen en wilde zich net omdraaien, toen er plotseling een pijl zijn richting op werd geschoten. De pijl raakte de centurion in zijn bovenarm, zonder dat hij er iets van leek te voelen. Verbaasd keek Barrus naar de pijl die uit zijn bovenarm stak, alsof hij zich niet voor kon stellen dat iemand het lef had om op hem te schieten.

Vervolgens keek hij woedend naar de Germanen, net toen een nieuwe groep krijgers van de heuvel naar beneden kwam rennen.

"Derde centurie, voorwaarts," schreeuwde Barrus en hij begon naar voren te lopen met zijn schild voor zich. Zijn mannen sloten snel aan en vormden een muur van schilden die hard botste met de Germaanse aanval. Barrus vocht mee met zijn mannen, terwijl de pijl nog steeds recht uit zijn arm stak. Er liep bloed over zijn arm naar beneden, maar de centurion leek er niets van te merken. De pijn maakte hem alleen woedend en hij hakte grommend in op de Germaanse krijgers.

Harald en de soldaat met de adelaar konden langzaam achteruit lopen.

Harald zag dat de centurion moe begon te worden. Hij stak zijn zwaard steeds langzamer richting de vijanden, die zijn gladius makkelijk konden afweren.

"Barrus, naar achteren," schreeuwde de optio. "De adelaar is veilig."

Net toen hij dat riep werd er weer een pijl afgeschoten richting de centurion. Deze keer werd hij in de zijkant zijn hals geraakt, precies op de plek tussen zijn helm en zijn bepantsering.

Barrus deed wankelend een stap naar achteren, maar hij bleef wel staan. Hij bleef zijn schild voor zich uit houden, ook al staken er nu twee pijlen uit zijn lichaam.

"Nee," schreeuwde Quintus en hij rende naar voren om zijn centurion te helpen.

Harald keek geschokt toe en zag dat Barrus nu helemaal buiten zinnen raakte van woede. Hij sprong naar voren en stak met een woeste brul zijn zwaard in de buik van een Germaan. Hij lette totaal niet meer op zijn omgeving of op de rest van de linie. Barrus wilde alleen nog maar zoveel mogelijk vijanden uitschakelen.

De optio nam snel de plaats van Barrus in de linie in, maar de Germanen rukten opnieuw op en de Romeinen konden er niet meer voorbij komen. Hoe hard de mannen van Barrus ook vochten om hun centurion te redden, ze konden hem niet bereiken.

Barrus schakelde een andere vijand uit, maar kreeg meteen daarna een bijl in zijn schouder. Harald hoorde verschillende mannen schreeuwen toen ze dat zagen gebeuren en ze deden een uiterste poging om hem te redden. Maar de centurion zelf wist al dat het hopeloos was. Met een laatste geweldsuitbarsting stak hij zijn dolk in de keel van de man die hem met de bijl had geraakt, maar daarna kon hij niks meer. Harald zag de sterke centurion trillend op zijn

benen staan te midden van de Germanen. Het bloed stroomde over zijn armen en op de achterkant van zijn tuniek zat een donkere rode plek waar hij door de bijl was geraakt.
Barrus stak nog één keer zijn dolk de lucht in en schreeuwde “Voor Rome!” voordat een Germaanse aanvoerder een speer recht in zijn borst stak.

Marcus vocht samen met de rest van zijn centurie als een stel doorgedraaide wolven tot ze eindelijk hun centurion konden bereiken. De optio sleepte Barrus samen met enkele mannen naar achteren, maar ze konden allemaal zien dat het al te laat was.

Voordat ze zijn helm af konden doen, blies Publius Barrus zijn laatste adem uit.
Harald staarde ontzet naar het tafereel dat zich recht voor zijn neus afspeelde. Het was onvoorstelbaar dat Barrus er niet meer was. De optio Quintus Caelius was ontroostbaar en besteedde geen enkele aandacht meer aan het gevecht. Met tranen in zijn ogen zat hij gehurkt naast zijn centurion. Hij hield zijn hand vast en bleef met zijn hoofd schudden, alsof hij het niet kon geloven. En ondertussen vochten de mannen van Barrus achter hem onverstoorbaar verder.

De Germaanse krijgers zagen dat het niet meer mogelijk was om de gouden adelaar te bemachtigen. De standaard werd nu beschermd door een grote groep soldaten die allemaal bereid waren om er voor te sterven. De aanvoerder van de Germanen die Barrus met zijn speer had gestoken riep iets, waarna de hele groep afdroop. Ergens op een hoger gelegen plek verzamelden de Germanen zich en maakten zich klaar voor een nieuwe aanval.

Harald liep verder van het front vandaan en keek om zich heen. Verderop op de flank van de heuvels stond Drusus nog steeds. Titus Laberus en de adelaar van het Eerste legioen hadden hem weten te bereiken, maar de situatie zag er slecht uit. Drusus vocht nu om te overleven. De verovering van de wapens van zijn vijand was allang vergeten. Het telde alleen nog maar dat Drusus dit gevecht overleefde en met het restant van zijn leger weg kon komen.

Terwijl Harald voor het leven van Drusus begon te vrezen, zag hij dat er eindelijk hulp kwam voor Drusus. Een groep strijders die hij eerst voor Germanen had aangezien, vocht zich een weg naar Drusus toe. Verbeten viel die groep de Germanen in hun rug aan. De Germanen hadden niet verwacht dat ze van achteren zouden worden aangevallen en voor ze begrepen waar het vandaan kwam, viel de ene na de andere krijger onder deze nieuwe aanval. Even begreep Harald niet wat er aan de hand was. Was er onenigheid ontstaan tussen de verschillende Germaanse stammen? Toen herkende hij de kleding en de standaard van deze nieuwe aanvallers, ook al zag hij het allemaal vanaf een grote afstand. Het waren Bataven. Dat moest haast wel. Harald had de Bataafse cohorten tijdens de hele strijd nog niet gezien en hij had er zelfs al rekening mee gehouden dat de Bataven allemaal op de vlucht waren geslagen.

De kleine groep Bataven bereikte de nauwe kring met soldaten rond Drusus en sloot zich aan bij de weinige verdedigers die nog over waren. Harald zag hoe de aanvoerder van de Bataven en Drusus kort met elkaar spraken, waarna de hele groep zich in beweging zette om de rest van het leger weer te bereiken.

Harald kon zien dat Drusus de hoop nog niet had verloren. Terwijl hij zich langzaam terugtrok, voerden de Bataven enkele felle tegenaanvallen uit om de Germanen op een afstand te houden. De Romeinen merkten dat de Cherusken, voor wie de overwinning net nog zo dichtbij had geleden, begonnen te twijfelen. De Romeinen waren nog niet verslagen. Nu de legionairs de ordelijke terugtocht van Drusus zagen, begonnen ze zich te schamen voor hun eigen gedrag. Hoe hadden ze kunnen wanhopen aan de uitkomst van deze slag? De officieren begonnen hun manschappen weer tot de orde te roepen. Het kon toch niet zo zijn dat soldaten van Rome zich haastig terugtrokken, terwijl de Bataafse hulptroepen hun generaal moesten redden?
De mannen vonden hun trots terug en verzetten zich weer tegen de Germanen.

Achteraf kon Harald niet zeggen wie er was begonnen met de kreet, maar hij besefte plotseling dat er iets door de soldaten werd geroepen.

“Imperator.”
Opeens was de kreet er en werd hij al snel door meer soldaten overgenomen. Het geluid zwelde langzaam aan, waarbij de ene na de andere soldaat het overnam en zijn zwaard de lucht in stak om hun generaal te begroeten. Harald merkte dat hij kippenvel kreeg, toen hij overal om zich heen diezelfde kreet hoorde.
“Imperator, imperator, imperator.”

Het woord schalde door de vallei, steeds harder uitgesproken door steeds meer soldaten. Ze riepen het voor Drusus. Voor hun generaal, die eigenhandig de Germaanse aanvoerder had verslagen en er nu voor zou zorgen dat ze uit de vallei zouden ontsnappen.

“Imperator, imperator, imperator.”

Harald wist hoe bijzonder dit was. Lang niet alle Romeinse generaals werden op deze manier door hun troepen begroet. Alleen als ze een bijzondere overwinning hadden behaald, werden ze op deze manier geëerd. Tot zijn eigen verbazing merkte Harald dat hij mee begon te schreeuwen met de soldaten om hem heen. Drusus bereikte de hoofdmacht weer en werd op een paard getild, zodat iedereen hem goed kon zien. Met zijn zwaard in de lucht reed Drusus langs de soldaten, die hem allemaal toejuichten.

“Imperator, imperator.”

Het werd de nieuwe strijdkreet voor de Romeinen. Nog eenmaal gaven de centurions hun mannen het bevel om aan te vallen. Nog eenmaal zouden ze alles op alles zetten om door te breken. En met hun imperator aan hun zijde, imperator Nero Claudius Drusus, zou dat zeker lukken.

## Hoofdstuk 60

## Marcus

Met een doffe klap liet Marcus de bijl neerkomen op het hakblok. Het lukte niet om de boomstam met een klap in tweeën te splijten. Hij vloekte en sloeg nog een paar keer met zijn bijl, tot hij uiteindelijk een kleine splinter van de boomstam sloeg.

"Luister, het maakt niet uit of we hem imperator hebben genoemd of niet," zei hij, terwijl hij de splinter aan de kant gooide en het nog een keer probeerde. "Augustus zal hem geen triomftocht gunnen."

"Maar hij is de zoon van Augustus," zei Lucius.

"Stiefzoon," bracht Gaius in.

"Oké, zijn stiefzoon dan. Maar Augustus kan dit niet negeren, toch? Een generaal die door zijn troepen tot imperator is uitgeroepen heeft het recht om bij de senaat een verzoek in te dienen om een triomf te houden."

"De senaat zal zo'n verzoek nooit goedkeuren als Augustus dat niet wil," zei Marcus, die opnieuw uithaalde met de bijl. "En Augustus zal niet staan te popelen om Drusus een triomf te laten houden voor het volk van Rome. Drusus moet oppassen. Hij moet oppassen dat hij niet populairder wordt dan Augustus zelf. Die idioot die tijdens de veldslag begon met het schreeuwen van dat ene woord kan Drusus aardig in de problemen hebben gebracht."

"Maar wat was het mooi, hè?" zei Lucius met een gelukzalige glimlach op zijn gezicht. "Imperator, imperator. Ik denk dat als we dat niet hadden geroepen het wel eens heel anders had kunnen verlopen. Dan had het leger nooit de kracht gevonden om zich uit die hinderlaag te vechten."

"Zal allemaal wel," bromde Marcus, terwijl hij de boomstam terug gooide op de stapel en een andere stam pakte. "Maar ik voel me pas weer veilig als we de Rijn over zijn."

Hij haalde uit met zijn bijl, maar die bleef halverwege steken in het blok hout. Vloekend wrikte hij de bijl weer los.

"Dit hout is veel te nat, Lucius," zei hij chagrijnig.

Marcus had helemaal genoeg van Germania. De campagne duurde naar zijn idee al veel te lang en had nauwelijks wat opgeleverd. De hele zomer waren ze bezig geweest om de Cherusken en de andere stammen te vinden.

En toen ze hen uiteindelijk hadden gevonden, hadden de Romeinen het zelf ternauwernood overleefd. Ze waren veel mannen kwijtgeraakt in de slag bij Arbalo en ze hadden ook een groot deel van hun voorraden achter moeten laten. Toch had het leger stand gehouden. Het moreel van de mannen was aan het wankelen gebracht, maar het was niet gebroken. En iedereen in het leger wist dat ze dat vooral aan Drusus te danken hadden. Hij had niet getwijfeld aan de goede afloop toen zijn troepen dat wel hadden gedaan. Marcus moest er niet aan denken wat er was gebeurd als Drusus er niet was geweest. Als het leger was geleid door een zwakkere generaal. Dan was er waarschijnlijk paniek uitgebroken onder de mannen en was het leger compleet in de pan gehakt. Augustus zou dan zomaar vier legioenen hebben verloren en de hele verovering van Germania zou in één klap voorbij zijn.

Nadat het leger uit de hinderlaag was ontsnapt, bleven de Germanen nog enkele dagen achter de Romeinen aan trekken. Ze vielen achterblijvers en deserteurs aan, maar het lukte niet meer om zo'n grootschalige aanval op te zetten als bij Arbalo. Uiteindelijk gaven ze de achtervolging op en bereikten de uitgeputte Romeinen de brug en het fort die ze bij het begin van de campagne bij de rivier de Lippe hadden gebouwd.

Het liefst was Marcus hier meteen in een boot gesprongen om terug te roeien naar de Rijn. Hij wilde terug zijn in zijn vertrouwde kamp aan de Waal; een plek die Marcus steeds mooier begon te vinden naarmate hij meer van Germania had gezien. En hij wilde Banna weer zien. Hij wist wel dat hij haar moest vergeten. Zijn liefde voor haar was hopeloos. Daar werd hij bijna dagelijks door Sextus aan herinnerd als hij haar naam liet vallen. Maar hij kon het niet helpen. Hij wilde haar gewoon weer een keer zien. De hele campagne was Banna in zijn gedachten continu bij hem geweest. En nu de Rijn dichterbij kwam, groeide het verlangen weer dat hij zo lang weg had proberen te stoppen. Marcus merkte ook dat hij zin had om Jelleke weer een keer op te zoeken. Niet eens op een romantische of seksuele manier, maar hij keek er gewoon naar uit om haar alle verhalen over deze campagne te vertellen.

Marcus zag dat Harald langs de tenten aan kwam lopen vanaf het hoofdkwartier van Drusus. Harald hing vaak rond bij de centurie van Marcus als hij niets anders hoefde te doen. Soms leek hij zich bij de Romeinen meer op zijn plek te voelen dan bij de andere Bataven.

"Hoi Harald," zei Gaius toen hij de vriend van Marcus herkende. "Nog nieuws uit het hoofdkwartier? Gaan we eindelijk terug naar huis?"

"Ja," zei Harald en Marcus merkte dat hij zich bijzonder opgelucht voelde door dat antwoord. "De bespreking met Drusus is net afgelopen. Alleen de tribuun en enkele centurions van het Eerste legioen moeten nog wat langer bij hem blijven. Drusus laat de vloot morgen terugvaren. De legioenen worden naar hun winterkwartieren bij Vetera en Batavorum gestuurd en Drusus gaat zelf voor de winter weer terug naar Rome."

"Denk je dat hij aan de senaat een triomf gaat vragen?" vroeg Lucius. "Zal Augustus dat toestaan?"

"Ik geloof dat Drusus het wel van plan is," zei Harald, die enigszins bezorgd keek. "Hij is er zeer trots op dat zijn soldaten hem hebben uitgeroepen tot imperator. En hij wil zijn spolia opima aanbieden bij de tempel van Jupiter."

In de verte zag Marcus dat Quintus Caelius, die net was gepromoveerd tot hun nieuwe centurion, richting hun tent liep. Blijkbaar was de bespreking met de centurions ook net afgelopen. Hij zag er wat terneergeslagen uit, maar Marcus vond dat Quintus sinds de dood van Barrus sowieso al erg neerslachtig was geweest. Hij had de dood van zijn strijdmakker nog niet kunnen verwerken.

"Oh, en Drusus heeft trouwens net nog een belangrijke beslissing genomen," zei Harald, alsof hem opeens weer iets te binnen schoot. "Sorry, maar ik moet snel mijn broer opzoeken."

"Wat heeft hij dan besloten?" vroeg Marcus, terwijl Harald al aanstalten maakte om weg te lopen.

"Hij wil de Bataven opnemen in zijn escorte," zei Harald. "Hij vond dat de Bataven in de vorige slag zo moedig hebben gevochten dat hij hun beste krijgers als zijn persoonlijke lijfwacht wil. Hij noemde Bren zelfs bij naam."

Harald liep snel weg om zijn broer op te zoeken.

"Het is altijd hetzelfde," mompelde Aulus Cottus. "Wij Romeinen hebben net zo hard gevochten bij Arbalo, maar nu gaan die Bataven met de eer strijken. Alleen maar omdat zij Drusus op het slagveld hebben gered van zijn eigen domme fouten."

"Ssst," zei Marcus.

De centurion was nu vlakbij en Marcus wilde niet dat Quintus zou horen dat ze op die manier over Drusus spraken.

"Mannen, luisteren," riep Quintus op barse toon. "Ik heb een belangrijke mededeling."

"Ja, we hebben het net al gehoord van Harald," zei Sextus, die voor de vorm toch maar opstond voor de officier. "We schepen morgenochtend in en dan gaan we terug naar de Rijn."

"Wij niet," zei Quintus.

"Wat?" vroeg Marcus.

Het woord ontglipte hem voor hij er erg in had, zo verbaasd was hij.

De centurion keek Marcus nijdig aan.

"Bek dicht, Vilenus," zei hij dreigend. Quintus was in een slechte bui vandaag.

"Het leger vertrekt morgen voor de reis terug naar de Rijn," ging hij verder. "En wij blijven hier. De tribuun Mercius zal met vijf cohorten achterblijven om fort Aliso bezet te houden. Drusus heeft ons opdracht gegeven om hier te overwinteren. In Germania."

"Wat?"

Deze keer waren het Lucius en Gaius die zich niet in konden houden. Marcus was te geschokt om iets te zeggen. Meende hij dit nou? Overwinteren in Germania? Met slechts duizend tot tweeduizend man?

"Bekken dicht. Allemaal," schreeuwde Quintus kwaad.

Nu begreep Marcus waarom hij zo chagrijnig was. Iedereen had zich ingesteld op een spoedige terugreis naar de Rijn. Daar zouden ze op een relatief comfortabele plek bij kunnen komen van de campagne. En nu was dat vooruitzicht in één flits verdwenen.

De campagne was nog niet afgelopen. Ze zouden de rest van de lange winter in vijandelijk gebied door moeten brengen, omringd door allerlei barbaarse stammen en wilde dieren. En met een schok besefte Marcus wat dit nog meer betekende. Hij werd tegelijkertijd boos en verdrietig toen hij erover nadacht. Het zou nu nog maanden duren voor hij Banna weer zou zien.

# Hoofdstuk 61

## 10 voor Christus

## Bren

Nog nooit in zijn leven had Bren zo'n schitterend schouwspel gezien als nu. Het was bijna een droom, zo mooi was het. De zon scheen op de enorme gouden standbeelden en schilden die hij op het bouwwerk in de verte kon zien, terwijl hij over de nieuwe brug bij Lugdunum naar de overkant van de rivier liep. Naast hem liep Wilfrid, die ook enorm onder de indruk leek te zijn. Bren glimlachte kort naar Wilfrid toen ze elkaar aankeken en staarde vervolgens weer strak voor zich uit. Ze zaten in de lijfwacht van Drusus, die een paar passen voor hen uit liep in een ceremonieel priestergewaad. Ze mochten er niet al te vrolijk uitzien, ook al was dit voor iedereen een vrolijke dag.

Het was vandaag de eerste dag van de maand Sextilis. Voor zowel de Romeinen als de Galliërs was dit een bijzondere dag. Voor de Gallische stammen, die Drusus vanuit de hele provincie weer naar Lugdunum had laten komen om de ceremonie bij te wonen, begon vandaag het festival van de god Lug. Lug was de Gallische god van de oorlog waar de stad Lugdunum naar was vernoemd. En voor de Romeinen was de eerste dag van Sextilis de dag waarop de Princeps precies twintig jaar geleden Alexandrië veroverde. Met deze verovering van de hoofdstad van Cleopatra en Marcus Antonius had hij zijn laatste tegenstanders verslagen. Het was het begin geweest van zijn alleenheerschappij.

Het was daarom geen wonder dat Drusus juist deze dag had gekozen om zijn altaar voor Roma en Augustus in te wijden. Juist op deze dag kon hij de band benadrukken tussen het Romeinse en het Gallische volk.

Bren keek naar Drusus, die statig over de brug en langs het grote amfitheater liep. Hij schreed plechtig over de brede weg richting het altaar waar hij zoveel jaar aan had gewerkt. Aan beide zijden van de weg stond een enorme juichende menigte. Vanuit de hele provincie waren ze hiernaartoe gekomen. Galliërs en Romeinen stonden zij aan zij naast elkaar. Ze gooiden bloemen en klapten enthousiast

voor de jonge Drusus, die nu vier jaar de gouverneur van hun provincie was.
Jammer dat Antonia dit niet kan zien, dacht Bren, terwijl hij langs de menigte keek.

Antonia, de vrouw van Drusus, was de enige persoon die ontbrak bij de ceremonie. Ze lag nog te rusten na de zware bevalling die ochtend. Door de geboorte van zijn tweede zoon kon Drusus zijn geluk deze ochtend al helemaal niet op. Hij beschouwde het als een gunstig voorteken dat zijn zoon op deze dag ter wereld was gekomen en verklaarde dat de jongen waarschijnlijk grootse dingen zou bereiken als hij ouder zou zijn. Drusus was zo blij met de geboorte dat hij niet eens de gebruikelijke periode af wilde wachten voor hij zijn kind een naam zou geven. Hij had zijn zoon direct na de geboorte Tiberius Claudius Drusus genoemd, naar zijn broer Tiberius.
Antonia had lachend opgemerkt dat ze het maar ingewikkeld vond worden met alle namen in hun familie, aangezien Tiberius zijn zoon een paar jaar geleden ook al naar Drusus had vernoemd. Om iedereen uit elkaar te kunnen houden, had Antonia voorgesteld om het kind dan maar als Claudius aan te spreken en niet Tiberius minor, de jonge Tiberius.

De oude Tiberius, de broer van Drusus, zat op een podium tegenover het prachtige altaar, waar de processie nu naartoe liep. Bren had Tiberius die ochtend voor het eerst ontmoet en hij moest toegeven dat hij het maar een beetje een rare man vond. Hij was heel anders dan Drusus. Drusus leek zich altijd op zijn gemak te voelen in aanwezigheid van andere mensen, of het nu om hoge generaals in zijn leger of de gewone soldaten of de bedienden in zijn huishouden ging. Drusus kon met iedereen overweg en hij was bij veel mensen geliefd. Dat was ook nu weer te merken aan het enthousiasme waarmee hij bij het altaar werd onthaald. Tiberius leek zich juist ongemakkelijk te voelen in het bijzijn van anderen.

Bren en Tiberius hadden die ochtend meer dan een uur in dezelfde ruimte doorgebracht zonder een woord tegen elkaar te zeggen. Bren bewaakte de deur naar de kamer waar Antonia lag en Tiberius wachtte gespannen tot de bevalling voorbij was. Na de bevalling kwam Drusus trots de kamer uit om zijn zoon te tonen aan Tiberius en Livia. Livia, zijn moeder, was dolblij dat ze een nieuwe kleinzoon had. Ze kuste Drusus op zijn voorhoofd en omhelsde hem hartelijk. Aan het gezicht van Tiberius kon Bren zien dat hij ook blij was voor zijn broer, maar Tiberius vond het blijkbaar moeilijk om die blijdschap te uiten. Hij kwam niet verder dan wat stroeve woorden waarmee hij zijn broer formeel geluk wenste. Terwijl Bren als onderdeel van de lijfwacht van Drusus dit intieme familiemoment vanaf de zijlijn gadesloeg, vroeg hij zich af of hij misschien wat jaloezie bij Tiberius bespeurde.

Hij wist dat Tiberius zelf een ongelukkig huwelijk had. De geruchten en grappen over het slechte huwelijk van Tiberius met Julia, de dochter van Augustus, werden regelmatig ’s nachts gedeeld in de slaapvertrekken van de lijfwacht van Drusus. Het was een publiek geheim dat de twee eigenlijk helemaal niet met elkaar hadden willen trouwen na de dood van Agrippa. Tiberius was op dat moment gelukkig getrouwd geweest met Vipsania, een dochter uit een eerder huwelijk van Agrippa. Iedereen, ook Augustus, wist dat Tiberius en Vipsania zielsveel van elkaar hielden. En toch werd Tiberius door Augustus gedwongen om te scheiden van Vipsania en te trouwen met de weduwe van de man die zijn schoonvader was geweest. Tiberius had het gedaan zonder te protesteren. Niemand protesteerde tegen Augustus. Maar iedereen wist dat hij diepongelukkig was met de verbintenis.

Het was veelzeggend dat Julia in Rome was achtergebleven, terwijl Tiberius, Augustus en Livia speciaal voor de ceremonie van vandaag naar Lugdunum waren gekomen. Kon de frustratie over zijn eigen huwelijk ervoor zorgen dat Tiberius niet gelukkig kon zijn over de geboorte van Claudius, of speelde er meer mee?

Augustus zat naast Tiberius op het podium, met tussen hen in een stoel die voor Drusus was gereserveerd. Bren had Augustus één keer eerder gezien bij zijn vorige bezoek aan Lugdunum en hij herkende het gezicht van de afbeeldingen die de Romeinse legioenen altijd met zich meedroegen. De Princeps zag er nog precies hetzelfde uit als hij zich herinnerde. Hij was een gereserveerde man van ongeveer vijftig jaar met een natuurlijke aura van macht om zich heen. Vanaf het podium keek hij goedkeurend naar de ceremonie van Drusus. Het altaar dat vandaag werd ingewijd was gebouwd om hem te eren. Het was een altaar gewijd aan Roma en Augustus, de godin en de heerser, samen op een gelijkwaardig niveau als beschermers van de provincie Tres Galliae.

Het altaar was het prachtigste bouwwerk dat Bren ooit had gezien. Het was mooier dan het theater of de grote tempel in de stad aan de overkant van de rivier. Het altaar was tegen een klif gebouwd op een lage heuvel tegenover de stad Lugdunum, op de plek waar de rivieren de Arar en de Rodanus samenkwamen. Het bouwwerk bestond uit een verhoogd platform van marmer waar vier gouden schilden aan waren bevestigd met daarop de vier deugden van Augustus: virtus, pietas, iustitia en clementia. Het marmeren platform was al bijzonder mooi, maar het meest indrukwekkend vond Bren de twee hoge pilaren die aan weerszijden van het altaar stonden. De pilaren waren hoger dan de meeste huizen in Lugdunum en daarbovenop stonden nog twee enorme standbeelden van godinnen met laurierkransen in hun hand. Bren begreep niet hoe het de Romeinen was gelukt om die grote pilaren en de standbeelden overeind te krijgen.

Drusus betrad het podium en nam, na een korte buiging voor de Princeps, plaats op zijn stoel. Bren en Wilfrid bleven allebei voor het podium staan en deden hun best om er gevaarlijk uit te zien. De twee Bataven die voor het podium stonden vormden een vreemde verschijning tussen de overige bewakers die rond het podium stonden opgesteld. Er stond een klein detachement van ongeveer zestig soldaten van de Praetoriaanse garde aan beide zijden van het podium en dan had Augustus ook nog zijn eigen lictoren meegenomen.

De personen op het podium waren dus goed beschermd, hoewel het eigenlijk niet echt nodig was. Er was niemand in Lugdunum die Drusus iets aan zou willen doen. De jonge gouverneur was in de afgelopen jaren zeer populair geworden onder de elite en het gewone volk van zijn provincie.

In tegenstelling tot wat gebruikelijk was voor Romeinse provinciebestuurders had hij de belastingopbrengsten niet in zijn eigen zak gestoken, maar gebruikt om zijn campagnes in Germania voor te bereiden. Hij had zich met een ongekende energie ingezet om zijn provincie te besturen en de problemen van de verschillende Gallische stammen aan te pakken. En daarnaast hadden zijn oorlogen in Germania gezorgd voor rust en veiligheid binnen de provincie. De grenzen van de provincie waren veilig nu de Germaanse stammen één voor één werden onderworpen aan het Romeinse gezag. En terwijl Drusus hier was om zijn altaar in te wijden, ging de oorlog in Germania gewoon door.

Dit voorjaar was Drusus voor het derde jaar op rij de Rijn overgestoken met zijn legioenen. Hij had vanuit Mogontiacum de Chatten aangevallen en was daarna verder getrokken naar het binnenland van Germania. Voordat de campagne kon worden afgerond, moest Drusus echter naar Lugdunum om op tijd terug te zijn om het altaar in te wijden. Samen met zijn nieuwe persoonlijke lijfwacht van Bataafse ruiters was Drusus dwars door Germania getrokken en had ondertussen zijn legaten achtergelaten om de oorlog in zijn afwezigheid voort te zetten.

Terwijl de ceremonie zich met veel pracht en praal voortzette voor zijn ogen, gingen de gedachten van Bren naar Harald en Thorgal. Zij vochten nog steeds in Germania, samen met de onderbevelhebbers van Drusus. Het vervulde Bren met trots dat de Bataven zo'n prominente rol speelden in deze oorlog. Zij stelden hun leven in de waagschaal tegenover de Germaanse barbaren, zodat de families hier in Lugdunum veilig konden zijn.

Drusus bleef een week in Lugdunum en ging daarna niet meer terug naar zijn leger. Hij had voldoende vertrouwen in zijn generaals en wist dat ze het ook wel zonder zijn hulp zouden redden. Augustus had aan Drusus gevraagd om samen met hem en Tiberius mee te reizen naar Rome, want hij had belangrijk nieuws voor zijn stiefzoon.

De senaat zou Drusus aanwijzen als een van de twee consuls voor het volgende jaar. Augustus had het de vorige avond tijdens het diner aan Drusus verteld, terwijl Bren op de achtergrond op wacht stond.

Officieel moest er nog gestemd worden door de senatoren en daarom was het belangrijk dat Drusus zich de komende maanden in Rome liet zien, maar eigenlijk stond de uitkomst al vast. Als de Princeps iets wilde, waren er maar weinig senatoren die daartegen in durfden te gaan.

Op de ochtend dat het reisgezelschap zich klaar maakte voor de lange reis naar Rome had Tiberius een bijzonder slecht humeur. Hij zat te vitten op de slaven die zijn spullen in moesten pakken, hij klaagde over het ontbijt en hij stond erop dat hij samen met zijn broer naast Augustus mocht rijden. Wilfrid vroeg zich fluisterend af of hij zich misschien zo gedroeg omdat hij terug moest naar Julia, maar volgens Bren had het vooral met het nieuws over het consulaat van Drusus te maken. Bren dacht dat Tiberius jaloers was op zijn jongere broer. Drusus leek steeds meer de favoriet van Augustus te worden. Eerst had Augustus het provinciebestuur over Gallia afgenomen van Tiberius en aan Drusus geschonken. Daarna had hij Drusus het prestigieuze commando gegeven over de oorlog in Germania, terwijl Tiberius naar Pannonia werd gestuurd om een opstand te onderdrukken. En nu liet hij Drusus consul worden en dat moest een nieuwe klap in het gezicht zijn voor de prikkelbare Tiberius. Drusus zou achtentwintig zijn als zijn consulaat in januari zou beginnen. Hij was een jaar jonger dan Tiberius was bij zijn eigen consulaat vier jaar geleden.

Het duurde lang voordat het hele gezelschap klaar was om te vertrekken. Verschillende Gallische leiders wilden die ochtend nog hun dank uitbrengen aan Augustus en Drusus of ze kwamen geschenken brengen voor de kleine Claudius. Uiteindelijk was iedereen aan het eind van de ochtend klaar voor vertrek en trok het gezelschap van Augustus in een lange stoet van ruiters en wagens de stad Lugdunum uit.

Bren reed zelf met negen andere Bataven vlak achter Drusus, die samen met Augustus en Tiberius vooraan reed. Augustus werd voorafgegaan door zijn lictoren en honderd edelen van verschillende Gallische stammen die hem tot de grens van de Provincie zouden begeleiden. Iedereen had ervoor gezorgd dat hij er deze dag perfect uitzag. Ze droegen hun mooiste kleding en wapenuitrusting. Alleen Augustus zelf stak daarbij in schril contrast af. Hij droeg een eenvoudige mantel en een vale, versleten hoed. Aan niets was te zien dat hij de machtigste man van Rome was. Hij zag er eerder uit als een simpele burger die voor aanvang van een lange reis maar snel wat makkelijke kleding bij elkaar had gegrist. Of had Augustus deze kleding juist uiterst zorgvuldig uitgezocht?

Achter de Bataven van de lijfwacht van Drusus reden tweehonderd soldaten van de Praetoriaanse garde, die het een grove belediging vonden dat ze achter die ‘halve barbaren uit het noorden’ moesten rijden. Daarachter kwamen de wagens met de uitgebreide familie van de Princeps. Livia reed in een wagen met de twee jongens Gaius en Lucius, en met Drusus, de zoon van Tiberius. Antonia reed in de wagen daarachter met haar drie kinderen: Nero, Livilla en de pasgeboren Claudius, die tijdens de reis goed in de gaten werd gehouden door de artsen van Augustus. Agrippina en Agrippa Postumus, de twee jongste kinderen van Julia en Agrippa, waren bij hun moeder in Rome achtergebleven.

Achter de familieleden van de Princeps reed nog een turmae met dertig ruiters van de Praetoriaanse garde en helemaal achteraan kwamen de leden van de huishouding van de Princeps. Van secretarissen, artsen, koks, augurs, boodschappers en bedienden tot slaven; alle personen die de Princeps nodig had om onderweg zijn bestuurstaken uit te kunnen voeren, reisden met hem mee op weg van Lugdunum naar Rome. De lange stoet deed Bren bijna denken aan de veldtochten met het leger van Drusus.

Dit is Rome, dacht hij, terwijl hij even achterom keek naar het uitgestrekte lint van wagens en ruiters dat Augustus volgde. Dit zijn de mannen die het lot van de hele wereld in handen hebben. Augustus, samen met zijn twee stiefzonen en deze mensen in hun gevolg. Het is niet de stad die onze wereld bestuurt. Het zijn niet de senatoren; de oude mannen die hun dagen vooral slijten met eindeloze vergaderingen en redevoeringen. Het is deze groep mensen. Vanochtend was Lugdunum Rome en nu is Rome onderweg, op weg naar huis.

En terwijl Bren gelukzalig wegdroomde bij deze gedachte en probeerde om ieder detail van de reis in zich op te nemen om later aan Hilde, Bard en Aster te vertellen, liet het paard van Augustus een paar grote stinkende vijgen op de weg vallen. Het paard van Bren stapte rustig verder, zonder op of om te kijken, dwars door de verse drollen heen. En Bren wist dat er in de lange stoet achter hem slaven liepen die er even later ook gewoon doorheen zouden lopen. Voor die dieren en de slaven maakt het helemaal niets uit wie er op dat paard zit, dacht Bren. Het maakt niet uit hoe machtig Augustus is.

Hij vond het een ontnuchterende gedachte. Hier zat een boodschap in die hij bij thuiskomst ook maar door moest geven aan zijn zoon.
Schijt is gewoon schijt.

## Hoofdstuk 62

## Marcus

De roeiers in het kleine schip begonnen onbewust harder te roeien toen ze de splitsing van de Rijn en de Waal bereikten. Ze voelden allemaal dat ze er bijna waren. Nog een klein stukje varen en dan waren ze, na bijna twee jaar afwezigheid, eindelijk terug in hun vertrouwde winterkamp bij Oppidum Batavorum. Marcus keek tijdens het roeien over zijn schouder en daar zag hij het al liggen, boven op de heuvel die uitkeek over de rivier en het eiland van de Bataven. Aan de linkerkant op de heuvel lag de grote villa die Drusus als hoofdkwartier gebruikte. Titus Laberus had daarin zijn intrek genomen nu Drusus in Rome was. Rechts van de villa lag het grote legerkamp, dat oorspronkelijk gebouwd was voor twee legioenen, maar nu slechts een paar cohorten van het Eerste legioen huisvestte. Het Vijfde legioen en de overige legioenen uit het leger van Drusus waren meer naar het oosten en zuiden gelegerd. Dit deel van de Rijn was relatief veilig na drie jaar oorlog.

Naast het legerkamp lag de kleine nederzetting Batavorum, de stad van de Bataven. Marcus kon niet wachten om weer voet aan wal te zetten en die stad in te gaan. Hij wist dat Banna daar ergens was, in een van die boerderijen op de heuvel.

Vanaf de wachttorens van het legerkamp werd er op hoorns geblazen om de terugkerende schepen te begroeten. De soldaten in de schepen beantwoordden het geluid enthousiast met hun eigen trompetten. Iedereen keek ernaar uit om hun kameraden weer te zien. De campagne van de afgelopen twee jaar was zwaar geweest. Vooral de lange wintermaanden die ze in Germania hadden doorgebracht. Het was de vorige winter bitter koud geweest en in de herinnering van Marcus aan die tijd leek het altijd te sneeuwen.

De oorlog, die na de winter weer was opgelaaid met de nieuwe campagne van Drusus tegen de Chatten, leek eerst een welkome afwisseling te zijn van het saaie leven in het winterkamp. Maar als snel ontaardde de oorlog in een bloederige, moeizame strijd waarin de Chatten zich hevig bleven verzetten tegen de Romeinse inval.

In tegenstelling tot de andere Germaanse stammen bleken de Chatten bijzonder goed georganiseerd te zijn. Ze waren eraan gewend om een langdurige veldtocht te houden in plaats van een snelle, impulsieve roofoverval zoals de andere Germanen. Ze vertrouwden ook meer op gedisciplineerd voetvolk dan op losse bendes ruiters. De strijdmacht van de Chatten was een echt leger bijna naar Romeins model. Het maakte de Chatten taaie tegenstanders, waardoor de strijd aan beide zijden vaak onnodig wreed en bloederig werd. Zelfs de Bataven, die van oudsher toch een zekere verwantschap met de Chatten hadden, vochten fel in deze oorlog. De Bataafse mannen in de lijfwacht van Drusus hadden zich bij meerdere gelegenheden dapper gedragen, waardoor de reputatie van de Bataven in heel het leger verder toenam.

Marcus had slechte herinneringen overgehouden aan de laatste campagne. Er waren geen grote veldslagen geweest. Het was gewoon een aaneenschakeling geweest van moordpartijen over en weer door de Romeinen en de Chatten, die steeds iets smeriger werden. Marcus was blij dat het eindelijk voorbij was.

Het duurde lang voordat hij uiteindelijk toestemming kreeg van Quintus om met verlof te gaan. De centurion wilde eerst dat alle uitrusting van hun centurie van de rivierkade naar het legerkamp werd overgebracht. Daar hield hij samen met zijn optio een uitvoerige inspectie van de manschappen en hun materiaal. Even leek het erop dat Quintus helemaal niemand met verlof zou laten gaan, omdat hij een kruik met olijfolie miste bij de inventaris. Hij brulde tegen zijn mannen dat hij bereid was om iedereen de hele nacht op de oefenplaats te laten staan tot de ontbrekende kruik boven water kwam.

Uiteindelijk gaf Lucius met een beschaamd gezicht toe dat hij de kruik bij het uitladen kapot had laten vallen op de kade. De optio liep kwaad naar Lucius toe en gaf hem drie harde klappen in zijn maag met zijn staf.

“Dit is voor de kruik,” blafte hij bij de eerste klap.

“Dit is omdat je het niet hebt gemeld. En deze klap is omdat je iedereen hebt laten wachten.”

Terwijl Lucius kermend op de grond viel, riep de optio nog dat hij de rest van de week wachtdienst moest lopen en daarna liet de centurion de mannen van zijn centurie gaan. Alle mannen die bereid waren om flink in de buidel te tasten om de wachtofficier om te kopen konden die avond met verlof.

Marcus voelde zijn hart in zijn keel bonzen toen hij door Batavorum liep richting het huis van Thorgal en Banna. Hij wist dat Thorgal er niet zou zijn. Thorgal trok met zijn ruiters over land richting Batavorum en het zou nog zeker een dag duren voordat ze er zouden zijn. Eigenlijk maakte het hem niet eens uit of Thorgal er was of niet. Hij was gewoon een oude vriend van Banna en ze hadden elkaar al twee jaar niet meer gezien. Vrienden mochten elkaar opzoeken, toch?

Marcus merkte dat hij bijzonder gespannen was voor deze ontmoeting, waar hij al die tijd naar had uitgekeken.

Hoe zou ze reageren als ze hem zag?

Wat moest hij zeggen?

Wilde gedachten zweefden door zijn hoofd. Gedachten aan een stiekeme affaire met Banna of aan samen met haar wegvluchten. Het waren gedachten waarvan hij wist dat ze nooit waarheid konden worden, maar het waren toch fijne gedachten.

Een van de slaven van Thorgal deed de deur open voor Marcus. Hij keek hem wantrouwend aan, deze vreemde man die 's avonds in zijn soldatentuniek aan de deur verscheen. De slaaf leek te schrikken toen Marcus zei dat hij voor Banna kwam. Even leek het erop alsof hij hem meteen weg zou sturen, maar uiteindelijk ging hij toch aan Banna vertellen dat er een gast voor haar was.

Het duurde lang voordat er een reactie kwam en al die tijd stond Marcus voor de dichte deur te wachten. Hij vroeg zich af wat hij zo meteen moest zeggen. Wat deed hij hier eigenlijk? Wat hoopte hij te bereiken?

Uiteindelijk ging de deur weer open en daar stond ze. Alle twijfel verdween.

Nu hij haar zag leek alles op zijn plek te vallen. Marcus moest tegen haar zeggen hoe hij zich voelde. Hij moest zeggen dat hij haar nog niet was vergeten. Dat hij iedere dag aan haar had gedacht.

Ze staarden elkaar zwijgend aan. Geen van beiden wist iets te zeggen. Op de achtergrond hoorde Marcus dat de slaaf bij Banna in de buurt bleef. Klaar om de deur dicht te gooien als ze in de problemen kwam. Banna keek Marcus geschrokken aan, alsof ze niet kon geloven dat hij hier zomaar bij haar voor de deur stond.

"Hallo Banna," zei hij aarzelend. "Ik ben weer terug van de campagne."
Hij haalde het geschenk tevoorschijn dat hij voor haar had meegenomen uit Germania. Het was een fibula, een bronzen mantelspeld met een kleine steen van amber erin. Hij had de fibula van een Chaukische handelaar gekocht die in het voorjaar langs fort Aliso was gekomen. Het geschenk had hem bijna een volledig maandsoldij gekost, maar dat was het waard geweest voor haar.
"Ik heb iets voor je meegenomen."

Marcus had dit moment al zo vaak voor zich gezien de afgelopen maanden. Banna zou ontzettend blij zijn met de fibula. Ze zou hem omhelzen en hem beloven dat ze steeds aan hem zou denken als ze de fibula droeg. Dan zou ze in zijn oor fluisteren dat ze de afgelopen jaren elke dag aan hem had gedacht.

Alleen het ging niet zoals hij zich had voorgesteld. De ogen van Banna vernauwden zich toen ze de fibula in zijn hand zag. Ze werd opeens achterdochtig.
"Wat is dit?" vroeg ze, terwijl ze naar de speld keek. "Wat kom je doen, Marcus?"
Deze reactie had hij niet verwacht.
"Ik wil je een geschenk geven," stamelde hij, plotseling onzeker.
"Het is midden in de nacht, Marcus," zei ze met een scherpe toon in haar stem. Ze klonk gejaagd, alsof ze het liefst zo snel mogelijk de deur in zijn gezicht dicht wilde gooien.
"Ik ben net pas aangekomen," zei Marcus, die voelde dat er koud zweet op zijn rug en voorhoofd stond. "Lucius had een kruik met olijfolie laten vallen. Quintus liet ons niet gaan. Ik ben meteen naar je toe gekomen."

Dat sloeg nergens op en Marcus wist het zodra hij zichzelf die woorden hoorde uitspreken. Hij had geen goede reden om haar midden in de nacht op te komen zoeken.
'Zie je wel,' zei een stem in zijn achterhoofd. 'Dit was een vergissing. Ze is getrouwd met een ander. Leg je daar toch eens bij neer en gedraag je niet meer als een volslagen idioot.'
Banna keek vlug om zich heen door de straat, die afgezien van Marcus helemaal verlaten was.
"Je had niet moeten komen, Marcus," zei ze gespannen. "Ga weg."
"Maar..." zei hij.

"Ga weg, Marcus," zei Banna, nu wat harder. "Je kunt hier niet zijn."

Banna gedroeg zich erg nerveus. Ze keek nog een keer de straat in en wilde de deur al dicht doen. Ze durfde hem niet aan te kijken.

"Ik hou van je," zei Marcus.

Het was het enige dat hij nog kon bedenken om te voorkomen dat ze hem weg zou sturen. Hij was wanhopig. Dit was de werkelijke reden waarom hij haar had opgezocht. Hij moest het nog één keer tegen haar zeggen en hij wilde van haar horen dat ze ook van hem hield.

Banna staarde hem met grote ogen aan, geschokt dat hij het hardop durfde te zeggen. Heel even zag hij een spoor van twijfel in haar ogen. Ze keken elkaar aan, net zoals die ene keer voor het legerkamp in Germania, toen Banna tegen Marcus had gezegd dat ze van hem hield. Die dag leek nu een eeuwigheid geleden. Een vorig leven voor hen allebei.

Hij dacht dat hij dezelfde worsteling in de ogen van Banna zag als toen. Hij deed een stap naar voren om haar te omhelzen, maar de blik van Banna verstrakte en ze hield hem tegen.

"Ik hou van je," fluisterde hij nog een keer. Hij probeerde aan te dringen, maar plotseling gaf Banna hem een klap in zijn gezicht.

"Ga weg," zei ze op schrille toon. "Je hoort hier niet. Ik ben getrouwd."

Geschrokken deinsde Marcus achteruit.

Hij zag dat Banna ook was geschrokken van haar eigen reactie. Ze had tranen in haar ogen en stond te trillen op haar benen. Hij wilde nog wat zeggen. Hij wilde zijn excuses aanbieden voor zijn gedrag. Maar voordat hij iets kon zeggen, kwam de slaaf van Thorgal tussen hem en Banna in staan. Zonder iets te zeggen duwde de slaaf de deur dicht. Marcus hoorde hoe de deur vergrendeld werd en hoe Banna achter de deur zachtjes begon te snikken.

Langzaam draaide hij zich om en liep verdoofd door de straten van Batavorum. Hij had de fibula, die hij al de hele zomer aan Banna had willen geven, nog in zijn hand.

'Ze wil je niet,' zei de stem in zijn hoofd. 'Je hebt jezelf compleet belachelijk gemaakt.'

Sextus had gelijk. Het werd tijd dat hij Banna vergat.

Even overwoog Marcus om de mantelspeld dan maar in de Waal te smijten, maar hij stopte hem toch terug in zijn leren buidel. Hij was te duur geweest om zomaar weg te gooien.
Ze had me niet hoeven slaan, dacht hij. Ze had gewoon kunnen zeggen dat ik weg moest gaan.
De frustratie over haar reactie sloeg langzaam om in woede. Hij voelde zich verraden.
Hoe kan ze mij zomaar zijn vergeten? Beteken ik dan niets voor haar?

Marcus kwam aan bij de rand van Batavorum. In de verte zag hij zijn kamp liggen.
Hij wilde niet naar het legerkamp gaan. Hij voelde er niets voor om terug te gaan naar zijn barak en aan Gaius en Sextus uit te moeten leggen wat er was gebeurd. Hij voelde een sterke behoefte om met iemand te praten. Iemand die niet over hem zou oordelen of hem uit zou lachen.
Marcus zuchtte. Hij draaide zich om en liep in de richting van het bordeel waarvan hij hoopte dat Jelleke er nog zou werken.

## Hoofdstuk 63

## Banna

Banna lag stil in bed te luisteren hoe weer een aantal bekers kapot vielen, gevolgd door dronken gelach. Ze hoorde dat Thorgal iets riep, waarna er weer hard werd gelachen.
Ze vroeg zich af wat er net was gebeurd. Het klonk alsof er iemand met zijn dronken kop van tafel was gelazerd en dat zou haar niks verbazen. Het zou niet de eerste keer zijn dat zoiets gebeurde als Thorgal feestvierde met zijn mannen.

Haar man was vandaag teruggekomen van de oorlog in Germania en dat moest groots gevierd worden. De ruiters van Thorgal hadden moedig gevochten en hij had veel buit en slaven meegenomen, die hij eerlijk onder zijn mannen had verdeeld.

Tijdens de feestmaaltijd had Banna geluisterd hoe Thorgal over haar broers Bren en Harald sprak. Bren was sinds dit jaar de commandant van de persoonlijke lijfwacht van Drusus en in verschillende gevechten hadden Bren en Drusus zij aan zij met elkaar gevochten. Dat was voordat Drusus en Bren halverwege de zomer naar Lugdunum waren vertrokken.

En terwijl Drusus weg was, had Harald als één van de afgezanten van de Romeinen de onderhandelingen gevoerd met de Chatten over hun overgave. Covis was met Harald mee gegaan, omdat de Chatten blijkbaar veel respect voor hem hadden. Banna begreep niet helemaal waarom dat was, maar Thorgal vertelde dat de Bataven en de Chatten vroeger met elkaar waren verbonden. Covis scheen zelfs familie van de koning van de Chatten te zijn geweest, hoewel die koning ondertussen al was afgezet en vervangen door een andere koning.

De nauwe verwantschap tussen de Bataven en de Chatten had Thorgal er in ieder geval niet van weerhouden om verschillende nederzettingen plat te branden. Na de maaltijd vertelde hij vol enthousiasme over de meest gruwelijke details van die aanvallen aan zijn mannen, terwijl ze er zelf bij waren geweest. Voor Banna was dat een goed moment geweest om zich te excuseren en zich terug te trekken naar haar slaapkamer, terwijl het feest van Thorgal tot diep in de nacht doorging.

Ze voelde hoe de spanning in haar maag toenam, terwijl ze luisterde naar de geluiden die uit de grote hal kwamen. Ze vroeg zich af hoe lang het nog zou duren voor Thorgal haar op kwam zoeken.

Hij moet het ondertussen al weten, dacht ze, terwijl ze een gestommel hoorde alsof twee mannen met elkaar aan het worstelen waren. Berthrand heeft het vast al aan hem verteld. Thorgal weet dat Marcus hier is geweest.

Banna was boos op Marcus, ook al was ze in eerste instantie erg blij geweest dat hij haar op was komen zoeken. Iedere keer als ze terugdacht aan dat moment; aan zijn ogen en de manier waarop hij zei 'ik hou van je', voelde ze zich weer helemaal gelukkig worden.

Zelfs na twee jaar huwelijk met Thorgal hield ze nog steeds van Marcus en het liefst was ze direct met hem mee gegaan. Het maakte haar niet uit waar ze heen zouden gaan, als het maar ver van hier was. Alleen hij had dit nooit zo mogen doen. Hij had haar niet zomaar op mogen zoeken en hij had ook nooit mogen zeggen hoe hij zich voelde. Begreep hij dan niet wat voor man Thorgal was?

Marcus had Banna ernstig in de problemen gebracht door bij haar langs te gaan. En dan ook nog eens in het bijzijn van haar slaven. De slaaf Berthrand had alles gehoord en hij zou het zeker doorvertellen aan Thorgal. Alle slaven vertelden altijd alles direct aan Thorgal. Ze werd altijd door de slaven in haar huishouden in de gaten gehouden, wat ze ook deed.

Alleen Pallas, de vriendelijke oude slaaf van Tarik die nu in het huishouden van Thorgal woonde, nam Banna af en toe in bescherming. De andere slaven waren allemaal op de hand van Thorgal, vooral omdat ze bang voor hem waren. Berthrand was een van de ergste slaven. Met zijn bleke gezicht en samengeknepen ogen leek hij haar altijd stil en onopvallend te achtervolgen door het huis. Wat Banna ook deed, altijd voelde ze zijn ogen op haar gericht, spiedend naar gedrag dat niet gepast was voor de vrouw van Thorgal.

Het maakte niet eens uit hoe ze had gereageerd toen Marcus voor haar deur stond. Het maakte niet uit dat ze hem een klap in zijn gezicht had gegeven. Alleen al het feit dat Marcus haar op was komen zoeken, maakte Banna verdacht. Thorgal zou zeker boos worden.

Lang wachtte ze in bed, terwijl ze hoorde hoe de gasten van Thorgal één voor één afscheid namen en naar huis vertrokken. Na ieder afscheid werd het rumoer uit de eetkamer iets zachter tot de laatste gast uiteindelijk was vertrokken en er alleen stilte achterbleef.

Hij is alleen, dacht Banna. Nu duurt het niet lang meer.

Ze probeerde nog te doen alsof ze sliep toen de deur van de slaapkamer open ging, maar Thorgal schudde haar ruw wakker.

"Wie was die soldaat die hier een paar dagen geleden was, slet?" siste hij in haar oor. Zijn adem stonk naar wijn en zijn gezicht zag er extra dreigend uit in het licht van de kaars die naast het bed stond.

"Heb je hier nog meer vriendjes langs laten komen, terwijl ik weg was? Terwijl ik mijn leven voor je op het spel zette in Germania? Heb je geen enkele eer, vuile hoer?"

Ze probeerde zich er nog uit te praten. Ze zwoer dat er niks was gebeurd. Dat ze niet wist wie die soldaat was of waarom hij haar had opgezocht. Ze zei dat ze van Thorgal hield en dat ze de soldaat meteen had weggestuurd.

Die laatste opmerking was niet eens een leugen. Toch hielp het allemaal niets. Thorgal was niet voor rede vatbaar. Ze zag het in de dronken, jaloerse blik in zijn ogen. Thorgal zou haar straffen en er was niets dat ze daartegen kon doen.

De volgende ochtend werd Banna wakker met veel pijn over haar hele lichaam. Thorgal lag nog naast haar te slapen. Als verdoofd klom ze moeizaam uit bed en liep naar haar kledingkist om zich aan te kleden. Ze schrok toen ze haar eigen gezicht in het spiegelglas zag. Ze herkende zichzelf haast niet meer. Ze had een blauw oog en een dikke lip op de plaatsen waar de vuisten van Thorgal haar gezicht hadden bewerkt. Ze voelde tranen opkomen toen ze geschrokken naar haar gezicht staarde. Ze zag rode striemen rond haar keel. Sporen van de handen van Thorgal, die haar keel hadden dichtgeknepen tot ze bijna haar bewustzijn had verloren.

Snel pakte ze een gekleurde zakdoek uit de kist om de sporen in haar nek te verbergen. Ze wilde niet dat iemand zou zien wat er was gebeurd. Snikkend begon ze de doek om haar nek te knopen.

Thorgal had haar nog nooit eerder geslagen. Hij werd wel snel kwaad en hij kon dreigend tegen haar schreeuwen, maar gisteren was de eerste keer dat hij echt fysiek geweld had gebruikt.

Banna was al een paar dagen bang geweest dat zoiets zou gebeuren. Al vanaf het moment dat ze Marcus zag staan had ze dit gevreesd. Ze voelde onbewust dat dit eraan zat te komen, alsof het gewelddadige gedrag altijd al in hem had gezeten en alleen wachtte op een aanleiding om zich te openbaren. Toch was ze niet voorbereid geweest op de pijn en de angst die ze de vorige avond had gevoeld. Heel even had ze zelfs gevreesd dat Thorgal haar zou vermoorden.

Ze voelde zich absoluut niet sterk genoeg om zo meteen de blikken van de rest van het huishouden te trotseren. Ze schaamde zich voor wat haar man haar had aangedaan. Alsof het op een absurde manier haar eigen schuld was. Ze voelde zich leeg vanbinnen. Het liefst was ze nu weer in bed gaan liggen met de dekens over zich heen. Ze wilde alleen nog slapen en nooit meer wakker worden. Alleen in het bed lag *hij*.

Ze sidderde van angst bij de gedachte aan Thorgal, die luid lag te snurken alsof er vannacht niks was gebeurd. Heel even voelde ze zich weer dat meisje dat een paar jaar geleden midden in de nacht op de Germaanse ruiters had staan wachten. Ze voelde zich weer net zo hulpeloos en bang als ze zich toen had gevoeld.

Midden in haar beweging stopte ze opeens met het vastknopen van de doek. Ze haalde hem los en keek nog een keer naar de verwondingen aan haar nek.

Tijdens haar gevangenschap bij de Germanen was ze ongelooflijk bang geweest. Net zo bang als ze nu was. Maar ze had tijdens die tocht ook een kracht in zichzelf gevonden. Ze was niet stil en angstig weggedoken voor de mannen die haar gevangen hielden. Ze was een dochter van Beren. Ze had zich tegen de Germanen verzet, op haar eigen manier, door net te doen alsof ze een heks was. En het had gewerkt. Al die stoere krijgers waren bang voor haar geweest. Banna keek naar het bed, waar Thorgal lag te slapen.

Het maakt niet uit hoe hard hij mij slaat, dacht ze. Ik kon die Germaanse krijgers aan en ik kan hem ook aan. Het voelde nog als een beangstigende gedachte. Ze wist niet of ze zich wel echt tegen Thorgal durfde te verzetten. Ze wist niet hoe ze zou reageren als hij haar weer zou slaan. Zou het niet juist erger worden als ze ertegen in ging?

Toch wist ze dat ze het moest proberen. En ze wist dat ze het uiteindelijk van Thorgal zou winnen. Als ze maar bereid was om dat kleine meisje, dat ze van binnen nog steeds was, te laten gaan. Ze moest bereid zijn om zich weer als een heks te gedragen.

Ze liet de doek op de grond vallen en trok een wollen jurk aan met een brede, open hals. Ze deed geen moeite om haar blauwe oog of haar dikke lip te verbergen met de dure Romeinse zalf die ze normaal gesproken op haar gezicht smeerde.

Met opgeheven hoofd stapte Banna even later de slaapkamer uit en liep door het huis. Ze voelde de blikken van de slaven op haar gehavende gezicht en ze trotseerde al die starende ogen. In het begin voelde ze zich onwennig en opgelaten, maar bij iedereen die ze tegenkwam, werd haar schaamte minder.

'Ja,' leek haar blik te zeggen toen ze door de keuken naar de grote hal liep. 'Deze verwondingen zijn van Thorgal, mijn man. Dit doet de man die jullie dienen en ik schaam me er niet voor.'

Uiteindelijk kwam ze in de grote hal Berthrand tegen. Hij was samen met een andere slaaf bezig om de ravage van het feest van de vorige avond op te ruimen. Banna ging beheerst aan tafel zitten en vroeg aan een andere slaaf om wat te eten te brengen. Daarna staarde ze indringend naar Berthrand, zonder iets te zeggen. De kille blik in haar ogen sprak boekdelen. Berthrand durfde haar nauwelijks aan te kijken met haar blauwe oog en de striemen in haar nek. Hij wist wat ze hem wilde zeggen.

'Dit is jouw schuld,' straalden de harde ogen van Banna, terwijl ze zonder te knipperen naar de slaaf bleef staren.

'En ik zal je hiervoor straffen.'

## Hoofdstuk 64

## Harald

Het paard van Harald was onrustig. Hij had moeite om het dier onder controle te houden, alsof het voelde dat het niet verder moest gaan. Het liefst was Harald nu ook niet hier in dit donkere bos, vooral niet op deze avond.

Deze avond, met de laatste volle maan voor het begin van de winter, vierden de Bataven hun oogstfeest. Iedereen van hun stam was nu bij hun offerplaats in de buurt van Batavorum, waar ze al sinds de jeugd van Harald samenkwamen om de goden te danken voor een geslaagde oogst. Iedereen was daar nu, behalve Harald. Hij was op weg naar de oude boerderij van zijn familie. En daarom reed hij nu in zijn eentje door het donkere bos, waar hij zich bijzonder slecht op zijn gemak voelde.

Deze avond was ook de avond dat de Bataven hun doden herdachten. Het oogstfeest was van oudsher een feest om terug te kijken op het afgelopen jaar en stil te staan bij iedereen die dit jaar of in voorgaande jaren was overleden. Reine vertelde vroeger altijd dat de doden op deze avond voor één nacht terug kwamen uit het hiernamaals. Zolang de volle maan aan de hemel stond, trokken de overledenen over het land en als ze ergens kinderen tegenkwamen die het afgelopen jaar ongehoorzaam waren geweest, werden ze door hen meegenomen.

Harald wist dat het maar een verhaal was dat ouders vertelden om hun kinderen bang te maken, maar toch voelde hij zich hier niet prettig. Hij had het idee dat de geesten van de overledenen hem in de gaten hielden en ieder moment uit het bos tevoorschijn konden komen om hem mee te sleuren. Toch had zijn nieuwsgierigheid het uiteindelijk gewonnen van de angst. Hij vroeg zich af wat Banna hem wilde vertellen. Wat was er zo belangrijk dat ze hem op deze avond wilde ontmoeten? En waarom moest het allemaal zo geheimzinnig door een boodschap door te geven via haar slaaf Pallas? Waarom kon ze niet gewoon zelf naar Harald komen?

Hij haalde opgelucht adem toen hij door de bomen eindelijk het licht van de vertrouwde boerderij zag. Binnen had iemand een vuur aangestoken en het flikkerende oranje licht was door de luiken te zien. Hij spoorde zijn paard aan om het laatste stuk op een draf af te leggen. Terwijl de boerderij dichterbij kwam, reed hij langs de plek op het pad waar ze zes jaar geleden het lichaam van Beren hadden aangetroffen. Dwaalde de geest van zijn vader deze avond ook ergens rond?

De slaaf Akko, die sinds de verhuizing naar Batavorum de boerderij voor Bren beheerde, deed de deur open. Harald had wel verwacht dat Akko deze avond bij de boerderij zou zijn. Slaven werden niet geacht deel te nemen aan het oogstfeest, terwijl juist vooral de slaven het hele jaar druk bezig waren geweest om de oogst mogelijk te maken. Akko liet hem snel binnen.

"Kom mee," zei hij, terwijl hij Harald voorging richting het stalgedeelte van de boerderij. "Je zus wacht al op je. Het is beter als niemand ons ziet."

Binnen in de donkere stal vond Harald het vertrouwd ruiken. De geur van gras, mest en koeien deed hem denken aan zijn jeugd. Hij zag Banna staan in het flauwe licht van een olielamp die ze aan een balk had gehangen. Ze had een mantel over haar hoofd, zodat haar gezicht nauwelijks te zien was. Ze draaide zich om toen ze Harald en Akko binnen hoorde komen. Ze deed haar mantel naar beneden en Harald schrok toen hij haar gezicht zag.

Ze zag er erg bleek en ongezond uit, dat was zelfs in het licht van de olielamp te zien. Haar wangen waren wat ingevallen en ze had dikke wallen onder haar ogen, alsof ze al weken slecht had geslapen. Harald zag aan haar gezicht duidelijk dat iemand haar had geslagen. Er zat een donkere plek rond haar linkeroog en het zag eruit alsof dat recent was gebeurd.

Maar hij schrok nog het meest van de blik in haar ogen. De vrolijke, levendige blik die hij gewend was in de ogen van zijn zus was totaal verdwenen. Haar ogen stonden nu dof, onverschillig en op een bepaalde manier ook gespannen.

"Banna, wat is er gebeurd?" vroeg hij geschrokken.

"Hoi Harald," zei ze met een flauwe glimlach, waarna haar mond zacht begon te trillen en ze hem snikkend in de armen viel.

"Oh Harald, je moet me helpen," zei ze, terwijl ze hem stevig vast hield. "Je moet me helpen met Thorgal."

Banna vertelde alles wat er was gebeurd. Harald luisterde naar haar schokkende verhaal in de vertrouwde koeienstal waar ze als kinderen zo vaak hadden gespeeld. Akko stond bij de deur en zei niets. Terwijl Banna haar verhaal vertelde, voelde Harald hoe zijn woede langzaam groeide. Hij had nooit echt warme gevoelens voor Thorgal gehad. Hij vond hem altijd al een vreemde, ietwat gevaarlijke man. Maar nu hij hoorde wat hij met zijn zusje had gedaan, begon hij Thorgal echt te haten. Banna vertelde hoe Marcus haar op was komen zoeken en hoe Thorgal daarna had gereageerd. Ze vertelde alles op een opmerkelijk koele, nuchtere manier, hoewel Harald ook voelde dat ze ieder moment kon breken. Ze moest doodsbang zijn voor wat Thorgal haar allemaal aan kon doen.

Hij was niet eens verbaasd nu hij hoorde dat Marcus verliefd was op zijn zus. Vanaf de eerste ontmoeting tussen die twee had hij dat al aan zien komen. Alleen hij kon niet geloven dat Marcus zo stom was geweest om zomaar bij haar langs te gaan. Ze was een getrouwde vrouw. Wat had hij dan verwacht?

"Banna," vroeg hij aan het einde van haar verhaal. "Ben je wel eens met Marcus naar bed geweest?"

Hij moest het wel vragen. Hij moest weten wat er precies was gebeurd tussen Marcus en Banna.

"Wat?" vroeg Banna.

Even leek ze van haar stuk gebracht, voor ze snel antwoord gaf.

"Nee. Nee, natuurlijk niet. Ik heb hem meteen weer weggestuurd. We hebben geen seks gehad."

Harald keek haar indringend aan.

Ze spreekt de waarheid, dacht hij. Er is niks gebeurd tussen die twee.

Achter hen schoof Akko wat ongemakkelijk heen en weer.

"Heb je dit al aan Bren verteld?" vroeg Harald.

"Nee, natuurlijk heb ik het niet aan Bren verteld," zei Banna verontwaardigd. "Bren luistert toch niet naar me. Meneer de commandant van de lijfwacht van Drusus, met zijn mooie uniform. Hij heeft me zelf aan Thorgal weggegeven. Bren denkt alleen aan zichzelf."

"Dat is niet waar," zei Harald. "Bren geeft om zijn familie. Hij doet wat het beste is, zodat onze familie er beter van wordt. Hij geeft om ons allemaal."

"Hij luistert toch nooit naar mij. En waarom zou hij ook? Ik ben maar een vrouw. Als mijn man me slaat, zal ik het wel verdiend hebben."

Ze zei het met een bittere ondertoon in haar stem en Harald wist dat ze gelijk had. Het kwam vrij regelmatig voor dat een vrouw bij de Bataven geslagen werd door haar man. Dat wist iedereen. En Harald ging ervan uit dat het binnenshuis nog vaker gebeurde zonder dat iemand het merkte.

En als het gebeurde, was de reactie binnen de gemeenschap altijd hetzelfde. Er werd nooit kwaad gesproken over de man die zijn vrouw sloeg. Het was normaal. Hoe een man zijn vrouw behandelde moest hij zelf weten. Bijna altijd werd er meteen van uit gegaan dat het wel aan het gedrag van de vrouw moest liggen. Zelfs andere vrouwen keken dan op zo iemand neer en roddelden stiekem over de persoon die mishandeld werd. Eigenlijk werd het door niemand echt afgekeurd.

"Bren luistert wel naar jou," zei Banna. "Wil jij het aan hem vertellen? Misschien kan hij met Thorgal gaan praten."

Harald vroeg zich af of dat wel zin had. Thorgal was één van de belangrijkste mannen van hun stam. En hij en Bren waren strijdmakkers die jaren in dezelfde eenheid hadden gevochten. Hij wist niet of Bren het wel zou durven om Thorgal de les te lezen. Bren adoreerde hem. Hij deed altijd alles wat Thorgal hem vroeg.

"Goed, ik zal met Bren gaan praten," zei hij uiteindelijk maar. "Hij zal over een paar weken terugkomen uit Rome om het joelfeest hier met ons te vieren. Dat heeft hij in zijn brief geschreven."

"Heeft Bren een brief geschreven?" vroeg Banna.

"Ja," zei Harald lachend. "Hij stond vol met spelfouten en de helft van zijn tekst kon ik niet eens ontcijferen, dus hij moet hem wel zelf hebben geschreven. Ik denk dat van hem wordt verwacht dat hij kan lezen en schrijven nu hij de commandant van de lijfwacht is."

Banna moest lachen bij die gedachte en heel even zag Harald weer iets van zijn zusje terug. Daarna werd ze weer serieus.

"Ik moet gaan," zei ze met een vlakke stem. "Ik moet thuis zijn voor Thorgal terug komt van het feest."

Harald probeerde zich voor te stellen hoe Banna zich nu moest voelen. Ze moest terug naar huis. Terug naar Thorgal. En er was niets dat hij eraan kon doen. Hij kon niet zomaar voorstellen dat Banna met hem meeging naar de hoeve van

Bren, waar Reine, Arianne, Ewoud en Andolf op hem wachtte. Banna hoorde bij haar man te zijn.

"Red je het wel?" vroeg hij bezorgd. "Bij Thorgal bedoel ik. Het zal niet al te lang duren voor Bren terug is." Harald wilde dat hij meer kon doen.

"Ik red me wel, broertje," zei ze. "Je hoeft je geen zorgen te maken."

Harald keek Banna lang in de ogen om te zien of ze het echt meende.

"Als er iets is," zei hij. "Iets, maakt niet uit wat, dan kom je direct naar mij. Of naar Arianne of Reine als ik er niet ben. Beloof je dat?"

Banna knikte.

"Bedankt," fluisterde ze, terwijl ze haar mantel weer over haar hoofd trok. "Het was goed om weer eens met je te praten."

"Akko, je kan hier met niemand over spreken," zei Harald tegen de blonde slaaf die tijdens het gesprek bij de deur had staan wachten. "Wij zijn hier allebei niet geweest deze avond."

"Oh, maak je maar geen zorgen over Akko," zei Banna. "Ik weet dat hij een geheim kan bewaren."

# Hoofdstuk 65

*9 voor Christus*

Bren

"Op het consulaat van Drusus en Crispinus," zei Bren, terwijl hij zijn beker wijn omhoog hield.
"Op het consulaat van Drusus en Crispinus," riepen de anderen enthousiast, hoewel alleen Harald en Marcus begrepen wat het consulaat precies inhield.

Bren had het nog aan Hilde uit proberen te leggen tijdens de lange reis die ze samen met Bard en Aster vanuit Rome hadden gemaakt, maar ze begreep het toch niet helemaal.

"Maar als de consuls de baas zijn over de senaat en de senaat regeert over Rome," had Hilde gevraagd. "Wat is dan de rol van Augustus?"
Bren was er niet uit gekomen. Keer op keer liep hij vast in zijn uitleg van een systeem dat voor hem volkomen logisch leek.
"Vraag het anders maar een keer aan Harald," had hij uiteindelijk gezegd. Harald leek het allemaal wat beter te begrijpen.

Bren wist in ieder geval wel dat het consulaat zeer belangrijk was. Het was de hoogste positie die een man kon krijgen in het bestuur van Rome, afgezien van de positie van de Princeps natuurlijk. En Bren wist ook dat het consulaat altijd op de eerste dag van het nieuwe jaar in ging.

Morgenochtend, als de zon na deze nacht weer op zou komen, zou Drusus in Rome worden geïnstalleerd als een van de twee consuls. En Bren zou het komende jaar de commandant zijn van de lijfwacht van een consul. Hij vroeg zich af of Drusus dit jaar zijn lictoren mee zou nemen als hij op campagne zou gaan. De lictoren van Augustus die Bren had gezien, zagen er nou niet echt uit als geduchte krijgers. En Bren kon zich ook niet voorstellen dat de fasces, de ceremoniële bundels takken met een bijl erin, bedoeld waren om mee te vechten.
Misschien moet ik dat ook eens aan Harald vragen, dacht Bren. Of misschien weet Marcus het.

Tevreden keek hij de tafel rond waar zijn hele familie bij elkaar was gekomen om deze avond het traditionele joelfeest te vieren. Hij zat zelf aan het hoofd van de tafel met aan zijn rechterhand zijn moeder Reine en aan zijn linkerhand zijn vrouw Hilde. Daarnaast zaten hun kinderen Bard en Aster, die dit jaar voor het eerst op mochten blijven voor het feest. Ze waren nu vijf en vier jaar oud. Naast Bard en Aster zaten Harald en Marcus tegenover elkaar. Na het eerste jaar dat Marcus dit feest met de familie van Harald vierde was het min of meer een traditie geworden dat hij erbij was. Alleen vorig jaar was Marcus er niet bij geweest, omdat hij toen de hele winter in Germania zat.

Naast Harald zat Arianne, die nu een paar maanden zwanger was. Het zou het derde kind worden voor Harald en Arianne na de tweeling Andolf en Ewoud, maar op de een of andere manier leek Arianne hierdoor nog gelukkiger te zijn dan met haar twee zonen. Bren had Arianne nog nooit zo zien stralen en hij zag haar regelmatig met een gelukzalige glimlach over haar buik wrijven. Andolf en Ewoud waren pas twee jaar en een paar maanden, dus die lagen op hun eigen kamer te slapen. Naast de familie van Bren zaten ook de slaven Trig en Akko in de kamer, aan een aparte tafel. Alleen Banna was er deze avond niet bij. Zij zou het feest met Thorgal vieren. En Timmen was er natuurlijk niet, maar daar dacht Bren eigenlijk niet eens meer aan. Het was vandaag precies drie jaar geleden dat Bren zijn jongere broer het huis uit had gezet. Geen van allen hadden ze Timmen daarna nog een keer gezien en er werd ook niet meer over hem gesproken.
Bren vroeg zich af hoe het nu met Banna was, terwijl hij met een glimlach op zijn gezicht zag hoe Bard bezig was om armpje te drukken met Marcus.

Een paar dagen geleden had Bren Thorgal opgezocht om met hem over Banna te praten. Hij had hem op de man af gevraagd of het waar was wat Harald had verteld en hij vroeg of Thorgal zijn zus voortaan beter kon behandelen.

Uiteindelijk had Thorgal daarmee ingestemd, hoewel hij het wat halfslachtig deed. Hij had gemompeld dat het haar eigen schuld was, maar hij beloofde dat hij zich voortaan beter zou beheersen; al was het alleen maar vanwege het respect dat hij voor Bren had. Thorgal wilde niet vertellen wat Banna had gedaan, maar hij liet wel duidelijk merken dat hij vond dat hij in zijn recht stond om haar zo te behandelen.

Misschien heeft Thorgal daar ergens wel gelijk in, dacht Bren. Banna had vroeger al een sterke eigen wil en dat botste natuurlijk met een man als Thorgal. Hij vroeg zich af of hij misschien wat meer had moeten aandringen bij Thorgal. Zou Thorgal zich wel echt beheersen? Had Bren hiermee alles gedaan wat hij kon doen om zijn zus te beschermen?

"Heb je al veel barbaren gedood?" vroeg Bard aan Marcus, die hem net had laten winnen met armpje drukken.
"Oh, al heel veel," zei Marcus lachend. "Teveel om bij te houden. Maar nog lang niet zoveel als je vader."
Bard keek trots naar Bren, die Marcus dankbaar was voor de opmerking. Het was belangrijk voor Bren dat een Romeinse soldaat zoiets tegen zijn zoon zei.

"Wist je dat jouw papa zo goed kan vechten, dat hij nu de Romeinse generaal mag beschermen?" vroeg Harald. "Jouw vader zorgt ervoor dat hem niks kan gebeuren."
"Ja, dat had mama al verteld," zei Bard. "Daarom mochten we mee naar Rome."
"Ik had Rome ook wel graag willen zien," zei Harald. "Is het echt zo mooi als ze zeggen?"
"Oh, het is prachtig," zei Hilde enthousiast. "Ik was al onder de indruk van Lugdunum, maar Rome is echt... Het is overdonderend. Vooral het graf van Agrippa vond ik mooi."
"Dat is niet het graf van Agrippa," zei Bren lachend. "Dat is een tempel."
"Maar zijn naam staat er toch op? Ik dacht dat ze hem daar hadden begraven."
"Zijn naam staat erop, omdat de tempel in opdracht van Agrippa is gebouwd, in het jaar dat hij consul was. De as van Agrippa zelf is bijgezet in het mausoleum van Augustus."
Reine vroeg wat een mausoleum was. Marcus probeerde het aan Reine uit te leggen, maar het hele idee leek haar maar niks.
"Als je sterft, moet je geest zijn weg kunnen vinden naar je voorouders," zei ze. "Dan ga je de geest toch niet opsluiten in een gebouw?"

Na de maaltijd stuurde Hilde de kinderen Bard en Aster naar bed, wat bij Bard gepaard ging met een hoop stampij en geschreeuw, terwijl Aster gedwee meeging met haar moeder.

Precies zoals het hoort, dacht Bren, terwijl hij tevreden naar het gedrag van zijn kinderen keek. Hij was blij dat Aster beter was opgevoed dan zijn zus Banna.

Bren genoot ervan om deze avond de hele familie weer bij elkaar te hebben. Hij had het gevoel dat het met iedereen goed ging. Hij en Harald hadden allebei kinderen, die gezond en sterk opgroeiden. Hun zonen zouden over een aantal jaar deel uitmaken van een nieuwe lichting Bataafse mannen voor de hulptroepen. Het was destijds de juiste beslissing geweest om zich aan te sluiten bij de Romeinen.

De oorlogen hadden veel opgeleverd voor de Bataven, niet in de laatste plaats voor Bren en Harald zelf. Bren was een belangrijke man geworden binnen de stam. Hij was belangrijker dan zijn vader ooit was geweest. Zelfs in Rome, waar hij toch als een buitenstaander werd gezien, hadden de mensen respect voor de commandant van de lijfwacht van Drusus. Bren had gehoord dat zelfs Augustus enige interesse had getoond in die lijfwacht van 'Germaanse ruiters' die zijn stiefzoon het afgelopen jaar had geformeerd. In stilte dankte Bren de goden, terwijl hij de tafel rond keek. Er was niets wat deze avond hun geluk kon verstoren.

Totdat er hard op de deur werd gebonsd.

Bren vroeg zich af wie het kon zijn.

Het was donker en het regende al de hele avond stevig door. Niemand zou voor zijn plezier met dit weer de straat op gaan. Akko ging kijken wie het was en kwam even later terug in de eetkamer met Banna, die doorweekt was van de regen. Ze was helemaal overstuur.

"Bren, je moet wat doen," riep ze, terwijl ze met korte, snelle teugen adem probeerde te halen. Ze rilde voortdurend van de kou. "Je moet me helpen."

"Wat is er aan de hand?" vroeg Bren.

"Thorgal. Hij is helemaal gek geworden."

Marcus stond direct op van de tafel, zijn gezicht strak en zijn vuisten gebald. Hij wilde naar Banna toe lopen, maar Harald stond snel op, pakte zijn mantel van de muur en gooide die om haar heen.

"Rustig maar," zei hij, terwijl hij een arm om haar heen sloeg en haar naar de tafel leidde. "Je bent nu veilig. Ga maar zitten."

Banna ging bevend aan tafel zitten en keek om zich heen, alsof ze zich nu pas bewust werd van iedereen in de eetkamer. Akko drukte haar een beker wijn in haar handen en ging naar de keuken om de soep opnieuw op te warmen.

Bren schrok toen hij het gezicht van zijn zus zag. Hij had haar vorige week niet gezien, toen hij Thorgal had aangesproken. Het had hem niet nodig geleken. Nu had hij daar spijt van. Hij had niet gezien hoe ernstig ze werd mishandeld. Hij had verondersteld dat het om een paar kleine tikken ging, niets bijzonders eigenlijk. Nu zag hij dat ze met een vuist vol in haar gezicht was geslagen. De blauwe plek zag er uit alsof het een of twee dagen geleden moest zijn gebeurd en dat maakt Bren woest. Het was gebeurd nadat hij Thorgal had aangesproken op zijn gedrag.

"Ik ben zwanger," zei Banna, nog steeds trillend en heftig ademend. "En het is van Thorgal, dat weet ik zeker. Alleen hij gelooft het niet."
Haar tranen vermengden zich met de druppels regen op haar wangen. Haar natte haren drupten op de tafel, terwijl ze snikkend haar verhaal vertelde.
"Hij denkt dat het kind van Marcus is."
De ogen van Harald flitsten kort naar Marcus, die een rood gezicht kreeg.

"Hij weet niet wie Marcus is, maar hij weet dat er een paar weken geleden een Romeinse soldaat aan de deur was," zei Banna. "Hij werd woedend toen ik hem vertelde dat ik zwanger ben. Hij is echt compleet gestoord. Hij zei dat hij het kind zou vermoorden zodra het geboren is. Eigenlijk zou hij het nu al uit mijn buik moeten snijden, zei hij. Alleen hij zei dat hij wilde dat ik het kon zien als hij het deed."
"Oh," zuchtte Reine zacht en ze sloeg haar hand voor haar mond. Net als haar dochter had ze tranen in haar ogen.
"En dat is nog niet alles," ging ze verder, terwijl ze van de tafel opkeek en Bren met rode ogen aankeek.
"Bren, ik heb iets verschrikkelijks ontdekt. In het huis van Thorgal heb ik een zilveren munt gevonden. Het was die munt die vader altijd bij zich had. Die munt van Agrippa, ik weet zeker dat het dezelfde is."
Bren slikte.

Het voelde alsof de kamer begon te draaien. Hij staarde met open mond naar zijn zus, die in een paar zinnen zijn hele leven op zijn kop had gezet.
Thorgal. Het was Thorgal.

Hoe had Bren zich zo in hem kunnen vergissen? Hoe had hij zo blind kunnen zijn? Langzaam kwam Bren tot het volle besef van wat de woorden van Banna betekenden. Hij herinnerde zich de laatste woorden van zijn vader.
'Hij zal nu proberen om de macht te grijpen.'

Het was altijd Thorgal geweest en Bren had niks in de gaten gehad. Hij had de waanzin in Thorgal nooit willen zien, ook al wist hij dat die er was. Bren had het aan de oorlog geweten. En nu hoorde hij dat de man die hij zo lang had gediend, de man aan wie hij een belofte van trouw had gezworen en aan wie hij zelfs zijn zus had uitgehuwelijkt, een laffe moordenaar was.

“Wat is er met die munt?” vroeg Marcus. “Wat betekent dat?”

Harald sprak uit wat iedereen op dat moment dacht, maar wat ze allemaal niet voor mogelijk hadden gehouden. “Het betekent dat Thorgal onze vader heeft vermoord.”

## Hoofdstuk 66

## Marcus

Marcus geloofde niet wat hij hoorde. Was Thorgal degene die de vader van Harald had vermoord? Thorgal, de man die met zijn Banna was getrouwd en die haar had mishandeld? Hij voelde een blinde woede opkomen.
Hij heeft haar mishandeld...

Hij voelde een drang om nu direct de deur uit te stormen om zijn dolk in de keel van Thorgal te steken.
De rest van de familie kon ook nauwelijks bevatten wat ze net hadden gehoord.

"Ik begrijp het niet," fluisterde Harald vertwijfeld. "Waarom zou Thorgal Beren willen doden?"
"Hij is compleet gestoord," zei Banna. "Je hebt geen idee hoe hij thuis is. Zodra iets niet gaat zoals hij het wil, draait hij door."
"Ik wist het niet," zei Bren. "Ik had het niet in de gaten. Jarenlang heb ik met hem in de hulptroepen gediend en ik had het niet door."

De familie was ontdaan door het nieuws. Marcus had weer het gevoel dat hij hier niet op zijn plek was. Hij was weer een buitenstaander die getuige was van een emotioneel moment voor Harald en zijn familie. Een moment waarbij de familie alleen hoorde te zijn. En net zoals bij de ruzie met Timmen was Marcus er ook deze keer indirect de aanleiding voor. Thorgal dacht dat Banna zwanger was van hem. Hij kon zichzelf wel voor de kop slaan. Wat had hem bezield toen hij bij het huis van Banna aanklopte?
Dit had ik niet kunnen weten, dacht hij. Hoe had ik kunnen weten dat Thorgal zo zou reageren?

"Het maakt niet uit of we dit hadden kunnen zien en het maakt niet uit waarom Thorgal Beren heeft vermoord," zei de moeder van Banna met een strak gezicht. Iedereen aan tafel keek haar aan. Haar gezicht was bleek en haar ogen waren hard als staal. Marcus had haar nog nooit op deze manier gezien. Hij kende Reine vooral als een rustige, aardige vrouw, een zorgzame moeder voor haar kinderen.

Hoewel ze in eerste instantie koel had gereageerd op de aanwezigheid van een Romeinse soldaat in haar huis, was die houding al snel veranderd toen ze Marcus beter leerde kennen. Ze zorgde er altijd voor dat Marcus zich welkom voelde in de familie van Harald. Nu zag hij voor het eerst een harde vrouw aan tafel zitten, die met een felle, onderkoelde woede in haar stem sprak. Ze keek haar kinderen één voor één indringend aan.

"Jullie weten wat jullie te doen staat," zei ze. "Jullie hebben het gezworen op de avond dat Beren stierf, allemaal. Als jullie erachter zouden komen wie verantwoordelijk was voor de dood van Beren, dan zouden jullie hem wreken."

"Maar het klinkt allemaal zo onlogisch," zei Harald. "In onze dromen was het juist de man die de Romeinen uit ons land zou verdrijven. Thorgal dient de Romeinen."

"Wat zeg je?" vroeg Marcus. "Heb je gedroomd over een man die de Romeinen zou verdrijven?"

Dat had Harald nog nooit verteld.

"Die dromen betekenden helemaal niets," zei Banna. "Het was een wrede grap van de goden, niets meer. Het was de god Loki, die ons verdriet zag en ons voor de gek heeft gehouden."

"Banna heeft gelijk," zei Bren. "Er is niks van uitgekomen. We droomden over drie adelaars die aan de overkant van de Rijn zouden verdwijnen. Jaar na jaar zijn we de Romeinse adelaars gevolgd naar de overkant van de Rijn, maar ze zijn altijd terug gekomen. Het was maar een droom. Het was niet meer dan dat."

Marcus vroeg zich af waar ze het over hadden. Wat hadden ze gezien in hun dromen? Wat was de betekenis van die drie adelaars?

"Harald, jij hebt ook beloofd dat je de moordenaar van je vader zou wreken," zei zijn moeder streng. "Of wil je die belofte nu breken?"

Even hing er een gespannen stilte aan tafel waarbij iedereen naar Harald keek. Harald keek vertwijfeld rond, alsof hij zocht naar een excuus, een reden om het uit te stellen of het niet te hoeven doen. Uiteindelijk keek hij nogmaals naar het gezicht van Banna en knikte.

"Goed," zei hij. "Ik heb het beloofd. En dat betekent dat we hem moeten doden."

"Denk je dat hij ook achter de moord op Tarik zat?" vroeg Bren, die nog steeds keek alsof hij het niet kon geloven. "We hebben de man die na de moord vluchtte nooit meer gevonden. En het was duidelijk dat Thorgal zich in die dagen daarvoor vernederd voelde door Tarik."

"Die moord heeft er wel voor gezorgd dat Thorgal uiteindelijk prefect is geworden," zei Harald. "En hij heeft de invloed van Tarik geërfd. Chariovalda, de zoon van Tarik, is nog te jong om de leider van de Bataven te zijn."

"Misschien was Thorgal ook wel degene die die moordenaars op jullie af had gestuurd in Lugdunum," zei Banna. "Tarik had Bren uitgekozen als één van de vijf gedelegeerden voor de Bataven. Misschien zag Thorgal hem als een bedreiging voor zijn eigen positie."

Bren dacht erover na.

"Dat zou kunnen," zei hij. "Als hij Beren heeft vermoord, is hij ook in staat om anderen te doden."

"Ik stel voor dat we hem in de zomer door de volksvergadering laten berechten," zei Harald. "Hij heeft het recht om zich te verdedigen. We brengen onze beschuldigingen bij de vergadering naar voren en we laten de mannen van onze stam een oordeel vellen."

"Nee," riep Banna geschrokken. "We kunnen niet wachten tot de zomer. Mijn kind zal voor die tijd komen en ik weet zeker dat hij het dan iets aan zal doen."

"Misschien kunnen we de volksvergadering al eerder bij elkaar roepen," zei Harald.

"We weten niet of de vergadering aan onze kant staat," zei Bren. "Zo'n munt die in zijn huis is gevonden is nog geen bewijs. Het zal ons woord tegen zijn woord zijn en een groot deel van de mannen in onze stam zal aan zijn kant staan."

Bren zuchtte diep en wreef met zijn hand over zijn hoofd.

"Er zit niets anders op," zei hij. "We zullen Thorgal zelf moeten vermoorden."

Een tijd lang bleef het stil in de kamer. Alleen het knetteren van het vuur was te horen. Iedereen dacht na over de consequenties van de woorden van Bren. Banna was opmerkelijk snel weer tot rust gekomen nu het besluit eenmaal was genomen. Alsof er een grote onzekerheid was weggenomen. Ze veegde haar tranen uit haar gezicht en leek tevreden te zijn met de uitkomst.

De slaaf Akko was ondertussen weer uit de keuken gekomen en had tijdens de discussie bij de deur staan luisteren.

"We kunnen het niet deze avond doen," zei hij. "En het kan niet hier gebeuren, in de stad. Thorgal is een prefect en als hij wordt vermoord, zullen zowel de Romeinen als de Bataven niet rusten voor de schuldigen zijn gevonden. En als bekend wordt dat Thorgal Banna mishandelde, zullen jullie

al snel als verdachten worden gezien. Het is beter als hij plotseling verdwijnt of een ongeluk krijgt."
Harald dacht na.

"We doen het op campagne," zei hij. "Komend voorjaar, als de Romeinen weer ten strijde trekken. We zorgen ervoor dat hij ergens ver weg van het kamp in een hinderlaag loopt en daar doden we hem."
"We doen het als het leger bezig is met de terugtocht," zei Bren. "Dat is beter dan aan het begin van de campagne. Als het leger haast heeft om op de terugweg de Rijn weer te bereiken, zal er geen tijd zijn om lang naar Thorgal te zoeken als hij plotseling verdwijnt."

"We hebben meer mannen nodig," zei Harald. "We kunnen dit niet met zijn tweeën doen. Thorgal is een van de beste krijgers van de Bataven. En ik ben geen geoefende krijger, dat weten we allemaal. Ik heb de slag bij Arbalo alleen dankzij Marcus overleefd."
Harald keek Marcus aan en Marcus voelde opnieuw de dankbaarheid van zijn vriend.

"Misschien kan ik een paar van mijn mannen zover krijgen dat ze ons helpen," zei Bren. "Hoewel ik ze hier liever niet bij betrek. De lijfwacht van Drusus zal niet zomaar enkele mannen kunnen missen als we op campagne zijn. En de mannen uit mijn oude ruitereenheid vertrouw ik onvoldoende. Zij zijn vooral Thorgals mannen."

"Misschien kan ik jullie helpen," zei Marcus plotseling. De anderen keken hem verbaasd aan. Tijdens de discussie van Harald met zijn familie had Marcus erover nagedacht. Hij was tot de conclusie gekomen dat hij zich hierbij niet afzijdig kon houden. Hij had het leven van Harald nu al twee keer gered en hij hield van Banna. Marcus hoorde bij deze familie. Zijn lot was met hun lot verweven.

En hij wilde hen hierbij helpen, vooral voor Banna. Het deed hem pijn om haar zo te zien. Het voelde vreselijk dat ze zo werd behandeld. Marcus zag dat Banna liefdevol naar hem keek. Haar blik gaf hem een warm gevoel, hoewel hij wist dat hij zich daar niet door moest laten meeslepen. Zet het uit je hoofd, Marcus, dacht hij nog. Raak hier niet bij betrokken. Ze houdt niet van je. En je zal haar hierdoor niet terugwinnen.
"Zou je dat voor ons willen doen?" vroeg Banna hoopvol.
"Natuurlijk," zei Marcus, terwijl een stem in zijn hoofd schreeuwde dat het een slecht idee was.
"Het is tenslotte deels ook mijn schuld wat er is gebeurd."

## Hoofdstuk 67

## Harald

Harald kon zijn ogen haast niet geloven toen de groep ruiters in de late middagzon de rivier bereikte. Ze hadden het eindelijk gehaald. Alle ruiters staarden even in stilte naar het glinsterende water dat in de verte onder hen lag. Ze stonden in gedachten allemaal stil bij de lange en zware campagne die ze achter de rug hadden om hier te komen.

Harald keek opzij naar zijn broer Bren, die naast hem op zijn paard zat. Ze keken elkaar in de ogen. Harald en Bren waren er trots op dat ze hierbij aanwezig waren. Dit was een historisch moment, waar mensen in het hele rijk spoedig over zouden horen. Het was een moment dat in Romeinse boeken zou worden beschreven. Een moment waar jaren na hun dood nog over zou worden gesproken. En Bren en Harald waren erbij. Zij waren erbij toen consul Nero Claudius Drusus de Elbe bereikte.

"Rufus, zoek een plek om een brug te bouwen," zei Drusus tegen de kampprefect, terwijl hij zijn paard draaide om weer terug te gaan naar het kamp. "Ik wil erachter komen wat voor mensen er aan de overkant van deze rivier wonen. En daarna wil ik hen doden."

Het was een opluchting voor Drusus dat hij zijn doel nu eindelijk had bereikt. Iedereen verwachtte dat hij een korte oversteek zou maken naar de andere oever, daar wat dorpen plat zou branden en daarna aan de terugtocht naar Mogontiacum zou beginnen. Het doel van de oversteek was meer dat hij later kon zeggen dat hij op de andere oever was geweest dan dat het echt een serieuze poging was om nieuw gebied te veroveren.

Het jaar van zijn consulaat was voor Drusus ongunstig begonnen en die voortekenen hadden de hele campagne over de gemoedstoestand van zijn soldaten gelegen.

Aan het begin van het jaar was er een verwoestende storm over Rome getrokken die verschillende gebouwen had beschadigd. Zelfs de tempel van Jupiter op het Capitool was beschadigd en dit werd door de augurs uitgelegd als een slecht voorteken voor Drusus, omdat het bij de start van zijn consulaat was gebeurd. De waarzeggers hadden Drusus zelfs afgeraden om dit jaar campagne te voeren, maar hij had dat advies naast zich neergelegd. Hij was consul en hij was niet van plan om het hele jaar in Rome of Lugdunum door te brengen. Hij moest de verovering van Germania voltooien. Hij moest de Elbe bereiken.

En dus was Drusus in het voorjaar voor het vierde jaar op rij de Rijn overgestoken. Deze keer vertrok hij uit Mogontiacum aan de bovenloop van de Rijn en trok vanuit daar zo'n driehonderd mijl al vechtend en plunderend naar het noordoosten. Drusus trok met zijn leger dwars door het ondoordringbare Hercynische woud, waar zelfs Caesar en Agrippa zich niet aan hadden gewaagd. Hij vocht nog een keer tegen de Chatten en de Cherusken, die hij eindelijk definitief versloeg. De Cheruskische aanvoerder Segimer gaf zich persoonlijk over aan Drusus. En om ervoor te zorgen dat de Cherusken niet nog een keer in opstand zouden komen, werd de achtjarige zoon van Segimer samen met zijn broer als gijzelaars naar Rome gestuurd, waar ze een Romeinse opvoeding zouden krijgen.

Zo had Drusus halverwege het jaar alles bereikt wat hij wilde bereiken, toen hij op die middag aan de oever van de Elbe stond. Hij was consul. Hij had al zijn vijanden in Germania verslagen. Hij was door zijn troepen uitgeroepen tot Imperator en had de spolia opima geroofd van een tegenstander die hij in een gevecht van man tegen man had verslagen. En dat allemaal nog voor zijn dertigste jaar. Drusus was pas negenentwintig en hij had al meer gepresteerd dan menig Romeinse generaal in zijn hele leven bereikte.

En toch was Drusus nog niet tevreden. Hij wilde verder gaan. Hij wilde meer bereiken. Drusus liep die avond gespannen door zijn tent, terwijl hij de ene na de andere lijst met voorraden door las en ondertussen steeds met zijn vinger over een kaart ging. Harald was de enige die nog bij hem in de tent was en hij vroeg zich af waarom Drusus zich op dit moment zo gedroeg.

Drusus had net kwaad zijn officieren weggestuurd, nadat Rufus hem had gemeld dat ze de volgende dag niet aan de brug konden beginnen. De mannen van de kampprefect hadden nog geen locatie gevonden waar de bodem en de stroming geschikt waren voor een brug. Titus Laberus had voorgesteld om de troepen met boten naar de overkant te brengen, maar dat had Drusus van de hand gewezen. Caesar had een brug gebouwd over de Rijn en dus wilde Drusus ook een brug.

Harald vroeg zich af of dit nu die beruchte trots was die bovengemiddeld vaak voor leek te komen in de familie Claudius. Drusus had meer bereikt dan al zijn tijdgenoten. Voor wie probeerde hij zich nog te bewijzen?

Plotseling begreep Harald het, terwijl Drusus een vel papier doormidden scheurde en op de grond gooide.

"Heer," zei Harald voorzichtig. Hij voelde dat zijn hart sneller begon te kloppen.

Kon hij dit wel zeggen?

Drusus pakte een rapport van een groep verkenners van die dag; schudde zijn hoofd en legde het rapport weer terug. Hij bleef maar heen en weer lopen door de tent.

"Heer," zei Harald nog een keer. "U heeft genoeg gedaan. Ik weet zeker dat uw broer trots op u is."

Drusus draaide zich om en keek Harald aan. Harald schrok van de blik in zijn ogen. Dit was niet de blik van een trotse consul van Rome of een zelfverzekerde generaal. Dit was dezelfde blik die Harald in de ogen van Timmen had gezien op de avond dat hij door zijn oudere broer Bren was verstoten.

Harald begreep hoe Drusus zich moest voelen. Tiberius was voor hem de man naar wie hij opkeek. Hij was de vaderfiguur voor Drusus die Augustus niet kon zijn. Drusus vocht de afgelopen jaren in Germania vooral voor de erkenning die hij van Tiberius wilde krijgen. Alleen hij en Tiberius hadden allebei niet in de gaten dat ze met ieder succes van Drusus juist meer van elkaar vervreemdden.

"Als hij trots op me is, dan laat hij dat nooit merken," zei Drusus zacht. "Niets wat ik doe lijkt goed genoeg te zijn. Tiberius heeft er altijd wel iets op aan te merken."

Harald dacht na. Hoe zou Bren reageren als Harald zoveel succes zou hebben als Drusus? Hoe zou Bren zich voelen als Timmen succesvol was?

"U bent beter dan Tiberius," zei Harald, die zich nu geen zorgen meer maakte om wat hij wel en niet kon zeggen. "U bent een betere vader, een betere politicus en een betere generaal. En Tiberius weet dat. Daarom heeft hij altijd wat aan te merken op uw prestaties."

Drusus keek Harald verbaasd aan.

"Denk je dat echt?"

“Misschien is uw broer wel jaloers. Misschien is hij bang dat Augustus u zal verkiezen boven hem.”
Drusus lachte bitter.

“Ik denk niet dat Augustus nu nog erg op mij gesteld is,” zei hij met een wrange glimlach. “Daar heeft mijn broer wel voor gezorgd.”
“Wat bedoelt u?”
“Ik heb Tiberius vorig jaar een brief geschreven,” zei Drusus. “Vlak voordat ik naar Lugdunum ging. Het was een persoonlijke brief, die alleen voor hem was bedoeld. Hij moet geweten hebben dat ik in de problemen zou komen als de inhoud van die brief bij anderen bekend zou worden. En hij heeft die brief meteen aan Livia en Augustus laten lezen. Dat heeft me bijna mijn consulaat gekost.”
Harald begreep niet waar Drusus het over had.
“Wat stond er dan in die brief?” vroeg hij. “Wat had u aan Tiberius geschreven?”

Drusus keek richting de ingang van de tent, waar twee mannen van Bren op wacht stonden. Hij begon zachter te praten, zodat ze hem niet zouden horen door het tentdoek. “Het was meer een suggestie, niet eens een concreet idee van mij. Ik wilde gewoon weten hoe Tiberius erover dacht. Dan konden we het er met zijn tweeën over hebben als we elkaar zouden ontmoeten in Lugdunum.”
“Wat stond er in de brief?” vroeg Harald nog een keer.

“Ik stelde aan Tiberius voor dat het tijd was dat Augustus zijn macht zou teruggeven aan de senaat. De tijd van de burgeroorlogen en dictators ligt al ver achter ons. Ik dacht dat Augustus zelf hier ook klaar voor zou zijn en dat hij naar ons zou luisteren als Tiberius en ik het samen zouden voorstellen.”

Harald schrok. Dit waren inderdaad gevaarlijke woorden.

“Het is gewoon steeds moeilijker om vol te blijven houden dat de positie van de Princeps iets anders is dan een monarchie. Helemaal nu hij zijn kleinzonen Gaius en Lucius al klaarstoomt om hem op te volgen. Rome is een republiek en heeft het koningschap honderden jaren geleden afgeschaft. En ik kan niet accepteren dat mijn eigen stiefvader dat koningschap opnieuw probeert in te voeren, ook al noemt hij zichzelf geen koning. Iedereen in Rome weet wat hij eigenlijk is.”

Harald dacht terug aan de woorden die de slaaf Pisto lang geleden had uitgesproken, net na de dood van Agrippa.

Pisto achtte Drusus toen in staat om de macht in Rome te grijpen zodra Augustus zou sterven. Harald had op dat moment gedacht dat Drusus zoiets niet zou doen. En nu bleek dat hij het karakter van Drusus goed had ingeschat. Drusus zou de macht niet voor zichzelf grijpen. Hij wilde de republiek herstellen.

"En Tiberius heeft die brief aan Augustus gegeven?" vroeg hij.

Drusus knikte.

"Dat is dus hoeveel mijn broertje om mij geeft," zei hij. "Als ik niet de stiefzoon van Augustus was, zou ik al zijn beschuldigd van een samenzwering. Ik heb het waarschijnlijk alleen aan mijn moeder te danken dat Augustus niet meteen mijn provincie en mijn leger heeft afgepakt."

Harald kon zich moeilijk voorstellen dat Augustus zoiets zou doen. Drusus was ongekend populair onder zijn soldaten en het volk in Rome. Het leger had geen andere generaal helemaal naar de Elbe gevolgd. Harald wilde dat tegen Drusus zeggen, maar de generaal gaf aan dat Harald kon vertrekken.

"Als je het niet erg vindt, ga ik zo slapen," zei Drusus, die zich wat minder gespannen gedroeg nu hij zijn zorgen met Harald had kunnen delen. "Het is een lange dag geweest en morgen moet ik een plek zoeken voor mijn brug." Drusus staarde naar zijn kaart, waarop de overkant van de rivier nog een groot leeg vlak was.

"Ik zal de Elbe oversteken," zei hij beslist. "En als ik daarna terugkeer in Rome zullen Augustus en Tiberius mij niet meer kunnen negeren."

# Hoofdstuk 68

## Bren

Die nacht stond Bren samen met Wilfrid op wacht voor de tent van Drusus. Het was een rustige nacht in het legerkamp. De soldaten van de drie legioenen en hun hulptroepen hadden een extra rantsoen gedroogd vlees en wat wijn ontvangen om te vieren dat ze de Elbe hadden bereikt.

Het was stil in het kamp, afgezien van het geknetter van enkele toortsen en kampvuren en de regelmatige voetstappen van soldaten op wacht. Het zou niet lang meer duren voor de zon op kwam.

Bren stampte met zijn voeten tegen de kou. Hij staarde naar de heldere sterren boven hem. Het leger was nu ongelooflijk ver van huis, maar toch wist Bren dat Hilde dezelfde sterren zou zien als ze thuis naar de lucht keek. Die gedachte troostte hem. Misschien keken ze op dit moment wel allebei naar boven en dachten ze aan elkaar.

Bren vroeg zich af of Banna ondertussen al was bevallen en of alles goed was gegaan. Zou het kind van Thorgal al zijn geboren? Onbewust kreeg Bren het extra koud toen hij weer dacht aan wat hij moest doen. Het leger van Drusus kon elk moment aan de terugreis beginnen. En tijdens die tocht zouden ze het doen. Ergens onderweg zouden Bren en Harald Thorgal meelokken naar een afgelegen plek. Ze zouden een of andere belangrijke opdracht van Drusus verzinnen waar Thorgal per se bij moest zijn. En op die plek zou Marcus dan op hen wachten met een paar van zijn maten. Thorgal zou geen schijn van kans maken. Hij zou worden gedood voor hij door had wat er gebeurde.

Bren keek er niet naar uit om Thorgal te doden. Het zou heel anders zijn dan het doden van een willekeurige vijand op het slagveld. Het voelde niet goed. Maar hij zou het doen voor Banna. Het moest gebeuren om haar te beschermen. En hij zou het doen voor zijn vader. Thorgal had Beren vermoord.

Nu Bren wist wat Thorgal had gedaan had hij moeite gehad om hem weer onder ogen te komen. Tijdens de campagne had hij hem zoveel mogelijk gemeden en de paar keer dat ze elkaar hadden gesproken, voelde Bren zijn hart in zijn keel bonzen. Hij probeerde zich uit alle macht te beheersen en hoopte dat Thorgal niks vreemds aan hem kon merken.

Plotseling hoorde Bren gestommel achter zich in de tent van Drusus. Hij hoorde Drusus schreeuwen en het klonk alsof hij uit zijn bed viel. Geschrokken keek hij naar Wilfrid en samen stormden ze met getrokken zwaard de tent in. Wilfrid pakte een nog brandende kaars van de tafel en met dat licht renden ze naar het slaapgedeelte van de tent, waar ze Drusus op de grond vonden. Drusus trok gehaast zijn zwaard tevoorschijn uit zijn uitrusting en begon daarmee wild om zich heen te zwaaien, alsof hij schimmen zag. De generaal keek wild uit zijn ogen. Zijn haar en zijn tuniek waren nat van het zweet en in het licht van de kaars zag hij er lijkbleek uit. Drusus leek totaal niet te beseffen waar hij was.

"Heer," zei Bren voorzichtig, terwijl hij zijn zwaard liet zakken. "Heer, wij zijn het. Wat is er aan de hand?"

"Waar is ze?" vroeg Drusus gejaagd. "Waar is die vrouw?"

"Een vrouw, heer?"

"Ja, een vrouw. Ze was hier, in mijn tent. Een Germaanse vrouw."

Drusus draaide zich om en keek door de tent. Zijn zwaard hield hij nog steeds in zijn hand, die licht trilde. Bren en Wilfrid keken elkaar aan.

"Heer, Bren en ik stonden buiten op wacht," zei Wilfrid. "En wij hebben niemand gezien."

Door de voorkant van de tent kwamen twee andere Bataven het slaapvertrek binnengestormd. Het waren de mannen die aan de achterzijde op wacht hadden gestaan.

"Wat is er aan de hand?" vroeg een van hen. "We hoorden geschreeuw."

Drusus leek nog steeds in paniek te zijn. Hij hield zijn zwaard voor zich en keek gespannen om zich heen, alsof hij verwachtte dat hij ieder moment kon worden aangevallen.

"Heer, het was vast een droom," zei Bren. "Er is hier geen vrouw. Niemand is langs ons gekomen."

"Het was geen droom," zei Drusus fel. "Ze was hier echt. Ze stond naast mijn bed. Ik weet het zeker."

Bren ging ervan uit dat Drusus slechts een nachtmerrie had gehad. Toch moest hij iets doen. Als Drusus de waarheid sprak, was hij misschien in gevaar.

"Wilfrid, sla alarm," zei hij tegen zijn tweede man. "We hebben mogelijk een indringer in het kamp. Zorg dat het hele kamp doorzocht wordt. Ik wil dat die vrouw is gevonden voor de zon opkomt."

Wilfrid salueerde en rende de tent uit. Bren hoorde hem buiten schreeuwen en even later werd er op hoorns geblazen en begonnen meer mannen te schreeuwen. Bren schonk een beker wijn in en gaf die aan Drusus, die ondertussen met een doek over zijn bezwete gezicht wreef.
"Ze sprak tegen me," zei hij, terwijl hij op de rand van zijn bed ging zitten.

Buiten werden toortsen aangestoken en hoorden ze groepen soldaten rondrennen. In een paar ogenblikken was het hele kamp in rep en roer.
"Ze noemde mijn naam. Ze vroeg aan mij: waar ga je heen, jij onverzadigbare Drusus? Het is niet jouw lot om al deze landen te aanschouwen. Vertrek van deze plek, want het einde van je inspanningen en je leven zijn al nabij."
Er ging een rilling door zijn lichaam toen hij die woorden uitsprak.

Titus Laberus en de eerste centurion van het Eerste legioen kwamen de tent binnenlopen. De centurion had zijn wapenuitrusting maar half aangetrokken, maar Titus Laberus zag er zelfs midden in de nacht verzorgd en alert uit. Alleen aan zijn stoppelbaard was te zien dat hij net uit bed kwam.
"Wat is er aan de hand?" vroeg Laberus. "Waarom is er alarm geslagen? Is het een aanval?"
"Snel," zei Bren tegen de centurion. Hij dacht aan de onheilspellende woorden die hij net van Drusus had gehoord.
"We hebben de augur nodig."

De volgende dag vertrok het leger. Het voornemen van Drusus om de Elbe over te steken werd direct opgegeven door het voorval in zijn tent. Het leger ging terug naar de Rijn.

Het verhaal over de vrouw die Drusus in zijn tent had gezien was binnen de kortste keren in heel het leger bekend. Er was geen enkel spoor gevonden van de Germaanse vrouw, ook al was het hele legerkamp binnenstebuiten gekeerd. Het ontbreken van ieder spoor maakte de gebeurtenis alleen maar onheilspellender. De enige vrouw die in het kamp werd aangetroffen, was een vrouw die zich in de tent van de kampprefect bevond. Ze was meegereisd met de verzameling kampvolgers die even buiten het kamp hun eigen tenten hadden opgeslagen en ze was 's nachts door de wachters naar binnen gesmokkeld. De kampprefect kon bevestigen dat zij niet in de tent van Drusus kon zijn geweest, omdat hij naar eigen zeggen de hele nacht in haar was geweest. De vrouw en de wachters die haar hadden binnengelaten werden tijdens het ochtendappel gegeseld voor deze overtreding. De kampprefect zelf kwam ervan af met een berisping door Laberus.

Nadat de hele zoektocht verder niets had opgeleverd was Bren ervan overtuigd dat Drusus het allemaal had gedroomd. Er waren zelfs geen voetsporen rond de tent gevonden, anders dan hun eigen sporen. Alleen de gewone soldaten in het leger leken bijna allemaal te geloven dat het echt was gebeurd, net zoals Drusus zelf. Naarmate het gerucht over de Germaanse vrouw zich verder verspreidde, werd het verhaal steeds vreemder, tot iedereen ervan overtuigd was dat de vrouw een reusachtige geestverschijning was geweest.

Misschien was het zelfs wel een Germaanse godin die de Romeinen uit haar land wilde verjagen. De hele gebeurtenis bleef duister boven het leger hangen en Drusus was hierdoor misschien nog wel het meest ontdaan. Hij had zijn plannen om de campagne voort te zetten direct opzij geschoven. Hij werd neerslachtig en wilde alleen nog maar zo snel mogelijk terug naar de Rijn. De woorden van de vrouw hadden hem diep geraakt.

Het leger trok verschillende dagen achter elkaar door Germania. Er waren wat kleine aanvallen van losse bendes Germanen, maar er was geen serieuze bedreiging voor het leger. Ondertussen wisten Bren en Harald allebei dat ze nu iets aan Thorgal moesten doen, maar ze leken ervoor terug te deinzen nu het zover was. Harald wilde dat de aanval op Thorgal perfect zou verlopen en er was altijd wel iets niet goed aan de situatie, waardoor hij voorstelde om nog wat langer te wachten. En zo gingen verschillende weken voorbij, terwijl het leger onherroepelijk dichter bij de Rijn kwam.

Tot het moment kwam dat Harald aan Bren vertelde dat hij de perfecte locatie had gevonden. Tijdens een verkenningstocht met de ruiters van het Eerste legioen en enkele kaartenmakers van Drusus was Harald op een open plek gekomen in een bos naast een kleine rivier. De plek was makkelijk te vinden en de volgende dag zou het leger daar waarschijnlijk niet al te ver vandaan voorbij komen. Het zou eenvoudig zijn om Thorgal op die plek te krijgen, hem te vermoorden en aan het eind van de middag weer aan te sluiten bij de rest van het leger, alsof er niets was gebeurd. En aan de rand van de open plek had Harald een reusachtige eeuwenoude eik zien staan, wat voor hem de doorslag had gegeven. Op die plek, in de aanwezigheid van de heilige boom, moest hun vader worden gewroken.

De avond voor de aanval riep Harald alle samenzweerders bij elkaar in de tent van Marcus. Marcus had er bij de optio voor gezorgd dat de andere mannen van zijn tent deze avond wachtdienst hadden, zodat ze zeker wisten dat ze niet zouden worden gestoord. Bren, Harald en Wilfrid kwamen voor het avondeten naar de tent van Marcus, zogenaamd om samen de maaltijd te delen. Marcus stelde de Bataven voor aan de soldaten die mee zouden werken aan het plan.

"Dit is Gaius," zei Marcus, terwijl hij naar een vrolijk grijnzende Romein wees. "Jullie kennen Lucius natuurlijk. En dit is onze decanus Sextus. Ik heb hen verteld wat er aan de hand is en zij zijn bereid om ons te helpen."

"Een vriend van mijn broeder Marcus is mijn vriend," zei Sextus, terwijl hij de Bataven een hand gaf. "Volgens mij heb ik jullie in Lugdunum al een keer ontmoet. Die avond toen jullie werden aangevallen."

Bren had de vrienden van Marcus niet vaak gesproken, maar hij kende ze wel van gezicht. Hij stelde Wilfrid aan hen voor en bedankte hen voor hun hulp. Hij benadrukte dat het niet zomaar iets was wat hij van hen vroeg. Hij vroeg hen of ze begrepen dat ze in de ogen van veel mensen een moord zouden plegen en dat ze zouden worden terechtgesteld als ze gepakt werden.

"Ik ben bereid om dat risico te nemen," zei Marcus. "Voor Banna."

"En wij ook," zei Gaius met een lach. "Hij heeft het ten slotte zo vaak over die Banna, dat het bijna voelt alsof wij ook verliefd zijn op haar."

"Wat?" vroeg Bren scherp.

Marcus gaf Gaius een harde stomp tegen zijn schouder.

"Oh, wist hij dat nog niet?" vroeg Gaius aan Marcus, die een rood hoofd kreeg.

Harald begon te lachen.

"Het is haar broer, idioot," mompelde Marcus, die vervolgens snel van onderwerp probeerde te veranderen.

"Dus Harald, wat is het plan?"
Harald vertelde over de open plek die hij in het bos had gevonden.

"Jullie zorgen dat jullie daar met zijn vieren staan te wachten aan het eind van de ochtend, als de zon op zijn hoogst staat," zei hij. "Weet je zeker dat jullie weg kunnen komen van het leger?"
Marcus knikte.

"Ik heb al aangeboden om morgen met deze mannen op foerageertocht te gaan," zei hij. "De optio vond het prima. Volgens mij heeft hij niks in de gaten."
"Goed," zei Harald. "Wij zorgen dat Thorgal met mij, Bren en Wilfrid mee komt."

"Als we daar aankomen, zorgen we dat Thorgal van zijn paard af stapt," zei Bren. "En zodra ik het teken geef, omsingelen we hem en steken we hem dood. We zullen met zeven man tegen één zijn. Hij zal geen schijn van kans hebben."

"Klinkt bijna te makkelijk," zei Sextus. "Weet je zeker dat je ons wel nodig hebt?"
"Ja," zei Harald. "Iedereen is nodig. Onderschat Thorgal niet, hij is een sterke krijger. Het moet precies zo gaan als we bedacht hebben. We kunnen absoluut niet toestaan dat het mis gaat en Thorgal ontsnapt. Dan brengen we niet alleen onszelf, maar ook mijn zus in gevaar."

"En zodra Thorgal dood is, verminken we zijn gezicht en dumpen het lijk in de rivier," zei Marcus. "Weet je trouwens zeker dat ze hem niet zullen zoeken? Hij is de prefect van de Bataafse hulptroepen. Het zou erg slordig zijn van Drusus om zo'n belangrijk iemand kwijt te raken in Germania."
"Daarom doen we het nu, terwijl het leger bezig is met de aftocht," zei Harald. "Je hebt gemerkt hoeveel haast Drusus heeft om de Rijn te bereiken. Als Thorgal 's avonds niet terugkeert naar het kamp, zal Drusus niet een hele dag wachten om voor één man de omgeving af te zoeken."

"En als Drusus toch besluit om een zoektocht op touw te zetten, zal ik aanbieden om die zoektocht te leiden," zei Bren. "Hij zal dat niet weigeren. Thorgal is ten slotte mijn zwager. En ik kan ervoor zorgen dat er op de verkeerde plek naar hem wordt gezocht."
"Klinkt als een goed plan," zei Gaius. "Kunnen we dan nu eindelijk gaan eten?"

Harald stak zijn hand naar voren en pakte de hand van Marcus vast.

"Morgen doen we het," zei Harald plechtig en Marcus knikte.

"Morgen."

De andere mannen legden ook een voor een hun handen op elkaar. Met dit gebaar werd het pact tussen hen gesloten.

"Welke god zullen we aanroepen om ons morgen te beschermen?" vroeg Sextus, terwijl de mannen hun handen op elkaar hielden.

"Een Romeinse god of een Bataafse?"

## Hoofdstuk 69

## Marcus

Marcus keek naar de zon, terwijl hij een slok uit zijn waterzak nam.
Ze zijn laat, dacht hij.
De zon was al even over zijn hoogste punt heen.

Hij keek naar Gaius, die aan de overkant van het veld stond. Gaius zat op zijn gemak zijn gladius te slijpen. Het geluid van de slijpsteen die over zijn zwaard gleed, vermengde zich met het rustige kabbelen van de rivier. De wind waaide zacht door de bladeren van de grote eik en in de verte hoorde Marcus een vogel zingen. Het was een vredige plek hier in het bos. Niets wees erop dat hier over enkele ogenblikken een moord zou worden gepleegd.

Hij trok de leren riem van zijn wangkleppen wat strakker aan en vroeg zich voor de zoveelste keer af of hij hier wel goed aan deed. Hij was een soldaat in het legioen van Rome. Hoe kon het in zijn hoofd zijn opgekomen om zich mee te laten slepen in dit plan?

'Je krijgt haar niet meer terug,' zei de stem in zijn hoofd, die hem al de hele dag steeds indringender tegen probeerde te houden. 'Zelfs als je Thorgal voor haar vermoordt wil ze je niet. Ze houdt niet van je.'

Toch vond Marcus dat hij dit voor Banna moest doen. Zelfs als ze niet van hem hield. Het was het juiste om te doen. Als Thorgal terug zou keren naar Banna zou hij haar kind doden. Marcus vroeg zich af hoe verknipt iemand moest zijn om zoiets te kunnen doen bij een kind. Helemaal bij een kind van Banna.

Heel even kwam de gedachte bij hem op hoe het zou zijn als dat kind inderdaad van hem was. Hij voelde een warme gloed door zijn lichaam stromen bij die gedachte. Hij en Banna, vader en moeder. Het was een reële optie geweest. Ze hadden seks met elkaar gehad. Drie jaar geleden, voordat Drusus aan zijn grote campagnes was begonnen. Hoe mooi zou het zijn als Marcus nu een kind zou hebben dat op die avond was verwekt?

Hij zette de gedachte uit zijn hoofd. Hij moest zich op het hier en nu concentreren. Het had geen zin om te fantaseren over het verleden.
'En ze houdt toch niet van je.'

“Ze zijn te laat,” riep Sextus vanaf de andere kant van de open plek. “Altijd hetzelfde met die Bataven.”
“Ze komen wel,” riep Marcus, terwijl hij omhoog keek naar de zon. “Harald en Bren zullen zich aan hun woord houden.”

Toch was Marcus niet helemaal zeker. Hij vroeg zich af hoelang het nog kon duren. Ze hadden hier al een uur geleden moeten zijn. Aan het eind van de middag moesten Marcus en de anderen het leger wel weer hebben ingehaald, het liefst ook nog met wat eten voor hun centurie. Marcus vond het niks voor Harald om zo laat te zijn. Zou er iets zijn gebeurd?

“Ik hoor ruiters,” riep Lucius, die in de grote eik was geklommen en nu weer snel naar beneden klauterde.
“Ze komen uit het zuidoosten.”
Zodra Lucius het zei hoorde Marcus het ook. Twee of drie paarden kwamen hun kant op.
Dit is het dan, dacht Marcus, die snel het beeldje van Mercurius kuste en het wegstopte.

De vier Romeinen stelden zich aan de verschillende zijden van de open plek op en wachtten gespannen af. Het geluid van de paardenhoeven werd langzaam harder en even later reed Thorgal de open plek op, gevolgd door twee andere Bataafse ruiters.

Zodra Marcus Thorgal zag, voelde hij een felle woede opkomen in zijn hart. Dit was de man die zijn Banna had mishandeld. Hij was zo gefocust op Thorgal dat het even duurde voor hij door had dat de twee andere ruiters niet Bren en Harald waren. Het waren twee Bataven die hij helemaal niet kende.

Thorgal keek verbaasd om zich heen over de open plek en bleef met zijn paard vlak voor Marcus staan.

“Soldaat, wat doe je hier?” vroeg hij, terwijl hij neerkeek op Marcus.

Het Latijn van Thorgal was beter dan het stroeve Latijn dat de meeste Bataven gebruikten. Hij sprak het bijna even vloeiend als Harald en Bren.
“Wat is hier aan de hand?”
Marcus keek naar de twee ruiters achter Thorgal.
“Waar zijn Harald en Bren?” vroeg hij.

Marcus voelde dat zijn vrienden naar hem keken voor aanwijzingen, maar hij wist niet goed wat hij met de onbekende Bataven moest doen. Waren die twee door Bren gestuurd of waren het mannen van Thorgal? Aan hun gezichten kon hij niks aflezen.

“Ze zijn terug naar het kamp,” zei Thorgal. “Harald kwam Bren net ophalen. Hij zei dat hij meteen mee moest komen. Er was iets ergs gebeurd.”
Marcus voelde een kilte in zijn hart kruipen.
Had Harald zich teruggetrokken?
Hij kon het zich haast niet voorstellen, maar Marcus kon geen andere reden bedenken waarom Harald en Bren weg waren gebleven. Ze wisten waar Thorgal heen ging.

‘Hij is een lafaard,’ zei de stem in zijn hoofd. ‘Zie je nou wel dat dit een stom idee was? Je wordt gebruikt door Harald en Bren om voor hen het vuile werk op te knappen.’
“Wie zijn zij?” vroeg Marcus, terwijl hij met zijn hoofd naar de twee Bataven knikte.
Hij moest weten of ze aan zijn kant stonden.

“Maakt niet uit wie ze zijn,” zei Thorgal. Zijn ogen keken argwanend naar de vier Romeinen die in een grote cirkel om hem heen stonden. Hij begon door te krijgen dat er iets niet klopte.
“Waarom zijn jullie op deze plek?” vroeg hij. “Harald vertelde dat ik hierheen moest gaan. Hij zei dat het belangrijk was.” Thorgal zag dat Gaius zijn hand dreigend op zijn zwaardvest hield.

“Zijn jullie deserteurs?” vroeg een van de twee ruiters achter Thorgal. “Wat doen jullie zo ver van de rest van het leger?”

Ze horen niet bij ons, dacht Marcus. Die twee zijn mannen van Thorgal.

Hij vervloekte Harald in gedachten. Hoe kon hij hem zo in de steek laten, terwijl Marcus en zijn vrienden hun leven op het spel zetten voor zijn zus? Even overwoog Marcus om het hele plan af te breken. Hij kon zich hier nog uit praten. Hij kon zeggen dat ze aan het foerageren waren. Maar toen dacht hij aan Banna en wat haar boven het hoofd hing als ook Marcus het op zou geven.
We moeten dit doen, dacht hij. Er is geen weg meer terug. Hij haalde diep adem en besloot Thorgal de waarheid te vertellen.

“Ik ben die soldaat die vorig jaar bij Banna langskwam,” zei hij. “Ik heb haar midden in de nacht opgezocht en ze was blij om me te zien.”

Hij zag dat de ogen van Thorgal groter werden en besloot om er nog een schepje bovenop te doen, terwijl hij op zijn gemak richting Thorgal liep.

"Ik ben verliefd op je vrouw en zij houdt van mij," zei hij. "En we hebben seks met elkaar gehad. Ze heeft je bedrogen, Thorgal."

Het voelde geweldig voor Marcus om dit te zeggen tegen de man die hij zo haatte, ook al was het misschien niet helemaal waar. Alle frustratie van de afgelopen jaren kwam naar boven. Hij wilde dat Thorgal met deze gedachte zou sterven. Dit was zijn wraak op de man die Banna van hem had afgepakt.

Marcus kon aan het gezicht van Thorgal precies zien hoe de woorden langzaam tot hem doordrongen. Eerst zag hij verbijstering, direct daarna gevolgd door woede. Marcus zag de hand van Thorgal al naar zijn zwaard gaan toen hij uit alle macht "Nu!" brulde.

De Romeinse soldaten kwamen als eerste in beweging. Ze waren voorbereid op de aanval en trokken snel hun zwaarden, terwijl ze de drie Bataven insloten. Marcus sloeg met zijn zwaard richting Thorgal. Hij probeerde hem of zijn paard te verwonden, maar Thorgal reageerde vlug door de slagen van de gladius af te weren met zijn spatha, die een stuk langer was dan het Romeinse zwaard. Hij liet zijn paard zijwaarts lopen om bij Marcus uit de buurt te komen, terwijl Marcus aan het geluid kon horen dat ook de andere Bataven en Romeinen met elkaar in gevecht raakten.

De drie Bataven, die even overdonderd waren geweest door de onverwachte aanval, hielden stand en verweerden zich heftig. De vredige open plek naast de kabbelende rivier was van het ene op het andere moment veranderd in een chaotisch gevecht tussen mannen en paarden.

Marcus zag hoe Lucius een van de paarden in zijn buik stak, terwijl hij achter zich hoorde hoe Gaius de andere ruiter uit zijn zadel trok en naar de grond wierp. Ondertussen vochten hij en Sextus met Thorgal, die hen met wilde zwaaien van zijn zwaard allebei van zich af hield. Thorgal probeerde niet eens te vluchten voor de Romeinen. Hij was woedend op Marcus en vocht terug. Hij vocht om Marcus te doden.

Gaius en de Bataafse ruiter rolden worstelend over de grond. Het klonk alsof Gaius de keel van de man dichtkneep, terwijl de Bataaf hevig tegenstribbelde. Het paard van de andere ruiter viel gewond neer, terwijl de ruiter er snel af sprong en het bos in rende. Lucius rende achter de ruiter aan, terwijl het gewonde paard luid hinnikend achterbleef.

Thorgal reed in een halve cirkel om Marcus en Sextus heen en stormde vervolgens recht op hen af. Marcus kon op tijd wegspringen, maar Sextus stond net naar Lucius te kijken en merkte Thorgal te laat op. Hij werd omver gelopen door het paard van Thorgal en raakte vertrapt onder de hoeven. Gewond bleef hij op de grond liggen, terwijl Thorgal zijn paard draaide aan het eind van de open plek. Hij stormde nog een keer op Sextus af, maar Marcus sprong er snel voor om Sextus te beschermen. Hij voelde een harde klap tegen zijn helm, terwijl het paard van Thorgal op het laatste moment voor hem uitweek en rakelings langs hem schoot. De klap van Thorgal galmde nog na, terwijl Marcus zich omdraaide met zijn zwaard voor zich uit.

“Sextus, gaat het?” fluisterde Marcus.

Sextus kreunde zacht en dat was een goed teken. Hij was dus nog bij bewustzijn. Het lukte hem alleen niet om overeind te komen.

Terwijl Thorgal nog een keer draaide voor een derde aanval, trok de Bataaf die met Gaius vocht snel een dolk en stak hem in zijn been. Gaius schreeuwde van de pijn en greep de hand van de Bataaf, waarna er een felle worsteling ontstond rond de dolk, die ze allebei vastgeklemd hielden. Het paard van de Bataaf was ondertussen richting de rivier gerend en bleef daar gespannen staan wachten. Het andere paard rolde nog steeds bloedend en schuimbekkend over de grond.

Voordat Thorgal opnieuw een aanval uit kon voeren, stormde Marcus naar voren. Thorgal probeerde weg te draaien, maar hij kon niet voorkomen dat Marcus zijn gladius recht in de hals van zijn paard stak. Het dier stortte neer, waarbij Thorgal behendig wegrolde van zijn gewonde paard.

“Kom hier, klootzak,” schreeuwde Marcus. “Dit is voor Banna.”

Hij voelde dat hij aan de winnende hand was nu Thorgal op de grond lag.

Plotseling kwam de andere Bataaf, waar Lucius achteraan was gegaan, weer tevoorschijn uit het bos. De Bataaf had een diepe snee in zijn wenkbrauw en Marcus zag dat hij hinkte toen hij Thorgal te hulp snelde. Zijn kleren zaten helemaal onder het bloed en in een flits zag Marcus dat hij een Romeinse gladius in zijn hand had. Het zwaard van Lucius. De Bataaf riep iets in zijn eigen taal naar Thorgal en Marcus verstond ondertussen genoeg van de Bataafse taal om te weten wat dit betekende. Lucius was dood. De Bataaf had hem verslagen en zijn zwaard afgepakt.

Even overwoog Marcus om het bos in te rennen. Misschien lag Lucius daar nu wel ergens dood te bloeden en had hij zijn hulp nodig.

Maar hij kon niet weg. Hij moest eerst Thorgal en de andere Bataaf verslaan. Met een woeste schreeuw rende hij op de twee Bataven af. De voorste man probeerde Marcus te raken, maar Marcus ontweek zijn slag en stootte zijn eigen zwaard met kracht in de zij van zijn tegenstander. Hij voelde hoe zijn zwaard tussen de ribben door gleed en zich diep in het zachte weefsel van zijn longen boorde. De krijger greep Marcus nog bij de schouder en viel toen met een geschrokken blik op de grond.

Marcus voelde hoe zijn arm warm en plakkerig werd van het bloed. Hij besteedde er geen aandacht aan. Thorgal kwam op hem af met zijn lange spatha en zijn schild in de aanslag en Marcus kon net op tijd naar achteren springen om een slag van het zwaard te ontwijken. Hij sloeg met zijn zwaard tegen het schild van Thorgal, dat besmeurd raakte met het bloed van de man die Marcus net had gedood.

Marcus ging zo op in zijn eigen gevecht dat hij niet door had dat Gaius in de problemen zat. De Bataaf had de helm van Gaius los gekregen en daarmee sloeg hij hem nu op zijn hoofd, terwijl hij boven op hem lag. Gaius greep de Bataaf opnieuw bij de keel en probeerde hem te wurgen, tot de man hem een zeer harde klap in zijn gezicht gaf met de helm. Gaius raakte versuft door de harde klap en kon zich niet meer verzetten, terwijl de Bataaf met de helm op zijn hoofd bleef beuken.

Marcus had niet in de gaten dat achter hem zijn vriend langzaam zijn bewustzijn en even later ook zijn leven verloor. Hij merkte pas dat er iets mis was toen hij een grijns op het gezicht van Thorgal zag verschijnen. Marcus keek snel over zijn schouder om te zien waarom Thorgal opeens zo triomfantelijk keek. Hij zag even verderop het levenloze lichaam van Gaius liggen. Zijn gezicht was een bloederige massa, volledig aan gort geslagen met zijn eigen helm. Marcus voelde een lichte paniek opkomen toen hij zijn aandacht weer op Thorgal richtte. Hij was alleen. Twee van zijn vrienden waren al dood en Sextus kroop gewond over de grond, terwijl de Bataaf die Gaius had gedood overeind kwam en de dolk uit de dode hand van Gaius wrong. “Marcus,” riep Sextus achter hem. “Help me. Ik kan mijn benen niet bewegen.”

De grijns op het gezicht van Thorgal werd breder. Het was twee tegen een en Sextus had de hulp van Marcus nodig. Marcus overwoog koortsachtig wat hij moest doen. Als hij Sextus zou helpen, zou Thorgal kunnen ontsnappen. Dan was de hele aanval voor niets geweest. Maar als hij tegen Thorgal bleef vechten, zou Sextus sterven en dan moest hij het alsnog opnemen tegen twee tegenstanders.

Marcus sloeg een paar keer naar Thorgal, maar die weerde zijn slagen eenvoudig af en deed een paar stappen naar achteren. Hij probeerde tijd te rekken. Tenslotte nam Marcus een besluit. Hij moest Sextus redden. Hij draaide zich om en rende naar Sextus, die met een van pijn vertrokken gezicht wegkroop van de Bataafse ruiter.

Marcus en de Bataaf kwamen op hetzelfde moment aan bij Sextus. Zonder nog ergens op te letten, dook Marcus op zijn tegenstander met zijn zwaard in de aanslag. En terwijl zij met elkaar in gevecht raakten, rende Thorgal naar het overgebleven paard, dat nog steeds aan de rand van de open plek stond. Hij klom op het paard en zonder nog om te kijken naar zijn metgezel reed Thorgal op hoge snelheid het bos in.

# Hoofdstuk 70

## Harald

Harald reed zo snel als hij kon door het bos. Het pad dat hij volgde was niet veel meer dan een wildspoor, maar hij herkende de route nog van de vorige dag. Het was niet ver meer.

Hij hoopte dat hij nog op tijd kwam. Zou Thorgal al op de open plek zijn aangekomen? Hij spoorde zijn paard aan om nog harder te rijden en vloekte in gedachten.
Hoe had alles zo fout kunnen gaan? Hoe was het mogelijk dat dit juist nu was gebeurd? Dat Harald, Bren en Wilfrid juist nu waren teruggeroepen?

Zodra Harald kon worden gemist, was hij weer vertrokken om naar de open plek te gaan. Bren en Wilfrid waren achtergebleven bij Drusus. De moord op Thorgal moest zonder hun hulp worden gepleegd.

Harald kwam op een klein grasveld in het bos waar het pad even leek te verdwijnen. Hij herkende deze plek niet van de dag daarvoor. Hij liet zijn paard stilstaan en luisterde of hij iets kon horen. Hij moest nu vlak bij de rivier zijn.
Terwijl Harald en het paard allebei stonden te hijgen van de inspanning, kwam er plotseling een ruiter tevoorschijn uit het bos recht voor hem. Er ging een schok door Harald heen toen hij de ruiter herkende.
Het was Thorgal.

Thorgal reed wild door het bos, alsof hij ergens voor op de vlucht was. Hij had een bezweet gezicht en zijn zwaard, dat hij in zijn hand hield, zag er gebutst en verbogen uit. Thorgal leek te schrikken toen hij Harald zag, maar toen hij hem herkende haalde hij opgelucht adem en reed snel naar hem toe.

"Harald," riep hij. "We moeten terug naar het kamp... De Romeinen... Ik ben net aangevallen."
Thorgal was buiten adem en bleef steeds gespannen over zijn schouder kijken, terwijl hij hijgend naast Harald op zijn paard zat. Harald voelde hoe er een kilte over hem heen trok. De aanval was mislukt. Thorgal was ontsnapt aan de Romeinse soldaten.

"Wat is er gebeurd?" vroeg hij. Hij wist niet wat hij moest doen. "Hoe bedoel je, aangevallen?"

"Vier Romeinse soldaten hebben me net aangevallen," zei Thorgal, die aanstalten maakte om verder te rijden. "Ze stonden me op te wachten. Zomaar vanuit het niets vielen ze aan. Kom, we moeten terug naar het kamp."

"Wacht even, ik begrijp er niks van," zei Harald. Hij wist dat ze niet terug konden naar het kamp. Dan zou alles verloren zijn. Harald wilde doorrijden naar de open plek. Hij moest weten wat er was gebeurd. De kilte die hij voelde werd dieper.

"Leven ze nog?" vroeg Harald.

"Twee in ieder geval niet meer," zei Thorgal met een grimmige blik. "Die andere twee weet ik niet, maar ik blijf hier niet wachten. Baro hebben ze gedood, die vuile honden."

Thorgal was niet bereid om op Harald te wachten. Hij spoorde zijn paard aan en reed weg. Harald vloekte, maar hij had geen andere keus. Hij moest achter hem aan gaan. Thorgal mocht het kamp niet bereiken.

Verschillende gedachten schoten door Harald heen, terwijl hij achter Thorgal aan reed over het smalle bospad. Leefde Marcus nog? Hoe had Thorgal kunnen ontsnappen? Hoe had het plan zo gruwelijk kunnen mislukken?

Dit is allemaal mijn fout, dacht hij, terwijl hij Thorgal weer inhaalde. Ik heb het plan bedacht.

"Ik begrijp het nog steeds niet," riep Harald toen hij weer naast Thorgal reed. "Waarom hebben ze je aangevallen? Weet je zeker dat het Romeinen waren?"

Harald dacht aan de dolk die hij aan zijn riem droeg. Als Thorgal niet op zou letten, kon hij hem misschien met die dolk steken.

Je moet het doen, Harald dacht hij. Doe het nu voor het te laat is.

"Banna," zei Thorgal plotseling.

Zijn ogen stonden hard. "Het was Banna. Die soldaat zei tegen mij dat hij met Banna naar bed was geweest. Zij moet die Romeinen tegen mij hebben opgezet. Ze wilde me vermoorden, zodat zij er met die soldaat vandoor kon gaan."

Dus toch, dacht Harald geschrokken. Banna en Marcus zijn met elkaar naar bed geweest.

"Heb je hem gedood?" vroeg Harald. Hij moest weten hoe het met zijn vriend was. "Leeft die Romein nog?"

Je dolk, Harald. Trek je dolk. Je moet hem neersteken, nu.

Thorgal zweeg een tijdje en begon langzamer te rijden. Hij leek langzaam tot een besef te komen. Thorgal hield zijn paard in en keek Harald aan.

“Wat doe jij hier?” vroeg hij.
Harald slikte. Opeens kon hij niks meer bedenken.
Hij heeft het door, dacht hij. Je moet hem nu aanvallen.
“Jij hebt me naar die plek gestuurd,” zei Thorgal.

Hij zei het met een vlakke stem. Niet boos, niet beschuldigend. Het was een simpele constatering waarmee alles op zijn plek viel. Thorgal en Harald keken elkaar zwijgend aan. Ze wisten allebei wat er nu ging gebeuren.

Harald wilde meer dan ooit dat zijn broer Bren nu bij hem was om hem te helpen. Bren was altijd een krijger geweest; Harald niet. Maar hij zou zijn vader en zijn broer nu niet teleurstellen. Hij bewoog zijn hand langzaam richting zijn dolk en wilde ‘voor Beren’ zeggen. Maar voor hij zijn dolk vast greep, zag hij weer het gehavende gezicht van zijn zus voor zich. Het gezicht dat deze man zo had toegetakeld.
“Voor Banna,” riep Harald en hij trok zijn dolk.
Hij was niet snel genoeg.

Harald was blijven kijken naar het zwaard van Thorgal. Hij had verwacht dat Thorgal daarmee uit zou halen en hij hield zich klaar om het zwaard te ontwijken. Pas te laat zag Harald het houten schild aankomen waarmee Thorgal hem vol in zijn gezicht raakte. Hij voelde hoe hij achterover van zijn paard viel, waarbij het gezicht van Thorgal langzaam naar de achtergrond leek te verdwijnen. Daarna werd alles donker.

## Hoofdstuk 71

## Marcus

"Kom op," zei Marcus, terwijl hij Sextus hielp om over een omgevallen boom te klimmen. "We halen het wel. Gewoon blijven lopen."

Het gezicht van Sextus stond strak van de pijn. Hij klom over de boomstam heen en hinkte verder, terwijl hij leunde op de schouder van Marcus. Het rechterbeen van Sextus raakte steeds meer opgezwollen. Marcus hoefde geen arts te zijn om te zien dat Sextus zijn been had gebroken toen het paard van Thorgal hem omver had gelopen. De voet stond in een vreemde positie gebogen en hij verging van de pijn als Marcus zijn been aanraakte. Marcus wist dat hij snel hulp nodig had.

Hij voelde zich hopeloos verloren, terwijl ze hier met zijn tweeën door de bossen strompelden. Hun plan was totaal mislukt. Gaius en Lucius waren dood, Sextus was gewond geraakt en Marcus zelf had het er ternauwernood levend van af gebracht. En ondertussen was Thorgal ontsnapt. Marcus vloekte nog een keer op Harald en Bren. Als zij erbij waren geweest, was dit niet gebeurd.

"Je moet deserteren, Marcus," mompelde Sextus zwak. "Je kunt niet terug gaan naar het kamp. We hebben net de prefect van de Bataafse hulptroepen aangevallen."

"Houd je bek, Sextus," zei Marcus, terwijl hij stug verder liep met zijn hinkende maat op zijn schouder. "Ik haal ons hier uit. Je hebt hulp nodig voor je been."

De twee soldaten kwamen via het pad bij een droge sloot, maar zodra ze daarin waren afgedaald, lukte het Sextus niet meer om er aan de andere kant weer uit te klimmen. Ze waren allebei uitgeput en het leger moest nog mijlenver van hen verwijderd zijn. Ze begrepen allebei dat het hopeloos was.

"Laat me maar," zei Sextus. Hij bleef vermoeid op zijn rug liggen. "Breng jezelf in veiligheid."

Marcus weigerde om hem in de steek te laten. Hij probeerde hem nog een keer tevergeefs overeind te trekken, maar Sextus bleef uitgeput liggen.

"Ik ben je meerdere, soldaat," zei hij uiteindelijk. "En ik geef je een bevel. Laat mij hier achter en red jezelf."

"Ik kom terug," zei Marcus, terwijl hij zijn riem strak trok. "Ik haal hulp."

Hij wist niet of hij die belofte waar kon maken, maar hij moest het in ieder geval proberen. Hij wilde niet nog een vriend kwijtraken. Dit was tenslotte allemaal zijn schuld. Hij had Gaius, Lucius en Sextus hierbij gehaald.

Hij had Sextus zo goed mogelijk afgedekt in de droge sloot met zijn mantel en wat bladeren, zodat hij warm zou blijven. Hij had hem voldoende eten en water gegeven en hoopte dat dit genoeg was om het nog een paar uur uit te houden. Marcus keek nog een keer naar de man die hem vanaf de eerste dag in het leger had geholpen. Alles wat Marcus wist, had hij van Sextus geleerd. Het was zijn mentor en zijn vriend. Sextus stak zijn hand nog een laatste keer op en Marcus knikte. Het was goed zo.

Met een bezwaard gevoel ging Marcus op pad. Het doffe verdriet om de vrienden die hij in dit bos achter had gelaten hing zwaar over zijn gemoed.

Nu hij Sextus niet meer hoefde te ondersteunen voelde hij de pijnlijke plekken die hem aan zijn gevecht met Thorgal herinnerden. Hij had dat gevecht nooit moeten voeren. Het was niet zijn gevecht. Hij had het aan Harald en zijn familie over moeten laten. Dat was voor iedereen beter geweest.

Ik wou dat ik Harald nooit had ontmoet, dacht hij. Banna, Thorgal, de dood van zijn vrienden; het kwam uiteindelijk allemaal door Harald. Die ene ontmoeting in Lugdunum had hem alleen maar pijn opgeleverd.
Ik wou dat ik Harald gewoon voorbij was gelopen toen we hem die nacht zochten. Dat ik zijn lichaam niet had gezien tussen die graven langs de weg.

Plotseling bleef hij staan.
Aan zijn rechterhand, in de struiken een eindje van het pad vandaan, zag hij een lichaam liggen. Marcus trok zijn zwaard en liep behoedzaam op het lichaam af. Het was een man, die levenloos op grond lag. Aan de kleding kon Marcus zien dat het een Bataaf was.

Even dacht hij dat het Thorgal was, maar toen hij het gezicht zag, herkende hij hem. Het was Harald.
Marcus voelde een steek van woede opkomen nu hij hem herkende. Harald was de reden dat hij in deze hele teringbende terecht was gekomen en hij had hem vervolgens in de steek gelaten. Maar ergens voelde Marcus ook medelijden toen hij hem zag liggen. Haralds gezicht zat

onder het bloed dat uit een diepe snee in zijn voorhoofd liep. Zijn gezicht zag er bleek uit. Hij schudde hem voorzichtig en zag dat hij met zijn ogen knipperde. Hij leefde nog.

Terwijl Harald langzaam overeind ging zitten en verdwaasd om zich heen keek, ondersteunde Marcus hem.
"Wat is er gebeurd?" vroeg Harald, terwijl hij aan de wond op zijn voorhoofd voelde. "Waar is Thorgal?"

Marcus vertelde wat er was gebeurd met Thorgal. Hoe ze op de afgesproken plek hadden gewacht en hoe Thorgal uiteindelijk was verschenen met twee andere Bataven bij zich.
"Hij moet die andere twee zelf hebben meegenomen," zei Harald. "Hij was alleen toen ik hem naar jullie toe stuurde."
Marcus vertelde over het gevecht en hoe het was afgelopen. Hij merkte dat hij opnieuw kwaad werd op Harald toen hij over de dood van Gaius en Lucius vertelde.

"Waar was je?" vroeg hij fel. "We zouden met zeven man zijn, niet vier. Waarom waren jullie er niet?"
Harald staarde somber voor zich uit.
"Het spijt me van je vrienden," zei hij. "Het is allemaal mijn schuld. Het is helemaal mis gegaan."
"Spijt heb ik niks aan, Harald. Je was er niet."
"We moesten terug naar het kamp. Bren en Wilfrid, ze moesten meehelpen om Drusus te dragen. Drusus was van zijn paard gevallen."
"Jullie waren afwezig omdat Drusus van zijn paard was gelazerd?"
Marcus voelde zijn woede toenemen. Het voelde alsof Harald zomaar een excuus verzon.

Zeg dan gewoon in mijn gezicht dat je niet durfde, dacht hij. Ze hadden hem gebruikt om een smerig karwei op te knappen waar Harald en Bren en Banna zelf geen zin in hadden. Ze gaven niks om hem of om zijn vrienden. Ze waren maar soldaten. Ze waren Romeinen. Ze behoorden niet tot de voorname families zoals Harald.

"Het was ernstig," zei Harald. "Drusus had zijn been gebroken. Het zag er erg slecht uit, misschien is het zelfs wel verbrijzeld. We moesten hem meteen terugbrengen naar het kamp."
"Weet je wie ook zijn been heeft gebroken?" vroeg Marcus kwaad. "Sextus. Die ligt nu daar verderop in het bos te creperen door jou."
Harald begon nu ook kwaad te worden.

"Wat wilde je dan dat we deden toen Drusus zijn been brak?" vroeg hij. "Mijn broer zit in zijn lijfwacht. Hij moest hem wel helpen. En ik dacht dat jullie één man met zijn vieren ook nog wel aan zouden kunnen. Jullie zijn toch soldaten?"

Marcus merkte dat zijn rechterhand zich samenbalde tot een vuist. Bedoelde Harald soms dat Gaius en Lucius nog zouden leven als ze wat beter hadden gevochten?

"Pas op je woorden, Harald," zei hij dreigend.

"Vergeet niet dat je hier zelf voor hebt gekozen, Marcus," reageerde Harald fel. "Ik heb je niet gevraagd om ons te helpen. Je hebt het zelf aangeboden. En deze hele situatie komt uiteindelijk door jou."

"Hoe bedoel je?"

"Jij bent de reden dat Thorgal mijn zus mishandelde." Harald smeet het verwijt nijdig voor zijn voeten.

"Ben je wel helemaal goed bij je hoofd? Je hebt seks met haar gehad. Hoe kon je dat doen?"

Marcus werd rood. In zijn woede vergat hij helemaal te ontkennen dat het was gebeurd.

"Hoe weet je dat?" vroeg hij.

"Thorgal heeft het net tegen mij gezegd. Hij zei dat jij het zelf vertelde en nu denkt hij dat Banna heeft gevraagd om hem te vermoorden. Hoe kun je zo stom zijn, Marcus? Denk je dat Banna ooit zou kunnen trouwen met iemand zoals jij? Met een soldaat? Met een Romein?"

Daar, dacht Marcus. Hij heeft het gezegd.

Hij betekende niks voor hen. Hij was maar een Romein.

"Denk je dat jullie beter zijn dan wij?" vroeg hij.

"Wat?" vroeg Harald verbaasd. "Nee, dat bedoelde ik niet."

"Zonder ons zouden jullie nog steeds in jullie stinkende boerderijen tussen de koeien wonen. Zonder ons zouden jullie nu allemaal als slaven onder de barbaarse stammen in Germania leven. Als ik er niet was geweest, was jij die nacht in Lugdunum gestorven, Harald. En na alles wat ik heb meegemaakt denk ik dat het inderdaad beter was als dat was gebeurd."

Marcus gooide al zijn woede eruit. Hij was bereid geweest om zijn leven te geven voor Harald en al die tijd had Harald zich beter gevoeld dan hij.

"Ik vervloek de dag dat ik jouw leven heb gered."

"En ik vervloek de dag dat ik jou in mijn huis heb uitgenodigd, Marcus. Door die stomme actie van jou is Timmen uit onze familie verstoten."

“Mijn stomme actie? Het was jouw broer die…”
“Door jou is onze familie verscheurd.”

Er sprongen tranen in de ogen van Harald. Ze vermengden zich met het opgedroogde bloed op zijn wangen. “Ik heb Timmen al jaren niet meer gezien. Ik weet niet eens of hij nog leeft. En alsof dat nog niet erg genoeg is, heb je ook nog eens de eer van mijn zus geschonden.”

Een tijdlang bleven Marcus en Harald elkaar boos aankijken. Ze wisten allebei niets meer te zeggen. Marcus moest zich inhouden om hem geen klap in zijn gezicht te geven. Als Harald niet gewond was, had hij het waarschijnlijk al gedaan. Hij voelde zich verraden door Harald, die hij zo lang als zijn vriend had gezien. Hij was één van de weinige personen buiten het leger die hij kende. Hij had zich altijd welkom gevoeld bij zijn familie.

Maar Marcus besefte nu dat ze hem nooit echt in hun familie hadden opgenomen. Hij was altijd de buitenstaander gebleven. De Romein. De soldaat. Voetvolk. Marcus werd getolereerd, zoals ook Akko en Trig in hun eetkamer getolereerd werden. Maar Marcus had zich vergist door te denken dat ze echt iets om hem gaven. Zijn positie in de familie van Harald was weer hetzelfde als de positie die hij in zijn eigen familie had gehad. De familie die hij midden in de nacht had proberen te ontvluchten. Met een gestolen identiteitsbewijs op zak had hij zich aangemeld bij het leger. In het leger had hij opnieuw willen beginnen, als een nieuwe persoon. Een burger en een legionair. Maar in de ogen van Harald was dat nog steeds niet genoeg.

“We moeten terug naar het kamp,” zei hij uiteindelijk koel. “Sextus heeft hulp nodig.”
Harald keek naar de lucht. Het was al halverwege de middag.
“Je hebt gelijk,” zei hij. “En we moeten achter Thorgal aan. Het is misschien nog niet te laat.”
“Thorgal is niet langer mijn probleem,” zei Marcus. “Je lost het zelf maar op. Samen met de rest van je familie.”
Hij zou al blij zijn als hij hier zelf zonder kleerscheuren vanaf kwam. Rond deze tijd zou Thorgal waarschijnlijk het kamp bereiken.

Marcus hield er al half rekening mee dat hij en Sextus zouden worden geëxecuteerd voor hun aanval op de Bataafse bondgenoten. Hij overwoog om toch te vluchten, zoals Sextus had voorgesteld. Dat zou alleen betekenen dat

Sextus vrijwel zeker zou sterven. Het was beter om terug te gaan naar het kamp en zijn lot verder in de handen van de goden te leggen. Misschien wist Thorgal niet eens wie hij was.

Marcus wist in ieder geval dat hij geen vinger meer uit zou steken om Harald of Banna te helpen.

"Zodra we in het kamp aankomen, gaan we ieder onze eigen weg," zei hij, terwijl hij in de ogen van Harald dezelfde boosheid zag die hij zelf ook voelde. "Daarna wil ik niks meer met jou of je familie te maken hebben. Ik wil je nooit meer zien."

IJzig zwijgend gingen ze met elkaar op pad.

## Hoofdstuk 72

### Bren

Het was warm in de tent waar Bren op wacht stond, en het stonk. Een zure lucht van koorts en zweet hing rond het lichaam van Drusus en die geur werd steeds sterker. De wierook waarmee de artsen de hele tent hadden gevuld kon het niet meer verbloemen.

Drusus lag onder een deken op zijn veldbed te rillen van de kou, ook al brandde er een vuur in het midden van de tent. Er stond zweet op zijn voorhoofd en hij had koortsachtige dromen en waanbeelden, terwijl zijn lichaam vocht tegen de ontsteking in zijn been.

Het was nu alweer vier weken na de val waarbij hij zijn been had gebroken. Vier weken waarin de gezondheid van Drusus steeds verder achteruit was gegaan.

Bren had Drusus die dag zelf naar het kamp gedragen, samen met Wilfrid en enkele andere soldaten. Urenlang hadden ze door het bos gelopen met Drusus op een haastig in elkaar gevlochten bed van boomstammen en takken. Harald was ondertussen op zoek gegaan naar Marcus en tijdens de moeizame voettocht terug naar het kamp had Bren continu aan de aanval op Thorgal gedacht. Bren had daar bij moeten zijn, maar hij moest eerst zorgen dat Drusus terug kwam in het kamp. Pas laat in de avond, toen Bren eindelijk zijn wachtdienst kon overdragen aan één van zijn mannen, hoorde hij van Harald dat de aanval was mislukt.

Marcus, die het gevecht met Thorgal zelf ternauwernood had overleefd, was woedend dat de Bataven hem aan zijn lot hadden overgelaten. Hij wilde Bren niet eens meer spreken. Twee van zijn beste vrienden waren gestorven en Sextus werd pas midden in de nacht teruggevonden en naar het kamp gebracht. Het been van Sextus was niet meer te redden en na twee dagen had een chirurg zijn been moeten amputeren. Sextus kon niet meer in het legioen blijven.

Marcus en Sextus vertelden allebei aan hun officieren dat ze waren overvallen door een groep Germaanse krijgers en aangezien er niemand was om hun verhaal tegen te spreken, werden ze niet gestraft.

Thorgal was na de aanval spoorloos verdwenen. Hij was niet teruggekeerd naar het kamp en niemand had nog iets van hem vernomen. Harald was de laatste die Thorgal had gezien voordat hij door hem bewusteloos was achtergelaten in het bos.

Het feit dat Thorgal zich niet in het kamp had gemeld gaf Bren een slecht voorgevoel. Het zou zomaar kunnen dat hij nu op weg was naar Batavorum. Naar Banna. Bren wist dat hij nu bij haar moest zijn. Hij moest Banna beschermen voor het geval dat Thorgal thuis zou komen.

Maar hij werd gedwongen om hier te blijven, in het legerkamp waar ze na de val van Drusus niet meer uit waren vertrokken. Het leger verbleef al weken op de plek die inmiddels castra scelerata werd genoemd, het vervloekte kamp. Bren kon hier niet zomaar vertrekken om zijn zus te beschermen. Dit was zijn taak. Hij moest bij Drusus blijven.

Drusus kreunde zacht en draaide zich om, waarbij hij half uit bed gleed. Bren liep snel naar het bed en legde de generaal weer op zijn rug. Het lichaam van Drusus voelde warm aan, alsof het langzaam van binnen verteerd werd.

"Tiberius," fluisterde Drusus, terwijl hij de tuniek van Bren vastgreep. "Waar is Tiberius?"

"De boodschapper is al een paar weken onderweg, heer," zei Bren zacht, terwijl hij de deken recht trok en zijn voorhoofd koelde met een vochtige doek. "Hij zal Augustus en Tiberius ondertussen al hebben bereikt. Het zal niet lang meer duren voor uw broer hier is."

Die woorden leken Drusus wat te kalmeren. Hij liet de tuniek van Bren los en sloot zijn ogen.

"Begroet hem als consul en bevelhebber als hij hier aankomt," fluisterde hij. "Laat een praetorium voor hem klaarzetten naast mijn eigen tent. Ik wil dat Tiberius het commando van mij overneemt."

"Dat zal ik doen, heer," zei Bren, ook al wist hij dat dat allang geregeld was. Dit was de vierde keer dat Drusus hem dit op het hart drukte. Hoewel zijn geest langzaam achteruit ging, bleef Drusus zich druk maken om de ontvangst voor zijn broer als hij hier aan zou komen. Na deze woorden zakte Drusus weer weg in een onrustige droom.

Die nacht bleef Titus Laberus samen met Bren waken bij het bed van Drusus. De oude legaat, die normaal gesproken altijd stoïcijns was als een traditionele Romeinse aristocraat, was zichtbaar aangeslagen door de gebeurtenis. Bren kon zien dat hij gesteld was op zijn bevelhebber. Bren en Laberus hadden in de afgelopen weken al meerdere nachten samen doorgebracht naast het bed. Bren stond dan bij de ingang van de tent en Laberus zat in een stoel, allebei met hun gedachten bij de jonge consul. Ze spraken nauwelijks met elkaar, maar dat was ook niet nodig. Hun levens lagen misschien ver uit elkaar vanwege hun afkomst en hun positie, maar ze wisten van elkaar dat ze op dit moment allebei hetzelfde voelden.

De volgende ochtend kwam Harald de tent in, samen met een hoge officier uit het Negentiende legioen. De officier vertelde aan Laberus dat de Germaanse stammen akkoord waren gegaan met een wapenstilstand. Uit respect voor de generaal die vier jaar lang hun grootste vijand was geweest, zouden ze de Romeinen niet lastig vallen als zij Drusus terug zouden brengen naar de Rijn.

Harald zei niets, maar staarde alleen maar met grote ogen naar Drusus, die lag te slapen. Bren zag dat hij tranen in zijn ogen had. Hij voelde een aandrang om een arm om hem heen te slaan. Om hem te troosten, maar dat kon niet. Dat zou niet passen bij zijn rol als commandant van de lijfwacht.

Halverwege de ochtend werd Bren afgelost en kon hij een paar uur slaap pakken. Het voelde goed om even in de frisse lucht te zijn na de warme, bedompte lucht die in de tent van Drusus hing. Terwijl hij naar zijn eigen tent liep, zag hij in de verte Marcus lopen. Bren stak zijn hand op, maar hij zag dat het gezicht van Marcus strak trok toen hij hem herkende. Zonder iets te zeggen draaide Marcus zich resoluut om en liep de andere kant op. Bren had geen zin om achter hem aan te gaan. Hij zou later wel met hem gaan praten, als hij minder aan zijn hoofd had. Nu was hij te moe.

Voordat Bren naar bed ging, zocht hij eerst Harald nog op. Harald was de afgelopen dagen weg geweest met de Romeinse officieren om bij de Germanen te onderhandelen over de wapenstilstand. Nu hij weer terug was, was het tijd dat hij naar Batavorum ging om Banna te waarschuwen.

“Je hebt je plicht gedaan, Harald,” zei Bren tegen zijn broer. “Je kunt nu niets meer voor Drusus doen. En iemand moet naar Banna.”

Harald slikte.

"Misschien heeft hij nog een tolk nodig," zei hij. "Ik kan niet weg gaan."

Bren legde zijn hand op de schouder van Harald. "Het duurt nu niet lang meer," zei hij, terwijl hij om zich heen keek of niemand hen kon horen. "Ik zie het aan de gezichten van iedereen om hem heen. Ze zien allemaal dat er geen hoop meer is. En iemand moet naar Banna toe. We weten niet waar Thorgal is gebleven. Ik kan niet gaan. Zijn Bataafse escorte moet met zijn lichaam meereizen naar de Rijn."

Harald wreef met de mouw van zijn tuniek langs zijn ogen.

"Je doet net alsof hij al dood is," fluisterde hij zacht. Bren haalde diep adem. Hij vond het moeilijk om het tegen zijn broer te moeten zeggen.

"Ik denk niet dat hij de volgende ochtend nog zal halen," zei hij somber. "Of jij er nu bent of niet."

Uiteindelijk ging Harald akkoord en hij beloofde dat hij Banna in veiligheid zou brengen. Terwijl Harald zich klaar maakte voor zijn reis, zocht Bren zijn tent op en viel, zonder zijn kleren uit te trekken, als een blok in slaap.

Hij had een onrustige droom, waarin hij zag hoe een spookachtige verschijning met het gezicht van Drusus probeerde om Germania vast te grijpen. De geest probeerde het steeds opnieuw, maar het land en de bossen en rivieren van Germania bleven door zijn vingers glippen. Ondertussen zag Bren de kinderen van Drusus langzaam opgroeien. Hij zag hoe prinsen en machtige vorsten uit zijn huis voortkwamen, sommigen geliefd door het volk en anderen vervloekt en gehaat. Bijna allemaal kwamen ze op een gewelddadige manier om het leven. Het laatste wat Bren in zijn droom zag was een grote brand die de hele wereld leek op te slokken. Boven die brand zag hij de initialen J C in de lucht verschijnen, terwijl net op dat moment de laatste tak van het roemruchte huis van Drusus werd weggevaagd.

Met een schok werd Bren wakker. Het regende buiten hard en hij moest wakker zijn geworden van de donder. Het geluid van onweer dreunde door zijn hoofd en voor zijn ogen zag Bren de letters J en C nog staan. Buiten het kamp hoorde hij het gehuil van een roedel wolven, wat de sfeer nog naargeestiger maakte.

"Bren, ben je wakker?" vroeg iemand naast hem. Wilfrid stond naast zijn bed en schudde hem zacht heen en weer. Het duurde even voor Bren besefte waar hij was en

waarom hij zo'n zwaar, somber gevoel had. Toen kwam de gedachte aan Drusus terug.
"Hoe lang heb ik geslapen?" vroeg hij. Hij merkte dat zijn stem schor was en kuchte.

"Een paar uur," zei Wilfrid. "Het leek me goed om je wakker te maken. Tiberius is net in het kamp aangekomen. Hij is nu bij Drusus."

Bren stond snel op. Hij waste zich, at een paar lepels soep die Wilfrid voor hem had klaargemaakt en trok een schone tuniek aan. Daarna liep hij door de regen terug naar het hoofdkwartier en nam discreet zijn plek in bij de ingang van de tent.

Tiberius zat naast het bed van zijn broer voorovergebogen en Bren zag opgelucht dat Drusus nog bij bewustzijn was.

"Zorg goed voor Nero," fluisterde Drusus tegen zijn broer, terwijl ze elkaars hand vasthielden. "En voor Tiberius en Livilla. Jij moet nu voor hen zorgen, zoals je ook voor mij hebt gezorgd toen vader er niet meer was."
Tiberius knikte alleen maar. Hij was te geëmotioneerd om te antwoorden.
Na deze woorden viel Drusus in slaap en werd niet meer wakker.
Hij stierf halverwege de nacht, met alleen Bren en Tiberius bij hem in de tent.

# Hoofdstuk 73

## Banna

Met een gelukkige glimlach keek Banna naar haar dochter, die op haar buik lag te slapen. Ze voelde de warmte van het kind tegen haar huid, volmaakt gelukkig. Haar zorgen waren voor even vergeten. Dit kind hoefde ze niet af te staan aan Arianne. Ze zou voor altijd bij haar blijven. Naast haar bed zat haar moeder. Ze was bezig om met een mes de vacht van een lammetje schoon te schrapen, zodat ze er een deken van kon maken.

"Sorry dat ik er zo'n rommel van maak," zei Reine, terwijl ze met haar mes behendig over de huid gleed. "Ik zal het schoonmaken voor ik weer naar huis ga."

"Geeft niet," zei Banna, terwijl ze haar dochter over haar hoofd wreef. "Daar heb ik slaven voor."

Het kind was nu zes weken oud. En hoewel Banna eigenlijk al een naam voor haar dochter had verzonnen, mocht ze die naam nog niet uitspreken. Het was de taak van de vader om het kind een naam te geven. En Banna moest net doen alsof ze gewoon verwachtte dat de vader na de zomer weer terug zou komen.

Ze mocht nog tegen niemand zeggen dat haar dochter Geva heette.

"Hoe gaat het met Ewoud en Andolf?" vroeg ze. "Zijn ze een beetje lief voor hun zusje?"

Arianne was drie maanden geleden ook bevallen van een dochter. Net zoals het kind van Banna had ook zij nog geen naam, omdat Harald nog ergens in Germania zat. Het was het eerste echte kind van Harald en Arianne, ook al wist Harald dat zelf niet.

"Het gaat heel goed met ze," zei Reine. "Akko vertelde dat hij ze afgelopen zomer voor het eerst op een pony heeft laten rijden. Andolf viel er meteen vanaf en heeft er een flinke schaafwond aan over gehouden, maar volgens Akko was dat de beste manier om het te leren. Het worden later vast echte Bataafse ruiters."

Banna lachte. Ze was er graag bij geweest om haar zonen te zien.

"En Harald heeft niks door?" vroeg ze.

Haar moeder schudde haar hoofd.

"Harald is een man. Hij heeft niks in de gaten."

Banna sloot haar ogen en luisterde naar de ademhaling van haar dochter en het schrapende geluid van het mes van haar moeder.
"Het is je zesde kleinkind alweer," zei ze dromerig. "Oma Reine. Wie had dat gedacht toen Bren zeven jaar geleden met Hilde ging trouwen?"

Er werd zacht op de deur van de slaapkamer geklopt.
"Kom maar binnen," riep Banna.
De slaaf Pallas kwam schuifelend de kamer in.
"Neemt u mij niet kwalijk," zei hij beleefd. "Maar de meester is thuis."
Reine ging meteen rechtop zitten en Banna opende geschrokken haar ogen.
"Wat?" vroeg ze.
Ze hapte naar adem en voelde dat haar hart sneller begon te kloppen.
"Is hij terug? Nee, dat kan niet."
Pallas keek Banna verbaasd aan, maar Reine pakte snel haar hand vast.

"Je man is terug, Banna," zei ze. Aan de toon van haar stem hoorde Banna dat ze ook gespannen was. "Wees blij. Je kunt je dochter aan hem tonen."

"Banna!" brulde Thorgal vanaf de hal van het huis. Banna verstijfde toen ze zijn stem hoorde. Het was een woedende kreet geweest van Thorgal. Als een schreeuw van een wild dier.
"Banna, waar zit je?"

Instinctief hield Banna haar dochter steviger vast, terwijl ze hoorde hoe stampende voeten haar kant op kwamen. Met haar hand beschermde ze het hoofd van het kind.

De deur van de slaapkamer vloog open en daar stond Thorgal. Hij zag er woedender uit dan ze hem ooit had gezien. Er zat modder op zijn mantel. Zijn haren en zijn baard zaten warrig en hij had een gestoorde blik in zijn ogen die zelfs Pallas deed terugdeinzen toen hij zijn meester zag. Thorgal stonk, alsof hij dagen achter elkaar in de open lucht had geslapen.

"Daar ben je dus, vuile slet," gromde hij.
"Thorgal," zei Banna. "Je bent vader geworden."
Ze probeerde zo kalm mogelijk te klinken, hoewel ze nog nooit zo bang was geweest voor haar man. Ze had geen idee waar hij toe in staat was. Ze wist ook niet wat er was

gebeurd waardoor hij zo boos was geworden. Ze wist alleen dat er iets vreselijk mis moest zijn gegaan met de aanval van Bren, Marcus en Harald.

"Ik zie het," zei Thorgal, die nog steeds in de deuropening stond. "Waarom kijk je zo bang? Ben je niet blij om je man te zien? Ben je niet blij om te zien dat het je vriendje niet is gelukt om mij te vermoorden? Van wie is dat kind?"

"Van jou," zei Banna, maar ze zag dat hij haar niet geloofde. "Thorgal, je bent haar vader. Dit is onze dochter."
Thorgal deed een stap naar voren, maar Reine ging voor het bed van Banna staan. Hoewel ze een oude vrouw was, klonk ze toch behoorlijk fel toen ze hem toesprak.
"Jij blijft met je smerige poten van mijn dochter af," zei ze tegen Thorgal, die een kop groter was dan zij. "Ik laat je mijn kleindochter niets aandoen. Over mijn lijk. Dacht je dat Banna mij niet zou vertellen wat je met dat kind wilde doen zodra het geboren was?"
Even keek Thorgal alsof hij het niet begreep.
"Mam, hou je mond," zei Banna.

Ze hield haar adem in. De spanning in de kamer was voor iedereen voelbaar. Banna wist dat Thorgal zou ontploffen als haar moeder nu een verkeerde opmerking zou maken.
"Wat heb ik over dat kind gezegd?" vroeg Thorgal. "Wat voor verhalen heeft zij over mij de wereld in geslingerd?"
"Jij hebt gezegd dat je het kind zou doden zodra het geboren zou zijn," schreeuwde Reine met tranen in haar ogen. "Monster. Doe niet zo verbaasd. Je hebt het zelf gezegd. Je was ervan overtuigd dat het kind van Marcus was."
"Mama, stop," fluisterde Banna.
"En je hebt mijn man vermoord!"
Die laatste zin gilde Reine bijna. Banna had haar moeder nog nooit zo gezien.

Thorgal keek verbaasd van Reine naar Banna. Banna zag hoe zijn gestoorde ogen groter werden.
"Jij vuile hoer," zei hij tegen haar, terwijl hij door kreeg wat er aan de hand was.

Thorgal wilde Banna vastgrijpen, maar Reine hield hem tegen. Ze schreeuwde en sloeg hem in het gezicht. Ze vocht uit alle macht om haar dochter en kleindochter te beschermen, maar Thorgal was veel sterker. Hij sloeg haar met een vuist in haar gezicht en duwde haar ruw weg, zodat ze over een stoel door de kamer heen viel. Banna gilde en

haar dochter begon te huilen. De slaaf Pallas stond als versteend bij de deur naar het tafereel te kijken, te verbijsterd om in te grijpen.
Thorgal greep de dochter van Banna bij haar arm vast en trok haar ruw naar zich toe. Het kind begon harder te gillen. Banna liet haar dochter los, bang dat ze gewond zou raken als ze er allebei aan zouden trekken. Hij hield haar aan een arm vast en keek naar het kind, dat krijste en spartelde van de pijn.
"Nee," gilde Banna. "Thorgal, alsjeblieft. Doe voorzichtig. Het is van jou."

"Meester," zei Pallas zacht. Hij zette een stap naar voren, maar deed verder niets. Hij durfde Thorgal niet aan te raken.
"Dus het is waar wat die soldaat zei," zei Thorgal, terwijl hij van het kind naar Banna keek. Met een woedend gebaar slingerde hij het kind over het bed, waar het aan het voeteneind bleef liggen. Het kind huilde nog steeds toen het daar bleef liggen, wat Banna onder deze omstandigheden enigszins geruststelde. Ze leefde nog. Ze probeerde naar haar dochter toe te kruipen, maar Thorgal sprong boven op haar en begon haar keel dicht te knijpen. Ze voelde de kracht waarmee hij haar luchtpijp dichtdrukte. Ze zag de maniakale blik vlak voor haar gezicht. Aan die blik zag ze dat hij haar deze keer niet wurgde om haar te straffen. Deze keer zou hij haar doden.

"Pallas, doe iets," hoorde Banna haar moeder roepen. Het geluid leek van ver weg te komen, net zoals het geluid van haar huilende dochter. Thorgal bleef druk uitvoeren op haar keel. De geluiden om haar heen vervaagden en het werd langzaam donkerder in de kamer. Banna vocht met al haar kracht tegen haar man, die zijn handen met een ijzeren greep om haar keel geklemd hield.

"Meester," zei Pallas nog een keer. Zijn stem klonk als een verre echo. "Meester, ze is uw vrouw."
Maar Thorgal luisterde niet naar zijn slaaf. Hij bleef haar vasthouden. Banna krabde aan zijn gezicht, maar dat leek hem alleen maar bozer te maken. De druk op haar keel werd steviger. Ze voelde hoe de kracht uit haar lichaam verdween. Ze voelde dat alles om haar heen steeds vager werd. Alles leek minder uit te maken. Het was alsof dit allemaal niet met haar gebeurde, maar met iemand anders.

Ze werd te moe om nog tegen Thorgal te vechten. Ze had al zoveel dagen moeten vechten. Ze wilde niet meer. Al

haar zorgen verdwenen uit haar gedachten. Ze wilde alleen nog maar slapen. Ze merkte dat ze kalmer werd. Angst en pijn verdwenen en er bleef alleen nog rust over. Ze maakte zich zelfs geen zorgen meer over haar dochter, terwijl het langzaam donkerder werd voor haar ogen. Ze wist dat haar dochter weldra bij haar zou zijn. Dan zouden ze voor altijd samen zijn. Ze zouden voor altijd samen slapen.
Banna wist niet wat er daarna gebeurde. Misschien verloor ze haar bewustzijn, maar plotseling was het drukkende gevoel op haar keel voorbij.

Ze werd wakker van geschreeuw om haar heen en merkte dat Thorgal niet meer op haar lag.
Met een brandend gevoel in haar keel nam ze diepe ademteugen. De kamer werd langzaam weer iets lichter en ze keek opzij. Ze zag hoe Thorgal en Reine door de kamer rolden. Thorgal probeerde Reine te slaan, die zich aan zijn rug had vastgeklemd en hem op alle mogelijk plaatsen stak met het mes waarmee ze de huid had schoongemaakt. Thorgal gilde van de pijn en sloeg met bloedende handen om zich heen, terwijl de moeder van Banna met het mes in zijn gezicht en keel stak. Het bloed spoot over de grond, maar Reine bleef op hem insteken. Iedere keer dat ze hem raakte, hoorde Banna een nat zuigend geluid van het mes dat weer uit zijn lichaam werd getrokken voor een nieuwe steek.
Met een flauwe glimlach op haar gezicht keek Banna naar haar moeder die vocht om haar dochter en kleindochter te beschermen.

Thorgal sloeg Reine met zijn elleboog en hij beukte haar een aantal keer met haar rug tegen de muur, maar Reine liet niet los. Ze sneed zijn keel door met het kleine mes, waarna Thorgal uiteindelijk in een plas bloed in elkaar zakte.
Pallas stond nog steeds bij de deur, met een open mond en trillende benen. Banna pakte voorzichtig haar dochter op van het voeteneind. Ze controleerde of het kind niks had overgehouden aan de ruwe behandeling van haar vader en drukte het stevig tegen zich aan.

Reine stak nog een paar keer in het lichaam van Thorgal, hoewel het duidelijk was dat hij al niet meer leefde. Pas toen ze er echt zeker van was dat hij was overleden, leek ze weer bij zinnen te komen.

Hijgend stond ze op en keek naar de anderen in de kamer.

"Daar," riep ze kwaad tegen Pallas, terwijl ze het bebloede mes voor zijn voeten gooide. "Was dat nou zo moeilijk?" Vervolgens keek ze naar Banna. Op dat moment voelde Banna niets anders dan liefde voor haar moeder. Zij had haar uiteindelijk van haar man gered. Niet Harald, niet Bren of Marcus, maar Reine had haar beschermd.
Banna en Reine begonnen allebei te lachen en tegelijkertijd ook te huilen. Ze voelde tranen over haar wangen lopen en wist niet of het tranen van verdriet of van blijdschap waren. Ze keek naar het levenloze lichaam van Thorgal, dat nog bloedend op de grond lag.

"Sorry voor de rommel, Banna," zei Reine, terwijl ze bloed en tranen uit haar gezicht veegde.
"Geeft niet. Daar zijn de slaven voor," zei Banna en weer barstten ze allebei in een ongecontroleerde lachbui uit. Banna hoestte en voelde een brandende pijn in haar keel. Ze dacht aan de slaven die nu allemaal ergens in de hoeve aan het werk waren. Blijkbaar had niemand gehoord wat er in deze kamer was gebeurd, anders waren ze wel naar binnen gestormd. Maar Banna wist dat haar moeder niet zomaar kon vertrekken. Ze zat onder het bloed en zodra iemand de kamer in zou komen, zouden ze meteen zien dat Thorgal was vermoord.

Banna wist dat ze het niet konden verbergen of ontkennen. Ze zouden het lichaam van Thorgal nooit ongezien kunnen laten verdwijnen. De slaven zouden het zien en dan zouden de mannen van de stam bij elkaar komen. De priester zou de goden raadplegen en Banna wist dat de goden Reine vervolgens ter dood zouden veroordelen. Het maakte niet uit of Thorgal haar eerst had proberen te vermoorden of dat Reine haar alleen maar probeerde te beschermen. Banna moest iets doen. Er moest een mogelijkheid zijn om Reine te redden.
Misschien kon Banna de schuld zelf op zich nemen? Het was tenslotte haar man die daar op de grond lag.
Plotseling kreeg ze een idee.

"Pallas," zei ze tegen de oude slaaf, die nog steeds ondersteboven was van wat er net was gebeurd. Haar stem was schor en kwam nauwelijks boven een fluister uit. Pallas ging naast haar bed staan en boog zich voorover om haar te kunnen verstaan.
"Breng Berthrand hierheen."

## Hoofdstuk 74

### 8 voor Christus

### Marcus

“Ga je het vanavond aan haar vragen?” vroeg Sextus, terwijl hij naast Marcus van de heuvel naar beneden liep, ondersteund door twee houten krukken. Sextus was na de amputatie van zijn been zeer behendig geworden met zijn krukken. Hij kon alweer bijna even snel lopen als toen hij nog twee gezonde benen had.

“Weet ik nog niet,” mompelde Marcus. “Misschien.”

“Jullie kunnen ieder moment vertrekken voor de volgende campagne,” zei Sextus. “Helemaal na wat Tiberius heeft gedaan met de afgezanten van de Sugambren. Wie weet hoe lang je deze keer weg zult zijn. Je moet het aan haar vragen, Marcus.”

“Ik weet het,” zei Marcus geïrriteerd. “Ik zei toch dat ik het misschien zou vragen?”

Marcus wist dat hij gelijk had. Hij moest het vandaag doen. Alles wees erop dat zijn legioen zich klaar maakte om opnieuw de Rijn over trekken, deze keer onder leiding van Drusus’ oudere broer Tiberius. Alleen hij durfde het eigenlijk niet. Hij was bang voor haar reactie. Hij herinnerde zich nog maar al te goed wat er de vorige keer was gebeurd. Die keer dat hij zijn geschenk aan Banna had willen geven. Haar afwijzing deed nog steeds pijn. Hij had zich juist voorgenomen om zich niet meer te laten leiden door liefde. Liefde had hem alleen maar pijn gebracht.

“Ik ga trouwens met jullie mee,” zei Sextus.

Marcus keek hem verbaasd aan.

“Jij? Met je halve poot en je twee krukken?” vroeg hij.

“Oh, bedankt dat je mij eraan herinnert dat ik maar één been heb, Marcus,” zei Sextus met een grijns. “Wiens schuld is dat ook alweer?”

Marcus glimlachte. Hij was blij dat Sextus in ieder geval nog kon lachen om zijn situatie. Het zorgde er alleen niet voor dat hij zichzelf er minder schuldig om voelde.

“Een van de kampvolgers heeft me een baantje aangeboden als onderdeel van zijn beveiliging bij de volgende campagne.”

“Beveiliging? Heeft hij je per brief aangenomen?”

“Wil jij deze kruk in je reet?”

Marcus en Sextus lachten allebei.
“Oké, sorry,” zei Marcus. “Ik ben blij dat je wat te doen hebt. Het is alleen grappig dat ze een kreupele inhuren voor de beveiliging.”

“Ik denk ook niet dat hij echt verwacht dat ik hem ga beschermen tegen vijandelijke aanvallen. Daar heeft hij andere mannen voor. Volgens mij heeft hij mij vooral gevraagd omdat ik het leger ken. Ik ken de mannen. Ik kan zijn producten aanprijzen bij mijn oude maten. En ik weet hoe ik wat voor elkaar kan ritselen bij de officieren.”

Marcus en Sextus liepen verder over de weg richting Batavorum. De voetstappen van Marcus werden afgewisseld met het harde tikken van de krukken van Sextus op de stenen weg. De sfeer was luchtig, maar Marcus voelde met iedere stap richting Batavorum de spanning in zijn lijf toenemen. Hij moest het vandaag aan haar vragen. Hij had het al te lang uitgesteld.

“Denk je echt dat de Sugambren weer ten strijde zullen trekken?” vroeg hij. “Hoe vaak moeten we Maelo nog verslaan voor hij zich eindelijk neerlegt bij onze overheersing?”
“Ik denk dat Maelo zich wel gedwongen voelt om de wapens weer op te nemen,” zei Sextus. “Tiberius heeft al zijn gezanten laten vermoorden, alleen maar omdat hij vond dat de onderhandelingen niet snel genoeg gingen.”
“Die gezanten hebben zelfmoord gepleegd,” zei Marcus. “Ze konden de schande van hun gevangenschap niet meer verdragen en daarom hebben ze hun eigen leven genomen. Ze zijn niet door Tiberius vermoord.”
Sextus lachte.

“Echt waar, Marcus,” zei hij. “Soms vraag ik me af hoe naïef je eigenlijk bent. Als je dat verhaal gelooft, geloof je vast ook het sprookje van Augustus dat we nog steeds in een vrije republiek leven. Die gezanten zijn door Romeinse soldaten om het leven gebracht en nu heeft Maelo geen andere keus. Hij moet wraak nemen, ook al weet hij dat hij niet kan winnen. En vervolgens heeft Tiberius weer een legitieme reden om de Sugambren deze keer volledig uit te roeien. Bereid je maar voor op een smerige campagne.”
Marcus dacht na, terwijl ze de nederzetting Batavorum binnengingen.

“Misschien zal Maelo zich toch nog overgeven,” zei hij.

Hij voelde er weinig voor om deze zomer weer campagne te voeren. Het voelde gewoon niet goed, nu Drusus er niet meer bij was. Drusus Germanicus, zoals de senaat had besloten om hem voortaan te noemen. Drusus werd vernoemd naar het gebied dat hij had veroverd, net zoals Scipio Africanus meer dan een eeuw geleden. Het was een uitzonderlijk grote eer voor de jonge generaal. Vanaf dat moment zouden alle nakomelingen van Drusus voortaan de titel Germanicus mogen voeren.

De oudste zoon van Drusus had de naam Germanicus officieel aangenomen als zijn praenomen ter vervanging van zijn oorspronkelijke naam Nero. Iedereen in Rome had hoge verwachtingen van de jonge Germanicus. Zijn vader had een grote schaduw achtergelaten, maar hij zou er alles aan doen om daar uit te treden.

Bij een herberg vlak bij de oever van de Waal namen Marcus en Sextus afscheid van elkaar.

“Drink niet te veel,” zei Marcus nog, terwijl hij de straat uit liep. “Straks lazer je weer van je krukken, zoals met het feest van Minerva laatst.”

“De bijdrage die ik van de legioenen ontvang is te laag om veel te kunnen drinken,” riep Sextus. “En vergeet het niet. Je moet het vandaag aan haar vragen.”

Marcus zwaaide naar Sextus en liep de straat uit. Zodra hij alleen was, voelde hij de spanning weer toenemen. Hij wist dat hij het vandaag moest vragen. Hij had geen zin om het weer een jaar uit te stellen.

Terwijl hij door de straat liep, oefende hij in gedachten het gesprek.

Ik weet dat we niet met elkaar kunnen trouwen, dacht hij. Maar ik wilde je vragen of...

Wat wilde hij eigenlijk aan haar vragen?

Of ze samen met hem een gezin wilde stichten? Of ze hem zou willen volgen op campagne als een ordinaire kampvolger? Of ze op hem zou willen wachten tot zijn diensttijd erop zat? Dat kon nog meer dan tien jaar duren. Hij was nog niet eens op de helft.

‘Ik wil je vragen of je misschien mijn vriendin wil zijn.’

Nee, vriendin klonk teveel als scharrel. Ze was veel meer dan dat.

‘Ik wil je vragen of je met mij samen wilt zijn.’

Marcus liep naar de deur en klopte aan. Hij hield zijn adem in terwijl hij wachtte, hoewel hij hier al zo vaak was geweest. Hij was eraan gewend om haar iedere keer dat hij verlof had op te zoeken, maar nu was de ontmoeting opeens beladen. Er hing zo veel van haar antwoord af.

De deur ging open en daar stond ze. Marcus glimlachte onbewust toen hij haar zag. Haar prachtige ogen, haar schitterende haar. Ze lachte ook naar hem. Hij voelde dat hij zich geen zorgen meer hoefde te maken. De aandrang om te vluchten verdween. Hij wist al wat haar antwoord zou zijn.

"Hallo Jelleke," zei hij, terwijl hij van binnen warm werd. "Ik wil je wat vragen."

# Hoofdstuk 75

## 3 voor Christus

## Bard

Bard had moeite om zijn vader bij te houden door de drukke straten van Rome. Met grote passen liep zijn vader door het midden van de straat. Hij had een trotse blik in zijn ogen en keek recht voor zich uit. Bren keek niet om naar zijn zoon, die hem half rennend probeerde te volgen. Bard riep niet naar zijn vader dat hij moest wachten, ook al kon hij hem nauwelijks bijhouden. Hij wilde zich niet laten kennen. De mensen in de straat die het uniform van Bren herkenden, deden snel een stap opzij om hem erlangs te laten.

Uiteindelijk kwam Bren bij het grote theater van Marcellus, waar hij werd begroet door Wilfrid, die hetzelfde uniform aan had. Bard luisterde niet naar Wilfrid, die tegen zijn vader zei dat 'ze' onderweg waren. Hij had alleen maar oog voor het enorme stenen theater dat hij voor zich zag.

Dit was de eerste keer dat Bard het theater van Marcellus zag. Het was een van de grootste gebouwen die hij ooit had gezien, hoewel hij toch heel wat gewend was in de jaren die hij nu met zijn ouders en zusje in Rome woonde. Er stonden grote marmeren standbeelden rond het theater van mannen die Bard niet kende. Hij herkende alleen het standbeeld van de goddelijke Julius Caesar, maar dat was omdat zijn tutor hem vorige week nog een munt had laten zien met het portret van Caesar. Het theater was versierd met bloemen en gekleurde linten en overal op het plein voor het theater zag hij uitgelaten groepen mensen rondlopen. Er hing een feestelijke stemming. Handelaren verkochten allerlei soorten voedsel en drank. De geur van gebraden vlees hing als een dikke wolk over de mensenmassa heen. Iedereen was vrolijk en maakte zich klaar om naar binnen te gaan. Vanuit het theater hoorde Bard een luid geroezemoes en gezang komen, alsof er al duizenden mensen binnen zaten. Hij liep naar zijn vader en trok aan zijn mantel.

"Mag ik echt niet mee naar binnen?" vroeg hij, ook al wist hij wat het antwoord zou zijn. "Zelfs die zwakzinnige Claudius mag er bij zijn."

Zijn vader keek geschrokken om zich heen, bang dat iemand in de buurt het misschien had gehoord.
"Noem Claudius geen zwakzinnige, Bard," fluisterde hij. "Dat is niet netjes."

"Maar het is toch zo?" vroeg Bard. "Iedereen zegt het. Heb je hem wel eens horen praten? Of heb je gezien hoe hij loopt?"
Bard deed de hinkende stappen van de jonge Claudius na en schudde ondertussen met zijn hoofd, alsof hij een tik had. Bren greep hem snel bij zijn arm en trok hem naar zich toe. "Hou daar mee op," siste hij. "Claudius is familie van Augustus, dus ik wil niet dat je hem belachelijk maakt. Hij is misschien een beetje raar, maar dat maakt hem nog geen zwakzinnige."
Bren richtte zich tot Wilfrid.

"Laten we onze positie innemen bij de hoofdingang van het theater," zei hij. "De familie zal daar naar binnen gaan."
Bard wilde zijn vader al volgen, maar die draaide zich om. "Jij houdt je mond en je doet wat ik zeg, begrepen? Je blijft buiten wachten tot ik je weer kom halen. Je praat met niemand en je gaat hier zeker niet weg. Dan gaan we straks samen wat eten als de spelen weer voorbij zijn."

Het was niet eerlijk, vond Bard. Claudius en Agrippa Postumus waren jonger dan hij en zij mochten wel bij de spelen aanwezig zijn. En dat was alleen maar omdat ze bij de familie van Augustus hoorden. De familie die zijn vader moest beschermen. Bren wilde richting de ingang lopen, maar bedacht zich. Hij hurkte nog een keer voor Bard en hield streng zijn vinger voor zijn gezicht.

"En geen woord meer over de toestand van Claudius," zei hij. "Niet hier. Niet thuis bij Hilde en Aster. Nooit meer."
Bren en Wilfrid gingen op weg door de menigte. De aanblik van hun uniform was al voldoende om een pad voor hen vrij te maken.

Even later zat Bard te wachten bij de hoofdingang, aan de voet van een standbeeld van iemand die vast ook heel belangrijk was geweest voor de Romeinen. Alle belangrijke gasten waren naar binnen gegaan, waardoor het plein voor het theater nu een verlaten indruk maakte. De vader van Bard had één van zijn mannen bij de ingang opgesteld om hem in de gaten te houden, maar die was druk in gesprek met twee jonge Romeinse vrouwen en leek de twaalfjarige zoon van zijn commandant totaal te zijn vergeten.

Nadat alle leden van de familie van Augustus naar binnen waren gegaan, hoorde Bard even later hoe de spelen onder luid gejuich begonnen. Hij vroeg zich af wat er zich nu in de arena achter hem afspeelde. Regelmatig hoorde hij gejuich en af en toe klonk er wapengekletter of een schreeuw, maar hij kon nergens een opening vinden waardoor hij kon zien wat er binnen gebeurde.

Uiteindelijk gaf hij het maar op en begon hij met een houten stok te gooien alsof het een speer was.

"Pak aan, barbaren," riep Bard in zijn eigen taal, terwijl hij de stok in de richting van een standbeeld gooide. De stok viel ergens halverwege het plein op de grond, meer dan tien voet van het standbeeld waar hij op had gemikt. Bard keek teleurgesteld naar de stok. Hij had verwacht dat hij hem verder had kunnen gooien. Maar zijn vader zei altijd dat je een goede krijger werd door veel te oefenen, dus raapte hij de stok op en ging weer op zijn plek staan.

"Voor Rome en Magusanus," riep Bard, waarna hij zijn speer gooide. Hij kwam iets verder dan de vorige keer, maar nog lang niet in de buurt van het standbeeld. Achter zich hoorde Bard een verkoper van gebraden worsten lachen, maar hij negeerde hem. Hij liep naar de stok en raapte hem opnieuw op.

"Hier zijn de Bataven," schreeuwde hij in de taal van zijn vader en hij slingerde de stok uit alle macht weg.

"Kijk nou eens, een echte mede-Germaan," riep iemand achter Bard in zijn eigen taal. "Midden in het hart van Rome."

Bard draaide zich om en zag daar een oudere jongen staan van ongeveer vijftien jaar. Hij was net als Bard gekleed als een Romeinse jongen, maar hij had zijn lange haren tot aan zijn schouders laten groeien. Zijn tuniek zag er een stuk mooier uit dan de eenvoudige tuniek die Bard aan had. Het was duidelijk dat deze Germaanse jongen bij de hogere klasse van de stad hoorde.

"Spreek je Latijn?" vroeg de jongen in vloeiend Latijn, terwijl hij de stok van Bard opraapte.

Bard knikte.

"Ik spreek het eigenlijk beter dan mijn eigen taal," zei hij, hoewel hij zich daar eigenlijk voor schaamde. "Mijn eigen taal spreek ik alleen nog met mijn ouders en mijn zusje. Of ik spreek het als we soms terug gaan naar de streek waar mijn vader vandaan komt, maar dat is te weinig om de taal goed te blijven oefenen. Ik vergeet soms de betekenis van bepaalde woorden."

De jongen lachte vriendelijk.

"Ik heb hetzelfde," zei hij, terwijl hij de stok teruggaf aan Bard. "Ik breng te veel tijd door met die Romeinen. Ze hebben me al Romeinse kleren en een Romeinse naam gegeven. Voor je het weet, droom ik zelfs als een Romein en vergeet ik de goden van mijn voorouders."

"Mijn vader laat ons ook altijd bidden tot de goden van mijn grootvader Beren," zei Bard. "Dan gaan we altijd naar een plek ergens buiten de stad, naar een bos of een rivier in de buurt. Dat vind ik leuker dan bidden tot de Romeinse goden."

Hij fluisterde de laatste zin, bang dat de Romeinse goden hem misschien konden horen.

"Heel goed van je vader," zei de jongen lachend. "Vergeet nooit hoe het is om een Germaan te zijn. Wij Germanen moeten voor elkaar opkomen hier in Rome."

Vanuit het theater hoorde Bard een pijnlijke kreet komen, gevolgd door luid boegeroep en gefluit. De jongen keek naar de grote stenen bogen van het theater.

"Ga je naar de spelen?" vroeg Bard. Misschien kon deze jongen hem wel mee naar binnen nemen.

"Liever niet," zei de jongen met een sombere blik in zijn ogen. "Maar het wordt van mij verwacht. Ik ben een belangrijke gast van Augustus. Iedereen in Rome wil natuurlijk de prins van de Cherusken zien."

"De Cherusken?" vroeg Bard. "Daar heeft mijn vader nog tegen gevochten met Drusus."

De jongen keek Bard scherp aan. Even vroeg Bard zich af of hij misschien een verkeerde opmerking had gemaakt. Was deze jongen een gevangene van de Romeinen? Hij gedroeg zich niet als een gevangene en Bard zag ook niemand in de buurt om hem in de gaten te houden.

"Sorry, ik wilde je niet beledigen," mompelde hij. Hij voelde de scherpe blauwe ogen in zijn gezicht priemen en keek naar beneden.

"Je vader is een dappere man, als hij tegen de Cherusken heeft gevochten en het kan navertellen," zei de jongen en hij grijnsde naar Bard.

"Hier is je speer weer, knul."

Bard glimlachte opgelucht en pakte de stok aan.

"Oefen er maar goed mee, zodat je later net zo dapper wordt als je vader," zei de jongen. "En kom mij opzoeken als je ouder bent. Mijn vader heeft mij verteld dat ik later de Romeinse hulptroepen mag aanvoeren en dan heb ik goede ruiters nodig."
Bard voelde zich groter worden van trots. Deze jongen van de Cherusken wilde dat Bard een van zijn ruiters zou worden.
"Ik zal heel veel oefenen," zei hij opgetogen. "En dan kunnen we samen vechten voor Rome."
De jongen grijnsde weer en stak zijn hand uit voor Bard.
"Dat lijkt me een goede afspraak," zei hij. "Hoe heet je, jongen?"
"Bard. Ik ben de zoon van Bren van de Bataven, die de commandant is van de Germani corporis custo... ehm... nog wat... de Germaanse lijfwacht van Augustus."

"Aangenaam, Bard van de Bataven," zei de jongen, terwijl hij hem een stevige handdruk gaf. "Mijn naam is Erminatz, zoon van Segimer van de Cherusken. Maar in deze stad ben ik beter bekend onder mijn Romeinse naam: Arminius."

# Epiloog

## 4 na Christus

### Harald

Het was een regenachtige avond toen het schip van Harald aankwam in Mogontiacum. Er hing een grijze sluier van motregen over de rivier. Harald veegde zijn natte haren uit zijn gezicht en trok zijn mantel wat strakker om zich heen. In de verte zag hij een paar lichten verschijnen waar de kleine nederzetting aan de Rijn moest liggen. De huizen en andere gebouwen bleven verscholen achter de regen.

Er ging een koude rilling door zijn lichaam die niks te maken had met het natte weer of de koude februariwind. Harald wist dat ergens daar in die stad de man op hem wachtte. De man die vijf ruwe veteranen naar Batavorum had gestuurd om hem op te halen. Harald had zich helemaal niet op zijn gemak gevoeld toen die vijf voormalige soldaten aan zijn deur waren verschenen. Hij vond het ongure types. Het waren mannen die er waarschijnlijk hun hand niet voor omdraaiden om geweld te gebruiken. Dat kon hij gewoon voelen toen hij naar ze keek. Deze veteranen hadden hem verteld om naar Mogontiacum te gaan en ze hadden hem ook verteld wie hen had gestuurd. Daarna waren ze weer verdwenen in de nacht en niemand in Batavorum had daarna nog enig spoor van hen gezien.

De boodschap van de vijf mannen was zo dreigend geweest, dat Harald een paar dagen later maar aan boord was gegaan van een handelsschip dat naar Mogontiacum zou varen. Hij had in Batavorum het gevoel gehad dat hij nog steeds in de gaten werd gehouden.

Hij had een slecht voorgevoel over de komende ontmoeting. Ze hadden elkaar al zoveel jaar niet meer gesproken. De afgelopen jaren had hij steeds minder aan hem gedacht. Wat hadden ze elkaar nu nog te vertellen?

De reis van Batavorum naar Mogontiacum had een aantal dagen geduurd, waarbij hij onderweg langs de verschillende nederzettingen rond de oude legerkampen van Drusus was gevaren. Batavorum, Vetera, Ara Ubiorum, Bonna, Confluentes, Mogontiacum; al die plaatsen waar Drusus vijftien jaar geleden zijn legioenen en zijn vloot had gevestigd waren ondertussen bloeiende handelsnederzettingen geworden. Ze profiteerden van de toenemende handel met de nieuwe provincie Germania. In de afgelopen jaren waren er nog enkele grote opstanden geweest, maar langzaam maar zeker werden de rusteloze Germaanse stammen steeds minder oorlogszuchtig. Aan het begin van het jaar had Augustus zelfs Gaius Sentius Saturninus aangesteld als de eerste civiele gouverneur van de provincie, samen met Tiberius.

De tijd van de grote oorlogen is voorbij, dacht Harald tevreden, terwijl hij zag hoe de kade van Mogontiacum vol lag met kleine handelsschepen. De handel met Rome zorgt voor welvaart. Het is niet meer nodig om onze buren aan te vallen om vee of slaven te roven.

Misschien was de propaganda van de Romeinen toch waar. Ze hadden vrede en voorspoed naar Germania gebracht.

Even later wandelde Harald door de stad. Hij wilde zijn ontmoeting met de man nog even uitstellen. Eerst wilde hij een ander bezoek afleggen nu hij in Mogontiacum was. Hij sloeg een hoek om en daar zag hij in de verte de toren al staan waar hij naar op zoek was. Het enorme bouwwerk was met verschillende toortsen verlicht en stak boven alle andere gebouwen van Mogontiacum uit. Het was een prachtig monument geworden; trots en groots, passend bij de man voor wie het was opgericht. Eerbiedig liep hij richting de toren en staarde ondertussen naar het standbeeld dat daar bovenop stond. Het was bijna alsof hij daar echt stond, precies zoals Harald het zich herinnerde.

Hij voelde een brok in zijn keel toen hij het gezicht zag. Het gezicht dat naar de overkant van de rivier keek, naar zijn provincie.

Aan de voet van de toren lagen verschillende offergaven die daar vanuit heel Gallia naartoe waren gebracht. Harald zag wapens en sieraden liggen die hij normaal gesproken vaak in legerkampen tegenkwam. Dit was vooral voor soldaten een belangrijk monument. Nog steeds werden er ieder jaar sportwedstrijden rond het monument gehouden voor de soldaten die langs de Rijn waren gelegerd. Ze werden op zijn sterfdag gehouden als eerbetoon aan hun gesneuvelde bevelhebber.

Harald had speciaal voor dit moment een houten schijfje meegenomen waarin een afbeelding van de godin Nehallenia was gekerfd, de godin die vooral bij de stam van

Arianne werd vereerd als beschermgodin van vissers en zeevaarders. Hij vond dit wel toepasselijk voor de man die de noordelijke oceaan had bevaren en rivieren naar zijn hand had gezet. Hij legde het schijfje neer en knielde voor de marmeren steen waar de volgende tekst in was geschreven: Nero Claudio Druso Germanico Imp.

Dit was het monument ter nagedachtenis aan de Imperator Nero Claudius Drusus Germanicus. Na zijn dood hadden de soldaten van Drusus uit eigen beweging besloten om het op te richten en ze hadden de bouw volledig zelf gefinancierd. Bren en Harald hadden er allebei ook nog een flink bedrag aan bijgedragen. Harald sloot zijn ogen en dacht terug aan de man waar hij zo lang mee had samengewerkt. De man die hem persoonlijk had gevraagd om als zijn tolk voor hem te werken.

Hij stond op en deed zijn ogen weer open. Hij merkte dat hij tranen in zijn ogen had en veegde die snel weg. Hij mocht er nu niet zwak uitzien. Hij moest zijn hoofd erbij houden voor de ontmoeting die nu zou volgen.

Harald voelde zich slecht op zijn gemak, terwijl hij door een smerige achterbuurt vlak bij de rivierkade liep. Het was een buurt vol bordelen en herbergen en in donkere steegjes naast de hoofdstraat zag hij slapende figuren liggen. Dit was niet het soort buurten waar hij normaal gesproken kwam. Dit was het domein van soldaten, dronkenlappen en misdadigers.

Zijn gedachten gingen weer terug naar zijn vrouw Arianne, die thuis op hem wachtte met Ewoud, Andolf en hun dochter Idda. Idda was net dertien geworden en zijn zonen waren nu vijftien. Volgend jaar zouden Ewoud en Andolf zich aanmelden voor de Bataafse hulptroepen en hoewel Harald dat eigenlijk maar niks vond, was Arianne erg trots op hen en spoorde hen aan om alvast veel te oefenen met jagen en paardrijden.

Hij kreeg een gelukkig gevoel nu hij aan zijn gezin dacht. Zijn relatie met Arianne was de afgelopen jaren een stuk beter geworden, vooral na de geboorte van Idda. Hij vroeg zich tegenwoordig niet meer af of ze wel bij elkaar pasten. Zijn moeder had gelijk gehad. Zijn liefde voor haar was gegroeid met de jaren en nu Harald weer een paar dagen van huis was merkte hij pas hoeveel hij haar mistte.

Hij klopte aan bij de herberg waar de man op hem zou wachten. Een grote, norse man deed de deur op een kier en keek hem wantrouwend aan. De man zag er Germaans uit, hoewel hij zijn bruine haren kort geknipt had volgens Romeins model. Harald vertelde voor wie hij kwam en de man antwoordde in gebroken Latijn dat hij moest wachten, terwijl hij zijn komst zou aankondigen. Hij smeet de deur dicht in het gezicht van Harald en liet hem een tijdlang wachten in de regen. Er ging opnieuw een rilling door zijn lichaam.
Hij kon nu niet meer terug.
Even later kwam de man terug. Zonder iets te zeggen hield hij de deur open voor hem. Harald rechtte zijn rug en stapte naar binnen.

Hij kwam in een donkere ruimte waar verschillende mensen aan tafels zaten te drinken. Er hing een zware lucht in de kamer van verschraald bier en rook van het haardvuur. De mensen in de ruimte spraken zacht fluisterend met elkaar en hij merkte dat hun gesprekken stil vielen, terwijl hij de Germaan volgde door de kamer. De figuren die in deze donkere ruimte over hun bier gebogen zaten, leken door te hebben dat hij hier niet hoorde. Dit was een gevaarlijke plek. Hij voelde het in de lucht hangen. En hij voelde dat hij een gevaarlijke man ging ontmoeten.

De Germaan klopte zacht op een deur aan het uiteinde van de kamer. Hij deed de deur open en daar zag Harald de man zitten die hij al zolang niet had gezien. Hij herkende hem meteen, ook al was hij een stuk ouder geworden en had hij nu een spitse baard en snor op zijn bleke gezicht. De man herkende hem ook en grijnsde. Even zag Harald weer die jongensachtige blik in zijn ogen die hij nog kende van vroeger.
"Hallo Timmen," zei hij, terwijl de deur achter hem werd gesloten.
"Het is goed je weer te zien."

Timmen liet donker bier en een warme maaltijd brengen en al snel waren de twee broers druk met elkaar in gesprek. Het eten dat voor hen werd neergezet was exclusiever dan Harald had verwacht en hij merkte dat alle bedienden zijn broer met respect behandelden. Blijkbaar hadden ze ontzag voor Timmen, hoewel het ook angst kon zijn.

Een tijd lang praatten ze met elkaar alsof Timmen nooit was weggegaan. Harald vertelde trots over zijn gezin en over de reis langs de Rijn die hij net achter de rug had. Hij merkte dat Timmen bijna niets over zichzelf vertelde en zodra het over Bren ging, trok er een donkere wolk over zijn gezicht.
Blijkbaar deed de herinnering aan de ruzie met Bren hem nog steeds pijn.
“Wat is er sinds die avond met je gebeurd?” vroeg Harald uiteindelijk aan zijn broer. Al sinds hij het bericht had gekregen van die vijf veteranen spookte de vraag door zijn hoofd.
“Hoe ben je hier terecht gekomen?”
Timmen nam een slok bier en liet een harde boer.
“Zo, heb je even?” vroeg hij met een grijns. “Die avond was de nacht dat de Germanen de Rijn overstaken, toch?”
Harald knikte.

“Ja, ik weet het weer. Nadat onze geliefde broer mij het huis uit had geschopt, ben ik meteen naar onze boerderij gegaan. Ik was helemaal doorweekt toen ik daar aankwam, maar ik was niet van plan om daar te blijven. Ik wilde niks meer met mijn familie te maken hebben. Ik haatte jullie allemaal.”
“Het was een vergissing van Bren,” zei Harald. “Hij heeft er vast spijt van. Misschien kunnen jullie elkaar een keer opzoeken.”
“Ach, rot toch op, Harald,” zei Timmen fel. “Ga die lul niet zitten verdedigen. Ik hoef Bren nooit meer te zien.”
Harald kreeg de indruk dat Timmen dat laatste vooral tegen zichzelf zei.
“Ik heb wat eten gejat en ik heb een van de paarden meegenomen en toen ben ik gewoon naar het oosten vertrokken langs de Rijn. Ik reed een aantal dagen verder, net zolang tot mijn eten op was en ik in de stad van de Ubiërs terecht kwam.”
Timmen nam nog een slok bier en veegde zijn mond af met zijn mouw.

“Daar heb ik een tijdlang op straat geleefd, tussen het overige plebs,” zei hij. “Ik hield mezelf in leven door te stelen en na verloop van tijd merkte ik dat ik daar een zeker talent voor had. Ik werd nooit gepakt en het lukte mij om steeds kostbaarder zaken te stelen.

Eerst was het alleen wat eten om te overleven, daarna ontfutselde ik ongezien wapens en tenslotte sieraden en munten. Alleen het was nooit genoeg. Ik verbraste bijna alles direct weer in de plaatselijke kroegen. Of ik dronk zo veel dat ik zelf weer werd bestolen door de vrienden waarmee ik mezelf had omringd."

Harald keek met walging naar zijn broer. Hij zag al voor zich hoe Timmen in stinkende kleren dronken door de straten van Oppidum Ubiorum struikelde, op zoek naar zijn volgende buit.

"Waarschijnlijk zou het vroeger of later mijn dood worden als ik daar was gebleven. Iemand zou mijn keel doorsnijden voor een homp brood en zou dan mijn lichaam in de Rijn dumpen. Niemand die een kleine crimineel als ik zou missen. Alleen toen hoorde ik het nieuws dat mijn redding werd. Vanuit het noorden verspreidde het gerucht zich langzaam langs de Rijn dat de Romeinen ten strijde zouden trekken. Drusus zou met drie legioenen Germania binnenvallen. Meer dan twintigduizend soldaten die allemaal wijn en vrouwen nodig hadden en die met karren vol oorlogsbuit terug zouden komen.
Dat was een gouden kans voor hoeren en criminelen, dus al het uitschot langs de Rijn werd door dat vooruitzicht aangetrokken. Ik sloot me aan bij een groep kampvolgers die achter de Romeinse vloot aan trok naar het noorden."

"Was je daarbij?" vroeg Harald verbaasd. "Heb je ons helemaal naar de noordelijke oceaan gevolgd? Ik heb je niet gezien."
"En toch was ik er," zei Timmen. "Ik was dichterbij dan je zou denken. Maar niemand in het leger let ooit op al die zwervers die jullie achtervolgen op campagne. Ik heb Marcus en jou wel gezien en ik zag Bren een paar keer heel gewichtig voorbij rijden, maar ik had geen zin om met jullie te praten. Ik was nog steeds woedend op Bren. Ik was de kou en de honger die ik na mijn vertrek had gevoeld nog niet vergeten."

Harald zag dat de stemming van zijn broer veranderde, terwijl hij de herinnering aan die tijd terug haalde. Hij zag er niet meer uit als de zelfverzekerde man die hij aan het begin van het gesprek was geweest. Hij lachte niet meer. Voor de ogen van Harald leek hij kleiner te worden. Hij sprak zachter en zijn ogen staarden hol naar de tafel, waar hij zijn eten niet meer aanraakte. Iets aan die tijd leek Timmen pijn te doen.

"De situatie aan het eind van die campagne was slecht in het kamp," zei hij met een vlakke stem. "Ik bleef de hele zomer samen met de andere kampvolgers aan de monding van de Eems, terwijl jullie verder de rivier op trokken. Weken gingen voorbij voordat de vloot weer terugkwam en ondertussen moesten de kampvolgers zelf maar zien hoe ze aan eten kwamen. Langzaam maar zeker raakten de voorraden op en vanwege het slechte weer durfde Drusus de oversteek langs de noordelijke oceaan niet te maken."

"Dat weet ik nog," zei Harald. "Ik was aanwezig bij de besprekingen die Drusus met zijn officieren voerde. Hij was te lang in Germania gebleven."

Het zou niet de laatste keer zijn, dacht Harald droevig, terwijl zijn gedachten weer naar het monument gingen dat hij net had bezocht.

"Steeds meer kampvolgers trokken weg," zei Timmen. "Ze probeerden op eigen houtje de zee te trotseren. Of ze gingen over land terug naar de Rijn. Ook het groepje rovers waar ik me bij had aangesloten, trok op een nacht weg. Ze stalen het schip waar we mee waren gekomen en lieten mij helemaal alleen in dat grote kamp achter. Ik heb ze daarna nooit meer gezien. De honger en de kou werden steeds erger. Erger dan je je voor zou kunnen stellen."

Timmen pakte zijn drinkbeker van tafel. Hij wilde een slok nemen, maar hield zijn beker midden in de lucht stil, terwijl zijn ogen dwars door Harald heen leken te kijken. "Er was een Romeinse officier," zei hij. "Een hoge officier. Volgens mij een van de krijgstribunen."

De hand waarmee Timmen zijn beker vasthield begon te trillen.

"Op een nacht kwam hij vanuit het legerkamp naar ons kamp. Hij had zich vermomd. Niemand mocht weten dat hij het was. Maar ik herkende hem."

Timmens hand begon heviger te trillen en hij zette de beker neer. Harald keek geschokt naar zijn broer, die er plotseling weer erg jong uit zag.

"Een van de mannen in ons kamp, een Bataafse man die verschillende hoeren onder zijn hoede had, nam mij mee naar die tribuun. Ik wist niet wat er ging gebeuren. Hij zei alleen maar dat ik wat te eten zou krijgen als ik met hem meeging. En ik had zo'n honger. Ik had al een dag lang niks gegeten. Daarom ging ik met hem mee. Ik wist niet dat... dat die man... die tribuun..."

Timmen wist niet hoe hij verder moest gaan, maar Harald knikte naar hem.

Hij begreep wat er was gebeurd. Timmen rilde over zijn hele lichaam. Hij vocht tegen zijn tranen en haalde een aantal keer diep adem.

En opeens leek die herinnering weer weg te trekken. Harald zag dat Timmen zichzelf dwong om er niet meer aan te denken. Hij stopte met trillen en nam met vaste hand een slok van zijn bier, alsof er niets was gebeurd.

“De volgende ochtend,” ging Timmen verder op een opvallend rustige toon, “voelde ik me ontzettend smerig. En ik voelde een diepe haat in mij voor die tribuun en voor alles wat Romeins was. Ik had nog nooit zo’n felle, rauwe haat gevoeld als toen na die nacht. Ik haatte die man die mij naar die tribuun had gebracht.

Ik besloot op dat moment dat ik nooit meer iemand zou vertrouwen. Ik wilde niks meer voelen, geen enkele emotie meer. Ik gaf niks om eer, om familie of vriendschap. Vanaf die dag nam ik me voor om harder te zijn dan de rest van de wereld, want ik wist dat de wereld hard zou zijn voor mij.”

Er werd zacht op de deur achter Harald geklopt. Harald schrok ervan. Hij was zo opgegaan in het verhaal van Timmen dat hij de andere mannen in de herberg helemaal was vergeten. Timmen riep dat de deur open was en de Germaanse man kwam binnen.

“Het spijt me,” zei de man in zijn eigen taal. “Ik wilde u niet storen, maar er is een belangrijke boodschap voor u.”

Harald zag dat de man een klein voorwerp in zijn handen had dat in doeken was gewikkeld.

“Wat is het?” vroeg Timmen.

De Germaan keek naar Harald en leek te aarzelen.

“Het gaat om de man in Vetera,” zei hij.

Harald vroeg zich af wat de boodschap kon zijn. Blijkbaar wilde de man het niet zeggen waar hij bij was.

“Dit is mijn broer,” zei Timmen, terwijl hij naar Harald wees. “Ik heb geen geheimen voor hem. Wat is de boodschap?”

De man liep naar Timmen toe en sloeg de doeken opzij. Harald kon niet zien wat er in de doeken lag, maar zodra de doek werd omgeslagen rook hij een penetrante geur. Hij herkende de geur meteen. Hij had genoeg tijd in legerkampen doorgebracht om er vertrouwd mee te raken. Het was de geur van rottend vlees.

Timmen haalde zijn neus op en gebaarde dat de man het voorwerp weg kon doen.

“Zeg maar dat ik niet betaal,” zei hij.

"Maar," zei de man, die nog een keer naar het pakket keek. Hij zag er geschrokken uit.
"Ik betaal niet," zei Timmen nadrukkelijk.
Hij maakte een gebaar met zijn hand om aan te geven dat de man weer weg kon gaan. Zonder nog iets te zeggen droop de Germaanse man weer af.

Harald vroeg zich af wat hij net had gezien, maar Timmen ging verder met zijn verhaal alsof er niets was gebeurd.

"Ik haatte vooral Bren toen ik daar in dat kamp zat helemaal aan het einde van de wereld. Hij had er uiteindelijk voor gezorgd dat ik daar terecht was gekomen. Het was allemaal zijn schuld. Hij wilde zo graag Romein zijn met zijn mooie nieuwe hoeve in Batavorum. Hij was de reden dat zoveel jonge mannen van ons volk in Germania waren omgekomen. Ik werd helemaal verteerd door haat daar op dat strand. Als ik Bren toen tegen was gekomen, had ik hem waarschijnlijk gedood. Zo kwaad was ik."

Harald zag aan Timmen dat hij nog steeds boos was. Hij kneep met zijn hand stevig in zijn drinkbeker.
"En plotseling besefte ik dat het niet Bren was," zei hij. "Het was Tarik. Tarik was de schuld van alles. Het was Tarik die ervoor had gezorgd dat ons volk zich bij de Romeinen had aangesloten. Tarik had Bren in zijn macht. Bren zocht iemand om naar op te kijken na de dood van onze vader en dat was Tarik. Langzaam merkte ik dat mijn gevoel begon te veranderen. Mijn haat moest gericht zijn tegen Tarik. Niet tegen Bren."

"Tarik is dat jaar overleden," zei Harald. "Hij is vermoord tijdens de terugtocht."
"Dat weet ik," zei Timmen. "Jammer dat het niet eerder is gebeurd. Dat had ons volk veel leed kunnen besparen."
"Wat is er daarna gebeurd? Ben je met de vloot weer teruggekeerd?"
Timmen knikte.
"Ongeveer wel," zei hij. "Ik keerde iets eerder terug in Batavorum en kwam uiteindelijk weer in Oppidum Ubiorum terecht. Met nog minder dan waar ik mee was vertrokken, maar wel een belangrijke ervaring rijker. Ik wist dat ik het alleen kon redden in deze wereld door harder en gemener te zijn dan alle anderen en daar heb ik me vanaf die dag aan gehouden."

Harald kreeg een ongemakkelijk gevoel. Hij vroeg zich af wat zijn jongere broer allemaal had gedaan waardoor hij de man was geworden die nu tegenover hem zat.
"Wat heb je gedaan?" vroeg hij.
"Het meeste wil je waarschijnlijk niet eens weten," zei Timmen met een gemene lach. "Maar dat zijn vaak wel de zaken waar je het meeste geld mee kunt verdienen. Na die eerste campagne ben ik ieder jaar weer achter het leger aan getrokken en iedere keer kwam ik rijker terug. Bij Arbalo ben ik een groot aantal van mijn concurrenten kwijtgeraakt en daarna ging het hard. Tegen de tijd dat Drusus de Elbe bereikte, had ik al meer dan twintig vrouwen voor me werken."
"Twintig vrouwen?" vroeg Harald. "Bedoel je dat je pooier bent geworden?"
"Pooier, smokkelaar, huurling, moordenaar; als een man eenmaal heeft besloten om zich niks aan te trekken van het oordeel van goden of mensen kan hij op veel verschillende manieren zijn geld verdienen."

Timmen vertelde het bijna alsof hij er trots op was. Harald was verbijsterd. Hoe had zijn broer zo diep kunnen zinken?
"Ik heb alleen één regel," zei Timmen, terwijl hij zijn wijsvinger voor zijn gezicht hield.
"Geen jongens. Zoiets zal ik nooit tolereren, ook al weet ik dat de Romeinse soldaten daar het meeste geld voor betalen. Anderen mogen dat misschien doen, maar ik doe het niet. En ik accepteer ook niet dat één van mijn mannen zich daarmee bezig houdt."

Timmen sneed een groot stuk kaas af en begon op zijn gemak te eten. Harald staarde hem met open mond aan. Hoe kon hij hier zo zakelijk over spreken? Hoe kon hij dit normaal vinden? Timmen had net doodleuk verteld dat hij een crimineel was en hij leek zich er niet eens voor te schamen.
Harald wilde weg. Hij wist dat het een slecht idee was geweest om hierheen te komen.

"Waarvoor heb je mij hierheen laten komen?" vroeg hij. "Wat moest je mij zo nodig vertellen?"
Timmen spoelde de kaas weg met een slok bier.
"Ik wilde je waarschuwen," zei hij, terwijl hij hem strak aankeek.
"Waarschuwen? Waarvoor?"

"We hebben gemerkt dat je je nogal makkelijk voor het karretje laat spannen door de Romeinen," zei Timmen. "Niet alleen voor Drusus, maar ook voor de andere gouverneurs die na hem zijn gekomen."

"Ik vertaal gesprekken en ik help mensen die zelf niet kunnen lezen en schrijven," zei Harald. "Wat is daar verkeerd aan?"

"Je hebt de Sugambren geholpen toen zij door de Romeinen werden gedwongen om zich rond Vetera te vestigen op de linkeroever van de Rijn. Je hebt hun prefect geholpen met de vorming van nieuwe cohorten hulptroepen."

"Ja, en?" vroeg Harald.

"De Sugambren," zei Timmen. "De stam die ons meerdere keren heeft aangevallen. De stam die Banna heeft ontvoerd."

"We zijn nu allemaal Romeinen," zei Harald, die die zin de afgelopen jaren ook regelmatig voor de leiders van de Sugambren en voor zichzelf had herhaald.

"Dat is precies het soort opmerkingen waar je mee op moeten passen, Harald," zei Timmen. "Er komt een tijd dat het niet handig is om te Romeins te zijn."

Is dat een dreigement? vroeg Harald zich af. Weet Timmen misschien iets wat ik niet weet?

"Ik probeer een bijdrage te leveren aan de vrede," zei hij. "Ik probeer onze stam en de andere stammen in de provincie te helpen om zich verder te ontwikkelen. Ik wil dat onze kinderen het beter hebben dan wij het hebben gehad."

Harald merkte dat hij geïrriteerd raakte. Hij had zich altijd ingezet om anderen te helpen. En nu werd hem de les gelezen door zijn broer, die de laatste jaren alleen maar van andere mensen had geleefd.

"Welke bijdrage heb jij geleverd aan ons volk?"

"Geloof je dat echt, Harald?" vroeg Timmen. "Dat onze kinderen het onder de Romeinse bezetters beter hebben dan wij het vroeger hadden?"

"Misschien moet jij ook oppassen met wat je zegt," zei Harald. "De Romeinen vinden het niet fijn als ze bezetters worden genoemd. En ik werk voor machtige mensen."

Timmen keek zijn broer aan met een duistere blik in zijn ogen, maar Harald ontweek zijn blik niet. Hij was niet helemaal hierheen gekomen om zich te laten bedreigen.

"Wat wil je daarmee zeggen, Harald?" vroeg Timmen ijzig.

Er viel een lange stilte.

Plotseling verscheen er een grijns op zijn gezicht en Harald lachte opgelucht mee.
"Je hebt dus toch nog wat pit in je donder," zei Timmen lachend, terwijl hij voor hen allebei nog een beker bier inschonk. "Een echte zoon van Beren. Pap en mam kunnen trots op je zijn."

Harald lachte vriendelijk en proostte met Timmen, maar ondertussen begon hij zich ook ongemakkelijk te voelen. Het dreigement bleef in de lucht hangen, ook al gedroeg hij zich nu weer vriendelijk. Het was duidelijk dat hij hem hierheen had laten komen om hem te behoeden voor iets dat zou komen. Iets dat nu nog onder de oppervlakte sluimerde, maar op een dag tot een uitbarsting zou komen. Harald moest nu tot inkeer komen en de juiste kant kiezen, anders zou Timmen hem later misschien niet meer kunnen beschermen. Dat was wat Timmen hem eigenlijk wilde vertellen.

Harald was niet van plan om zijn gedrag hierdoor te veranderen. Timmen zat met zijn hoofd nog in het verleden, terwijl Harald en Bren zich al lang aan de nieuwe realiteit hadden aangepast. De Romeinen waren hier nu en ze zouden hier blijven. Voor iedereen die zich daartegen bleef verzetten zou geen plaats meer zijn.
"Mam is dood," zei Harald, terwijl Timmen nog midden in een lach zat.

"Ze is een jaar geleden in de winter overleden. Op een dag kreeg ze koorts en twee dagen later was ze dood." Harald bracht het nieuws kalm, hoewel hij het er nog steeds moeilijk mee had. Hij en Banna waren haar enige kinderen die bij haar sterfbed waren geweest. Bren zat in Rome en Timmen was al jaren verdwenen.
Harald zag aan Timmen dat hij het blijkbaar nog niet had gehoord. Zijn lach verdween van zijn gezicht en hij staarde somber voor zich uit.
"Nu zijn we echt alleen," zei hij zacht.
Harald knikte.
Even waren ze stil en dachten ze allebei aan hun moeder.

"Zei ze nog iets over mij?" vroeg Timmen.
"Ja," zei Harald. "Ze vroeg nog waar je was. Ik heb gezegd dat je onderweg was en dat je snel thuis zou zijn. Daarna ijlde ze nog wat. 'Zeg het niet tegen Beren,' zoiets zei ze. 'Hij zal hem vermoorden.' Ze kon op het einde niet meer helder denken."

Harald en Timmen zwegen allebei weer een tijdje. In de kamer achter hen werd gelachen, maar het drong niet tot hen door.
"Is het waar wat ik heb gehoord?" vroeg Timmen. "Klopt het gerucht dat mama degene was die Thorgal heeft vermoord?"
"Dat klopt," zei Harald.
"En is het ook waar dat Banna vervolgens haar slaaf Berthrand erin heeft geluisd? Dat ze ervoor heeft gezorgd dat hij de schuld kreeg van de moord, zodat Reine niet werd veroordeeld?"
"Dat is ook waar."

Harald was verbijsterd geweest toen hij van Banna had gehoord wat er was gebeurd. Hij had niet verwacht dat zijn zus zo hardvochtig kon zijn tegenover haar eigen slaven. Berthrand was dagen achter elkaar gemarteld tot hij uiteindelijk de moord had bekend. Zijn gebroken lichaam werd opgehangen aan een paal naast Batavorum als waarschuwing aan de andere slaven in de nederzetting. Gedurende een week moesten alle slaven van Batavorum 's ochtends langs dat lichaam lopen om de boodschap over te brengen. Dit was wat er zou gebeuren als ze hun meesters iets aan zouden doen.
Harald voelde zich nog steeds schuldig dat hij zijn zus en moeder in gevaar had gebracht. Als zijn plan niet was mislukt, was dit nooit gebeurd.

"Thorgal was een vreselijke man," zei Harald. "Hij mishandelde Banna en hij had gedreigd om haar kind te vermoorden zodra het geboren zou zijn. Hij dacht dat het kind van iemand anders was."
Harald zei er niet bij dat Thorgal had gedacht dat het kind eigenlijk van Marcus was. Misschien was het ook wel zo. Marcus had zelf gezegd dat ze met elkaar naar bed waren geweest.
"En Thorgal was de man die vader had vermoord," zei Harald.
Timmen keek verbaasd op.

"We denken dat hij later ook Tarik heeft laten vermoorden. Dat hij iedereen uit de weg ruimde die een obstakel vormde op zijn pad om leider te worden van de Bataven. Banna vertelde ons dat ze in het huis van Thorgal de munt van vader had gevonden. De munt waar Agrippa op staat en die vader altijd bij zich had. Toen we dat hoorden van Banna, hebben we een plan gemaakt om hem te doden.

Eigenlijk wilden we het ergens in Germania doen, maar dat mislukte."

"Heeft Banna dat tegen jullie gezegd?" vroeg Timmen.
Hij keek moeilijk, alsof hij niet helemaal begreep wat Harald allemaal vertelde.
"Ze was helemaal overstuur toen ze het had ontdekt," zei Harald. "Ze kwam midden in de nacht bij ons langs om het te vertellen."
"En toen ze dat vertelde besloten jullie om Thorgal te vermoorden?"
Harald knikte.

Hij zag dat er langzaam iets bij Timmen begon te dagen. Er verscheen een glinstering in zijn ogen en hij begon opnieuw te lachen.
"Oh, Banna toch," zei Timmen met een grijns op zijn gezicht. "Wat ben je toch een prachtmeid."
Harald begreep niet goed waarom Timmen moest lachen. Hij herinnerde zich nog hoe hulpeloos en verloren zijn zus was geweest toen ze die avond huilend bij hen had aangeklopt.
"Had Banna die munt bij zich?" vroeg Timmen, nog steeds met een grijns op zijn gezicht. "Hebben jullie de munt gezien?"
"Nee," zei Harald, die zich af vroeg wat dat uitmaakte.
Timmen reikte met zijn hand onder zijn vest en haalde een leren buidel tevoorschijn die hij aan een dunne ijzeren ketting om zijn nek droeg.

Plotseling sloeg de schrik bij Harald om het hart. Wat had Banna gedaan? Hij had het gevoel dat de kamer begon te draaien, terwijl Timmen een klein voorwerp uit de buidel haalde en het op tafel gooide. De ogen van Harald werden groot. Verbijsterd staarde hij naar de kleine zilveren munt die tussen hen in op tafel lag. Er was geen twijfel over mogelijk. Dit was de munt van Beren. Harald had hem in zijn jeugd vaak genoeg gezien. Hij herkende de barst dwars over het gezicht van Agrippa van de poging om de munt in tweeën te splitsen.

"Hoe kom je hier aan?" was het enige wat Harald uit kon brengen.
Had Banna de munt aan Timmen gegeven? Had Banna nog contact gehad met Timmen na zijn verdwijning?

"Banna had hem niet," zei Timmen, terwijl hij de munt oppakte en voor Harald omhoog hield. "En Thorgal ook niet. Banna heeft tegen jullie gelogen."

Harald voelde zich licht worden in zijn hoofd.
Was Thorgal dan niet de man die Beren had vermoord?
Hadden ze een onschuldige man gedood?
"Maar waarom?" vroeg hij.
"Waarschijnlijk omdat ze van een vervelende echtgenoot af wilde komen," zei Timmen. "Ze wist dat jullie haar zouden helpen als ze dit vertelde. En blijkbaar is het nog gelukt ook."
Harald voelde zich verschrikkelijk.
"Thorgal was onschuldig," fluisterde hij zacht.

Banna had keihard tegen hen gelogen. Tegen hem, Bren, hun moeder, Marcus. Haar tranen waren niet echt geweest. En nu was Thorgal dood, omdat het toen niet bij hen was opgekomen dat Banna misschien niet de waarheid sprak. Gaius en Lucius waren dood. Sextus had zijn been verloren. Berthrand was gemarteld en aan de stadspoort gehangen. En dat allemaal vanwege Banna. Hoe had Harald zo naïef kunnen zijn? Waarom hadden ze het niet gecontroleerd?

Hij voelde zich opeens dodelijk vermoeid. Hij wilde weg van deze plek. Terug naar Arianne en de kinderen.
"Hoe kom jij dan aan deze munt?" vroeg hij, ook al wist hij dat hij het antwoord niet wilde weten. "Waar heb je die munt gevonden?"
Timmen staarde een tijdje naar de munt in zijn handen voor hij antwoord gaf.

"Ik vond hem op het lichaam van Tarik," zei hij. "Vlak nadat ik hem met een dolk in zijn hart had gestoken."
Het was een nieuwe klap voor Harald.
Timmen had Tarik vermoord.
Timmen was de man die hij aan boord van het schip van Tarik had gezien. En de moordenaar van Beren was dus toch Tarik geweest.

"Laat dit een les voor je zijn, Harald," zei Timmen, die van de munt naar hem keek. Nog steeds had hij een vreemde glinstering in zijn ogen.
"Geloof nooit zomaar wat mensen tegen je zeggen. Zelfs niet als het je eigen broer of zus is."

## Lijst met personages

**<u>Bataven</u>**

**Beren** – Bataaf
**Reine** – vrouw van Beren
**Bren** – zoon van Beren
**Harald** – zoon van Beren
**Banna** – dochter van Beren
**Timmen** – zoon van Beren
**Malo** – slaaf in het huishouden van Beren
**Trig** – slaaf in het huishouden van Beren

**Wardolf** – Bataaf, vriend van Beren
**Hilde** – dochter van Wardolf en vrouw van Bren
**Wilfrid** – zoon van Wardolf, vriend van Bren

**Tarik** – leider van de Bataven en vriend van Beren
**Thorgal** – Neef van Tarik
**Pallas** – slaaf in het huishouden van Tarik
**Mani** – priester van de Bataven
**Covis** – Bataaf, rivaal van Tarik
**Haldrik** – neef van Covis

**Arianne** – Cananefaat, vrouw van Harald
**Wolfrik** – Cananefaat, vader van Arianne

## Romeinen

**Marcus Vilenus** – Legionair
**Gaius Ignatus** – Legionair
**Lucius Nigidius** – Legionair
**Aulus Cottus** – Legionair
**Sextus Quirinus** – Decanus
**Publius Barrus –** Centurion
**Quintus Caelius** – Optio
**Gaius Tullius Mercius** – Krijgstribuun
**Pisto** – Slaaf
**Hostilius Rufus** – Kampprefect
**Titus Avus Laberus** – Legaat

## Historische figuren

Imperator Caesar Divi Filius **Augustus** – Eerste Romeinse keizer, de Princeps (eerste man) van de senaat
**Livia** Drusilla – Vrouw van Augustus, moeder van Tiberius en Drusus
**Tiberius** Claudius Nero – stiefzoon van Augustus en zoon van Livia. Generaal in het Romeinse leger
Nero Claudius **Drusus** – stiefzoon van Augustus en zoon van Livia. Generaal in het Romeinse leger
**Antonia –** vrouw van Drusus. Dochter van Octavia en Marcus Antonius
Nero Claudius Drusus (**Germanicus**) – zoon van Drusus
**Livilla** – dochter van Drusus
Tiberius **Claudius** Nero – zoon van Drusus

Marcus Vipsanius **Agrippa** – Generaal en rechterhand van Augustus
Marcus **Lollius** – Gouverneur van Gallia
Publius Quinctilius **Varus** – Generaal in het Romeinse leger, later gouverneur van Germania

**Maelo** – krijgsheer van de Sugambren
**Segimer** – krijgsheer van de Cherusken
Erminatz (**Arminius**) – Gijzelaar in Rome namens de Cherusken, zoon van Segimer

## Historische verantwoording

Dit boek is een fictief verhaal. De hoofdpersonen zijn fictief en alles wat zij meemaken heb ik zelf bedacht, waarbij mijn belangrijkste doel was om een mooi en spannend verhaal te vertellen.

Toch wilde ik dat mijn verhaal zo goed mogelijk aansluit bij de echte historische gebeurtenissen uit die tijd. De feiten vormen het raamwerk waarbinnen mijn fictieve verhaal zich afspeelt.

Bijna alles over de Bataven, hun manier van leven, hun religie, feesten en gebruiken, heb ik zelf verzonnen, waarbij ik me heb laten leiden door wat er wel bekend is uit Romeinse bronnen en archeologische vondsten. De Bataven zelf hebben geen geschreven bronnen achtergelaten, dus het enige wat we over deze stam weten is wat Romeinse schrijvers zoals Tacitus over hen hebben geschreven en wat we kunnen afleiden uit de archeologische sporen die ze hebben achtergelaten. Tacitus omschrijft dat de stam oorspronkelijk tot de Chatten behoorden en na een interne strijd zijn verhuisd naar het gebied rond de Betuwe. De oorzaak van die interne strijd is niet bekend, dus daar heb ik zelf een verhaal bij verzonnen.

De inval van de Germaanse stammen onder leiding van Maelo in 17 voor Christus is echt gebeurd en was de aanleiding voor Augustus om naar Gallia te reizen en de Germaanse oorlog voor te bereiden. Ook de inval in 12 voor Christus is beschreven, hoewel die inval waarschijnlijk niet in het gebied van de Bataven was en ook niet midden in de winter. Het moet echter wel vroeg in het jaar zijn geweest, omdat Drusus na de inval nog voldoende tijd had om het gebied van de Sugambren binnen te vallen, hen te verslaan en vervolgens zijn hele expeditie naar het noorden uit te voeren.

De vergadering van de Gallische stammen in Lugdunum is daadwerkelijk door Drusus georganiseerd, maar waarschijnlijk waren de Bataven hier niet bij aanwezig en ik heb het voor mijn verhaal enkele jaren naar voren gehaald. De vergadering is waarschijnlijk gehouden bij de inauguratie van het altaar van Roma en Augustus in 10 voor Christus. Bij deze inauguratie waren Tiberius en Augustus aanwezig en hierna zijn ze samen met Drusus naar Rome gereisd.

Het kanaal dat door Drusus is gegraven wordt in verschillende bronnen beschreven, maar tot de dag van vandaag is niet bekend waar het kanaal (of meerdere kanalen) heeft gelegen. De IJssel, de Vecht of het Vlie zijn drie mogelijke kandidaten, maar geen van die varianten kan tot nu toe worden onderbouwd met archeologisch bewijs. Voor mijn verhaal heb ik de Vecht gekozen als locatie. Over de bouwmethode van het kanaal heb ik helaas geen gedetailleerde informatie kunnen vinden, dus wat ik in het verhaal beschrijf is mijn eigen voorstelling van zo'n groot bouwproject in die tijd. Het fort Fectio is waarschijnlijk later gebouwd dan in mijn boek (rond 4 na Christus), maar het lijkt mij logisch dat de Romeinen tijdens de bouw van het kanaal in ieder geval een tijdelijk fort in de buurt moeten hebben gebouwd. Als het kanaal daadwerkelijk bij de Vecht heeft gelegen, zou Fectio een goede uitvalsbasis zijn geweest om het kanaal te graven en het daarna te bewaken.

De Romeinse schrijvers Cassius Dio en Strabo zijn de voornaamste bronnen die de campagnes van Drusus beschrijven. Ik heb mijn eigen beschrijving daar zo goed mogelijk bij laten aansluiten. In 12 voor Christus heeft Drusus via zijn kanaal en het Flevomeer verschillende legioenen naar de Waddenzee geleid. Daar hebben de Friezen zich bij de Romeinen aangesloten en er is een slag met de Bructeren geleverd op de rivier de Eems. Tijdens deze tocht heeft Drusus ook een van de waddeneilanden belegerd, maar die gebeurtenis heb ik in mijn verhaal achterwege gelaten om het tempo in het verhaal te houden. Ook de terugtocht is grotendeels verlopen zoals in dit boek is omschreven. De vloot werd verrast door een storm en het lage water rond de Waddenzee en Drusus verloor verschillende schepen en manschappen. Het leger werd gered door de Friezen, die met hun infanterie net op weg terug naar huis waren voor het invallen van de winter. Het jaar daarop voerde Drusus opnieuw campagne en Cassius Dio omschrijft dat de Romeinen zich inderdaad terugtrokken vanwege een zwerm bijen die zich vreemd gedroeg in hun legerkamp. Op de terugweg werden ze overvallen door de Cherusken bij Arbalo en tijdens deze slag had het weinig gescheeld of het hele Romeinse leger was verslagen. Uit de bronnen is niet eenduidig op te maken hoe de Romeinen konden ontkomen, maar Cassius Dio vermeldt dat de Cherusken mogelijk aarzelden om de genadeslag toe te brengen, omdat ze het niet eervol vonden om hun vijand op deze manier te verslaan. In ieder geval kon Drusus ontkomen uit de hinderlaag. Drusus heeft als een van de weinige Romeinse generaals een tegenstander verslagen in een een-op-een gevecht, hoewel ik niet heb kunnen vinden of dat inderdaad tijdens de slag bij Arbalo is gebeurd.

Cassius Dio omschrijft gedetailleerd de verschillende voortekenen die in het laatste campagnejaar van Drusus in Rome zijn gezien en hij heeft het over een reusachtige Germaanse vrouw die Drusus bij zijn aankomst bij de Elbe heeft gewaarschuwd om niet verder te gaan. De schrijver Seutonius heeft het over een 'verschijning' en afgaand op deze bronnen zou de vrouw een Germaanse godin, een geest of een nachtmerrie van Drusus kunnen zijn geweest. Wat er in werkelijkheid ook is gebeurd, voor Drusus en de Romeinen stond in ieder geval vast dat de vrouw echt was. Het leger trok zich direct terug uit Germania en tijdens deze terugtocht is Drusus van zijn paard gevallen.

Drusus overleefde zijn val nog dertig dagen, waarbij het Romeinse leger in het kamp ergens in Germania verbleef. Zodra Tiberius het nieuws van de val hoorde, reisde hij met slechts een metgezel zo snel mogelijk naar de Rijn en vanaf daar naar het Romeinse legerkamp. Deze reis van Tiberius, van mogelijk 290 kilometer in slechts een dag en een nacht, werd later door Plinius opgenomen in zijn historie als het snelheidsrecord voor reizen uit die tijd. Bij de aankomst van Tiberius in het kamp was Drusus nog in leven, maar hij stierf kort daarna. Vervolgens werd het lichaam van Drusus van Germania naar Rome gebracht, waarbij Tiberius het lichaam van zijn broer de hele reis te voet begeleidde. Het lichaam van Drusus werd bijgezet in het mausoleum van Augustus.

Het staat vast dat Drusus geliefd was bij de soldaten aan de Rijn. Na zijn overlijden lieten ze hun eigen monument bouwen in Mogontiacum (Mainz) en er werden nog jaarlijks sportwedstrijden gehouden om hem te herdenken. De basis van dit monument, de toren waar een standbeeld van Drusus op stond, is tegenwoordig nog steeds te bezichtigen als een twintig meter hoge toren die bekend staat als de 'Drususstein'.

Zoals ik al aangaf zijn de meeste details over het leven van de Bataven verzonnen voor dit verhaal, maar het is aannemelijk dat de kortste dag van het jaar een belangrijke feestdag is geweest voor de Germanen. Het Romeinse feest van de Saturnalia viel echter niet op dezelfde dag, maar enkele dagen daarvoor op 17 december. Voor het verhaal heb ik die twee feesten naar hetzelfde moment verplaatst. In eerste instantie leek het mij niet heel waarschijnlijk dat het Romeinse feest ook in het leger werd gevierd, maar in de beschrijving van Tacitus over het vierkeizerjaar meldt hij dat het leger van Vespasianus tijdens de mars naar Rome enkele dagen was vertraagd omdat het feest van de Saturnalia werd gevierd. Als zelfs een militaire campagne wordt onderbroken om het feest te vieren, ga ik er vanuit dat het festival ook in vredestijd enthousiast zou worden aangegrepen door de soldaten om de sleur van het leven in het winterkamp aan de Rijn te doorbreken.

Hoewel ik geen exact jaartal heb kunnen vinden voor het oprichten van de Germaanse lijfwacht, staat in ieder geval vast dat deze sinds de tijd van Augustus dienst deed en dat hij grotendeels uit Bataven, Ubiërs en krijgers van andere verwante Germaanse stammen bestond. Na de vernietigende nederlaag van Varus in het Teutoburgerwoud in 9 na Christus (een gebeurtenis die terug zal komen in mijn volgende boek) werd de Germaanse lijfwacht direct overgeplaatst naar een afgelegen eiland en alle Germanen in Rome werden gedwongen om de stad te verlaten.

Voor mijn onderzoek voor dit boek heb ik gebruik gemaakt van alle mogelijke bronnen die ik kon vinden. De belangrijkste bronnen zijn natuurlijk de Romeinse schrijvers Tacitus, Cassius Dio en Seutonius en daarnaast heb ik veel gebruik gemaakt van de schrijvers die na hen kwamen zoals Tom Holland, Adrian Godsworthy, Fik Meijer en Mary Beard. Het belangrijkste boek dat als leidraad diende voor het schrijven van dit boek was echter de biografie van Drusus (Eager for Glory) van Lindsay Powell. Dankzij dat boek was het mogelijk om veel details over de campagnes, het leger en het persoonlijke leven van Drusus te gebruiken voor dit verhaal. Naast alle schriftelijke bronnen heb ik verschillende musea en belangrijke locaties langs de hele Limes bezocht, van Vetera in Xanten en het Valkhof in Nijmegen tot fort Vechten (Fectio), het castellum in De Meern en het Oudheidkundig museum in Leiden. Tijdens een van die bezoeken aan het Kops Plateau in Nijmegen, de plek waar Drusus zijn hoofdkwartier had laten bouwen, ontdekte ik dat ik een fout had gemaakt in mijn oorspronkelijke tekst. In een van mijn eerste hoofdstukken liet ik Banna een krans van kastanjebladeren maken voor de bruiloft, maar ik kwam erachter dat kastanjebomen door de Romeinen in onze streek zijn geïntroduceerd toen ze hun legerkamp op de Hunerberg vestigden (rond 19 voor Christus). Op de plek waar Banna woonde konden drie jaar later dus nog geen volgroeide kastanjebomen staan.

Dit is slechts één voorbeeld van de fouten die makkelijk kunnen ontstaan als je een boek probeert te schrijven over een tijd die zo lang geleden is. Ik wil op deze plaats in ieder geval Roderik Geerts bedanken, die mijn tekst als deskundige heeft doorgelezen en mij voor nog een aantal van dit soort fouten heeft behoed. Ik kan niet garanderen dat er helemaal geen historische onjuistheden meer in staan of dat ik bepaalde bronnen misschien niet juist heb geïnterpreteerd, maar ik hoop dat eventuele onjuistheden mijn lezers niet afleiden van het grotere doel van dit boek: en dat is in de eerste plaats om een mooi en spannend verhaal te vertellen.